그 영애가
소꿉친구를
피하는 이유

서가린 장편소설

III

동아

그 영애가 소꿉친구를 피하는 아유 3

초판 1쇄 인쇄일 | 2020년 03월 20일
초판 1쇄 발행일 | 2020년 03월 27일

지은이 | 서가린
펴낸이 | 박성면
펴낸곳 | (주)동아

출판등록 | 제406-2007-000071호
주소 | 경기도 파주시 문발로 115, 세종출판벤처타운 201-A호
전화 | (031)8071-5201
팩스 | (031)8071-5204
E-mail | bear6370@hanmail.net

정가 | 12,800원

ISBN 979-11-6302-322-7 (04810)
ISBN 979-11-6302-295-4 (set)

그 영애가
소꿉친구를
피하는 이유

서가린 장편소설

III

동아

Contents

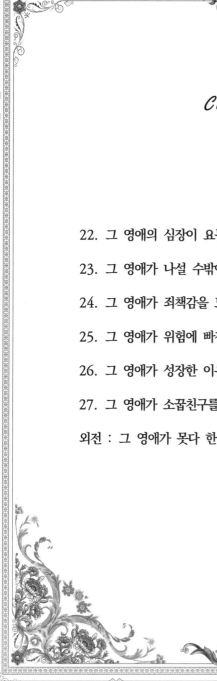

22. 그 영애의 심장이 요동치는 이유

신경 쓰여, 신경 쓰인다고. 아무리 안 보인다고, 괜찮다고 되뇌어 봐도 옆에서 계속 내 손을 잡고 조몰락거리면 무시할 수가 없었다.

"키르."

"응?"

그렇게 아무것도 모른다는 얼굴로 해맑게 바라보면 내가 많이 당황스럽거든? 키르는 그저 내게 부름을 받은 게 좋다는 듯 웃었다. 그리고 양손으로 갖고 놀던 내 왼손에 깍지를 껴 왔다.

역시 부끄럽다. 하지만 요즘은 나도 많이 발전해 이젠 이런 걸로 소리치지 않게 되었다. 아니, 사실 최근 키르가 내 손을 놓아 주질 않아서 담담해질 수밖에 없었다.

모처럼 대공저 정원에서 둘이 갖게 된 티타임이었다. 원형 테이블인데 굳이 내 옆에 의자를 바짝 붙여 앉아 이렇게 티를 내니 한숨이 나왔다.

조금 전 차를 준비해 주던 하녀도 우리의 모습을 보고 살짝 동요했다.

물론 노련한 하녀라 그걸 크게 드러내진 않았지만 그렇다고 그녀가 무언가를 알아챈 사실이 없어지진 않았다.

이러다 대공저에 머무는 사람들 전부가 우리 사이를 눈치채겠다. 사실 키르는 그걸 의도하고 있는 것 같긴 했지만.

"그만 좀 해."

정도껏 하라고 내가 눈치를 줬더니.

"왜? 허트만 단장은 모르는걸."

그렇게 말하며 키르가 씩 웃었다. 얄밉다, 얄미워. 예쁘고 귀여운데 왜 이렇게 얄밉지? 나는 미묘한 감정에 키르를 향해 눈을 흘겼다.

그럴수록 키르는 더 화사한 미소를 지었다. 동그래져 천진함을 자랑하는 그 눈매에 나도 이내 픽 하고 웃음을 터트릴 수밖에 없었다. 내가 웃자 키르의 눈이 더 예쁘게 접혔다.

그 행복 가득한 표정에 쌓이던 화도 사라진다. 그냥 눈이 마주쳐도 간질간질 마음이 들뜨는 이런 게 연애인가 보다.

대공저에서 연 연회가 끝난 지 며칠이 지났다. 내가 키르와 대화를 하는 사이 연회는 성공적으로 진행됐다.

그 후 황태자비님은 충분한 세력을 모아 테일런의 대회를 진행하기 바빴다. 그리고 그 영향은 대공에게 바로 갔다. 어떤 영향이 갔냐고? 바로 대회의 심사위원이 된 대공이 테일런으로 떠난 것이다.

처음 그 소식을 듣고 보석 전문가가 아닌 대공이 과연 심사위원으로 나서도 될까 싶었다. 나는 반발이 꽤 있을 거라 예상했지만 이 세계의 대회가 이렇단다. 어차피 전문성보다는 영향력 있는 인물이 더 중요하다나. 그 말을 증명하듯 다른 심사위원도 유명한 귀족이 들어갔다.

어쨌든 대공이 대회 심사위원을 하느라 테일런으로 떠났고 아버지도 당연히 대공을 호위하기 위해 대공저를 비웠다. 그 때문에 키르가 이렇게 제멋대로 굴고 있는 거였다.

덕분에 요즘 대공저는 아주 키르의 세상이었다. 어린 시절에도 금붕어 똥처럼 달라붙더니 사귀고 난 다음부턴 더 심해졌다. 말리지 않았다면 밤에 침실까지 따라 들어올 기세였다. 할 일까지 다 내팽개치고 내 옆에 붙어 있는 거 같은데 말이지.

그리고 그보다 더 의심스러운 건 연회 당일까지만 해도 테일런에 간다는 소리가 없던 대공이 그 다음날 키르를 만나고 난 다음에 떠난다고 했다는 점이었다.

이거, 아무래도 부자가 사기꾼처럼 작당한 느낌이 든단 말이지.

갑자기 아버지까지 함께 테일런에 가야 한다는 소리를 듣게 되어 이상함을 느낀 나는 키르를 찾아갔다.

"키르, 너 설마 아버지 멀리 보내려고 네가 나선 것 아니지?"

난 단도직입적으로 물어봤다. 의심의 싹을 남기고 싶지 않았다. 내 물음에 키르는 살짝 눈을 크게 떴다가 상큼한 미소로 화답했다.

"그럴 리가."

그렇게 답하고. 곧.

"그래도 덕분에 한동안 네가 걱정하는 일은 해결되겠다."

라고 속삭이며 애교스럽게 웃는데…….

어째 의심이 가시질 않았다. 이건 내 만성 불신 탓인가, 아니면 정말 무언가가 있는 것일까. 그런 고뇌가 잠깐 나를 찾아왔다.

그래도 마음을 다잡았다. 찜찜하긴 하지만 이젠 예전처럼 키르를 멋대로 의심하고 그래선 안 된다. 관계가 달라진 만큼 나도 키르를 믿어야 했다. 연인 사이에 신뢰가 없다는 것만큼 비참한 일도 없으니까.

그땐 분명히 그렇게 다짐하고 아무렇지 않게 넘겼는데, 어쩐지 요즘 키르가 저럴 때마다 다시 그런 의심이 쑥쑥 자라났다. 왜 굳이 아버지를 언급하며 좋아한단 말인가. 내가 눈을 가늘게 뜨고 키르를 흘겨보자 그는 바짝 어깨를 붙여 왔다.

"왜?"

난 흠칫 몸을 떨며 딱딱하게 굳어 버렸다. 키르는 다 알아챘으면서도 아무렇지 않게 더 기대왔다. 깍지 낀 손을 드는 동작이 매우 느릿했다. 나도 모르게 손을 따라 시선을 옮겼고, 키르는 보란 듯 잡힌 내 손을 자신의 얼굴 쪽으로 가져갔다.

그러다 보니 자연스럽게 키르와 눈을 마주치게 됐다. 어느새 키르의 시선이 달라졌다. 진지하고 어른스러운 시선. 저런 눈빛을 받으면 나는 하려던 말을 할 수 없었다.

"아무것도 아닌데."

"괜찮아 하고 싶은 말 있으면 해."

그렇게 말하면서 손등을 자신의 입 쪽으로 끌어당기는 행동에 나는 반사적으로 손에 힘주어 버렸다. 내가 버티자 키르도 당기던 힘을 풀었다. 그리고 그저 웃을 뿐이었다.

하지만 나와 키르는 서로가 무슨 생각을 했는지 알아채고 있었다. 그 미묘한 상황의 긴장감에 입 안이 바짝바짝 말랐다. 손깍지로 만족하지 못한 듯 키르의 팔이 얽히듯 닿았다. 그와 닿는 부분이 많아질수록 내 평정심이 흔들렸다.

"아니야. 진짜 하고 싶은 말 없어."

손 잡는 것 정도는 친구 사이일 때도 아무렇지 않게 했던 일들이고 더나아가 포옹까지 했었다. 그러니 긴장할 일이 아니다.

하지만 그런 게 익숙해졌다고 해서 연인 간의 스킨십이 자연스러워진 건 아니었다. 게다가 사귄 다음엔 키르를 묘하게 의식하기 시작해서 조금만 스킨십이 짙어지면 난 뻣뻣하게 굳어 버렸다.

내가 혼자 나쁜 생각을 하는 건지 모르겠는데, 어쩐지 이 이상을 허락하는 순간 내가 감당할 수 없는 결과가 나올까 봐 이러지도 저러지도 못해서 더 긴장됐다. 고작 팔뚝과 팔뚝이 닿았다고 은밀한 느낌이 들었다. 키르가 이 이상의 어떤 행동을 할까 봐 긴장했다.

하지만 키르의 행동은 빙긋 웃는 것으로 멈췄다.

"그럼, 네가 이야기 하고 싶을 때 해."

혼자 무슨 결론을 내렸는지 그렇게 중얼거린 키르는 다시 내 손을 가지고 노는 것에 집중했다. 어딘가 은근해졌던 손길은 처음 내가 말 걸기 전에 내 손을 가지고 조물조물 장난칠 때의 감촉으로 돌아갔다.

그래서 안도가 되어 몰래 한숨을 내쉬면서도 그 와중에 묘한 아쉬움을 느꼈다. 응? 아쉽다니? 으악! 아렌다인! 뭐가 아쉽다는 거야! 나 혼자 무슨 상상을 한 거야?

당황스러워서 다시 열이 올랐다. 속으로 삽질하던 나는 힐끗 키르를 봤다. 키르는 다시 내 손을 가지고 장난치는 걸로 만족한 듯했다. 그 산뜻하고 욕심 없는 얼굴에 기분이 묘해진다.

혹시 키르는 별 생각 없는데 나 혼자 오해의 산을 오르고 있는 건 아니겠지? 꼭 내가 진도를 더 나가고 싶어 안달하는 것처럼 느껴지잖아.

아니야, 절대 아니야. 난 그냥 천천히 가고 싶다고. 내가 왜 이러지? 순수한 생각을 해야 해, 순수한 생각. 난 순수하다. 난 순수해.

"아렌."

"응. 난 순수해."

하필 그러던 중 키르가 부르는 바람에 내 입에서는 속으로 생각하던 말이 튀어나왔다. 말해 놓고 놀라 입을 틀어막았지만 이미 쏟아진 말을 키르가 전부 듣고 말았다. 내 뜬금없는 말에 놀란 키르의 어색한 얼굴이 보였다.

내가 무슨 헛소리를 한 거야! 민망해서 땅 파고 들어가고 싶어졌다. 하지만 이렇게 자책할 시간도 없다. 키르가 어떤 말을 하기 전에 내가 선수

쳐야 한다.

"응. 왜 불렀어?"

부끄러움이 강하면 초능력도 생기나? 어린 시절에 자주 써먹었던 '난 해맑아서 아무 것도 몰라요' 표정을 가까스로 지을 수 있었다. 그런 나를 키르가 빤히 보다가 픽 웃음을 터트렸다.

알아, 내가 생각해도 부끄러우니까 아무 말 하지 말아 줄래! 그런 의미를 담은 눈빛을 난 부리부리하게 쏘아 댔다. 뭐라고 하면 사귀기로 한 거 취소할 거야! 하는 내 무언의 협박을 알아들은 걸까, 다행히 키르가 못 들은 척해 주었다.

"뭐 하고 싶은 거 없나 해서. 같이 하고 싶은 거 없어?"

왜 하필 질문이 저거야. 조금 전 내가 엄한 상상을 한 걸 들킨 것 같아서 표정 관리가 안 됐다. 혹시 다 알고 하는 질문인가 싶어 그를 노려봤지만 키르는 순수하게 질문의 답이 궁금하단 얼굴을 했다.

그래, 아니겠지. 아무리 키르라고 해도 머릿속을 읽는 재주는 없으니까. 그렇게 생각하지만 그래도 부끄러운 건 부끄러운 거라서 나는 열기를 식히려고 벌떡 일어섰다.

"딱히 생각나는 거 없는데."

그러면서 놔 달란 의미로 손을 흔들었다. 언제쯤 키르 앞에서 담담해지려나 모르겠다. 이렇게 한 번 열이 오르면 수습이 안 돼서 힘들었다. 그러니까 왜 부끄러움은 나만 느끼냐고.

하지만 열심히 흔들어도 깍지 낀 손은 풀릴 기미가 없었다. 어서 놔 달라고 키르를 봤더니 키르가 깍지 낀 손에 더욱 힘을 줬다.

"아직도 어색해? 피하고만 싶어?"

키르는 담담히 말하는 것 같지만 기운 빠진 목소리를 보니 서운함을 느끼는 것 같았다. 그런 의도가 아니라고 해도 내가 은연중에 자꾸 키르를 실망하게 만드는 걸 안다.

난 부끄러워하는 거지만 키르가 느끼기엔 거부로 받아들여질 수도 있다. 게다가 내 작은 행동에 키르가 일희일비하는 것도 안다. 그렇게 생각하니 이번에도 또 혼자 흥분해서 키르에게 상처를 준 건 아닐까 걱정이 됐다.

"그게 아니라……. 싫은 게 아니야. 그냥 부끄러워서 그래."

나는 가까스로 용기를 내 설명했다. 그제야 기분이 풀린 듯 키르가 잡은 손끝에 힘을 줬다. 그러자 내 기분도 풀렸다. 이렇게 사소한 곳에서 내가 반응하는 게 이전과 크게 달라진 점이었다.

"언제까지 부끄러워하려고 그래."

키르의 목소리가 한결 나른해졌다.

"나도 노력하고 있어."

잡힌 손가락 사이로 키르의 손가락이 느릿하게 움직였다. 어쩐지 야한 느낌이다. 내 온몸의 감각이 그쪽으로 쏠렸다. 이러니까 내가 의식하지! 내 얼굴이 발갛게 달아오를수록 키르의 시선이 짙어졌고 목소리는 한결 낮아졌다.

"노력 가지고는 부족한 것 같아."

"그, 그럼 어떡하라고……."

또박또박 말하는 사람 하면 나였는데 최근엔 말 더듬는 습관이 생긴 건 아닐까 걱정될 정도로 제대로 말하는 경우가 드물어지는 것 같았다. 하지만 워낙 키르의 기색이 휙휙 바뀌어서 나도 힘들었다.

"뭐가 제일 부끄러워?"

나는 키르의 질문에 쉽게 답할 수 없었다. 절대, 싫은 건 아닌데 그냥 다 부끄러웠다. 딱히 누가 뭐라고 하거나 놀리는 것도 아니었다. 하지만 키르의 저런 시선과 닿으면 얼굴에 핫팩이라도 붙여 놓은 것처럼 열기가 쏠렸다.

"시선 마주치는 것도 부끄러워?"

내 몸이 녹아 버릴 것처럼 목소리가 부드러웠다. 결국, 또 눈을 마주치기 힘들어진 나는 슬쩍 눈을 내리깔았다.

"너, 시선이 달라졌어."

"당연히 다르지. 예전엔 소꿉친구랑 있던 거지만, 지금은 내 애인이랑 있는 거잖아."

뿌듯함이 가득 담긴 키르의 음성에 내 목은 점차 수그러들어 엄청 공손한 자세가 됐다. 그러니까 네가 그럴수록 내가 더 힘든 거라고. 키르의 노골적인 언사에 몸이 배배 꼬였다.

다시 말하지만 절대 싫은 건 아니다. 좋은데 부끄러워서 숨고 싶을 뿐이다. 그런 내 안절부절못함을 키르가 봤나 보다.

"나한테 좋은 생각이 있어."

그러고 나서 키르의 웃음이 짓궂어졌다. 슬쩍 당기는 손길에 나도 모르게 속절없이 끌려가 키르의 앞에 섰다. 그리고 아차 하는 사이에 키르의 팔이 나를 감싸 당겼다.

얼떨결에 키르의 무릎 위에 앉게 된 나는 올라오는 비명을 삼켰다. 갓 잡아 올린 생선처럼 펄쩍 튀어오르는 내 몸을 키르가 감싸 안았다. 게다가 고개를 들지 못하도록 뒤통수까지 살짝 눌렀다. 키르의 어깨에 얼굴을 묻는 순간, 귓가에서 속삭임이 들렸다.

"부끄러워서 눈을 마주치지 못하겠으면 안 보면 되잖아. 이렇게 바짝 달라붙으면 아무 것도 보이지 않을걸."

이게 눈을 마주치는 것보다 더한 상황 같은데…….

말이 안 되는 말이지만. 악덕 사채업자한테 속은 것 같은 느낌이 들 정도지만. 나는 그냥 키르의 어깨에 고개를 묻은 그 상태에서 등 뒤로 팔을 둘러 키르의 옷자락을 꼭 쥐었다. 저 말도 안 되는 궤변이 꽤 설득력 있게 들릴 정도로 기분 좋은 품이었다.

* * *

나는 오랜만에 황태자비님의 초대로 황궁을 방문했다. 사실 처음엔 거절했는데 다시 편지를 보내와 어쩔 수 없이 와야 했다. 응접실로 들어서자 황태자비님이 오매불망 나를 기다렸는지 격렬하게 반겨 주셨다.

"어서 와! 뭐가 그렇게 바빠서 찾아오지 않은 거야?"

내가 초대를 거절한 일을 마음에 담아 두셨나 보다. 이분도 나를 너무 좋아해서 탈이다. 처음엔 나한테 이렇게까지 의지하지 않았던 거 같은데 점점 심해지시네.

"일이 좀 있었어요. 그런데 이젠 대놓고 부르시네요?"

내 입에서 그만 퉁명스러운 말이 먼저 나갔다. 황태자비님을 만나는 게 싫은 건 아니었다. 키르와 대화하는 것과는 또 다른 재미가 있으니까. 다만, 이렇게 내가 황태자비님과 친분을 나타내도 되는지 아직도 망설여지는 것뿐이다.

내 불친절한 말투에도 황태자비님은 싱글벙글 중이었다. 그것도 모자라 음흉함을 담아 나직하게 웃음을 터트렸다.

"후후후후……. 이미 게임은 끝났어!"

황태자비님의 승리에 가득 찬 외침이 응접실 안을 울렸다. 무슨 게임이 끝났다는 거지? 근거 없는 자신감을 내비치는 것 같은 황태자비님을 나는 아무 말 못 하고 응시했다. 그녀에게서 들뜬 감정이 전해졌다.

하지만 나는 황태자비님이 저렇게 들뜰 이유를 도무지 알 수 없었다. 지금 대회 중인 테일런의 일 때문인가? 벌써 장인과 계약을 했나?

"무슨 게임이 끝났어요? 좋은 일 있어요?"

"영애는 은근히 소식이 느린가 봐?"

자랑하고 싶어서 근질근질한 얼굴로 그렇게 말하면 기분이 좀 그런데. 사실 요 며칠 동안 나는 대공저에서 머물며 키르랑 붙어 있기 바빴다.

딱히 뭘 한 건 아니지만 키르가 내 곁에서 떨어지지 않아서 뭘 할 틈이 없었다. 처음 황태자비님의 초대를 거절한 것도 그 이유 때문이었다. 키르를 떼어 놓고 나올 방법이 없어서.

"모르니까 얼른 이야기 해 주세요."

묻는 내 목소리는 덤덤했다. 황태자비님이 과하게 안달하는 이유는 아마 테일런과 연관이 있을 거다. 게다가 저렇게 좋아할 이유면 어차피 황태자비님의 자랑일 게 뻔하니까.

내 반응이 너무 성의 없었는지 황태자비님이 살짝 입술을 샐쭉였다. 그래도 자랑은 하고 싶은지 표정을 되돌리며 다시 음흉한 웃음을 지었다.

"대회가 성공적이야!"

"축하드려요!"

황태자비님이 한 말은 반쯤 예상했던 일이라 적당히 박수쳤다. 어깨를 으쓱거리는 그녀에게 더 추임새를 넣어 주려던 나는 무언가 이상한 점을 알아챘다.

"그런데 아직 대회 진행 중 아니에요?"

보석 세공이라는 건 하루 안에 딱 만들어지는 그런 게 아니었다. 장인들이 혼신을 쏟아 만들어야 하기에 여유 시간이 필요한 작업이었다. 그래서 이번 대회만 해도 3개월에 거쳐서 하기로 했다.

그런 대회가 이제 막 열렸으니까 결과가 나오기엔 이르다. 그러니까 저렇게 기뻐하기엔 조금 이른데…….

그런 내 찜찜함을 황태자비님이 읽었나 보다.

"예상보다 참가자가 엄청 몰려든 데다가 구경꾼들도 끊임없이 모이고 있다더군! 그 복권이란 거 엄청난 거 같아!"

황태자비님이 신나는 목소리로 알렸다. 아직 결과가 나왔단 소리는 아니구나. 하긴 첫 대회에 많은 사람이 몰린다는 것만으로 충분한 일이니까. 황태자비님의 반응을 보아하니 복권이 사람들을 모으는데 큰 영향을 미쳤나 보다.

복권 당첨금은 사실 귀족에게 얼마 안 되는 돈이지만 그걸 쥐게 될 평민에겐 엄청난 행운이었다. 하늘에서 돈벼락이 떨어질 수 있는데 관심을 갖지 않는 게 이상한 거다.

그래도 결과가 좋다니 내 어깨가 으쓱거렸다. 하지만 대놓고 표현은 하지 않았다. 사람에겐 겸손이란 것도 필요하니까.

"구경꾼이랑 참가자가 많다니 다행이네요. 이제 가장 큰일만 남았네요. 대회의 우승자를 뽑은 뒤 장인과 계약하는 일 말이죠."

그러고 보니 황궁에 오는 동안 거리가 유난히 한산한 것 같더니, 수도에서도 구경 간 사람이 꽤 있나 보다. 그렇게 내가 황태자비님의 들뜸을 납득하고 있을 때였다.

황태자비님은 무언가 더 남아 있다는 듯, 씨익 웃었다. 마치 처음 탄산의 맛을 본 사람처럼 짜릿해 보이는 표정이었다. 그 의미심장한 웃음이 살짝 심드렁하던 내 감정을 일깨웠다.

그러자 황태자비님은 더욱 교묘한 미소를 지었다. 그래, 완벽한 승리자의 미소를. 저렇게까지 자신감을 드러낼 정도면······.

"서, 설마?"

놀란 내가 반사적으로 외쳤다.

"그래, 그 설마!"

내 극적인 반응이 즐겁다는 듯 황태자비님이 외쳤다. 당장 기쁨의 춤이라도 출 것 같은 황태자비님의 표정에 난 확신했다.

"벌써 장인과 계약을 하신 건가요?"

"그렇지!"

황태자비님이 짧고 강렬하게 인정했다. 순식간에 머릿속이 멍해졌다가 축하해야 하는 걸 떠올렸다.

"진짜, 진짜 축하드려요!"

내가 생각해도 놀랍다. 계기를 마련하긴 했지만 정말 계약을 성사할 수 있을 줄은 몰랐다. 내 예상보다 일이 긍정적으로만 척척 진행된 게 놀라워서 어안이 벙벙했다. 내 진심이 느껴졌는지 황태자비님의 코가 하늘 높은 줄 모르고 치솟으며 우쭐함을 드러냈다.

"더 중요한 사실이 있지!"

아니, 장인과 계약한 것보다 중요한 사실이 뭐가 있어? 그게 이 대회를 연 이유인데?

"뭔데요?"

얼마나 충격적인 이야기일지 내 목소리가 기대감으로 올라갔다. 그러자 황태자비님이 성 천장을 뚫어 버릴 것처럼 새된 소리를 질렀다.

"계약을 드워프랑 했거든!"

그게 뭐……. 뭐? 드워프?

"드워프라니요? 최근엔 본 사람이 없다면서요!"

너무 놀라서 따지는 것 같은 말투가 나왔다. 하지만 황태자비님도 만만치 않게 흥분된 상태라 더욱 돌고래처럼 높은 목소리로 맞받아쳤다.

"그렇지! 그 드워프가 소문을 듣고 세상으로 나온 거야!"

난 귀가 따가울 정도의 음성에 반사적으로 박수만 쳤다.

황태자비님이 충분히 흥분할 만했다. 전설의 종족까지는 아니더라도 드워프는 충분히 대단한 종족이었다. 그들은 인간은 따라갈 수 없는 실력을 가진 장인이다. 조금 보는 눈이 있다고 자부하는 소비자들은 드워프제를 찾았다.

하지만 어느 순간 드워프들은 외부 활동을 절대 하지 않았다. 인간에게 물품을 판매하지도, 세상에 나오지도 않았다. 그래서 최근에 드워프 보기가 하늘의 별따기 수준이라고 했다.

얼마나 대회를 잘 준비했으면 은거 기인이 세상에 나오지? 놀람으로 표현하기 부족할 정도다.

그리고 드워프와 계약한 건 또다른 이점이 있었다. 그들은 엄연히 다른 종족이라 인간의 잣대로 판단할 수 없었다. 즉, 바스탄 공작의 방해가 통하지 않을 확률이 높을 거란 소리였다. 대회의 목적은 완벽하게 이루어졌다.

"대단해요. 어떤 마법을 부리신 거죠? 드워프가 참가하게 만들다니 엄청나요."

여운이 가시질 않아 내가 순수하게 감탄을 터트리자, 황태자비님의 눈이 동그랗게 변했다. 그리고 웃음이 묘해졌다. 어쩐지 날 훑는 눈길이 영 찜찜했다. 혼자 비밀을 아는 자의 우쭐한 웃음이랄까?

"왜요?"

좋던 기분이 가라앉으려 할 때였다. 황태자비님이 나를 놀리듯 말했다.

"자기를 칭찬하면 좋아? 멋쩍지 않아?"

내가? 지금 나를 칭찬했어? 사람 몰아가기의 끝판왕이 여기 있네.

내가 어이가 없어 황태자비님을 쳐다봤더니 그녀는 맑은 소리를 내며 웃었다.

"아니, 이 대회를 열라고 조언한 것도 영애지. 게다가 드워프들이 흥미를 가질 에리카 황녀의 드레스를 미끼로 내밀라고 한 것도 영애잖아. 모두 자기가 해 놓고선 그렇게 대단하다고 하면 어떡해. 본인 칭찬 아닌가?"

황태자비님의 말이 이어질수록 내 입이 저절로 벌어졌다.

"정말 그것 때문이라고요?"

"맞아. 드워프들은 에리카 황녀의 드레스를 보고 싶어서 왔다고 하더라고. 정말 영애는 대단한 것 같아."

황태자비님의 흡족한 미소를 보며 나는 정신이 멍해졌다. 물론 에리카 황녀의 드레스라면 훌륭한 홍보 효과가 될 줄은 알았다. 하지만 기껏해야 인간 세계의 장인 정도만 낚일 줄 알았지, 드워프까지 튀쳐나올 줄 알았나?

"그래도 그들을 만나기만 했을 뿐이지, 계약은 그쪽에서 좋은 조건을 내밀었기 때문에 된 것 아닌가요?"

"그렇긴 하지. 그들과 계약을 조율하느라 힘들었다고 들었어."

"그럼 제 능력은 아니죠."

좋다 말았네. 내가 계약을 성공시킨 당사자는 아니기에 내 능력이라고 할 수 없었다. 하지만 황태자비님의 생각은 달랐나 보다. 그녀는 웃음을 터트렸다.

"물론 그 드워프를 설득하는 것도 힘들었겠지. 하지만 만날 수 있는 기회를 준 것도 대단한 일인걸. 워낙 외부 활동이 없어서 드워프가 세상에서 아예 사라진 건 아니냐는 소문도 돌고 있었다고."

"음, 그냥 운이 좋았다고 생각해요."

내가 한 일이라고 칭하긴 애매한 일이라 얼버무렸다. 하지만 황태자비님은 내게 계속 감사 인사를 했다. 내가 소개시켜 준 대공과의 만남이 성사되지 않으면 이 모든 일이 이루어지지 않았을 거라고 입이 마르도록 칭찬까지 했다. 그걸 다 무슨 정신으로 들었는지 모르겠다.

적당히 대화를 마무리하고 대공저에 돌아 와서도 얼떨떨함이 남았다.

전생이 험난해서 이번 생도 험난할 줄 알았는데 너무 잘 풀려서 두려울 정도다. 내가 낸 제안이 통과된 것뿐만 아니라 실제로 성공했다니 ……. 진짜 천재들과 비교하느라 내가 못난 줄 알았는데 황태자비님과 얽히고 나니 엄청난 일들이 술술 진행된다.

이 정도면 나 미래에 취직 걱정 안 해도 되겠는걸? 공무원, 공무원 노래 부르지 않아도 될 정도는 된 것 같다. 황태자비님의 우쭐함이 내게도 전염되었는지 나도 우쭐한 생각을 했다.

* * *

그러나 내가 순수하게 기뻐하지 못하게 방해하는 존재가 있었다. 어깨가 무거워서 가뜩이나 작은 키가 더 줄어들 것만 같았다.

관계가 달라져서 그럴까, 아니면 키르의 말도 안 되는 말이 엄청난 설득력이 있었던 걸까, 키르에게 안기는 건 나쁘지 않았다. 물론! 순수한 의미의 안김이다. 우린 아직 바르고 지킬 것은 지키는 사이였다.

어쨌든 키르와 얼굴을 마주 보는 걸 못 견딜 것 같았던 나는 차라리 끌어안는 게 낫다는 이상한 해결책을 찾게 되었다. 그러다 보니 우리는 시도 때도 없이 끌어안는 사이가 되어 버렸다. 그래도 이건 좀 그렇지.

"키르, 네가 피로야?"

"응?"

나는 머리 위에서 들리는 목소리에 몸을 흔들었다. 그래 봤자 떨어지지 않았지만.

"이것 봐! 만성 피로처럼 내 어깨에 붙어서 떨어지지 않잖아!"

적당히 해야지! 만성 피로 같은 놈아! 내 등 뒤에 바짝 붙어 어깨를 감싼 채 떨어지지 않는 키르 때문에 소리쳤다. 어느 정도껏 해야 기분 좋게 받아주지, 떨어지지 않는 키르 때문에 내 어깨는 편할 날이 없었다. 이제 거의 업고 다니는 기분이다.

난 진심으로 소리쳤는데 키르는 웃음을 터트렸다. 내 표현이 웃긴 모양이었다. 웃겨, 사람 등에 껌딱지처럼 붙어 있는 자신의 모습이 더 웃기단 걸 모르는 모양이네.

내 어깨에 얹힌 키르의 손을 탁탁 쳐대자 그제야 손이 스르륵 풀렸다. 그 틈을 타 쪼르르 앞으로 달려 나가 키르와 거리를 벌렸다.

어이쿠, 곰 한마리가 떨어져 나간 것 같네. 해방감에 어깨를 돌리며 고개를 흔들어 몸을 풀었다. 그때였다.

"내가 귀찮고 힘들어?"

키르의 시무룩한 음성이 들렸다. 뒤를 돌아보니 보란 듯이 기운 없는 표정을 짓고 있는 키르가 보였다. 축 처진 어깨가 쓸쓸했다. 얼마나 애처롭고 힘없는 몸짓인지 안쓰러움이 생겨 심장 근처를 꾹 쥐었다.

요망한 것. 방금 전까지 저 녀석이 내 뒤에 매달려 큭큭댔다는 걸 알면서도 저 요망한 모습을 보니 마음이 약해졌다. 자꾸 이렇게 키르한테 너 그러우면 안 되는데. 그렇게 스스로의 마음을 다잡으면서도 나는 키르를 향해 손을 내밀었다.

"손은 잡아 줄게."

그제야 키르의 입가에 미소가 매달렸다. 내 손을 꼭 쥐고 천진하게 웃는 키르 때문에 나는 고개를 절레절레 저어야만 했다.

완전 엄마 좇아다니는 아이가 다 됐네. 여태까지 나 없이 어떻게 살아왔는지 걱정될 정도로 키르는 나와 붙어 다니려 했다. 그래서 나도 어지간한 외출은 삼가고 있었다.

이런 상태로 보아 아버지가 떠나지 않고 머물렀으면 어떻게 됐을지 의문이다. 지금은 좋다고 쳐도, 테일런의 대회가 끝나서 아버지가 돌아오면 어쩌려고 이러지? 이번엔 아버지를 공국으로 보내려나?

……어, 어라? 난 방금 엄청 중요한 걸 잊고 있었단 사실을 깨달았다. 키르는 곧 공국으로 돌아가야 한다. 그럼 우리 사이는 어떻게 되는 거지? 설마, 연애하자마자 장거리 연애야?

어떻게 그 중요한 사실을 잊고 있었는지 놀랍다. 키르와의 관계를 고민할 때도 난 우리가 떨어져 지낼 거란 점은 조금도 고려하지 않았었다.

물론, 나는 연애하면서 해서 매일 붙어살아야 한다고 생각하지는 않는다. 연인이라도 각자의 생활이 있는 거니까. 연애한다고 원래의 내 인생이 사라지는 건 아니었으니까.

하지만 그거랑 장거리 연애는 다르잖아? 진짜 어떻게 되는 거지?

"키르! 나 지금 되게 중요한 사실을 잊고 있었던 것을 알아챘어!"

"뭘 잊고 있었다는 거야? 중요한 일이야?"

내가 진심으로 놀라서 외치자 키르가 덩달아 심각해졌다. 잡았던 손에 살짝 힘을 준 키르의 얼굴에는 당장 나서서 해결해 줄 것 같은 비장함이 떠 있었다. 딱히 키르가 날 무시했던 것도 아닌데, 이렇게 적극적으로 맞장구쳐 주면 기분이 이상하게 좋았다.

키르의 진지하게 들어 주는 자세가 제법 마음에 들어 히죽거리려 했다. 하지만 이렇게 좋아할 상황이 아니란 걸 자각하고 나는 다시 표정을 가다듬었다. 어차피 혼자 고민한다고 답이 나올 일이 아니라서 조심스럽게 이야기를 꺼냈다.

"너 곧 공국에 돌아갈 거 아니야……."

난 계속 현자의 서재에서 더 공부할 거고, 차마 뒷말은 덧붙이지 못 했다. 공국 또한 내 집이며 언젠간 돌아갈 생각을 하고 있었다. 하지만 당장 선뜻 따라가겠다는 말이 안 나왔다. 나는 미안함을 담은 눈으로 키르를 쳐다봤다.

그러자 키르의 얼굴에도 아차 하는 기색이 떠올랐다. 그도 현재를 즐기느라 거기까진 생각하지 못한 듯했다. 정말 연애하자마자 기약 없는 장거리 연애인가?

"이러다 1년에 한 번 볼까 말까 하게 되는 거야?"

물론, 지금 내 등껍질이 된 키르가 살짝 귀찮다는 마음이 들긴 했다. 하지만 그게 1년에 한 번 정도만 보고 싶단 소리는 아니었다.

무슨 연애 한번 하기가 이렇게 힘든지. 이럴 게 아니라 함께 있을 수 있을 때 할 수 있는 걸 다 해 봐야 하나? 그런데 뭘 먼저 하지? 할 건 많고 시간은 적다.

내 고민이 심각해지자 키르가 날 잡아당겼다. 얼결에 다시 폭 키르의 가슴에 기대게 된 나를 든든한 팔이 감싸 안았다. 마무리로 키르의 턱이 내 정수리에 가볍게 내려앉았다.

"아렌."

낮은 목소리는 조금도 흔들림 없었다. 차분한 음성이 마치 내 혼란을 다독이는 기분이었다. 나는 기운이 쭉 빠져서 키르에게 더욱 기댔다. 내가 진정된 걸 느꼈을 텐데도 키르의 토닥임은 이어졌다.

"나랑 헤어지고 싶은 건 아니지?"

너 그거, 원거리 연애하면 헤어지잔 말은 아니지?

"그랬으면 내가 놀랐겠어?"

내 이마를 콩콩 키르의 가슴에 대고 부딪혔다. 혼나 보라는 의미였는데, 키르에겐 아니었나 보다. 또 소리 죽인 웃음을 터트리는지 키르의 몸이 들썩였다. 이것 봐라? 난 심각한데 넌 웃어? 내가 발끈한 걸 알아챈 키르가 팔을 더욱 조여 왔다.

"그럼 걱정하지 마."

진짜 걱정 따위는 없는지 키르의 심장 소린 평온했다. 난 원거리 연애는 잘할 자신이 없는데. 이거, 일적으로 잘 풀리니 내 연애 운이 막히는 건가 싶을 정도다. 전생엔 연애도 못 해 보고 죽질 않나, 두 번째 생엔 사귀자마자 멀리 떨어져야 하다니.

"어떻게 걱정을 안 해?"

사실 키르를 안 보면 죽을 것 같거나 막 보고 싶고 이런 건 아니다. 그런데도 그와 멀어진다는 게 실감이 안 났다. 진짜 어쩌지? 내가 끙끙 앓는 소리가 키르에게 들렸나 보다.

"내가 공국으로 돌아가지 않으면 되니까."

그 말을 들은 나는 놀라서 벌떡 몸을 일으켜 세웠다. 그에게 허리가 붙들린 상태라 시선을 마주치려면 한껏 고개를 꺾어야 했다.

"공국에 돌아가지 않는다고? 언제까지?"

"네가 돌아갈 때까지?"

키르가 이보다 명쾌한 답이 없다는 듯 밝게 웃었다. 난 멍하니 키르를 바라봤다. 그게 그렇게 간단하게 정해도 되는 내용인가? 물론 키르가 제국에 머무는 게 불가능한 건 아니긴 한데……

아, 그러고 보니 '그게' 있잖아. 나도 참, 그 중요한 내용을 깜빡하다니. 도대체 요즘 무슨 정신으로 산 거지? 뭐 하나 제대로 챙기면서 사는 게 없다. 인식하니 갑자기 키르 걱정이 몰려왔다.

"그러고 보니 너, 그건 괜찮아? 이렇게 오래 머물러도 돼?"

키르를 향해 심각하게 물었다. 키르가 주는 애정이나 다정한 배려도 다 좋았다. 하지만 그렇다고 나 때문에 키르가 무리하길 바라지는 않았다. 달콤한 기분에 취한 나머지 키르를 조금도 배려해 주지 않았다니.

"응?"

키르의 뭘 묻는지 모른다는 듯한 음성에 난 더 표정을 굳혔다. 나 때문에 키르가 엄청 무리하고 있다는 게 와 닿았기 때문이다.

"너 제국 싫어하잖아."

키르가 살짝 멍한 얼굴을 했다. 허, 참. 본인도 잊어버리고 있었나? 그럼 제국 공포증이 괜찮아진 건가? 의문이 생긴 내가 그에게 트라우마에서 완전히 벗어난 거냐고 막 물어보려고 할 때였다. 키르가 참았던 웃음을 터트리며 내 어깨에 고개를 묻어 왔다.

뭐야? 갑자기 왜 이래? 얼떨떨해진 나는 가만히 있었다. 그 사이에도 키르는 진정이 되지 않는지 한참을 큭큭거리며 웃어 댔다. 뭐지. 이 엄청 나쁜 기분은.

"그만 웃어."

사람에겐 본능이 있다. 저렇게 웃어 대는 걸로 보아 내 말 어딘가에 놀릴 점이 있다는 거다. 저기서 놀릴 점이라고 해 봤자 키르가 제국을 싫어한다는 게 내 착각이라는 거겠지.

즉, 그 말은 내가 그 오랜 시간 착각해 온 걸 키르가 내버려 뒀다는 소리기도 했다. 세상에 사람을 몇 년이나 속인거야? 왜 속인 거야?

내 양 뺨이 뚱하게 부어올랐다. 내 목소리에서 불만을 읽은 키르가 웃음을 수습하며 고개를 들었다. 그래도 새어 나오는 웃음을 숨기지 못 했다. 내 눈이 역삼각형이 되어갈수록 키르는 예쁘게 눈을 휘었다.

"놀린 거 아닌데."

그렇게 사탕처럼 달콤하게 말한다고 넘어갈 내가 아니거든. 나 독한 사람이야.

"놀린 것처럼 들리는데."

내 목소리에 충분히 뚱함이 들어 있을 텐데 키르는 연신 웃음을 흘렸다. 그 웃음에서 '아, 이 귀여운 것을 어쩌나.' 하는 감정을 읽었지만 난 흔들리지 않았다. 어쨌든 지금 놀림 받는 게 맞잖아. 난 키르를 더 매섭게 노려봤다. 그러자 키르의 고개가 불쑥 내려왔다.

그러더니 말릴 새도 없이 불만으로 빵빵하게 부풀어 오른 내 뺨 위에 입술이 꾹 닿았다가 떨어졌다. 쪽 소리까지 찰지게 나서 내 당혹감은 엄청났다. 사람이 너무 놀라면 비명도 못 지른다더니. 난 입만 뻐끔거리며 굳어 버렸다. 막, 막 볼에 감촉이 남았어!

사귀기로 한 날, 테라스에서 내 입술을 훔친 키르의 행동에 내가 너무 기겁해서일까. 키르는 나를 엄청 안아 댔지만 그 이상은 없었다. 붙어 있어도 입술을 내미는 엄한 짓은 안 했었는데. 또 이렇게 기습을 하다니.

사실, 그때에 비하면 이번 건 귀여운 4살 동생에게 하는 수준의 스킨십인 걸 안다. 연인으로서의 야한 접촉이 아니라는 걸 알면서도 내 심장은 너무 벌렁거려서 호흡곤란이 올 것 같았다. 내가 소리치지 않은 게 의외였는지 키르가 귀엽게 고개를 갸웃거렸다.

"아……. 이건 또 해도 된다는 소린가?"

그리고 내가 반응할 새도 없이 반대쪽 뺨에서도 쪽 하는 소리와 감촉이 울려 퍼졌다. 얘, 얘가! 그런 거 아니었거든! 얼굴로 몰리는 열기가 너무 뜨거워서 목구멍에 짓무른 화상이라도 생겼나 보다. 도저히 목소리가 나오지 않았다.

나는 힘껏 키르를 밀어 냈다. 하지만 내가 도망갈 걸 예상했는지 키르가 놓아주지 않았다. 안절부절못하다가 난 키르의 가슴팍에 고개를 묻었다. 머리를 숨기는 꿩처럼 어리석은 행동이라는 걸 아는데, 이렇게라도 하지 않으면 내가 견딜 수 없을 것 같았다.

키르가 웃으며 나를 더 꼭 끌어안았다.

"그 말도 안 되는 변명을 아직도 믿고 있었어?"

정말 믿기지 않는다는 듯한 말투라서 민망함이 몰려왔다.

"네 말을 믿은 거잖아."

"알지. 하지만 어린 시절은 몰라도 아직까지 믿는 게 놀라워서. 귀여워서 좋지만 이렇게 순진해서 어떡해?"

유치하고 말도 안 되는 변명이라고 해도 그게 누군가에겐 진실일 수도 있는 거잖아.

"그러니까 네 말을 믿은 거라니까."

난 그런 키르가 얄미워 등을 두드렸다. 하지만 키르는 내가 두드리는 건 아프지 않다는 듯 꿈쩍도 안 했다.

"믿어 준 게 기쁘긴 하네."

키르의 만족스러운 웃음을 듣다가 또 어떤 사실이 떠올랐다. 어라? 그러고 보니…….

"너! 얼마 전에도 그 핑계로 나를 이용했잖아!"

키르를 밀어 내며 외쳤다. 이번엔 억울해서 아까보다 조금 힘주어 키르의 가슴을 쳤다. 그래도 키르는 끄덕도 안 했지만.

"내가 언제?"

키르의 그런 소리 처음 듣는다는 듯 천진한 표정에 기가 막혔다. 내가 분명히 기억하거든.

"우리 시장 갔을 때! 제국은 혼자 돌아다니기 불안하다면서!"

"그거야 네 손을 잡고 싶었으니까."

진심을 다 해서 억울함을 토로했는데, 키르가 저렇게까지 뻔뻔하게 나오니까 도리어 할 말이 없었다. 얘 뭘 잘했다고 이렇게 당당해? 어째 사귄 다음부터 성격이 더 능글맞아진 것 같아.

내가 더 따지지 못하고 부들부들 떨자 키르가 교묘하게 웃었다. 그리고 다시 키르의 입술이 쪽 하고 뺨에 닿았다가 떨어졌다.

"얘가 점점!"

나는 그의 입술이 막 닿았던 자리를 손바닥으로 감싸 숨기며 발을 동동 굴렀다. 그러자 키르가 짓궂은 웃음을 지었다. 불길함에 움직이려 했지만 내 손보다 키르의 입이 훨씬 더 빨랐다. 이번엔 반대쪽 뺨에 또 쪽 소리를 남기고 입술이 떨어졌다.

으아! 진짜 미치겠네. 뒤늦었지만 나는 손으로 재빠르게 뺨을 가렸다.

"다 가렸어! 그만해!"

나는 양 뺨을 손바닥으로 방어한 채 키르를 노려봤다. 흥! 이제 쉽게 내주지 않을 테다! 나름 득의양양하게 외쳤는데 키르의 입술이 한쪽으로 야릇하게 올라갔다. 어째 눈빛도 위험하게 빛나는 것 같았다.

"그래도 한 군데 남는걸?"

키르의 눈동자가 어디로 움직이는지 보였다. 노골적으로 입술을 노리는 신호에 나는 비명을 삼키며 다시 키르의 가슴에 이마를 붙였다. 그렇게 매달려 숨을 꾹 참자 키르의 가슴이 들썩였다.

그와 동시에 키르가 내 어깨를 감싸 끌어당겼다.

이건 일부러 날 놀리는 거지? 초등학생도 아니면서 내가 당황하는 게 즐겁나. 등을 두드리는 것으로는 전혀 반성의 기미가 보이지 않아서 이번엔 키르의 옆구리를 꼬집었다.

"왜?"

그만 놀리란 신호를 줬는데도 머리 위에서 울리는 키르의 끅끅거리는 웃음소리는 멈추지 않았다. 완전히 말려든 것 같았다. 괜히 나 혼자 엄한 상상한 것 같잖아. 부끄러워. 내가 얠 감당할 수 있으려나 모르겠다.

"그만 웃어."

이마로 키르의 가슴을 꾹꾹 밀어 대자 그제야 웃음소리가 잦아들었다.

나도 다시 힘을 빼고 키르에게 기댔다. 자주 안겨서 그런가? 이젠 이 품이 참 익숙하고 편했다. 묘한 안도감과 따스함도 좋고.

나는 온기를 좇는 것처럼 키르의 가슴으로 더 파고들었다. 키르의 턱이 정수리에 닿고 팔이 내 허리를 더 끌어당겼다. 묵직한 무게감이 전해졌다. 그리고 이번엔 키르의 낮은 한숨소리가 들렸다.

"우리 아렌, 언제 크려나?"

키르가 진심으로 한탄하는 것 같았다. 대놓고 나 들으라고 하는 말인 걸 알지만 그냥 모른 척했다. 하나를 주면 둘 이상을 가지려는 욕심꾸러기의 욕망은 살짝 무시해 줘도 된다.

* * *

시간이 참으로 빨리 흘렀고 내게도 많다면 많은 일이 있었다.

키르와의 연애 생활은 나름 순조로웠다. 키르는 나와 닿는 걸 과하게 좋아하긴 하지만 내 느린 속도에 맞추듯 부담스럽게 굴지 않았다.

그리고 황태자비님은 일이 잘 풀려서 거리낄 게 없어졌는지 종종 나를 불러서 수다를 떨었다. 자랑 섞인 기쁨을 순수하게 나눌 사람이 필요해 부르는 거란 걸 알아서 매정하게 굴 수 없었다. 그녀도 나만큼 친구가 없었다. 오죽하면 날 불러서 자랑할까.

게다가 난 묘하게 올라오는 동지애 때문에 황태자비님께 더 약한 편이었다. 그래서 나는 종종 황궁에 들러 황태자비님의 수다를 들어 줬다. 덕분에 나와 그녀의 친분은 점차 주변 사람들에게 알려졌다. 키르를 비롯한 다른 사람들도 말이다.

애초에 키르와 사귀고 난 다음부터 황태자비님과의 일을 그에게 숨길 생각은 없었다. 비밀로 진행해야 하는 일이 전부 다 공개되었기에 키르에게 거리낌 없이 설명했다.

모든 이야기를 들은 키르는 한숨을 쉬었다. 대충은 짐작했어도 내가 이렇게까지 연관이 컸을 줄은 몰랐겠지.

"가끔 넌 어마어마하게 대범해지더라."

응? 나 나름 소심하게 지낸다고 생각했는데. 나처럼 몸을 사리는 사람이 어디 있다고.

"내가 그랬어?"

"그랬어. 평소엔 과하게 몸을 사리는 것 같다가도 어느 순간 어마무시한 일을 저지르지."

그런가? 멋쩍어서 뺨만 긁적였더니 키르가 잠시 잔소리하고 싶은 얼굴로 노려봤다. 하지만 그러다가도 이미 끝난 일인데 말해 봤자 기분만 상할 것을 알았는지 최대한 조심스럽게 말을 골랐다.

"내가 말린다고 네가 하려던 일을 안 하지는 않을 테니까. 위험한 일 생길 것 같으면 바로 말해 줘."

"알았어. 그리고 이제 위험한 일도 없을걸?"

"좋게 끝났으니 망정이지. 위험한 일이었어."

내가 너무 가볍게 답했는지 키르가 살짝 정색했다.

이번에 일이 술술 풀린 것도 운이 좋아서란 건 나도 안다. 높은 사람들과 어울릴 때 생길 수 있는 위험성을 충분히 인지하고 있었고.

그래서 키르의 말에 나도 알았단 의미로 고개를 끄덕였다. 나 또한 끝난 일로 키르와 싸우고 싶지 않았다. 그리고 반대로 생각해서 나라도 키르가 큰일에 나 몰래 연관되면 걱정이 될 것 같았다.

"알았어. 더 조심할 거고. 중요한 일 있으면 바로 말할게."

내 진지한 약속이 통한 걸까? 그 일은 그렇게 마무리 되었다.

키르는 나랑 시간을 같이 보내기도 아까운데 황태자비님이 나를 불러대서 짜증이 나는 것 같았지만, 나와 황태자비님의 만남을 방해하지는 않았다. 다만 내가 황태자비님을 만나고 돌아오면 그날 오후 내내 키르는

뚱한 얼굴로 저랑 놀아 주지 않았다며 귀엽게 투정을 부리긴 했다.

저런 표정이 귀여워 보이는 날이 올 줄이야.

그렇게 새로운 감정에 놀라고 적응을 하다 보니 몇 개월이 순식간에 지났다. 얼마 지나지 않아 테일런에서는 대회가 성공리에 마쳤다는 소문이 들려왔다.

그리고 그 사실을 증명하듯 황태자비님은 사업을 구체화하느라 바빴다. 직접 생산이 가능해졌으니 판매를 담당할 상단이 필요하다. 그 상단을 만드느라 황태자비님은 정신없이 일했다.

그녀가 바빠 날 찾는 일이 줄어들자 상대적으로 난 여유로워졌다. 여유가 생긴 내가 하는 건 키르와 노닥거리는 것뿐이었다. 하는 일 없이 집에서만 지냈는데 시간은 왜 이렇게 빠르게 지나는지 놀랄 지경이다.

가끔은 키르와 투닥거리기도 했지만 내 일상은 대부분 평온했다. 그래서 더 시간이 빨리 지나간다고 여겨지나 보다.

참, 그러고 보니 평소와 달라진 점이 있었다. 내게 여성 귀족들의 초대 편지가 온다는 것.

눈치 좋고 발 빠른 몇몇 귀족이 사교계에 데뷔하지도 않은 내게 티타임 초대장을 보내 왔다. 나와 친분을 트고 싶다는 내용이었다. 이게 다 내가 '황태자비님이 아끼는 사람' 칭호를 얻은 탓이었다.

내가 황궁을 드나드는 걸 본 사람들 사이에 알음알음 나에 대한 소문이 퍼졌고, 그런 나와 친해지면 황태자비님 곁에 다가가기 쉬울 거라 여긴 접근이었다. 황태자비님의 최근 달라진 위상이 여기서 이렇게 티가 났다.

대공저에서 연회가 끝나고 나서도 난 주의를 끌었지만 그건 잠깐이었다. 아버지가 기사단장이라서 그 딸이 참석했구나, 하고 대수롭지 않게 여기는 수준이었다. 그래서 이번에도 관심이 금방 가라앉을 줄 알았다.

하지만 요즘 황태자비님이 워낙 요주의 인물이다 보니 전에 일까지 얽혀 나도 더 관심을 받게 된 것 같았다.

물론 내가 그 초대에 응하는 일은 없었다. 모르는 사람, 특히 귀족 여성들의 티타임에 가서 내가 무슨 말을 한단 말인가. 초대를 모두 거절한 나는 의도치 않게 신비주의 컨셉을 유지하게 되었다.

그러다 보니 경쟁 심리라도 생겼나? 처음엔 한두 장이던 초대장이 지금은 오히려 더욱 늘었다. 이쪽은 초대장을 받아도 일일이 거절의 답장을 줘야 하니 귀찮기만 했다.

오늘 온 마지막 초대장을 확인하고 들어올렸다. 그러자 그 초대장을 키르가 잽싸게 받아 한쪽으로 치웠다. 귀찮은 물건 치워 주듯 말이다. 내가 초대장을 읽는 동안 이렇게 키르는 내 시중을 들고 있었다.

그런데 이제 어쩌나. 귀찮은 일을 다 해치우고 나니 요즘 내 마음을 심란하게 하던 것이 떠올랐다.

"키르, 이제 어떡할 거야?"

"응?"

내 머리카락을 느리게 흘트리고 있던 키르가 의문을 담은 목소리를 냈다. 내가 편지를 읽는 내내 내 머리카락을 가지고 놀던 손가락도 멈췄다.

그러고 보니 신경 쓰이네. 곱슬곱슬해서 만지는 감촉도 별론데 왜 이렇게 내 머리를 만지는지 모르겠다. 키르의 머리카락이 얼마나 부드러운지 아는 난 비교될까 봐 걱정스러웠다.

키르의 무릎을 베고 누워 있던 몸을 벌떡 일으켰다. 경직된 자세 때문에 뒷목이 뻐근해져서 목을 풀었다.

예전엔 그렇게나 싫던 자세를 이젠 내가 자의로 하고 있을 줄이야. 새삼스러웠다. 자세를 바로하고 앉아 이번엔 내 무릎을 탁탁 두드렸다. 피식 웃은 키르가 내 무릎에 자신의 머리를 올렸다.

그러자 이번엔 아까와 반대로 내가 키르의 화사한 머리카락 위에 손을 얹었다. 역시, 곱슬거려서 억센 감촉을 주는 내 머릿결과 다르게 키르의 머리카락은 보들거렸다. 손끝에 걸리는 느낌이 좋아 절로 웃음이 나온다.

예전에도 키르는 내 손길은 피하지 않았다. 내가 손을 내밀면 만지게는 해 줬다. 하지만 그땐 나도 눈치 보면서 만질 수밖에 없었다. 그래서 이렇게 대놓고 만져도 되는 사이가 된 건 참 좋은 것 같다. 만지면 만질수록 더 만지고 싶어져 계속 머리를 쓰다듬었다.

"할 말 있는 거 아니었어?"

"응?"

"뭐 물었었잖아."

"아……."

맞다 내가 질문했었지. 키르의 머리카락 만지는 감촉이 좋아서 질문했던 것도 잊었다.

"아니, 이제 어떡할 거냐고. 곧 아버지 돌아오시잖아."

아버지가 없을 때야 이렇게 자유롭게 붙어 있지만 테일런의 대회가 끝나서 곧 아버지가 돌아오실 거다. 물론 키르가 눈치껏 행동하겠지, 라고 생각하지만 어떤 돌발 행동을 할지 걱정이었다. 워낙 나랑 닿아 있는 걸 좋아해야지. 하다못해 손이라도 잡아야 만족하는 녀석이니까.

옆으로 누워 있던 키르가 몸을 돌려 정면으로 누웠다. 나를 올려다보는 키르의 얼굴에 실망감이 어렸다. 그는 아버지가 돌아오는 건 꿈에도 생각지 않았던 것 같았다.

나는 키르의 앞머리를 쓸어 올려 이마가 드러나도록 했다. 무슨 이마도 이리 반듯한지. 매끈매끈한 피부를 손바닥으로 쓸었다. 얜 이마 만지는 것도 좋네.

키르가 손을 올려 내 손등을 덮었다. 그리고 내 손에 깍지를 꼈다. 우리 둘의 손은 서로 얽힌 채 키르의 이마를 덮은 상태였다.

사실 내 손이 더 작게 느껴져서 난 깍지 끼는 건 별로 좋아하지 않았다. 나 진짜……. 성장하긴 하겠지?

키르의 손이 내 손을 꽉 잡아 왔다.

"아렌, 허트만 단장이 보고 싶지?"

던져진 키르의 질문이 이상했다. 그야, 아버지가 너무 보고 싶어서 못 견디는 맹목적인 어린애 감정은 아니다. 그렇다고 모처럼 아버지를 볼 수 있는 상황인데 보고 싶지 않다고 여기는 게 더 이상한 거 아닌가.

"아버지 보고 싶은 건 당연한 거지."

"음……. 그런데 아렌, 어쩌지?"

키르의 살짝 미안한 듯한 음성이 불길하다. 날 올려다보는 조심스러운 눈빛이 어째 의심스럽다. 저거 내 눈치를 보는 게 확실하지?

"뭐가?"

키르의 손이 더욱 내 손을 꽉 잡았다. 마치 내가 도망갈까 봐 걱정하는 태도였다.

"허트만 단장과 아버지는 돌아오시지 않을 거야."

"뭐? 돌아오시지 않다니?"

테일런에서 볼일 다 봤으니 돌아오는 거 아니었어?

"위치상 공국으로 바로 가는 게 빠르잖아. 아버지가 바로 돌아가신다고 했는걸."

굳이 수도에 들릴 필요 없이 테일런에서 공국으로 바로 가는 게 거리 상으로 가깝긴 했다. 그래도 그렇지! 헤어질 때만 해도 그런 이야기 없었 는데, 왜?

아무리 모른 척하려고 해도 수상하다. 전부터 자꾸 찜찜함이 남았다. 키르 네 이 녀석, 설마 일부러 아버지를 공국으로 보내 버린 거냐!

"이번에도 네가 그런 거 아니지?"

"응, 뭘?"

키르가 그린 듯한 미소를 지은 채 아무 것도 모른다는 얼굴을 했다. 해 맑은 표정이 수상하고 수상하도다.

"아버지 오면 이렇게 함께 못 있을까 봐. 대공 전하가 바로 공국으로 돌아가시도록 계획한 거 아니냐고."

"그게 무슨 소리……."

"나 거짓말 하는 거 진짜 싫어."

키르가 이번에도 의뭉스럽게 굴 것 같아서 말을 끊었다. 한 번 제대로 짚고 넘어가야 했다. 매번 이런 의심을 떠올리고 내가 키르를 믿지 못 하는 꼴이 되어 버리는 게 싫었다. 내가 정색을 해서일까, 키르가 몸을 일으키고 나를 똑바로 바라봐 왔다.

"……아렌, 날 의심했어?"

되묻는 키르의 얼굴은 차가웠다. 서늘한 표정에 그의 실망감이 느껴져서 난 죄책감이 들었다.

하지만 이런 걱정도 벌써 두 번째였다. 비슷한 일이 있을 때마다 이런 식으로 키르를 의심하며 찜찜함을 남기고 싶지 않았다. 그를 의심해야 하는 상황은 내가 더 싫었다. 그래서 나는 최대한 조심스럽고 진지하게 말을 꺼냈다.

"네가 내게 거짓말 하지 않을 거라고 믿어. 아니, 믿고 싶어. 사실대로 말할게. 이상하게 이런 일에 난 널 의심하게 돼. 아니, 의심까지는 아니지만 찜찜함이 남아. 그래서 네 확언을 듣고 싶은 거야."

사소한 오해가 쌓여 큰 사건이 되는 건 한순간이다. 그래서 난 우리 사이에 감정의 찌꺼기가 남지 않길 바랐다. 그런 무의식이 쌓여서 우리 관계에 큰 뒤틀림이 생기는 상황이 제일 걱정됐다.

그리고 마냥 오해라고 하기엔 난 키르를 너무 잘 알았다. 앤 본인이 원하는 걸 얻기 위해서라면 수단과 방법을 가리지 않을 사람이다. 자신한테 좋은 일이면 당사자인 나만 모르면 된다는 생각에 제멋대로 행동할 수도 있다.

하지만 내 설명에도 키르의 눈빛은 서늘했다. 하긴, 아무리 좋게 말해도 결론은 내가 키르를 믿지 못 한다고 말한 거나 다름없다.

키르에겐 그게 상처가 됐나 보다. 그는 입술을 꾹 다물고 나를 노려보기만 했다. 그래서 난 조심스럽게 더 설명을 덧붙여야만 했다.

"네가 의심스러운 말을 한 건 아니야. 사실 그냥 듣기엔 문제가 없다고 여겨. 그런데…… 곧이곧대로 믿기엔 일이 너무 네게 좋은 쪽으로 풀리잖아. 그렇다고 자세한 설명을 해 주는 것도 아니고. 물론 네가 세세하게 설명할 의무가 없긴 하지만."

말을 하면서 더 혀가 꼬이는 느낌이었다. 이래서야 키르를 납득시키는 게 아니라 내가 근거 없는 의심을 한다고 더 강하게 말하는 꼴이 되었다. 하지만 때론 감이란 녀석도 무시 못 한다. 느낌이 이상하다고 여겼을 때, 그게 진짜 어떤 일의 전조일 수도 있다.

내 말을 차분하게 듣고 있던 키르가 물었다.

"내가 믿음직스럽지 않아?"

'어떻게 날 의심해?'라는 감정이 아니라, '네게 신용 받지 못하는구나.'라고 말하는 듯한 키르의 감정이 전달되었다.

"그것보다는 나를 위한다는 핑계로 네가 거짓을 말하지 않길 원하는 거지."

내가 이야기를 하는 내내 키르의 표정은 흔들림이 없었다. 어떤 죄책감도 엿볼 수 없어서 내가 이번에도 과민 반응한 건가? 키르에게 너무 심한 건가? 하는 자괴감을 지울 수 없었다. 그래서 마지막 말을 내뱉는 내 목소리는 잠겼다.

"그러니까, 내가 나쁜 생각하지 않도록 네가 정확하게 아니라고 하는 말을 듣고 싶어."

'맞아', '아니야' 둘 중 하나로 확실히 답을 해 주면 되는 일을 키르는 항상 두루뭉술하게 대답해 왔다. 전에 아버지가 테일런에 간 게 네 영향이냐고 물어 봤을 때도 키르는 '그럴 리가'라고 답을 했다. 저 말은 그 뒤에 붙는 말에 따라서 의미가 많이 달라진다.

이런 점에선 키르의 잘못도 있었다. 의도한 건지 모르겠지만 저런 식으로 여지가 있는 말투를 사용해서 내가 찜찜한 감정을 느낄 수밖에 없도록 했으니까.

나는 사실대로 답해 주길 바라며 키르의 눈을 집요하게 응시했다. 내가 더 이상 널 의심하지 않도록 도와 달라는 신호였다. 그러자 한참을 나와 마주 보기만 하던 키르의 입술이 느릿하게 움직였다.

"내가……. 우리 사이를 위해 그런 선택을 했다고 해도 화낼 거야?"

가슴이 턱 막혀 왔다. 저렇게 말했다는 건 키르가 한 행동을 인정하는 거나 다름없었다. 그래 놓고 의문을 제기하는 내게 적반하장으로 먼저 정색을 하며 두루뭉술하게 넘기려 했다. 그 사실이 참을 수 없을 만큼 나를 화나게 했다.

"아버지를 네가 테일런에 보낸 게 맞아?"

이미 인정했으면서도 키르는 바로 답하지 않았다. 그래서 나는 더는 나를 기만하지 말라는 눈빛을 보냈다. 진심으로 분노하기 전에 해명하라는 내 신호에 키르가 지친 한숨을 쉬었다.

"아버지한테 도와 달라고 했어. 너와 허트만 단장을 완전히 떼어 놓으려는 건 아니었어. 사귀게 되자마자 반대를 겪고 싶지 않아서, 너와의 관계가 조금 더 확실시 되면 알리고 싶어서 그랬어."

첫 문장에 내 표정이 울컥하자 키르가 다급하게 설명을 덧붙였다. 나도 키르가 우리 부녀를 평생 떼어 놓을 생각이 아니란 건 안다. 그리고 막 사귀게 된 데다가 그동안 기다려 온 세월이 있으니 지금처럼 마음껏 애정 표현을 하고 싶은 마음이란 것도 이해한다.

그래도 키르의 행동은 너무했다. 내가 먼저 묻지 않았으면 평생 내게 말하지 않으려 했나? 아무리 좋게 포장해도 나를 속이려 한 거잖아. 사소한 일이라도 속이는 건 속이는 거다. 얘가 나를 위한 단 말로 언제 어떻게 '또' 나를 속일지 모르는데, 내가 어떻게 키르를 믿겠는가.

"……네가 잘 모르는 것 같은데."

나는 거기까지 말하고 말을 삼켰다. 울컥해서 목소리가 너무 떨렸다. 감정적으로 이 흥분을 쏟아낼 것 같아서 진정하려는 의미로 나는 잠시 입을 다물었다. 하지만 그 짧은 침묵이 키르를 불안하게 했나 보다. 키르는 눈에 띄게 흐려진 표정으로 내 눈치를 봤다.

"정말로 나쁜 의도는 아니었어."

키르의 입에서 허겁지겁 쏟아지는 변명에 오히려 더 목이 멨다. 나쁜 의도가 아니었다고 해도 키르는 내 눈을 가리려 들었다. 그건 날 어리석은 사람으로 만드는 일이었다. 내 주변을 바꾸면서 나만 모르면 된다니, 그거야말로 무서운 일 아닌가. 나는 키르를 힘껏 밀어내며 외쳤다.

"네가 날 멍청이로 만들었어!"

배신감에 내 목소리에 울음기가 섞였다. 키르는 힘없이 밀려난 후 눈에 띄게 당황했다.

"정말 그러려던 것 아니야. 난 그냥……. 네가 걱정할 일이 없길 바랐어. 미안해."

키르는 어찌할 바를 모르고 허둥지둥했다. 들킨 후에 저렇게까지 내 눈치를 볼 거면서 왜 그런 행동을 한 건지.

아무리 우리가 오랜 시간 친구로 지냈다고 해도, 연인으로서 사귄지는 얼마 안 됐다. 그리고 단순한 친구 관계보다 연애 관계가 훨씬 어렵다. 이런 갈등이 없을 수 없다. 달라진 만큼 서로 조금 더 맞춰 가야 하는 건 맞았다.

"우리가 사귀기로 한 다음부터 난 걱정되는 일 있으면 바로바로 네게 말했어."

"알아. 넌 솔직했어."

친구 관계일 땐 나도 굳이 키르와 깊이 대화할 생각을 하지 못 했다. 상의 한마디 없이 유학을 결정했던 것처럼, 키르에게 굳이 내 이야기를 깊게 할 필요 없다고 여겼다. 하지만 이제는 그 친구 사이 이상이 아니던가.

"네가 이런 식으로 나오면 앞으로 내가 널 어떻게 믿어? 계속 의심할 텐데, 그러다가 아예 너란 사람을 불신하게 될 텐데!"

내 외침에 키르가 다급하게 내 손을 붙잡아 왔다. 반사적으로 손을 쳐냈지만 키르는 아픔을 느끼지 못 하는 사람처럼 다시금 내 손을 잡았다. 놓치지 않겠다는 듯 꼭 잡아 오는 손길에서 키르의 간절함과 두려움이 읽혔다. 키르의 얼굴이 희게 질려갔다.

"미안해. 내가 경솔하게 생각했어. 이게 너의 믿음을 저버리고 너를 기만하는 행동이라 판단하지 못했어. 난 그저 너와 함께 있고 싶었을 뿐이야."

키르가 손을 떨쳐 버리기 힘들 정도로 꽉 쥐어 왔다. 맞닿은 손이 내 손보다 확연하게 차가웠다. 사람의 온도가 아닌 것처럼 찬 손이 키르의 긴장감과 맹목적인 감정을 전해 줬다.

다른 복잡한 생각은 없었다고, 오직 나와 함께하는 것만이 목표였다는 그 단순한 생각이. 정리되지 않은 감정이 내 속에서 뒤엉켰다.

"……나와도 관계된 일은 네가 조금 더 내게 물었으면 좋았을 거야. 상의해서 결정했으면 더 좋았을 거야."

사실 많은 말들이 머릿속을 맴돌았지만 나는 최대한 좋게 결론만 말했다. 그러자 그제야 창백하게 질려가던 키르의 얼굴에 혈색이 돌아왔다. 처음엔 배신감에 원망을 쏟고 싶었다. 하지만 잠시 생각해 보니 나도 나름 실수한 부분이 있었다.

우리 사이를 숨기자고 말하면서 난 조금도 키르의 의견을 들어주지 않을 것처럼 말했다. 그런 나랑 대화가 통하지 않을 거라 여겨져 초조함을 느낀 키르가 그런 독단적인 행동을 한 걸지도 모른다는 생각이 들었다.

내가 기다려 달라 말한 게 '아버지를 설득할 때까지 기다려 달라'는 의미가 아니라 기약 없는 요청으로 느꼈을 수도 있다.

사실, 말할 당시에도 나도 우리 관계에 대해 여유를 두고 알리자는 안일한 마음도 있었다. 갑자기 달라진 우리 사이에 주변의 놀람도 만만치 않을 테니까.

하지만 최근 키르가 내게 달라붙는 수준을 보아하니 내 요구가 그에겐 엄청난 초조함과 압박감을 준 건 아닐까? 그리고 나 또한 그를 배려하지 않은 거 아닐까? 하는 생각이 들었다. 그래서 나는 더 감정을 쏟아 낼 수 없었다.

"그렇게. 더 생각하고, 대화를 하고 결정할게."

이대로 헤어짐을 말할 게 아니라면 잘 정리하는 편이 좋았다. 다신 이런 실수를 하지 않도록 약속을 받아내는 게 중요하다.

"키르, 서로 조율할 수 있는 일은 대화로 조율해 보자. 이젠 '우리'잖아. 그러기로 한 사이잖아."

"미안해. 앞으로 조심할게."

키르의 고개가 재빠르게 위아래로 움직였다. 평소의 여유와 능글맞음은 찾아보기 힘들 정도로 다급했다. 내가 헤어지자고 말하는 게 세상에서 제일 무서운 사람처럼 키르는 조급하게 굴었다.

그 적나라한 반응과 어찌 보면 끝까지 나를 속일 수 있었을 일을 터놓았다는 점을 인정해서 나 역시 울컥하던 감정을 가라앉혔다.

"연애는 친구 사이보다 훨씬 어려운 거래."

키르가 간절하게 동의하는지 목이 떨어질 것처럼 고개를 끄덕였다. 더 화내지도 못하게 아주 열렬하게도 반응한다.

나도 이번에 싸우고 느꼈다. 예전과 다르게 확실히 기가 빠진다. 친구 사이일 때 키르가 이런 짓을 했다면 나도 이런 격한 반응을 하지는 않았을 텐데. 그냥 무슨 변태 같은 짓이냐고 구박하고 넘어갔을지도 몰랐다.

우리 둘의 관계가 달라진 게 또 새삼스럽게 실감이 되었다.

"그러니까 서로 더 배려하자."

"노력할게."

진지하게 사과하는 마음을 담아 답하는 키르의 행동에 이번엔 용서해 주기로 했다. 요즘 키르가 너무 어른스러운 것 같아서 기분이 좀 그랬는데, 이렇게 보니 얘도 나와 같은 연애 초보인 게 보여 마음이 놓였다. 둘 다 초보니까 시행착오를 겪을 수밖에 없고, 나중엔 더 나아지겠지.

내가 슬쩍 웃자 그제야 키르의 얼굴에도 안도감이 번졌다. 맞잡은 키르의 손끝에도 온기가 돌아오기 시작했다. 그러다가 뭘 떠올렸는지 키르가 움찔하더니 슬쩍 내 눈치를 봤다. 왜? 란 의미의 눈빛을 보내자 키르가 조심스럽게 물었다.

"지금이라도 아버지한테 연락할까?"

무슨 연락? 아, 혹시 공국 말고 여기로 오라고? 내가 허락만 하면 당장 여기 들렀다 가라고 연락할 것 같은 표정이었다.

"대공 전하가 여기서 할 일이 있어?"

"있었으면 바로 간다는 결정을 하지 않았겠지."

하긴 꼭 대공이 필요한 일이 있었다면 아무리 키르가 떼를 써도 그 일을 뒤로 하지 않았겠지.

"그럼 됐어. 아버지가 엄청 보고 싶은 것도 아니고 대공 전하도 공국을 오래 비워서 할 일도 많으실 거 아니야. 나 때문에 무리하게 하고 싶지 않아."

그제야 키르의 얼굴에 완벽한 안도감이 퍼졌다. 그때 문득 한 가지 의문이 들었다.

"아! 그런데 대공 전하에겐 어떻게 도움을 받은 거야? 설마 우리 사이 말씀 드렸어?"

"그건 아니야. 비밀로 하기로 약속했잖아."

저렇게 말하니 더 궁금하다.

"그럼 어떻게 도움 받았어?"

"너 꼬시고 싶다고 도와 달라고 했어."

지금 내가 무슨 소리를 들은 거야?

"뭐? 진짜? 대공 전하가 그 말을 듣고 무슨 생각을 하겠어! 장난친 거지?"

이번엔 내 피가 차갑게 굳었다. 앤 아무리 아버지라고 해도 무슨 소리를 한 거람! 내가 질색하려고 하자 키르가 재빨리 덧붙였다.

"장난이야. 그런 식으로 말하지 않았어. 그냥 일정 이야기하면서 잘 말했지."

"정말이지?"

"정말이야."

내가 의심의 눈길을 보내자, 키르가 이건 진실이란 것처럼 진지하게 말했다. 키르 때문에 심장 떨어지는 줄 알았다. 농담도 어쩜 이런 농담을 한단 말인가! 한소리하려다가 키르가 나름 분위기 반전하려고 장난친 것 같아 참았다. 지금도 흘긋흘긋 내 눈치를 보고 있으니까.

"잊지 말고. 우리 같이 조심해 보자."

"알았어."

내가 적당히 화해의 신호를 보내자 키르가 날 끌어당겼다. 못 이기는 척 나는 키르에게 안겼다. 내가 또 밀어낼까 봐 긴장했는지 완전히 품에 안고 나서 키르의 느린 한숨이 귓가를 스쳤다. 나쁜 짓을 한 키르는 벌을 좀 받아야 했기 때문에 다독여 주진 않았다.

연애란 역시 쉬운 일이 아니다. 이렇게 한번 싸웠으니 우리 사이는 더 돈독해지겠지. 거기다가 아버지 걱정은 조금 나중으로 미뤄졌으니까. 그래서 난 한동안 평화로운 생활을 하지 않을까 예상했었다.

* * *

사건은 정말 엉뚱한 곳에서 일어났다. 키르와 내가 서로에게 조금 더 솔직하고 배려하기로 약속을 한 다음날, 황궁에서 전령이 왔다. 파리하게 질린 얼굴, 떨리는 눈동자와 입술에서 숨길 수 없는 동요가 드러났다.

"그, 급보입니다!"

갑자기 들이닥쳐 숨넘어갈 것처럼 굴었던 전령사는 참담한 얼굴로 키르에게 엄청난 소식을 전했다.

"테일런에서 돌아오던 도중 황태자 전하께서 돌아가셨습니다."

충격적인 소식에 우린 한동안 굳었다. 너무 믿기 힘든 말이라서 난 그저 멍했다. 방금 전령사가 건넨 말이 현실적으로 와 닿지 않았다.

그래도 키르가 나보다 먼저 정신을 차렸다.

"그게 무슨 말입니까? 확실한 이야기입니까?"

차분함이 느껴지는 음성이었다. 다행히 키르는 동요를 드러내지 않았다.

"위쪽에서는 거의 확신하는 눈치입니다. 소식을 가져 온 사람이 황태자 전하를 호위하던 기사 중 한 명이라고 합니다."

전령사는 비통한 표정으로 상부의 판단과 그 이유를 전달했다. 키르는 나와 눈이 마주치자 잠깐 눈을 질끈 감았다. 흐트러지려는 표정을 다잡는 거였다. 키르도 전령사의 말이 거짓이 아님을 눈치챈 거겠지.

황태자 전하의 죽음이 단순히 의혹 정도의 수준이었다면, 전령은 내가 없는 자리에서 은밀히 말을 전달했을 거다.

하지만 거의 확정된 사실이고 곧 공식적으로 전해질 소식이라 판단했기 때문에 관계자 외인 내 앞에서도 전령이 말을 전달한 거였다. 어차피 숨길 여유가 없기 때문에.

"알겠습니다. 바로 궁에 입궁하죠."

"그럼, 전 다른 분들에게도 소식을 전해야 해서. 먼저 나가 보겠습니다."

키르의 대답을 듣고 전령사는 깊게 허리를 숙여 보였다. 그리고 다급한 몸짓으로 자리를 떴다. 남겨진 키르의 표정은 잔뜩 굳어 있었다. 이렇게 심각한 표정은 처음이라 낯설게 느껴질 만큼 평소와 분위기가 달랐다.

머나멀긴 하지만 키르에게 황태자는 친척이었다. 갑작스러운 친척의 죽음에 키르가 받았을 충격이 걱정됐다. 내겐 확 와닿지 않는 존재인 황태자의 죽음이 나조차도 이렇게 당혹스러운데, 키르는 얼마나 심하겠는가.

바로 입궁한다고 했으면서 키르는 소파에 앉아 꼼짝하지 않았다. 잘 만든 인형처럼 보일 정도로 미동이 없었다. 난 그 옆으로 다가가 키르의 손을 잡았다. 손끝이 차가웠다.

내 온기가 조금이라도 키르에게 전달되길 바라는 마음으로 손을 더욱 꽉 잡았다. 그제야 키르의 고개가 느릿하게 내 쪽으로 움직였다. 나와 함께할 땐 올곧게 나만을 응시하던 눈동자가 갈피를 잡지 못 하고 있었다.

내가 지긋이 바라보자 살짝 멍했던 키르의 보랏빛 눈동자에 점점 초점이 잡혔다. 그렇게 좋아하는 날 담았는데도 그 눈빛은 무섭도록 일렁거렸다.

"황궁에 가야 하는 거지?"

그래서 난 최대한 담담하게 굴어야만 했다. 내 동요가 키르를 더 흔들지 않도록.

"······맞아."

그 짧은 사이에 목소리까지 잠겼다. 내 말을 듣고 나서야 본인이 해야 할 일을 떠올린 사람처럼 키르의 고개가 느릿하게 위아래로 움직였다. 나는 키르의 손을 꼭 쥐었다가 놓아 주었다.

"갔다 와."

일어서기 전 키르가 팔을 뻗어왔다. 나는 그 팔을 거절하지 않고 마주 안았다. 잠시 나를 꽉 끌어안았다가 놓은 키르는 대공자의 얼굴로 돌아왔다. 동요를 숨긴 냉정한 표정으로 그는 내게 인사했다.

"다녀올게."

입을 열면 혹시라도 내 입에서 무수한 걱정이 쏟아질까 봐, 그래서 애써 괜찮은 척하는 키르를 나약하게 만들까 봐 나는 말없이 고개만 끄덕였다.

전령사가 왔다간 일에 심상치 않은 일이 있음을 눈치챘는지, 집사님이 마차를 미리 준비해 놨다. 덕분에 키르는 바로 황궁으로 출발했다.

홀로 남겨진 난 불안감에 내 손을 맞잡았다. 엄청난 소식을 알게 된 것치고 정보가 너무 없었다. 전령사는 딱 중요한 점만 알리고 돌아갔다. 그래서 구체적으로 어떤 사건이 있었는지 전혀 알 수 없어서 불안했다.

지병이 있던 사람도 아니고, 건강한 청년이 갑자기 죽다니. 무슨 일이 있었던 것일까? 내 짐작으론 모두가 납득할 수 있는 형태의 죽음이 아닐 것 같았다. 그래서 마음이 더 무거웠다. 그리고 뒤늦게 다른 의미로 황태자가 누군지 떠올랐다.

황태자비님의 남편. 정치적 상황이나 그의 사회적 위치 같은 걸 다 떠나서 나랑 친한 사람의 남편이기도 했다. 아무리 사이가 좋지 않다고 해도 남편은 남편이다. 그런 존재의 죽음이라니, 황태자비님은 괜찮으실까?

어쩐지 이 일이 쉽게 정리되지 않을 것 같아서 내 심란함은 더욱 커졌다.

* * *

황태자의 죽음은 '뜬금없다'는 표현이 부족할 정도로 큰일이었다. 갑자기 들이닥친 이 소식은 내 평온한 일상을 방해했다. 아니, 나만 빼고 주변이 바쁘고 혼잡하게 돌아갔다.

황태자의 죽음 소식을 들은 그날, 황궁에 갔다 돌아 온 키르의 표정은 좋지 않았다. 마차에서 내릴 땐 그래도 괜찮더니 나와 단 둘이 있게 되자 키르는 억눌러 놓았던 감정을 토해 내는 것처럼 힘없는 모습을 보였다.

위로가 필요한 것 같아 나는 그를 소파에 앉히고 그 옆에 무릎 꿇고 올라가 키르의 머리를 감싸 내 품으로 당겼다. 키르가 기다렸던 것처럼 힘을 빼고 기대왔다.

"괜찮아?"

조심스럽게 머리카락을 쓸었다. 지금은 아무 생각하지 말라는 듯 다독였다. 그러자 키르는 여태까지 접착제 바른 것처럼 꾹 다물고 있던 입을 열었다.

"사실이야. 황태자가 죽은 게 맞아."

거기까지 말하고 키르는 더 말을 잇지 못 했다. 내 예상보다 키르와 황태자가 친했던 걸까? 유독 기운 없어 보였다. 계속 내게 기대 있을 것 같던 키르가 고개를 들어 시선을 마주쳐 왔다.

"아렌."

내 이름을 부르더니 망설이는 키르의 눈동자에는 슬픔과는 다른 복잡함이 들어 있었다.

"왜 그래?"

"너 공국에 갔다 올래?"

잠시 어안이 벙벙했다. 왜 갑자기 공국에 갔다 오라는 말이 나와?

"갑자기 그게 무슨 말이야? 너 공국에 가야 해?"

"아니, 난 못 움직이지. 너 혼자. 너 공국에 안 간지 오래잖아."

키르의 말에서는 내가 공국에 가길 바라는 진심이 느껴졌다. 나도 가능하면 키르의 말을 다 들어주고 싶었다. 가뜩이나 친척을 잃어 기운 없고 이것저것 생각할 게 많아 복잡한 키르다. 나 때문에 더 심란하게 하고 싶지 않았다.

하지만 너무 뜬금없잖아. 그것도 나 혼자 떠나라니. 나와 잠깐 떨어지는 것도 싫어하던 사람이 할 소리가 아니었다. 내가 공국에 가야만 하는 이유가 있는 걸까? 아니면 내가 제국을 떠나야 하는 이유가 있는 건가?

설마…….

"무슨 심각한 일이 생길 것 같아?"

아무리 봐도 위험을 예측하고 대피시키는 행동처럼 보였다. 물론 나도 무작정 키르의 말을 거부하지 않을 거다. 하지만 그렇다고 내가 납득하지 못한 상태에서 무조건 키르의 말을 듣고 싶지도 않았다.

만약 위험한 일이 생기는 거라면, 과연 나만 위험할까? 나 홀로 안전한 곳에 피하고 키르는 여기에 내버려 두라고? 그 무슨 웃기는 말인가.

"황태자의 죽음 말이야, 이유가 없으니까 사실이 아닐 거라 믿었어. 누군가가 무슨 꿍꿍이를 가지고 헛소문을 퍼트리는 게 아닐까 의심했지. 하지만 정황을 봐서는 황태자의 죽음은 사실이 맞아."

나도 키르와 마찬가지로 음모가 있는 건 아닐까 생각하긴 했다. 그만큼 멀쩡했던 황태자가 갑자기 죽을 이유가 없었다.

"그리고……. 그 죽음에 의심스러운 점이 있는 것 같아."

거기까지 말하고 키르는 말을 아꼈다. 상상도 못했던 엄청난 조짐에 난 조용히 심호흡하며 감정을 삭였다.

일이 어디까지 더 나빠지려는 건지……. 설마 벌써 황위 싸움이 시작된 걸까? 그렇다고 이렇게 노골적으로 목숨을 빼앗나? 모르겠다. 앞으로의 일이 어떻게 번질지 상상이 되지 않았다.

"많이 위험해질 것 같아?"

"네가 혼란한 상황에 뛰어들지 않길 바라니까."

"위험한 일에는 나서지 않을 건데."

"내가 너를 몰라?"

키르가 볼을 꼬집고 싶은 얄미운 아이를 보는 듯한 눈빛으로 나를 보았다. 내가 나설 것을 확신하는 자의 표정이다. 아니, 내가 나설 일이 뭐가 있냐고. 날 얼마나 사고뭉치로 보는 거람.

꿍얼거리다가 뒤늦게 황태자비님을 떠올렸다. 그녀는 이 사건에서 자유롭지 못한 존재였다. 친한 그녀한테 무슨 일이 생겼다는 소식이 들렸을 때 내가 완전히 무시할 수 있을 거란 생각이 들지 않았다.

불만스럽게 움직이던 내 입술이 멈추자 키르에게 '그럼 그렇지'하는 기색이 떠올랐다.

내가 키르에게 신경 쓰이는 존재라면 떠나 주는 게 맞지 않을까?

그래도 위험한 곳에 키르를 두고 나 혼자 살겠다고 어떻게 떠나? 나는 조용히 갈등했다.

"그래도 혼자 떠나고 싶지는 않은데……."

하지만 이대로 버티는 게 내 욕심일까 봐 강하게 말하지 못 했다. 슬쩍 눈치를 보니 키르도 나를 공국에 보내는 것에 강한 의지를 가진 건 아닌 것 같았다. 아니면 내가 가기 싫은 티를 너무 심하게 냈나? 키르의 고집스럽던 시선이 풀렸다.

"……생각해 보니까 어차피 못 보내겠다."

"응? 안 보내는 게 아니라?"

아무래도 나도 모르게 '너, 나 없으면 안 되잖아' 라는 표정을 당당하게 보였나 보다. 황당해 하는 키르를 향해 난 어색하게 웃었다. 그러자 키르의 입에서도 살짝 어이없다는 웃음이 흘렀다.

"하긴, 문제가 생긴 걸 전해 듣고 아버지가 수도로 오실 테니까 여기 있는 게 낫겠지."

장례식 참석을 위해서라도 대공이 오는 것이 맞다. 당연히 아버지도 대공을 따라 움직일 거고. 뭐야, 나를 믿고 맡길 보호자가 없는 상태론 공국에 못 보내겠단 거냐.

"그러니까 아렌, 약속해."

"뭘?"

"위험한 일에 끼어들지 않기로."

키르의 단호한 시선에 난 눈을 피했다. 내 주변 사람들이 위험하다고 판단되었을 때 얌전히 기다릴 자신이 없었다. 그리고 키르는 내가 이런 태도로 나올 것이라 정확히 예상 했나 보다. 화내는 대신 그는 무거운 한숨을 쉬었다.

"그럼, 위험한 일에 끼어들기 전에 나한테 이야기라도 해. 너도 무슨 일을 하기 전에 한 번 더 내가 널 얼마나 걱정할지 생각해 줘."

이것만은 양보 못 한다는 키르의 고집이 엿보였다. 물론 이건 키르가 말하지 않아도 내가 지켜야 할 사항이기도 했다.

"알았어. 꼭 생각할게. 꼭 행동하기 전에 먼저 말할거고."

그제야 키르의 얼굴이 확 풀렸다. 아직 일은 해결도 되지 않았는데 벌써 모든 걱정이 사라진 사람 같았다. 아무래도 키르는 황태자의 죽음 자체보다 내가 칠 사고가 더 걱정되었나 보다. 싸운 것도 아니고 서로 좋게 의견을 조율했는데, 어째서 내가 손해 본 느낌인지 모르겠다.

다음날 키르의 예상대로 공국으로 가던 대공이 수도로 방향을 바꿨다는 서신이 도착했다. 속력을 내고 있으니 금방 도착할 거라는 내용이었다.

그 사이 키르가 대공의 업무를 대신하게 됐다. 대공뿐만 아니라 꽤 많은 수의 귀족이 테일런의 축제를 구경하러 떠난 상태였다. 그래서 일을 처리할 귀족이 부재중이라 더 정신이 없단다.

키르는 수시로 황궁을 드나들었다. 바빠 보이는 키르를 귀찮게 굴 수 없어 난 저택에 조용히 머물렀다.

나라 전체에 황태자의 죽음이 파다하게 알려질 정도로 날짜가 꽤 지났지만 난 아직도 실감이 나지 않았다. 그 와중에 황태자비님에 대한 걱정이 점점 커졌다.

겉으론 뻔뻔하게 행동하지만 속은 여린 사람이다. 이럴 때일수록 감정을 터놓을 사람이 필요할 텐데. 위로를 해 주고 싶어도 황태자비님이 정신없을 걸 생각하니 찾아갈 엄두가 나지 않았다. 사실, 예민한 상황이라 일반인의 황궁 출입이 불가능해 황태자비님을 만날 방법이 없기도 했다.

그러는 사이 대공과 아버지가 수도에 도착했다. 서둘렀는지 예상보다 빨리 도착한 일행의 모습은 그만큼 엉망이었다. 대공의 시선이 저택 입구로 마중 나온 나와 키르를 느릿하게 훑었다. 상황이 상황인 만큼 평소보다 더 묵직한 시선이었다.

"소식은 들었다. 그동안 고생했다."

그 무뚝뚝한 대공이 치하의 말을 하다니. 키르가 자신의 업무를 대신하며 고생한 걸 알긴 하는 모양이다. 키르는 당연히 해야 할 일을 했다는 듯 무표정으로 고개를 끄덕였다.

"자리를 옮겨 설명을 듣지."

그렇게 말하고 대공이 휘적휘적 건물 안으로 들어갔다. 인사 따위로 시간을 낭비하고 싶지 않다는 듯한 태도였다. 그건 키르도 마찬가지인지 말없이 대공을 뒤따랐다.

대공가의 가신인 아버지도 대화에 참석해야 했다. 회포를 풀 사이도 없이 모두가 대공을 뒤따라 움직였다. 그래서 나 역시 아버지와 눈이 마주치는 순간 고개를 꾸벅이는 걸로 인사를 대신했다. 아버지도 눈짓만으로 화답했다. 서운한 마음 따위는 생기지 않았다. 그 정도로 정신없는 상황이고, 여유가 없다는 걸 나도 알고 있었으니까.

상황의 심각함을 알려 주듯 밤늦도록 대공의 집무실 불은 꺼지지 않았다. 매일이 회의의 연속이었다. 그래도 대공이 있으니 일은 하나씩 진척이 있는 것 같았다. 나는 회의에 참석하지 않았지만 같은 저택 안에 있다 보니 간간히 주워듣는 내용이 있었다.

우선 황태자가 변고를 당한 장소로 조사단이 파견되었고, 시신을 수습하기 위한 인원들도 따로 보내졌다. 시신은 이미 옮겨 오고 있지만 조금 더 빨리 옮기기 위한 인원들이었다. 무슨 문제가 있다면 조사는 하루라도 빠를수록 좋은 일이니까.

조사단에게서 매일 보고서가 올라오지만 사건 현장과 떨어진 수도에서 판단할 수 있는 일은 한정적이었다. 시간이 지날수록 저택 내부의 사람들은 더욱 심각해졌다.

상황도 좋지 않고 저택에 아버지도 있어서 조심하다 보니 키르의 얼굴을 보기 힘들어졌다. 어리광을 부릴 생각은 없지만 이게 무슨 상황인지.

저택을 감도는 무거운 공기에 숨 막히는 기분이었다.

그리고 드디어 황태자의 시신이 도착했다는 소식이 전해졌다. 소식이 전해지자마자 대공과 키르는 바로 황궁으로 달려갔다.

키르가 황궁으로 갈 준비를 하던 찰나에 나를 스쳐지나갔다. 짧게 인사를 했지만 그의 얼굴은 잔뜩 굳어 있었다. 그 모습을 본 난 심란했다. 불길한 느낌이 사라지질 않았다.

황궁에서 꼬박 밤을 새고 돌아 온 대공과 키르의 얼굴은 떠나기 전보다 훨씬 굳어 있었다. 두 사람은 쉬지도 않고 바로 집무실에서 회의를 했다. 잔뜩 굳은 얼굴의 사람들이 집무실을 드나들었다.

위기감이 공기를 타고 전파되었다. 1년 내내 비가 와도 이렇게 공기가 무겁지 않을 것 같았다. 그렇다고 기밀을 알려 달라 떼를 쓸 수도 없으니 나 역시 답답함과 걱정에 미칠 것 같았다.

그러다 보니 집에 있기가 숨 막혔다. 이러다 내가 먼저 질식하게 생겨서 나는 오랜만에 외출을 감행했다. 그렇다고 위험한 장소는 아니고 현자의 서재로 향했다. 익숙한 공간에서 안정을 찾으려는 생각이었다.

하지만 현자의 서재 또한 평소보다 떠도는 공기가 우울한 것 같았다. 나는 잠시 방황하다가 도서관으로 향했다.

"아렌, 오랜만이네."

"네. 오랜만이에요."

"현자의 서재 자체를 오랜만에 오는 거지? 그동안 무슨 일 있었어?"

오랜만에 만난 나를 메리가 반겼다. 그래도 타인의 밝은 목소리를 들으니 처지려던 기분도 살짝 살아나는 것 같았다.

"그냥 조금 바빴어요. 별일 없으셨어요?"

"나야 별일 없는데, 나라가 문제지. 너도 소식 들었을 거 아니야."

메리가 혀를 찼다. 역시 엄청난 일이긴 한가 보다. 듣고 싶지 않은 주제가 나와서 나아지려던 기분이 다시 가라앉았다. 하지만 메리에게 티를 낼 수 없었다.

"여기도 시끄러워요?"

"아무래도 그렇지. 다들 모이면 한 번씩 이야기할 걸. 무시할 수 있는 일이 아니잖아. 대현자님들도 황궁에 자주 불려가시던걸."

메리는 여기저기서 황태자의 죽음에 관해 술렁거리고 있다며 찝찝함을 드러냈다. 아무리 현자의 서재 사람들이 자신의 연구 때문에 바깥일에 무디더라도 신경 쓸 수밖에 없는 일이긴 했다.

무려 한 나라의 후계자가 죽은 일이다. 그리고 그 죽음에 수상한 점이 있단다. 당연히 온갖 불길한 소문들이 흘러나왔다.

본격적인 황위 싸움으로 형제가 혈육을 제거했느니, 최악으로는 황태자가 죽은 장소가 타국이라 곧 전쟁이 일어날 거라는 소문까지 생겨났다. 점차 상황이 복잡하게 돌아가는 것 같았다.

심각한 표정을 짓던 메리가 무언가 생각난 듯 물었다.

"참, 케이티 님은 찾아뵀어? 케이티 님이 오랜만에 널 보면 반가워하실 텐데."

메리의 지적에 나는 아차 싶었다. 내가 무심해도 너무 무심했다. 어린 시절의 날 그렇게 보살펴 주신 분인데 정신없다고 한동안 찾아뵙지 못했었다. 현자의 서재에 온 김에 인사하고 가야지. 저택에 돌아가기 전에 하프테리 님께도 들러야겠다.

"깜빡했네요. 생각난 김에 지금 들러 볼게요. 메리, 나중에 또 봬요."

"아렌도 조심하고. 이럴 때일수록 나서지 않아야 하는 거 알지?"

메리의 경고가 새삼스러웠다.

"제가 뭐 사고뭉치인가요? 저처럼 착한 사람이 어디 있다고."

"사람 일은 모르는 거니까. 조심하는 게 좋을 거란 거지."

메리가 가벼운 손짓으로 인사를 했다.

케이티 님의 연구실로 이동한 나는 문에 노크했다. 하지만 인기척이

들리지 않았다. 안쪽에서 연구하시나?

약속 없이 한 방문이라 난 다시 한 번 노크하고 느리게 문을 열었다. 노크 소리를 뒤늦게 들었는지 막 연구실 안쪽의 문을 열고 나오시던 케이티 님이 나를 발견하고 환한 얼굴을 했다.

"어머, 아렌! 오랜만이구나."

"죄송해요, 제가 자주 찾아뵙지 못했죠?"

우선 나는 케이티 님에게 바로 사죄의 인사부터 했다. 가까이 있으면서 찾아뵙지 않은 건 내 잘못이 크니까. 다행히 케이티 님은 너그럽게 날 받아주셨다.

"바쁘면 그럴 수도 있지. 그렇게 아니라 들어오렴. 차 줄까?"

처음엔 거절하려 했다. 하지만 오랜만에 방문한 손녀에게 뭐라도 챙겨주고 싶어 하는 할머니와 같은 마음이란 걸 알아 거절하지 않았다.

"아무거나 주세요."

그렇게 답하고 소파에 앉았다. 여기야말로 내게 익숙하고 편안한 공간이다. 케이티 님을 닮은 푸근한 느낌을 주는 공간이 나는 참 좋았다. 금방 차를 준비해 온 케이티 님이 맞은편에 앉았다.

"캐모마일이란다."

"어쩐지 마음이 편안해지는 향이더라고요."

듣기 좋으라고 한 소리라는 걸 뻔히 안다는 듯, 케이티 님이 피식 웃으며 슬쩍 눈을 흘겼다. 하지만 내가 애교스럽게 웃자 결국 못 말린다는 듯 가벼운 웃음을 터트렸다.

"그래, 그동안 잘 지냈니?"

온화한 말투에 심란하던 마음이 누그러진다. 오랜만에 만나서 더 그렇게 느끼나? 케이티 님은 마치 마법을 부리는 것처럼 내 긴장감을 녹였다.

"그냥 한 것도 없는데 정신없었네요."

"벌써부터 그러면 큰일인걸?"

"왜요?"

"이 나이 먹으면 더 그렇게 느껴지니까. 한 것도 없는데 몇 년이 훌쩍 가 있지."

아, 그런 의미구나. 하긴, 케이티 님 앞에서 시간의 흐름을 탓하는 말을 하다니. 번데기 앞에서 주름 잡은 꼴이 되어 버렸다.

"제가 그러려던 게 아니라……."

내가 부끄러워서 고개를 숙이자 케이티 님은 웃으며 덧붙이셨다.

"안단다."

"케이티 님도 정신 없으셨어요?"

"그냥 해야 할 것은 참 많은데 말이야. 시간이 너무 빠르게 흐르는 게 안타깝네."

무슨 중요한 일이 있으신가? 케이티 님의 목소리와 시선에 설명하기 힘든 어떤 은은한 감정이 배어 있었다. 케이티 님은 사람을 앞에 두고 다른 생각에 빠지는 분이 아니다. 하지만 오늘은 평소와 조금 다른 것 같았다.

내가 그런 케이티 님에게 막 낯선 감정을 느낄 때였다. 문 쪽에서 노크 소리가 들려 왔다. 케이티 님이 아무렇지 않게 밖을 향해 말했다.

"들어오세요."

담담한 걸 보니 손님이 오기로 예정되어 있었나 보다. 내가 약속도 없이 시간을 빼앗아 버렸구나. 나는 재빠르게 일어나며 속삭였다.

"저 일어나 보겠……."

"괜찮단다."

내 말을 끊은 케이티 님의 다시 앉으라는 손짓에 난 어정쩡하게 엉덩이를 든 채로 멈췄다. 그러자 케이티 님이 싱긋 웃으셨다.

"너도 아는 사람일 테니까 말이다."

내가 아는 사람? 그 사람이 누군지 생각하기도 전에 문이 열렸다. 그리고 방에 막 들어서던 사람과 눈이 마주친 순간 난 자세를 바로 했다.

그 뒤에 선 사람도 날 놀라게 했다. 난 재빠르게 허리를 숙였다.

"안녕하세요, 데이브 님. ……스승님."

어쩐 일인지 데이브 님과 하프테리 님이 함께 계셨다. 두 분도 내가 있을 줄은 몰랐는지 잠시 멈칫거렸다. 먼저 입을 연 것은 데이브 님이셨다.

"오랜만이구나."

데이브 님의 형형한 눈동자가 나를 빤히 응시했다. 말은 오랜만이라고 하지만 저 시선은 어째서인지 '네가 왜 여기 있느냐?'라고 묻는 것 같았다.

하프테리 님도 내가 여기 있는 것에 어지간히 놀라신 것 같았다. 오랜만에 본 하프테리 님의 얼굴에서는 평소 같은 온화한 미소를 찾아보기 힘들었다.

"아렌, 어쩐 일이니? 한동안 현자의 서재엔 방문하지 않은 걸로 아는데."

하프테리 님의 질문에 순간 말문이 막혔다. 말투는 담담하신데 어쩐지 가시가 느껴졌다. 혹시 내가 지금 이곳에 있는 게 마음에 들지 않으신 걸까? 아니면 너무 오랜만에 온 내게 학업을 포기한 거냐고 구박하시는 걸까? 이걸 어떤 의미로 받아들여야 하는지 모르겠다.

내가 하프테리 님의 눈치를 보자 케이티 님이 나섰다.

"넌 무슨 말을 그렇게 하니? 아렌 무안하게. 스승님, 어서 오세요. 우선 우리 앉아서 이야기하죠."

그렇게 말씀하신 후 케이티 님이 다시 자리를 떴다. 차를 가지러 가시는 것 같았다. 그 뒷모습을 보며 하프테리 님이 답지 않게 미간을 살짝 찌푸리셨다. 나와 눈이 마주치자 곧 아무렇지 않은 표정을 하셨지만 신경 쓰였다.

"그래, 우선 앉아야겠지."

데이브 님이 그렇게 말씀하며 상석에 앉으셨다. 신호를 받은 하프테리 님이 내 곁에 앉았다. 얼마 지나지 않아서 케이티 님이 차를 내오셨다. 그렇게 넷이 모두 한 테이블에 앉게 되었다.

그러고 보니 내가 현자의 서재에 처음 인사 왔을 때 이후 이렇게 모두 모인 건 처음이었다. 4대에 걸친 사제지간이 한자리에 모여 있는 엄청난 상황이다.

"이렇게 다 모이니까 참 좋네요."

케이티 님의 해맑은 소리에 난 안절부절못하는 걸 들키지 않으려 애썼다. 누구도 날 혼내는 게 아닌데, 이렇게 전부 모여 있는 상황 자체가 불편했다. 부드러운 표정을 짓고 있는 케이티 님을 제외한 나머지 두 사람의 얼굴이 딱딱해서 더 그런 것 같았다.

역시 두 분이 오시자마자 자리를 뜰 걸. 내가 그렇게 후회하던 차였다.

"……아렌 네가 어쩐 일로 여기에 있지?"

하프테리 님의 한 번도 들어 본 적 없는 냉정한 목소리가 나를 찔렀다. 지금 하프테리 님의 말투는 마치 내가 못 올 곳에 왔다는 소리처럼 들렸다. 그럴 리가 없는데. 다른 분도 아니고 하프테리 님이 내게 이렇게 냉정하게 말씀하실 리 없는데.

그런 떨리는 마음을 가진 채 하프테리 님과 시선을 마주쳤다. 하지만 처음 보는 시린 눈동자에 난 어떤 말도 할 수 없었다. 내가 한 잘못을 지적하실 때도 하프테리 님은 저렇게까지 냉정하지 않으셨다. 그런데 지금은 내가 이곳에 있는 것 자체가 싫다는 기색이었다.

하프테리 님은 내게 두 번째 아버지와 마찬가지인 존재였다. 그래서 지금 하프테리 님의 태도는 내게 충격이었다. ……왜? 어째서? 하지만 그런 서운한 마음을 드러낼 수 없었다. 생각해 보니 내가 지은 죄가 작지 않았으니까.

하프테리 님은 학업에 열중하는 나를 예쁘게 보셨다. 객관적으로 볼 때 하프테리 님 기준에서 난 부족한 제자였다. 훨씬 재능 있는 제자를 받아들일 수 있는 분인데, 내 모자람을 탓하지 않으셨다. 그저 노력하는 것만으로 훌륭하다고 격려하며 나를 지지해 주셨다.

그런데 난 그런 하프테리 님께 설명도 없이 학업을 등한시했다. 황태자비님의 일을 돕겠다며 수업과 상관없는 걸 조사하고 다녔고, 대공과 황태자비님한테 휘말려 엉뚱한 일을 저질렀다.

게다가 나중엔 키르에게 휘둘려 공부는 생각도 못 했다. 하프테리 님의 저택에 돌아가지 않은 지도 몇 달째였다. 아버지가 대공저에 머무실 땐 그렇다고 쳐도, 아버지도 안 계신데 키르와 노닥거리느라 저택에 갈 생각은 하지도 않았다.

진짜 개념 없는 행동을 이어 왔네. 하프테리 님이 충분히 내게 실망하실 만하다.

"……죄송합니다."

그 자리에서 내가 할 수 있는 것은 사죄뿐이었다. 그랬더니 하프테리 님의 미간이 찌푸려졌다. 복잡한 속내를 드러내는 하프테리 님을 보니 더욱 죄스러웠다.

"뭐가 죄송한지 모르겠구나. 네게 사과를 들을 이유는 없단다."

그 말이 내겐 이젠 완전히 인연을 끊겠다는 말처럼 들렸다. 미리 설명을 드렸다면 하프테리 님도 내게 이렇게까지 실망하지 않으셨을 텐데. 달라진 태도에 눈물이 날 것 같았다. 참기 위해서 아랫입술을 꽉 깨무는 내 모습을 보다 못한 케이티 님이 나섰다.

"오늘따라 과민하게 반응하는 것 같구나."

케이티 님의 말투는 다독이듯 여전히 다정했다. 하지만 하프테리 님께 보내는 지긋한 시선은 나를 그만 괴롭히라는 경고처럼 보였다. 그래서 더 눈치가 보였다. 하프테리 님은 케이티 님의 시선을 받고 잠시 나를 쳐다보더니 서늘하게 말했다.

"아렌은 그만 가 보는 게 좋겠습니다."

날 용서할 생각이 아예 없으신 건가…….

물론 내가 들으면 안 되는 중요한 이야기가 있어 자리를 피해 달라는 걸 수도 있다. 하지만 내가 보기엔 그게 아닌 것 같았다. 그저 내가 방해꾼이니까 사라져 달라는 것 같았다.

투정 부려선 안 된다. 다 내가 하프테리 님을 실망시킨 탓인 걸. 치미는 울음을 삼키며 대답하려 할 때였다. 이번에도 케이티 님이 나섰다.

"이제 왔는데 어딜 가라는 거니? 아렌이 들어선 안 되는 말을 할 것도 아닌데 예민하게 굴지 말자꾸나."

침묵 속에 케이티 님과 하프테리 님의 시선이 맞부딪혔다. 나 때문에 두 분이 싸우게 될까 봐 조마조마해졌다.

"스승님, 전……."

"두 사람 다 그만하거라."

막 하프테리 님이 케이티 님께 뭐라 말을 하려는 찰나, 데이브 님의 나직한 목소리가 말을 끊었다. 가장 연장자이신 데이브 님의 말의 무게는 훨씬 무거웠다. 자연스럽게 모두의 입이 다물렸다.

데이브 님의 시선이 내게 닿았다. 내가 무서워하는 형형한 눈빛이 짓누르듯 나를 응시했다. 알아서 눈치껏 나가라는 경고일까? 아니면 지금까지의 내 행동을 책망하는 것일까?

"케이티의 말이 맞다. 들어선 안 될 이야기도 아니지 않느냐."

데이브 님의 시선을 피하느라 하프테리 님에게 집중하고 있던 나는 볼 수 있었다. 데이브 님의 말씀이 끝나는 순간 하프테리 님의 눈동자가 살짝 떨리는 것을. 데이브 님까지 이렇게 말씀하시자, 나도 슬슬 이상한 점을 느낄 수 있었다.

하프테리 님은 지금부터 나눌 이야기를 내가 듣지 않길 바라시는 것 같았다. 딱히 내가 들어도 상관은 없는 내용이지만, 듣지 않길 바라는 내용이란 건가?

"한동안 아렌이 대공가의 저택에서 머물러 너도 오랜만에 만났을 텐데, 너무 매정하게 굴지 마렴."

케이티 님이 이젠 그만 화를 풀라는 듯 하프테리 님을 다독였다. 데이브 님과 케이티 님 앞에서 더 날을 세우는 것도 영 아니라 여겼는지 하프테리 님은 나를 흘긋 보고 눈을 피했다. 더는 내게 말 걸지 않겠다는 태도였다.

내 잘못은 알지만 하프테리 님이 내게 실망했을 마음도 알지만, 왜 이렇게 달라졌는지 알 수 없었다. 내가 아는 하프테리 님이라면 조곤조곤한 목소리로 내가 어떤 점을 잘못했으며 그래서 얼마나 자신이 실망했는지를 직접 말씀하시고 앙금을 털어 버릴 분이셨다.

그런 분이 왜 저러시는 걸까? 정말 모르겠다.

"그래서 회의 결과는 어떻게 됐나요?"

침묵 속에서 케이티 님이 먼저 입을 여셨다. 회의 결과? 나는 눈동자를 굴려 찬찬히 세 분을 살폈다. 반응을 보아 하니 나만 상황을 모르는 게 확실했다. 그러다가 케이티 님과 눈이 딱 마주쳤다. 그걸 알아챈 케이티 님이 희미하게 미소를 지어 날 안심시켜 주셨다.

"최근 나라가 어지럽다는 것은 아렌도 알지?"

"네? 네."

눈치를 보던 나는 케이티 님이 말을 걸어서 어색한 반응을 했다.

"대공저에서 머물렀으니 특히 더 잘 알겠지?"

딱히 대공저에서 머문다고 특히 더 잘 알 건 없었다. 하지만 아무 것도 모르는 내게 지금 상황을 알려 주려는 의도로 보였기에 얌전히 있었다.

"그 일 때문에 황궁에서 현자의 서재에 도움 요청이 왔단다."

황궁에서의 요청이라면 황태자의 죽음과 관련된 일이겠지. 누구 하나가 맡아서 단독으로 처리하기엔 거대한 일이었다. 아무래도 황궁의 요청을 무턱대고 처리할 수 없기에 현자의 서재의 핵심 인물들이 모여서 회의를 한 모양이었다.

그리고 그 결과를 데이브 님이 전달하려고 오신 거고.

확실히 내가 끼기도 빠지기도 애매한 일이긴 했다. 케이티 님의 시선이 내 뺨에 닿았다. 살짝 기대감에 찬, 부담스러운 시선에 난 입을 열었다.

"황태자의 죽음을 조사할 책임자를 현자의 서재에 맡기겠단 소리인가요?"

"그렇단다."

케이티 님의 얼굴에 환한 미소가 걸렸다. 조금만 생각하면 누구나 답할 수 있는 일인데, 케이티 님이 저렇게까지 내 답을 흡족하게 여기시니 민망함이 몰려왔다. 그리고 케이티 님이 만족스러워 하시는 만큼 하프테리 님은 점점 더 탐탁지 않은 눈길을 보내셨다. 괜히 눈치가 더 보인다.

거기다가 하프테리 님의 반응을 떠나서 상황의 심각함에 마음이 무거워졌다. 일이 점점 더 악화되고 있는 것 같은 느낌을 지울 수 없었다.

황태자가 죽었다는 소식을 들은 다음부터 황궁에서도 자체적으로 사람을 풀어 조사를 해 왔다. 그러던 일을 황궁이 아닌 외부에 의뢰한다는 것은 그만큼 폭 넓은 지식이 필요한 일이거나, 황궁 내부에 의심할 점이 있다는 걸 의미했다. 아니면 둘 다일 수도 있고.

어느 쪽이든, 피바람을 예고하는 일이었다.

"그래서 현자의 서재에선 의뢰를 받아들이기로 했나요?"

"이런 일은 결정 사항이 없단다. 받아들일 수밖에 없지."

하긴, 저런 일은 황명으로 내려올 거다. 그러고 보니 갑작스러운 자식의 죽음에 황제가 충격으로 쓰러졌다고 했다. 그럼 의뢰는 대공이 대신했나? 아니면 바스탄 공작이? 누가 황태자의 죽음을 조사하게 되는 거지?

"이제 말씀해 주세요. 회의 결과는 어떻게 나왔나요?"

내가 지금 상황을 이해했다고 여긴 케이티 님이 데이브 님을 향해 물었다. 나도 대답이 궁금해 묵묵히 앉아 계신 데이브 님을 응시했다.

차만 홀짝이던 데이브 님이 고개를 틀었다. 그 형형한 눈동자가 다시 내게 쏘아졌다. 저 번뜩이는 눈동자는 매번 익숙해지지를 않네.

"현자 한 명을 책임자로 보내기로 했다."

그런데 어째서 날 보시는 거지? 나는 묘하게 강렬함이 느껴지는 데이브 님의 눈길을 받는 것만으로 입이 바짝 말랐다.

"책임자는 하프테리다."

나는 놀라 하프테리 님을 돌아봤다. 이미 알고 계셨는지 하프테리 님의 표정은 담담했다.

"역시 그렇군요."

케이티 님의 음성 또한 당연하다는 듯했다.

"역시인가요?"

내가 조심스럽게 묻자 케이티 님은 빙긋 웃으셨다. 하지만 난 이해가 가지 않았다. 하프테리 님의 자격이 충분하단 건 잘 알았다. 그래서 대표가 되는 게 이상한 건 아니지만……

"이런 일에는 역시 대현자들이 나서야 한다고 생각하니?"

내 의문을 콕 집어 되묻는 케이티 님의 말씀에 나는 냉큼 고개를 끄덕였다.

"아무래도 황궁에 관련된 일은 더 높으신 분들이 나설 줄 알았어요."

이럴 땐 데이브 님과 같은 대현자분들 나서는 게 맞지 않나? 그 분들이 더 신뢰도 갈 거고.

"원래 대현자들은 이런 일에 움직이지 않는 게 원칙이란다."

현자의 서재 내부에 그런 원칙이 있었어? 순간 놀랐지만, 어쩐지 이유를 알 것도 같았다. 현자의 서재의 중립성을 유지하기 위해서겠지. 대현자라는 존재 자체가 현자의 서재에 미치는 영향은 크니까.

흘긋 눈치를 보니 하프테리 님의 표정은 좋지 않으셨다. 뭔가 일을 맡을 걸 예상하셨지만 대표를 맡기는 싫으셨나? 그럼 많은 현자들 중에서 왜 하프테리 님이?

"그런데 왜 스승님이……"

현자가 넘쳐나는 건 아니다. 그렇다고 하기 싫은 사람이 굳이 나설 필요가 없을 만큼 사람이 부족한 것도 아니었다.

"아카데미 교수로 외부에 인지도가 높으니까."

어느 일의 대표가 되기 위해 인지도가 중요한 건 안다. 그것 때문에 이런 일의 후보로 올랐단 것도 알 것 같고. 하지만…….

"현자 출신의 아카데미 교수님이 스승님만 계신 건 아니잖아요."

"우리와 연이 있기도 하니까."

그렇게 말씀하고 케이티 님이 웃으셨다. 그 '우리'가 케이티 님과 데이브 님을 말씀한다는 것을 알 수 있었다. 그리고 난 그게 무슨 의미인지 깨달았다.

현자의 제자가 전부 현자가 되는 건 아니다. 그러다 보니 대대로 사제 모두가 현자인 관계는 드물었다. 말하자면 하프테리 님은 현자의 서재에서 뼈대 있는 가문의 적자나 다름없는 위치였다. 현재 마지막 제자인 나 역시 그 가문에 속한다고 볼 수 있겠지만 난 좀 부족했다.

그러니까 하프테리 님의 실력만으로 결정된 일이 아니라 다 계산적인 부분으로 결정된 거다. 그런데 아무리 봐도 하프테리 님은 이렇게 된 상황이 마음에 들지 않으신 것 같은데.

"아렌은 하프테리가 좋은 일을 맡게 된 게 마음에 들지 않니?"

내 표정이 너무 안 좋아 보였나? 케이티 님이 의아하게 물으셨다.

"당연히 축하드리죠……."

이게 축하할 일이 맞나? 엄청난 자리를 맡는 건 맞지만 어쨌든 좋은 일로 얻은 자리는 아니었다. 어째 기분이 좀 찜찜했다. 그래도 케이티 님은 내가 한 말에 기분이 좋아지셨는지 미소를 지었다.

"그렇지? 이번 일을 하프테리가 잘 해결할 거라고 믿는단다."

케이티 님이 하프테리 님을 향해 흐뭇한 미소를 보냈다. 자랑스러운 자식을 보는 표정이었다. 어째서인지 케이티 님의 행동이 영 적응되지 않았다. 갑자기 불편해졌다.

"이야기 끝났으니 이만 일어나지."

할 말을 끝내고 침묵하시던 데이브 님이 벌떡 일어났다. 불만스럽게 입을 꾹 다물고 있던 하프테리 님도 따라 일어나셨다.

"저도 가 보겠습니다."

"그래. 아렌 또 오렴. 스승님도 조심히 들어가세요."

나도 얼떨결에 인사를 하고 케이티 님의 연구실을 벗어났다. 데이브 님은 볼일이 끝났다는 듯 휘적휘적 사라지셨다. 내 보폭에 맞춰 느리게 걷던 하프테리 님과 나만 복도에 남게 되었다.

한참 내 옆에서 느리게 걷던 하프테리 님이 걸음을 멈추셨다. 그리고 여전히 이질적인 눈동자로 물끄러미 날 응시하셨다. 하프테리 님은 마치 내게 하실 말씀이 있는 것 같았다. 아까 혼났던 게 기억에 남아 난 다시 주눅 들었다.

"아렌, 앞으로 내가 무슨 일을 하게 될지 알지?"

방금 전까지 같이 있었는데 모를 리가. 혹시 누가 들으면 안 될까 봐 나 역시 조심스럽게 답했다.

"네. 조사단의 책임자가 된다고 하셨죠."

"그래. 그러니……."

거기까지 말씀하시고 하프테리 님은 말을 흐렸다. 도대체 왜? 그런 의문을 지을 수 없어서 응시했더니,

"그 일에 관심을 갖지 말렴."

"네?"

"이번 일에 관심을 갖지 말라는 소리란다."

왜 그런 말씀을 하는지 몰라 나는 그저 입을 다물었다. 내가 대공가 때문에 나설 거라고 여기시는 건가? 하지만 하프테리 님이 그렇게 말씀 하셔도 나는 무관계자다. 그러니 내가 나설 일은 없었다.

"그냥 하는 말이 아니란다."

내가 멍청히 반응하자.

"아렌, 이건 충고란다."

경고하는 눈동자에 숨이 막혔다. 잊지 말렴. 그렇게 작게 속삭이듯 덧붙인 하프테리 님이 멀어졌다. 심장이 벌렁거렸다. 오늘 하루 종일 하프테리 님이 너무나 낯설었다. 기분을 풀려고 왔는데 어쩐지 복잡해진 기분이다.

무슨 정신으로 대공가로 왔는지 모르겠다. 돌아온 나는 힘없는 발걸음으로 계단을 올랐다. 머리가 복잡해서 짜증만 났다. 뭐가 어떻게 돌아가는 건지. 왜 내 일도 아닌데 이렇게 복잡한 거람.

그래도 하프테리 님이 조사단 책임자가 되었으니 좀 빠르게 해결되지 않을까? 좋은 일인지 나쁜 일인지 모르겠네.

"어디 갔다 와?"

익숙한 목소리가 내 정신을 잡아끌었다. 이 목소리의 주인은! 고개를 돌렸더니 키르가 자기 방문 앞에 기대 서 있었다. 오늘도 긴 회의를 한 모양이다. 옷차림은 편하지만 얼굴 가득 피곤이 덕지덕지 묻어 있었다.

"키르!"

나도 모르게 반가운 목소리를 냈더니 키르의 입가에 희미한 미소가 달렸다. 빠른 걸음으로 다가갔다.

"여기서 뭐 해?"

"너 기다렸지."

"날? 할 말 있어? 오늘은 바쁘지 않아?"

키르가 한가해지길 기다린 것처럼 보이길 바라지 않았지만 이미 질문을 연달아 한 것에서부터 그른 듯했다. 내 마음을 읽은 것처럼 키르의 얼굴에 흡족함이 떠올랐다. 키르의 손이 느릿하게 올라와 내 어깨에 아무렇게나 내려앉은 내 곱슬머리를 툭 건드렸다.

"오늘은 쉬기로 했어."

키르의 손가락이 느리게 내 머리카락을 따라 아래로 흘러내렸다. 머리카락은 감각 세포가 없는 부분일 텐데, 내 피부를 쓸어내리기라도 한 것처럼 야릇함이 몰려왔다.

"그럼 들어가서 쉬지, 왜 이러고 있어. 그동안 무리했잖아."

버벅거리고 싶지 않은데 어쩐지 내 목소리가 흔들린 것 같다.

"바빠서 그동안 함께 있을 시간이 없었잖아."

키르의 다정한 목소리가 귓속을 달짝지근하게 적셨다.

"……방에서 기다리지."

나는 피곤할 키르가 걱정되어 덧붙였다. 내가 언제 올 줄 알고 저렇게 서서 기다린단 말인가. 그러자 키르가 태연하게 대꾸했다.

"네 방에 들어가서 기다리다가 허트만 단장한테 들키면 큰일이잖아."

당연히 내 방에서 기다리는 거였어? 그리고 언제는 내 방에서 안 기다린 것처럼 말하네? 내가 슬쩍 눈을 흘겼지만 키르는 당당했다. 역시 사귄 후의 키르는 참 뻔뻔하다니까.

"아렌."

키르는 가끔 나직하게 내 이름만 부르고 말을 끊었다. 그리고 그럴 때면 목소리가 아득하게 귓가에 떨어져 내리는 느낌이 들었다. 저렇게 불렀을 때 내가 설레는 걸 알고 일부러 하는 것 같았다. 날 응시하는 키르의 부드러운 눈빛도 마찬가지였다.

"왜?"

괜히 민망해진 나는 내 머리카락 끝자락을 잡고 비벼대는 키르의 손을 바라봤다.

"내 방에 들어올래?"

침실로의 초대. 나는 작정하고 유혹하는 것 같은 고혹적인 음성에 다급하게 숨을 들이켰다.

처음 가 보는 장소도 아닌데, 저택 내부에 아버지가 있으니 어떤 일이 생길 리 없다는 걸 나도 아는데, 순식간에 입안이 바짝 말랐다.

하지만 당황한 나와 달리 키르의 눈빛은 잠잠하면서 차분했다. 그 어떤 욕망의 빛을 띠지 않았음에도 내 긴장감은 더 팽팽하게 당겨졌다. 내 머리카락을 매만지던 손을 떼어내고 키르가 팔짱을 꼈다. 문에 머리를 기댄 나른한 자세로 그는 내 선택을 기다리고 있었다.

내, 내 눈이 이상한가? 분명히 키르의 셔츠는 목 끝까지 전부 잠겨 있다. 게다가 씻은 지 한참 지난 듯 물기 한 방울 느껴지지 않아 뽀송뽀송한데. 막 샤워하고 나온 사람처럼 요염함이 흘렀다.

키르가 너무 예쁘고 유혹적이라서 비명을 지르며 내 눈을 가리고 싶었다. 손끝이 절로 떨렸다. 이게 바로 아름다움에 눈이 먼다는 것인가!

때린 사람을 꼬시는 능력이 있는 내 손바닥처럼 사실 알고 보니 키르에게도 특이한 능력이 있어서 내게 생겨야 할 섹시함을 전부 빼앗아 간 게 아닐까 의심될 정도였다. 내가 키르의 외모에 너무 넋을 놓았는지 보랏빛 눈동자에 실망감이 어렸다.

"싫어?"

그렇게 찬란한 미모를 뽐내면서 상심한 티를 내면 내가 어떻게 거절하니. 이성은 안 된다고 말리고 있지만 본능적으로 입이 움직였다.

"드, 들어갈까?"

안 돼! 답을 하면서도 속에서 처절한 비명이 터졌다. 내 대답이 끝나는 순간 키르의 입꼬리가 올라가며 환상적인 미소를 지어냈다. 그리고 뭐 반응할 사이도 없이 난 순식간에 키르의 방안으로 끌려들어갔다.

뒤로 문이 탁, 하고 닫히는 소리가 들리고 나서야 난 정신이 들었다. 다급하게 숨을 들이켰다. 그 다급함을 읽은 것처럼 키르가 물었다.

"왜?"

내뱉는 순간 바로 흩어지는 짧은 단어임에도 어쩜 그렇게 농염하게 들리는지 귓가가 뜨거워졌다.

오늘의 키르는 어쩐지 위험했다. 아니, 내가 위험한 건가?

사실 키르가 내게 뭔 짓을 할 것 같아서 위험한 건지, 반대로 키르의 요염함에 홀려서 내가 그에게 뭔 짓을 저지를 것 같아서 위험한지 모르겠다. 어쨌든 오늘따라 우리는 많이 위험했다. 역시 침실에 같이 들어가겠다는 건 너무 경솔했나.

"그……. 저기……."

목이 졸린 사람처럼 목소리가 제대로 나오지 않았다.

"나가고 싶어?"

말은 부드럽게 묻지만 키르의 행동은 달랐다. 키르의 손이 내 머리 옆을 짚으며 문을 지그시 눌렀다. 마치 문을 열지 못하도록 막는 것처럼.

"오랜만인데, 그냥 나갈 거야?"

살짝 고개를 기울여 가깝게 속삭이는 키르 때문에 내 목이 움츠러들었다. 어디 하나 닿은 곳이 없는데, 가까이서 느껴지는 키르의 향기만으로 마치 품에 안긴 느낌이었다. 이러다가 심장을 토할 수 있지 않을까 싶을 정도로 심장이 무섭게 뛰었다. 이상하게 오늘은 어떤 예감이 들었다. 평소와는 다를 거라는. 그런 아찔하고 숨 막히는 예감이.

"기, 긴장 돼서……."

멍청하게 느껴질 정도로 내 목소리가 덜덜 떨렸다. 두려움을 느껴서 그런 건 절대 아니었다. 그냥 너무 떨렸다. 내장까지 같이 심장 박동을 하는 것처럼 온몸이 두근거렸다.

내 몸을 덮을 듯 가깝게 있던 키르가 몸을 훌쩍 뒤로 물렀다. 그 몸짓에 안도인지, 아쉬움인지 모를 감정이 찾아왔다. 애써 날뛰는 감정을 진정시키고 고개를 들었다.

키르는 자기 침대에 느긋하게 기대앉아 있었다. 나는 키르의 표정을 읽고 말고 할 새도 없이 그와 눈이 마주치는 순간 다시 공손하게 눈을 내리깔았다.

"아렌."

키르의 목소리가 내려가던 내 고개를 억지로 잡아끄는 느낌이었다. 바닥으로 향하던 시선을 다시 키르에게 마주쳤다.

"부끄러워?"

고작 부끄럽다는 말로 표현하기 어마어마한 감정이지만 대충 표현하면 그렇겠지. 난 목소리를 낼 수 없어서 고개만 끄덕였다. 그러자 키르의 얼굴에 아찔한 미소가 걸렸다. 덫에 걸린 토끼를 보는 것 같은 그런 미소였다.

서서히 벌어지는 키르의 팔이 불길했다. 누가 붙잡고 강제하는 것도 아닌데, 왜 이런 초조한 느낌이 드는지 모르겠다. 난 반사적으로 고개를 저었다. 그런 내 속내를 읽은 것처럼 키르의 고개가 한쪽으로 갸우뚱했다. 동그랗게 뜬 눈이 살짝 천진하기까지 해서 아이러니했다.

"왜? 부끄러움을 극복하기 위해 늘 하던 일이잖아? 알잖아. 안으면 부끄러움 덜 느끼는 거."

그렇게 해맑은 표정으로 전혀 사심 없다는 듯이 말하지 마. 너 아까 나쁜 미소 지은 거 봤어! 요염함을 철철 흘리면서 날 홀라당 잡아먹을 것처럼 봤잖아! 물론, 절대 겉으로 쏟아 낼 수 없는 말이었다. 저렇게 말했다가 키르가 대놓고 인정하면 난 더 대꾸할 말을 찾기 힘들 테니까.

"어서, 이리 와."

키르가 멈춰선 날 재촉하듯 손을 내밀었다. 이상하게 진짜 궁지에 몰린 기분이다. 내가 싫다고 한마디만 해도 키르는 아무것도 하지 않을 텐데. 떨림이 너무 커서 그런가 보다.

이대로는 안 되겠다. 키르의 말이 맞다. 차라리 안기면 이렇게까지 떨리지 않을지도 몰라. 그의 품에 안기면 늘 평온함을 찾았으니까.

앞으로 걸어간 나는 눈을 딱 감고 키르의 손에 내 손을 얹었다. 키르가 손을 잡아당기자 내 몸이 붕 뜨는 감각이 느껴졌다. 그리고 정신을 차려

보면 이렇게 키르의 무릎에 앉아 있었다.

"오, 오늘은 왜 안 바빠?"

아직 떨림이 가시지 않아서인지 나는 아무 헛소리나 내뱉었다.

"황태자의 죽음을 조금 더 자세히 알아보기 위해서 현자의 서재에 의뢰했어."

현자의 서재에서 오늘 나눈 이야기가 지금 나올 줄 몰라서 당황스러웠다. 그래도 아는 내용이 나와서인지 난 차분하게 답했다.

"들었어. 스승님이 맡는다고 했어."

"……그 사람이?"

갑자기 키르의 목소리가 날카로워졌다. 하긴, 어릴 때부터 키르는 하프테리 님이라면 죽어라 싫어했으니까. 그 짜증이 이상한 건……. 어라? 흐릿하던 옛 기억이 어쩐지 점점 또렷해졌다.

"키르, 스승님은 훌륭한 분이셔. 스승님이 조사단을 맡는 게 불만인 거야?"

"능력은 인정해."

키르가 그렇게 답하면서도 눈살을 찌푸렸다. 그러니까 스승님이 조사단을 맡을 능력이 있다고 인정하는 거지? 그럼 지금 짜증내는 건 다른 부분이란 거네. 어쩐지 알 것 같지만 묘한 기대감으로 심장 부분이 근질근질거렸다.

"그럼, 스승님이 왜 싫어?"

내가 은근히도 아니고 대놓고 신호를 줬나 보다. 키르가 얄밉다는 얼굴을 했다. 왜? 어서, 네 입으로 말해 봐. 내 반짝이는 눈동자에 결국 키르가 화답했다.

"네가 그 사람을 너무 좋아하니까."

그래, 이런 답이 아닐까 예상은 했다. 하지만 이걸 키르 입으로 들으니 또 파괴력이 남달랐다. 게다가 그 뒤로 작게 덧붙이는 말이 아득해서 숨

넘어갈 뻔했다.

"질투했어."

카운터 펀치를 제대로 얻어맞은 것처럼 머리가 어질어질했다. 그 어린 시절부터 날 좋아했다는 거야? 정말 키르의 인생엔 나밖에 없었구나. 그게 묘한 달콤함을 줬다.

"존경한 거야."

키르의 기분을 풀려고 재빨리 말했지만 차마 '좋아한 건 아니야'라는 말은 하지 못했다. 어린 시절 내가 하프테리 님께 가졌던 감정들은 마냥 존경이라고 표현하기엔 애매했다. 동경과 존경이 뒤섞인 첫사랑이었으니까.

그런 내 얄팍한 계산을 읽었나 보다. 키르의 손이 올라와 거짓말하지 말라는 듯 내 뺨을 아프지 않게 꼬집었다가 놓았다. 내가 입을 비죽일 새도 없이 키르의 손이 내 턱을 잡아 고정하더니 가깝게 눈을 마주쳐 왔다.

"난 뭐든 질투하니까……."

보랏빛 눈동자가 짙게 일렁거렸다. 그 시선엔 숨김없는 독점욕이 들어 있었다. 흉포하게 넘실거리는 그 욕심이 아찔하게 심장을 옥죄는 느낌이었다.

"앞으로 조심해."

니붓거리며 귀를 간질이는 목소리가 달콤하다면, 내가 이상한 걸까? 키르의 말에 얌전히 고개를 끄덕이려던 나는 뒤늦게 정신이 들어 목에 힘을 줬다.

내가 방금 뭘 하려던 거야? 거기서 달콤하단 감정이 왜 나와? 이 정도면 세뇌가 맞네. 순진한 내가 키르의 요사함에 홀라당 넘어가고 있었어.

"충분히 조심하고 있어."

나는 홀렸다는 걸 들키지 않으려 일부러 목에 더 힘을 주고 키르를 응시했다. 하프테리 님이 내 첫사랑임은 어떻게 할 수 없는 사실이지만, 현재의 난 결백하다. 키르에게 죄책감을 느낄 행동은 조금도 하지 않았기 때문에 난 당당했다.

가만히 날 보던 키르가 조심스러운 손길로 날 더 당겼다. 나 역시 거부하지 않고 그의 어깨에 고개를 기댔다. 키르의 팔이 아득할 정도로 내 몸을 강하게 끌어안았다.

"……부족해."

감정을 억누르며 조심스럽게 흘려내는 투정이 애처로웠다. 긴 설명을 덧붙이지 않고 등을 꾹 내리누르는 손길만으로 키르의 마음이 흘러들었다. 날 더 좋아해 줘. 아니, 나만 좋아해 줘. 그런 속삭임이 실제로 귓가에서 들리는 것 같았다.

키르가 날 좋아하는 감정은 알지만. 나도 그만큼 키르를 좋아하고 있다고 생각하지만. 막상 이런 순간엔 역시 나보다 키르의 마음이 압도적으로 크단 걸 느낀다. 그리고 내 둔함 탓에 오랜 시간 애달아 온 키르가 조급해 한다는 것도 안다.

난 대답 대신 키르의 등으로 팔을 둘러 마주 안았다. 그러자 은은하게 이어지던 키르의 떨림이 잦아들었다. 더 키르가 안도할 수 있도록 나는 그대로 얌전히 기다렸다.

숨을 죽이고 가만히 있어서 그럴까, 손끝의 감각이 예민해졌다. 키르의 옷차림도 평소보다 얇아서인지 맨 피부를 만지는 것만 같았다. 나도 모르게 손끝에 느껴지는 등 근육을 하나하나 짚었다.

"……아렌."

"응?"

바쁜 와중에도 운동을 하나? 단단한 게 막 꿈틀거릴 것 같았다. 감촉만으로 어떻게 생겼을지 상상이 됐다. 굉장하다.

"……뭐 해?"

살짝 갈라지는 키르의 목소리에 의아함을 느끼던 나는 질문의 의미를 깨닫고 흠칫했다. 그제야 내가 무슨 짓을 하고 있었는지 자각이 됐다. 미쳤나 봐, 내가 막 키르를 더듬었어!

"아무것도 안 했는데!"

"아무것도 안 했어?"

내 답이 황당한지 키르가 날 떼어 내려 했지만 부끄러워서 난 기를 쓰고 매달렸다. 내가 저지른 짓이 있는데, 얼굴을 볼 자신이 없었다. 너무 음흉하게 굴었다. 부끄러워하면서 할 건 다 하는 나는 못된 마귀였다.

내가 계속 버티자 키르의 나직한 한숨 소리가 들렸다. 그리고 작게 등을 토닥이는 손길이 느껴졌다. 날 다독이는 건지, 스스로를 다독이는 건지 모를 토닥임이다.

난 이러지도 저러지도 못하고 가만히 있었다. 대신 손이 제멋대로 굴지 않도록 키르의 옷을 꼭 쥐었다. 키르의 깊은 한숨 소리가 다시 쏟아졌다.

"네 스승이 조사단을 맡는다고?"

키르는 다시 하프테리 님의 이야기를 꺼냈다. 어색해지기 전에 그냥 말을 돌리기로 했나 보다.

내게는 다행인 일이었다. 키르가 방금 뭐 했냐고, 만져서 좋았냐고 계속 캐물었으면 극단적인 상황에 내몰린 내가 키르의 머리를 내려쳐 기절시키고 도망갔을지도 모르니까. 난 기꺼이 키르의 말 돌리기에 동참했다.

"그렇다고 하셨어."

"그런데 왜 목소리에 기운이 없어? 걱정 돼?"

키르의 질문을 듣고 나서야 내 목소리에 기운이 없다는 걸 알아챘다. 괜찮다고 말하고 싶었다. 하지만 아까 하프테리 님의 태도가 영 마음에 걸렸다. 내게 하셨던 싸늘한 말들이 상처가 되어 남아 있었다.

"스승님이 내게 실망하셨나 봐."

"뭐? 왜?"

짧게 되묻는 키르의 음성에서도 '그 사람이 널 얼마나 챙겼는데?' 하는 놀람이 느껴졌다.

"아까 현자의 서재에서……."

이건 고자질인가? 생각하면서도 나는 하프테리 님의 냉담한 태도를 이야기했다. 그러면서 키르가 오해할까 봐 하프테리 님이 내게 실망한 이유가 짐작이 가고 이해는 한다는 말을 덧붙였다.

그렇게 말했지만 결국 서운했다는 이야기를 하면서 내가 키르에게 어리광 부리고 있음을 자각했다. 그래도 차분하게 들어 주는 키르의 태도가 좋아서 남김없이 이야기했다.

내가 마지막에 하프테리 님이 던진 경고를 이야기할 때까지도 키르는 조용히 내 투정에 귀 기울였다. 여기서 침묵이 정답이란 걸 아는 거다. 난 내 편을 들어줄 사람이 아니라, 말을 들어 줄 사람이 필요했던 거니까.

날 엄청 좋아하면서, 예쁘고 눈치도 빠르다. 참 훌륭한 애인이다. 살짝 뿌듯해졌다. 키르한테 투정을 부리고 나니 서운함이 좀 가신다. 하지만 그것도 잠시, 곧 바로 현실의 씁쓸함이 닥쳤다.

하프테리 님께 제대로 사죄하러 가야 하는데. 날 용서해 주실까? 하프테리 님의 차갑던 태도 때문에 찾아 뵐 용기가 나지 않는다.

"많이 서운했겠네."

"응. 내가 너무 과신했나 봐. 그래도 내 잘못이 크니까 찾아뵙고 용서를 구해야지."

"그래. 네가 찾아가면 금방 기분이 풀릴 거야."

키르의 '네가 찾아갔는데 당연히 기분 풀어야지'라고 말하는 듯한 목소리에 우울함 따위는 사라져 버린다. 웃음이 튀어나올 뻔한 걸 참았다.

설마 내가 키르에게 어리광을 부리고 키르가 그걸 받아 주는 날이 올 줄이야. 어린 시절엔 꿈도 못 꿀 일이었는데. 새삼스럽다는 마음과 그의 어른스러운 점이 참 좋다는 마음이 번갈아 생겼다.

"그보다 마지막은 그 사람 말이 맞아."

"응?"

"나도 네가 이 일에 관련이 되지 않았으면 좋겠어."

키르의 목소리가 꽤 단호해서 나는 그에게 기댔던 몸을 일으켰다. 역시나 키르는 고집스러운 시선을 보내고 있었다. 최근 계속 비슷한 이야기를 듣는 것 같은데.

이쯤 되니까, 정말 의심스러워진다. 아무리 내가 황태자비님과 연관이 있다고 해도 그녀가 범인으로 몰리는 게 아닌 이상 내가 나설 만한 일은 아니다. 나 같은 사람이 어떻게 황족의 일에 나선단 말인가. 그런데 왜 다들 내가 나설 거라고 예상하는 걸까?

"뭐 조사 결과가 나왔어? 나와 연관이 있기라도 해?"

황태자의 죽음이 알려지고 황궁에서도 자체적으로 조사한 게 있을 테니까. 거기서 뭐 의심스러운 점이 있어서 내게 이러는 걸까?

"확실히 말할 건 아무것도 없어. 황태자의 죽음이 사고가 아니라는 것 빼고는."

사고가 아니라고 단언하는 점에서 살짝 마음이 무거워졌지만 역시나 그렇다고 해도 나와는 관계없는 일이다.

"확실한 것도 없는데 왜 자꾸 그래?"

이런 식으로 행동하는 게 날 더 불안하게 만드는 거 모르나?

"……그냥. 너와 관련이 없다고 자르기엔 너와 관련된 사람이 너무 많잖아."

키르의 눈썹이 짜증으로 찌푸려져 있었다. 이 상황 자체가 답답하다는 것 같았다.

"그러니까 황태자의 죽음엔 내가 관련이 없는 게 맞지만 너나 스승님, 황태자비님이 그 일에 연관되어서 내가 나설까 봐 걱정이란 거야?"

"맞아."

키르의 긍정에 픽 웃음이 튀어나왔다. 이 무슨 엉뚱한 걱정이란 말인가. 몰랐는데, 아주 심한 걱정꾼이네.

"내가 쓸데없이 큰일에 나서지 않을 거라고 했지? 그렇게 날 못 믿어?"

"믿어."

어째 답하는 모양새가 힘 빠져 있어서 신뢰가 가지 않았지만 더 따지고 들어 봤자 내 손해였다.

"그리고 내가 무슨 능력이 있다고 나서겠어?"

이 사건은 너무 커서 내가 끼어들 수가 없다. 그건 확실했다.

"정식으로 참견하는 것보다 주변을 기웃거리는 게 더 위험해."

진짜······. 나랑 관련 있나? 아무리 봐도 내가 주변을 기웃거릴 거라고 확신하는 것 같은데.

"거기다가 이제 네 스승까지 연관되어 버리면 넌 이 일에 더 신경 쓰겠지."

진심으로 한탄하는 듯한 키르의 음성에 기가 막혔다. 그래서 이번엔 내가 양 손을 들어 키르의 양 뺨을 꾹 잡았다. 나도 아까 키르가 그랬던 것처럼 아프지 않게 잡으려고 했는데, 은근히 감촉이 좋아 절로 손가락에 힘이 들어갔다.

이 말랑하면서 탄력 있는 뺨은 뭐란 말인가! 엄청나! 놀라서 손가락을 조물조물하려다가 키르의 황당해 하는 눈동자를 발견하고 정신을 차린 나는 손을 놨다. 하지만 마냥 손을 떼기는 아쉬워서 대신 키르의 뺨을 감쌌다.

"다시 말하지만 그거 정말 쓸데없는 고민이거든. 네가 범인으로 몰리는 게 아닌 이상 관심도 없어. 안 나설 거야."

"정말? 나만?"

키르가 반색했다. 언제 진지하게 고민했냐는 듯, 봄꽃 주위를 노니는 나비처럼 목소리가 팔랑팔랑거렸다. 내가 콕 집어 자신만 지칭한 것이 누구보다 저를 특별히 여긴다고 말한 것처럼 들리나 보다. 얘가 이렇게 단순했나? 네가 내게 특별하단 게 그렇게 좋아?

그래도 이렇게 티내면서 좋아하면 더 놀리고 싶지.

"아, 말을 잘못했다. '내가 아끼는 사람들'이 범인으로 몰리는 게 아닌 이상 내가 관심을 가질 리 없지."

일부러 강조하듯 또박또박 말했다. 그러자 순진하게 들떴던 키르의 얼굴이 떨떠름하게 변했다. 괜히 좋다 말았다는 그 표정에 도리어 난 실실 웃음이 흘러나왔다. 내 장난기 가득한 얼굴에 키르는 그제야 내가 자신을 놀렸음을 알아챘다. 그리고 곧 '내가 널 어떻게 이기니'라고 말하는 듯한 어이없다는 얼굴로 한숨을 흘렸다.

"그래, 그게 어디야."

키르는 무수한 잔소리가 남았지만 속으로 적당히 타협했음을 알 수 있었다. 도대체 왜 이렇게 걱정꾼이냐고! 난 키르의 얼굴을 잡으며 이마를 콩 부딪쳤다.

"도대체 왜 이렇게 걱정이 많아. 나랑 상관없는 일이라고 몇 번을 말해!"

물론 이 행동은 날 믿으란 의미였다. 그런데 막상 키르와 이마를 마주 대고 나서 난 내가 잘못했음을 깨달았다. 너무 가까웠다. 키르의 숨결이 가까워진 내 얼굴을 간질였다. 내가 이런 대범한 짓을 저지르다니! 도대체 오늘따라 내가 왜 이런지 모르겠다.

갑자기 자세가 의식돼서 심장이 크게 뛰기 시작했다. 그렇다고 이제 와서 물러서기엔 어색해서 아무렇지 않은 척 힘주며 버텼다.

다행히 이 자세를 의식한 건 나뿐인 듯했다. 혼자만의 생각에서 막 깨어났는지 키르는 별로 불편하게 여기지 않는 것 같았다.

"이상하게 불안해."

도리어 그는 자신의 아슬아슬한 불안감을 토해 냈다. 키르가 불안해 하니, 나도 기분이 좋지 않았다. 아까 하프테리 님의 일까지 겹쳐서 더욱.

하프테리 님이 나한테 이야기하지 않았지만 내가 불안해 할 어떤 일이 있는 걸까? 아니면 키르의 말처럼 그냥 막연한 걱정인 걸까?

"괜찮아."

나는 키르의 뺨을 더욱 감싸 쥐며 속삭였다. 걱정하지 말라고, 아무 일 없을 거라고.

"별일 없을 거야."

내가 할 수 있는 건 이런 위로뿐이었다. 그래도 그런 내 행동이 도움 됐는지 키르의 눈동자에 서렸던 어둠이 옅어졌다. 그러면서 살짝 흐렸던 키르의 눈에 '언제 이렇게 가까워졌지?' 하는 놀람이 드러났다. 현재의 상황이 드디어 인식된 모양이었다.

키르가 동요하지 않으려 애쓰는 것이 보였다. 마치 그가 놀람을 드러내면 내가 도망갈 것을 알아챈 것처럼.

사냥꾼으로 변한 눈매로 조용히 숨죽이고 때를 기다린다. 보면 볼수록 아름답다는 말 밖에 나오지 않는 보라색의 눈동자가 점차 일렁거렸다. 기이한 빛으로 타오르는 눈동자가 예뻐서 숨이 막힌다.

키르의 고개가 살짝 기울여졌다. 이미 이마가 맞닿은 매우 가까운 자세였다. 고작 작은 움직임에 서로의 코끝이 스쳤다. 키르의 기나긴 속눈썹이 내 속눈썹에 엉키듯 가까워졌다. 내 호흡인지, 키르의 호흡인지 모를 숨결이 허공에서 스쳤다.

23. 그 영애가 나설 수밖에 없는 이유

미쳤어! 미쳤어!

아침을 지나 벌써 점심때가 되어 가지만 난 침대를 벗어날 수 없었다. 베개에 머리를 박고 무릎을 꿇은 채 엎드려 몸을 웅크렸다. 최대한 몸을 말았어도 사람들 앞에서 홀딱 벗고 있는 것처럼 부끄러웠다. 이대로 사라질 수 있으면 좋겠다.

하지만 그렇게 숨는다고 어젯밤 내가 저지른 일이 없어지는 건 아니다. 그 기억이 내 머릿속에서 지워지지 않았다. 그래서 난 거의 뜬 눈으로 밤을 새웠다. 아침에 잠깐 키르가 내 방을 노크했을 때는 일부러 자는 척했다.

"아렌, 자?"

살짝 문을 연 키르가 방 안을 들여다보는 것을 알아챈 나는 더욱 필사적으로 자는 연기를 했다. 그리고 그가 문을 닫고 사라진 후에야 한숨을 토해내며 눈을 떴다.

키르는 어쩜 저렇게 평소와 똑같은 목소리인지. 그를 마주하지 않게 되어서 다행이면서도, 쟤가 너무 평온한 것 같아 신경 쓰였다.

난 눈을 감고 있는 것 자체가 곤욕인데. 눈을 감고 있으면 저장된 영상을 보고 있는 것처럼 어젯밤이 계속 떠올랐다. 내가, 내가 막 키르랑! 키르랑! 으악! 상상만으로 내 심장이 터져 버릴 것 같았다.

고작 그런 걸로도 이 정도인데, 나중엔 괜찮은 걸까? 뭘 한다고 해도 큰일이이지만. 그보다 지금 키르의 얼굴을 마주쳤다간 내 심장이 멈춰 버릴지도 모른다.

안 되겠다. 필살의 수법을 써야겠다. '키르 피하기!'

키르가 바빠 원래 만날 시간이 없기도 했지만 필사적으로 키르를 피하기로 마음먹었다. 내가 담담히 키르를 상대할 수 있을 때까지 시간이 필요했다. 그래서 나는 최대한 침대에서 꿈지럭거리다가 대공과 키르가 탔을 거라 짐작되는 마차가 저택을 떠나고 나서야 일어나 외출을 했다.

괜히 저택에 있으면 심란하기만 하고. 키르가 언제 돌아올지 몰라서 저택에 있는 내내 초조해 버티기 힘들었다. 게다가 원래 하프테리 님을 찾아뵐 계획도 있었으니까.

하지만 하프테리 님의 저택에 도착한 나는 허탕 쳤음을 알아챘다.

"주인님은 외출하시고 안 계십니다."

집사님은 담담하게 하프테리 님의 부재중 소식을 전달했다.

"벌써요?"

"네. 아침 일찍 나서셨습니다. 미리 연락을 주셨으면 좋았을 텐데요."

내가 허무한 표정을 짓는 게 안타까웠는지 집사님이 덧붙이셨다. 하프테리 님이 조사단을 맡았으니 바빠지시는 게 당연했는데. 오히려 키르보다 더 바빠지실 텐데. 어제 대공저에서 시간을 보낼 게 아니라 바로 하프테리 님을 찾아 갔어야 했다는 걸 깨달았다.

"전 언제든 시간 괜찮으니까, 스승님 시간 나실 때 만나 뵐 수 있도록 약속 좀 잡아 주시겠어요? 연락은 대공저로 주시면 돼요."

"계속 대공저에서 머무십니까?"

이번엔 오래 계시는군요, 라고 말하는 듯한 집사님의 시선에 난 어색하게 웃어야 했다. 사실 아버지가 테일런으로 떠나셨을 때 바로 돌아왔어야 했는데 키르랑 노닥거리느라 돌아올 생각을 하지 않았기 때문이다.

"자꾸 일이 생겨서 아버지가 오래 머무시네요."

"아버지를 계속 뵐 수 있는 건 좋은 일이지요."

안쓰러운 아이를 다독이는 말투였다. 어린 시절부터 날 봐 와서인지 집사님은 아직까지도 가끔 날 어린애로 보실 때가 있었다. 얼마 전까지 그런 애정을 은근히 즐겨 왔던 터라 머쓱했다.

"스승님이 제게 실망하셔서 절 만나지 않으려고 하실지 몰라요. 꼭 좀 부탁드릴게요."

"주인님이 아가씨에게 말입니까?"

얼마나 놀랐는지 집사님의 담담한 얼굴에 의문이 드러났다. 키르와 마찬가지로 하프테리 님이 내게 화를 낼 리가 없다는 반응이었다. 내가 하프테리 님께 예쁨을 받긴 엄청 받았나 보다. 그런 분을 실망하게 하다니. 난 참 못났다. 자괴감이 몰려왔다.

"네. 제가 크게 실수했거든요. 용서받고 싶으니까, 약속 좀 꼭 잡아 주세요."

"……노력하겠습니다."

잠시 날 응시하던 집사님이 불확실하게 대답해 주셨다. 결정은 하프테리 님이 하시는 거니까, 확답하지는 못 하겠지. 그래도 노력해 주신다고 했으니까.

나는 다시 한번 정중하게 부탁드리고 현자의 서재로 향했다. 이번엔 내 연구실로 직행했다. 그리고 그동안 밀렸던 공부를 다시 시작했다. 하프테리 님께 용서 받기 위해서는 노력하는 모습을 보여야 할 것 같았다.

오랜만에 하는 공부인데다가 마음을 어지럽히는 일이 있어서 쉽사리 집중이 되지 않았지만 억지로 집중했다.

그렇게 나는 그날 하루 종일 내 과거를 반성하듯 공부했다. 덕분에 늦은 저녁이 되어 대공저로 돌아가 키르를 만나지 않은 채 하루를 보낼 수 있었다.

다음 날도 나는 늦게 일어났다. 오랜만의 공부여서 그런가, 머리에 과부하가 걸렸는지 몸이 늘어졌다. 사람은 이게 문제다. 하루 쉬면 이틀을 쉬고 싶고, 이틀을 쉬면 계속 쉬고 싶어진다. 사실, 그뿐만이 아니라 다른 이유도 있었지만.

난 키르가 외출했음을 확신하고 나서야 방 밖으로 나올 마음이 생겼다. 언제까지 피할 수 없다는 걸 아는데 마음 정리가 참 안 된다. 하지만 만났을 때 키르는 멀쩡한데 나 혼자 동요하는 모습을 보이고 싶지는 않았다. 실제로 더는 놀랄 일이 없기도 했다. 그런데 내가 못 견디겠다.

식당에서 아침 겸 점심을 먹고 있을 때 집사님이 내 앞으로 온 편지를 들고 왔다.

"아가씨 앞으로 왔습니다. 지금 확인하시겠습니까? 아니면 방에 가져다 놓을까요?"

"어? 주세요."

봉투에 찍힌 인장을 보니 하프테리 님이 보내신 거라 나는 먹던 음식을 입에 밀어 넣고 편지를 바로 확인했다. 하지만 아쉽게도 편지는 하프테리 님이 아니라 집사님이 보내신 거였다. 죄송하지만, 하프테리 님이 바빠서 만남을 거절했다는 내용이었다. 편지에는 오늘도 새벽에 외출하셨다는 말이 조심스럽게 덧붙여져 있었다.

순간 울고 싶었다. 나는 입맛이 뚝 떨어져서 서둘러 식사를 끝내고 방으로 옮겨 왔다. 그리고 편지를 한참을 응시했다. 하프테리 님이 일부러 날 피하는 게 아닐 거라고, 진짜 바빠서 그럴 거라고 믿고 싶었다.

잠시 머뭇거리던 나는 다시 편지를 썼다. 언제든지 시간을 낼 수 있으니, 하프테리 님이 시간 날 때 꼭 만날 수 있게 해 달라고. 하다못해 하프테리 님이 저택에 머물 때 알려 주면 찾아가겠다는 내용도 적었다.

다 쓰고 나니 걱정이 됐다. 혹시 내 욕심으로 바쁘신 분을 더 신경 쓰게 한 건 아닌가 싶었다. 그래서 난 편지 마지막에 하프테리 님이 부담스럽지 않은 선에서 꼭 만나 뵙고 싶다고 덧붙였다.

그리고 나는 다시 현자의 서재로 향했다. 하프테리 님한테 내 달라진 모습을 보여 줘야 한다. 그게 아니더라도 키르와의 일을 떠올리지 않으려면 더 공부에 열중해야 하기도 하고. 나는 이게 어떤 의미로는 도피가 아닐까 생각하면서 공부에 집중했다.

그렇게 현자의 서재와 저택을 왔다 갔다 하니 며칠이 또 순식간에 지나갔다. 공부란 건 시간을 잡아먹는 마법이라도 쓸 줄 아나 보다.

그 사이 내가 피하지 않아도 키르 역시 스칠 시간도 없을 정도로 바빴고, 여전히 하프테리 님에겐 연락이 오지 않았다. 정확히는 내가 서신을 보낸 당일, 집사님을 통해서 한동안 만나기 힘들 거란 연락이 오긴 했었다. 나는 스승님이 바빠서 그럴 거라고, 더 응석 부리지 말자고 스스로 다독였다.

그 와중에 키르에 대한 내 감정도 더욱 복잡해졌다. 분명 내가 피하기로 마음먹고 피하는 중인데, 만나지 못해서 서운했다.

그러면서 만나기 싫기도 하고. 그러다가도 갑자기 보고 싶기도 하고. 그렇게 나 없인 못 살 것처럼 딱 붙어 다니더니 키르가 혼자 잘 있는 것 같아 화나기도 하고.

생각이란 걸 할수록 매일 머리만 아파졌다. 결국 내가 내린 결론은 할수 있는 공부나 열심히 하자는 생각뿐이었다. 그래서 나는 매일 현자의 서재에 일찍 나오고 늦게 돌아갔다.

그랬더니 이걸로 또 타인에게 걱정을 끼쳤나 보다.

"아렌, 최근 무리하는 거 아니니? 한동안 쉬었는데 갑자기 그렇게 열중하면 힘들잖니."

케이티 님이 내 연구실까지 찾아와 걱정하는 기색을 지우지 못하고 물으셨다. 그녀의 안색에서 적당히 하라는 신호가 읽혔다. 딱히 무리할 정도로 공부한 건 절대 아니었다.

고작 며칠 늦게까지 공부했다고 이런 이야기를 듣다니. 그동안 내가 너무 놀아서 그런 걸까? 아니면 아직도 모두의 눈에는 내가 어린애라서 그런 걸까? 어느 쪽이든 씁쓸하다.

"한동안 쉬었으니까 그거 만회하려면 더 열심히 해야죠."

"아무도 네게 공부하라고 강요하지 않는단다. 적당히 쉬엄쉬엄하렴."

내 머리카락을 다정하게 쓰다듬어 주시는 케이티 님의 말에 어쩐지 심장이 내려앉았다. 평소라면 케이티 님의 이런 말씀이 배려로 받아들여졌다. 하지만 오늘은 이상하게 그 말이 '아무도 네게 기대하지 않는단다. 그러니 열심히 해도 소용없어.'라고 들렸다.

올려다본 케이티 님의 눈빛은 여느 때와 다르지 않았다. 다정하고 따스했다. 그런데 어떻게 그런 말도 안 되는 오해를 하지? 내가 생각해도 어이가 없었다. 아무래도 내가 요즘 많이 혼란스럽긴 한가 보다. 모든 일을 다 비꽈서 듣고 예민하게 받아들이는 걸 보면.

"무리하지 않는 선에서 할게요."

걱정하지 않도록 무리하지 않겠다고 약속했다. 그러자 케이티 님이 희미한 웃음을 지었다. 그러더니 무언가 생각난 사람처럼 탄성을 터트렸다.

"참, 아렌. 요즘 하프테리와는 어떠니? 그날 좀 분위기가 좋지 않았잖니."

하필이면 곤란한 질문을 하셔서 애써 돌아왔던 기운이 빠졌다. 나는 하프테리 님이 일부러 날 피하는 게 아닐 거라는 마음을 담아 답했다.

"만나지 못했어요."

"어머, 아직도?"

케이티 님의 놀란 목소리가 상처가 된다. 역시, 케이티 님이 생각하시기에도 하프테리 님의 반응이 평소와 다른가 보다. 내가 예민한 게 아니었다. 하지만 이런 마음을 티낼 수 없어서 나는 억지로 웃어 보였다.

"스승님이 조사단 일을 맡으셔서 바쁘신가 봐요."

케이티 님이 날 안쓰럽게 바라보셨다. 그래서 더 괜찮다는 듯이 웃었다.

"네 말이 맞단다. 그쪽 일이 심각해서 시간을 낼 수 없을 거야."

케이티 님이 날 위로해 주시려는지 마치 들으라는 듯 말씀하셨다. 그런데 어쩐지 느낌이 싸늘했다.

"뭐 결과가 나온 게 있나요?"

"못 들었니?"

그렇게 반문하는 케이티 님은 평온했다. 하지만 이상하게 내 심장 소리가 커졌다.

"첫 번째 용의자가 지목됐어."

"그게……. 누구죠?"

손에 땀이 찼다. 마치 내 불길함을 아는 것처럼 점차 커지는 심장 소리에 어지러웠다. 날 응시하는 케이티 님의 시선을 의식하지 못할 정도로 난 집중했다. 더 시간을 끌었다간 내 숨이 넘어갈 것을 짐작하셨는지 케이티 님이 말했다.

"바로 황태자비란다."

"그럴 리가……."

케이티 님의 대답을 듣고 나자 숨이 턱 막혔다. 입에서는 반사적으로 부정의 말이 튀어나왔다. 그것도 케이티 님의 눈빛이 느껴져 마지막엔 말을 삼켰다.

사실, 이런 일이 생기지 않을까 예상은 했었다. 정확히는 황태자비님이 정말로 황태자를 죽인 범인이란 게 아니라, 용의자로서 지목 될 수도 있다고 생각했다.

현재 가장 유력한 용의자는 황태자의 형제들이었다. 황위다툼 중이니 의심을 하지 않을 수가 없었다. 하지만 그걸 공식적으로 인정할 수 없었다. 설혹 진짜 황자가 범인이라고 해도, 황제에게 자식들끼리 서로 목숨을 노렸다는 보고를 할 수 없으니까.

'완벽한 증거'가 드러나지 않는 이상 다른 황자를 용의자로 지목할 수 없었다. 게다가 다른 황자를 지지하는 귀족들이 기를 쓰고 황자가 죽인 게 아니라고 우길 거다.

그럼, 화살을 돌리기 쉬운 곳은 제일 지지 기반이 약한 황태자비님이었다. 아무리 요즘 테일런 일로 위상이 높아졌다고 해도 어차피 그녀는 타국 사람이다. 황태자가 없다면 그녀의 편을 들어줄 사람이 거의 없단 소리였다.

그리고 일반적으로 살인 사건이 일어났을 때 제일 처음 지목되는 용의자는 피해자의 배우자였다. 그래서 이런 소식을 듣게 될지 모른다고 짐작하고 있었다.

하지만 아무리 예상을 했어도 막상 듣게 되니 충격이었다. 곧 그게 오해임이 밝혀질 거니까, 별거 아니라고 생각하려 해도 진정되지 않았다.

"그럼 어떻게 되는 건가요?"

"아직은 확실히 모르지. 말 그대로 용의자 지목이니까."

아……. 그래. 케이티 님은 범인이 잡혔다고 한 게 아니라 '용의자 지목'이라고 하셨지. 아직 처벌할 수 없는 거지. 안도가 되면서도 한편으로는 아직은 해결된 상황이 아니란 것이 떠올라 다시 걱정이 됐다.

"금방 누명이 벗겨지겠죠?"

"그게 누명이라면 당연하지."

딱 자르는 케이티 님의 말투에 심장이 철렁였다. 어쩐지 그냥 단순한 누명으로 끝나지 않을 것 같아서 불안했다. CCTV가 있는 세상이 아니다. 정황 증거와 목격자의 증언만으로 사건을 해결한다. 누군가 장난질을 친다면 충분히 속여 넘길 수 있었다.

그리고 이제야 하프테리 님의 갑자기 싸늘해진 행동이 이해가 됐다. 하프테리 님은 예견하고 있었던 거다. 자신이 조사단의 책임자가 되면 제일 처음 황태자비님을 수사해야 한다는 것을. 그리고 나와 황태자비님이 친분이 있다는 걸 알기 때문에 더 냉정하게 굴어야 한다는 것을.

하프테리 님도 곤혹스러우셨을 거다. 내게 원망을 받을 것도 걱정될 거고, 청탁을 받았다는 오해를 근절해야 할 테니까. 나도 사람인지라 황태자비님은 잘못이 없다고 편들어 주고 싶었다. 하지만 난 나서선 안 된다. 황태자비님과 하프테리 님을 위해서.

이래저래 심란했다. 아무것도 할 수 없다는 게 참 힘들었다. 그래도 어쩔 수 없지. 기다리면 다 해결될 거라고 믿는 수밖에.

마음이 복잡해진 나는 연구실을 일찍 벗어났다. 대공저에 도착하자마자 저택에 있던 키르와 잠시 마주쳤다.

황태자비님에 대해 물어보고 싶었지만 나와 눈이 마주치는 순간 작게 고개를 흔드는 키르의 행동에 참아야 했다. 아마 해 줄 말이 없다는 소리겠지. 그 신호를 읽은 난 침실로 들어갔다.

* * *

우울한 나날이었다.

황태자비님을 조사하는 건 극비수사다. 그러다 보니 그에 관련된 어떤 소식도 들리지 않았고, 하프테리 님도 내게 서신을 보내지 않았다.

키르 또한 내게 어떤 말도 해 줄 수 없으니 일부러 날 피하는 것 같았다.

내가 피하려고 하지 않아도 키르를 만나기 힘들었다. 내가 키르를 피하고 싶은 마음이었기에 그게 좋은 일인지 나쁜 일인지 알 수 없었다.

인내의 시간은 참 힘겨웠다. 그러다 보니 이 일에 대해 자꾸 생각만 많아졌다.

아무리 생각해도 황태자비님은 범인이 아니다. 테일런의 대회 준비하느라 다른 생각을 할 틈이 없었을 테니까. 그리고 황태자비님은 그 대회에 모든 걸 걸었다. 빈말이 아니라 본인의 사비까지 털어 가며 준비했다. 그런 사람이 굳이 이런 위험한 일을 저질렀을까?

해맑게 웃던 황태자비님의 미소가 생각났다. 긍정적인 이야기가 들려오면 그녀는 유독 어린 아이처럼 좋아했다. 그런 사람이 위험도가 높은 일을, 심지어 하던 일이 잘 풀리고 있는 이 순간 저지를까?

그렇게 생각하면서도 반대로 처음 만났을 때의 그녀의 행동도 떠올랐다. 그때의 황태자비님은 나를 이용하려 했다. 그건 분명히 그녀의 계산적이고 이기적인 부분이었다. 황태자비님도 마냥 순수한 사람은 아니었다. 교활함이 없다고 볼 수는 없었다.

그래도 그 뒤에 이어진 만남에 난 그녀에게 호감을 갖게 되었다. 황태자비님은 내게 진심으로 부딪혀 왔다. 그리고 시간이 흘러 우리는 꽤 친한 사이가 되었다. 키르처럼 전부 믿을 순 없어도, 꽤 신용할 만한 사람이라고 생각한다.

그런 나조차도 상황이 이렇게 되니 황태자비님이 정말 이 일에 관련이 있는 건 아니겠지? 하는 의심이 찌꺼기처럼 남는다. 그녀와 친한 나도 그런데, 과연 다른 사람들은 어떨까? 의심하고 또 비난하겠지.

그녀가 받을 고초가 걱정되었다. 자꾸 뭐라도 도와주고 싶은데 내겐 방법이 없었다. 잘 지내고 있는지 소식이라도 알고 싶다. 차라리 내가 용의자로 지목되면 이렇게까지 답답하진 않을 텐데. 그건 그거대로 엄청난 문제긴 하지만.

주변에서 이러니 오히려 속 끓는다. 한숨만 나왔다. 뭘 해도 집중이 되지 않았다. 급기야 대공의 집무실에 숨어들어 서류를 훔쳐보고 싶은 충동마저 일었다. 뭐, 알게 돼도 어떻게 내가 할 수 있는 부분은 없어서 그만뒀지만.

"뭐 하느라 노크 소리도 못 들어?"

나직한 목소리에 정신이 번쩍 들었다. 이 목소리는?

"키, 키르?"

고개를 돌리니 아니나 다를까, 키르가 내 침실 문을 잡고 서 있었다. 워낙 바빠서 날 찾아올 여유가 없어 보였는데 오랜만에 보게 된 키르가 반가우면서도 예상 못한 기습이라 당황스럽기도 했다. 물론 황태자비님의 일 때문에 대화를 나눠 보고 싶었지만 그와 별개로 키르를 피하는 중이기도 했으니까.

"들어가도 돼?"

키르의 정중한 물음이 두렵다. 차라리 제멋대로 들어왔으면 핑계라도 댈 텐데, 저렇게 물어 보니 당혹스럽다. 아직 단둘이 있기 껄끄러운데. 잊고 있던 기억 때문에 양 뺨이 달아오를 것 같다. 그렇다고 대놓고 거절할 수도 없고.

"안 돼?"

"아니. 돼."

살짝 힘 빠진 음성에 즉답이 튀어나왔다. 아, 이러면 안 되는데. 쉽게 넘어가 주면 안 되는데. 내가 그렇게 답할 줄 알았다는 것처럼 키르의 입가에 설핏 미소가 흘렀다.

키르가 들어와 문을 닫았다. 그리고 내가 앉아 있던 테이블 맞은편에 앉았다. 등을 기대고 느긋한 자세로 앉은 키르가 날 살폈다. 나 또한 오랜만에 본 키르의 안색을 확인했다.

키르는 신경 쓸 게 많은지 갈수록 얼굴이 푸석푸석해지는 것 같았다.

물론, 그래도 다른 사람들보다 훨씬 고운 얼굴이지만.

오랜만에 봐도 참 예쁘네. 내가 속으로 감탄하는 사이 키르가 불쑥 상체를 앞으로 숙였다. 다리를 꼬고 앉은 자세로 무릎에 팔꿈치를 대고 턱을 괬다. 불편해 보이는 자세로 얼굴을 가까이하자 나도 부담스러웠다.

"뭐 해?"

"더 자세히 보라고."

"뭐?"

"관찰하는 것 같기에."

키르가 살살 눈웃음까지 쳤다. 얘는 참 쓸데없이 눈치가 빠르다니까. 내가 얄미워 눈을 흘겨도 키르는 담담한 미소를 지었다. 계속 마주치는 눈동자가 부담스러워 내가 먼저 눈을 피했다.

"이젠 안 바빠?"

말을 돌리려 한 질문이었지만 막상 꺼내고 나니 황태자비님은 어떻게 됐는지 궁금해졌다. 키르는 뭔가 알 것 같은데. 하지만 그걸 알기에 그동안 일부러 묻지 않았다. 게다가 키르도 질문을 들었을 때 답할 수 없으니 내게 접근하지 않았던 게 뻔했다. 그런데 눈치 없이 이런 질문을 하다니.

"아니."

참 단호하게도 답한다. 시선은 저렇게 나긋한데 말이지. 키르가 워낙 칼같이 대답한 터라 대화가 단절되고 말았다. 마음이 정돈되지 않은 상태라 내 안절부절못함은 더 커졌다.

"그래서, 아렌."

"응?"

"고민은 끝났어?"

다정한 물음에 심장이 떨어지는 줄 알았다.

"어?"

"나 피해 다녔잖아."

확신을 가진 말투였다. 이래서 오래 안 사이는 불편하다. 본인도 바빠서 스칠 시간도 별로 없었으면서 그걸 또 알아챘다. 잠시 아니라고 부정할까 하다가 그것도 아닌 것 같아 그냥 인정했다.

"언제 알았어?"

키르가 눈을 휘며 그윽하게 웃었다.

"지금."

어라? 뭔가 답이 이상한데?

"지금?"

"피하는 것 같다는 느낌을 받아서 물었지."

'그랬더니 참 솔직히도 답하네?'라는 눈빛이었다. 결국, 의심스러워 떠봤더니 내가 낚인 거다. 여기 있는 월척은 어디 가지도 않는구나! 맨날 나 잡아 잡숴하고 사는구나! 내 멍청함을 자책했다. 조사를 하고 다니더니 얘가 어디서 수사 기술을 배워 왔나? 아니면 그냥 내가 단순한 건가.

"그래서 뭐가 고민이었어?"

키르가 굽혔던 허리를 펴며 물었다. 뭐든지 들어 줄 것 같은 온화한 얼굴이다. 그런데 어쩐지 이질적이다. 억지로 짓고 있는 표정처럼 어색했다. 이거, 키르와 관련된 일인데 당사자한테 말해도 되는 건가? 그리고 키르가 좋아할 내용도 아닌데.

내 머뭇거림이 길어지자 키르의 미간이 좁혀졌다. 슬슬 인내심이 바닥 난다는 신호였다.

"난 우리 사이가 꽤 괜찮다고 여기고 있거든?"

아니나 다를까, 키르의 목소리에 날카로움이 담기고 있었다. 키르는 도대체 뭐가 문제냐고 날 추궁하고 있었다. 난 키르의 이런 식의 행동이 싫었다. 평소에 어른스러운 척하면서도 제 마음대로 안 되는 것에 짜증을 냈다. 알고 보면 역시나 어린애였다.

"왜 그런 식으로 말해?"

"네가 그날 이후로 날 피했잖아. 내가 실수라도 했다면 이해해. 하지만 네가 긴장한 게 보여서 난 아무것도 하지 않았어. 네 속도에 맞추려고 노력했다고. 그래도 넌 날 피했잖아."

그래. 그날 밤, 서로의 입술이 스칠 것 같은 그 아슬아슬한 순간에 키르는 조심스럽게 물러났다. 작게 숨을 몰아쉬는 키르의 눈빛은 매서웠다. 날 한입에 잡아먹고 싶어 안달 난 짐승처럼 보였다. 그럼에도 아무 일도 없었다.

그런 키르의 배려는 알고 있으며 매우 고맙게 생각한다. 하지만 그 아슬아슬함을 겪자 내 머릿속엔 더 혼란이 찾아왔다.

난 키르와 진도를 나간다는 구체적인 상상을 하지 못하겠다. 키르가 싫다는 소리가 아니다. 좋아하는 건 분명하다. 손잡고 품에 안고……. 그래, 짧은 입맞춤도 싫지 않았다. 그럼에도 불구하고 상상이 안 된다. 이렇게 흘러가도 되나 싶은 망설임이 생겼다.

막상 키스를 했을 때, 별 다를 게 없으면? 그래서 친구로 돌아가고 싶어지면 어떡하지? 그리고 좋아도 문제다. 그럼 다음으로 진도가 나갈 것 아닌가. 그건 또 어떡해. 그런 생각들이 계속 들었다.

하지만 키르의 예민함이 느껴져 내 생각들을 입 밖으로 꺼낼 수 없었다. 변명도 나오지 않았다. 그게 키르의 감정을 더 뒤흔들었나 보다. 숨소리가 시근거림으로 바뀌었다. 그는 날 노려보다가 짓씹듯 내뱉었다.

"나랑 헤어지기라도 하고 싶은 거야?"

짜증을 숨기지 못하는 걸 보니 내 방을 찾아온 순간부터 애써 여유로운 척 가장을 해 왔음을 알 수 있었다. 그러니까 인내심은 이미 끊긴 걸 넘어 초조해 하고 있는 거다.

"그런 거 아니야. 왜 그렇게 말을 해?"

어떻게 저렇게 쉽게 헤어지잔 말이 나오지? 키르의 극단적인 말에 나도 짜증이 났다. 키르는 본인이 흥분했음을 아는지 머리를 쓸어 올리며 한숨을 쉬었다. 그 숨결에서 초조함이 덕지덕지 묻어났다.

"네가 피하면 그런 생각이 들어. 여유로운 척하는 것도 한 두번이
지……."

감정을 숨기려 하지만, 그의 조급함이 느껴졌다. 아……. 왜 키르가 나
와 그렇게 붙어 있고 싶어 하는지 지금에서야 알 수 있었다. 키르는 아직
도 나와 사귄다는 것이 실감이 안 나는 거다. 내가 머뭇거릴 때마다 자신
과 연애하는 상황을 후회할까 봐 두려운 거겠지.

나 역시 분명히 좋아한다고 말했는데 그게 깊게 와닿지 않나 보다. 아
마 내가 아주 오랜 시간 키르의 감정을 모른 척해 왔으니 불안했을 게 분
명하다.

"널 믿지 못한다는 게 아니야. 이건, 내 문제야."

키르의 작은 중얼거림이 쓰디썼다. 내가 신용 없다는 사실에 서운하기
보다 그동안 내가 그에게 보이지 않는 상처를 너무 많이 준 것 같아서 미
안했다. 난 그저 부끄러워서 머뭇거리는 상황도, 키르에겐 엄청난 불안으
로 와닿았을 거다. 혹시라도 내가 그와 사귀기로 한 걸 후회할까 봐 매순
간 조마조마함을 느꼈을지도 모른다.

어느 순간부터 난 키르가 날 좋아한다는 확신이 있었다. 그래서 그런
쪽의 두려움은 없었다. 키르가 이젠 내게 식은 건가? 라는 생각을 가볍게
떠올릴지언정 그걸 진심으로 걱정하지 않았다. 키르가 날 좋아한다는 확
신을 그가 늘 나에게 줬으니까.

그런데 난 그런 확신을 키르에게 주지 못했다. 그래서 키르가 늘 조급
해 하는 거였다. 울컥하고 감정이 올랐다.

벌떡 일어나서 키르를 향해 다가갔다. 그는 머리를 감싸 쥔 채 혼자 감
정을 삭이느라 고개를 내리고 있었다. 내가 이렇게 만들었다.

키르의 얼굴을 감싸 쥐고 나를 보게 만들었다. 길 잃은 어린아이처럼
불안함을 드러내고 있었다.

키르는 언제나 내게 이렇게 솔직했다. 제 모든 걸 드러냈다. 나만 그러지 못했을 뿐.

이렇게 애처로운 얼굴도 예쁘지만 기쁨으로 환하게 빛나는 얼굴을 보고 싶었다. 내 부끄러움으로 민망하단 말로 키르에게 더 상처를 주고 싶지 않았다.

상상이 안 되면 뭐 어때? 상상이 안 된다고 할 수 없는 것도 아니잖아.

도망치지 못하도록 키르의 뺨을 쥔 채 나는 그대로 고개를 내렸다. 순식간에 입술에 어떤 감촉이 느껴졌다. 보랏빛 눈동자가 바닥으로 굴러 떨어질 정도로 커지는 눈을 확인하며 나는 가만히 눈을 감았다.

망설임이 무색하게 키르와의 입맞춤은 괜찮았다. 사실, 내 가장 큰 망설임의 원인은 '가족과 엄한 짓을 한 것 같은 배덕감을 느끼지 않을까?'였다. 그만큼 오랜 시간 알아 온데다가 한때는 키르를 귀찮은 동생 같다고 생각했던 적도 있으니까.

좋아한다는 감정을 자각한 것과 별개로 그 친밀감과 비례한 이런 접촉에 거부감을 느낄까 봐 두려웠다. 하지만 막상 닿게 되니 그런 생각은 조금도 들지 않았다. 좋다 싫다 따질 겨를 없이 아릿한 감각이 입술 끝에서 퍼졌다. 모든 세포가 예민하게 깨어났다.

맞닿은 입술을 통해 완전히 굳어 버린 키르가 느껴졌다. 그는 놀라서 숨 쉬는 것도 잊어버린 것 같았다. 키르가 숨을 쉴 수 있도록 떨어져야 하나 고민했지만 죽기 전에 알아서 숨 쉬겠지, 하는 생각을 하면서 현재를 더 탐닉했다.

살포시 눌린 입술 끝에서 느껴지는 감촉은 말캉했다. 푸딩을 건드렸을 때 흔들리는 그런 탄성이 머릿속에서 연상된다. 하지만 실제론 더 단단해서 푸딩보다는 젤리와 비슷한 느낌인 것 같았다.

비교된 것들처럼 진짜로 단맛이 느껴지는 건 아니다. 하지만 탄력 있는 감촉이 좋아서 괜히 안달 나는 느낌? 어쩐지 힘껏 짓눌러 엉망으로 만들고 싶을 정도로 보드랍고 말랑거렸다.

그래서 나도 모르게 입을 벌려 굳어 있는 키르의 입술을 살짝 물었다가 놨다. 그때까지 숨을 멈추고 있던 키르가 더 다급하게 숨을 들이켜는 게 느껴졌다. 입술을 통해 그 놀람이 적나라하게 전달되었다.

그러고 보니 방금 내가 한 거 좀 야한 행동 같은데……. 이미 행동하고 나서야 그런 생각이 들었다. 하지만 이미 저질러 버린 후라서 그럴까? 아니면 망설임을 버려서 그럴까? 물러서야 한다던가 하는 그런 당혹스러움은 생기지 않았다.

키르의 행동 하나에 덜덜 떨던 내가 지금은 다른 사람이었던 것처럼 여유로웠다. 하지만 그렇다고 해서 나도 이런 행위는 처음이라 뭘 더 할 수는 없었기에 천천히 입술을 뗐다.

느리게 얼굴을 떼어 냈음에도 키르의 상태는 멍했다. 아까 눈을 크게 뜬 상태 그대로 완전히 굳어 있었다. 어디로 보나 정상으로 볼 수 없는 넋이 빠진 상태. 좋다고 날뛸 줄 알았는데. 아닌가?

숨을 쉬긴 하는 건가? 키르의 정신이 돌아올 기색이 없었다. 좋아서 굳은 거야? 아니면 설마 내가 너무 못해서 굳은 건가? 너무 반응이 없으니 부정적인 생각까지 간다.

원래 첫 키스에 대한 로망이 있지 않은가. 환희의 종소리가 울리고 세상이 뒤흔들리는 아찔함을 느낄 거라는. 그런 게 없어서 이렇게 멍한 거야? 하지만 나도 키스는 영화나 드라마에서만 봤지 처음인데! 엄청난 테크닉을 보여 줄 수 없잖아!

그렇다고 여기서 '별로였어?'라고 묻는 것도 어쩐지 능글맞은 아저씨 느낌이 날 것 같아 차마 물어 볼 수 없었다.

"키르."

어떤 말을 해야 할지 고르면서 우선 키르의 이름을 불렀다. 그리고 그 순간 난 신선한 걸 목격했다. 키르의 얼굴이 화르륵 달아올랐다.

그의 행동에 당황했던 나 못지않았다. 아이처럼 자기 상태를 조금도 숨기지 못했다. 얘가 이렇게 빨개지다니. 신선하단 말로 부족할 정도의 반응이었다.

빈말로라도 키르에게 순진하단 말은 어울리지 않았다. 외모는 살짝 천사 같은 면이 있지만 성격은 아니다. 키르는 대공이 되기 위해서 키워졌다. 내가 아는 일반적인 배려와 남을 대하는 법을 배우지 못했다. 그래서 독선적인 면이 있었다.

예절을 배우기야 했겠지만 귀족의 예절은 귀족들 사이에만 필요한 것이다. 아랫사람은 아랫사람일 뿐이다. 그들을 하찮은 것 정도로 취급하진 않아도 동등한 대상으로 보지 않았다. 자신과 급이 다르다고 생각했다.

타인을 대할 때의 키르를 보면 꼬맹이 시절의 진상까지는 아니지만 아주 어린 시절 제멋대로인 면이 그대로 남아 있었다. 단지, 내 교육의 효과로 겉으론 착한 척을 해 왔다. 한계선을 넘지 않는 선에서 자신의 권력을 휘둘렀다.

키르만 특별한 게 아니었다. 이 세계의 모든 귀족이 그랬다. 귀족뿐만 아니라 다른 사람들도 마찬가지였다. 신분으로 철저하게 사람을 나눴다. 모두 평등한 사람이니까 존중해야 한다는 생각은 조금도 없다.

그만큼 키르와 내 사고엔 괴리감이 있었다. 그래서 키르와 내가 이런 사이가 되면 안 된다는 생각도 있었다.

어쨌든 그렇게 오만한 키르의 모든 예외가 나였다. 키르는 내게 참 많이 관대했다. 그렇다고 해도 키르도 노련하지 못해서 내게 자신의 실수를 들키긴 했지만.

주절주절 말했지만 결론은, 키르의 성격이 좋지는 못하다는 거다. 인격적이고 성격이 매력적이다, 라는 말은 거짓말로라도 절대 할 수 없었다. 그런 애가 순진한 얼굴로 어쩔 줄 몰라 하니 새로웠다.

아니, 본인이 그렇게 들이댈 땐 유들유들하고 능글맞더니 막상 당하니까 뭐 이리 순진한 반응이야?

그런 생각과 동시에 비죽 웃음이 났다. 그동안 키르는 상대적으로 나보다 늘 여유로웠다. 내가 당황하면 놀리던 사람이 반대의 상황이 되니 어찌 재밌지 않겠는가.

키르가 당혹감을 숨기지 못하고 도망가려 움직였다. 하지만 키르의 얼굴은 아직 내게 붙잡힌 채였다. 나는 그 보드라운 뺨을 꾹 잡고 놔 주지 않았다.

"왜? 놀랐어?"

내가 들어도 내 목소리가 즐거움으로 반짝였다. 입가에서 웃음이 멈추지 않아서 키르를 놀리는 게 빤히 보였다. 그걸로 더 당혹스러워 할 줄 알았는데 생각보다 키르의 이성이 빨리 돌아오는 모양이다. 흔들리던 눈동자가 잠잠해지고 붉었던 얼굴이 차츰차츰 원래의 색으로 돌아왔다.

에이, 더 당황해야 놀리는 재미가 있는데. 그래도 키르는 혼란스러움을 전부 수습하지는 못했는지 아직 완전히 평소의 침착함을 되찾지는 못했다.

"너……."

나는 키르가 더 말하기 전에 입술을 다시 눌렀다 뗐다. 말하려 살짝 벌어진 탓에 아까보다 더 은밀하게 닿았다. 촉촉하면서 점성 있는 입술 안쪽의 매끄러운 감촉이 내 입술 끝에 남았다. 와, 이거 뭐야? 더 깊이 닿은 만큼 더 아득한 느낌이다. 순간 뱃속이 간지러웠다.

키르의 눈이 다시 커졌다. 아직도 상황 파악이 안 되는 것 같았다. 그 와중에 난 뭔가 아쉬운 것 같아 이번에도 다시 입술을 내렸다. 뭘 의도하고 한 건 아니었다. 반사적으로 내 입술도 살짝 벌어져 세 번째 입맞춤은 더욱더 은밀했다. 입술 너머 서로의 매끄러운 부분이 닿았다가 떨어졌다.

이거까진 너무 노골적인 것 같은데……. 그런데 하면 할수록 좋았다. 붉고 도톰한 곳에 잠깐 닿았다가 떨어지는 게 감질났다. 더 하고 싶었다.

아쉬움에 다시 입술을 떨어뜨리는 순간 키르의 고개가 움직였다. 마치 거부하는 것처럼. 키르는 곧게 나를 응시했지만 그 너머로 혼란이 엿보였다.

"너, 이게 무슨 짓이야?"

차분한 음성인데 꼭 헐떡이는 것처럼 들렸다. 키르의 눈동자가 사정없이 흔들렸다. 아니, 무슨 말이 뭐 저래? 내가 설마 무슨 짓인지도 모르고 할까 봐?

닿기 전에 그렇게 부끄러워했던 것이 거짓말인 것처럼 지금의 난 정말 아무렇지 않았다. 늘 해 오던 행위를 하는 것처럼 민망함 따위는 없었다. 오히려 이 순간을 피하려는 키르가 귀찮았다. 예뻐해 주면 예뻐해 주는 대로 받을 것이지.

"왜? 네 말대로라면 표현하는 짓인데."

"뭐?"

키르의 새된 목소리가 울렸다. 오늘따라 키르의 뇌가 굳어 버린 걸까? 제대로 알아듣지도 못하고 반응이 느려도 한참 느렸다. 내 행동이 그렇게 놀라운 걸까?

다시 살짝 입술을 댔다가 뗐다. 뭉글뭉글함이 몸 전체로 퍼진다. 거짓말이 아니고 진짜 할수록 좋았다. 마치 포근한 침대 속에 파고든 것 같은 나른함이 온몸으로 번졌다.

"내가 널 좋아해, 라고 표현하는 중이잖아."

그리고 다시 입을 촉 맞췄다. 키스의 끝이 이게 아니라는 건 안다. 하지만 먼저 파고드는 것까지는 할 자신이 없었다. 그리고 지금 상태로도 키르가 충분히 정신을 놓은 듯하기도 하고.

이런 키르를 두고 더한 걸 하면 내가 조금 변태 같잖아. 그래도 마지막으로 한번 깨물어야지. 아까 깨물었을 때의 느낌이 제일 짜릿했다.

내가 다시 키르의 입술을 살짝 물었다가 떨어질 때였다. 키르가 와락 나를 당겼다. 내 몸이 순식간에 키르의 무릎에 앉혀졌고 얼굴이 목덜미로 파고들었다.

급작스러운 상황에 반사적으로 내 몸이 움찔했다. 내가 주도하는 것과 키르가 주도하는 건 엄연히 다르다. 그리고 키스와 그 이상도 다르고.

하지만 키르도 엄한 생각은 없었는지 그저 내 목덜미에 코를 박고 크게 숨을 들이켜기만 했다. 마치 내 향기를 강탈해 가는 것처럼 키르는 깊고 느리게 숨을 쉬었다. 그 와중에 내가 도망가지 못하도록 팔로는 내 몸을 꽉 잡았다.

나 역시 손을 들어 키르의 머리를 감싸며 그 호흡에 맞췄다. 숨을 쉬는 것만으로 쿵쿵 심장이 뛰었다. 어질어질할 정도로 강렬하게.

그리고 그 상황에서 이질적으로 내 정신은 또렷해졌다. 키르의 반응에 몸은 기쁨과 즐거움으로 날뛰는데 정신만은 차분하게 이 상황을 즐겼다. 내가 표현한 것이 좋아 죽겠다는 키르의 감정이 순순히 전해진다. 마주 닿은 몸으로 덜덜 떨리는 흥분이 전달됐다.

그러던 중 키르가 토해 내듯 작게 중얼거렸다.

"미치겠다, 진짜."

키르의 짓누르듯 흘러나오는 음성엔 환희가 들어 있었다. 꽉 끌어안는 몸짓에선 어쩌지 못하는 기쁨이 느껴졌다.

내 어깨에 떨어진 키르의 이마가 어쩔 줄 모르는 것처럼 비비적거렸다. 성적인 어필보다 자신의 넘치는 감정을 추스르기 힘들어 치대는 듯한 움직임이었다. 계속 키르의 몸이 떨렸다.

"울어?"

"울고 싶을 정도야. 너 도대체……. 하아……."

잠겨서 목소리가 흔들렸지만 울먹임은 없었다. 복받친 감정을 정돈하려 하는데 쉽게 되지 않는 것 같았다. 키르에게 조금 어울리지 않는 표현이지만 이렇게 응석부리듯 행동하는 게 나름 귀여웠다. 아니면 이게 바로 콩깍지일지도. 나 생각보다 키르를 많이 좋아하는구나.

살짝 고개를 기울여 키르의 머리에 내 뺨을 대고 나도 비비적거렸다. 한 번 표현하고 나니 그게 뭐 부끄러운 일이냐 싶게 어렵게 느껴지지 않았다. 내가 먼저 입도 맞췄는데 이런 게 뭐라고 싶어 나도 마음껏 행동했다.

역시 키르의 머리카락은 부드럽다. 내 머리카락도 이렇게 부드러웠으면 좋겠다. 그렇게 생각하며 계속 비비자 한창 내게 치대던 키르가 다시 굳었다. 잠시 그대로 숨만 색색 쉬던 키르가 고개를 들었다. 아까의 수줍음은 없었다. 그래도 얼굴에 붉은 기는 살짝 남아 있었다.

내 행동을 좋아하는 건 맞는 것 같다. 다만 내 감정을 고백했던 때처럼 좋아하기보다 혼란스러워하는 것 같았다. 한참 감정이 일렁거리던 눈으로 날 쏘아보던 키르가 지친 표정으로 큰 한숨을 쉬었다.

"이러니 내가 걱정이지……."

뭐지, 어쩐지 찜찜한 반응인데. 너 좋아서 날뛰어야 하는 거 아니니? 이 정도면 네가 만족할 만큼 표현한 거거든?

"또, 왜?"

내 투덜거리는 목소리에 키르가 이마를 콩 부딪쳐 왔다. 그 상태로 날 강하게 응시하면서도 키르는 망설였다. 하고 싶은 말을 참는 표정을 짓던 그가 도저히 안 되겠다는 얼굴을 했다. 그리고 작게 속삭이듯 물었다.

"나도……. 해도 돼?"

순간 나도 모르게 못 알아들었다. 그러다가 키르의 간절한 눈동자를 보고 알아챘다.

"뭐? 이거?"

그렇게 말하며 키르의 입술에 살짝 입 맞췄다. 키르의 표정이 조급함으로 와락 일그러졌다.

"아, 진짜! 이러니 내가 걱정이지! 갑자기 상상을 뛰어넘는 짓을 대범하게 해 버리니까!"

신경질적으로 느껴질 외침이 울렸다. 그렇다고 내게 화내는 건 아니었다. 본인의 조바심을 숨기지 못한 외침일 뿐. 키르가 내 몸을 강하게 부여잡고 있던 손을 놓고 내 뺨을 감쌌다. 내 몸을 잡고 있던 것도 인내하기 위해서였나 보다.

내 얼굴을 감싸 쥐는 순간 키르의 눈빛이 변했다. 더는 참지 않겠다는 욕망이 드러났다. 순식간에 입술이 맞부딪혔다. 그건 내 장난과는 다른, 어른의 키스였다.

* * *

이럴 줄 알았어. 내가 행동을 먼저 했다지만 후회할 줄 알았다. 늘 느끼는 거지만, 참 정도를 모르는 성격이다.

"그만해."

"왜?"

그렇게 답하면서 키르의 입술은 또 내 입술을 쪼았다. 살짝 붙었다가 떨어지길 반복하는 쪼는 듯한 입맞춤이 계속 이어졌다. 사귀기로 한 순간부터 내게 붙지 못해서 안달이었을 때부터 알았어야 했다. 키르는 본인의 주도로 행동해도 된다는 걸 알아챈 순간부터 거침없었다.

조금 전, 키르가 기다려 온 시간의 고통을 알려 주듯 숨 막히는 키스가 이어졌다. 너무 농밀해서 키스 정도야 연인 사이에 자연스러운 표현이라고 여겼던 내 마음이 쭈그러들 정도로 달뜬 시간이었다.

이러다가 내가 키르에게 삼켜질 것 같아서 참지 못하고 키르를 밀어냈다. 그제야 네 입술인지, 내 입술인지 모를 정도로 엉켜 있던 것이 멀어졌다. 이제 자신의 욕심을 충분히 채운 걸까?

생각보다 키르가 쉽게 떨어지는 것에 안도하며 한동안 난 격한 숨을 내쉬지 않기 위해 애써야 했다. 하지만 내가 색색거리는 동안에도 키르는 지금처럼 버드 키스를 이어가고 있었다.

키르의 입술이 닿는 장소는 내 입술뿐만이 아니었다. 콧등, 볼, 이마, 눈꺼풀 등 얼굴 여기저기에 쉴 새 없이 떨어졌다. 여기저기 번지는 속도가 너무 빨라 곧 얼굴 아래로 내려올까 봐 두려울 정도였다. 아무리 담백한 입맞춤이라고 해도 다른 부위에 닿는 건 느낌이 좀 다를 테니까.

입술이 눌렸을 때 노골적인 감정이 담겼다면 진작 내쳤겠지만 키르답지 않게 음흉함이 없는 접촉이라 제멋대로 하도록 내버려 뒀다.

그래도 선을 한번 넘어서 그런가, 나도 예전처럼 막 부끄럽고 그러진 않았고 키르가 이런 행동을 하는 게 익숙하진 않아도 피하고 싶다는 생각은 들지 않았다. 다만, 너무하다는 생각과 귀찮음은 조금 있었다.

"너."

이렇게 말을 꺼내기 무섭게 입술에 살짝 닿았다가 떨어지는 키르의 입술 때문에.

"그만."

쪽 소리가 나진 않지만 입술 끝에 뭉근한 감촉이 남는다. 말이 이어지기 전에 또 닿는다. 나도 몇 번이나 키르의 입술을 눌렀기 때문에 무슨 마음인지는 안다. 자꾸 더 하고 싶은 마음은 이해한다. 그래도 말 좀 하자.

"하라고."

또 순식간에 입술이 다가와 쪽 하고 눌렀다. 자꾸 눌러서 문장을 만들지 못했다. 타이밍 맞춰 재빠르게 말해야만 했다.

아, 진짜!

"했지!"

진짜로 말려야 했다. 자꾸 자극 받은 탓에 입술이 부어 감각이 예민해졌다. 그런 상태에 자꾸 뽀뽀를 받으니 기분이 이상해지려 했다. 아니, 그게 아니더라도 그만해야지! 언제까지 할 거야?

나는 간신히 정신 차리고 키르를 단호하게 노려봤다. 더는 허락하지 않겠어! 하는 신호를 보냈지만 제 페이스를 찾은 키르는 강적이었다.

"응, 했어."

다시 쪽 입을 맞춘 키르는 내 신호에 세상 다가진 듯한 미소로 응수했다. 설마, 앞에 그만 하라는 말은 싹 잘라 먹고 내가 마지막엔 소리친 '했지'에만 응답해서 뽀뽀했다고 인정한 거야? 어이없는 행동에 눈만 깜빡였더니 키르가 빙긋 웃었다.

……아까의 순진한 키르 돌려 줘.

세상 뻔뻔한 표정이라 기가 막혔다. 스킨십이 싫은 건 아니지만 정도의 문제였다. 이러다가 하루 종일 쪽쪽거릴 기세라 말려야 했다. 덕분에 내가 키르한테 완전히 익숙해진 것 같지만 이건 해도해도 너무하잖아. 그래서 다시 고개를 내미는 키르의 얼굴을 밀어냈다.

"충분히 했잖아."

그러자 세상에서 제일 달콤한 것처럼 흐물흐물하게 녹아 있던 키르의 얼굴이 딱딱하게 굳었다. 갑자기 표정이 굳어서 내가 너무 한 건가 싶어 얼굴을 밀어내던 손을 후다닥 뒤로 물렀다.

"아렌, 감정 표현에 충분이란 없어."

키르의 해도 부족하고, 얼마든지 더 할 수 있어! 라는 의지가 보인다면 내가 예민한 걸까? 그리고 이게 뭐라고 정색까지 하면서 말해? 나야말로 이제 덤덤해졌다고 여겼는데 키르의 저 저돌적인 점은 따라가려면 한참 멀었나 보다.

"알았어. 그건 내 말실수. 하지만 사람이라면 부족해도 참을 줄 알아야지. 이제 진짜로 그만해."

나는 괜히 엉뚱한 말로 말꼬리를 잡힐까 봐 키르의 말은 인정하면서 그만두라고 설득했다.

"난 짐승이어도 괜찮은데."

"내가 싫어!"

키르가 아쉬움이 남는지 내 눈치를 보며 엉뚱한 말을 중얼거려 난 빽 내지르고 말았다. 키르 맘대로 했다간 진짜 짐승 흉내 내면서 제멋대로 굴지도 모르기 때문이다.

그걸로도 모자라서 '네가 짐승이 되면 상대도 안 할 거야.'라는 마음을 담은 경고의 눈빛을 보냈다. 키르도 한 고집하지만 내 고집도 만만치 않음을 보여줄 테다.

다행히 그런 내 다짐을 읽었는지 키르의 얼굴에서 체념이 떠올랐다.

"좋아, 그만할게."

드디어, 무한 뽀뽀의 늪에서 벗어나는구나!

"대신!"

만세를 외치려는 찰나, 키르가 덧붙였다. 불길함에 눈을 가늘게 뜨고 키르를 봤더니 그는 씩 웃었다.

"마지막으로 한 번 더."

그리고 눈을 감고 입술만 쭉 내밀었다. 의미는 명백했다. 이 뻔뻔한 남자를 보게? 어디서 애교질이야?

어딜 보나 나더러 해 달라는 응석부리는 모양새였다. 과연 내가 알던 키르가 맞는지 의심될 정도로 오늘은 여러모로 다른 모습을 많이 보여준다. 어서 하라고 입술이 꼼질꼼질 댔다. 짜식, 귀엽게.

괜히 심장 언저리가 간질거려 나는 결국 키르의 뺨을 붙잡고 입술에 쪽 소리 나게 뽀뽀를 해 줬다. 그러자 키르가 헤벌쭉 웃었다.

멍청할 정도로 풀어진 키르의 얼굴에 내 마음도 풀려 결국 그 뒤로도 쪽쪽쪽 몇 번 더 입을 맞추고 말았다.

"아, 진짜 그만하자."

한참을 더 노닥거리던 나는 '정말 그만'을 선언했다.

이번엔 키르도 만족했는지 선선히 동의했다. 키르의 입가에서 미소가 사라지지 않는다. 해맑은 얼굴이 계속 유지되니까 내 마음도 뿌듯해졌다.

"이제 좀 불안이 가셨어?"

내 감정을 믿지 못해서 힘들어하던 거 좀 괜찮아졌냐고 물어보면서 나는 손바닥으로 키르의 뺨을 쓸었다. 순순히 제 뺨을 내주는 키르의 행동에 내 기분이 좋아졌다.

예전에 키르가 왜 그렇게 틈만 나면 날 만지작거리는지 몰라 귀찮아서 투덜거리곤 했었다. 그런데 막상 내가 만지작거리는 쪽이 되니까 왜 그랬는지 알 것 같았다. 너무 예뻐서 만지지 않고 못 견디겠어서 그런 거다.

"어."

키르의 눈이 예쁘게 휘었다. 우리 키르, 내가 표현해 주니 그렇게 좋아요? 행복해하는 얼굴을 보니 내 심장이 녹아내릴 것 같다.

"완전히?"

들떠서 그냥 한 내 질문에 키르는 답하지 못하고 입을 딱 닫았다. 이런 지나치게 솔직한 남자를 봤나. 그러니까, 좋긴 하지만 뭔가 걸리긴 한다는 거군?

"왜? 뭐가 문제인데?"

우린 서로에게 신뢰가 없는 건가 의심스럽다. 어쩨 뭐가 문제냐고 서로에게 묻는 빈도수가 높은 것 같았다. 하긴, 너무 잘 알아서 신뢰가 없을 수도 있지. 내가 인식하지 못해 저지른 매정한 행동을 키르는 전부 기억하고 있을 테니까.

"여기서 더 표현해야 해?"

질문을 하면서도 말이 안 된다고 생각했다. 이정도면 이미 할 수 있는 만큼 듬뿍 애정을 표현해 준 건데 여기서 더 바라면 안 되지.

내가 노려보자 키르는 그런 말을 들을 줄 몰랐던 것처럼 놀란 표정을 했다. 그러더니 곧 능글맞은 웃음을 지었다.

"아……. 더 해 주면 좋지."

얘가 점점 바라는 게 많아지네! 내가 예뻐할 만하면 키르가 꼭 삐끗했다.

"내가 네 생각만 하면서 살기 바라는 거야?"

난 분명히 비꼬는 의도로 한 말이었다. 하지만 그런 말을 기다렸던 것처럼 키르에게 황홀한 기쁨이 담긴 표정이 떠올랐다.

"그랬으면 소원이 없겠다."

나긋하게 웃는 게 정말 진심어린 표정이라서 살짝 오싹했다.

"진심으로 하는 말이야?"

이러다가 날 가두는 건 아니겠지? 내가 조심스럽게 눈치를 보는 걸 알아챘나 보다. 키르가 피식 웃고 내 뺨에 입을 맞췄다.

"그냥 그랬으면 좋다는 거지. 안 가둬."

그러니까……. 이런 생각은 참 귀신같이 알아챈다니까. 내가 가둘 걸 걱정했는지 어떻게 알아챘담. 잠시 떠올랐던 과한 상상을 머릿속에서 지웠다.

"그래서 무슨 불안이 남은 건데."

괜히 더 파고들었다가 알콩달콩한 연애가 집착 피폐물로 장르가 바뀔 것 같아서 나는 다시 말을 돌렸다. 이왕 키르의 불안을 덜어 주기로 한 거, 조금이라도 찜찜한 점을 남기고 싶지 않기도 했고.

"……네가 아니라."

이거 이번엔 내가 불안해지는데. 내가 아니라 뭐가 문제라는 거지? 얼른 말하라고 재촉의 눈길을 보냈더니 키르가 한숨을 쉬었다.

"듣고 엉뚱한 행동하면 안 돼."

저 걱정도 자꾸 들으니까 잔소리처럼 들렸다. 내가 얼마나 얌전히 기다리고 있는데!

"자꾸 그런다!"

발끈해서 외치니까 키르의 미간이 접혔다. 곤란함을 표현하던 그는 다시 한숨을 쉬었다.

"지금부터 하는 말은 극비사항이야."

거기까지 말하고 키르가 내 안색을 살폈다. 예감이 들었다. 지금 꺼내는 이야기가 '우리'의 이야기가 아님이.

그리고 우리의 일이 아니면서 극비사항은……

"어디 가서 말할 사람도 없어."

"알아. 네 주변 사람들은 미리 알 수 있는 내용이지만 그래도 혹시 모르니까."

그리고 키르는 다시 또 입을 다물었다. 아, 정말 속 터진다.

"너 가끔 그렇게 말을 끄는데 그거 나쁜 행동이야. 어차피 해 줄 말이면 얼른 말해."

짐짓 엄한 얼굴로 키르를 노려봤다. 내가 모르길 바라는 말이면 아예 꺼내질 말던가. 매번 말을 질질 끄는 게 신경질 났다.

걱정되거나 곤란해서 그렇다는 걸 알면서도 저런 식으로 애매하게 구니까 내가 더 답답한 거다. '말할 거면 얼른 하지 못해?' 하는 시선으로 노려보자 키르는 어쩔 수 없단 표정으로 말을 꺼냈다.

"황태자의 사인이 밝혀졌어."

나도 모르게 몸에서 힘이 빠졌다. 반대로 긴장감은 고조됐다. 나는 잘못한 것도 없으면서 선고를 기다리는 죄인처럼 숨죽이고 키르의 뒷말을 기다렸다.

"습격이 있었던 것도 아니고, 사고도 아니었어."

애초에 조사단을 꾸렸단 점에서부터 어떤 문제가 있을 거라 생각했기에 놀랍지 않았다. 내 표정에 변화가 없자 키르가 조심히 덧붙였다.

"네 스승이 내린 결론은 마녀의 저주야."

사인이 마녀의 저주라니……. 난 상상도 못했던 사인이다. 저건 어떻게 정의할 수 없는 비과학적인 힘이었다. 마법에 대해선 내 이성과 논리로는 설명할 수 없었다.

그래서 믿기지 않으면서도 그 결론을 내린 사람이 하프테리 님이니 믿을 수밖에 없었다.

마녀의 탄생 시기에 온갖 핍박을 받은 마녀들은 제대로 배움의 기회가 없었다. 어떻게 마법을 배워도 그걸 사용할 수 없었다. 그래서 살아남기 위해 그들의 마법은 음험한 기술로 변질됐다.

양지의 일을 얻을 수 없으니 대부분의 마녀는 먹고 살기 위해 음지의 일을 했다. 온갖 더러운 일을 받다 보니 저주 같이, 사람을 은밀하게 해치는 기술이 발전했다. 그것 때문에 마녀가 더 배척 받기도 했다. 사람을 죽이는 존재라고.

물론 현재는 마녀들도 본인들의 권리를 찾았고, 마법 학계의 한 갈래로 떳떳하게 인정받아 그렇게 음험한 일을 하지는 않았다. 그렇다고 해서 모든 마녀가 음지에서 양지로 나온 것은 아니다. 완전히 존중받는 직업은 아니라서 지금도 몇몇 마녀들은 나쁜 일을 하고는 했다.

그쪽으로 재능이 없는 난 마법 관련 쪽은 자세히 공부하지 않아 내가 아는 정보는 이 정도 수준이었다.

여기서 문제가 생긴다. 사인이 마녀의 저주라면 매개체만 있으면 누구든 황태자를 죽일 수 있었다. 그 말은 매개체를 찾기 전까지는 누구든지 용의자로 몰아갈 수 있단 소리다. 정말 사인이 마녀의 저주가 맞을까? 아니지, 내가 하프테리 님의 판단을 멋대로 부정해선 안 되지.

하프테리 님의 식견은 대단했다. 그게 아니더라도 본인이 느끼기에 애매하면 아마 다른 현자에게 조언을 구했을 거다. 확인하고 또 확인한 후 결론을 내리셨겠지. 그럼 사인은 마녀의 저주가 맞다. 그렇게 되면 막다른 상황이나 마찬가지다.

저주의 매개체는 만든 당사자가 아니면 알 수 없다. 사용자와 만든 당사자가 고백하지 않으면 매개체가 무엇인지 알기 힘들다. 즉, 자백하는 사람이 없으면 범인을 찾을 수 없다는 말이다.

이 상황에서 조사단이 할 수 있는 일은 하나뿐이다. 용의자를 더 몰아세우는 것.

황태자비님의 신분이 신분이다 보니 고문까지 하지 않더라도 견디기 힘들만큼 압박을 줄 수는 있다. 걱정 때문에 키르가 날 어떤 시선으로 바라보고 있는지 난 자각하지 못했다. 그저 혼란스러워서 어찌할 바를 모르고 있었다.

"아렌, 약속했지?"

"……뭘?"

"나서지 않기로."

짐작했던 질문이었다. 키르의 시선은 더 없이 단호했다. 난 몇 번 입술을 달싹이다 닫았다. 사실 나서고 싶어도 나설 수 없었다. 처음 사건이 터질 때도 느꼈지만 내가 도와 줄 수 있는 건 그 어떤 것도 없었다. 키르의 대답하라는 시선에 난 엉뚱한 말로 답했다.

"황태자비님은……. 아니야."

그분이 그럴 리 없어. 간절한 시선으로 응시했다. 키르라면 내 마음을 알아채고 조금 더 자세히 조사해 줄 것 같았다.

이것 또한 청탁 같아서 걱정됐지만 상황이 좋지 않아 자기합리화했다. 대놓고 부탁한 건 아니잖아. 증거가 없으니까 당연히 더 조사해야지. 황태자비님이 억울한 누명을 쓰게 내버려두고 싶지 않았다.

하지만 키르의 표정은 좋지 않았다. 아까 내 뽀뽀에 헤벌쭉하던 키르와 다른 단호한 남자가 눈앞에 있었다. 마치 도움을 줄 수 없다는 것처럼 선을 긋고 있었다. 왜? 어째서?

"아렌, 황태자비는 마녀를 만난 적이 있어. 그리고 그걸 증언한 사람이 있어."

심장이 쿵, 하고 떨어졌다. 마녀와 황태자비의 만남이라니. 왠지 무언가 알 것 같았다.

짐작대로라면 내가 알고 있는 그날이 맞을 거다. 내 심부름 때문에 황태자비님이 나와 같이 마녀의 뒷골목을 방문한 날.

그리고 그날이 맞으면 절대 황태자비님은 범인이 될 수 없었다. 마녀의 뒷골목을 방문했을 때 황태자비님은 처음부터 끝까지 나와 함께 했으니까. 그때 그녀는 어떤 물건도 구매하지 않았다.

아니, 그게 아니더라도 황태자비님이 마녀에게 저주를 의뢰한다는 건 말이 안 됐다. 그녀가 마녀를 얼마나 싫어하는지 내비치지 않았는가. 차라리 암살자를 고용하면 고용했지, 황태자비라면 마녀에게 의뢰할 것 같지는 않았다.

"그거, 그거 아닐 거야……."

나는 허둥지둥 말했다. 내가 증명할 수 있다고 외치려 했다. 하지만 키르의 손이 조심스럽게 내 입술을 덮었다.

"알아."

알긴 뭘 알아? 고작 그 증언 때문이라면 내가 반박 증언을 해 줄 수 있어! 그런 눈빛으로 맞받아치던 나는 이질적인 키르의 반들거리는 눈동자를 보는 순간 알아챌 수 있었다.

"넌 연관이 없는 거야."

키르는 전부 알고 있었다. 그 장소에 황태자비님과 내가 함께 있었음을……. 그걸 알면서 왜? 어째서?

충격에 내가 그 어떤 말도 하지 못하고 있자 키르가 날 안은 채로 일어섰다. 그는 침대에 나를 내려놓고 차분하게 말했다.

"아렌, 오늘은 이만 쉬는 게 좋겠다. 난 나가 볼게."

그게 무슨 소리야? 대화하던 중이었잖아!

"키르!"

다급하게 그의 팔을 붙잡았다. 하지만 키르는 다정한 얼굴과 달리 매정하게 내 손을 떼어냈다. 만들어진 나긋한 웃음으로 자신을 가렸다.

"오늘은 네가 이야기할 상태가 아닌 것 같아. 나중에 이야기하자. 푹 쉬어."

그렇게 말하고 키르는 내 이마에 짧게 입 맞추고 몸을 돌렸다. 걸어가는 뒷모습이 참 단호했다. 낯선 사람 같았다. 붙잡아 봤자 그 어떤 답을 들을 수 없음을 직감한 난 키르를 다시 부르지 못했다.

밤새 생각했다. 왜 저런 식으로 키르가 행동하는지를. 키르가 안다면 하프테리 님도 아시는 거다. 내게 증인이 되어 달라고 말하지 않은 건 하프테리 님도 키르와 같은 의견이라는 뜻이겠지.

처음엔 놀라서 왜, 어째서? 하는 생각이 들었지만 조금만 생각해 보면 답이 나왔다. 두 사람 모두 나를 지키기 위해서 그런 선택을 한 거다. 둘은 내가 조금이라도 위험에 가까워지지 않길 바라고 있었다.

지금은 마녀를 만났다는 것으로 용의자가 될 수 있는 상황이다. 아무리 내가 황태자를 죽일 이유가 없다고 해도, 마녀를 만났다는 사실만으로도 꼬투리 잡혀 조사를 받을 수도 있다.

그래서 두 사람은 내가 위험한 일에 얽히지 않도록 합심해서 나 대신 황태자비님이라는 먹음직스러운 미끼를 던진 거다. 자신의 소중한 사람의 고통보다 타인의 상처가 낫다는 이기적인 결론으로.

키르와 하프테리 님이 그런 말도 안 되는 선택을 할 정도로 나를 아껴 준다는 게 고마웠다. 하지만 서글프기도 했다. 이런 뒤틀린 애정에 충만감을 느낄 수 없었다.

지금 이건 나 때문에 누군가 피해를 보는 상황이다. 나와 심부름만 같이 가지 않았다면 지금 황태자비님이 범인으로 몰리는 일은 없었을 거다. 두 사람이 나를 지키기 위해 그런다는 걸 알면서도 난 이대로 이 일을 외면할 수 없었다.

새벽 내내 고민을 한 나는 결론을 내리고 키르의 방에 향했다. 이른 시간이었기에 문을 열던 키르가 움찔했다.

"어쩐 일로 일찍 일어났네?"

키르는 부드럽게 말을 걸려 노력하지만 눈이 경직되어 있다. 이번엔 키르가 날 피할 거라고 짐작했기에 그의 당황이 더 잘 보였다.

"밤새 생각해 봤어."

"아렌."

무슨 일인지 짐작한 키르가 내 말을 끊으려 했다. 하지만 나 또한 고집스러운 시선을 보냈다.

"너와 스승님이 어째서 그런 행동을 하는지 알아."

"알면 모른 척해 줘."

간절함이 느껴지는 표정이었다. 내가 참으면 다 끝날 일이라고 생각하는 게 다 보였다. 하지만 아니란 걸 알면서 어떻게 조용히 있을 수 있어? 내 한마디면 누명이 풀리는데!

"약속했으니까 알리는 거야. 난 이 일을 모른 척할 수 없어."

"아렌!"

난 내가 이상적으로 선한 사람이라고 한 번도 생각해 본 적 없었다. 언제나 내가 제일 중요하고 대중보다 나랑 친한 사람들이 더 소중하다. 남들과 다를 바 없이 속물적인 면이 있는 평범한 사람이다. 이런 이기적인 성격인 나라 해도 양심이란 게 있는 사람이었다.

"난 내가 할 수 있는 일을 할 거야."

"네가 위험해질 수 있어!"

키르가 강하게 외쳤다. 그래, 나는 그가 저렇게 불안해하던 일을 하는 거다. 미안한 마음도 있다.

"키르. 난 정의롭게 살 생각은 없지만 그렇다고 죄를 진 채로 살고 싶은 생각도 없어."

"시간이 있으면 해결할 수 있어!"

글쎄, 정말 시간이 있으면 손쉽게 해결할 수 있는 일이라서 키르가 이런 선택을 했을까? 답은 '아니오'다. 어떻게든 찜찜함이 남을 걸 알기 때문에 내가 나서지 못하도록 막는 거다. 위험에서 멀어지도록 수를 쓰는 거다.

하지만 나 편해지겠다고 한 사람을 살인자로 모는 걸 방관할 수 없었다. 알면서 외면해선 안 됐다.

"나 편하겠다고 눈을 감고 귀를 막는 것 또한 죄야."

내 고집을 꺾지 못할 것을 예견한 키르의 표정이 사정없이 일그러졌다.

"후회하지 않을 자신 있어?"

키르의 날선 목소리가 나를 찌른 후 거칠게 헤집는 것 같았다. 어제의 달콤한 시간이 거짓인 것처럼 아프고 사납기만 한 목소리였다. 내가 서운한 만큼 키르도 내 결정이 서운하겠지. 그래서 키르의 태도를 이해하면서도 다른 한편으로는 이해할 수 없었다.

"후회할 수도 있겠지."

"후회할 걸 알면서 나서는 게 이상하다고 생각하지 않아?"

사실 모두가 입을 모아 위험할거라 경고하는 일에 내가 나서는 건 경솔한 결정일지도 모른다. 키르나 하프테리 님이 계획한 어떤 일을 내가 어그러트릴지도 모른다. 최악으로는 엉뚱하게 내가 범인으로 몰릴 수도 있었고.

"그렇다고 주변에서 그저 참견하지 말라니까 얌전히 기다리기만 해야 하는 거야?"

억눌린 마음을 토해 내느라 긴 말은 생략하고 가장 중요한 말만 했다. 그런데 그뿐만으로도 키르는 내가 하고 싶은 말을 짐작했는지 답답하다는 듯 덧붙였다.

"함부로 말할 수 있는 일이 아니니까 그렇지."

아니다. 키르의 설명은 잘못됐다. 저건 설명이 아니라 변명이다.

"극비사항이라고 해도! 이 정도면 나도 관계자야. 내가 나서야 하는 일이야."

내겐 어떤 설명도 없는데 일이 어떻게 진행되는지도 모르고 마냥 기다리는 게 당연한 건가? 왜? 말 잘 듣는 애완동물도 아니고 기다리란 말에 아무것도 하지 않고 그저 기다리라니. 그거야말로 웃기는 일이다.

"네가 나서지 않아도 되는 일이라고 했지."

나는 무조건 몰라도 된다는 듯한 키르의 불친절한 말에 울컥한다.

"그럼 납득하게 그걸 설명했어야지!"

내가 진짜 나서지 않길 바란다면 제대로 설명을 해야 했다. 하프테리 님이나 키르 둘 중 누구라도 내가 납득할 이유를 알려 줬다면 나도 이렇게 행동하지는 않았을 거다. 내가 내 평안을 중시하는 사람인데 뭐 하러 귀찮고 위험할지도 모르는 일에 제 발로 걸어 들어간단 말인가.

하지만 두 사람 모두 내게는 그저 참견하지 말라는 말뿐이었다. 그 어떤 설명을 하지 않고, 나서지 말란 말만 되풀이했다.

난 새장 속의 새가 아니다. 키르가 주는 안락한 장소에서 먹이만 받아먹고 필요할 때 애교를 부려 주는 그런 존재가 아니다. 요즘 나오는 동화 속 공주들도 이렇게 의지 없이 살지 않는다.

"이런 건 배려가 아니야. 날 지키는 게 아니라고."

이들이 하는 건 날 배려하는 게 아니라 무능하게 만드는 거다. 나도 생각이란 게 있고 판단도 할 수 있다. 걱정된다고 내 눈과 귀를 가리는 게 제대로 나를 존중하는 걸까?

나는 나를 그저 집안에서 가만히 있어야 하는 멍청하고 무능한 존재로 여기지 않았으면 했다. 배려와 기만을 헷갈려선 안 된다.

키르는 입을 다물고 나를 쏘아보았다. 나도 지지 않고 노려봤다. 서로를 이해하기 위해 노력하는 우리지만 이 일에 대해선 타협점을 찾기 힘들었다. 게다가 서로를 설득하기엔 이미 늦었다. 지금은 어떤 말을 해도 비꼬아 들릴 거다. 나는 키르와 더 신경전을 벌이고 싶지 않았다.

"아까도 말했지만 난 내가 할 수 있는 일을 할 거야. 그러니까 넌 네할 일을 해."

결국 나는 그렇게 키르에게 선언하고 답을 듣지 않은 채 내 방으로 돌아왔다. 내가 문을 닫는 순간, 쾅! 하고 문 너머로 큰 소리가 들렸다. 키르가 자기 성질을 이기지 못하고 문을 내리친 듯했다.

그 격렬함이 전달되어 심장이 울렁거렸지만 꾹 참았다. 지금의 내게는 우는 소리를 할 시간도 없었다.

* * *

내가 꼭 해야 할 일은 황태자비님이 마녀의 뒷골목에 방문한 순간을 공식적인 자리에서 증언하는 거다. 하지만 이것도 쉽지 않을 거다.

우선 키르와 하프테리 님이 작정하고 막으면 내가 말할 기회가 아예 없다. 그렇다고 다른 조력자를 찾아가는 것도 힘들었다. 현재 황태자비님의 누명을 벗겨 줄 사람 중 가장 강력한 권력을 가진 존재는 라인폰트 대공이다. 테일런의 대회를 후원하며 한배를 탄 사이라고 입증했으니까.

그런데 그 대공가의 인물인 키르가 협조하지 않는데 대공이 내가 하는 일에 힘을 보태줄 리 없다.

그렇다고 라인폰트 대공가의 반대파인 바스탄 공작을 찾아갈 수도 없었다. 그 사람은 황태자비님이 범인이길 바랄 테니까. 그녀에게 유리한 증언을 할 나를 도와줄 리 없지.

정말 막막했다. 처음 사건이 터졌을 때부터 생각하긴 했지만 내 능력은 정말 한 줌이구나. 누굴 도와줄 여력 따위 없네. 그래도 아무것도 하지 않고 징징대기만 할 수는 없다.

"죄송합니다. 대공 전하께서 따로 시간을 내기 어렵다고 하십니다."

혹시 몰라 대공에게 면담을 요청했지만 집사님을 통해 깔끔하게 거절당했다.

"참고로 식사도 따로 하시라고 말씀하셨습니다. 식사 준비해 드릴까요?"

내가 무슨 말을 하기도 전에 같이 하던 식사 자리도 없앴다는 이야기를 전달받았다. 아무래도 중간에서 키르가 수작을 부린 것 같았다. 이렇게 단호하게 나를 내치시다니.

하긴, 그게 아니더라도 대공에게 말하면 아버지가 알게 되실 테고, 아버지도 나서지 말라고 날 말리시겠지. 어린 딸이 위험한 일에 휘말리는 걸 두고 보시지 않을 테니까.

잠시 고민하던 나는 차선책으로 하프테리 님을 찾아뵙기로 했다. 결론은 키르 때와 비슷할 것 같지만, 그래도 하프테리 님과도 대화를 하긴 해야 했으니까. 스승님이 무슨 생각이신지 정확히 알고 싶었다. 내 짐작만으로 일을 망치고 싶지 않았다.

하지만 이것도 내 오만한 생각이었다. 하프테리 님을 만나는 것도 쉽지 않은 일이었다.

"주인님은 저택에 안 계십니다. 언제 들어온다고 확답을 드리기 애매하군요. 요 며칠 안 들어오실 때도 있어서요."

저택을 찾아가니 집사님이 정중하게 알렸다. 그래서 큰맘 먹고 일하고 계신 황궁으로 향했지만 황궁은 출입 자체가 불가능했다.

"현재 외부인의 출입이 철저히 통제 중입니다. 용무가 있거든 나중에 다시 방문하십시오."

경비병이 단호하게 막았다. 하지만 나도 여기까지 와서 물러설 수 없었다.

"꼭 만나 뵈어야 해서 그래요. 혹시 말씀 좀 전달해 주시면 안 될까요? 제가 찾아온 걸 알면 만남을 허락하실 거예요. 부탁드릴게요!"

처음엔 경비병도 단호하게 거부했다. 하지만 내가 아주 중요한 일이라고 제발을 외치며 끈질기게 매달렸다. 경비병은 일에 방해가 된다고 여겼는지 결국, 교대 시간에 말을 전해 주기로 했다. 그러나 교대 시간이 되어 훌쩍 사라졌던 경비병은 떨떠름한 얼굴로 돌아왔다.

"만날 시간이 없다고 하셨습니다. 이제 돌아가시죠."

"절 만나지 않겠다고 하셨다고요?"

"네. 직접 만나 뵙고 들었습니다. 그럼, 이만."

하프테리 님이 나와의 만남을 거부하니 방법이 없었다. 그렇다고 황궁이 몰래 들어갈 수 있는 장소도 아니었다. 결국 황궁까지 갔던 나는 빈손으로 돌아와야 했다. 회피가 현명한 결정이 아닌데.

키르도, 하프테리 님도 왜 나와 상의하지 않는지 모르겠다. 아직도 내가 마냥 어린애로 보이는 걸까? 그래서 난 의지가 되지 않아서 이런 식으로 행동하시는 걸까?

한숨을 내쉰 나는 다음으로 들러야 할 곳을 찾아갔다. 바로 이런 오해를 발생시킨 장소, 마녀의 뒷골목으로.

마차를 타고 이동하면서 나는 생각에 잠겼다. 과연 여기서 어떤 실마리를 얻을 수 있을까? 마녀의 뒷골목은 처음 방문했을 때 놀랐을 정도로 수도 한복판에 버젓이 있는 가게다. 누구나 들릴 수 있는 열린 공간에 고작 방문했을 뿐인데 살인 용의자가 되었다.

그렇게 의심되고 위험한 장소라면 왜 여태껏 정상적으로 가게를 운영하게 내버려 두는 걸까? 그리고 저주 의뢰처럼 음험한 일은 원래 조금 으슥한 장소에서 받는 것 아닌가? 아니지, 등잔 밑이 어두울 수도 있지. 의문과 합리화가 끊임없이 번갈아 생겼다.

가게에 들어가기 전 주위를 한번 둘러봤다. 그 누구도 관찰의 시선을 보내지 않았다. 그저 일상의 한 풍경처럼 모두 제 할 일만 할 뿐이다. 이곳을 방문하는 게 독특한 일은 아니란 거다.

다들 이렇게 평화로운데, 난 왜 이렇게 곤란한 일에 엮여 심란할까. 가슴이 묵직해서 한숨을 내뱉으며 안으로 들어갔다.

입구를 열자마자 훅 끼치는, 정체를 알 수 없는 뿌연 연기와 기묘한 분위기는 여전했다. 안쪽으로 조금 들어갔어도 주인이 보이지 않았다. 이분은 장사도 안 하시나. 매번 왔을 때마다 자리를 비우고 있네.

"계세요?"

저 안쪽을 향해 소리를 높였다. 그러나 들리는 대답이 없었다. 하프테리 님에 이어 여기도 허탕을 치는 건가 싶었다. 그런데 가게 주인이 가게를 열어 놓고 자리를 비울 리 없잖아?

"아무도 안 계세요?"

그래서 다시 이번엔 아까보다 더 크게 소리를 냈다. 그러자 딸랑거리는 방울 소리 비슷한, 맑은 소리가 안쪽에서 들렸다. 마치 이리로 오라고 유혹하는 것처럼 작고 은은한 소리가 계속 울렸다. 하지만 주인도 없는데 더 깊이 들어가긴 애매해서 내가 머뭇거리고 있을 때였다.

안쪽에서 불쑥 여인이 고개를 내밀었다. 무언가를 찾듯 두리번거리던 여인은 나를 발견하고 살짝 놀란 얼굴을 했다. 이내 곧 평소와 똑같이 나른한 얼굴로 장난을 쳤다.

"어머, 누군가 했는데 귀여운 아가씨잖아? 오늘도 심부름 왔어?"

"심부름이 아니라 오늘은 묻고 싶은 게 있어서 왔어요."

여인이 기묘한 콧소리를 내며 눈을 가늘게 뜨고 나를 위아래로 훑었다. 왜 저렇게 새삼스럽다는 듯이 쳐다볼까? 내가 의아한 시선을 보내자 여인이 무슨 결론을 내린 것처럼 혼자 고개를 끄덕였다.

"좋아, 잠시만 기다려. 안에서 정리할 물건이 있어서. 저 소파에라도 앉아 있어."

그리고 여인은 안쪽으로 휙 사라졌다. 남겨진 난 어색하게 소파에 엉덩이를 붙였다. 전에 여인이 여기 늘어져 있던 기억이 있어서 그런가, 어쩐지 낯선 사람의 침대에 앉은 것 같은 불편함이 들었다.

얼마 지나지 않아서 여인이 나왔다. 그녀는 내 맞은편에 앉으며 손바닥

안에 들어갈 정도로 작은 주머니를 테이블 위에 올려놓았다. 저게 아까 말한 '정리할 물건'인 것 같았다.

"그래, 무엇이 궁금해서 왔을까? 참고로 원래 우린 이런 '질문'도 다 돈을 받지만, 이번엔 특별히 공짜로 해 줄게."

뭐 의미가 있는 건가 싶어서 주머니를 주시하던 나는 여인의 질문에 정신을 차려야 했다. 돈이라니? 아니지, 생각해 보면 현자의 서재도 조언료를 받는다. 여기도 돈을 받을 걸 예상했어야 했는데.

정신없어서 돈을 준비하지 못한 난 공짜인 것에 감사의 인사를 넙죽해야 할 처지였다. 그래서 여인이 상담을 왜 특별히 공짜로 해 주는지 의문을 제기하지 못했다. 하지만 여인은 그런 내 속내를 알아챘는지 먼저 설명해 줬다.

"귀여운 아가씨랑은 인연을 쌓아 두면 좋을 것 같아서 특별히 신경 써 주는 거야."

"감사해요."

여인은 할 말이 있으면 하라는 듯 그윽한 미소를 지었다.

"전에 저와 함께 왔던 분 기억하시나요?"

"아, 고귀하신 분?"

당연히 기억한다는 듯 고개를 끄덕이는데, 저 표현이 역시나 거슬렸다. 황태자비님의 행색을 보고 그냥 던진 말인 건지, 아니면 정말 정체를 알고 저렇게 표현하는 건지 모르겠다.

"그분이 또 오신 적이 있나요?"

"아니. 날 싫어하는 기색을 숨기지 못하던데, 또 오겠어?"

나는 그녀의 즉답에 안도의 한숨을 삼켰다. 혹시 황태자비님이 나 없이 방문한 적이 있을까 봐 긴장했다.

내가 그녀의 일정을 전부 아는 건 아니니까. 혹시라도 내가 멋대로 증언했다가 그녀가 홀로 방문했다는 반박 증언이 나오면 곤란했다. 그러니 이런 건 확실히 짚고 넘어 가는 게 좋았다.

"질문은 끝났어?"

"아니요. 아직 더 있어요."

내가 마녀의 뒷골목을 방문한 이유는 또 있었다. 마녀의 저주에 대해서 조금 더 자세히 알고 싶었다. 물론 현자의 서재에 있는 책에도 적혀 있겠지만 아무래도 전문가에게 직접 듣는 건 다르다. 그녀와의 대화로 답을 구할 수 있다면 활자로 얻는 것보다 빠르고, 정확하게 알 수 있겠지.

"뭐 좋아. 기분 내는 김에 더 내지. 뭐가 궁금해?"

이렇게 대놓고 선심을 베푼다고 생색을 내다니. 이 사람한텐 빈말로라도 괜찮다는 소리를 하면 안 되겠네. 상대가 이렇게 나오니 나도 거침없이 나가기로 했다.

"저주에 대해서 알고 싶어요."

계속 여유롭게 빙글거리던 여인의 표정이 순식간에 굳었다. 살짝 내리깐 눈이 예리하게 날 훑었다.

"이거 의외네. 귀여운 아가씨가 물을 만한 내용은 아닌 것 같은데, 조언하자면 저주 따위엔 관심 갖지 마. 악마와의 계약보다 더한 대가를 치르는 게 마녀의 저주야."

진심이 담긴 조언이었다.

"저도 의외네요. 마녀가 마녀의 저주를 나쁘게 말하는 걸 들을 줄 몰랐어요."

"왜? 나쁜 건 나쁘다고 인정해야지."

여인의 산뜻한 말투에 참 기분이 묘하다. 사람은 자신의 나쁜 점을 순순히 인정하는 게 쉽지 않은데 말이다. 여인의 말투에 홀려 이야기가 다른 데로 흐르지 않도록 집중했다.

"제가 저주를 걸 생각은 없어요. 그냥 저주에 대해서 자세히 알고 싶다는 거죠."

내 진지함이 전해졌을까? 여유롭게 받아치던 여인의 자세가 달라졌다.

"아는 한 이야기해 주겠지만 저주 쪽은 나도 큰 도움이 못 될 거야."

마녀면서 저주에 대해서 잘 모른다는 건가? 도움이 못 된다는 그녀의 소리를 이해하지 못한 나는 눈만 깜빡였다. 여인은 가볍게 손을 털었다.

"내가 정말 재능이 뛰어난 존재라면 이런 가게를 열었겠어? 난 엄청난 실력은 없어. 내 스승이 조금 대단할 뿐이지."

이건 또 무슨 엄청난 소리야? 워낙 치명적인 느낌을 주길래 난 이 사람이 엄청난 마녀인 줄 알았다. 그 자신감을 온몸으로 표현한 줄 알았지.

하지만 아니라니, 살짝 속은 것 같다는 마음이 들면서도 묘한 동질감이 생겼다. 천재들에게 치이는 평범한 사람끼리 나눌 수 있는 동질감이랄까. 어쨌든 중요한 점은 그게 아니니까.

"마녀는 저주를 건 사람을 찾을 수 있나요?"

일반적인 방법으로 저주를 건 사람은 찾을 수 없다. 그게 정설이다. 그걸 나도 알지만 같은 마녀라면 혹시 비법 같은 게 있지 않을까 싶어서 물었다. 저주를 건 상대를 찾을 수 있다면 내가 증언을 하는 것보다 그를 잡아서 추궁하는 게 더 좋은 방법이니까.

"마녀의 저주가 매개체로 걸리는 건 알아?"

너무 기초적인 질문이라 마녀의 저주에 대한 개념이 없는 것처럼 느껴졌나? 여인이 실없는 질문을 했다.

"네."

"다행이네. 그럼 알고 하는 질문이구나? 저주에 대한 기본적인 건 아는 거야?"

"일반적인 부분은요."

일반적인 부분을 알면서 굳이 질문했다는 건 특별한 걸 알고 싶다는 소리였다. 그 의미를 알아챈 여인의 눈이 가늘어졌다. 나는 긴장한 채 여인의 답을 기다렸다.

"귀여운 아가씨가 알고 싶은 건 매개체를 준 마녀야? 아니면 매개체를 사용해 저주를 건 당사자야? 둘 중 누구를 찾고 싶은 거야?"

구분을 하는 것 보니, 둘 중 하나는 알 수 있다는 걸까? 심장이 두근거린다. 어쩐지 희망이 보였다.

"누구든 상관없어요."

흥분이 드러나지 않도록 최대한 담담하게 답했다. 그래서인지 내가 어서 알려 달라며 멱살 잡고 싶은 심정을 참고 있다는 걸 알아채지 못한 모양이다. 여인은 대답 대신 나를 빤히 응시했다. 내 인내심이 사라지기 직전 여인이 입을 열었다.

"둘 다 찾을 수 있는 방법이 없는 건 아니지만 불가능에 가까운 일이지."

"방법이 있어요? 어떤 방법이에요? 알려 주세요!"

저주를 건 상대를 찾을 수 있다는 말에 내 목소리가 높게 놀라갔다. 너무 흥분해서 뒤에 불가능에 가깝다는 말은 들리지 않았다. 긍정의 답을 기대하긴 했어도, 정말 가능할 줄 몰랐다.

저주를 건 당사자를 찾아내면 키르와의 갈등도 다 해결된다. 방법을 알아내서 키르에게 알려 주면 내가 직접 찾을 필요 없으니까. 그렇다면 키르에게도 내게도 좋기만 한 결과가 나올 수 있다. 그렇게 생각되니 고조된 마음이 가라앉지 않았다.

"귀여운 아가씨, 너무 흥분한 것 같은데 진정하지?"

"제가 어떻게 진정을 해요! 이 복잡한 상황이 해결될지도 모르는데!"

여인의 미간이 순식간에 좁아졌다. 눈빛도 서늘하게 변했다.

"질문이 뜬금없다고 생각은 했는데, 혹시 주변에 저주에 당한 사람이 있어?"

날카로운 질문을 듣고 나서 정신이 들었다. 내가 흥분해서 제멋대로 말을 흘리고 말았다. 함부로 말할 수 없는 사항이라 조심했어야 하는데. 잠시 고민하다가 순순히 인정했다.

"네. 그래서 궁금해졌어요."

저주를 당한 사람이 누구인지만 밝혀지지 않는다면 오히려 적당히 알리는 게 더 정보를 얻기 쉬울 것 같았다. 내 인정에 여인은 골치 아프다는 듯 얼굴을 찡그렸다.

"미쳤군. 어쩐지 요즘 이상한 것들이 기웃거리더니, 누가 사고 쳤구나."

손바닥으로 자신의 이마를 덮고 내쉬는 한숨이 진솔했다. 여인은 진심으로 피곤함을 느끼고 있었다.

"저주가 흔한 건 아니지요?"

"당연하지. 우리 세대 마녀는 저주 쪽은 거의 손을 뗐어. 아까도 말했지만 대가가 만만치 않아. 매개체를 사용한 사람도 그렇지만 저주 건 당사자도 그 대가에서 벗어날 수 없다고."

그렇게 말하는 여인에게도 도대체 누가, 왜 그런 짓을 했는지 이해 못하겠다는 감정이 드러났다. 그럴 만했다. 오래 전엔 생존을 위해서 저주라는 능력을 썼다지만 요즘엔 그러지 않아도 되는데 굳이 그 나쁜 일에 손을 댄 거니까.

"어쨌든 누가 사고 친 거면 복잡하네."

중얼거리는 여인의 목소린 신경질적이었다.

"왜요?"

"마녀라는 이름에 깔린 편견에서 벗어나도록 노력해서 겨우 이 자리까지 왔어. 그런데 다시 안 좋은 그림자가 덧씌워지는 거잖아."

아…… 마녀들도 나름 자신들의 이미지 개선을 위해 노력해 왔구나. 그런데 누구 한 명이 삐끗해서 다 같이 싸잡아 구제 불능 취급받으면 화나긴 하겠다.

"그런데 귀여운 아가씨가 아는 사람이면 하필 건드려도 좀 힘 있는 사람을 건드린 모양이지?"

여인에게서 피곤한 기운이 줄줄 흘렀다. 저주를 당한 사람이 황태자란 걸 알리면 기절할지도.

"아, 네. 뭐……."

그래서 나는 적당히 말을 흐릴 수밖에 없었다. 그래도 그 안에 담긴 긍정의 메시지를 읽은 여인의 표정은 풀릴 줄 몰랐다. 마녀들이 이미지 관리를 한다면 도움 받을 부분이 있지 않을까?

"마녀들 사이에서도 저주가 조심스러운 일이면 도와주실 방법이 있나요?"

적극적으로 나설 거라 기대하지 않아도 조금이라도 도움을 주면 편할 것 같다는 심정으로 나는 그냥 던져 봤다. 그러자 여인은 지옥에서 끌고 온 것처럼 깊고 처연한 한숨을 내뱉었다.

"도와주고 싶은데, 이 문제는 진짜 못 도와줘."

"어려워서요?"

그렇다, 아니다, 라고 대답하는 대신 여인은 설명을 했다.

"저주를 걸 수 있는 마녀는 두 종류야. 정통 마녀의 후예가 될 만큼 재능이 있는 존재이거나, 아예 흐름을 알 수 없을 정도로 오래된 책자를 보고 훔쳐 배운 존재지. 요즘은 우리 마녀들도 저주는 쉽게 배울 수 없다고."

아무래도 저주란 게 마녀들도 배우고 싶다고 전부 배울 수 있는 건 아닌 모양이다. 그래도 이유를 들어 보니 두 종류 다 문제다. 마녀의 정통 후계자면 그만큼 중요한 존재니 마녀들이 보호하려 들 테고, 훔쳐 배운 존재면 아예 찾을 길이 없다.

이래서야 정말 여인의 말대로 도와주고 싶어도 못 도와주겠네.

그래도 긍정적으로 생각하면 저주를 걸 수 있는 마녀가 한정적이라는 결론이 나온다. 다만 그 마녀를 끝까지 찾기 힘들지도 모르거나, 마녀들 전체와 적대적으로 싸우게 될지 모른다는 더 큰 문제가 있지만. 그래도 희망은 있다.

"그래서 아까 말한 저주를 건 사람을 찾을 방법이 뭔가요?"

"아까 내 말 제대로 들었어? 불가능에 가깝다고."

여인이 기가 막히다는 듯이 반응했다. 생각해 보니 그런 말을 했지. 내가 흥분해서 놓쳤던지.

"그래도 희박하더라도 가능성은 있단 소리 아니에요?"

내가 너무 희망적인 부분만 말했나? 여인이 이번에도 긴 한숨을 쉬었다. 이 사람, 평생 쉴 한숨을 오늘 다 쉬고 있는 것 같았다.

"성공했단 이야기는 들어봤지만 그게 모두에게 통하는 방법은 아닐걸?"

그거면 된다. 한번 성공했다면 다음도 있는 거니까. 처음부터 나도 손쉽게 해결할 거라 여기지 않았다.

"그래도 모르는 것보다 낫죠. 방법이 뭔가요?"

여인이 나를 지그시 쳐다봤다. 방법을 알려줘도 내가 행할 수 있는지 떠보는 시선 같았다. 하지만 황궁에 관련된 일이다. 내가 못하면 황궁에서 나서서라도 해결할 거다.

"그렇게 보지 마시고, 알려 주세요."

"간단해. 진짜 대단한 마녀가 있으면 돼."

여인이 대수롭지 않게 툭 내뱉었다. 뜸을 들인 것치고 너무 간단한 내용이다. 그래서 순간 내가 잘못 들은 줄 알았다.

"……농담이죠?"

"아닌데."

진심이란 건가? 그걸 이렇게 뜸을 들이고 말한 거야? 갑자기 화가 날 것 같았다. 그래서 나는 감정을 억누르며 내용을 정리했다.

"더 뛰어난 실력을 가진 존재가 덜 뛰어난 실력을 가진 존재의 마법을 알 수 있다는 건가요?"

"틀려. 적당히 상위 존재가 아니라 재능이 넘쳐나 감당이 안 되는 존재가 있어야지. 그런 존재들은 마력에 민감해서 마력의 흔적을 알 수 있다더라고."

아, 그러니까 천재가 아니라, 초초초초초초초천재님이 필요하다고? 가뜩이나 마법적 재능이 있는 존재가 드문데 어쩜 저렇게 쉽게 말하지?

"그 정도로 천재가 흔해요?"

혹시, 아는 사람 있어요? 라는 의미의 질문이었다.

"그럴 리가. 나도 살면서 한 번도 보지 못했는걸. 그래서 거의 불가능에 가깝다고 말했잖아."

딱 잘라 말하는 여인의 표정이 너무 아무렇지 않아서 욕설을 내뱉을 뻔했다. 생각보다 간단한 조건이었다. 그 조건을 쓸 수 없어서 문제지. 조건이 거의 불가능 수준이 아니라 기적이 일어나야 하는 수준 아닌가. 세상에 '기적이 이만큼이나 쉬웠어요!'라고 외칠 사람이네.

"그런 눈으로 보지 마. 애초에 가능한지 아닌지를 물었잖아? 괜찮다는 식으로 나온 건 귀여운 아가씨야."

제대로 된 정보를 준 건 맞아서 그럴까? 여인은 당당했다. 그래, 개미 발톱만큼이라도 희망이 있으면 잡으려 했던 내가 오만했다. 그리고 여인의 말도 틀린 것 없지.

욱해서 속으로 욕으로 점철된 옹알이를 하고 나서야 조금 진정되었다. 그리고 생각해 보니 흥분할 일이 아니다. 내 선에서 도움을 요청할 수 없다면 다른 사람에게 시키면 된다. 이 사건의 진상을 밝히고 싶은 사람은 나 말고도 많았다.

"그럼, 현 마법사들의 대표나 마녀들의 대표 정도 되면 되나요?"

어렵긴 하지만 권력자들을 통하면 협조를 요청하는 게 힘든 일은 아닐 거다. 키르에게 알아보라고 하면 된다. 아무리 대단한 존재들이라고 해도 황명을 무시하지는 못할 테니까. 어렵게 생각할 일이 아니네. 괜히 화를 냈다고 생각될 정도로 간단한 일이잖아.

"아니, 내가 알기로는 더 재능 있는 존재가 필요하지."

각 그룹의 대표를 꿰찰 정도면 만만치 않은 실력자들이다. 그런 사람들보다 더 재능이 필요하다니?

"전설에서나 존재하는 인물이 필요하다는 소리인가요?"

"응. 전설적인 재능이 필요해. 한 집단의 우두머린데 그들도 당연히 대단하지. 하지만 재능적인 면에선 떨어져. 숨 쉬는 것만큼 마법이 쉬웠다고 외칠 정도는 돼야 해."

이렇게 단호할 필요 없는데, 여인은 참으로 단호하고 간단하게 울컥 내 속을 뒤집었다.

"그러니까 그런 존재가 어디 있어요!"

자기 일 아니라고 여인은 어깨를 으쓱였다. 확! 저주를 당한 사람이 황태자라고 외칠까 하다가 가까스로 참았다. 여인을 놀라게 할 순 있어도 해결책이 나오는 건 아니었으니까 말이다.

괜히 헛된 희망을 맛봐 속이 더 쓰리다. 차라리 방법이 없었다고 생각했다면 이런 허무함을 겪지 않았을 텐데.

현존하는 최고로 능력 있는 존재들도 아니면 누가 할 수 있는데! 그 정도 천재가 뭐 길가다 만날 수 있는 사람인가? 세상에 천재가 막 굴러다니나? 숨 쉬는 것만큼 마법이 쉽다는 게 가능한 소리냐고!

어라? 어딘가 익숙한 표현인데⋯⋯. '숨 쉬는 것만큼 마법이 쉬워'?

너무 화가 나서 속으로 폭주하던 내 머리가 어떤 사실을 떠올렸다. 그러고 보니 나, 저 비슷한 말을 들은 적이 있는 것 같아. 이상한 기시감에 기억을 되짚던 나는 내가 정말 말도 안 되는 천재 한 명을 알고 있다는 걸 깨달았다.

"어⋯⋯. 그럼 마법은 누구에게 배운 건가요?"

"언니는 숨 쉬는 것도 남에게 배워요?"

변태라서 신뢰는 별로 안 가지만, 숨 쉬는 것만큼 마법이 쉽다는 말을 했던 인물. 그래서 내가 마법계의 시조새 급이라고 느꼈던 인물. 바로 클레어 세르비아를 말이다. 난 이 일의 해결책이 될 진정한 천재를 알고 있었다.

사실 클레어와는 좋지 않은 인연이라고 생각하고 있었다. 그런데 그 인연이 득이 되다니! 흥분감이 몰아쳤다. 길 가다 복권을 주웠는데, 그게 1등에 당첨된 꼴 아닌가. 내 인생에도 이런 대박 행운이 있다니! 고양감에 몸이 바르르 떨렸다.

"왜 그래?"

내 격한 반응에 여인이 의아함을 나타냈다. 내가 엄청난 천재를 알고 있다고, 그런 인물이 실존하는 것뿐만 아니라 부탁도 할 수 있다고! 흥분해서 그렇게 외치려다가 퍼뜩 정신을 차렸다.

내가 저주에 대한 질문을 꺼내고 나서야 여인은 마녀 중 누군가 저주를 내렸구나, 하고 반응을 했다. 그걸로 보아 그녀는 아직 황궁에서 직접 조사 받지는 않은 모양이다. 그럼 더 조심해야 했다. 여인을 조사하지 않았음에도 조사관들은 황태자비님이 여길 방문한 사실을 알아냈다.

애초에 황태자비님의 뒤를 밟는 사람이 있었다면 모르겠지만. 그게 아니라면 생각보다 황궁의 눈과 귀가 넓게 퍼져 있을 수도 있다.

아무리 여인이 지금 황궁과 직접 연관이 없다고 해도 앞으로의 일은 모르는 거다. 이 사람도 나중엔 황궁 사람들과 얽힐지 모른다. 그렇다면 뭐든 조심하는 게 좋다.

"그냥 뭐 생각나는 게 있어서요."

"뭐길래 반응이 그래?"

대충 둘러댔더니 더 의심하는 것 같지만 난 그 이상은 설명할 수 없었다.

"그냥, 뭐……."

원래 이런 싸움은 시간 싸움이기도 하다. 무언가 확실시될 때까지는 굳이 내가 실마리를 잡았다는 사실을 알리지 않는 게 좋았다. 게다가 내가 궁금했던 정보와 그 해결책도 다 알아냈다. 이렇게 시간을 보낼 때가 아니지.

"이제 가 봐야겠어요."

난 벌떡 일어났다. 여인의 눈썹이 유려하게 치솟았다가 가라앉았다. 무언가를 눈치 채기라도 한 것처럼 의심스러운 시선이 닿았다.

하긴 내가 생각해도 내 반응은 부자연스러웠다. 버럭 화를 내다가 혼자 생각을 하더니, 깨달음을 얻은 사람처럼 바르르 떨다가 정중하게 인사하고 가 보겠다니. 무언가 있다고 알린 꼴이다.

하지만 내가 말하지 않으면 어쩌겠어. 속내를 읽을 것도 아니잖아.

"떠나겠다는 사람을 말릴 권리는 없지."

내 수상한 모습에 여인이 붙잡고 더 캐물을 거라 생각했다. 그런데 오히려 선선히 나와서 당황스럽다. 여인의 표정에는 변화가 없었다. 괜히 자세한 설명을 못한 점이 미안했다. 그래도 덕분에 얻은 게 많았다.

"정말 유익한 대화였습니다. 귀중한 정보 감사합니다."

"다음엔 돈 받을 거야."

여인은 장난치듯 가볍게 손을 흔들었다. 내가 부담을 갖지 않도록 일부러 저런 식으로 말하는 것 같았다.

"네. 그땐 저도 주머니 두둑하게 준비해 올게요. 안녕히 계세요."

적당히 맞장구친 나는 서둘러 몸을 돌렸다. 마음이 급했다. 어서 클레어를 만나 부탁을 해야 한다. 막 발을 뗐을 때, 아까 들었던 청명한 울림이 뒤에서 들렸다. 방울 소리 같기도 하고, 맑은 유리를 두드리는 것 같기도 한 울림이 어쩐지 애절하게 날 붙잡는 것처럼 들렸다.

그래서일까, 나는 반사적으로 몸을 돌렸다. 마음이 급한데 왜 뒤돌아보고 싶어졌는지 모르겠다. 뒤를 돌자 보이는 여인의 표정은 기이하게 찌푸려져 있었다. 귀찮음과 골치 아픔이 섞인 얼굴이다.

뭐야, 나 왜 이렇게 예민하게 반응했지? 괜히 기분이 이상해서 그녀에게 다시 고개 숙여 인사하고 가던 길을 가기 위해 몸을 돌리려 했다.

"귀여운 아가씨."

이번엔 나직한 여인의 부름이 나를 붙잡았다. 첫 만남에 내게 어떤 조언을 했을 때처럼 뒷덜미를 스치고 지나가는 오싹한 감각에 내 발이 멈칫했다.

"저주에 관해서 물었다는 건 복잡한 일에 참견하려는 거지?"

또다. 여인이 날 보는 눈동자가 신내림을 받은 무당처럼 기이하게 달라졌다. 방금 전까지 나랑 자연스럽게 대화를 나누던 사람과 다른 사람 같았다.

"네."

그래서인지 나도 모르게 홀린 듯 답했다. 여인의 눈동자가 느릿하게 날 낱낱이 해부할 것처럼 살폈다.

"복잡한 만큼 위험해질 것도 알아?"

키르와 하프테리 님에게 수없이 들은 말이다. 그래서 더 당당하게 답할 수 있었다.

"네. 그래도 해야만 해요."

"스스로가 아직도 준비되지 않은 것도 알아?"

내 대답이 중요치 않다는 듯, 말이 끝나기 무섭게 꼬리를 물고 질문이 들어왔다. 그러고 보니 이 사람은 전에도 내게 의미심장하게 말했다. 어떤 재능이 있다고. 그것에 관한 이야기인가?

"제 재능에 관한 이야기인가요?"

"맞아. 귀여운 아가씨가 준비된다면 위험한 순간 자기 몸은 지킬 수 있을 테니까."

뭐라 말을 하려 벌렸던 입을 그냥 닫았다. 날 걱정해서 해 주는 말 같은데, 재능이 뭔지 확실하게 알려주기라도 하지. 저렇게 또 두루뭉술하게 굴면 난 할 말이 없었다.

전에 여인은 조금 더 날 돌아보라 조언했었다. 그리고 그와 비슷한 시기에 하프테리 님에게 난 과거의 트라우마를 지적당했다. 내가 어린애로 있고 싶어 하는 심리를 제대로 꼬집은 하프테리 님 덕분에 난 자기 반성을 했다.

그것과 다른 건가? 나를 더 돌이켜 봐야 하는 건가?

"제가 몰랐던 제 내면을 알게 된 일이 있어요. 그것으로 부족한 건가요?"

여인의 표정이 묘해졌다. 침묵하던 여인은 느리게 시선을 움직였다. 날 비껴 그녀의 시선이 닿은 곳은 아까 여인이 들고 나온 작은 주머니였다.

"진짜……. 모른 척할 수 없네."

그렇게 중얼거리며 여인이 주머니를 내게 내밀었다. 마치 받으라는 것처럼. 난 받아들지 않고 그걸 바라만 보았다.

"뭔데요?"

"귀여운 아가씨가 외면하고 있는 것."

묘한 설명이다. 저 안에 든 물건이 마법 도구라서 내 속내를 보여주기라도 한다는 건가? 혹시 과거를 읽는 마법 도구? 살짝 호기심이 생겼지만 곧 접었다.

"제가 외면하고 있다면 무의식적인 걸 텐데, 굳이 받아서 확인을 해야 하나요?"

정체 모를 물건을 순순히 받을 이유는 없었다. 거기다가 어쩐지 불길했다. 이걸 받아서 좋은 꼴 못 볼 것 같은 느낌이 들었다. 그래도 이런 대화를 나누니 내가 어떤 것을 외면하고 있긴 하구나, 하고 인정할 수밖에 없었다.

"그래도 받아. 안에 든 물건을 확인해야 하는 의무는 없어. 봉인된 거라서 평소 물건에 영향을 받을 일은 없을 거야."

무슨 대단한 물건이길래 봉인까지 됐어?

"확인할 의무가 없다면 받을 필요도 없는 건가요?"

"때론 물건에도 주인이 정해져 있거든. 어떻게 내 손에 들어오긴 했지만, 이건 나와 연이 없어. 인연을 찾은 것 같으니 주려는 거지."

내게 물건을 떠넘길 작정인지 여인은 손을 거두지 않았다. 살짝 꺼림칙했지만, 오늘 대화로 적지 않은 도움을 받았기 때문에 마냥 거절하기도 찜찜했다. 사 가라는 것도 아니고 그냥 준다는 것이니까.

결국, 물건을 받고 말았다. 손에 쥐자 따스한 온기가 확 퍼졌다. 어쩐지 이 안에 든 것이 뭔지 알 것 같은 느낌이 들면서, 무엇이 들었는지 알고 싶지 않은 마음이 들었다.

"확인할 의무가 없다니까 확인하지 않을 거예요."

나는 받으면서도 예의상 받는다는 걸 숨기지 않았다.

"마음대로 해. 참고로 그걸 열면 감당하기 힘든 고통과 직면할 거야."

물건을 품에 넣자마자 그렇게 말하면 내던져 버리고 싶잖아. 내 일그러진 표정을 확인했는지 여인은 작게 키득거렸다.

"이거 위험한 물건인가요?"

"위험한 물건은 아닌데, 사람에 따라 다르니까."

뭘 저렇게 찜찜하게 말하냐. 여인과 대화가 길어질수록 내 표정은 떨떠름하게 변했다. 아무래도 괜히 받았다는 마음이 커졌다. 혹시 저주를 거는 매개체나 그런 건 아니겠지?

"막 터지거나 그러진 않죠?"

"위험한 물건 아니라니까. 그거 열지만 않으면 뭐 달라질 일은 없을 거야."

그녀는 열지만 않으면 문제가 없다고 내게 또 강조했다. 그럼, 평생 안 열면 되지. 그렇게 다짐하며 나는 다시 정중하게 인사했다.

"알겠습니다. 어쨌든 챙겨 주셔서 감사합니다."

"첨언하자면, 간절하게 누구를 지키고 싶을 때 열어 봐."

절대 열지 않을 거라는 내 속내를 읽은 것처럼 여인이 덧붙였다.

"열면 고통스러울 거라면서요."

"그러니까 그 고통보다도 지키고 싶은 게 있으면 열어 보라고."

그게…… . 가능한 이야기인가? 내 고통과 맞바꿀 게 있어? 못 한다. 아니, 안 한다. 내게 희생정신이 조금도 없다는 걸 알기에 절대 열어볼 일이 없음을 다시금 깨달았다.

"아! 아니면 고통보다 무서운 것과 맞닥뜨렸을 때 열어 보면 되겠다."

이거 꼭 열어 보라고 강조하는 거지? 대화가 길어지니 그런 의심이 들었다. 계속 한마디씩 추가하던 여인은 드디어 할 말을 다했는지 미소만 지었다.

"저, 진짜로 가 볼게요."

"잘 가."

재빠르게 인사를 하고 마녀의 뒷골목을 벗어났다. 여긴 어째 방문할 때마다 찜찜함이 남는 것 같다.

속으로 투덜거리면서도 난 주머니에 넣은 물건을 꽉 쥐었다. 절대 열어 보고 싶지 않은 불길한 물건이지만 반대로 몸에서 떼어내고 싶지 않단 느낌이 강했다. 아무래도 계속 챙겨가지고 다닐 것 같았다.

바로 마차를 타고 아카데미로 이동했다. 하지만 클레어와 대화할 생각에 들떴던 나는 이번에도 좌절을 맛봐야 했다.

"죄송합니다. 허가받지 않은 인물은 들어갈 수 없습니다. 나중에 면회가 가능한 날 오십시오."

아카데미 입구에서 경비병이 외부인은 출입이 불가능하다며 단호하게 막았다. 전엔 케이티 님이 준비해 준 현자의 증표 덕분에 들어갔던 거라 지금은 방법이 없었다.

이번에도 꼭 만나야 할 사람이 있다고 매달렸지만 아카데미 경비병은 황궁 경비병과 다르게 타협이 통하지 않았다. 오늘 내가 작정하고 거절당하는 날인가 보다. 여기 저기 뻥뻥 차여 바람 빠진 공 되게 생겼네.

결국 나는 힘없이 대공저로 돌아왔다. 내 심란한 마음 탓인지 모르겠지만 대공저의 분위기는 무겁고 우울했다. 그리고 키르가 무슨 말을 했는지 다들 날 피했다. 저택 내부의 일을 돕는 사람들은 똑같이 행동했다. 그 일에 대해 알 만한 사람들은 날 발견하는 즉시 전염병에 걸린 환자라도 본 것처럼 도망쳤다.

그런다고 내가 포기할 줄 알고? 더 오기가 생겼다.

난 내 방에 들어가 클레어에게 전투적으로 편지를 썼다. 아카데미에 직접 들어가지 못해도 서신은 반입이 가능했다. 내용은 별거 없었다.

내 이름을 밝히며 조용하게 한번 만나고 싶다. 만남이 가능하면 대공저로 편지를 보내 달라. 빠른 답장 기다리겠다, 라고 짧게 편지를 적었다. 클레어에게 현 상황을 미리 설명할 수도 있겠지만 아무래도 보안이 중요하니 자세한 내용은 직접 말하는 게 나을 것 같았다.

집사님에게 편지를 보내 달라고 부탁한 나는 저녁을 먹으러 식당에 갔다. 역시 텅텅 빈 식당이 나를 반겼다. 한 명도 식사를 하는 사람이 없다니. 아버지마저 나를 피하는 느낌이다. 하지만 나는 굴하지 않고 식사를 했다. 전투를 하려면 체력이 중요했다.

내게 열렬했던 클레어가 내 편지를 무시할 리 없다. 분명히 연락이 올 거고, 그렇게 되면 난 남들이 얻을 수 없는 패를 얻게 될 것이다. 그래도 순간 울컥하는 감정이 없지 않아서 오기로 식사를 마치고 내 방으로 돌아왔다. 계속된 거절에 심적 소모가 컸다.

오늘은 피곤하니까 일찍 누워야지. 거절을 많이 당해 특히 울적했다. 그렇게 막 잠옷을 챙겨 씻으러 가려 할 때였다.

똑똑.

아주 작은 노크 소리가 들렸다. 혹시, 키르가 먼저 손을 들고 날 찾아온 건가? 흥, 그럼 그렇지. 네가 날 이길 수 있겠어? 헐레벌떡 뛰어가 문을 열었다.

하지만 밖엔 아무도 없었다. 텅 빈 복도만이 있었다. 이게 뭐야? 허무함에 어깨를 늘어뜨리는데 다시 노크소리가 들렸다. 내가 문고리를 붙잡고 있었기 때문에 노크 소리가 문에서 나는 게 아니었다.

뭐지? 소리가 날 만한 곳을 찾아 몸을 돌렸던 나는 창문 너머 발코니에 어른거리는 그림자를 발견하고 순간 비명을 지를 뻔했다.

"뭐, 뭐야?"

기겁하며 다시 확인을 하니 어느새 왔는지 클레어가 해맑게 웃으며 손을 흔들며 서 있었다. 정말 예상하지 못한 재빠른 방문이었다.

내가 계속 굳어 있자 클레어의 손짓이 격렬해졌다. 이럴 게 아니지. 방문을 닫고 창문으로 달려갔다. 문을 열자 클레어의 외침이 들렸다.

"언니! 저 왔어요!"

환상이 아니라 진짜 클레어다. 내가 편지를 보낸 지 얼마나 지났다고 여기 있어?

"언니가 절 먼저 찾아 주실 줄은 몰랐어요!"

이 상황이 믿기지 않아 눈만 깜빡이자 클레어가 금방이라도 달려들 것처럼 굴었다.

"잠깐!"

난 재빨리 손바닥을 내밀어 그녀를 멈추게 한 후 밖을 확인했다. 평화로운 걸 보니 아무도 클레어의 방문을 모르는 것 같았다.

"우선 들어와요."

주인의 손길을 따르는 강아지처럼 클레어가 쫄래쫄래 들어왔다.

"혹시 몰래 들어왔어요?"

"네. 정식으로 방문하려면 귀찮잖아요."

그걸 당연하다는 듯이 말하다니. 대공가를 월담하는 이 대범함이란. 존경해야 하는 건가, 걱정해야 하는 건가. 그래도 차라리 잘됐다. 덕분에 이걸로 우리의 만남은 완벽한 비밀이 보장되는 셈이었다.

"여기가 언니 공간이군요. 너무 좋다."

클레어가 내 방을 황홀하게 둘러봤다. 마치 향기를 맡듯 깊게 심호흡하는 모습에 나도 모르게 숨 쉬지 말라고 할 뻔한 걸 참았다. 필요에 의해서 불렀고 게다가 부탁할 것도 있는데. 나도 양심이 있으면 이 정도는 허락해 줘야지.

"그런데 어떻게 왔어요? 아카데미는 지금 이 시간엔 외출이 불가능하잖아요."

"당연히 몰래 왔죠. 언니가 절 만나고 싶다고 손수 편지를 보내 주셨잖아요? 그렇다면 당장 달려 와야죠."

이거 참, 기뻐해야 할지. 부담스러워해야 할지. 아니, 내가 나빴구나. 나름 멀쩡한 학생을 몰래 탈주하게 하는 걸로도 모자라 남의 집 침입까지 하게 만들고.

"어쨌든 와 줘서 고마워요. 앉아요."

"조용히 만나고 싶다고 하셨고, 서둘러 답장해 달라고 하셔서 급한 일인 것 같아서 바로 왔어요."

"진짜로 고마워요. 제가 신경 쓰던 부분을 전부 잡아냈어요."

되도록 몰래, 그리고 빨리 만나고 싶은 내 마음을 제대로 알아챘구나. 살짝 변태라서 문제지 눈치도 뛰어나다. 내 칭찬에 클레어가 수줍은 미소를 지으며 몸을 배배 꼬았다.

"언니에게 도움이 될 수 있다면 제가 좋죠. 그래서 무슨 일로 절 찾으셨어요?"

내가 필요에 의해서 연락했다는 걸 알면서도 클레어가 내게 보내오는 시선은 호의가 가득했다. 부담스러워 나도 모르게 말을 돌렸다.

"벨리타도 클레어가 여기 온 거 알아요?"

"몰라요. 편지를 읽자마자 왔으니까요."

솔직한 클레어의 발언에 양심통이 크게 왔다. 클레어에게선 내가 부탁하면 무슨 일이든 들어주겠다는 의지가 읽혔다. 초록색의 눈동자가 싱그럽게 반짝였다.

이렇게까지 순진한 시선을 보내니 죄책감이 든다. 어린애를 홀라당 이용해 먹는 나쁜 사람이 된 기분이다. 껄끄러웠지만 상황이 너무 중요하고 급했기에 나는 애써 죄책감을 억눌렀다.

"사실 부탁이 있어서 불렀어요."

"네. 들어줄게요. 말씀하세요."

클레어가 너무 망설임 없이 답해서 내 죄책감은 더 커졌다. 아니, 어떤 일인지 들어보지도 않고 허락부터 하니.

"굉장히 어렵고 위험한 일이에요. 그래도 부탁 들어줄 거예요?"

"네."

순간 '왜요?'라는 질문이 목 끝까지 차올랐지만 급한 사람은 나였기에 내뱉지는 못했다. 그러면서도 클레어의 맹목적인 감정에 내 마음이 더없이 무거워졌다. 그래도 지금 일어나는 일보단 무겁지 않을 거다. 나는 애써 자기합리화를 하며 입을 열었다.

"현재 황궁에서 생긴 문제에 대해 알아요?"

"황태자의 죽음이요? 길에서도 들을 수 있는 이야기잖아요."

상황의 심각성이 느껴지지 않는 가벼운 음성이었다. 본인과 상관없는 일이라고 가볍게 생각하나?

"그 일로 조사단이 만들어졌고 용의자까지 나온 거 알아요?"

"네. 용의자가 황태자비님이라면서요. 벨리타한테 들었어요."

벌써 소문이 퍼지기 시작했구나. 더 시간이 없음을 깨달았다.

"혹시 황태자의 사인도 알아요?"

내가 여기까지 말하자 클레어의 얼굴에 자신감이 사라졌다. 클레어 살짝 우물쭈물하며 내 눈치를 봤다. 도와주지 못할까 봐 내 눈치를 보는 건가?

"거기까진 몰라요. 사실 귀족 일엔 별로 관심이 없어서요."

클레어도 정치에 별 관심이 없는 타입이다. 자신과 상관없는 일이라 누가 이야기해도 한귀로 흘렸을 거다. 하긴 나도 황태자비님이 엮이지 않았다면 이렇게 관심을 갖지 않았겠지.

나는 그녀에게 몰라도 괜찮다는 의미로 입가를 끌어당겨 웃어 보였다.

그걸 본 클레어의 표정이 살짝 풀렸다. 이번엔 내가 그녀의 눈치를 보며 슬쩍 중요한 말을 꺼냈다.

"사인이 마녀의 저주래요."

"아……."

짧은 감탄사였다. 그래도 클레어의 표정이 깨달음을 얻은 것처럼 변한 걸 보니, 내가 하고자 하는 말을 짐작한 모양이다.

"저주를 건 사람을 찾아 달라는 건가요?"

그래도 이렇게 단박에 알아들을 줄은 몰랐다. 반응이 너무 빠른데, 설마 이런 부탁이 처음은 아닌 건가? 클레어는 이미 천재로 소문난 사람이다. 조금만 정보를 취합하면 조사단도 나와 같은 결론에 도달했을지도 모르지. 그런데 정말 가능한 이야기인가?

"찾는 게 가능해요?"

내 조심스러운 질문에 클레어는 산뜻하게 고개를 끄덕였다.

"네. 어려운 일은 아니죠. 시간은 좀 걸리겠지만, 가능해요."

기대했지만 정말 가능할 줄은 몰랐다. 환호의 비명을 지르지 않기 위해 입을 틀어막았다. 이 마음을 어떻게 설명하지? 벌써 모든 일이 해결된 것처럼 그냥 좋았다.

그런데 내가 기쁨을 너무 숨기지 못했나 보다. 클레어가 밥 잘 먹는 아이 보는 부모처럼 흐뭇하게 웃었다.

"찾아 드릴까요?"

"네!"

나는 세상에서 제일 말 잘 듣는 아이처럼 힘차게 답했다. 다 끝났어! 내가 해결할 거야!

내 신남이 전염되었는지 클레어의 입가에 달린 미소가 더욱 헤벌쭉해졌다. 그러다가 아차 하는 표정을 짓더니 눈을 빠르게 깜빡이며 갑자기 내 눈치를 보기 시작했다. 머뭇거림이 느껴지는 반응이었다. 갑자기 왜?

"왜요? 들어주기 힘든가요?"

"아니요. 그건 아닌데……."

그게 아닌데 왜 말을 흐려. 다그치고 싶은 마음을 숨기며 나는 한껏 나굿한 미소를 지었다.

"그럼 왜요?"

"실은 마력을 훑는 건 되게 힘든 일이거든요……."

클레어가 흘긋 나를 보고 시선을 내리며 손을 꼼지락거렸다. ……어쩐지 클레어가 무슨 말을 하려는지 알 것 같았다.

"아……. 네."

내가 짧게 답하니까 클레어의 눈동자가 더욱 바삐 움직였다.

"힘드니까, 기운 나는 일이 좀 있었으면 좋겠는데……."

그래, 네가 기운 날 일은 하나겠지.

"언니가 안겨 주면……."

"좋아요."

클레어의 말이 끝나기 전에 허락했다.

"저, 정말요?"

그러자 클레어의 눈이 믿기지 않는다는 듯 커졌다.

"네, 안는 거 허락해 줄게요."

하지만 나로서는 당연한 결정이었다. 위험한 일에 클레어를 밀어 넣었으면서 그녀가 바라는 일을 아무것도 해 주지 않는다는 건 이기적인 일이니까.

"언니!"

감동을 엄청 받은 얼굴로 울먹거리던 클레어가 몸을 기울여 와 나는 잽싸게 외쳤다.

"단!"

그 짧은 순간에 클레어의 움직임이 멈췄다. 그리고 이어질 내 말을

엉덩이를 들썩이며 기다렸다. 이런 거 보면 매번 놀랍다. 참 이성적인
변태라니까.

"성공하면요."

조건을 걸었더니 클레어의 눈매가 축 처졌다. 눈동자가 '너무해!'라고
외치고 있었다.

"언니……. 그거 알아내는 거 쉬운 거 아닌데. 꽤 오래 걸리는데."

클레어는 버림받은 강아지같은 표정으로 애처롭게 굴었다. 나도 오래
걸릴 것 같아서 뒤로 미룬 거다. 일종의 '동기 부여'다. 원하는 게 코앞
에 있으면 더 열심히 하겠지. 그만큼 내 마음이 급하기도 했기에 이런 결
정을 할 수밖에 없었다.

"성공하면 꼭 안게 해 줄게요. 계약서라도 쓸까요?"

그렇게 덧붙이자 입을 삐쭉이던 클레어의 표정이 살짝 풀렸다. '참았다
가 안으면 더 행복할 거야'하고 홀로 망상을 하는 것 같았다.

"계약서까지 없어도 괜찮아요. 언니를 믿어요."

그래도 당장 안지 못해 아쉬움은 남는지 꿍한 목소리였다. 내가 살짝
미안한 눈빛을 보냈더니 클레어가 흘긋 나를 보다가 고개를 돌리며 중얼
거렸다.

"아……. 그래도 기운 안 난다."

마치 나 들으란 듯한 크기의 음성이었다. 내가 미심쩍은 눈길을 보내자
클레어가 모른 척 덧붙였다.

"기운 없으면 일하기 싫은데……."

이거 나 들으라고 하는 게 확실한 거 같은데. 순진한 댕댕인 줄 알았더
니 여우였네. 자세히 들어 보면 협박이다.

"어떻게 하면 기운 날 것 같아요? 참고로 안는 건 안 돼요."

내 말의 첫 문장이 끝나기 무섭게 클레어의 얼굴이 활짝 폈다. 내가 뒤이
어 안는 건 안 된다고 단호하게 말했지만 이미 자신이 얻고자 하는 것은

확실히 얻은 표정이었다. 클레어가 꿀꺽 침을 삼키고 기대감 가득한 눈동자로 입을 열었다.

"그럼, 저 원하는 거 두 가지 말할게요."

원하는 게 두 가지나 있어? 클레어가 수줍게 한 말에 나도 모르게 뭐가 그렇게 많냐고 따질 뻔했다. 물론 이성적으론 클레어의 요구가 과한 게 아니란 걸 안다. 이건 그녀밖에 할 수 없는 일이니까.

그리고 누구나 할 수 없는 일이란 점은 그걸 할 수 있는 사람에게 얼마든지 대단한 요구를 할 수 있는 권리를 준다. 내가 먼저 부탁했고 거기에 대한 대가를 주는 건데도 그랬다. 하지만 성공 보수로 안기기까지 하면 세 가지나 되는 요구가 부담스러웠다.

사실 일반적인 부탁이라면 이런 마음이 들지 않았을 거다. 다만, 클레어가 하는 부탁은 좀 변태적일 것 같아서 망설여졌다.

"말해 봐요."

어쨌든 아쉬운 사람은 나였다. 내 체념이 담긴 목소리에 클레어의 얼굴이 활짝 폈다.

"언니한테 꼬리 붙여도 돼요?"

꼬, 꼬리? 그걸 왜?

클레어의 말에 난 극심한 혼란에 빠졌다. 지금 그녀가 하필 나의 동물 코스튬 플레이 비슷한 걸 원한다는 사실이 이해가 안 갔다. 내가 작고 귀엽다며 난리치더니 이제는 아주 작정하고 날 소동물 취급하려나 보다. 땡감을 씹은 것처럼 입안이 떫다.

"꼬리는 왜요?"

사실, 고작 안겨 주고 코스튬 플레이 한번 해 주는 걸로 클레어의 힘을 이용하면 오히려 이득인 상황이다. 그런데 왜 이렇게 씁쓸한 기분인지 모르겠다. 고양이 꼬리 같은 게 엉덩이에 달리는 상상을 하니 오싹했다.

설마, 꼬리와 귀는 세트라면서 귀도 달라고 하지는 않겠지? 꼬리 달린 내 모습을 상상하느라 파리하게 질린 나와 다르게 클레어는 들뜬 기분을 감추지 못하고 희희덕거렸다.

"왜긴요. 언니 찾으려고 하죠."

내가, 흑, 꼬리를, 그런 민망한 모습을 해야……. 잠깐, 내가 지금 뭔가 이상한 말을 들은 것 같은데.

"절 찾는다고요? 꼬리를 달면 절 찾을 수 있어요?"

나도 모르게 엉덩이 근처를 더듬으며 묻자, 이번엔 클레어가 알아듣지 못한 듯 멍한 표정으로 눈만 깜빡였다. 내 얼굴과 내 손 근처로 시선을 왔다갔다하며 눈만 깜빡이던 클레어가 화들짝 놀랐다. 그리고 격하게 눈을 깜빡이며 폭주했다.

"어머! 언니! 그 꼬리가 그 꼬리가 아닌데! 그건 상상도 못했는데! 좋아요! 언니 꼬리를 답시다! 학, 하악, 귀여울 거예요!"

양손을 깍지 껴 마주 잡은 상태로 그녀는 황홀하게 외쳤다. 숨넘어갈 사람처럼 헉헉거리며 외치는 클레어의 상태는 제대로 눈 돌아간 변태의 그것이었다. 그런데 도대체 무슨 소리야?

"그 꼬리가 그 꼬리가 아니면 뭔데요?"

"당연히 마력의 꼬리죠! 제 마력을 언니한테 남기는 거요! 그게 아니라 어떤 꼬리가 좋아요? 풍성한 다람쥐 꼬리? 아니면 날렵한 고양이 꼬리? 폭신한 여우 꼬리도 귀엽겠다! 언니한텐 안 어울리는 게 없네요! 아, 정말 언니는 최고로 귀여워!"

당장 내게 동물 모양의 꼬리를 갖다 붙일 것처럼 클레어가 흥분해서 날뛰었다. 왜 내 엉덩이를 쳐다 봐! 안 달아! 안 단다고! 아니, 그것보다 난 네 말이 이해가 안 가거든?

"마력의 꼬리가 뭔데요?"

클레어가 왜 모르지 하는 표정으로 고개를 갸웃했다.

"언니가 어디 있는지 알 수 있도록 제 마력을 언니한테 붙여 놓는단 소리예요. 그럼, 전 언제든 언니를 찾을 수 있죠. 언니, 생각해 봤는데 너구리 꼬리도 귀여울 것 같지 않아요?"

그러니까 나한테 위치 추적기 붙인다는 소리였어? 이런, 미친.

"안 돼요! 그게 왜 필요해요?"

"너구리 꼬린 마음에 들지 않아요?"

클레어가 실망한 얼굴로 중얼거렸다.

"그럼 다람쥐랑 여우 사이에서 골라요."

그게 아니고!

"마력의 꼬리요! 그걸 왜 붙여요?"

"왜긴요? 범인 알아내면 당장 찾아와 언니한테 알려 주려고요."

그렇게 해맑은 표정으로 말하지 마! 이유가 너무 빈약하거든?

"이렇게 저택으로 찾아오면 되잖아요."

"언니가 저택에 없을 수도 있잖아요. 조금이라도 더 빨리 알려 주려는 거예요. 그리고 꼬리가 있는 사람과 없는 사람을 찾는 건 난이도가 차원이 다를 정도로 힘들다고요."

아니, 정말 궤변인데. 클레어의 주장이 살짝 그럴싸하게 들렸다. 클레어로선 당연히 주장할 수 있는 일 같았다. 나도 참 팔랑귀인가 보다.

그래도 그렇지! 알면서 위치 추적기를 달고 다닐 사람은 없을 거다. 내가 뭐 이상한 곳을 돌아다니는 건 아니지만 그런 걸 달고 다닌다는 사실 자체가 찜찜했다. 특히, 날 감시하는 대상이 클레어라고 하면 더욱 더.

"제가 주로 머무는 장소 알려 드릴게요. 마력의 꼬리는 안 돼요."

"뭐 어쩔 수 없죠."

예상외로 클레어가 순순히 응했다. 안기도 안 돼, 마력의 꼬리도 안 돼. 계속 안 된다는 말에 투정이라도 부릴 줄 알았는데 산뜻하게 받아들이는 게 도리어 어색했다.

"마력의 꼬리가 안 되면 동물 꼬리를 답시다. 언닌 천재예요! 이런 엄청난 생각을 떠올리다니. 자, 고르세요. 다람쥐? 여우?"

진심이냐! 농담이길 바랐지만 클레어는 참으로 진지하게 말했다. 당장 동물 꼬리를 만들어다가 내 엉덩이에게 갖다 붙일 것 같은 열렬한 눈빛이 번뜩였다. 침착한 척하지만, 거칠어지는 클레어의 숨결이 느껴졌다. 그녀는 흥분으로 폭주하기 직전이었다.

"도, 동물 꼬리도 싫어요."

동물 꼬리를 달았다가 클레어의 변태 끼가 폭발해 내가 어떻게 될 것 같은 위기감이 들었다. 엉겁결에 그렇게 내뱉자 클레어가 표정을 싹 굳히며 팔짱을 꼈다.

"하, 언니 너무하네요. 이것도 안 돼, 저것도 안 돼. 아무리 제가 쉬운 사람이라지만 이건 아니죠."

클레어가 부탁하는 처지에 계속 안 된다고 부르짖는 내 행동을 지적했다. 갑작스러운 그녀의 정색에 미안함이 들었다.

맞는 말이다. 난 원하는 걸 말했으면서 클레어의 요구를 계속 거절하는 건 도리가 아니다. 나도 클레어가 요구하는 것을 들어주는 게 맞았다.

"금전적인 건……. 필요 없는 거죠?"

"네. 전 돈은 필요 없습니다."

가장 무난한 대안을 냈더니 클레어는 단호했다. 한숨이 나온다.

"고르세요. 동물 꼬리입니까? 마력의 꼬리입니까? 둘 중 어떤 거라도 전 만족스럽습니다."

클레어가 내 머뭇거림에 결정을 도와주겠다는 듯 말했다. 언니를 부르짖지 않는 클레어는 꽤나 냉정해서 다른 사람 같았다.

말투까지 바뀐 그녀에게선 내가 어떤 감언이설로 속여도 넘어올 것 같지 않은 단호함이 엿보였다. 여태까지 보인 가벼운 태도에 내가 클레어란 사람을 너무 손쉽게 봤나 보다.

"마력의 꼬리에 대해 설명해 줘요."

"마력의 꼬리를 선택하시게요?"

"잘 모르니까, 확인해 보고 결정할게요. 정확히 마력의 꼬리를 달면 어떻게 되는 거죠?"

"어떻게 되다니요?"

"그거, 눈으로 보이는 건가요?"

설마 마력의 꼬리도 동물 꼬리처럼 그렇게 눈에 보이는 건 아니겠지?

"아니요. 말 그대로 마력인 걸요. 눈으로 보이는 건 아니에요. 그냥 느낌이라고 해야 하나? 그런 거죠."

"그럼 마력을 다룰 수 있는 사람은 누구나 제 위치를 알 수 있는 건가요?"

"아니요. 제 마력의 흔적이니까 저만 알 수 있죠. 아, 저 만큼 마력에 민감한 사람이라면 읽을 수 있긴 하겠네요."

다행히 범용 위치 추적기는 아닌가 보다. 한 번 흔적을 만들었다고 너도나도 날 찾을 수 있다면 그건 그거대로 끔찍한 일 아닌가.

"그럼, 계속 제 행적을 좇는 건가요? 제가 과거에 어딜 들렀는지도 알 수 있어요?"

"과거의 움직임은 알 수 없어요. 제가 실시간으로 확인하지 않는 이상 언니가 어디를 돌아다녔는지 알 수 없죠. 하지만 전 언니의 행동을 기록할 생각은 없어요. 제가 언니를 만나고자 했을 때 바로 찾아오고 싶어서 마력의 꼬리를 달려는 거예요."

다행히 움직임이 계속 기록되는 것도 아닌 모양이고. 고민이로다. 잠깐의 수치스러움을 참고 동물의 탈을 뒤집어 쓸 것이냐, 위치 추적기를 달 것이냐. 생각하면서 눈으로 클레어를 살폈다. 그녀는 어떤 선택을 해도 상관없다는 듯한 말간 얼굴이었다.

"마력의 꼬리를 달면 계속 절 찾을 건가요?"

"아니요. 언니를 찾아올 이유가 없으면 언니를 찾을 이유도 없죠. 그건 매너가 아니기도 하고요."

그게 매너가 아닌 건 알고 있냐? 그리고 내 위치를 계속 알고 싶은 게 아니면 왜 굳이 마력의 꼬리를 달고 싶어 하는 거지?

"그런데 왜 굳이……."

"아이 참, 이건 만일의 상황에 대한 대비예요."

"어떤 만일의 상황이요?"

"언니가 약속을 안 지키고 도망갈 상황에 대한 대비요."

클레어가 활짝 웃었다. 대수롭지 않은 목소리로, 순진해서 아무 것도 모르는 사람 같은 그런 천진한 미소를. 그러니까 널 이용해 먹은 다음 안겨 주지 않고 도망갈까 봐 대비한다는 거야?

"절 믿는다면서요."

"네. 언니 믿어요."

클레어는 한 점 부끄러움 없는 화사한 미소로 답했다. 그렇게 말하는 거랑 행동은 다르잖아!

"언니는 믿지만 세상은 만만치 않잖아요?"

내 떨떠름한 표정에 클레어는 나긋한 목소리로 덧붙였다.

이야, 정말 만만히 볼 수 없는 사람이다. 철딱서니 없는 행동으로 내게 매달리던 모습은 찾아 볼 수 없을 정도로.

위치 추적기란 건 말도 안 되는 일이다. 허용하면 스토커에게 공식적으로 뒤쫓을 권리를 주는 것과 다름없다. 하지만 어떻게 생각해도 실제 꼬리를 달 자신이 없었다. 동물 꼬리를 단 내 모습을 상상만 해도 부끄러워서 기절할 것 같았다.

"절 찾아오는 경우가 아니면 절대 제 위치 확인하지 않기로 약속해요."

"마력의 꼬리로 결정하셨어요?"

클레어에게서 살짝 의외라는 듯한 목소리가 흘러나왔다.

나도 내가 위치 추적기를 달 생각을 할 줄 몰랐다고! 그것도 하필 나만 보면 '안아 줘요'를 외치는 변태만이 확인 가능한 위치 추적기를.

"약속하면요."

"언니에게 동물 꼬리를 단 모습을 못 보게 된 게 조금 아쉽긴 하지만…… 네. 약속할게요."

어깨가 처지고 입술을 삐죽이는 모습이 조금 아쉬운 게 아니었다. 클레어는 내심 동물 꼬리를 선택하기를 바랐던 것 같다. 역시 동물 꼬리를 달았으면 큰일 났을지도.

"좋아요. 마력의 꼬리 달아요."

"손 좀 주세요."

클레어의 말에 손을 내밀자 그녀가 악수하듯 잡아 왔다. 맞닿는 순간, 또 어떤 변태적인 반응을 보이는 건 아닌가 걱정했는데 의외로 클레어는 담담했다. 차분한 모습이 집중하려는 것 같았다.

그때, 문득 떠오르는 생각에 내가 재빨리 물었다.

"참, 이거 나중에 없앨 수 있는 거죠?"

평생 위치 추적기를 달고 살아야 하는 거면 차라리 잠깐 동물 꼬리 달아 주는 게 낫다.

"당연하죠. 제가 언니를 안게 되는 날 없애 줄게요."

걱정 말라는 듯 클레어의 목소리가 부드러웠다. 별거 아닌데 괜히 긴장되네. 마음을 다잡고 클레어에게 알렸다.

"좋아요. 시작해요."

그런데 마력의 꼬리는 어떻게 달지? 생체 칩처럼 몸에 뭘 주입하는 건가? 주사 같은 느낌이려나? 아프지는 않겠지? 막 낯선 행위에 두려움이 쌓이려 할 때였다.

"끝났어요."

클레어가 상큼하게 끝을 알렸다.

"네? 다 끝났다고요?"

아무것도 없었는데?

"네. 다 끝났어요."

그렇게 말하며 클레어가 손을 놔줬다. 얼떨떨했다. 온기가 사라지는 것만큼 허무함이 빠르게 흘러들어왔다. 괜히 긴장했다. 진짜 별거 아니네. 긴가민가해 내 손바닥을 내려다 봤더니 클레어가 낮게 웃음을 터트렸다.

"눈에 보이는 게 아니라니까요."

"신기해서요."

역시 마력의 꼬리를 선택하길 잘한 것 아닐까? 내가 의식하고 어색함을 느낄 새도 없었으니까. 일상의 불편함을 전혀 느끼지 않을 것 같다. 그런 생각을 할 때였다.

"자, 이번엔 두 번째 요구를 말할게요."

클레어가 두 번째 요구를 언급하고 나서야 아직 하나의 요구밖에 듣지 않았다는 사실을 알아챘다. 하나가 '더' 남았다니. 첫 번째 이야기부터 파격적이라 질겁하느라 두 번째가 있다는 사실을 완전히 깜빡했다. 심란해도 미룰 수 없는 내용이기에 어서 말하라고 고개를 끄덕였다.

클레어가 배시시 웃음을 지으며 다시 어깨를 꼬았다. 눈은 빠르게 깜빡깜빡. 부끄러움과 황홀함이 섞인 저 반짝이는 눈동자가 의미하는 건, '변태적인 요구'란 뜻이다.

껴안기가 안 되는데 그것보다 더 엄한 건 부탁하지 않겠지. 혹시 머리를 묶게 해 달라거나 그런 건가? 그래도 그 정돈 참아 줄 수 있다고 생각할 때였다.

"언니 침대에 눕게 해 주세요."

내 침대를 검지로 가리키며 클레어가 새삼 수줍은 표정을 지었다. 비비 꼬는 몸짓이 참으로 청초했다. 거기서 왜 그런 표정이 나와! 말과 행동에 괴리감이 있잖아! 아, 정말 감당하기 힘든 변태다. 질색하는 마음이 들어 또 안 된다고 외치려 했지만 금세 마음을 바꿔먹었다.

"네. 누워요."

차라리 직접 닿는 것보다 저런 부탁이 나았다.

"정말요?"

화들짝 놀란 얼굴로 말은 그렇게 하면서 클레어가 몸은 재빠르게 움직였다. 미끄러지듯 침대 안으로 들어가 정 가운데에 자리를 잡는다. 베개를 베고 이불을 목 끝까지 덮어 정자세로 눕는 모습이 한두 번 남의 침대에 파고든 것이 아닌 듯 능숙했다.

"아, 정말 따듯해요."

죽어도 여한이 없는 표정이 바로 저런 거 아닐까? 몽롱하게 풀린 클레어의 얼굴은 천국을 유영하는 듯했다. 아주 혼자 세상을 다 가진 사람 같았다. 그래서 태클을 걸 수밖에 없었다.

"침대에 누웠으니까 따듯하죠."

"아니에요. 언니 침대는 특별히 더 따듯해요. 언니 침대라서 그래요. 아, 뼈까지 노글노글하게 녹아 버릴 것 같아. 언니는 침대도 최고."

내가 알 수 없는 어떤 것을 느끼는 것 같은 클레어의 목소리에 솜털이 곤두섰다. 클레어의 변태 끼는 내 상상을 초월하도록 드높은 경지에 올라 있었다.

저런 사람에게 위치 추적기를 달도록 허락하다니, 나 혹시 아주 위험하고 경솔한 결정을 한 건 아닐까? 식은땀 대신 경각심이 등줄기를 타고 흘렀다.

"아, 좋다. 오늘따라 특히 더 따듯해요. 여기서 잤으면 좋겠다."

클레어가 베개에 뺨을 부비며 웅얼거렸다. 오늘따라 특히 더 따듯하다니. 남들이 들으면 매번 내 침대에 눕는 사람인 줄 알겠네!

"그건 안 돼요!"

나는 클레어의 말을 단호하게 잘랐다. 초록색 눈으로 천진하게 '정말요? 자고 가고 싶어요'하고 애원하는 그 모습에 더 없이 냉정하게 덧붙였다.

"절대."

고개까지 절도 있게 저었다.

"칫, 처음부터 언니 침대에서 자게 해 달라고 요구할 걸."

클레어가 생각을 잘못했다는 듯 중얼거렸다. 그리고 금세 시무룩해진 얼굴로 꾸물꾸물 시트 안쪽으로 더 파고들었다.

"그럼, 조금만 더 누워만 있을게요. 허락해 줬을 때 만족스럽게 누워 있어야죠."

그렇게 클레어는 한참을 더 내 침대에 누워 '따듯해서 좋다, 뼈가 녹을 것 같다, 매일 눕고 싶다, 어째서 언니는 침대까지 따듯하죠? 언니 온기가 남아 있나 봐요' 등등의 기겁할 말을 연신 흘렸다. 난 안 들리는 척하고 버텼다.

그러다 보니 해가 질 정도로 시간이 너무 늦어졌다. 클레어가 아카데미를 무단 외출한 지 너무 오래 지났다. 언제 돌아갈 거냐고 물었더니 이번엔 클레어가 들리지 않는 척하며 버텼다.

몇 번 더 묻던 내가 결국, 당장 아카데미로 돌아가라며 억지로 떠밀고 나서야 클레어는 꾸물꾸물 침대에서 벗어났다.

"언니를 안고 싶으니까, 최대한 빨리 알아 올게요. 그때까지 기다려 주세요."

클레어는 떠나기 전 내게 저런 기뻐하기도, 슬퍼하기도 힘든 말을 남겼다. 클레어에게 도움을 청한 게 잘한 건지 자꾸 뒤늦은 후회가 생긴다. 도저히 그냥 누울 수 없어서 시트를 손수 갈며 나는 한숨을 푹푹 쉬었다.

다음날, 난 사람들을 살폈다. 놀랍게도, 대공가의 저택에 있는 누구도 전날 클레어가 왔다갔음을 알아채지 못했다. 그나마 어제 했던 후회가 조금은 옅어졌다. 그녀의 능력만은 믿을 만하다는 확신이 섰다. 곧 이 신경전의 끝이 보일 것 같았다.

최근 키르는 나를 대놓고 피하곤 했다. 우연히 눈이라도 마주칠라 치면 표정을 그렇게 딱딱하게 굳혔다. 그런 모습에 나는 좀 많이 울컥했다. 내가 좋다고 매달릴 땐 언제고, 사납게 구니 속상하고 억울했다.

　클레어가 저주를 건 사람을 알아내기만 해 봐라. 키르 녀석, 후회하게 해 주겠어.

　그렇게 나는 매일 씩씩거리며 클레어가 좋은 소식을 갖고 오길 기다렸다. 어차피 하프테리 님도 나를 피하시니 그 전까지 내가 할 수 있는 일은 없었다.

24. 그 영애가 죄책감을 느낀 이유

그렇게 일주일이 더 흐른 후, 키르와 침실 앞에서 딱 마주쳤다. 키르의 피곤한 얼굴을 보는 순간 나도 모르게 표정을 딱딱하게 굳혔다.

이렇게 서로를 보자마자 반사적으로 얼굴을 굳힐 정도로 우리의 냉전 상태는 엄청났다. 헤어진 것도 아닌데 이젠 연인 사이라고 말하기 어색할 정도로 우린 서로에게 삭막하게 굴었다. 요 며칠 대화를 전혀 나누지 않았기 때문에 나 역시 그대로 쌩 지나쳐 방으로 돌아가려 했다.

"아렌, 이야기 좀 해."

그때, 키르의 나직한 목소리가 날 붙잡았다. 이제야 나와 대화할 마음이 생겼나 보지? 흥!

"뭐, 왜?"

꽤 오랫동안 무시 상태였기 때문에 내 목소리는 퉁명스러웠다. 그러자 키르가 차분하게 나를 내려다 봤다. 그렇게 보면 내가 먼저 사과할 줄 알고?

어느새 다가온 키르의 손이 뚱하게 부푼 내 불퉁한 볼에 닿았다. 우리 아직 싸운 상태이거든? 나 아직 너한테 서운한 거 많거든!

신경질적으로 손을 쳐내려고 했다. 하지만 키르와 눈이 마주친 순간 그럴 수 없었다. 키르의 보랏빛 눈동자가 음울하게 가라앉아 있었다. 황태자의 죽음을 전해 들었을 그 당시와 비슷한 눈빛이었다. 키르의 약한 모습에 누가 가슴을 갈라 직접 심장을 잡기라도 한 것처럼, 숨이 막혔다.

"평생 나 안 볼 거야?"

서운한 목소리다. 사무치게 그리웠다는 감정을 숨기지 못했다. 저런 애처로운 모습을 보고 어떻게 잔인하게 내칠 수 있겠는가. 아무리 화가 나도 내가 좋아하는 사람인데.

"누가 평생 안 본다고 했어?"

서운함이 남아 말로는 틱틱댔어도 손을 치워내지 않았다. 그래서인지 조심스럽게 닿았던 키르의 손이 양 뺨을 감쌌다. 온전히 감싸는 느낌이 아릿했다. 키르의 손끝이 더듬더듬 날 매만졌다. 위에서는 나른한 한숨소리가 들렸다. 그 소리에 나도 몸에서 힘이 빠졌다.

서운함보다 이 커다랗고 따스한 온기가 더 그리웠구나. 아득한 감정이 가슴에서 피어났다. 조금의 거부 없이 키르를 올려다보자, 그는 희미한 미소를 입가에 달며 고개를 숙였다. 한 손으로 내 한쪽 뺨을 받친 채 드러난 반대쪽 뺨에 쪽 하고 입술을 가볍게 붙였다가 떨어뜨렸다.

그 행동에 코끝이 찡해진다. 나도 참 못났다. 그렇게 울컥하고 싸웠으면서, 쉽게 용서하지 않을 거라고 다짐했으면서. 키르의 얼굴을 보는 것만으로 마음이 이렇게 약해지다니.

분명히 서러웠다. 키르에게 쌓인 것도 참 많았다. 억울해서 울화가 터질 것 같던 순간도 있었는데. 지금은 그런 생각을 언제 했나 싶을 정도로 마음이 느슨해졌다.

나는 얌전히 키르의 품으로 파고들었다. 그의 팔이 나를 감싸 당기자

충만감이 차오르고, 그동안 이 좋은 것을 하지 못했단 것에 서러움이 밀려 왔다. 나는 그의 허리를 끌어안으며 가슴에 얼굴을 비볐다.

키르의 향기다. 아, 좋다. 정신이 몽롱해지는 감각이다. 우리가 왜 싸웠는지 따위는 머릿속에서 사라졌다. 키르가 작게 속삭였다.

"무서웠어. 네가 평생 안 본다고 할까 봐."

애절함이 담긴 음성이었다. 그래서 요 며칠 우연히 마주칠 때마다 더 싸늘하게 굳은 얼굴이었구나. 그 딱딱했던 표정이 사실은 두려움의 발로라는 걸 알게 되니 내 기분이 더 너그러워졌다.

"우리가 평생 안 볼 수 있는 사이인가?"

뭘 걱정 하냐고. 어차피 아버지 때문에 떼려야 뗄 수 없는 사이라는 뜻을 담아 그를 다독였다.

"너 은근히 독하잖아. 한번 마음 돌아서면 뒤도 안 돌아 보면서."

야, 지금 기분 좋게 화해하는 상황이거든? 지금 나 독하다고 놀릴 때야? 내가 키르를 팍 밀어내며 눈을 흘기자 그는 작게 웃었다.

너 지금 웃을 수 있는 상황 아니거든? 나 기분 다시 많이 나빠졌거든? 힘껏 째려봤지만 키르는 약았다.

"이럴 게 아니라 안에 들어가서 이야기 할래? 우리 할 이야기 많잖아."

키르가 내 입술에 쪽 하고 가볍게 입을 맞추며 다정하게 물었다. 그 작은 행위에 녹아내릴 것 같은 전율이 등 뒤로 흘렀다. 싸우기 전에 했던 달콤하며 농염한 어른의 키스가 기억났다. 약아도 너무 약았다. 절대 내 마음이 약해서 이런 거 아니다.

결국 나는 잡아당기는 대로 키르를 따라 그의 침실로 움직였다. 의자가 아닌 침대에 앉은 키르가 나를 당겨 제 허벅지에 앉혔다.

"멀쩡한 의자 내버려두고 뭐 하는 짓이야."

우리 방금 화해를 시작했거든? 대화 완전히 끝난 것도 아니라 아직 이렇게 친밀하게 붙어 있을 상황 아니라고.

내가 다시 일어서려 하자 키르가 내 허리 뒤로 손을 두르고 깍지 꼈다. 도망가지 못하도록 막는 행동 같았다. 경고의 눈길을 보냈더니 키르가 응석을 부렸다.

"오랫동안 못한 거부터 해야지. 우리 엄청 오랜만이야."

나른하게 뜬 눈과 촉촉한 입술의 움직임이 야릇했다. 얘가 벌써부터 사람을 몸으로 녹이려 하네? 너랑 키스부터 하면 대화가 되겠어, 안 되겠어? 당연히 안 될 거 아니야!

"대화부터."

상식적으로 가자고.

내가 고개를 뒤로 빼며 딱 자르자 키르에게서 불만스러운 기색이 스쳐 지나갔다. 네가 그러니까 내가 홀랑 넘어가지 않도록 더 신경 쓰는 거잖아. 내가 눈을 부릅뜨자 키르는 작게 한숨을 쉬었다.

"난 우리 일이 아닌 걸로 이렇게 갈등이 생길지 몰랐어."

꺼낸 말이 처음부터 만족스럽지 않았다.

"계기는 남의 일이지만 우리 일로 싸운 거야."

키르가 얼렁뚱땅 넘어갈 것 같아 내가 냉정하게 짚고 넘어갔다.

"알았어. 내가 잘못했어. 널 지키겠다고 한 일이지만 그게 널 무시한 것처럼 느껴졌다면 사과할게. 절대 그런 의도는 없었어. 우선, 내가 널 무시한다는 게 말이 돼?"

진실로 그렇게 여겨진다는 게 화가 나는지 마지막 문장엔 약한 불만까지 가미되어 있었다. 날 무시한다는 생각을 하지 못할 정도로 좋아해? 이런 예쁜 남자를 봤나. 속상함과 불퉁함이 섞인 키르의 표정은 심장이 뭉클거릴 정도로 귀여웠다.

사실, 아까 복도에서 키르가 날 품에 안았을 때부터 내 화는 거의 가라앉아 있었다. 결국 참지 못하고 키르의 뺨을 쥐었다. 그가 어떻게 반응하기도 전에 내 입술이 키르의 입술 위를 가볍게 누르고 떨어졌다.

"⋯⋯대화부터라면서."

기습공격을 당한 키르는 얼떨떨함을 감추지 못했다.

"싫어?"

장난스럽게 물었더니 키르의 눈썹이 쓱 올라갔다. 무슨 질문을 그렇게 하냐는 표정이었다. 내가 방싯거리자 피식 웃음을 흘리더니 얼굴을 마주 기울여 왔다. 이번엔 피하지 않았다. 대화를 나누는 것도 시간이 아까운 일 같아서.

키르의 얼굴이 가까워지고 두 입술이 아슬아슬하기 닿기 전.

"아니, 그럴 리가."

키르가 던진 작은 속삭임 사이로 흩어지는 숨결이 입술을 간질였다. 키르의 눈동자가 단 하나의 열망으로 번뜩였다. 저런 표정으로 키르가 입을 맞췄었지. 그때 어땠더라? 그 감각을 다시금 떠올리기 전에 따스한 감촉이 나를 집어 삼켰다. 머릿속이 새하얗게 변했다.

맞닿은 곳에서 번지는 황홀함이 숨 막히도록 좋았다. 나 혼자만 그렇게 달뜨는 것은 아닌지 키르의 조급함이 내게 전염되듯 다가왔다. 호흡이 섞이고 또 섞였다. 세상이 빙글빙글 돌 정도로 어지럽고 아찔했다. 몇 번이고 호흡이 얽히고 떨어지길 반복했다.

이래서 부부싸움은 칼로 물 베기란 말이 있나 보다. 우리가 싸웠던 일이 별것 아니었고, 왜 그리 서로에게 날을 세웠는지 참 허망하게 느껴질 정도로 모든 앙금이 사라졌다. 우리 사이엔 찬란함과 황홀함만 남았다.

마지막에 쪽 하고, 가볍지도 그렇다고 짙지도 않게 닿았던 입술이 떨어지고 나서야 나는 감았던 눈을 떴다.

위에서 날 내려 보는 키르의 표정이 느슨하게 풀려 있었다. 눈꼬리가 나른하게 휘고 입매는 호선을 그렸다. 이 남자는 너무 야했다. 그 예쁜 모습을 기억 속에 담아 두려는 사람처럼 난 눈만 느리게 깜빡이며 숨을 골랐다.

어라? 그런데 뭔가 많이 이상한데?

뒤늦게 상황이 인식됐다. 아까 세상이 빙글빙글 돈다는 느낌을 받았는데, 아무래도 진짜로 내 몸이 돌았나 보다. 난 어느새 침대에 등을 대고 누워 있었고, 그 옆에 키르가 비스듬하게 기대 있었다.

언제 이렇게 자세가 바뀐 건지…….

"키르, 음흉해."

화는 조금도 들어 있지 않은 나른한 울림이었다. 엄하게 한 말이 아니라서 그럴까, 키르에게서 반성의 기색은커녕 야릇한 미소가 깊어졌다.

"진짜 음흉한 짓은 아직 안 했는데."

가볍게 입술이 또 닿았다. 내가 눈을 가늘게 뜨자, 키르가 본인의 결백을 주장했다.

"봐봐. 내 손이 얼마나 얌전히 있어."

하긴, 계속 제멋대로 움직이는 입술과 달리 키르의 손은 얌전했다. 무게가 내게 쏠리지 않도록 바닥만 짚고 있었다. 또 입술이 부딪히고 가볍게 비벼졌다. 순간 나른한 한숨을 흘릴 뻔했다. 퉁퉁 부어 예민해진 입술뿐 아니라 몸 전체가 저릿저릿하며 기분이 이상했다.

"이제 그만해."

"그렇지 않아도 나도 그 생각했어."

어쩐지 순순히 인정한다 싶었다. 말은 그렇게 하면서도 미련이 남는지 마지막으로 볼에 쪽 하고 입술이 닿았다가 떨어졌다. 입 따로 입술 따로 움직이는 키르에게 내가 눈을 흘기자,

"더 하면 위험할 것 같거든……."

키르가 속삭였다. 심장이 내려앉을 것 같은 말을 한 주제에 아무렇지 않은 표정으로 먼저 몸을 일으킨 키르는 날 세워 앉혔다. 흥분이 가라앉길 바라며 흐트러진 머리카락을 정돈했다.

그런 날 보고 키르가 물을 따라 건넸다.

"고마워."

물을 전부 마시고 건넨 컵을 치운 키르가 옆에 앉으며 내 손을 제 손 안에 담았다. 손을 잡고 꼼지락거리는 모양새가 망설임을 담고 있었다.

……이거 불안한데.

"왜 그래? 할 말 있어?"

"어."

또 내가 화낼 말인 것인지 키르가 내 눈치를 봤다. 어째 앞으로 나올 내용이 좋은 말은 아닐 것 같았다. 방금 달콤한 시간을 뒤엎는 엄청난 말을 할까 봐 의심스럽다. 그러고 보면 일부러 이러나?

생각해 보면 말하는 타이밍이 매번 이랬다. 혹시 날 녹이고 나면 그래도 덜 혼날 것 같으니까 수 쓰는 거 아니야?

"많이 어려운 이야기야?"

내가 내치기라도 할 것처럼 키르가 양손으로 내 손을 꼭 쥐었다.

"내일 모레, 황태자비의 재판이 열릴 거야."

진짜 심각한 일이잖아! 난 심장이 덜컥해서 눈을 흡떴다. 벌써 재판이 열리다니. 초조함이 몰려온다.

아직 클레어에게 연락은 없었다. 시간이 절대적으로 부족했다. 한 번 내린 판결을 뒤엎는 건 힘든 일이다. 그래서 재판이 열리기 전에 범인을 알아내는 게 최고의 방법이었는데, 늦어 버렸다. 누구의 잘못도 아닌데 화가 났다.

"아렌, 걱정하지 마."

어떻게 걱정을 하지 않겠냐고 외치고 싶었다. 하지만 그건 투정부리는 것뿐이란 걸 안다. 알면서도 속이 뒤틀려 짜증을 쏟아낼 것 같아 대꾸하는 대신 이를 악물고 감정을 삭였다.

키르가 허리를 숙여 나와 눈높이를 맞춰 왔다. 조금의 흔들림도 없는 눈동자가 나를 사로잡았다. 그저 눈을 마주쳤을 뿐인데, 이상하게 울렁거리던 속이 진정된다. 정신없이 흔들리던 동요가 가라앉았다. 그러자 마치 잘했다는 듯, 키르의 눈이 살짝 접혔다. 내 짜증이 많이 진정된 걸 확인한 키르가 말했다.

"네가 걱정하는 나쁜 일은 없을 거야."

나직한 목소리가 꽤 믿음직스럽게 들렸다.

"무슨 소리야?"

억눌렸던 감정 탓인지 내 목소리가 말라비틀어진 것처럼 나왔다. 키르의 손이 끊임없이 내 손을 매만지며 차갑게 언 손에 온기를 불어넣었다.

"그동안 황태자비가 마녀와 만난 걸 증언한 사람의 행적을 조사했어."

황태자비님 일에 키르가 손을 놓고 있지는 않을 거라 생각했다. 그래도 해결 방법은 없을 거라 포기하고 있었다. 원래 없는 사실을 증언하는 것보다, 거짓 증언을 한 걸 밝히는 게 더 어려우니까.

"그는 재판을 판가름할 결정적 증인이었지."

"그 증인이 저주를 건 순간을 본 것도 아니잖아. 그게 어떻게 결정적 증인이야?"

"알아. 알지만 마녀의 저주와 관계된 건 난해하니까."

증인이 한 증언이 황태자비님이 저주를 거는 순간을 목격했다는 게 아니라, 마녀를 만났다는 것뿐인데. 그것만으로 재판을 판가름 날 상황이란 게 웃겼다. 그 난해함 때문에 얼마나 많은 사람을 무고하게 몰았을지……. 역시 전생의 그 넘쳐나는 CCTV가 있던 세상이 그립다.

키르의 잘못도 아닌데 화가 났다. 그를 난처하게 만들고 싶지 않아서 따지고 싶은 걸 참았다. 그러자 키르의 손이 내 손등을 토닥였다. 마치 걱정하지 말라는 것처럼.

"그래도 걱정하지 마. 증인의 과거에 문제가 있다는 점을 알아냈으니까."

"그게 무슨 소리야?"

"증언을 무효화하는 제일 효과적인 방법은 증인의 신뢰성을 무너뜨리는 거야."

그러니까 증인의 신뢰성을 무너뜨릴 방법을 찾았단 거야? 그럼, 재판에서 황태자비님의 무고가 증명이 되는 거야? 심장이 너무 두근거려 차마 더 묻지 못하고 눈만 크게 떴다. 그런 날 보며 키르가 제법 자신감 넘치는 미소를 지었다.

"충분히 좋은 쪽으로 정리할 수 있어. 그래서 기다려 달라고 했잖아."

"키르!"

나도 모르게 달려들어 키르의 목을 끌어안았다. 너무 좋아서 튀어나올 것 같은 비명을 억누르고 발만 동동거렸다. 엄청난 안도감이 내 머리끝에서부터 발끝까지 훑고 내려갔다. 나는 생각했던 것보다 이일에 대해 훨씬 더 마음의 짐으로 여기고 있었는지 눈물까지 찔끔찔끔 흘러나오려 했다.

"이제 안심이 돼?"

"응."

키르의 물음에 훌쩍이는 소리를 내지 않도록 조심하며 답했다. 그 대답이 마음에 드는지 키르의 나직한 웃음소리가 들려왔다.

"정말, 다행이다."

키르의 목에 두른 팔을 풀어내며 안도감을 입 밖으로 꺼냈다. 붉게 변한 내 눈을 발견했는지 키르가 조심스럽게 내 눈가를 쓸었다. 눈물을 흘리지 않으려 눈에 힘을 줬다.

"아렌."

그게 귀엽다는 듯 키르가 작게 웃음을 흘리며 뺨에 입을 맞췄다. 지금은 키르가 무슨 짓을 해도 용서해 줄 수 있을 것 같은 기분이라 가만히 내버려뒀다.

"응."

"재판을 참관하고 싶지 않아?"

너무 평이한 어조로 한 질문이라 순간, 내가 잘 못 들은 줄 알았다.

하지만 표정에서 장난기를 찾아볼 수 없을 정도로 그는 진지했다. 정말 예상하지 못했던 일이다.

이번 일은 황족 시해에 용의자 또한 황족인 엄청난 사건이다. 그래서 당연히 특별 공개로 재판이 이루어진다. 참관하는 사람도 분명히 고위 귀족들 중에서도 특별한 사람만 가능한, 그런 중대한 재판일 거다.

그런 곳에 데려가 준다고?

"그게 가능해?"

내 목소리가 은은히 떨렸다. 나야 당연히 갈 수 있다면 가고 싶었다. 물론 전해 듣는 것만으로 상황을 정리할 수 있다. 하지만 내 눈으로 황태자비님이 무죄 증명을 받는 걸 본다면 모든 걱정을 깨끗하게 털어 버릴 수 있을 것 같았다. 기대감에 숨이 막힐 지경이었다.

"가능해. 대신, 한 가지만 약속해."

키르가 무슨 요구를 할 건지 알 것 같다.

"만약의 상황이 일어나도 네가 증언하겠다고 나서지 않는다면, 재판장에 데려가 줄게."

내 손을 꽉 쥐고 내 눈을 강렬하게 응시하며 키르는 약속을 요구했다.

"약속할게. 데려가 줘."

"약속 꼭 지켜야 해."

키르가 못 미더운지 확답을 원했다. 물론 난 만약의 상황은 일어나지 않으리라 믿었기에 숨을 크게 들이켜며 굳세게 고개를 끄덕였다. 그제야 키르는 내게 내일 모레, 같이 황궁에 가자고 말해 줬다.

* * *

키르 덕분에 재판이 잘 해결될 거라 믿었지만 그래도 혹시 몰라서 클레어의 연락을 기다렸다. 그녀가 시간이 걸릴 거라 했어도 알아낼 수 있다고 자신했던 터라 범인을 찾을 수 있을 거란 기대감이 있었다.

하지만 재판 당일까지 그녀에게선 연락이 오지 않았다. 그래도 클레어에게 서운한 점은 없었다. 내가 부탁한 일이 쉽게 해결할 수 없는 어려운 일인 건 맞으니까. 그냥 재판 전에 알았으면 좋겠다는 희망사항이었을 뿐이다.

그러고 보니 확실시 된 게 없어서 키르에게도 저주를 건 사람을 추적할 수 있을 거란 말은 하지 못했다. 하지만 어차피 황태자비님의 누명이 풀릴 상황이니까, 꼭 전해야 한다는 생각을 못하기도 했다.

키르와 함께 움직였더니 나도 쉽게 황궁 출입이 허가되었다. 우린 바로 재판장을 찾았다. 재판장 입구에서 또 한 번 신원을 확인했고 이번에도 키르의 보증으로 통과할 수 있었다.

내 마음이 급해서 서두른 탓에 우린 일찍 도착한 편이었다. 우리는 텅 빈 참관석 중에 일부러 구석에 앉았다. 다리가 달달 떨리려는 걸 손으로 꾹 눌렀다. 그걸 키르가 봤나 보다.

"긴장 돼?"

내 긴장을 풀어 주려고 키르가 일부러 말을 걸었다는 걸 알 수 있었다. 하지만 말 한마디로 풀릴 긴장이 아니었다.

"응. 긴장 돼."

마치 내가 재판받는 당사자라도 되는 것처럼 짧은 말을 내뱉는 내 목소리가 덜덜 떨렸다.

"괜찮아. 다 잘될 거야."

키르의 위로에 애써 웃어 보였다. 내가 너무 경직돼서 그런지 키르도 더 말을 걸지는 않았다. 나는 심호흡하며 주변을 확인했다.

정면에 대법관이, 그 앞쪽으로 피고인이 앉을 자리와 증인석으로 짐작되는 자리가 있었다. 특이한 점은 양쪽 벽으로 5개씩 자리가 있는데, 이건 배심원 역할을 하는 귀족들의 자리였다.

이곳의 재판은 대한민국의 배심원 제도와 비슷했다. 배심원들이 평결을 하지만 권고적 효력만 있을 뿐, 마지막 평결은 대법관의 재량이었다. 어느 재판이나 그렇듯 배심원과 대법관 다 잘 만나야 했다.

참관을 할 사람들이 점점 안으로 들어섰다. 옆에서 키르가 누구인지 귓속말로 알려 주었다. 재판장 안으로 들어왔던 귀족은 무의식중에 날 흘긋 확인하더니 그 옆에 앉은 키르를 보고 다시 모른 척했다.

전부 백작 이상의 귀족들이라 오히려 내가 눈에 띄었다. 그중에 아버지도 있었다. 아버진 나를 보고 깜짝 놀라셨지만 다가오시지는 않았다. 그저 자리에 앉으신 후 몸을 돌려 '네가 왜 여기 있냐'는 눈빛을 계속 보내서 나는 그저 어색하게 웃어 보일 수밖에 없었다.

"곧 재판 시작합니다. 다들 자리에 착석해 주십시오."

진행 위원의 외침이 들려 참관자들이 대화를 멈췄다. 내부가 조용해지자 진행 위원이 다시 알렸다.

"배심원들 들어섭니다."

알림과 함께 재판에 필요한 인물들이 자리를 잡았다. 처음엔 배심원 역할을 하는 귀족들이 들어왔다. 그중엔 대공도 포함되어 있었다. 어쩐지 아버지가 혼자 계시더라니.

그 다음으로 검사 역할을 할 하프테리 님과 조사단으로 짐작되는 사람 여러 명이, 마지막으로 기사들에게 안내 받으며 황태자비님이 들어왔다. 재판장으로 들어서면서 하프테리 님과 황태자비님 모두 언뜻 나와 눈이 마주친 것 같지만 잘 모르겠다. 두 분은 계속 무표정이었다.

하프테리 님은 여전히 냉랭했고 황태자비님은 그동안 고초가 많았는지 얼굴에 생기가 없었다. 그래도 아직 범인이라 확정된 게 아닌 상태라 황태자비님의 몸을 구속하지는 않았다.

하지만 그녀는 전에 입던 화려한 드레스나 남장 차림과는 비교도 안 될 정도로 수수한 검은색의 드레스를 입고 있었다. 테일런의 대회가 잘돼 생기 가득하던 모습이 꿈같다. 지금의 황태자비는 바짝 마른 나뭇잎처럼 건드리면 바스러질 것같이 위태위태해 보였다.

"대법관님 들어섭니다."

대법관이 들어설 땐 다들 일어섰다가 앉았다. 대법관은 데이브 님만큼 나이가 지긋하신 분으로 풍성한 법복을 입은 그는 신비해 보이기까지 했다. 자리에 앉은 대법관이 좌중을 한번 훑어봤다. 그리고 느릿하면서 또렷한 목소리로 재판의 시작을 알렸다.

"지금부터 황태자 살인 혐의로 지목된 피고인 사비나 하르트에 대한 재판을 개정합니다."

여기는 땅땅 나무 망치를 두드리지 않았지만 어쩐지 내 귀에는 그 소리가 들리는 것 같았다. 난 양손을 깍지 껴 잡고 앞으로 진행될 재판에 집중했다.

그때, 다급한 발걸음으로 한 남자가 들어섰다.

"죄송합니다! 중요한 알림이 있어서 들어왔습니다!"

재판장으로 뛰어든 시종의 얼굴은 파리하게 질려 있었다. 갑작스러운 난입에 대법관의 표정이 불쾌감으로 굳었다.

"신성한 재판장에서 무슨 일입니까? 재판 끝나고 들어오세요. 뭐합니까? 당장 저 자를 끌어내세요."

대법관이 단호하게 명령하자 재판장을 경비하던 기사들이 나섰다. 그러자 시종은 더욱 간절하게 외쳤다.

"정말 중요한 알림입니다! 이 재판을 멈춰야 하는 이유와 연관되었으니 제발 전달하게 해 주십시오!"

커다란 목소리라 재판장 안의 모두가 들을 수 있는 말이었다. 게다가 그 안에 담긴 내용이 전혀 가볍지 않아 재판장이 술렁거렸다.

재판을 멈춰야 하는 이유라니……. 상황이 이상하게 돌아가는 것 같았다. 키르를 확인하니 그도 이런 상황을 예상 못한 듯 매우 당혹스러워 보였다. 그건 하프테리 님 또한 마찬가지였다. 아무도 이 상황을 제대로 파악하지 못한 것 같았다.

그 와중에 황태자비님은 흔들리지 않았다. 조금의 동요도 없이 이 상황과 동떨어진 사람처럼 살짝 눈을 내리깔고 있을 뿐이었다. 모든 사람들이 술렁이는 가운데 그녀만이 초연하게 서 있었다. 대법관은 상황을 복잡하게 만든 시종에게 매서운 눈길을 보냈다.

"만약 그만큼 중요한 일이 아니라면 지금 한 말에 책임을 져야 할 겁니다."

대법관의 경고에도 시종은 절박하게 고개를 끄덕였다.

"누구에게 알려야 하는 일입니까?"

"조사관님에게, 그리고 대법관님에게 알려야 합니다."

하프테리 님의 미간이 살짝 찌푸려졌다. 그래도 대법관과 눈이 마주치자 이야기를 듣겠다는 듯 하프테리 님은 고개를 작게 끄덕였다.

"들어와서 이야기를 전달하는 걸 허락하겠습니다."

대법관도 두 사람 모두에게 이야기해야 한다는 말에서 일의 심각성을 느낀 듯 시종을 불러들였다. 기사들의 손아귀에서 벗어난 시종이 다급하게 하프테리 님을 향해 먼저 다가갔다. 그는 하프테리 님 귀에 손을 대고 속삭였다.

처음엔 거리가 멀어서 무슨 대화를 하는지 들리지 않는 줄 알았다. 하지만 그게 아니라 워낙 중요한 일이라 최대한 소리를 죽였나 보다. 사람들의 술렁거림이 들렸지만 대부분 '무슨 일일까?'하는 호기심이지, 아무도 시종이 찾아와 재판을 막은 이유를 알지 못한 것 같았다.

특이하게 두 사람의 속닥거림이 이어질수록 대공의 표정이 좋지 않아졌다. 대공과 키르가 계획한 일이 어긋날까 봐 그런 걸까 싶을 정도였다.

"재판장님 앞으로 나가도 되겠습니까? 꼭 들으셔야 할 이야기가 있습니다."

대공의 표정을 살피는 사이, 시종에게 이야기를 다 전달받은 하프테리 님이 대법관을 향해 물었다. 그렇게 말하는 하프테리 님의 얼굴도 잔뜩 굳어 있었다. 중요한 일을 앞두고 있던 터라 하프테리 님의 표정은 재판장에 들어설 때부터 나빴다. 그런데 지금의 표정은 아까와 조금 달랐다.

"허락하겠습니다."

대법관의 허락이 있자 하프테리 님은 시종과 함께 앞으로 나섰다. 그리고 이번엔 대법관과 셋이서 머리를 모아 속닥거렸다. 이야기를 듣는 대법관의 표정이 점차 경직됐다. 그 심각함을 다른 사람들도 느낀 듯 재판장 전체에 소리 죽인 웅성거림이 번졌다.

셋이서 나누던 대화를 끝낸 후 대법관이 알렸다.

"이 재판의 결과에 영향을 미칠지 모를 중요한 제보가 들어와서 오늘 재판은 미루겠습니다. 재판은 이틀 뒤에 다시 열겠습니다."

그렇게 말한 대법관은 일어서서 자리를 떴다. 갑자기 재판을 미루겠단 선언에 대부분의 사람들이 멍했다. 나 또한 무슨 일인지 몰라서 어안이 벙벙했다. 그 와중에 하프테리 님은 다급하게 시종을 따라 나갔고, 기사들이 나와서 황태자비님을 인도해 갔다.

"대법관님 재량으로 재판이 밀렸습니다. 이틀 뒤로 다시 열립니다. 참관자들은 이만 돌아가 주십시오."

진행자가 마지막으로 알리고 재판 관련자들은 다 재판장을 떠났다. 구경 왔던 사람들은 영문을 몰라 저마다 무슨 일인지 쑥덕대다가 서로 앞다투어 재판장을 벗어났다. 무슨 일이 일어났는지에 대해 알아보려는 듯했다. 난 지금 이 상황이 믿기지 않았다.

"도대체 무슨 일이야?"

"나도 모르겠어."

키르가 짓씹듯 내뱉었다. 나도 지금 상황이 얼떨떨하지만, 키르는 더 심했나 보다. 자신이 예상하지 못한 전개가 되었다는 점에 충격 받은 것 같았다. 나는 네 잘못이 아니란 의미로 키르의 손등을 작게 두드렸다.

"재판이 정말 미뤄진 거야?"

"맞아."

"……좋은 걸까?"

"글쎄……."

키르의 목소리가 썩 좋지 않았다. 나도 안다. 상황 파악이 안 됐지만 이게 마냥 좋은 일이라고 생각하기는 힘들었다. 하지만 재판의 결과가 바뀔 일이라니까, 혹시 황태자비님에겐 좋은 일 아닐까?

"좋다고 할 수 없는 일이다."

갑자기 들려온 대공의 목소리에 고개를 들었다. 깜짝이야. 어느새 나와 키르의 근처로 대공과 아버지가 다가와 있었다. 아버지의 부리부리한 눈과 마주치자 괜히 찔려 주변을 둘러봤다. 어느새 다른 귀족들은 다 나가고 우리만 남아 있었다.

"무슨 일인지 아십니까?"

키르가 대공을 향해서 물었다. 살짝 도전적인 눈빛이 이런 일이 생길 걸 알면서 제게 가르쳐 주지 않았냐고 묻는 듯한 반항적인 시선이었다. 대공의 눈썹이 '이 건방진 것을 보게'하는 의미로 비틀려 올라갔다.

"네가 수련이 부족한 걸 탓해야지."

"재판이 열리기 전까지 모르셨던 일입니까?"

부자가 쓸데없는 거센 신경전을 벌였다. 대공이 퉁명스럽게 말했다.

"알면 알렸겠지. 사건 자체가 조금 전에 발생됐더구나."

"……사건, 말입니까?"

되묻는 키르의 말투에 멈칫거림이 드러났다. 나 또한 심장이 덜컥였다. '사건' 자체가 조금 전에 발생 됐다는 말이 의미심장했다. 어쩐지 재판이 미뤄진 이유가 그 사건 때문인 것 같았다. 도대체 무슨 일이기에…….

"그래, 아까 시종이 조금 전 2황자의 시신이 발견됐다고 전했다."

대공이 던진 말은 앉아 있지 않았다면 바닥에 주저앉았을 만큼 충격적인 내용이었다.

아직 사건이 정리되지 않아 정식 황태자로 책봉되지 않았지만 당연한 수순으로 2황자가 황태자가 될 상황이었다. 그런 2황자가 죽었다. 아무도 말은 하지 않았지만 황태자를 죽이라 명령했던 '진짜 범인'으로 의심되는 사람이 말이다.

"어디서 말입니까?"

키르는 차분했다. 처음 황태자의 죽음에 동요를 드러냈던 것과는 다른 냉정한 음성이었다.

"2황자 본인의 침실에서."

키르는 아까 대공과 똑같은 불만 가득한 표정을 했다. 둘의 대화는 세금을 얼마 걷냐고 묻는 것처럼 사무적이었다. 그래서 대공과 키르가 농담을 하는 건 아닐까 싶을 정도로 이 상황이 비현실적으로 느껴졌다.

"사인은요?"

막힘없이 답하던 대공이 처음으로 말을 멈췄다. 왜인지 나를 한 번 본 그는 다시 키르를 돌아보며 말했다.

"황태자와 똑같다."

이번엔 키르의 표정도 일그러졌다. 황태자와 똑같다니? 그럼 사인이…….

"……마녀의 저주?"

나도 모르게 중얼거린 말이 맞다는 듯 대공은 고개를 끄덕였다.

2황자의 죽음. 사인은 마녀의 저주.

간단히 볼 수 없는 문제였다. 단순한 살인 사건을 넘어서 어떤 거대한 사건의 전조가 될 수 있기 때문이다.

황태자 한 명의 목숨이면 개인적인 이유로 살해되었다고도 설명할 수 있다. 치정이든, 복수든 아니면 세세한 이유 없이 '황태자가 너무 싫어서 죽였다'라는 말로도 설명할 수 있었다.

그러나 황족 둘이 같은 사인으로 연달아 죽는 건 달랐다. 특히, 황태자와 2황자는 유력한 황제 후보였다. 황자 중 범인으로 제일 유력했던 2황자가 그만큼 차기 황제로 가능성이 높았다. 그래서 다들 범행의 이유가 황위 싸움일 거라고 말하지 않았던 거다.

그 상황에 2황자가 죽었다. 숨죽이고 있던 다른 황자나 황녀가 범인일까? 자신이 황제가 될 때까지 모두를 죽이겠다는 계획일 지도 모르겠다. 아니면 황족을 노리는 숨겨진 범인이 있을 지도. 어느 쪽이든 다른 황족의 목숨도 위험할 가능성이 높아졌다. 사건의 무게가 완전히 달라진다.

그러고 보니 대공은 이 소식을 어떻게 알게 된 거지? 하프테리 님과 대법관도 재판 도중에 뛰어든 시종의 보고로 겨우 알게 된 사실이다. 그렇다면 그분들보다 먼저 대공은 보고를 받은 건가?

아까 키르가 왜 대공에게 날을 세웠는지 알겠다. 과민 반응이 아니라 중요한 문제였다. 일단 출처가 어디서 나온 이야기인지는 알아야 할 것 같았다. 물론 대공이 허튼 소리를 할 성격은 아니지만.

"그런데 이 소식은 어떻게 아셨어요? 재판이 열리기 직전에 아신 건가요?"

아까 키르가 한 질문을 되묻는 거라고 생각해서인지 대공의 표정은 무뚝뚝했다.

"그걸 알았으면 재판이 열리기 전에 대법관에게 알리고 미뤘겠지."

원래 친절한 설명을 해 주는 성격이 아닌 건 알았지만 대공의 대답은 혼란스러웠다. 그럼 어떻게 알았는데?

"설마 시종이 재판을 막았을 때 따로 보고 받으셨어요?"

내 질문에 이번엔 모두의 표정이 이상해졌다. 왜, 또 뭐. 나만 멍청한 거야?

"시종이 네 스승에게 이야기를 전달할 때 그걸 들으신 거지."

내 뚱해지는 표정을 읽은 키르가 설명해 주었다. 아, 같이 들었구나……가 아니라, 뭔가 이상한데?

난 자연스럽게 아까 대공이 앉았던 배심원석과 하프테리 님이 서 계셨던 자리를 번갈아 봤다. 큰소리로 시종이 낭독을 했다면 모를까, 어디를 보나 귓속말을 들을 수 있는 거리가 아닌데?

두 자리 사이엔 실제로 거리가 꽤 있었다. 이게 내 착각이 아니란 것은 아까 참관자들의 반응으로 알 수 있었다. 그들은 누구보다 빨리 정보를 얻으려고 재판이 미뤄지자마자 뛰쳐나갔으니까. 그들 중 누구도 황자의 죽음을 들은 사람이 없었다. 누구라도 들었으면 이미 또 사건이 일어났네, 뭐네 수군거리는 소리가 나왔을 테니까.

그러니까 저 속삭임을 아무나 들을 수 있는 일이 아닌데 그걸 대공이 해낸 거다. 난 멍청한 표정으로 대공을 올려다봤다. 혹시 대공에게 특별한 능력이 있는 건가? 공간을 뛰어 넘어 남의 말을 들을 수 있는 능력 같은?

"뭘 그렇게 보느냐. 네 아비도 들었다."

내 시선이 거슬렸는지 대공이 툭 하고 내뱉었다. 난 이번엔 입까지 벌리고 아버지를 봤다. 그게 정말이냐는 내 시선을 읽은 아버지가 잔뜩 굳은 얼굴로 고개를 한번 끄덕였다.

아버지가 앉아 계시던 참관석은 더 뒤쪽에 있었으니 아버진 대공보다도 더 멀리 떨어진 거리의 소리를 들은 거다. 정말로 저렇게나 먼 거리에서 하는 귓속말을 엿들을 수 있다고?

"단련된 기사는 예민한 편이지."

키르가 내 불신 가득한 표정을 읽고 부연 설명을 덧붙였다. 벌어졌던 입을 다물었다. 그게 예민하단 말로 해결될 일이냐.

"얼마나 예민한데?"

"사람마다 다르지."

실력마다 다르단 건가?

"얼마나요?"

일부러 작은 목소리를 냈다. 내 기어들어가는 목소리에 아버진 미간을 찌푸렸다가 무뚝뚝하게 답해 주셨다.

"지금 목소리 크기 정도면, 벽이 없다는 전제하에 시야가 닿는 곳까지."

굉장히 추상적인 답이다. '시야가 닿는' 범위라면 바로 앞에 있는 사람이나 저 멀리 운동장에 서 있는 사람이나 다 같다는 거다. 그래서 더 대단한 답이었다. 내 예상보다 기사란 더 대단한 존재인가 보다.

사실 아버지가 기사고 키르가 검술 수련을 한다고 해도 기사란 내겐 직업의 하나일 뿐이었다. 전생으로 비유하면 군인 정도? 그냥 남들보다 더 단련하고 국가를 수호하기 위한 존재 정도로 생각했지 이렇게 히어로 영화 주인공처럼 사기적인 능력이 있을 줄은 몰랐다.

아버지가 정말 엄청난 존재였구나. 그래서 아까 대공이 키르한테 수련이 부족한 탓이라고 한 건가?

너무 대단하신 분들을 마주하고 있다 보니 내가 하려던 말을 잊어버렸다. 내가 조용해지자 키르가 나섰다.

"황태자 때와 똑같은 저주입니까?"

이건 중요한 일이다.

마녀의 저주란 건 그 저주를 건 마녀 고유의 독특한 방식이 드러났다. 그래서 사인은 심장마비일 수도 있고, 갑자기 어떤 것의 습격을 받아서 죽을 수도 있고, 이지를 상실해서 스스로 죽을 수도 있다.

그런 마녀 특유의 저주 발현 방식은 고정적이지만, 매개체에 따라 저주의 강도가 살짝 달라졌다. 그래서 피해자들은 백 퍼센트 똑같은 방식과 흔적으로 죽지 않았다. 그러니까 지금 키르의 질문은 '또 저번과 같은 저주에 당한 것인가, 아니면 아예 다른 저주로 죽은 건가'를 묻는 거였다.

"그건 모르지. 하지만 비슷하다는 것 같군."

결론은 조사를 해 봐야 안다는 거다. 하긴 시체를 딱 보고 '이건 저번과 동일 인물이 저지른 저주다!' 라고 말할 수 있는 사람은 저주를 건 당사자 빼곤 없지.

재판장에 시종이 난입할 정도면 정말 갑자기 시신이 발견된 데다가 저번과 흡사한 사건이니 혹시라도 엉뚱한 판결을 내리지 않도록 다급하게 재판을 말린 걸 거다. 이게 단순한 교란을 위한 것인지, 연쇄 살인의 전조인지를 확신할 수 없다. 그리고 이게 연쇄 살인이면, 모든 게 달라진다.

키르도 거기까지 생각이 닿았는지 표정이 굳었다.

"어떨 것 같습니까?"

"뭐가 말이냐?"

키르가 무슨 의미로 질문했을지 짐작했으면서 대공은 모르는 척 행동했다.

"같은 저주라고 보십니까?"

"조사하기 전에 속단하기는 이르지 않느냐?"

키르가 대놓고 물었더니 대공은 정론으로 반박했다. 두 사람이 조사단의 책임자는 아니더라도 사건의 진상을 알아내야하는 입장이다. 그러니 얄팍하게 전달된 정보만 가지고 판단하는 건 해선 안 되는 일이다.

"그러니까 예상을 묻는 겁니다."

그럼에도 키르가 이렇게 대공에게 끈질기게 묻는 건 다 나 때문이다. 황태자비님과 내 관계를 아는 대공도 당연히 그걸 눈치 챘다. 나를 힐끗 한번 보고 잠시 고민하는 듯하던 대공이 입을 열었다.

"똑같은 저주일 확률이 높다. 굳이 마녀의 저주라는 독특한 방법으로 연달아 살인 사건이 일어나는 우연이 있다고 보긴 어려우니까."

하긴, 살인범 두 사람이 각기 다른 두 사람을 해하기로 마음먹고, 그것도 하필이면 피해자가 형제면서 죽이기 위한 방법으로 마녀의 저주를 거의 비슷한 시기에 의뢰했단 건 말이 안 됐다. 그게 정말 우연이라면 한 사람이 벼락을 두 번 맞을 확률보다 희귀한 우연이지 않을까?

어쨌든 똑같은 저주라면 황태자비님에게 좋은 일이라고 볼 수도 있다. 황태자비님이 용의자로 지목된 첫 번째 이유가 '황태자의 배우자여서' 니까.

그런 이유라면 2황자도 결혼을 했으니 그의 배우자도 용의 선상에 같이 올라야 했다. 그러고 보니 2황자의 부인이 누구더라? 어떤 고위 귀족의 딸이라고 했는데, 관심 없어서 확실히 알아두지 않아서 누구인지 모르겠다.

"그럼, 이 일로 황태자비님이 무죄임이 밝혀질까요?"

"오히려 일찍 용의자로 지목되었기에 이 사건의 범인이 아님이 확실히 증명되겠지."

만약 같은 저주라면 이라는 단서가 달린 답이었다. 그래도 희망이 생기는 말 아닌가.

"황태자비는 그동안 감금당해 있었으니까. 다른 저주를 걸 수 없었다는 걸 오히려 증명한 셈이지."

대공의 말을 이어받아 키르가 덧붙였다. 그러고 보니 저주의 매개체는 마녀와 계약한 당사자만 쓸 수 있었다.

초창기 마녀들은 먹고 살기 위해서 더러운 일을 받았다. 하지만 그렇다고 그런 위험한 물건을 아무나 막 쓰게 만들 수는 없어 제재를 걸어 뒀다고 한다.

즉, 혹시라도 공범이 있어 그 공범에게 매개체를 맡겼다고 해도 매개체는 사용할 수 없는 물건이라는 뜻이다. 그런데도 똑같은 저주가 발생했다면 다른 사람이 범인이란 소리다.

감금이 무죄를 증명해 주다니, 이거야말로 전화위복이다. 어쨌든 확실히 조사해 봐야 알겠지만 지금 상황으론 황태자비님의 무죄로 결론이 날 확률이 높았다. 좋아할 상황이 아닌데 안도감이 커서 웃어 버릴 뻔했다. 재빨리 표정 관리를 했다.

"그럼, 새로운 용의자를 찾아야겠네요."

"그렇지. 조사를 다시 해야 하니까."

뒤늦게 이들이 고생할 것과 하프테리 님이 걱정되었다. 이번 재판은 하프테리 님이 진행하셨던 건데……. 어떻게 될지 모르겠다. 원래 남의 공적은 쉽게 인정하지 못해도, 남의 실패를 트집 잡는 건 쉬웠으니까.

"우선 일어나지. 재판장을 비워 줘야 하는데 오래 있었군."

대공이 가볍게 눈짓을 했다. 그 시선을 따라가니 관리인이 저쪽에서 기웃거리며 눈치를 보고 있었다. 상대가 대공이라 자리를 피해 달라고 말하지 못하고 있었나 보다. 우린 재판장을 나왔다.

"아렌, 마차를 내줄 테니 혼자 갈 수 있겠어?"

키르가 미안한 얼굴로 말했다. 마음은 날 데려다 주고 싶겠지만 대공을 따라 조사하러 가야 하나 보다. 마차까지 내주는데 집에 못 돌아가겠는가. 혼자 가겠다고 막 대답을 하려는 순간, 턱 하고 내 어깨에 묵직한 손이 내려앉았다.

"제가 데려다주고 오겠습니다. 아무래도 사건이 있었으니 나가는 것도 통제하겠죠."

대공 앞이라 많이 참은 듯 아버지의 억눌린 목소리가 들렸다. 크게 힘을 준 것도 아닌데, 키가 1cm는 줄어들 것 같은 무게감이다. 아까부터 아버지가 내게 할 말이 많은 상태란 걸 깜빡했다.

무서워서 나는 차마 아버지를 올려다보지 못하고 키르를 보았다. 그러자 키르가 날 보는 시선에 안타까움이 담겼다. 그만큼 아버지 표정이 굳었다는 소리겠지. 아버지 화 많이 나셨구나.

이쯤 되니 차라리 대공이 아버지의 행동을 허락하지 않길 바랐다.

미루는 게 좋은 방법이 아닌 걸 알면서도 아버지가 너무 바빠서 저녁엔 잊어버리지 않을까? 하는 약은 생각이 들었다.

"키르시카 말대로 대공가의 마차를 이용하도록. 조심히 가라."

그러나 대공은 그렇게 말하고 사건이 벌어진 장소로 짐작되는 방향을 향해 움직였다. 마지막으로 내게 안쓰러운 시선을 한 번 더 보내는 키르에게 난 얼른 대공을 따라가라는 눈빛을 할 수밖에 없었다.

"아렌."

키르마저 사라지자 아버지가 나를 불렀다.

"네, 아버지."

최대한 공손하게 답했다.

"우선 마차로 가자."

아버지의 심상치 않은 기색에 난 얌전히 뒤따랐다. 마차를 타러 걷는 내내 아버지의 표정은 잔뜩 굳어 있었다.

어린 시절 사건을 통해 부녀의 정을 깨달은 다음부터 날 응시하는 아버지의 눈동자엔 늘 온기가 감돌았다. 눈빛만으로 '우리 딸이 제일 예뻐요! 사랑스러워요!'를 남발하시던 아버지였다. 하지만 오늘은 아니다. 생전 처음으로 날 혼내기로 작정한 사람처럼 매섭게 굳어 있다.

준비된 마차에 도착해, 날 먼저 올려주신 후 아버지도 올라타셨다. 마차의 문이 닫히고 타인의 시선이 닿지 않는 곳에 도착하자 아버진 팔짱을 끼셨다.

화를 내시는 건지, 말을 고르시는 건지 모르겠다. 마차가 출발하고도 한동안 무서운 눈빛으로 노려보셔서 나는 얌전히 고개를 숙였다. 이렇게까지 눈치를 볼 일이 아닌 거 같은데…….

"어째서 네가 여기에 있는지 설명해 보거라."

내 머리 위로 아버지의 무뚝뚝한 음성이 떨어졌다. 갑자기 황궁 재판장에 턱 나타난 딸을 걱정하는 아버지의 마음도 이해는 된다.

하지만 증언을 한 것도 아니고 그저 참관만 했는데 이렇게 정색하실 일인가?

"재판 결과를 알고 싶어서요."

"네가 왜 재판 결과를 궁금해 하냔 말이다."

딱 자르는 아버지의 말이 조금 이상했다. 내가 이 일에 관심을 가질 거란 걸 짐작 못하신 듯했다.

"황태자비님이 걱정되니까요."

아버지의 눈썹이 꿈틀하고 불만스럽게 움직였다.

"네가 그분을 왜 걱정하느냐?"

아버지의 반문에 이상한 느낌이 더 강해졌다. 설마, 내가 황태자비님이랑 친분이 있는 걸 모르셨나?

"저 황태자비님이랑 아는 사이인거……모르셨구나."

내가 말을 할수록 실시간으로 변하는 아버지의 표정에서 결론은 나와 버렸다. 하긴, 아버지가 매번 대공의 옆을 지킨 게 아니니 대공이 나를 통해서 황태자비님과 더 가까워진 걸 모르셨을 수도 있지.

아니, 그렇다고 해도 황태자비님이 나를 하도 불러내는 바람에 귀족들 틈에서 내가 '황태자비의 여자'라는 소문이 알음알음 떠다니는데 정말 모르셨단 말이야? 제대로 설명하지 않긴 했어도 전에 황궁에 초대된 것도 봤는데? 이젠 내가 놀랍다.

"모르셨어요?"

"네가 그분을 어떻게 알게 됐지?"

정말 모르셨구나. 그야 다 큰 딸의 친구 관계까지 신경 쓰는 건 과한 행동이긴 하지만 까맣게 모르셨다니 조금 기분이 애매했다.

"전에 대충 말씀드렸는데요. 새로 사귄 친구가 있다고……."

그러고 보니 황태자비님의 정체를 밝힐 수 없어 지나가는 말로 '친구가 생겼다'고 언급했었다.

"그러고 보니 어떤 기사 놈을 이야기할 때 그런 이야기를 했었지."

미간을 찌푸리고 살짝 기억을 더듬던 아버지가 그렇게 말씀하셨다. 아무래도 아버지에겐 '내게 새로 생긴 친구'보다 '내게 설렘을 줬던 기사님'이 더 기억에 남으셨나 보다. 그때 유독 집착하며 물으셨지.

그러고 보니 아드리안 님이 대공저를 찾아와 만나신 적이 있는데, 그때 아드리안 님의 정체를 눈치 못 채셨나?

아버지는 대공을 따라 황궁에 여러 번 다니셔서 아드리안 님이 황태자비님의 호위 기사임을 아실 법한데 모르셨다니 의아했다. 설마 나를 찾아온 기사의 존재에 분노해 눈앞이 흐려졌었던 건 아니겠지.

어쨌든 내가 그게 맞다고 고개를 끄덕이자 아버지가 놀란 얼굴을 했다.

"자, 잠깐. 화, 황태자비님이 친구란 말이냐?"

아버지가 말을 더듬으셨다. 그래도 황태자비님인데, '친구'란 표현은 과했나? 나만 그렇게 생각하는 걸 수도 있으니까.

"우리 앞으로 친구야, 하는 낯간지러운 말은 하지 않았는데요. 그래도 서로 어느 정도 속내를 이야기 하니까 친구 비슷한 사이 아닐까요?"

아버지가 골치 아픈 사람처럼 손바닥으로 이마를 짚으셨다. 그리고 곧 손을 움직여 조심스럽게 심장 근처를 한번 부여잡았다. 순식간에 아버지가 초췌해 보였다. 심적 타격이 너무 크셨나 보다.

"아렌, 아버지는 슬슬 감당하기 힘들어지는구나."

애정으로도 감당하기 힘들다고 이걸 어쩌면 좋냐는 의미를 드러내는 아버지의 모습에 나는 샐쭉해졌다.

"저 사고 안 쳤어요. 아버지."

"네가 사고를 쳤단 소리가 아니다. 그냥……. 아버지는 언젠간 네가 한 일 때문에 심장마비가 올 것 같구나."

그렇게 안 생기셔서 아버지가 은근히 소심하다니까. 그렇게 말하는 나도 여태껏 높은 사람들과 어울리지 않겠다고 몸을 사렸던 것은 생각지 않고 아버지께 위로를 해 드렸다.

"아버지 걱정 마세요. 이미 벌어진 일은 어쩔 수 없는 거고요. 그리고 저도 이젠 더 놀랄 일 없을 것 같아요."

아버지가 웃는 것도 찡그린 것도 아닌 애매한 표정을 지었다.

실제로 어울려 보니 높은 사람들이라고 다 무섭고 위험한 건 아니었다. 그야 전생의 관점으로 보면 그들은 평범한 생활에 대한 공감 능력이 조금 떨어졌다. 하지만 반대로 그들의 입장에서 보면 내가 이상한 거다.

어쨌든 황족이라고 해서 우리랑 어마어마하게 다른 존재는 아니었다. 사람 자체는 나쁘지 않았다. 오히려 내가 질색하는 모습에 배려를 해 주거나, 해를 끼치지 않으려 신경 써 주었다.

"그래. 더 놀랄 일이 없을 것 같지. 그럴 것 같은데 어쩐지……. 아니다. 없었으면 좋겠구나."

아버지의 기운 빠진 음성에 못미더운 감정이 가득 들어 있는 것 같지만 내가 해 줄 수 있는 건 하나뿐이다. 걱정 말라고 아버지의 손등을 토닥여 주는 것뿐.

내가 황제를 만날 것도 아니고 황태자비님이면 만날 수 있는 폭탄을 충분히 다 만난 거다. 잠시 내 손과 내 얼굴을 번갈아 응시하던 아버지는 그제야 입가에 희미한 미소를 걸었다.

아버지가 이렇게 넘어갈 것 같아 안도하려는 찰나.

"그래도 조심하자구나. 네가 나설 일이 아닌 건 알지?"

아버지가 단호하게 말씀하셨다. 눈빛을 부리부리하게 빛내며 여지없다는 신호를 주시는 아버지 때문에 힘없이 고개를 끄덕였다. 아무리 내 고집대로 살아가는 나라도 아버지에겐 키르 때처럼 화를 내지 못하겠다.

"조심할게요."

내 확답을 듣고 나서야 아버지가 오랜만에 내 머리를 쓰다듬어 주셨다. 착한 딸 노릇은 참 힘들었다.

대공저에 나를 내려 주신 아버진 다시 황궁으로 향하셨다. 그리고 결국 그날은 저녁 늦게까지 아무도 돌아오지 않아 난 먼저 자야 했다. 대신 다음날 아침, 일찍 키르를 붙잡았다.

"어제 일 어떻게 됐어?"

키르의 방문이 열리는 소리에 벌떡 일어나 움직인 터라, 키르에게 질문하는 내 목소리에는 잠이 덕지덕지 묻어 있었다. 바삐 걸어가려던 키르가 내 목소리를 듣고 멈춰 돌아왔다.

"졸리면서 왜 나왔어?"

키르가 다가와 내 뺨을 쓰다듬었다. 키르의 손길에 더 나른해지는 것 같아 손을 치우고 품으로 파고들었다. 키르는 자연스럽게 날 받아들였다. 내 침대만큼 포근하고 안락했다. 천국이로구나. 키르의 가슴에 머리를 기대며 답했다.

"어제 일 궁금해서."

어제 재판장에서의 대화는 추론일 뿐이었다. 사실 마녀의 저주도 같아 보인다 뿐이지, 실제로 같은 저주가 아닐 수 있었다. 그럼 황태자비님의 재판은 그대로 진행될 거다.

나는 자세한 내부 사정을 알고 싶은 게 아니다. 단지 마녀의 저주가 같고, 그래서 범인이 따로 있음을 알고 싶을 뿐이다.

키르의 손이 내 등을 토닥였다. 가뜩이나 졸린데 더 자라는 신호인가 싶어 고개를 들었더니 이마에 입술이 닿았다. 씻지도 않았는데 입술이 닿은 게 낯간지러워 다시 키르의 품에 고개를 묻었다.

이 와중에 우리 깨알같이 애정 행각을 벌이고 있구나. 나도 점차 위기 의식이 없어지는 느낌이다.

잠시 나를 안고 있던 키르가 질문의 답을 주었다.

"같은 저주가 맞아."

그제야 몽롱하던 정신이 찬물을 맞은 듯 확 깨었다. 나는 키르를 밀어

내며 몸을 바로 했다. 바랐던 일인데, 막상 확인받으니 어쩐지 심란했다.

"내일 다시 열리기로 한 황태자비의 재판에서 무죄가 증명될 거야. 그러니까 걱정하지 말고 들어가서 자."

범인이 따로 있다면 그렇게 될 테니 그 점은 크게 신경 쓰이지 않았다. 다만, 앞으로 키르가 고생할 게 걱정인데. 내가 올려다봤더니 키르가 미소를 지었다.

그러고 보니 오늘도 멋지네. 황궁에 드나들기 위해 아침 일찍 정복을 차려 입은 키르는 오늘도 잘생겼다. 나는 키르의 허리춤을 붙잡고 까치발을 한 뒤 뺨에 입을 맞췄다. 살짝 놀란 듯한 키르가 이내 환한 미소를 지었다.

"내일 열리는 재판에도 갈래?"

결과가 나온 일이라 그런지, 키르가 선뜻 권했다.

"그래도 돼?"

"네가 그러고 싶다면."

"알았어. 내일도 사고 절대 안 칠게."

키르의 배려가 고마워 내가 먼저 그가 신경 쓰는 부분을 맹세했다. 그러자 키르가 웃음을 터트렸다. 진심으로 웃는 그 모습에 내 걱정도 조금 옅어졌다.

* * *

다음날 재판 시간에 맞춰 키르와 함께 움직였다. 이번에도 일찍 자리를 잡았다.

뒤늦게 도착한 아버지가 나를 잠시 봤지만 황태자비님과 내 관계를 생각해서 그런지 이틀 전처럼 무시무시한 눈빛을 보내지 않았다.

다만 가끔 몸을 돌려 나를 보시다가 눈동자가 옆으로 굴러가 키르를 노려보는 것이 키르가 내 옆에 있는 걸 탐탁지 않게 여기시는 것 같았다. 그래도 아버지가 키르에게 당장 떨어지라고 날뛰지 않는 이유는 키르가 내 확실한 '신분 보증패'라서 그럴 거다.

최근 황궁의 경계는 최고조로 올랐다. 황자들이 연달아 죽었으니 당연하다. 오늘은 입궁할 때 무려 여섯 번의 신분 확인 절차를 거쳤다. 그만큼 다들 날카로웠다.

그러니 어설프게 혼자 다니다가 안 좋은 일에 연루될 바에 확실히 힘이 되어 줄 키르를 옆에 두는 게 낫다고 여기는 것 같았다. 그러고 보니 큰일이다. 얼른 아버지한테 우리 사귀는 거 말씀 드려야 하는데.

황태자비님과 내가 친구라고 밝혔을 때의 아버지는 의외로 심약한 모습을 보이셨다. 그래서 혹시 사실을 아셨을 때 아버지가 키르를 죽이겠다고 나서는 게 아니라, 기절하실까 봐 말을 못하겠다. 죽이겠다는 것도 문제긴 하지만.

그리고 그 와중에 나는 갈수록 키르가 더 좋아져서 큰일이다. 어린 시절 그렇게 거부했던 것과 다르게 요즘은 그냥 키르가 좋았다. 이렇게 봐도 예쁘고, 저렇게 봐도 예쁘고. 나도 모르게 흘긋대다가 눈이 마주치면 살짝 눈웃음을 치는 게 참 요사하게 예뻤다.

이런 게 바로 애정의 콩깍지인지, 옆에 있으면 닿고 싶어서 손이 근질거릴 정도였다. 재판을 앞둔 상황이라 이렇게 여유로울 때가 아닐 때조차 말이다. 황태자비님의 무죄가 밝혀질 게 확실해지니까 자꾸 안일해진다.

정신 차리자. 저번 재판 때 겪지 않았는가. 재판은 끝날 때까지 끝나는 게 아니다. 이번에 또 어떤 사건이 터질지 모른다. 스스로에게 그렇게 말하며 나는 키르에게 분산되려는 정신을 집중했다.

참관자 대부분은 이틀 전과 같은 인물들이라 들어서는 얼굴들이 낯익었다. 아직 재판 전이라 다들 아는 정보를 나눴다.

"2황자가 봉변을……."

"이번에도 마녀의 저주……."

"그럼 황태자비는 무죄……."

그래도 재판장이라 다들 소곤거려서 무슨 내용인지 끝까지 들리지 않았다. 하지만 가끔 들리는 단어에서 무슨 말을 하고 있을지 짐작되었다.

……어라? 난 옆에 앉은 키르의 소매를 당겼다. 조용히 할 이야기가 있다는 신호를 알아들은 키르가 고개를 내 쪽으로 기울였다. 나는 그런 키르에게 손으로 입을 가리고 작게 속삭였다.

이렇게 해도 아버지 같은 사람은 다 듣겠지만. 이거 무서워서 말을 하고 살 수 있으려나 모르겠네. 이제 혼잣말도 조심해야겠다.

"두 번째 사건이 벌써 귀족들한테 전부 공개된 거야?"

누가 들을 걸 계산해 나는 단어를 조심하며 물었다. 사실 연쇄 살인 사건인데 이틀 만에 이렇게까지 소문이 퍼진 게 이해가 안 갔다. 특히 황족의 죽음과 관련된 일이다. 남은 황족의 목숨이 위험할 수도 있다. 그런 상황에서 소문이 너무 빨리 퍼진 것 같았다. 더 극비로 수사를 해야 하는 거 아닌가?

"전부는 아니야. 하지만 피해자가 누구인지, 사인은 뭔지 정도는 알렸지."

그걸 왜? 피해자는 그렇다 쳐도 사인까지? 놀라 바라보다 키르의 단호한 시선에 무슨 의도인지 알아챘다. 그래야 이번 재판에서 황태자비님이 이 사건의 범인이 아님을 알렸을 때 모두가 납득할 테니까. 일부러 소문을 더 퍼트렸구나.

어쩐지 이틀 전보다 재판장 분위기가 가볍더라니. 그제야 이곳에 있는 참관자들 대부분이 황태자비님이 이 사건의 범인이 아님을 짐작하고 왔음을 알 수 있었다.

그때, 갑자기 재판장이 크게 술렁거렸다.

"저분이 어째서……."

"왜……."

"갑자기……."

웅성거림이 커졌다. 누군가의 등장으로 분위기가 반전된 것을 느끼고 입구 쪽으로 시선을 돌렸던 난 깜짝 놀랐다. 당혹스러워 '네가 거기서 왜 나와?'라는 생각만 들었다.

사실 저 사람은 황궁에 사는 존재니까 의외의 인물은 아니다. 그런데 아는 얼굴에 썩 유쾌하지 않은 인연까지 겹쳐져 있는 사람을 만나게 되니 어색했다. 저 사람에게도 여긴 편한 곳이 아닐 텐데, 왜 이런 자리에서 만났담.

내가 껄끄러움에 슬그머니 시선을 내리던 순간 하필이면 눈이 딱 마주치고 말았다. 날 발견한 남자도 한눈에 날 알아본 모양인지 눈을 휘둥그렇게 떴다. 그리고 그는 반가운 사람을 만난 사람처럼 희미한 미소를 입가에 단 채 내 쪽으로 걸어왔다.

오지 마! 우리 그런 사이 아니잖아!

걸음을 옮기는 남자에게 사람들의 시선이 따라 붙었다. 그래서 더 부담스럽다. 내 착각일 거라고, 제발 그런 거라고 속으로 빌었지만 남자는 굳이 내 옆자리를 차지했다. 다행히 남자가 바른 자세로 앉아 주변을 둘러보자 남자를 바라보던 사람들은 고개를 돌릴 수밖에 없었다. 뒤돌아서까지 구경하는 건 예의가 아니었으니까.

사람들의 관심이 떨어져 나가자 남자가 슬쩍 내 쪽으로 몸을 기울였다.

"오랜만이야."

고귀하신 분이 먼저 해 준 인사에 나는 차마 답하지 않을 수 없었다.

"오랜만에 뵙습니다. 황자님."

내게 뺨을 두 번이나 맞았던 제일런 황자가 반갑다는 얼굴을 했다. 이 남자를 여기서 보게 될 줄은 꿈에도 몰랐다. 만약 범인의 목적이 차기 황제 자리라면 이 남자 또한 유력한 용의자였다.

그런 사람이 재판장에 나타났다는 건, 본인은 찔리는 게 없다는 소리인가? 지금 상황이 복잡해서 아무것도 모르겠다.

"황태자비가 걱정돼서 온 건가?"

이분도 성격 참 특이하다. 굳이 좋은 인연도 아닌데 내게 먼저 말을 걸고 싶을까?

"네."

난 더 말 걸지 말라고 떨떠름한 감정을 표정으로 내비쳤다. 하지만 제일런 황자는 꿋꿋했다.

"나도 더는 모른 척할 수 없어서 왔어. 그래도 아는 사람을 만나서 다행이네. 나도 여긴 처음이라 긴장됐거든."

"아, 네……."

내 썩은 표정 못 봤니? 말 걸지 말라는 의미잖아. 차마 내뱉을 수 없는 말을 삼키는데, 키르의 팔이 뒤에서 뻗어 나와 내 어깨를 감싸 당겼다. 그래서 내 몸은 얼떨결에 키르에게 안기며 기대게 되었다.

"키르?"

내 놀란 목소리를 들었을 텐데, 키르의 답은 내가 아니라 제일런 황자를 향해서 나왔다.

"오랜만입니다. 제일런 황자님."

키르의 목소리가 귓가에서 위협적으로 울렸다. 전혀 반가움을 느끼지 않는 듯한 목소리를 제일런 황자도 느꼈나 보다.

"어? 라인폰트 대공자도 있었군. 오랜만이네."

제일런 황자의 당황하는 목소리를 듣고 나 역시 발끈할 수밖에 없었다. 아니, 키르를 지금 발견했다는 듯한 저 태도는 뭐야?

재판장을 둘러보면 제일 먼저 알아봐야지! 난 한눈에 알아 봤으면서 키르의 이 미모를 한 번에 알아보지 못한 게 말이 돼? 딱 보는 순간 찬란해서 눈이 먼저 가잖아! 응? 예뻐서 막 쓰담쓰담하고 싶어지는 저 미모를 몰라봤다는 게 말이 되냐고!

내가 속으로 씩씩거리는 사이 키르의 손이 나를 더욱 바짝 당겼다.

"황자님이 공식 석상에 잘 나타나지 않은 탓이지요."

"그런 자리 불편해서 잘 나서지 않는 거 알지 않는가."

다 알면서 왜 그러냐는 제일런 황자의 돌려 말하기였다.

"그런 분이 여긴 어쩐 일이십니까?"

"아무래도 사건이 심상치 않아서 말일세."

제일런 황자의 표정이 잔뜩 굳었다. 제일런 황자가 범인이 아니고, 황족을 노린 연쇄 살인이면 그의 목숨도 위험하다. 아무리 주변에 관심이 없어도 제 목숨 소중한 줄은 안다. 그런데도 파벌이 없는 그는 딱히 정보를 얻을 길이 없어서 직접 여기까지 나온 거겠지.

그러고 보면 황태자비님이 무죄로 증명되고 운이 나쁘면 제일런 황자가 범인으로 몰릴 수도 있겠다. 이 사람 또한 뒷배가 없으니까. 그런 걸 생각하자 나도 모르게 연민이 생겼다.

"그래도 아예 귀를 막지는 않으신 모양입니다?"

키르의 말은 꼭 비꼬는 것처럼 들렸다.

"귀가 막혀도 들릴 만한 일 아닌가?"

물론 황자도 만만치 않지만. 잠깐 침묵이 이어지는 것이 키르가 황자를 노려보는 중인 것 같았다. 그래도 황자가 자기 살길 찾겠다고 발버둥 치는데, 키르는 까칠하기만 했다. 괜히 어색해진 공기에 난 눈치만 봤다.

"그런 분이 아렌은 어떻게 알게 된 겁니까?"

갑자기 질문이 왜 거기로 튀어. 나도 모르게 숨을 죽였다. 제일런 황자도 답할 말을 찾지 못한 듯 입을 다물었다.

언뜻 들으면 간단한 질문이다. 하지만 말도 안 되는 우연이 겹쳐 이루어진 우리의 만남을 설명하기란 참 힘들었다. 심지어 전혀 좋은 인연이 아니었다. 첫 만남부터 뺨 맞은 이야기를 어떻게 하겠는가.

아무리 사고가 정상적이지 않은 황자라도 그건 알 거다.

황자가 답하지 못하고 시선을 내게로 보냈다. 네가 좀 어떻게 해 봐, 하는 의미 같았다. 아, 그러지마! 나도 말할 수 없다고.

가뜩이나 키르는 내가 다른 사람 뺨 때리는 거 싫어했는데. 어쩐지 그건 지금도 마찬가지일 것 같았다. 제일런 황자가 답을 넘기듯 내 쪽으로 시선을 던지자 키르의 칼날은 내게 돌아왔다.

그때 키르의 입술이 내 귀 가까이에 붙었다. 그 야릇함에 나는 흠칫 몸을 떨었다. 날 꽈악 안는 팔의 힘이 느껴졌다. 그 순간, 더 몸을 떨게 만드는 나직한 목소리가 들렸다.

"아렌, 공식 석상에도 잘 나타나시지 않는 분이랑은 어떻게 아는 사이일까?"

키르의 목소리가 신경질적으로 귓가에서 울렸다. 잔뜩 짜증이 담긴 음성에서 그의 분노가 고스란히 느껴졌다. 오랜만에 보는 키르의 태도에 내 심장이 콩닥콩닥 뛰었다. 조심해야 한다. 이건 '막돼먹은 키르'가 나오기 직전의 음성이다.

"응? 별거 없는데……."

내 대답이 마음에 들지 않았나 보다. 키르의 손이 음습하게 나를 당겼다. 지옥으로 끌려가는 기분이다. 분명히 어제 아침만 해도 천국 같다고 여겨지던 품인데, 왜 이렇게 불편하지. 내가 벗어나려고 꼼지락거리자 키르의 목소리가 더욱 낮아졌다.

"그러니까, 그 별거 없는 게 궁금하네. 황자님은 말씀 못하시는 것 같으니까. 네가 설명해 봐."

부드러운 목소리가 오싹하게 들렸다. 더 신경질이 난 상태다. 키르의 기분이 왜 이렇게 기분이 급속도로 나빠졌지? 본능적 위기감에 맹수 앞에 선 소동물로 빙의해 갈 때였다.

그 순간 벼락같이 어떤 생각이 머릿속을 스치고 지나갔다. 어쩐지 이 상황이 익숙한 일 같았다.

언젠가 이런 비슷한 일이 있었다. 언제지?

……아! 확실히 전에도 이런 날카로운 키르를 본 적 있었다.

난 괜히 죄책감 들고, 키르는 나긋하지만 화를 냈던 그때. 금방이라도 상대를 향해 달려들 것 같던 키르의 상태! 바로 아드리안 님의 에스코트를 받던 나를 발견했을 때였다. 그때도 키르는 이런 목소리를 냈다.

키르, 너 질투하는구나!

소심하게 옹송그려지던 마음이 사르륵 녹아내렸다. 좋아할 상황은 아닌데 왜 멍청하게 입꼬리가 올라가는 줄 모르겠다.

우리 키르, 또 질투 하는구나. 아무리 화났어도 조심해야지. 난 왜 이렇게 자꾸 품으로 잡아 당겨. 더 안았다간 네 무릎 위에 올라타겠어. 그만 당겨. 우리 밖이야.

실실 바보 같은 웃음을 흘리던 나는 어떤 불길한 느낌을 받았다. 내가 아주 중요한 일을 잊고 있음을. 뺨이 뚫릴 것 같은 시선이 느껴져 눈을 돌렸다. 아니나 다를까, 저 앞쪽에서 이쪽을 향해 무시무시한 눈빛을 쏘아 대고 있는 아버지가 보였다.

아버지의 눈동자가 미친 듯이 흔들렸다. 살기와 혼돈이 뒤섞여 어깨까지 달달 떨고 있었다. 이성과 본능을 두고 싸우는 아버지가 보여 나는 키르를 밀어냈지만, 꼼짝도 하지 않았다.

야, 야! 너 황자를 질투할 상황이 아니야. 그러다 아버지한테 맞아 죽어! 아니면 우리 아버지가 혈압 올라 기절하실지도 몰라!

그런 의미로 다급하게 키르의 옆구리를 꾹꾹 찔렀지만,

"가만히 있어. 뭘 잘했다고."

라는 키르의 경고만 들려왔다. 뭐라고 따져야 하겠는데 말을 못하겠다. 아버지가 우리의 귓속말을 엿들을 수 있다는 걸 알고 나니 입을 열 수 없었다.

키르의 질투에 황자의 아는 척, 거기에 아버지의 폭주라니. 이게 무슨 끔찍한 상황이야! 재판보다 더 심각한 위기였다.

그래도 이 말도 안 되는 상황을 정리시켜 준 건 재판이었다.

"곧 재판을 시작합니다. 정숙해 주십시오."

진행 위원이 재판의 시작을 알렸다.

"그만 하자. 나중에 이야기 해."

"나중에 꼭 듣고 말 거야."

이젠 제발 놓으라고 키르의 옆구리를 꼬집고 나서야 손이 풀렸다. 잽싸게 자리를 바로 하자 이를 바드득 간 아버지는 키르를 때려죽일 것 같은 시선으로 노려본 후 몸을 돌리셨다. 아버지가 마지막 이성만은 붙들으셨나 보다.

그래도 큰일이다. 키르는 이제 죽었다. 아직도 아버지가 키르 수련 봐 주는데. 수련하면서 얼마나 두들겨 맞을지…….

걱정스러워서 올려다봤더니 키르는 '네가 뭘 잘했어? 어디서 황자는 꼬셔온 거야?' 하는 시선만 보낼 뿐이었다. 아버지의 분노의 눈빛을 못 느꼈니? 너 자꾸 눈치 없이 그럴래? 다른 일엔 빠릿빠릿하게 머리가 잘 돌아가는 녀석이 왜 이런 일엔 생각이 한쪽으로 고정되는 거야?

내 어이없는 생각은 모르는지 키르의 얼굴은 퉁퉁 부어 있었다. 저만 예뻐해 달라고 떼를 쓰는 '키르 어린이'가 따로 없었다.

결국, 난 몰래 키르의 손을 잡아 줄 수밖에 없었다. 깍지까지 껴서 잡아 주자 멍하니 잡힌 손을 내려다보던 키르의 얼굴이 나른하게 풀렸다. 손을 내려다보며 손가락을 꼼지락거리는 표정이 뿌듯해 보였다.

……풀려도 너무 쉽게 풀리는 거 아니야? 더한 것도 했으면서도 고작 손잡아 준 게 저렇게 좋단다.

나도 모르게 고개를 절레절레 젓고 시선을 돌렸다. 그 순간 제일런 황자와 눈이 딱 마주쳤다. 그는 우리를 보고 있었는지 묘한 표정을 했지만,

재판이 시작되어서인지 말을 걸지는 않았다. 그저 흘긋흘긋 시선을 보낼 뿐이었다.

나도 황자의 행동은 모르겠다 싶어서 관심을 껐다. 지금은 재판이 더 중요했다.

진행 위원의 선언에 재판장에 침묵이 감돌고 저번과 같은 순으로 재판 관련자들이 입장했다. 달라진 점은 하프테리 님이 나오실 때 옆에 다른 젊은 남자도 같이 등장했다는 거다.

귀족의 자제인지 좋은 옷차림을 한 갈색머리에 푸른 눈동자를 가진 이십대 초반의 남자는 자신감이 넘쳤다. 재판 전이라 말을 한마디도 하지 않았음에도 기세 자체가 그랬다.

"스승님 옆에 저 사람 누구야?"

"실론 베스티 남작. 이번에 조사단에 끼어들었지."

그래서 저번 재판엔 저 남자를 못 봤구나.

그래, 아무리 긴장했어도 저런 남자를 보고 내가 그냥 지나쳤을 리 없다. 다른 조사단원들과 다르게 그는 자신감이 너무 과해서 '이 무리의 대장은 나다!' 하는 느낌을 온몸으로 내뿜고 있었다. 하프테리 님과 동등한, 또는 그 이상의 자리를 차지한 듯한 태도였다.

설마, 하프테리 님이 대표 자리에서 잘리신 건가? 고민이 깊어질 시간이 없었다. 뒤이어 황태자비님이 도착했다. 이번에도 달라진 점이 있었다. 바로 아드리안 님도 같이 등장했다는 점이었다.

황태자비님을 걱정하느라 아드리안 님은 까맣게 잊고 있었다. 마음고생이 심했는지 아드리안 님의 얼굴도 썩 좋지 않았다. 그래도 저 미모는 가려지지 않았다.

열심히 아드리안 님을 살피는데 키르가 손을 당겨 눈치를 줬다. 흘긋 보니 뭘 그렇게 열심히 보냐는 듯 탐탁지 않은 시선이었다. 지금 이 순간 질투를 하고 싶냐고. 그런 거 아니라고 눈을 부릅떠 보인 뒤 다시 고개를 돌렸다. 노닥거릴 시간이 있을 정도로 상황이 좋지 않았다.

아드리안 님의 차림은 단출했다. 기사복과 검이 없었다. 묶이지 않았어도 기사들이 딱 달라붙어 안내를 한 것을 보니 황태자비님과 같이 용의자 취급을 받는 모양이었다.

그러고 보니 저번 재판 땐 없었던 아드리안 님이 이번엔 왜 같이 등장했지? 갑자기 불길했다.

"대법관님 들어섭니다."

이번에도 전원 일어서야 해서 잡념에서 깨어났다. 이틀 전에 보았던 대법관이 자리하고 모두 자리에 앉았다.

"지금부터 황태자 살인 혐의로 지목된 피고인 사비나 하르트에 대한 재판을 개정합니다. 한차례 미뤄졌던 재판이라 빠르게 진행하겠습니다. 조사관 대표 말하세요."

대법관의 말에 조사관석에 앉아 있던 실론 베스티 남작이 벌떡 일어섰다. 어? 왜 하프테리 님이 아니라 저 사람이?

하프테리 님은 조사단석에 얼음 같은 얼굴로 가만히 앉아 계셨다. 키르를 돌아보니 그는 알고 있었던 것 같았다. 알면서 알려 주지 않은 거야? 내가 당혹감을 감추지 못하고 있을 때, 실론 베스티 남작이 입을 열었다.

"갑작스럽지만 조사단 대표를 맡게 된 실론 베스티 남작입니다."

대법관뿐만 아니라 모두에게 베스티 남작은 자신이 조사단 대표가 되었음을 알렸다. 그 말에 참관석에 앉은 사람들 몇몇이 몸을 움찔거렸다. 하지만 재판이 시작되었기에 큰 소리를 낸 사람은 없었다.

그건 나 또한 마찬가지였다. 묻고 싶은 게 많은데 방해가 될까 봐 입을 열 수 없었다. 하프테리 님이 조사단 대표 자격을 빼앗겼다고 내가 뭘 해 줄 수 없는 건 맞지만 왜 알리지 않았는지 속상했다.

키르가 얄미워 잡은 손을 빼내다가 다시 붙잡았다. 정면을 주시한 채 단단히 붙잡고 있는 손가락은 풀릴 기미가 없었다. 포기하고 재판에 집중했다. 모든 화는 이따 끝나고 내보낼 거다.

그래도 하필이면 왜 저런 사람이 대표 자리를 빼앗는단 말인가. 조금 더 능력 있는 사람이면 이해하겠는데. 치기로 보일 정도로 오만한 표정을 짓는 남자를 보니 속이 답답했다. 남의 자리를 빼앗고 우쭐해 하는 모습처럼 보여서 더 얄미웠다.

"저흰 얼마 전 충격적인 일을 겪었습니다. 바로 제국의 미래였던 황태자 전하의 죽음이었죠."

하지만 막상 말을 꺼내는 베스티 남작의 목소리는 쓸데없이 과장되지 않았다. 재판장에 들어서며 보였던 오만한 자신감을 잘 갈무리해 드러내지도 않았다. 오히려 또렷한 목소리와 절제된 자신감 넘치는 표정으로 사람들의 주의를 집중시켰다.

"워낙 어마어마한 일이라 바로 조사단을 만들고 조사를 시작했습니다. 그리고 조사 초기 단계에서 살인 사건의 범인으로 바로, 저기 피고인 사비나 하르트를 지목했습니다."

베스티 남작이 황태자비님을 검지로 가리켰다. 아무리 피고인으로 지목되어 재판장에 섰다고 해도, 그녀는 황족이다. 그리고 죄인이라 확정된 상황도 아니었다. 그런 상황에서 저런 행동은 황태자비님을 무시하는 처사였다. 화가 난다. 무례하단 말로 끝날 상황이 아니었다.

"조사단 대표, 죄를 증명하세요."

대법관도 비슷한 불쾌감을 느낀 듯했다. 하지만 그렇다고 여기서 피고인의 편을 들 수는 없었는지 어서 재판을 진행하란 신호를 보냈다. 베스티 남작은 황태자비님이 아니라 대법관을 향해 살짝 고개를 숙여 사죄의 의미를 내보이고 말을 이었다.

"저희 조사단은 피고인의 죄를 증명할 수 없습니다."

이미 다들 알고 있는 사실이라서 그럴까? 죄를 증명할 수 없음을 말하면서도 베스티 남작은 당당했다.

"죄를 증명할 수 없다 함은 재판을 포기한단 말입니까?"

"재판의 포기가 아닙니다. 어쩌다 보니 피고인은 범인이 아님이 증명되었습니다. 다들 아시겠지만 황태자 전하의 사인은 마녀의 저주로 드러났습니다. 그건 아카데미에서 교육을 하시는 현자분이 결론을 내려 주셨으니 확실합니다."

베스티 남작은 이번엔 하프테리 님 쪽으로 시선을 던져 일부러 하프테리 님이 '현자'임을 강조했다.

갑자기 주목되자 하프테리 님의 표정이 살짝 날카로워졌다. 그걸 알아챈 실론 베스티 남작은 아무렇지 않게 입가를 끌어올렸다가 내려놓을 뿐이었다. 다시 사람들을 둘러보는 그는 이렇게 사람들 앞에 나서는 일이 익숙해 보였다.

"그런데 이틀 전, 재판이 열리기 직전 또 다른 사건이 일어났습니다. 바로 2황자 전하의 시신이 발견된 것입니다. 황태자 전하의 죽음과 비슷한 형태로 말이죠. 다급하게 재판을 미루고 조사한 결과, 그건 동일범의 소행으로 밝혀졌습니다."

베스티 남작이 정리하듯 알렸다. 하지만 모르는 사람도 있었는지 몇몇 참관자들이 작게 술렁거렸다.

서론이 너무 길다 싶었는데, 상황을 모르는 사람도 있단 걸 깨달으니 저런 설명이 필요했던 거다. 하긴 아무리 소문이 났어도 살인 사건에 대한 정보를 모두가 쉽게 얻을 수 있는 건 아닐 테니까.

"조사 받는 동안 조사단이 피고인을 감시하고 있었습니다. 의심할 점이 없는 상태에서 다른 사건이 일어났으니 여기 계신 사비나 하르트 님은 무죄임을 알립니다."

베스티 남작이 이번에도 당당하게 알렸다. 억울한 사람에게 누명을 씌울 뻔했다는 미안함은 조금도 없는 것 같았다.

"조사단 측은 피고인이 무죄임을 주장한다는 겁니까? 조사단원 모두

동일한 생각입니까?"

가만히 듣고 있던 대법관이 결론을 내리기 전 확실히 하기 위해선지 한 번 더 물었다.

"네. 그렇습니다. 조사가 미흡하여 피고인을 잘못 지적했음을 알립니다. 죄송합니다."

실론 베스티 남작은 빠르고 단호하게 답하며 이번에도 황태자비님이 아니라 대법관을 향해서 사과했다.

황태자비님이 왜 내게 그렇게 쉽게 마음을 열었는지 알 것 같았다. 그녀는 계속 저런 취급을 받은 거다. 주변에 자신을 이렇게 무시하는 사람들이 넘쳐나는데 누굴 믿겠는가. 난 황태자비님을 경계할지언정 무시하지는 않았고, 그게 그녀에게 달리 와닿았을 거다.

지금 있는 장소가 재판장이라서 그런지 아니면 실론 베스티 남작에게 무시를 당해서 그런지 모르겠다. 황태자비님은 무죄 이야기가 나옴에도 초연해 보였다. 마치 인형처럼 감정을 드러내지 않았다.

"알겠습니다. 조사단의 의견을 받아들여 피고인 사비나 하르트의 무죄를 선언합니다."

조사단이 죄인이라 주장하지 않으니 대법관의 판결은 빨랐다. 결론을 알고 있었다고 해도 무죄 선언이 기쁜 건 기쁜 거다. 손뼉을 치며 응원하고 싶었지만, 키르가 내 손을 잡고 있어서 그러진 못했다.

"이로써 황태자의 살인에 대한 재판은 마치도록……."

"존경하는 재판장님!"

그때, 대법관의 마무리 선언을 가르고 실론 베스티 남작이 외쳤다. 방해가 마음에 들지 않은 듯 대법관의 미간이 좁혀졌다.

"무슨 일입니까? 베스티 조사관."

"전 조사가 미흡하여 피고인을 잘못 지적했다고 했습니다."

그게 무슨 소리냐는 듯 인상을 찌푸리던 대법관의 눈에 이채가 스쳐지나갔다. '잘못 지적했다'는 말은, '제대로 지적할 사람이 따로 있다'는 소리다. 사전에 들은 내용이 없는지 대법관이 표정을 굳혔다.

"그게 누굽니까?"

꼭 이 순간을 노리고 있던 것처럼 실론 베스티 남작의 표정에는 자신감이 넘쳤다.

"이 사건의 새로운 피고인으로 아드리안 페레즈 경을 주장합니다."

아드리안 님? 재판장에 술렁거림이 번졌다. 내가 놀라서 벌떡 일어서려는 순간, 단단하게 잡힌 손이 강하게 당겨졌다. 반사적으로 튀어 오르던 몸을 가까스로 가라앉힐 수 있었다. 키르를 돌아보자 그는 작게 고개를 저었다. 나서지 말라는 신호였다.

그래, 지금 소란을 피워선 안 된다. 참관자가 재판을 방해했다간 쫓겨나고 다신 참관을 할 수 없었다. 일의 진행을 보려면 참아야 한다. 심장이 쿵쾅거렸다.

아드리안 님의 이름이 나온 순간, 황태자비님은 잠깐 움찔했다. 하지만 더 동요를 드러내지 않았다. 아드리안 님 또한 그런 의도로 자신이 불려온 걸 알았다는 것처럼 담담하게 서 계셨다. 이 장소에서 유일하게 베스티 남작만이 여유로웠다.

"굉장히 놀라운 이야기입니다. 지금 재판 도중 피고인을 바꾸겠다는 소리입니까?"

일반적인 일이 아니었기에 대법관이 불쾌감을 드러냈다. 베스티 남작은 건방져 보이지 않을 정도로 고개를 숙였다가 들어 보였다.

"네, 그렇습니다. 사건이 중요해서 급하게 진행 될 수밖에 없었습니다. 양해 부탁드립니다."

베스티 남작의 당당함에 대법관의 표정이 서늘하게 가라앉았다. 대법관의 시선이 느릿하게 재판에 참여하는 사람들을 훑었다.

"다른 조사관들도 베스티 조사관의 의견에 동의하는 겁니까?"

"네, 그렇습니다."

조사관석 쪽에서 동조의 답이 나왔지만, 그건 하프테리 님 옆자리에 앉아 있던 다른 사람의 답이었다. 하프테리 님은 표정을 잔뜩 굳히고 있을 뿐 어떤 뜻도 내비치지 않으셨다.

"재판장님, 이번 사건은 그냥 사건이 아닙니다. 제국의 별이셨던 황태자 전하를 무자비하게 시해한 범인을 잡는 일입니다. 게다가 연쇄 살인범이죠. 이대로 용의자가 활보하게 놔둬선 안 됩니다."

이대로 재판을 끝내선 안 된다고 베스티 남작이 알렸다. 그는 불쾌할 정도로 의기양양했다. 이 재판을 자신이 통제하고 있다고 확신하는 자의 표정이었다. 그런 오만함을 대법관도 읽었는지 표정이 딱딱하게 굳었다.

하지만 베스티 남작의 말도 맞았다. 그냥 사건이 아니라 황족 연쇄 살인과 관련된 일이다. 답은 정해져 있었다. 남작이 자신감 넘쳐하는 것도 당연했다.

"좋습니다. 피고인을 바꾸는 것을 허락합니다."

심각한 얼굴로 시간을 끌던 대법관이 결국 허락했다.

말도 안 돼! 아무리 그래도 재판 도중 피고인이 바뀌는 게 이렇게 쉬워도 되는 거야? 이해할 수 없게 진행되는 재판에 나는 엉덩이를 들썩이는 것 말고는 할 수 없었다. 뭐라고 따지고 싶어서 이를 악물어야 했다.

"재판장님의 현명한 결정에 감사합니다."

허락은 했어도 대법관의 표정이 좋지 않았기 때문에 베스티 남작은 아부를 건넸다.

"그럼, 피고인 아드리안 페레즈의 죄를……."

베스티 남작이 오만한 미소를 베어 물고 아드리안 님을 공격하려 할 때였다.

"단!"

대법관이 베스티 남작의 말을 끊었다.

"갑자기 피고인으로 지목된 아드리안 페레즈 경이 변론할 준비가 되지 않았음을 인정해 재판을 일주일 뒤로 미루겠습니다."

"재판장님! 이 일은 시급을 다투는 중대한 사항입니다."

대법관의 선언에 베스티 남작이 크게 외쳤다. 그의 의도대로 흘러가지 않아 당황하는 것 같았다. 하지만 대법관의 번복은 없었다.

"그동안 아드리안 페레즈 경은 지정된 장소에서 감시를 받을 겁니다. 그가 범인이라면 사건은 더 일어나지 않겠죠. 이로써 오늘 재판을 마칩니다."

그렇게 선언한 대법관은 뒤도 돌아보지 않고 재판장을 벗어났다. 베스티 남작은 분한 표정을 지었다. 그러게 자만심도 적당히 부려야지. 재판장에서 모든 걸 판단하는 대법관 앞에서 왜 저렇게 뻗댔을까. 그럴 상황이 아닌데도 살짝 고소했다.

어쨌든 모두에게 혼란을 준 두 번째 용의자의 등장과 함께 결국 두 번째 재판도 미뤄지고 말았다.

하프테리 님은 대법관이 나가자마자 싸늘한 얼굴로 재판장을 벗어났다. 씩씩대는 베스티 남작을 내버려 두고.

다른 재판 관련자들이 하나 둘 재판장을 벗어나고 참관자들의 술렁거림만 남았다. '뭐야, 어떻게 되어 가는 거야?'라는 소리가 여기저기 들렸다. 다들 종잡을 수 없이 흘러가는 재판에 당황한 듯했다. 나도 진짜 뭐가 어떻게 되어 가는지 모르겠다.

"갑자기 왜 이렇게……."

옆에서 제일런 황자의 허탈한 음성이 들렸다. 아, 이분도 계셨지.

"아렌, 가자."

갑자기 키르가 벌떡 일어나 나를 당겼다. 얼떨결에 나도 따라 일어섰다.

"그럼, 저흰 먼저 실례하겠습니다."

제일런 황자에게 인사한 키르가 누가 쫓아오기라도 하는 것처럼 날 이끌고 재판장을 벗어났다. 난 황자에게 대충 고개를 숙여 보이고 키르를 따라 움직였다.

"뭐야? 왜 그래?"

"너 데려다주려고."

날 데려다주고 다시 돌아올 거 생각해서 서두르는 건가? 혼자 가도 된다고 하려다가 나가는 것도 쉽지 않을 걸 떠올린 나는 얌전히 호의를 받았다. 마차가 출발하자 아까 날 말렸던 키르의 행동이 떠올라 물었다.

"넌 아드리안 님이 범인으로 몰릴 거라고 알았어?"

"걱정 하지 마."

또 설명하다 말지! 그렇게 잘라 말하면 내가 어떻게 걱정을 안 해! 내가 불만의 시선을 보내자 키르가 아차 하는 표정으로 설명을 이었다.

"무고한 황태자비를 피고인으로 지목한 실수에 대한 책임 운운하며 베스티 남작이 조사단에 끼어들었어."

베스티 남작의 행태를 보니 단순히 끼어든 수준이 아닐 거다.

"스승님의 입지가 작아졌단 소리구나."

키르는 고개를 끄덕였다.

"네 스승의 자리를 꿰찼지. 지금 조사단은 베스티 남작의 의도대로 움직여."

"그럴 것 같더라."

그저 황태자비님의 무죄를 증명하고 싶었는데, 그로 인해 하프테리 님이 손해를 보게 되다니. 갑자기 죄책감이 들었다. 내 잘못이 아무 것도 없는 거 아는데, 그냥 내가 하프테리 님께 못할 짓을 저지른 것 같았다.

"베스티 남작도 지금 딱히 확신이 있어서 페레즈 경을 범인으로 지목한 건 아닐 거야."

어라? 방금 내가 참신한 헛소리를 들은 거 같은데.

"무슨 소리야? 증거도 없으면서 아드리안 님을 범인으로 몰았다고?"

"그 사람은 호위 기사니까 황태자비와 같이 마녀를 만났을 거 아니야."

그러니까 첫 번째로 범인으로 만들 수 있는 자의 무죄는 확실하니 두 번째로 범인으로 만들 수 있는 자를 범인으로 지목한 거라고? 그 무슨 멍청이도 하지 않을 수사법이야? 과학 수사대처럼은 아니더라도 좀 확실한 증거를 가져와야 하는 거 아닌가. 수사법이 구려도 너무 구렸다.

"그 논리로 그렇게 당당하게 나섰다는 거야?"

"그러니까 걱정하지 마. 그들이 하는 주장은 어차피 '마녀를 만났다'는 증인의 말뿐이야. 페레즈 경이 황태자와 2황자를 죽일 이유가 없잖아."

그건 그렇다. 가장 중요한 살인 동기가 아드리안 님에게 없었다. 그리고 키르가 왜 저렇게 확신하는지 알겠다.

"증인의 신뢰성을 부수면 된다는 카드를 그대로 쓰면 되는 거구나."

"그렇지. 이제 걱정 없지?"

키르의 말을 돌려 말하면 '네가 나설 일 없지?'였다. 아드리안 님과 아는 사이라고 이번에도 내가 나서겠다고 할 줄 알고 걱정했나 보다. 도대체 나를 뭐로 보고.

"재판에 관여 안 한다고 했지."

나는 키르를 작게 흘겨보며 으르렁거렸다. 몸 좀 나보다 커졌다고 키르가 아주 날 어린애 취급하는 것 같다. 내 대답에 만족스러운 미소를 짓는 키르가 얄미워서 주먹으로 어깨를 때리려 했다. 그러자 키르는 그 손을 잡아채고 뽀뽀 공격을 해 왔다.

"걱정 되니까 그렇지."

뺨에 쪽쪽 입술이 떨어져 내렸다. 이렇게 애정 행각할 때 아니라며 나는 투덜거렸다. 그대로 마차에서 투닥거림인지 꽁냥거림인지 모를 행동을 하다 보니 저택에 도착했다.

"돌아가?"

아까 '데려다준다'는 말이 떠올라 물었다.

"응. 돌아가 봐야지. 쉬고 있어."

키르의 대답에 잘 다녀오란 의미로 뺨에 입을 맞춰 줬다. 키르가 예쁜 미소를 짓고 마차를 출발시켰다. 마차가 시야에서 사라지자 나는 내 방에 돌아와 침대에 몸을 던졌다.

제발 일주일 뒤의 재판은 아무 변수 없이 진행됐으면 좋겠다. 재판장만 가면 폭탄이 하나씩 터지니 참관만 하고 와도 피곤했다.

그렇게 하루가 끝날 줄 알았는데 늦은 밤 황궁에서 돌아온 아버지가 나를 찾았다.

"아렌, 대공자랑 무슨 일 있는 거냐?"

"네? 무슨 일이요?"

아버지의 다급한 목소리에 나도 모르게 더 다급한 목소리로 되물었다.

"아까 재판장에서, 으득, 너무 가깝지 않았더냐. 속삭이는 말도 의미심장하던데."

아버지가 이를 악무는 음성에 정신이 번쩍 들었다. 아드리안 님의 일 때문에 재판장에서의 일은 깜빡했다. 분노로 부들부들 떨리는 아버지의 주먹을 보니 사실대로 말했다간 큰일 날 것 같았다. 놀란 나는 다급하게 머리를 굴렸다.

"제 옆에 있던 사람 때문에요! 그 사람이 자꾸 말 걸어서 키르가 도와준 거예요!"

옆에 앉았던 남자가 찝쩍거린 것 때문에 키르가 도와준 거라고 변명 아닌 변명을 했다.

"정말이더냐?"

아버지의 눈빛이 부리부리하게 빛났다.

"네. 그럼요."

제일런 황자가 말을 걸어서 키르가 그런 행동을 한 거니 거짓말은 아니다. 난 찔려오는 양심을 무시한 채 열렬하게 고개를 끄덕였다.

"그래, 알겠다. 얼른 자거라."

그렇게 말하고 아버지가 방을 나섰다. 그때 '황자 이놈……. 감히 황자 주제에…….'라고 아버지가 중얼거리는 소리가 들린 것 같았다. 내 옆에 앉았던 사람이 제일런 황자임을 기억하시는 것 같은데, 설마하니 이 상황에 황자를 찾아가서 난리 치시지는 않겠지?

심상치 않은 아버지의 분위기에 난 위기를 모면한 건지, 더 큰 위험에 들어간 건지 모를 불안감에 시달렸다. 내가 남 걱정할 처지가 아니었다.

결국 그날, 난 반쯤 뜬 눈으로 잠을 설쳤다.

* * *

시간이 빠르게 흘러 벌써 내일이 아드리안 님의 재판일이다.

그동안 이번 재판에 관해서 대공이나 키르가 딱히 크게 긴장하는 것 같지 않았다. 나도 걱정이 되지 않는 건 아닌데 이상하게 황태자비님 때만큼 걱정이 크지 않았다.

오히려 하프테리 님이 괜찮으실지 걱정이었다. 찾아뵙고 싶은데 재판이 끝나기 전엔 그러면 안 될 것 같아서 참았다. 그저 빨리 시간이 가길 바라면서 재판을 기다렸다.

그렇게 저택에서 습관적으로 책을 뒤적이며 시간을 보낼 때였다.

"아가씨, 손님이 오셨습니다."

집사님이 찾아와 손님의 방문을 알렸다. 내 인간관계는 처참할 정도로 비좁아 날 찾아올 사람이 없을 텐데.

"누군데요?"

"오웬 남작이랍니다."

"오웬 남작이요?"

그게 누구지? 들어는 본 것 같은데…….

"모르는 사람인 것 같은데 만나지 않을……아니요! 만날래요! 만나야 해요!"

거절하려 할 때 옛일이 번뜩 머릿속을 스쳐지나갔다. 오웬 남작! 황태자비님이 처음 현자의 서재를 찾아왔을 때 사용한 가명이었다. 이걸 어떻게 잊고 있었지? 큰일날 뻔했다.

그것보다 황태자비님이 이젠 외출이 가능하신 걸까? 아니다. 아무리 변장을 해도 지금 상황에 황태자비님이 움직이긴 힘들 거다. 그래도 황태자비님이 직접 온 게 아니라고 해도 그녀가 보낸 사람일지도 모른다. 내 열렬한 시선의 의미를 알아챈 집사님이 답을 알려 주었다.

"1층 응접실에 모셨습니다."

"알려 주셔서 감사해요."

서둘러 응접실로 달려갔다. 마음이 급해서 예의는 생각지도 못하고 문을 열었다. 그리고 안에 앉아 있는 사람을 보는 순간 '악!' 소리를 낼 뻔했다. 예상했던 인물이 아니었다. 오히려 부담스러운 존재였다. 나는 제발 아니길 바라는 마음을 담아 상대를 불렀다.

"황자님?"

"쉿, 지금은 그렇게 부르면 안 되지. 오웬 남작인데."

제일런 황자의 검지를 세우고 한쪽 눈을 찡긋거리는 행동에 온갖 욕설이 떠올랐다. 쉿은 뭔 놈의 쉿이야. 너야말로 날 찾아오면 안 되지. 여기가 어디라고 와. 속내를 삼키며 재빨리 응접실 문을 닫았다. 그리고 앞으로 구르듯이 달려가 소리 죽여 물었다.

"여긴 왜 오셨어요?"

우리가 서로 집을 찾아올 사이는 아니잖아?

"손님 대접이 영 아니네."

내 경악한 심정을 모르는 건지, 모른 척하는 건지 제일런 황자가 너스레를 떨었다.

"정체를 속이고 온 사람은 손님 아닌데요. 빨리 본론만 말하세요. 무슨 일로 절 찾아오셨어요?"

제일런 황자가 대공이나 키르를 만나러 온 거라면, 나도 이렇게 당황하지 않았을 거다. 하지만 집사님이 '날 찾아온 손님'이라고 했으니 제일런 황자의 용건은 내게 있었다.

그런데 아무리 생각해도 제일런 황자가 내게 무슨 용건이 있는지 모르겠다. 어쩐지 예감이 좋지 않았다. 그래서 난 일부러 불편함을 숨기지 않았다. 팔짱을 끼고 날 빤히 보던 황자가 한숨을 쉬었다.

"알았어. 본론을 꺼내지."

지금 입을 열면 뭐든 말하고 빨리 꺼지세요, 하고 곱지 않은 말이 나올 것 같아 나는 얼른 말하란 눈빛만 보냈다. 내 시선에서 그런 불손함을 읽은 것처럼 나를 응시하던 제일런 황자가 입을 열어 폭탄을 던졌다.

"내일 열릴 재판에서 영애가 증인이 되어 달라고 부탁하러 왔어."

황자가 내게 요구한 일은 의외였다. 이해가 가지 않아 눈을 깜빡이며 황자의 설명을 기다렸지만 그는 내 대답을 기다리고 있었다.

"갑자기 그게 무슨 소리예요? 제가 증인이라니요?"

"말 그대로야. 페레즈 경을 옹호할 증인이 되어 달라는 소리지."

딱히 두 사람의 친분이 깊은 것 같지 않은데. 제일런 황자가 날 갑자기 찾아와 왜 이런 걸 요구하는지 알 수 없었다. 선뜻 답할 수 없는 일이라 입을 다물었다. 제일런 황자의 차분한 눈동자가 내 반응을 살폈다. 끝까지 답을 듣겠다는 의지가 엿보였다.

그게 부담스러워서 계속 침묵할 수는 없었다.

"무슨 증언을 해 달라는 건지 모르겠습니다."

"페레즈 경은 황태자비와 같이 마녀를 만났기 때문에 범인으로 몰린 거네."

키르에게도 들었던 말이라 놀라지 않았다.

"……그게 제가 증언을 해야 하는 것과 무슨 상관인가요?"

"영애는 그 마녀를 같이 만나지 않았나?"

제일런 황자가 내려치듯 단호하게 말했다. 그는 알고 온 게 분명했다. 나 때문에 두 사람이 마녀의 뒷골목에 방문했으며, 그 때문에 의심을 받았다는 걸. 무릎 위에 올려진 손을 꼭 쥐었다.

"페레즈 경이나 황태자비는 스스로 마녀를 찾아갈 인물들이 아니지. 그래서 알아봤더니 거기에 영애도 있더군."

내가 간신히 외면했던 죄책감을 제일런 황자가 건드렸다. 이번에야말로 난 아무 말도 할 수 없었다. 비겁하게 나 혼자 안전한 곳에서 두 사람을 외면하고 있었던 건 사실이니까. 짓씹듯 입술을 깨물었다.

"영애의 잘못은 아닐세. 주변에서 나서지 말라고 말렸겠지. 특히 라인폰트 대공자가."

제일런 황자의 눈이 가늘게 변하며 '그렇지 않나?'라고 속삭이듯 덧붙였다. 심장이 쿵 떨어졌다. 황자의 목표가 키르인 걸까? 아찔하게 흔들리는 정신을 다잡았다. 황자가 무슨 생각인지 모르는 상황에서 빌미를 줄 만한 말은 조심하는 게 좋다.

"전 남의 말에 쉽게 휘둘리지 않습니다."

키르가 날 말린 건 아니란 걸 강조하다 보니 딱딱한 목소리가 나갔다. 뭘 노리는지 모르겠지만 나 때문에 키르에게 피해가 가는 상황은 막아야 했다.

"그럼, 증언해 주게. 소신껏."

제일런 황자의 입가엔 온화한 미소가 매달렸다. 하지만 눈빛만은 냉정했다.

"지금 저더러 증언하라고 명령하시는 건가요?"

"그건 아니네. 난 힘없는 황족이라 명령은 하지 못하지."

가볍게 손을 터는 모습이 정말 명령은 아니란 것을 알리고 있었다. 강압은 아니다. 그러니까 자발적으로 나서서 증언하라. 오히려 더 무시무시한 말이었다.

마음이 무거워졌다. 결정을 내리기 전에 짚고 넘어갈 점이 떠올랐다.

"이런 부탁을 하신다는 건 황자 전하는 범인이 아닌 건가요?"

내 질문이 의외였는지 제일런 황자의 눈이 튀어나올 듯 커졌다.

"아니지! 영애는 내가 범인임을 의심하면서 만난 건가? 그리고 내가 범인이면 찾아왔겠어?"

제일런 황자는 억울한지 살짝 따지는 듯한 어조를 사용했다. 내가 봐 온 바로 제일런 황자가 그런 큰 그림을 그리지 못할 사람임은 알지만 사람 일은 또 모르는 거 아닌가. 의외로 저런 허술한 모습이 다 본모습을 숨기기 위한 거짓일지도.

"다들 쉬쉬해서 그렇지, 사실 가장 의심이 가는 용의자는 황족이잖아요. 뭐 찾아온 이유는 다른 꿍꿍이가 있어서 일 수도 있겠죠."

내 덧붙임에 제일런 황자가 기가 막힌다는 한숨을 쉬었다.

"영애가 우리 황가를 어떻게 보는지 알겠네. 물론, 내 핏줄이란 분들이 황위에 욕심이 많지만 그런 짓을 저지를 사람들은 아니야."

그제야 내가 말을 너무 심하게 했나 눈치가 보였지만 이미 말한 터라 어쩔 수 없었다.

"황위 싸움이 워낙 치열하니까. 과거엔 그런 일이 종종 있었어. 하지만 지금은 아니야. 밖으론 알리지 않았지만 내부적으로 우리끼린 그럴 수 없는 이유가 있어. 그런 멍청한 일을 저지를 사람들이 절대 아니라고."

제일런 황자가 변명처럼 알려 왔다. 말하면서도 노골적인 단어는 피하는 걸 보니 형제를 죽이는 일을 끔찍한 일로 인지하고 있는 것 같았다. 게다가 저렇게 자신의 형제는 아닐 거라고 단언하는 걸 보니 만약 형제를 해친 걸 들키면 심한 제재가 있는 것 아닐까 싶었다. 가정사야 자세히 알 수 없는 것이고.

황족 내부의 황위 싸움이어도 문제지만 아니어도 문제다. 범인의 범위가 너무 넓어지니까. 그리고 황족 내부 싸움이 아니라 쳐도 제일런 황자가 이번 요청은 왜 하는 건지 더 알 수 없었다.

황자가 아드리안 님을 도와서 얻는 것이 있을까? 그가 아니라면 다른 이득을 얻을 사람이 있나? 혹시…….

"그럼, 이건 황태자비님의 부탁인가요?"

제일런 황자의 눈이 크게 떠졌다.

"아니, 왜 그런 생각을 했지?"

"가명이요."

오웬 남작. 황태자비님이 외유할 때 사용하던 가명을 이용해 황자가 날 찾아왔다. 어쩌면 이건 그녀의 은밀한 부탁일지 모른다는 생각이 자꾸 들었다. 그래서 혼란스러웠다. 본인이 피고인으로 재판장에 설 땐 증언해 달라는 부탁이 없었던 황태자비님이 아드리안 님 일엔 부탁을 했다는 게 의아했다. 내 사람만은 구하겠다는 간절한 마음인가?

하지만 제일런 황자는 고개를 가로저으며 내 생각을 부정했다.

"오웬 남작의 이름을 대면 영애가 만남을 거부하지 않을 것 같아서 사용했어. 딱히 황태자비에게 부탁을 받은 건 아니야."

황태자비님이 청한 게 아니라고 하니 긴장이 풀리면서도 한편으로 미묘한 감정이 넘실거렸다.

"순전히 내 판단으로 지금 영애를 찾아 왔지. 페레즈 경에게 도움이 될 테니까."

제일런 황자는 내게 생각할 시간을 주겠다는 것처럼 소파에 등을 기대며 자세를 느긋하게 했다. 한편 나는 이 생각 저 생각이 뒤엉켜 머릿속이 복잡했다. 그리고 마음 또한 편치 않았다. 쉽게 생각할 문제가 아니었다. 그래서 고민하고 또 고민했다.

진지하게 어떤 게 최선일까 생각하던 나는 결론을 내렸다. 그러자 변화한 내 시선을 눈치챈 제일런 황자가 먼저 물어왔다.

"결론을 내렸나?"

"네."

그는 딱히 초조하게 나를 응시하지 않았다. 답을 알고 온 사람 같았다. 그래서 나 역시 황자의 눈을 피하지 않고 또박또박 내 의사를 전달했다.

"전 증언하지 않겠습니다."

예상 외의 대답이었는지 제일런 황자가 기댔던 몸을 다급하게 일으켰다. 그의 얼굴엔 믿기지 않다는 감정이 떠올랐다. 역시 그는 내가 이런 제안을 받으면 당연히 증언을 할 거라고 생각하며 찾아온 거였다.

"어째서?"

"제가 증언한다고 무죄가 증명되는 건 아니니까요."

황자의 의문에 나는 담담하게 답했다. 그게 더 황자를 어리둥절하게 했나 보다.

"영애는 현자의 제자로 꽤 신뢰할 수 있는 신분이야."

"네. 하지만 제 말이 절대적으로 받아들여질 정도는 아니지요."

내 대답에 제일런 황자의 얼굴에 복잡한 감정이 떠올랐다. '명령'이 아니라, '부탁'을 하러 왔기 때문에 아무 말 하지 못하는 거겠지. 그래서인지 날 보는 시선에는 책망의 감정이 들어 있었다.

나도 직접 나서지 못하는 점에 속이 쿡쿡 쑤셨지만, 이게 옳은 결정이라고 믿었다. 만약 황태자비님이 부탁했다면 이런 결정을 하지 않았을 거다. 하지만 나도 내 소중한 사람들과 약속이 있었다.

"변론을 준비하는 측에서 더 나은 방법을 찾을 겁니다. 제가 나서는 건 아닌 것 같아요."

차마 황자를 똑바로 바라볼 수 없어서 눈을 피했다.

"영애의 뜻이 그렇다면 어쩔 수 없지. 강요하지 않겠어."

볼일이 끝난 제일런 황자가 몸을 일으켰다. 그는 내 결정에 실망했다는 기색을 숨기지 않았다. 쌩하니 뒤돌아 응접실을 나서는 뒷모습을 보던 나는 그 와중에도 질문을 참지 못했다.

"왜 아드리안 님을 도와 주시려고 하는 건가요?"

황자가 걸음을 멈추고 돌아섰다. 그는 무표정이었다.

"아무 사이도 아니시잖아요."

사실 나도 이들을 잘 아는 건 아니다. 제일런 황자와 아드리안 님 사이에 내가 모르는 어떤 연결이 있을 수도 있다. 하지만 드러난 것만 보면 이들은 딱히 깊은 사이 같지 않았다.

전에 어쩌다 셋이 함께 만났을 때, 아드리안 님이 황자를 경계한 것만 봐도 서로 도움을 줄 만한 관계 같지는 않았다. 그래서 황자의 행동이 순수한 호의로 느껴지지 않았다. 그런 점에서 찜찜함이 남아 나는 더 그의 부탁을 들어줄 수 없었다.

"비슷한 처지니까."

비슷한 처지. 황궁에서 몸을 사려야 하며 자기 편 하나 없는. 그런 의미가 들어간 눈빛이 되돌아 왔다. 먼저 재판에서 황태자비님이 겪었던 일들이 떠올랐다. 황태자비님도 그렇게 당했는데 아드리안 님은 더 심한 취급을 받을지 모른다. 하지만 나는 마음을 다잡았다.

"제가 아니라 다른 사람들이 도와줄 거예요."

"과연 그럴까?"

황자의 입가에 삐뚜름한 미소가 생겼다. 내가 봐 온 제일런 황자와 너무나 다른 이질적인 표정이었다. 염세적인 그 냉소에 심장이 철렁했다. 손끝이 차게 식으며 떨렸다. 동요를 숨기기 위해 나는 왼손을 오른손으로 힘껏 눌렀다.

"노력한다고 했어요."

제일런 황자의 눈에 잠깐 '당연히 그랬겠지' 하는 이죽거리는 감정이 떠올랐지만 그걸 입 밖으로 내지는 않았다. 그리고 잠시 나를 차갑게 내려

보던 그는,

"황태자비 때와 같을 거라고 생각하면 오산이야."

그렇게 경고하고 돌아섰다. 제일런 황자가 곧 진행될 재판의 흐름을 어떻게 판단하는지 모르겠다. 그래서 나 역시 변론을 잘 준비했을 거라고, 내가 증언하지 않아도 재판이 잘 풀릴 거라 설명할 수 없었다.

황자가 떠났음에도 난 손을 꼭 잡고 있는 것 밖에 할 수 없었다. 키르가 내게 단언한 대로 확실히 일을 처리해 주기만 빌었다. 약속대로 나는 나서지 않을 거니까.

* * *

"지금부터 황태자 전하와 2황자 전하의 살인 혐의로 지목된 피고인 아드리안 페레즈에 대한 재판을 개정합니다."

대법관이 재판의 시작을 알렸다. 하지만 느리게 좌중을 훑어보는 시선에서 그의 말이 끝나지 않았음이 느껴졌다. 그걸 알아챈 건 나 혼자만이 아니었다. 다들 그런 기색을 눈치챘는지 아무도 움직이지 않았다.

자신에게 집중된 시선을 느낀 대법관이 조사관 대표인 베스티 남작을 바라보며 또렷하게 말했다.

"이번엔 아무 일 없이 재판이 마무리되길 바랍니다."

계속 재판이 미뤄진 것을 지적하는 말에 베스티 남작의 눈동자에 불쾌감이 스쳐지나갔다. 언뜻 들으면 재판이 미뤄진 이유가 조사관을 탓하는 것처럼 들렸기 때문이다. 사실, 굳이 이유를 따지자면 연달아 발생한 변수 때문이라 조사관들만의 잘못은 아니었다.

특히, 첫 번째 재판은 다른 사건이 터졌기 때문에 미뤄진 거니 베스티 남작으로선 억울할 수도 있겠다. 하지만 베스티 남작은 재빨리 그 불쾌감을 감췄다. 저번에 대법관의 심기를 불편하게 해서 재판이 미뤄졌던 걸

상기한 듯했다.

기 싸움을 할 대상이 대법관이 아님을 깨달은 남작이 오만한 기운을 지우자, 대법관은 살짝 너그러워진 시선으로 베스티 조사관을 보며 재판의 시작을 알렸다.

"조사관, 시작하세요."

진짜로 재판이 시작되려 한다. 난 오늘도 내 옆자리를 차지한 키르를 흘긋 봤다. 내 시선을 느낀 키르가 눈을 마주쳐 왔다. 담담한 얼굴을 보자 마음이 무거웠다. 괜찮을 거란 키르의 말을 믿어야 하는데 왜 이렇게 불안한지 모르겠다.

내가 너무 오랫동안 봤는지 키르가 의문을 드러냈다. 작게 입을 벙긋거리며 '왜?'라고 묻는 말에 나는 고개를 저으며 아무것도 아니란 의미로 입가를 끌어올렸다.

의심스러운 시선을 보내는 키르를 내버려두고 다시 정면을 응시했다. 그러자 키르의 시선도 정면을 향해 돌아가는 것을 느낄 수 있었다.

키르가 재판에 집중하자 난 적당히 떨어진 곳에 앉은 제일런 황자를 확인했다. 냉정하게 재판장을 주시하고 있는 비스듬한 옆모습이 눈에 들어왔다.

어제 그런 불편한 대화를 나눴기 때문인지 오늘 재판장에 들어선 황자는 한 번도 내 쪽으로 시선을 주지 않았다. 자리도 멀찍이 떨어져서 앉았다.

오늘은 피고인이 아드리안 님이라서 그런가, 황태자비님 때보다 확실히 참관자들이 적었다. 불안했다. 어쩐지 제일런 황자의 말대로 순탄치 않게 흘러갈 것만 같았다.

"존경하는 재판장님, 피고인 아드리안 페레즈의 죄를 입증하기 위해 증인을 신청합니다."

베스티 남작이 대법관을 향해 요청했다. 여기까진 예상했던 대로다. 증인이 증언을 하고 반박을 한다. 계획을 다시 머릿속으로 되짚어봤다.

"허락합니다."

대법관의 허락이 떨어지자 베스티 남작이 참관석을 향해 몸을 돌렸다. 그리고 나와 딱 눈이 마주쳤다. 그는 눈을 가늘게 뜨고 담담히 입가를 끌어당기며 자신만만한 웃음을 지었다. 그리고 그 순간, 불길함이 등줄기를 타고 관통했다.

"증인으로 저기 계신 아렌다인 에이드 영애를 요청합니다."

베스티 남작의 목소리에 불길함이 실현되었다. 그의 말이 끝나자 재판장에 있는 모두의 시선이 내게 쏠렸다. 물론 대부분의 사람들은 내 이름을 알아듣고 날 쳐다본 게 아니라, 베스티 남작의 시선을 따라 고개를 돌렸을 뿐이지만.

어쨌든 내 존재 알아챈 참관자들이 수군거렸다. 개중엔 '황태자비의 여자'로 소문난 아렌다인 에이드를 알아본 사람도, 아닌 사람도 있었다.

나도 모르게 제일런 황자를 쏘아 보았다. 어제의 대화에서 그가 제대로 납득하지 못했다고 해도 이야기는 잘 마무리된 줄 알았다. '부탁'이라고 말한 주제에 맘대로 안 되니까 이렇게 사람을 억지로 끌어내 버리다니.

하지만 그런 억울함을 토해 낼 수는 없었다. 제일런 황자는 지금 이 상황에 나보다 더 놀라고 있었으니까.

베스티 남작과 날 번갈아 보던 황자는 나와 눈이 마주치자 곤혹스러운 눈으로 고개를 작게 저었다. 부정을 뜻하는 몸짓과 황망한 황자의 표정에 나는 그도 이 상황을 몰랐음을 알아챘다.

키르를 돌아봤다. 그 또한 전혀 짐작도 못했던 일인지 얼굴이 창백했다. 동요를 감추려 불끈 쥔 주먹이 보였다. 경악한 얼굴로 나를 돌아보고 계신 아버지와 표정을 수습하려는 것처럼 보이지만 하프테리 님의 얼굴에서도 동요가 드러났다.

이번에도 베스티 남작만 여유로웠다. 아무래도 지금 이건 그의 독단적인 요청인 듯했다.

"왜 그러십니까? 에이드 영애. 증언이 불가능하십니까?"

베스티 남작의 눈동자가 교활하게 빛났다. 그 눈빛은 '넌 나와서 증언할 수밖에 없어'라고 자신하고 있었다. 내가 거부할 수 있는 일인데, 어째서 저렇게 자신만만할까? 베스티 남작의 자신감이 어디서 나오는지 도무지 알 수 없었다.

"거절합니다. 사전에 요청하지 않았던 일입니다. 증인은 증언을 거부할 권리가 있습니다."

뒤늦게 감정을 정리한 키르가 벌떡 일어섰다. 대법관도 어쩐지 납득하는 것 같았다. 본인이 아닌 대리인이라지만 워낙 거부 의사가 확실해서 그럴까. 아니면 대법관이 키르의 신분을 알아채서 그런 걸지도 모르겠다.

"본인이 원치 않는 것 같은데, 꼭 필요한 증인입니까?"

대법관은 부정적인 분위기로 베스티 남작에게 물었다. 자신만만하게 날 쳐다보던 베스티 남작은 잠시 미간을 좁혔지만 곧 그린 듯한 미소를 지으며 대법관을 향해 자신의 의견을 피력했다.

"에이드 영애는 현자의 서재에서 수학 중인 꽤 신뢰성 있는 증인입니다."

'뜬금없이 내 소개는 왜?' 하고 생각하는 사이 대법관의 눈이 내게 옮겨왔다. 대법관의 변화된 눈빛에 조금 전 그가 왜 부정적인 발언을 했는지 알 수 있었다. 아까는 나를 '듣도 보도 못한 꼬마'라고 생각하던 그는 이제 나를 '능력 있는 꼬마'로 보고 있었다.

어쩐지 대법관의 성향을 알 것 같았다. 좋지 않았다.

"그리고 에이드 영애는 누구보다 이 사건의 정확한 정황을 알고 있는 증인입니다."

베스티 남작이 확신을 가지고 말했다. 난 헛웃음만 나왔다. 내가 알고 있다는 그 '정확한 정황'이 뭔지 나도 궁금해졌다.

베스티 남작의 자잘한 덧붙임에 대법관과 참관자들이 혹한 걸 느꼈다.

그냥 '꼬마'와 '현자의 서재에서 공부 중인 꼬마'는 다른 존재다. 그리고 그냥 '정보'와 '정확한 정황'은 다르니까.

"존경하는 재판장님, 재판장님의 재량으로 에이드 영애를 증인으로 청해 주시면 감사하겠습니다."

베스티 남작이 정중하게 고개를 숙이며 외쳤다. 이 남자는 처음부터 이걸 노린 거였다. 증인은 증언을 거부할 권리가 있다. 하지만 대법관이 직접 증언하길 원했을 때 피하는 건 좋지 않았다.

내가 계속 증언을 거부하면 무언가 숨기는 게 있단 것처럼 느껴질 거다. 그럼 아드리안 님이 더욱 의심을 받겠지.

"증인은 증언을 거부할 권리가 있소. 하지만 에이드 영애가 증언을 해 주시면 좋겠군."

결국, 대법관의 요청이 나왔다. 어떻게 하겠느냐는 대법관의 시선에 나는 안 된다고 할 수 없었다. 내 결정을 알아챈 키르가 어깨를 잡았다. 잔뜩 굳은 눈빛이 약속을 지키라며 애원하고 있었다.

어제 제일런 황자가 날 찾아 왔을 때 이런 상황을 예상했어야 했다. 힘 없는 황자도 알아낸 사실이다. 하프테리 님이 조사단의 행동을 막아 주지 못한다면 내가 얽히는 게 당연했다.

결국 난 키르의 손을 떼어냈다. 보랏빛 눈동자에 허탈함이 번지는 걸 알면서도 외면할 수밖에 없었다.

천천히 일어나 날 보고 있는 베스티 남작을 똑바로 노려봐 주었다. 그 자신만만함이 어떻게 변할지 똑바로 봐 주겠어.

"증언하겠습니다."

베스티 남작의 입가에 승리의 미소가 걸렸다. 내가 결정하자 진행자가 다가와 자리를 안내했다. 나는 대법관 옆의 증인석에 앉았다. 긴장감이 몰려왔다.

키르가 왜 말렸는지 알 것 같았다. 그저 참관자로서 재판장을 볼 때와 앞에서 모두의 관심이 집중된 상황은 엄연히 달랐다. 증언만 하는 것뿐인데, 내가 추궁당하는 것 같은 불쾌감이 들었다.

그 순간 아드리안 님과 눈이 마주쳤다. 한 번도 내 쪽을 돌아보지 않았기에 굉장히 오랜만에 보게 된 눈빛이었다. 원래도 알기 쉬운 사람은 아니었다. 하지만 지금의 아드리안 님은 바짝 메말라 감정을 읽기 힘든 눈을 하고 있었다.

흥분하지 말자, 말려들면 안 된다. 차분함이 중요했다. 내가 마음을 다 잡자마자 베스티 남작이 다가왔다.

"증인석에 앉아 주셔서 감사합니다. 에이드 영애, 선서를 해 주십시오."

나는 베스티 남작이 내민 선언문을 받아들고 읽었다.

"신성한 법정에서 사실만을 말할 것을 선서합니다."

"그럼 질문을 하겠습니다. 에이드 영애, 영애는 피고인 아드리안 페레즈와 같이 마녀의 뒷골목이란 장소를 방문한 적이 있습니까?"

베스티 남작은 처음부터 찌르고 들어왔다. 어차피 사실을 묻는 거라 답은 정해져 있었다.

"네, 있습니다. 하지만 마녀의 뒷골목은 정식으로 인정……."

"그만하셔도 충분합니다. 거기까지는 궁금하지 않습니다."

얄밉게도 베스티 남작이 내 말을 끊었다. 최대한 고심해서 마녀의 뒷골목이 정당한 가게임을 알리려고 했는데 그 의도를 알아채고 막은 것 같았다.

"저도 발언할……."

내 발언권을 주장하려는 순간, 베스티 남작의 과장된 목소리가 끼어들었다.

"사회가 달라져서 최근엔 마녀의 존재를 인정하지요."

내가 아니라 모두를 보며 하는 말이었다.

마녀를 만났단 이유로 아드리안 님을 살인범으로 몰아가는 베스티 남작의 입에서 나올 말이 아니었기에 나도 입을 다물었다. 그런 내 얄팍한 속내를 다 안다는 듯 베스티 남작이 눈으로 웃었다.

"그렇습니다. 누구나 마녀의 가게에서 필요한 물건을 구할 수 있죠. 하지만 이번 살인 사건의 사인이 마녀의 저주임을 부정할 수 없습니다. 그리고 동기가 있는 인물이 마녀를 만났지요."

"이의 있습니다!"

끼어드는 외침에 베스티 남작이 입을 다물었다. 아드리안 님의 변론을 위해 옆에 있던 인물이 드디어 나섰다. 그는 베스티 남작과 비슷한 또래로 보였다. 남작과 열렬한 눈빛을 주고받는 걸 보니 꽤 적대적인 관계인 모양이었다.

"변론인은 말하세요."

대법관이 허락하자 변론인이 앞으로 나섰다.

"조사관은 정황 증거만 나열하고 있습니다. 그리고 피고인은 살인을 할 동기가 조금도 없습니다."

베스티 남작의 눈빛에 이채가 스치고 지나갔다. 심장이 덜컥인다. 그는 이 말을 기다리고 있었다. 내 예상이 맞는지 베스티 남작의 입꼬리가 한쪽으로 비틀려 올라갔다가 내려왔다.

얼른 표정을 감춘 베스티 남작이 반문했다.

"정말 조금도 없습니까?"

베스티 남작의 자신만만한 음성에 변론인은 아드리안 님을 돌아봤다.

"없습니다."

"피고인이 없다고 대답했습니다."

아드리안 님은 조금도 동요가 없었다. 오히려 변론인이 더 흔들린 듯했다. 베스티 남작이 웃었다.

"없긴 왜 없습니까? 가장 추잡한 동기가 있지 않습니까?"

'추잡한 동기'라는 말이 주는 어감이 좋지 않았다.

"조사관 말조심하십시오. 분명히 피고인은 살인 동기가 없다고 말했습니다."

변론인도 같은 생각인지 베스티 남작에게 경고했다. 그럴수록 베스티 남작의 입가에 걸린 미소는 느물거리게 바뀔 뿐이었다.

"저도 있다고 분명히 말씀드렸습니다. 아드리안 페레즈의 살인 동기는 바로, 황태자비와의 내연 관계 때문에 저지른 치정입니다."

베스티 남작이 한 말은 입이 쩍 벌어질 만한 충격적인 발언이었다.

"이의 있습니다! 조사관은 확실하지 않은 일을 사실처럼 말하고 있습니다!"

변론인이 재빠르게 외쳤다. 하지만 이미 들은 말이 사람들의 기억 속에서 사라지지는 않는다. 워낙 충격적인 내용이었기에 사실 여부를 따지기 전에 '정말 그렇지 않을까?'라고 생각하게 될 테니까.

참관자들 사이로 동요가 번졌다. 다들 불쾌감과 호기심을 섞인 목소리로 술렁거렸다. 내연 관계도 큰일이긴 하지만, 귀족들도 쉬쉬하며 애인을 두기 때문에 크게 흠을 잡을 일이 못 되었다. 그걸 탓하면 제 얼굴에 침을 뱉게 되는 거니까.

하지만 지금 퍼지는 충격의 원인은 평범한 내연 관계라서가 아니었다. 황태자비님과 아드리안 님이 사촌 관계였기에 더 문제였다. 하필이면 제국과 테일런의 정서가 다르다는 점까지 합쳐져 더 복잡한 상황이 되었다.

사촌간의 관계를 근친으로 보는 제국은 사촌간의 결혼을 허용하지 않았다. 하지만 테일런은 사촌간의 혼인 관계를 법적으로 인정했다.

그렇기 때문에 참관자들은 말로는 두 사람이 내연 관계가 아니라고 부정하면서도, 은연중에 '테일런 사람이라면 그럴 수 있을 거다'라고 생각을 하게 될지도 모른다.

그렇게 되면 이건 단순한 불륜이 아니다. 제국민의 정서에 불쾌감을 주는 사건이 된다. 불륜에 혈연까지 뒤섞인, 베스티 남작의 말대로 추잡한 스캔들이었다.

그게 사실인지의 여부는 중요하지 않았다. 중요한 건 법정 내의 사람들 마음 속 어딘가에 생기는 거부감이었다. 참관자들뿐만 아니라 대법관의 표정에도 불쾌감이 번졌다. 베스티 남작의 입가에 오만한 미소가 생겼다.

"이 정도 동기에 마녀와 만났다는 증거. 범인으로 상당히 의심스러운 내용 아닙니까?"

전부 정황 증거뿐인데 베스티 남작의 목소리에 확신이 들어가 있어서인지 그럴싸하게 들렸다. 상황엔 흐름이란 게 있었다. 이 흐름은 위험하다. 아드리안 님이 범인일지 모른다는 여지를 남겨선 안 된다. 이 흐름을 끊어야 한다.

"실례합니다."

자신을 중심으로 돌아가는 법정의 분위기를 만끽하던 베스티 남작이 날 돌아봤다. 자신이 상황을 휘어잡았다고 확신하는 눈빛이었다. 저번에도 그런 경솔함으로 일을 망쳤으면서 반성을 모르는 인간이다.

나는 베스티 남작을 향해 입을 열었다.

"딱히 제 증언이 필요 없다면, 저는 이만 내려가도 되겠습니까? 증인을 세워 놓고 헛소리를 하시는 것 같아서요."

증인이 필요 없는 가설만을 나불거리려면 소설을 써, 라는 말을 돌려 말하며 나는 그에게 도발하는 눈빛까지 보내 주었다. 베스티 남작의 표정이 굳었다. 그와 동시에 그의 눈에서 '이것 봐라?' 하는 기색이 떠올랐다.

"제가 이야기를 하다 보니 몰입해서 증인을 불러 놓고 다른 말을 먼저 한 것 같군요. 죄송합니다."

속내를 잘 드러내는 실수를 한 사람치고 베스티 남작은 노련했다. 순순히 본인의 실수를 인정하며 분위기를 정돈했다. 다시 상황이 내게 집중되자 멀리 앉아 있는 키르가 걱정어린 시선을 보내는 것이 느껴졌다. 하지만 난 우선 흐름을 끊은 것에 안도했다.

"그럼 증인에게 질문을 해도 되겠습니까?"

"이렇게 앞에 앉혀 놓고 다른 소리 하시는 것보다는 나을 것 같습니다."

"영애는 제게 꽤 불만이 많은가 봅니다."

"증인으로 불러 놓고 다른 사람과 대화하는 것이 바람직한 모습은 아니니까요."

내가 들어도 정중함을 내던진 말이었다. 조심해야 된다는 걸 알고 있다 하지만 지금은 이런 도전적인 행동을 할 수밖에 없었다. 베스티 남작을 뒤흔들어야 허점을 보일 테니까. 그 점을 노리고 도발적으로 굴었지만 베스티 남작은 불쾌함 대신 의미심장한 눈빛을 했다.

"재판에 중요한 부분이라 미리 알린 건데, 기다리게 해서 영애가 많이 불쾌했던 모양입니다. 그 점 정말 죄송합니다."

확실히 고수다. 오만하고 뻗대는 사람치고 눈치 빠르게 행동했다. 사과가 필요할 때 부끄러워하지 않는다. 여기서 내가 더 툴툴거리면 나만 쪼잔한 사람이 되겠지.

"그 사과 받아들이겠습니다. 이제 증언에 필요한 질문을 해 주시겠습니까?"

"증인은 전에 피고인과 같이 마녀의 뒷골목을 방문했다고 인정했습니다. 그날을 똑똑히 기억합니까?"

사실 기억하고 싶지 않아도 생생하게 기억할 수밖에 없을 충격적인 날이었다. 이번 삶에서 첫 호구 짓을 했던 치욕스러운 날이었으니까. 원래 부끄러움과 서러운 기억은 오래 남는 법이다.

"네, 기억합니다."

"그러니까 피고인이 마녀를 만났음을 인정한다는 말이죠?"

바로 그렇다고 말하려다가 말을 조심히 골랐다. 그는 아까부터 하는 질문은 단답형으로 대답할 수 있었지만 결국 같은 내용의 반복이었다. 베스티 남작이 뭘 노리는지 모르겠다.

"네, 같이 있었습니다."

"거기서 피고인이 수상한 물건을 산 것을 보셨습니까?"

"아니요. 아드리안 님은 아무것도 사지 않았습니다. 제가 봤습니다."

그때 베스티 남작의 입가에 슬쩍 음흉한 미소가 스치고 지나가는 걸 봤다. 그 미소에 난 바짝 긴장했다.

"확신합니까?"

재차 묻는 질문에 잠시 기억을 더듬어 봤다. 하지만 그날 아드리안 님은 아무것도 사지 않았다.

"네, 확신합니다."

내가 그렇게 답하자 베스티 남작은 고개를 꼬며 입꼬리를 늘렸다. 명백한 비꼼이 들어간 표정이었다.

"영애가 확신할 수 있을 리가 없을 텐데요."

"조사관님이야말로 어째서 그런 식으로 생각하신가요? 아드리안 님은 제가 가게에 들어가고 나올 때 계속 함께 있었습니다."

"잘 생각해 보십시오. 가게에 있는 동안 피고인이 영애의 시선에서 단 한 번도 벗어난 적 없는지."

무슨 소리를 하냐고 되물으려던 난 멈칫했다. 그날의 기억이 머리를 스치고 지나갔다.

"죄송하지만, 전 잠시 자리를 피해 있어도 되겠습니까?"

아드리안 님의 요청이 있었고.

"기사님, 안쪽으로 들어가 봐. 밖보다 나을 거고 흥미로운 게 많을걸?"

가게 주인이 제안했다.

그리고 나와 황태자비님이 마녀와 대화를 나누는 사이에 아드리안 님은 안쪽에 계셨다. 난 한 번도 들어가 본 적 없는 깊숙한 곳에. 꽤 긴 시간 동안. 그 상황을 놓치고 있었다.

마녀의 뒷골목 주인이 나와 함께 있었다고 해도, 안쪽에 다른 사람이 없었다고 볼 수 없었다. 내가 눈으로 확인한 게 아니니까.

……난 아드리안 님이 마녀의 뒷골목에서 물건을 샀는지 안 샀는지 확신할 수 없었다.

"영애, 왜 대답이 없습니까?"

베스티 남작의 느물거리는 음성에 그가 이 모든 상황을 알고 질문했음을 알 수 있었다. 그는 어떻게 그 상황을 알았을까? 나도 잘 기억나지 않던 일이다.

혹시 마녀의 뒷골목 주인이 이 남자에게 정보를 제공한 걸까? 그게 아니면 말이 안 될 정도로 그는 그날의 일을 자세히 알고 있었다. 이런 상대에게 거짓을 말하는 건 자충수를 두는 꼴이 될 수 있다.

"생각해 보니 계속 같이 있었던 건 아닙니다."

"그럼, 피고인이 영애 몰래 물건을 살 수 있다는 말이지요?"

베스티 남작의 들뜬 음성에 난 참담해졌다. 인정해야 했다. 제대로 당했다. 아드리안 님을 믿기만 하다가 아무것도 준비하지 않은 상태에서 나선 내 실수였다. 베스티 남작의 말에 혹한 참관인들의 술렁거림이 느껴졌다. 모두의 시선이 쏠린 탓에 답을 하지 않을 수 없었다.

"……네, 그렇습니다."

"영애의 증언 감사합니다. 제 질문은 끝났습니다."

베스티 남작의 입가에 승리의 미소가 걸렸다. 아드리안 님에게 미안해서 고개를 들 수가 없었다. 도와주기는커녕 오히려 그가 저주 물품을 살 수 있었다는 사실을 증명해 버리고 말았으니까. 다짐이 무색하게 난 무력했다. 증인석에서 내려와 다시 참관석으로 자리를 옮겼다.

그 뒤에 베스티 남작과 변론인의 공방이 오갔지만, 내 귀엔 제대로 들려오지 않았다. 자괴감에 터질 것 같은 울음을 참는 게 내가 할 수 있는 최선이었다. 내 못남에 미칠 것 같았다.

날 달래려는 듯 키르가 손을 잡아 왔다. 하지만 그조차 위로가 되지 못했다. 갑자기 등장했던 증인 때문에 멍했던 변론인이 뒤늦게 정신을 차렸는지 베스티 남작의 말에 열심히 반박했다.

"이의 있습니다! 물건을 샀다는 증거는 없습니다!"

"하지만 살 수 있는 여지는 있었지요."

"재판 중입니다. 정확한 사실만 말하세요."

"반대로 물건을 사지 않았다는 증거도 없지 않습니까?"

변론인과 베스티 남작이 주고받는 대화가 길게 이어졌고, 그만큼 재판은 길어졌다. 도돌이표처럼 반복되는 말이 질린 대법관이 두 사람의 말을 요약했다.

"그러니까 조사관 측은 피고인이 내연녀인 황태자비를 위해서 살인을 저질렀다는 주장이고, 변론인 측은 두 사람은 단순한 사촌일 뿐이며 동기가 없으니 정확한 증거를 가져오란 소리입니까?"

"네, 전 피고인이 범인이라고 확신합니다. 이 정도의 정황을 보고도 어떻게 범인이 아니라고 할 수 있겠습니까?"

"말도 안 됩니다. 말 그대로 정황뿐입니다. 거기다가 동기도 저 쪽의 추측일 뿐, 사실이 아닙니다. 피고인은 살인을 저지르지 않았습니다. 정확한 증거를 가져 오지 않는 이상 범인이라고 할 수 없습니다. 그리고 조사관의 말대로라면 2황자 전하의 죽음엔 이유가 없지 않습니까?"

"왜 없습니까? 둘 사이를 2황자 전하에게 들켜서 손을 뻗을 수밖에 없었던 거지요."

"말도 안 됩니다. 2황자 전하가 비밀을 알고 있었다면 왜 그 이야기를 다른 사람에게 하지 않았을까요? 전제 자체가 억측입니다."

"2황자 전하가 증언하기로 되어 있었습니다."

"증거 있습니까?"

"증인이 돌아가셨는데 무슨 증거요?"

두 사람의 팽팽한 주장에 대법관이 피곤함이 잔뜩 밴 한숨을 쉬었다.

재판이 시작된 지 꽤 지나서인지 노쇠한 대법관에겐 체력이 부치는 일이었던 것 같았다.

"두 사람의 의견은 잘 들었습니다. 조사관의 말이 참 그럴듯하게 들렸습니다."

대법관이 여기까지 말하자 베스티 조사관의 표정이 밝아졌고, 변론인의 얼굴을 어두워졌다.

"하지만 말 그대로 그럴듯하게 들리는 정황 증거일 뿐, 확실한 증거는 없습니다."

이번엔 두 사람의 표정이 반대로 바뀌었다.

"그래서 판결을 연기하겠습니다. 조사관 측은 좀 더 확실한 증거를 찾아오고, 마찬가지로 변론인 측도 확실히 아님을 증명하세요. 다음 재판은 일주일 뒤에 열겠습니다. 그동안 피고인은 계속 구금되어 있을 겁니다. 이의 있습니까?"

베스티 남작이나 변론인이나 찜찜함이 남는 결과지만 그렇다고 여기서 대법관의 결정에 토를 달 수 없었다. 괜히 밉보였다가 다음 재판 결과에 영향을 줄지도 모르는 상황이라 두 사람 다 행동을 조심했다.

"그럼 오늘 재판을 마칩니다."

그렇게 선언하고 대법관이 자리를 벗어났다. 다들 오늘 결론이 나지 않을 것임을 짐작했었는지 결과를 숙덕거리며 재판장을 떠났다.

최악의 상황은 아니었다. 하지만 나 때문에 여지가 남았단 것 때문에 난 좋아할 수 없었다. 탈력감을 숨기지 못하고 앉아 있던 그때, 키르가 내 어깨를 눌렀다.

"잠시만 기다려."

그렇게 말한 키르는 이유도 설명하지 않고 다급하게 재판장을 뛰어나갔다. 가뜩이나 기운이 없었던 난 더 멍하니 앉아 있어야만 했다.

현재 사람들의 출입을 철저하게 확인하는 황궁에서 내 신분을 확인시켜 줄 키르가 없으면 난 움직일 수 없었다. 그래서 난 내가 한 실수를 곱씹으며 가만히 앉아 있었다. 어떻게든 반전의 실마리를 잡아야 하는데 머리가 굳어서 아무 생각도 나지 않았다.

"저……."

옆에서 들린 작은 웅얼거림에 고개를 돌렸다. 재판 관리인이었다.

"재판장 정리를 해야 합니다."

어느새 나 혼자 이곳에 있었다. 정신을 놓긴 제대로 놓았나 보다.

"아, 죄송합니다."

사과하고 재판장을 벗어났다. 키르를 기다려야하는데 어디로 가야 할지 모르겠다. 어차피 길은 하나니까 이쪽으로 오겠지. 어떻게 생각해도 내 실수를 만회할 방법이 없어 보였다.

자책감과 아드리안 님에 대한 미안함에 빠져들며 걸음을 옮길 때였다. 어디선가 날카로운 목소리가 들렸다.

"……까!"

"……다."

익숙한 목소리라 나는 홀린 듯 그쪽으로 걸음을 옮겼다. 하프테리 님과 키르가 심각한 얼굴로 대화를 하고 있었다.

"당신이……."

"키르! 스승님!"

키르가 마치 싸우는 듯 난폭한 기운을 흘리는 바람에 나는 앞으로 나서야만 했다. 내 목소리를 듣고 키르는 말을 멈췄다. 내가 가까이 다가섰을 때 두 사람 사이엔 어색한 분위기가 흘렀다. 내가 듣지 말아야 할, 혹은 듣지 않았으면 하는 대화를 하고 있었던 것 같았다.

그래서 나도 일단은 모른 척했다.

"오랜만입니다. 스승님."

"그래, 오랜만이구나. 알겠지만 긴 대화를 나누기 힘들단다. 상황이 다

정리된 후에 이야기하자."

하프테리 님은 선을 긋고 자리를 피하셨다. 오랜만인데 바로 자리를 피하셔서 서운했다. 하지만 다행히도 하프테리 님이 마지막에 나를 향해 보낸 눈빛엔 내 걱정이 듬뿍 담겨 있어 섭섭함이 가라앉았다.

"무슨 대화했어?"

내가 오기 전 분위기가 심상치 않았던 것 같아서 키르에게 물었다. 키르는 곤란한 얼굴을 하고 한숨을 쉬었다.

"……나중에 이야기할게. 너 피곤하겠다. 우선 저택으로 돌아가자. 돌아가서 쉬어."

나는 얌전히 고개를 끄덕였다. 키르 말처럼 따질 기운도 없었다. 아까의 실수 때문에 머리가 굳어 버려서 무슨 이야기를 들어도 제대로 된 판단이 되지 않을 것 같았다. 키르의 배웅을 받으며 나는 저택에 도착했고, 그는 나를 내려 주고 마차를 그대로 돌려 황궁으로 돌아갔다.

아무리 생각해도 내 실수가 너무 커서 미칠 것 같았다. 베스티 남작은 끝까지 정황 증거만 내밀었다. 거기서 내가 확실히 '아드리안 님이 마녀에게서 아무것도 구매하지 않았음'을 증언했으면 어떻게 되었을까?

남는 건 후회뿐이었다. 내 멍청한 행동에 죽어 버리고 싶었다. 그런 우울함을 가진 채 침실 문을 열었을 때였다.

"언니! 저 보고 싶지 않았어요?"

발랄한 음성이 나를 반겼다. 그 익숙한 음성을 듣는 순간, 정신이 번쩍 들었다.

"클레어?"

"네! 언니, 저예요!"

홍조를 띠고 몸을 배배 꼬는 클레어를 확인하니 잊고 있었던 일이 떠올랐다. 지금 그녀가 날 찾아올 이유는 하나였다. 초조함 때문에 심장 소리가 현기증이 날 정도로 빨라졌다.

그녀는 내가 망쳐 버린 모든 일을 돌릴 수 있는 희망이었다.

"혹시……. 마녀의 저주에 관련된 매개체를 찾은 건가요?"

제발, 제발! 긴장해서 밖으로 흘러나오는 목소리가 덜덜 떨렸다. 클레어가 눈을 접으며 느릿하게 웃었다.

"네, 찾았어요."

내 간절함에 클레어가 화답했다. 눈물이 날 것 같았다.

25. 그 영애가 위험에 빠진 이유

여러 가지 뒤죽박죽 섞인 감정으로 몸이 떨렸다. 가장 먼저 든 생각은 '다행이다'였다. 내 실수를 만회할 방법이 생겼다는 점에 내 몸에 쏟아지 듯 안도감이 퍼졌다. 그와 동시에 난 주저앉았다. 아마도 내가 생각하는 것보다 죄책감의 크기가 컸던 것 같다.

"언니! 괜찮아요?"

클레어가 놀라 다가와 부축하듯 내 어깨와 손을 잡았다. 그 손길에 정 신이 든 난 클레어의 손을 강하게 잡아챘다. 그녀를 보며 쥐어짜듯 목소 리를 끌어냈다.

"범인이 누구인지 알아요?"

클레어는 대답 대신 손에 힘을 줬다. 일어나란 의도였다. 하지만 그녀 와 반대로 난 대답을 먼저 들어야겠다는 의미로 클레어를 잡은 손에 힘 을 줬다. 일 분 일 초라도 빨리 답을 듣고 싶었다.

"우선 의자에 앉아서 이야기해요."

하지만 클레어는 이 상태로는 대화하지 않겠다고 선언했다. 신경전을 벌이는 것보다 자리를 옮기는 게 빠르다. 다리에 힘이 들어가지 않았지만 클레어의 도움을 받아 의자에 앉았다. 클레어는 한쪽에 준비된 물을 따라 내게 건넸다.

"좀 드세요. 드셔야 이야기할 거예요."

그냥 주면 내가 거절할 걸 알아챈 클레어가 재빠르게 덧붙였다.

"……고마워요."

스스로 과하게 흥분한 상태임을 자각한 나는 얌전히 물을 받아 마셨다. 여운이 가라앉질 않아 컵까지 떨리는 바람에 손에 더욱 힘을 줘야 했다. 물 한 컵을 다 비우자 떨리던 몸이 슬슬 진정됐다.

"이제 흥분이 좀 가라앉으셨어요?"

"네, 고마워요."

덕분에 생각할 여유가 생겼다. 아까의 난 흥분을 주체하지 못하고 있었다. 클레어가 어른스럽게 행동한 점이 참 고마웠다.

"그럼 이제 대화를 해요."

내가 완전히 진정된 듯하자 클레어가 먼저 대화의 물꼬를 텄다. 난 숨을 한번 크게 들이마셨다가 뱉은 후 입을 열었다.

"범인은 알아냈어요?"

"아니요. 전 범인은 못 봤어요. 매개체가 있는 장소만 알아냈죠. 제 눈으로 확인했으니 확실해요."

난 클레어의 차분한 대답에 경악했다. 그걸 직접 보고 왔다고? 만약 범인이 클레어가 왔다간 사실을 눈치라도 채면 어쩌려고.

"그냥 왔어요? 그러다가 침입자의 존재를 알아채고 매개체를 다른 곳에 숨기기라도 하면 어떡해요?"

"그거, 가져 왔어도 됐던 거예요?"

클레어가 눈을 동그랗게 뜨고 반문했다.

순간, 나는 대답하지 못했다. 놀라서 당장 떠오른 말을 내뱉긴 했는데, 생각해 보니 내가 클레어에게 물건을 훔쳐오라고 요구할 권리는 없었다.

"미안해요. 제가 아직 진정이 안 돼서 횡설수설하네요."

"매개체는 조사관이 직접 방문해서 찾는 게 나을 것 같아서 그냥 두고 왔어요. 그게 증거로서 더 확실하니까요. 그리고 제가 다녀간 사실을 들킬 리도 없지만 들켜서 매개체를 옮겼다고 한들 상관없어요. 한번 기억한 마력은 찾기 쉬우니까요."

클레어가 배시시 웃으며 설명했다. 다녀간 흔적을 남기지 않는다니 어쩌면 경악해야 할 말인데, 이렇게 내가 필요한 상황에 들으니 기뻤다.

오히려 내 생각이 더 일차원적이었다. 조사관이 직접 찾아야 한다는 이유도 납득할 만했다. 무엇보다도 매개체를 잊어버릴 일이 없다는 점은 든든했다. 변태인 점과 다르게 클레어는 필요한 순간엔 이성적이다. 알면 알수록 그녀의 능력엔 신뢰가 갔다.

"잘했어요. 클레어의 선택이 옳았어요."

내가 칭찬하자 클레어가 발그레하게 변한 양 뺨을 손으로 감싸고 몸을 배배 꼬았다. 칭찬에 신이 난 클레어가 더 기쁜 소식을 알렸다.

"아직은 모르지만 더 흐름을 더듬어 보면 저주를 건 사람도 알아낼 수 있긴 할 거예요. 그 매개체를 만든 존재도요."

'제가 이렇게 쓸모 있는 존재랍니다' 하고 눈을 빛내는 클레어를 보며 난 이번엔 박수까지 쳐 보였다.

"대단해요!"

거기까지 할 수 있다니! 하는 표정으로 응수하자 클레어가 기쁨의 비명을 터트릴 것처럼 어찌할 줄 몰랐다. 천재라면 이런저런 칭찬을 많이 들었을 것 같은데, 저렇게 좋아하니 칭찬해 주길 잘했다는 생각이 든다.

기쁨에 빠진 클레어를 뒤로한 내 입에서 나도 이해할 수 없는 한숨이 터져 나왔다. 이제 어떻게 해야 하는지 할 일을 정리했다.

우선은 매개체를 회수해야 했다. 내가 직접 나서는 것보다는 클레어가 말한 대로 조사관이 나서는 게 옳았다. 대공이나 하프테리 님에게 말씀드리는 게 현명한 선택이겠지. 그리고 보니 아직 매개체가 어디에 있는지 듣지 못했네.

"매개체가 어디에 있어요?"

내가 질문하자 수줍음을 드러내며 좋아하던 클레어가 멈칫했다. 그러고도 모자라 자세를 바로하며 표정을 굳혔다. 뭔가 '아차' 한 기색의 클레어는 나와 시선을 마주치지 못하고 이리저리 눈을 굴렸다. 말해야 하나, 말아야 하나 망설이는 태도였다.

"사실 전 언니가 더는 이 일에 관심을 갖지 않았으면 좋겠어요."

그러더니 꺼낸 말이 고작 저런 소리였다. 본인이 알아 온 사실에 뿌듯해하던 태도와 정반대였다.

갑자기 왜? 이상하게 불안해졌다. 특히, 주변에서 수도 없이 들어온 소리라서 더 그랬다. 혹시 내가 나서는 게 민폐라는 소리일까? 죄책감에 빠진 탓인지 더 부정적인 생각이 들었다.

"매개체가 있는 곳 알려 주세요. 약속했잖아요."

난 다시금 클레어에게 요청했다. 그러자 그녀는 내 눈치를 보며 되물었다.

"결과가 어떤 것이라도 받아들일 자신 있으세요?"

왜 저렇게 무섭게 말할까? 클레어의 말투는 내가 결과를 받아들이지 못할 거란 것처럼 들렸다. 그래도 난 들어야 했다. 내가 망친 일이다. 두렵다고 또 외면할 수 없었다.

내가 고개를 끄덕이자 클레어의 얼굴에 안타까움이 번졌다. 잠시 고민하는 것처럼 이리저리 고개를 돌리던 클레어는 긴 한숨을 내쉬었다.

"설명은 힘들고요. 직접 가 보는 게 나을 것 같아요."

"굳이 갈 필요 없어요. 어차피 제가 직접 회수할 것 아니에요. 조사관에게 부탁할 거니까 장소만 알려 주세요."

괜히 위험을 자초하고 싶지 않았다. 계획한 대로 매개체가 있는 장소를 하프테리 님에게 전달할 생각이었다. 하지만 클레어는 단호했다.

"아니에요. 언니, 한번 보고 판단하세요."

나는 선뜻 나서지 못했다. 클레어는 몰래 갔다 왔다고 해도 나까지 그렇게 할 수 있는 걸까? 내가 갔다가 들키기라도 하면 큰일인데.

"제가 움직였다가 괜히 일이 복잡해질 수도 있어요."

잘못하면 내가 일부러 매개체를 숨겼다는, 그런 말도 안 되는 오해의 씨앗을 남길 수도 있다. 이미 아드리안 님의 일로 겪지 않았는가. 이럴 땐 사소한 점으로도 꼬투리가 잡힌다. 언제 어떤 일로 뒤통수 맞을지 알 수 없으니 조심해야 했다. 하지만 내 거부 반응에도 클레어는 물러서지 않았다. 오히려 일어서서 내게 손을 내밀었다.

"절대 언니가 들킬 일은 없어요. 몰래 갔다 올 수 있게 할게요."

클레어의 의사는 이해가 안 될 만큼 강경했다. 그래서 더 거부할 수 없었다. 결국 얌전히 클레어가 내민 손을 붙잡았다.

그리고 잠시 후, 나는 그녀가 어떻게 대공저를 몰래 드나드는지 몸소 경험할 수 있었다. 자연스럽게 창문으로 나선 클레어가 내 허리를 잡더니 그대로 몸을 날렸다.

"우아아아악!"

예고 없는 행동에 난 밤하늘이 찢어져라 비명을 질렀다. 발밑이 허전하더니 뚝 떨어지는 느낌은 심장이 떨어질 만큼 아찔했다. 괴성을 끊임없이 지르고 나서야 내가 바닥에 사뿐히 착지했음을 인식했다.

"이게 무슨 짓이에요!"

나는 빽 소리 지르면서 벌렁거리는 심장 근처를 부여잡았다. 혹시 심장이 떨어졌나 싶어서. 다행히 가슴 안에 잘 자리 잡고 있었다. 헐떡이며 놀란 가슴을 진정시켜야만 했다.

한참이 지나서야 정신이 든 나는 뒤늦게 내가 고래고래 소리를 질렀다는 걸 떠올렸다. 대공저를 경비하던 이들이 좇아올 거다. 막 후회를 하려는 찰나였다.

그런데 생각해 보니 이상했다. 이미 경비병이 달려오고도 남을 시간인데, 달려오는 사람은 아무도 없었다. 클레어가 미안한 표정으로 우물쭈물했다.

"죄송해요. 이렇게 놀라실 줄은 몰랐어요."

"……왜 아무도 안 와요?"

난 현재 상황에 대한 질문부터 했다. 그 엄청난 괴성을 듣고 찾아오는 사람이 아무도 없다는 게 이해가 안 됐다. 내 질문에 클레어의 표정이 활짝 폈다. 추궁하지 않는 것만으로 용서 받았다고 여기는 것 같았다.

"인기척을 지우려 주변에 소음을 차단하는 마법을 걸어서 그래요. 지금 대공저에 제 마력을 읽을 수 있는 존재는 없어요. 언니 아버지나 대공이 오셔야 겨우 제 침입을 짐작할 수 있을 거예요."

그러니까 이렇게 소리를 내도 된다는 거지? 다행이다. 난 내 가슴을 쓸어내리며 클레어에게 차분하게 지적했다.

"다음부터 뛰어내릴 일 있으면 미리 말하고 해요."

"네, 죄송해요. 벨리타랑은 자연스럽게 해 와서……."

너네, 이런 식으로 매번 몰래 담타고 다니니? 라는 질문을 삼켰다. 그게 중요한 게 아니니까.

"어서 가요."

"네."

우리는 걸음을 옮겼다. 정문으로 나갈 생각이 없는지 그녀가 향하는 곳은 담 쪽이었다. 그때 저 멀리 경비병이 눈에 띄었다. 하지만 그는 우리의 존재를 인식하지 못하는 것 같았다.

"우리 안 보이는 건가요?"

소리가 새어 나가지 않는다고 했지만 나는 본능적으로 소리 낮춰 클레어에게 물었다. 그녀는 고개를 끄덕였다.

"네. 안 보여요."

너무 당연하게 이야기해서 괴리감이 생긴다. 사람이 앞에 있는데 보이지 않고 느낄 수도 없다니. 마법이란 거 꽤 무서운 것 같다.

"언니, 우리 벽 넘을 거예요."

나무가 없는 벽 쪽에 도착한 클레어가 알렸다. 이번엔 미리 알려주나 보다. 클레어가 내 허리에 팔을 두른 채 바닥을 박찼다. 누가 뒷덜미를 쑥 잡아당기는 느낌이 드나 싶더니 바로 바닥에 곤두박질치는 듯한 느낌이 들었다. 그래도 이번엔 긴장하고 있었기 때문에 이를 악물어 비명을 지르지 않을 수 있었다.

바닥에 사뿐하게 발이 닿고 나서야 나는 격한 숨을 토해 냈다. 우리는 어느새 벽을 넘어 있었다. 놀이기구보다 더한 감각에 속이 울렁거렸다. 줄 없이 번지점프를 하고 있는 느낌이다. 말짱한 클레어의 얼굴을 보니 억울한 기분이 들었다.

"언니, 괜찮아요? 계속 이렇게 가야 하는데요."

클레어가 미안한 얼굴로 한 말에 잠잠해져 가던 속이 다시 울렁거렸다. 이 감각을 계속 느낄 걸 생각하니 끔찍했다.

"공간 이동 마법 같은 거 없어요?"

클레어의 눈이 반짝였다.

"오! 한 번도 생각해 본 적 없는데, 연구해 봐야겠어요."

"그럼 날아가는 건요?"

이렇게 점프를 뛰는 것보다는 차라리 나는 게 낫지 않을까?

"음, 잠깐은 떠도 허공에 몸을 고정한 채 움직이는 건 꽤 어렵거든요. 그래도 언니를 위해서 연구해 볼게요."

이번에도 클레어는 진지했다. 아니, 소리 없애는 것도 안 보이게 하는 것도 가능하면서 나는 건 왜 안 돼! 마법이 뭐 이 따위야!

하지만 할 수 없는 일을 가지고 억지를 쓸 수는 없었다. 게다가 내 일그러진 표정을 본 클레어가 '마차를 탈 수 없으니 빨리 갔다 오려면 이래야 한다'는 설명을 덧붙였다. 이런 상황에서 어떻게 정상적인 방법으로 가자고 하겠는가.

내가 울상을 지은 채 고개를 끄덕이자 클레어가 허리를 잡아 챈 자세로 또 뛰었다. 점프했다가 내려오는 행동이 반복되었다. 클레어는 훌쩍 뛰어다니는 것 같지만 이게 익숙지 않은 난 죽을 것 같았다. 어디로 가는지 짐작도 할 수 없었다. 그저 클레어에게 들려 있을 뿐이었다.

속이 울렁거려 토할 것 같다. 내가 슬슬 더 하면 안 된다, 한계다, 라고 느낄 즈음 클레어는 뛰길 멈췄다. 난 바닥에 고개를 처박고 헛구역질을 했다. 한참을 우웩거리고 나서 고개를 들었다.

"도, 도착한……."

흐릿한 눈으로 내가 있는 곳을 확인하는 순간, 난 말을 끝마칠 수 없었다. 헛구역질과 어지러움이 사라지며 정신이 번쩍 들었다. 내가 왜 여기와 있는 거지? 몇 번을 눈을 감았다가 떠도 눈앞의 광경은 변하지 않았다. 그럴 리가 없다.

난 믿기지 않아 클레어를 돌아봤다. 그녀는 틀림없다는 쓸쓸한 미소를 지어 보였다. 아찔함에 차라리 기절하고 싶었다. 눈앞엔 내가 너무나 잘 아는 건물이 있었다.

수도에서 내게 가장 익숙한 장소, 현자의 서재 앞이었다.

매개체가 이곳에 있다는 소리는 범인이 이곳에 있다는 소리와 다름없었다. 그 흉하면서도 귀한 물건을 자신과 아무 상관없는 곳에 보관하지 않을 테니까.

현자의 서재는 작은 집단이 아니다. 몇 년을 다닌 나도 속한 사람을 전부 알 수 없을 정도로 거대한 장소였다. 그러니 걱정부터 할 필요 없는데…….

내가 아는 사람 중에 살인범이 있을지도 모른다, 그런 생각을 하는 것만으로 두려웠다. 속이 울컥 뒤집혔다.

고개를 돌린 나는 기어이 구역질을 하기 시작했다. 머릿속에 아는 사람들의 얼굴이 차례로 지나갔다. 그럴수록 목구멍 아래에서 쓴물이 올라와 한참을 토해 내야 했다. 온몸이 떨렸다. 범인이 밝혀진 것도 아닌데, 혼란스러웠다.

그래도 한차례 쏟고 나니 조금 진정이 됐다. 내 등을 두드리는 작은 손이 그제야 느껴졌다. 고개를 들어 눈이 마주치자 클레어는 씁쓸함을 감추지 못했다. 이럴 줄 알았다는 표정이라 속이 쓰렸다.

"……돌아갈래요?"

앞에 '지금이라도'라는 말이 생략 됐음을 알 수 있었다. 내가 비밀로 하길 원한다면 끝까지 모른 척해 줄 거란 클레어의 마음도 엿보였다. 그녀의 말대로 눈을 감고 귀를 막고 싶었다. 갑자기 하프테리 님의 매서운 눈빛이 생각났다.

"그 일에 관심을 갖지 말렴."

"이번 일에 관심을 갖지 말라는 소리란다."

"아렌, 이건 충고란다."

하프테리 님이 조사단이 되었다고 하셨을 때 내게 경고하던 행동이 떠올랐다. 하프테리 님은 이 사실을 알고 계셨던 걸까? 그래서 내게 그런 말씀을 하신 걸까. 정말로 내가 아는 사람이 범인인 건가?

그러면 하프테리 님은 다 알고도 황태자비님을 용의자로 지목하셨다는 소리인데……. 왜? 설마 저주와 관련된 일에 하프테리 님이 직접적으로 연관이 있는 건가?

생각이 쌓일수록 나오는 결론은 충격적이었다. 도망가고 싶단 마음이 더 커졌다. 진실을 알게 되면 감당하기 힘들어질 것 같았다. 온몸이 떨리고 너무도 두려웠다.

클레어는 차분한 얼굴로 내 결정을 기다리고 있었다. 그녀는 이 일과 상관없는 타인이다. 그래서인지 그 어떤 결정도 상관없다는 태도를 내비쳤고 나는 도리어 정신이 번쩍 들었다.

외면하는 건 쉬웠다. 여기서 더 나아가지 않으면 난 아무것도 모른다. 그렇다면 아무것도 모르니 괜찮다며 자기 합리화를 하며 살아갈 수 있다. 하지만 그렇게 되면 아드리안 님은? 그분이 괜찮을 거라 장담할 수 없었다. 그리고 내 마음에 남을 죄책감과 불안함도.

그 순간, 내가 잊고 있던 일이 생각났다. 덮어 뒀던 기억이 생생하게 떠오르며 그때의 그 휘몰아치던 감정이 확실하게 떠올라 버렸다. 너무 시려서 무릎의 감각이 없어진 것 같았던 전생의 기억이.

눈을 질끈 감았다가 떴다.

"안에 몰래 들어갈 수 있는 게 확실한가요?"

떨리는 목소리로 겨우 한 질문에 클레어는 의외라는 얼굴을 했다.

"네. 여기에 있는 마법은 어설픈 것들이라서 제가 들킬 일은 없어요. 그래도 정말 들어가시게요?"

클레어의 시선엔 외면하는 게 더 나을 거란 의미가 담겨 있었다. 나약해지지 않기 위해 아랫입술을 깨물었다가 놨다. 입술에서 느껴지는 통증에 망설임이 점차 사라졌다.

"제가 확인해 봐야겠어요."

이번일과는 조금 상황이 다르지만 전생의 억울했던 기억이 떠올랐다. 백화점에서 모두의 시선을 받았을 때. 그때 난 누구라도 날 도와주길 바랐다. 내 잘못이 아니라는 걸 알면서 모두가 외면하는 상황이 비참했고, 그저 구경만 하는 다른 이들의 모습에 분통이 터졌다.

물론 나 역시 내 안위가 무엇보다 소중하다. 그런 억울한 일을 다신 겪고 싶지 않았다. 하지만 내가 경멸했던 이들처럼, 구경만 할 순 없었다.

그리고 또 다른 이유, 내 눈으로 직접 하프테리 님이 관련이 없음을 확인하고 싶었다. 찜찜함을 남겨 둬 하프테리 님에 대한 불신이 쌓여 가는 것보다 확실히 그분이 범인이 아니라는 사실을 확인해야 했다.

"언니가 원한다면 들어가요. 안내할게요."

클레어는 더 묻지 않았다. 그녀는 조심스럽게 앞장섰고 나는 뒤를 따랐다.

밤의 현자의 서재는 낮에 방문했을 때와 느낌이 달랐다. 낯선 장소 같았다. 어둡고 거대한 건물은 그만큼 커다란 비밀을 숨기고 있는 것처럼 보였다. 내 심장 박동이 더 커졌다.

현자들은 원래 밤낮 없이 연구한다. 늦은 시간이라고 해도 간간이 지나가는 사람들이 있었다. 그런데도 그들 중 누구도 우리의 인기척을 느끼지 못했다. 마법의 힘은 신비했다.

"올라가야 해요."

적당한 장소에 도착한 클레어가 알렸다. 난 느린 호흡으로 마음의 준비를 한 후 고개를 끄덕였다. 이번에도 내 허리를 잡아챈 클레어가 몸을 띄웠다. 이번엔 더 기이한 움직임이었다. 벽을 박차고 디딜 틈을 귀신같이 알아챈 그녀는 빠르게 위로 올라갔다. 난 눈을 감고 이를 악물었다.

"됐어요."

클레어의 목소리를 듣고 나서야 내가 내 발로 서 있음을 알아챘다. 숨을 토해낸 나는 주변을 확인했다. 현자의 서재는 거의 비슷한 구조라 몇 층인지 확신할 수 없었다. 하지만 어쩐지 처음 오는 층 같았다. 그리고 느낌상 꽤 높이 올라왔다.

두 가지가 조합되니 심장이 더 격렬하게 뛰었다. 내가 현자의 서재에서 한 번도 방문해 보지 못한 층은 고층이다. 그리고 어디나 그렇듯 고층일수록 지위가 높은 사람이 차지했다. 그건 꽤 고위급 현자가 이 일에 연루되었단 소리다. 어쩌면 대현자급일지도…….

막막함에 숨이 턱턱 막혀 왔다. 클레어가 왜 말리려 했는지 알 것 같았다.

그녀도 어느 정도 이 상황을 짐작했겠지. 클레어가 어서 움직여야 한다는 신호를 했다. 난 그녀를 따라 어느 연구실 앞에 도착했다. 따로 명패가 없어서 누구의 연구실인지 알 수 없었다.

"안에 사람 없어요. 들어가요."

잠시 멈춘 이유가 안에 사람이 있는지 없는지 확인하기 위함이었나 보다. 문이 잠겨 있지 않을까, 하는 의문은 클레어의 미소에 사라졌다. 그녀가 문을 돌리자 절로 열렸다. 이것도 마법이겠거니 생각하며 재빨리 안쪽으로 들어왔다.

어둠 속에서 오래된 책 냄새가 훅 끼쳤다. 그건 그렇고 아무것도 안 보이는데 어쩌지? 그런 생각을 하는 순간, 눈앞에 빛이 생겼다. 클레어의 손 위에 무드 등 비슷한 구체가 둥둥 떠 있었다. 정말 마법이란 게 만능이긴 하구나.

"이쪽으로."

클레어를 뒤따르며 주변을 살폈다. 방 안에는 고서들과 오래된 물건들이 한가득했다. 그렇다면 이곳의 주인은 나이가 지긋한 인물이 아닐까. 방이란 건 그 주인의 성향을 나타내니까.

"이 안에 있어요."

"이 안에요?"

클레어가 가리킨 건 연구실 구석에 놓인 금고로 보이는 협탁 크기의 상자였다. 앞쪽에 퍼즐처럼 문양이 있는 게 신기했다. 내가 상자를 향해 손을 뻗자 클레어가 그 손을 잡았다.

"안 돼요. 마법이 걸려 있어요."

진짜 금고였어? 하긴, 중요한 물건을 따로 보관하는 건 당연하지.

"열 수 있어요?"

"잠시만요."

클레어가 퍼즐을 건드렸다. 집중하면서 작업하는 걸 보니 저 순서가 의미 있는 행동 같았다.

마지막 퍼즐을 움직이자, 달칵하면서 상자가 열렸다. 진짜 열리네. 든든하긴 한데, 어째 클레어에게 도둑질을 시키는 기분이 자꾸 든다.

"됐어요."

하지만 그런 찜찜함과 별개로 클레어가 비켜 주자마자 상자 안을 확인했다. 바닥을 가득 채운 서류 더미 가운데 딱 하나, 이질적인 물건이 맨 위에 떡하니 올려 있었다. 바로 수정구슬이었다.

"설마 이게 매개체인가요?"

"맞아요."

클레어를 돌아보니 그녀가 맞다는 듯 고개를 끄덕였다. 저주의 매개체라고 해서 짚으로 만든 인형이나 뭐 그런 괴상한 모양일 줄 알았는데 의외로 평범해서 놀랍다.

그나저나 내가 못 알아채는 건가? 수정구슬에서는 무엇 하나 특별한 느낌이 없었다. 하지만 클레어가 맞다고 하니 믿을 수밖에. 어쨌든 지금 중요한 건 이게 아니다. 매개체가 어떤 것이고 여기 있는 걸 확인했으니, 이 방의 주인이 '누구'인지가 중요했다.

"방주인이 누구인지 힌트가 될 만한 것을 찾아 줄래요?"

"네. 알겠어요."

클레어는 선선히 답하고 책상 쪽으로 움직였다. 난 수정구슬 아래에 있는 서류를 확인했다. 마법으로 보관할 정도면 중요한 물건이 있겠지.

막 뒤적거리던 내 손은 문득 눈에 들어오는 이름에 멈칫했다. 심장이 무섭게 울렸다. 덜덜 떨리는 손을 억누르며 나는 몇 번이나 눈을 깜빡이며 확인했다.

서류에 적힌 이름은 '아렌다인 에이드' 내 이름이었다.

왜? 내가? 놀라서 서류 내용을 확인했다. 소름 돋게도 서류는 나에 대한 보고서였다. 거기엔 마치 내가 자라온 것을 옆에서 확인한 것처럼 내 성장 과정이 나열되어 있었다.

그리고 최근엔 내가 누구를 언제 어떻게 만났는지까지 세세하게 적혀 있었다. 황태자비님이나 제일런 황자를 만난 것. 그리고 키르와의 관계가 연인 사이로 발전한 것까지 전부.

이 보고서를 보면 나라는 사람을 훤히 알 수 있었다. 그만큼 내용이 자세했다. 왜 나에 대해서 필요한 거지? 이 보고서가 무슨 용도인지 짐작하기 힘들었다. 하지만 좋은 의미로 만든 건 아닐 거다.

두려움에 떨리던 손에는 식은땀이 배어나왔다. 클레어의 팔에 들려 이동할 때보다 속이 더 울렁거렸다. 이 방의 주인이 누구인지 알아야 할 이유가 더 강해졌다. 내가 다급하게 다른 서류를 확인하려 할 때였다.

"언니!"

클레어의 낮은 부름이 들렸다. 그녀는 눈빛으로 잠시만 조용히 해 달라는 신호를 보내고 있었다. 뭔가 있는 걸까? 내가 움직임을 멈추자 클레어는 잠시 어딘가 신경을 집중하는가 싶더니 다급하게 다가왔다.

"이제 돌아가야 해요."

갑자기? 소스라치게 놀랐다. 하지만 나는 제일 중요한 이 방의 주인이 누군지를 아직 알아내지 못했다. 이대로 그냥 돌아가면 오늘 일은 헛짓거리가 된다. 클레어에게 들려왔기 때문에 난 이 연구실이 어딘지 설명할 수도 없다.

"아직……."

"들키면 안 된다면서요. 누가 이쪽으로 와요."

단호하게 말한 클레어는 내 손에 들린 서류와 저주의 매개체를 다시 상자에 집어넣고 퍼즐을 원래 상태로 되돌렸다. 그리고 재빠르게 내 팔을 붙잡고 창문을 향했다.

설마? 뛰어내리려고? 벌써부터 심장이 멎을 것 같았다. 여기서 뛰어내리는 건 저택에서 뛰어내렸던 것과 차원이 다른 일이다. 저택의 높이가 주택 정도라면 현자의 서재 높이는 고층 빌딩이었다.

"안 돼!"

난 필사적으로 발버둥쳤다. 어차피 마법으로 내가 보이지 않고, 소리도 들리지 않는다면 여기서 주인이 나갈 때까지 버티는 게 낫다고 생각했기 때문이다. 하지만 클레어는 내 몸을 손쉽게 잡아채 창문 밖으로 몸을 날렸다. 그리고 그 순간 연구실 문이 열렸다.

"필요한……."

아래로 완전히 떨어지기 직전 연구실로 들어오는 사람의 목소리가 들렸다. 심장이 철렁했다. 익숙한 목소리. 완전한 문장을 듣지 않았음에도 난 상대의 정체를 단번에 알아챘다.

절벽으로 추락하는 듯한 느낌이 들었다. 창문 아래로 뛰어내려서 생기는 물리적 감각이 아니었다. 내 귓가에 들렸던 목소리를 믿을 수가 없었다. 충격으로 숨이 턱턱 막혔다. 귓가에서 이명이 들렸다. 부정하려 할수록 떠오르는 건 '그 사람'이 확실하단 생각뿐이었다.

저 연구실의 주인을 난 알고 있다. 그 사람은…….

바닥에 사뿐히 착지한 클레어가 조금 더 달려 현자의 서재와 멀리 떨어진 곳에 도착해 나를 내려놓았다. 발이 바닥에 닿았지만 내 발로 서 있는 느낌이 아니었다. 손발이 덜덜 떨렸다.

현실을 부정해도 내가 들은 목소리의 주인이 바뀌지는 않았다. 착각할 리 없는 목소리였다. 그 사람이 저주를 걸어 사람을 해치다니. 어째서, 왜? 내 머릿속에 끊임없이 '어째서', '왜' 하는 단어만 떠다녔다.

"언니, 괜찮아요?"

내가 혼이 나간 듯 보이자 클레어가 조심스럽게 물어왔다. 내 착각이라는 확인이 필요했다.

"아까……. 들어오던 사람 누구인지 봤어요?"

억지로 긁어내리는 것처럼 목 안쪽이 따끔따끔했다. 내 일그러진 표정에 클레어는 고개를 저었다.

"아니요. 뛰어내리느라 못 봤어요. 그리고 봤다고 해서 제가 알아볼 수는 없을 걸요."

클레어의 말이 맞다. 봤다고 해서 그녀가 알아 볼 수 있는 사람이 아닐 텐데. 그럼에도 물었다는 건, 어떤 식으로든 부정의 말을 듣고 싶었기 때문이다.

"아는 사람이에요?"

"아는……."

내가 알게 된 사실을 인정하고 싶지 않았다. 몸에 힘이 풀려 주저앉으려는 순간 클레어가 날 잡아챘다.

"돌아가서 쉬는 게 나을 것 같아요. 저택으로 데려다 드릴게요. 괜찮겠어요?"

이미 감당하기 버거운 상태였던 나는 고개를 끄덕이는 것 말고는 할 수 없었다. 클레어가 날 붙잡고 저택으로 이동했다.

여전히 속이 울렁거리는 움직임이었다. 하지만 지금의 나에겐 그 울렁거림이 차라리 반가웠다. 미칠 것 같아서 아무 생각도 하지 않아도 된다는 게 고마울 정도였다.

하지만 그 시간은 짧았다. 갈 땐 꽤 오랜 시간 시달린 것 같은데, 어느 순간 난 저택 내 방에 도착해 있었다. 클레어가 재빨리 욕실로 날 데려가자마자 난 아까부터 울컥 올라오던 쓴물을 뱉어냈다. 그렇게 나는 욕실 바닥에 고개를 처박고 구역질을 했다.

한참 토한 후 더 나오는 게 없자 클레어는 입을 헹구도록 도와주고 다시 침실에까지 날 데려다 주었다. 그녀에게 온갖 민폐를 다 끼쳤지만 그걸 신경 쓰지 못할 정도로 난 '목소리의 주인'에게 정신이 팔려 있었다.

"언니!"

클레어의 양손이 내 어깨를 붙잡고 흔들었다. 클레어를 보려 했지만 이상하게 눈이 흐렸다.

"저, 가 볼게요."

난 힘없이 고개를 끄덕였다. 내 망연한 상태에 클레어가 한숨을 쉬었다.

"이렇게 넋 놓으시면 어떡해요? 정신 차리세요."

알지만 내 마음대로 안 됐다. 그저 알겠단 의미로 고개를 끄덕였다. 클레어가 가려는지 창문 쪽으로 움직였다. 그녀는 밖으로 몸을 던지기 전에 머뭇거리더니 말했다.

"이 상황에 이런 말하긴 그렇지만 내일 다시 올게요. 그땐 약속한 보상 받으러 올 거니까 정신 좀 차리세요."

보상? 아, 안겨 주기로 했지? 지금이라도 괜찮다고 말하고 싶었다. 하지만 그 말을 할 기운도 없었다. 그 사이 클레어는 떠났다. 혼자 남게 되니 더 마음이 텅 빈 것 같았다. 후회만 몰려 왔다.

차라리 모른 척할 걸……. 나서지 말 걸…….

내가 알게 된 진실의 조각이 너무 커서 무서웠다. 속이 꾹꾹 막혀들며 눈에 눈물이 고였다. 어떡해야 할지 모르겠다. 자꾸 눈앞이 어그러지고 숨 쉬는 게 힘들었다. 이대로 기절해서 한동안 눈을 뜨지 않으면 좋겠다는 생각이 간절했다.

똑똑.

그 상황에서도 또렷하게 들리는 노크 소리에 나는 문을 향해 힘겹게 고개를 돌렸다.

"아렌, 자?"

그리고 문틈으로 키르의 얼굴을 확인하는 순간, 내 눈에서 참았던 눈물을 후드득 떨어졌다. 날 발견한 키르가 눈을 크게 뜨더니 뛰어들어 왔다.

"아렌! 뭐야, 왜 울어?"

난 대답 대신 키르의 품으로 파고들었다. 그리고 매달리며 목 놓아 울었다. 키르를 보자 참았던 불안이 터져 나왔다.

허둥지둥하던 키르는 설명을 듣는 것보다 위로가 먼저라 판단한 듯 날 감쌌다.

"무슨 일인지 모르겠지만 괜찮아. 내가 다 알아서 할게. 울지 마."

날 위로하며 꽉 안아 주는 팔에 안도감이 들었다. 그래서 더 참지 않고 모든 눈물을 쏟아냈다. 내 이번 생에 두 번째 오열이었다.

얼마나 울었는지 훌쩍거리는 코맹맹이 소리만 나왔다. 눈이 잘 떠지지 않았고, 머리에 뜨끈한 열이 오를 정도였다. 손수건으로 부족해 키르의 옷을 전부 적실 정도로 눈물을 흘렸다.

내 훌쩍거림이 완전히 사라질 때까지 키르는 날 품은 채 내 눈물을 닦아 주었다.

"이제 괜찮아?"

키르는 내 상태를 물어볼 뿐 왜 울었는지는 묻지 않았다. 키르가 건넨 물을 받아 마신 난 고개를 끄덕였다. 아직 혼란이 가라앉지는 않았지만 눈물을 쏟고 나니 막연하게 몰려오던 두려움은 살짝 가라앉았다.

키르가 내가 먼저 말해 주길 기다리는 걸 알기에 우선 나는 최대한 감정을 정리했다. 어디부터 이야기해야 할까? 우선은 마녀를 찾아갔던 이야기부터 해야겠지.

"얼마 전에 너와 싸우고 가만히 있을 수 없어 마녀를 찾아갔어."

키르의 눈썹이 꿈틀 불만스럽게 휘었다. 하지만 내가 막 운 상태라 화를 내기 힘든지 감정을 재빨리 수습했다.

"왜?"

"저주에 대해 알고 싶어서."

이번에도 키르는 욱한 듯하지만 화를 내지 않았다.

"그래서 뭘 알아냈어?"

"어. 저주를 건 상대와 매개체를 알아낼 수 있는 방법."

"뭐?"

키르가 놀람을 숨기지 못했다. 사실 이 내용은 현자의 서재에 있던 방대한 책들 중에서도 적혀 있지 않은 내용이었다. 그리고 마녀의 뒷골목 주인도 내게 알려주면서도 부정적인 기색이었다. 즉, 쉽게 얻을 수 있는 정보는 아니었다.

키르의 놀람을 보아하니 조사단 쪽도 그런 정보를 따로 알아낸 게 없었던 것 같았다. 서서히 놀람을 잠재우는 키르에게서 기대감이 엿보였다.

그래서 나는 그에게 마녀의 저주를 알아내는 방법은 엄청난 재능이 있는 존재가 사특한 흔적이 남은 마력을 탐색하는 것이라고. 그래서 그게 가능한 엄청난 재능의 소유자, 클레어에게 부탁했다고 설명했다. 그리고 오늘 그 답을 들었다는 사실까지.

"정확히는 마녀나 저주를 건 당사자가 아니라 매개체가 어디 있는지를 알려줬어. 그래서 그 매개체가 있는 곳을 다녀왔어."

"거길 가면 어떡해? 위험할 뻔했잖아! 차라리 내게 말을 해야지!"

내가 말을 하는 족족 표정이 안 좋아지던 키르는 내가 직접 다녀왔다는 소리에 결국 더는 참기 힘든지 버럭 소리쳤다. 그는 왜 바로 자신에게 말하지 않았는지 진심으로 분노하고 걱정하고 있었다.

"클레어가 절대 들킬 리 없다고 약속했거든. 알리기 전에 내가 아는 게 좋을 거란 식으로 행동했고. 그리고……. 그게 맞았어."

다시금 목소리가 떨려왔다. 마음을 다잡았다고 여겼는데 막상 내 입으로 말을 하려니 숨이 다시 막혀 왔다. 그런 내 상태를 알아챈 키르가 화를 가라앉히며 날 품에 당겨 안았다. 강하게 힘주어 안는 손길에 도리어 숨통이 트였다.

귀로 키르의 두근거리는 심장소리가 들렸다. 그 소리에 맞춰 내 심장도 같이 뛰었다. 격해지던 감정이 다시 차분해졌다. 키르는 날 재촉하지 않았다. 덕분에 나는 심호흡하고 다시 이야기를 시작했다.

"클레어가 날 데려간 곳은 현자의 서재였어."

얼마나 놀랐는지 키르가 내 어깨를 잡고 날 떼어냈다. 혼란스러운 눈동자를 보니 그도 엄청 놀란 듯했다. 그 와중에 현자의 서재가 내게 어떤 의미인지 아는 키르가 내 상태를 살피는 모습에 또 감정이 복받쳤다. 다 흘린 줄 알았는데 눈물이 또 나오려 했다.

하지만 이 이상 시간을 끌면 더 말하기 힘들 것 같아 나는 눈에 힘을 준 채 말을 이었다.

"그리고 어떤 연구실에 갔고 거기서 매개체를 확인했어. 사실 난 모르겠지만 클레어가 맞다고 하니까 맞는 것 같아."

"그건 따로 확인하면 되니까."

내가 애써 말하고 있는 걸 안다는 키르의 눈빛에 계속 목이 멨다. 자꾸 울면 안 되는데. 하지만 내가 믿어 왔던 모든 게 무너져 내릴 수 있는 상황이라서 나도 어쩔 수가 없었다.

"그 연구실의 주인이 누군지 확인하려는데 클레어가 누가 온다고 떠나야 한다고 했어."

위험할 뻔했다는 이야기를 듣는 순간 키르가 숨을 들이켰다. '거 봐, 위험할 뻔했잖아!'라고 외치는 듯한 키르의 무시무시한 눈빛을 무시하고 말을 이었다.

"클레어는 즉시 나를 데리고 연구실을 벗어났고. 그런데 마지막에 문을 연 존재의 목소리를 들었어. 그리고 연구실의 주인이 누구인지 알아 버렸어……."

내가 범인을 알아냈단 소리에 키르가 더 긴장했다. 매개체를 보관한 존재가 살인범일 확률이 높다는 걸 키르도 아는 거다. 말해야 하는데. 누가 목을 조르는 것처럼 말이 쉽사리 나오지 않았다. 이 말을 꺼내면 돌이킬 수 없게 되니까.

키르는 끝까지 차분하게 날 기다려 줬다. 난 몇 번 꺽꺽거린 후에야 말할 수 있었다.

"목소리의 주인은 데이브 님이셨어."

이를 악물어 간신히 눈물을 참을 수 있었다. 키르도 얼굴에 떠오른 충격을 감추지 못했다.

대현자가 황족을 시해했다는 건 엄청난 일이었다. 그의 의견은 단순한 개인의 의견이 아니라 '현자의 서재'라는 집단의 의지일 수도 있었다.

나는 아무 말 못하는 키르의 옷자락을 간절하게 붙들며 이마를 그의 가슴에 기댔다. 하지만 키르의 온기로도 위안이 되지 않았다. 나는 인정하고 싶지 않은, 믿을 수 없는 가설을 가까스로 입 밖에 꺼냈다.

"케이티 님과 스승님도 연관되었으면 어떡해?"

케이티 님은 내게 할머니와 같았고, 하프테리 님은 아버지 못지않은 존재였다. 그런 두 사람이……. 상상으로라도 두 사람이 살인 공범이라 생각하고 싶지 않았다. 하지만 갑자기 내게 냉정해진 하프테리 님의 태도가 어쩐지 자꾸 걸렸다. 그날의 그 경고가 무섭게 다가왔다.

가라앉았던 울음이 다시 속에서 복받쳤다. 어떻게 해야 할지 모르겠다. 그렇다고 하프테리 님에게 직접 물어볼 용기도 생기지 않았다.

나는 키르의 옷자락을 힘껏 쥐었다. 구겨지는 게 느껴졌지만 아랑곳하지 않았다. 피가 안 통해 손끝이 저릿해질 정도로 힘을 주는 것밖에 내가 할 수 있는 건 없었다.

키르의 손이 내 손등을 덮더니 그러지 말라는 것처럼 조심스럽게 쓰다듬었다. 그 손길에 나는 간신히 손에 힘을 풀며 느릿하게 고개를 들었다. 나 때문인지 키르는 애써 담담한 얼굴을 하고 있었다.

내가 입술만 달싹이며 할 말을 찾지 못하자 키르가 먼저 말했다.

"네 스승은 아닐 거야."

그저 날 위로하기 꺼낸 말이 아니다. 힘주는 눈빛에 키르가 어떤 사실을 알고 있음을 알 수 있었다.

"뭘 아는 거야?"

"사실 조사단 대표로 **뽑혔을** 때 만났어."

키르와 하프테리 님이 만났다고? 두 사람 사이가 꽤 극악하단 걸 아는 난 의아했다. 키르가 내 손가락을 펴 손을 단단하게 맞잡으며 내 눈을 주시했다.

"처음부터 네 스승은 범인이 현자의 서재에 있는 인물일 것 같다고 의심하고 있었어."

"뭐? 스승님이 예상하고 있었다고?"

"정확히 누구인지는 말하지 않았어. 하지만 짐작하고 있는 듯했어."

하프테리 님이 공범일까 봐 두려웠는데 막상 그게 아닌데다가 도리어 범인을 짐작하고 있었다니. 갑작스럽게 몰려드는 사실에 혼란스러웠다.

"네 스승이 먼저 날 찾아와서 가급적 널 사건에서 떼어 놓아 달라고 부탁했어. 이렇게 네가 충격 받을 걸 알았던 거지."

키르가 덧붙이는 말에 울컥했다. 그래서 내게 냉정하게 구셨구나. 감사함과 죄송함이 뒤섞여 속이 제멋대로 울렁거렸다. 당장 나만 해도 현자의 서재가 연관되었다는 사실에 가슴이 터질 듯 힘들었다.

나보다 더 현자의 서재에 애착이 강했던 하프테리 님은 오죽할까. 여태 쌓아온 믿음이 송두리째 흔들리는 그런 상황에서도 하프테리 님은 날 먼저 챙기신 거다. 힘든 상황에서도 나를 생각해 주신 하프테리 님을 생각하니 더 감정을 정리하기 힘들었다.

하프테리 님은 데이브 님이 범인일 것까지 짐작하셨을까? 그리고 케이티 님은 이 사건과 연관이 있으신 걸까?

진실을 전부 아는 것보다 어디까지 확산될지 모르는 불확실한 사실이 더 불안했다. 정말, 아무것도 모르겠다. 내 마음은 아니라고 생각하는데, 예감이 좋지 않았다. 감정과 이성이 따로 놀아 생각이 제대로 이어지지 않자 나는 키르에게 물었다.

"그럼, 이제 어떻게 되는 거야?"

"우선 아버지랑 상의해야 하지만 내일 조사단이랑 현자의 서재를 찾아갈 확률이 높아. 가서 더 늦기 전에 매개체를 찾아야 하니까."

당연한 말인데 왜 이렇게 기운이 빠질까. 내가 어깨를 축 늘어뜨리자 키르가 재빨리 덧붙였다.

"네 스승도 그때 함께 갈 거야. 도착해서 물건을 찾기 전까지는 네게 들은 사실은 알리지 않을 작정이고."

하지만 키르가 한 말은 위로가 아니라 더 두려움을 주는 내용이었다. 매개체를 찾는 순간 하프테리 님의 반응을 보고 그분을 믿을지 말지 판단하겠다는 소리가 아닌가. 만약 방해를 하거나 당황하면 공범일 테고, 충격에 빠지면 관련이 없다는 걸 알 수 있을 테니까.

날 달래기 위해 저렇게 말하지만 결국 키르는 하프테리 님을 의심하고 있었다. 하지만 어째서 하프테리 님의 말을 믿지 않냐고 키르에게 따질 수 없었다. 그 와중에 내 마음에도 불안함이 남아 있었으니까.

'현자의 서재에 의심스러운 사람이 있어서 조심한다'는 하프테리 님의 주장을 믿기엔 그분의 행동 중 이해가 가지 않는 점이 있었다.

바로 황태자비님을 용의자로 지적하고 법정에 세운 점이었다.

현자의 서재 인물을 의심했다면 바로 재판을 열 게 아니라 더 조사를 했어야 했다. 하지만 그는 그러지 않았다. 만일 두 번째 살인 사건이 일어나지 않았다면 바로 황태자비님의 재판을 치렀을 거다.

혹시 하프테리 님은 대충 사건을 무마하려던 게 아니었을까? 공범이 아니라면 그런 선택을 할 이유가 없잖아. 이런 불안한 생각이 남아 있었다. 그건 키르도 마찬가지인 듯했다. 진짜 무슨 말을 해야 할지 모르겠다.

내가 눌러 담듯 힘겹게 숨을 쉬자 키르가 말했다.

"그래도 매개체를 찾으면 범인을 잡을 수 있으니까. 그러면 황족 살인 사건은 마무리가 될 거야."

저주란 건 그 지독한 특성을 그대로 가져가 사용자에게도 흔적을 꽤 질게 남긴다. 그래서 매개체를 부숴 보면 범인과 마녀 모두 잡을 수 있다. 그 중요한 매개체의 존재를 확인했으니 황족 살해 사건은 마무리가 될 조짐이지만 일이 어디까지 갈지 두려웠다.

혹시, 라는 생각을 한번 시작하니 현자의 서재 인물 대부분이 참여한 건 아닌가 하는 최악의 상황까지 생각해 버렸다. 누구 하나 믿지 못하겠다. 내가 알고 있는 사실이 맞긴 한 건지 의문이 들 정도로 혼란스러워서 머리까지 어지러웠다.

오늘 밤은 매우 긴 밤이 될 것 같았다. 두려움에 떨다가 내일 최악의 결과를 듣게 되면 어떡하지? 그런 걱정을 하다 보니 마음이 무거웠다. 차라리 클레어의 실수였고, 전부 내 오해이길 빌었다. 하지만 그렇지 않겠지.

"특혜를 바라는 건 아니야. 그래도 스승님을 조금만 신경써 줘……."

내가 할 수 있는 건 키르에게 하프테리 님을 부탁하는 것밖에 없었다. 키르는 답하는 대신 내 손을 꽉 잡았다. 양손 모두 얽힌 그 상태로 내게 단호한 시선을 보냈다.

"그것보다 네가 한 행동들 전부 위험했어. 알지?"

키르의 입에서 나온 건 내 부탁에 대한 대답이 아니었다. 지키지 못할 약속을 하고 싶지 않아서 말을 돌리는 건가? 나는 키르의 눈치를 조심스럽게 살폈다.

"거기에 마녀가 있었으면 어떡할 뻔했어? 정말 완벽히 안전하다고 자신할 수 있어서 따라갔던 거야?"

키르의 말을 듣고 보니 현자의 서재 내부에 마녀가 있을 수 있었단 걸 깨달았다.

"클레어가 지켜준다고 해서……."

"믿을 수가 있어야지!"

"미안해……."

사실 위험을 인지하고는 있었다. 클레어가 지켜 준다고 약속했어도,

그녀를 따라 간 게 잘한 건지는 계속 후회가 남았다.

물론 그녀를 따라갔기에 데이브 님이 사건과 연관이 있다는 걸 알아낼 수 있었다. 하지만 사건의 중심지에 제 발로 걸어 들어간 거고 만약의 상황이란 것도 무시할 수 없었다. 클레어가 대단하단 건 알지만 전투 상황을 직접 본 것은 아니었으니까.

"잘못했지?"

"응."

순순히 답했는데 내 손을 쥔 키르의 손과 눈에 더욱 힘이 들어갔다. 어째 갑자기 날 혼내려는 분위기다. 싸하게 변하는 기색에 눈치만 보는데 키르가 입을 열었다.

"그럼 벌을 받아야겠지?"

뭐, 벌? 미쳤어? 누가 누구한테 벌을 줘! 키르의 요구가 당황스러워 입에서 격한 반발이 튀어나올 뻔했다.

"너무해."

그래도 순순히 받아들일 순 없는 요구라 나는 작게 투덜거렸다. 절로 내 입술이 삐죽 솟았다. 애도 아니고 어떤 벌을 주려고. 혹시 반성문도 쓰라고 하는 거 아니야? 그거 화날지도.

물론 키르가 날 걱정해서 이런 말을 한 건 안다. 알기야 하지만 이미 다 지난 일 가지고 어린애 혼내듯 벌을 운운하니 서운했다. 거기다가 진지한 키르의 눈빛이 불안하기까지 했다.

"자."

불쑥 키르의 얼굴이 가깝게 내려왔다. 나도 모르게 반사적으로 고개를 뒤로 뺐다. 그러자 키르의 눈썹이 불만스럽게 휘었다.

"왜 피해?"

왜 피하냐니, 방금 심각한 이야기 하다가 너야말로 뭐 하는 거야?

"너야말로 갑자기 왜 그래?"

탐탁지 않은지 키르의 표정이 일그러졌다. 어째 저거 '이 눈치 없는 것' 하면서 나를 욕하는 기분인데?

"뭐야?"

내 퉁명스러운 어조에 키르가 한숨을 쉬었다.

"별로 키스해 달라고."

키르와 애정 표현이 거침없어지고 익숙해졌다고 생각하지만 이렇게 예상 못한 곳에서 치고 들어올 땐 당혹스러웠다. 그리고 그 신호를 내가 알아차리지 못했단 사실이 더 부끄러웠다.

아니, 애정 표현도 때를 가려야지!

"우리 방금 심각한 이야기 하고 있었어!"

그 상황에 말이 되는 전개야? 내가 오열을 하고 주변 사람들 걱정하느라 정신이 없는데, 지금 키스해 달라고 조를 타이밍이냐고! 내가 경고의 눈빛을 보냈지만 키르는 굴하지 않았다.

"그러니까 하는 이야기지."

도리어 시선을 느릿하게 움직여 나를 핥듯이 응시했다. 눈빛 하나로 키르는 순식간에 묘한 긴장감을 불러 일으켰다. 이렇게 갑작스러운 분위기 반전은 너무한 거 아니야? 내가 어쩌지 못하는 사이, 말랑한 입술이 내 입술에 살짝 닿았다가 떨어졌다.

"갑자기 뭐……."

또 다시 입술 위에 가볍게 키르의 입술이 닿아 나는 더 말을 잇지 못했다. 키르의 입술 위에서 말하면 어쩐지 더 적나라한 감촉이 느껴졌으니까. 얼굴이 확 달아올랐다. 키르와 스킨십이 싫은 건 아니다. 그냥 이 상황에 어색하다고 느껴질 뿐이지.

내가 고장 난 로봇처럼 멈춰 버리자 다시 키르의 입술이 떨어져 나갔고 두 입술 사이에 살짝 공간이 생겼다. 조심스럽게 참았던 숨을 몰아쉬었다. 심장이 콩닥콩닥 뛴다.

아무리 그래도 지금 이건 너무한 거 같아서 내가 막 키르의 행동을 제지하려고 할 때였다.

"너, 나 나가고 나면 이 상태로는 밤새 고민하느라 잠도 못 잘 거잖아."

이상한 일이다. 키르의 느릿한 목소리는 날 걱정하는 게 아니라 유혹하는 것처럼 들렸다. 물론 그의 말이 맞았다. 이대로면 나는 걱정 때문에 잠을 설칠 게 뻔했다.

"그래도 그렇지. 그거랑 키스랑 무슨 상관이야?"

"이렇게 하면 네가 내 생각만 하느라 다른 생각을 못하게 될 게 뻔하잖아."

키르의 당당한 말에 나도 모르게 입을 벌렸다. 아니, 이건 무슨 엄청난 자신감이야? 오랜만에 오만한 키르가 튀어나왔나 보다.

하지만 내가 따지기 전에 벌어진 입술 틈으로 키르의 입술이 겹쳐졌다. 순간 멈칫했지만 전해져 오는 호흡에 난 거부하는 대신 눈을 감았다. 아찔한 감각이 입술 끝에서부터 번졌다.

나도 참 단순하다. 키르의 말이 맞다. 방금 전까지 걱정으로 미칠 것 같았던 난 어느 순간 그가 주는 아득함만 느끼고 있었다. 머릿속이 텅 비었다. 그저 입술에서 번지는 감각만을 좇았다.

쉼 없이 입술이 맞물렸다. 호흡 때문에 잠시 떨어졌다가도 금세 다가와 입술을 깨무는 감각에 몸을 떨었다.

입을 맞추면서 키르가 나를 안아들었다. 난 떨어지지 않게 키르에게 매달렸다. 등 뒤로 침대가 닿는 걸 느꼈다. 내가 눈을 뜨는 순간에 맞춰 입술이 멀어졌다. 의자에서 키스할 때와 침대에 누운 상태의 느낌은 또 달랐다. 나를 내려다보는 키르의 눈동자를 보자 엄한 긴장감이 감돌았다.

키스의 여파로 색색 입술 사이로 흩어지는 격렬한 내 숨소리가 야해 억눌러야 했다. 그걸 보고 느릿한 웃음을 짓는 키르의 얼굴은 또 정신 나갈 정도로 예뻤다. 다시 기울어지는 얼굴에 나는 눈을 감았다.

"다른 생각은 하지 마."

쪽, 하고 와 닿는 입술의 감촉에 두근거림이 더 커졌다. 온몸이 심장이 된 것처럼 울렸다. 이렇게 정신 팔릴 때가 아닌데, 설레고 좋아할 때가 아닌데.

"내 생각만 해."

하지만 작게 속삭이는 목소리에 키르 말고는 아무 생각도 나지 않았다.

웃기게도 키르의 행동은 효과적이었다. 그렇게 불안함에 눈물을 흘렸다는 게 거짓인 것처럼 나는 키르가 주는 나른함에 취해 늘어졌다. 눈을 감은 내 얼굴 위로 키르는 사뿐히 내려앉는 듯한 달콤한 입맞춤을 끊임없이 해 주었다.

그리고 그 토닥거리는 손놀림에 어느새 난 긴장을 풀고 잠이 들었다. 얼마나 지쳤는지 뒤척이지도 않고.

다음날, 나는 빈말이라도 이른 시간이라고 하기 힘든 느지막한 시간에 눈을 떴다. 내가 이렇게까지 무딘 사람인 건가 싶어 자괴감이 왔다. 키르가 요망한 건지, 내가 멍청한 건지 모르겠다. 어제 대화가 어영부영 끝난 것 같아 나는 정신을 차리고 키르를 찾았다.

"키르는요?"

"대공자님은 아침 일찍 외출하셨습니다."

집사님이 내 식사를 챙기며 짧게 답했다. 늦게 일어나 입맛이 없다고 거절했음에도 집사님은 '대공자님이 아가씨 식사는 꼭 챙기라고 하셨습니다'라고 답한 후 대신 먹기 편한 음식들로 내왔다.

"다른 분들도요?"

"네. 대공자님과 함께 외출하신 건 아니지만 비슷한 시간대에 외출하셨습니다."

점심시간인데 혼자 식사하는 이유를 물었더니 이런 답이 돌아왔다.

다들 외출이라니, 어제 말한 대로 일을 진행하려고 서두른 걸까? 그런 일에 시간을 끄는 건 안 좋으니 서두른 건 이해하지만.

밖을 내다 봤더니 해가 중천에 떠 있었다. 아침에 날 깨우지 않고 그냥 나간 건 얌전히 기다리란 소리겠지. 하지만 그저 가만히 기다리기엔 마음이 편치 않았다. 여러 상념이 나를 어지럽혔다.

이미 매개체를 회수했을까? 정말 데이브 님이 진범일까? 하프테리 님은 공범이 아닌 게 확실하겠지? 현자의 서재 사람은 대체 누구까지 관련이 있는 거지? 그러고 보니 나에 대한 보고서. 그건 어째서 필요했던 걸까. 알고 싶은 일이 너무 많았다.

먹먹하게 차오르는 질문 대신 나는 조용히 수프를 한입 떴다. 하지만 기계적으로 음식을 넘기다가 도저히 넘어가지 않는 느낌에 결국 포크를 내려놓았다. 다행히 집사님은 더 권하지 않고 식기를 정리했다.

"잘 먹었습니다."

나는 집사님에게 감사 인사를 한 뒤 식당을 벗어났다. 복도를 거닐던 중 저택에 이상하리만치 적막감이 감도는 걸 느꼈다. 원래도 사람 냄새 나고 복작복작한 공간은 아니지만, 그래도 꽤 많은 사람이 머무는 장소에 걸맞는 생활 소음이 있었다.

하지만 오늘은 저택의 분위기가 썰렁했다. 내 심란한 기분 탓이라고 하기엔 무언가 피부로 와 닿았다.

"저기요. 혹시 저택에 무슨 일 있어요?"

무시하기엔 찜찜해서 지나가는 하녀를 붙잡아 물었다. 하녀는 왜 그런 질문을 하는지 모르겠단 표정을 지었다.

"무슨 말씀이세요?"

"이상하게 저택이 조용한 것 같아서요."

"아……. 기사님들뿐만 아니라 경비병까지 대부분이 외출해서 그렇습니다."

하녀의 대답에 먹먹하던 마음이 완전히 틀어 막히는 것 같았다. 하녀의 말은 즉 무력을 사용할 수 있는 대공가의 인물 대부분이 동원되었다는 소리다. 그리고 그들이 할 일은 하나다. 키르를 돕는 것.

조사단뿐만 아니라 개인 사병을 동원해야 할 정도라니. 간단한 일이 아니란 걸 알면서도 무력 동원을 해야 할 상황이 오니 또 마음이 편치 않았다.

그렇게 인원을 대동할 정도로 엄청난 일인데도 의외로 저택 사람들은 평온했다. 그건 내 예상보다 심각한 일은 아니란 건가?

"저 이만 가 봐도 될까요?"

하녀의 부름에 정신이 들었다. 질문한답시고 바쁘게 일하던 사람 붙잡고 상념에 빠지다니. 요즘의 난 나사 하나 빠진 사람 같았다.

같은 평민이라고 해도 이곳에서 일하는 사람들에게 난 어려운 존재였다. 아버지가 기사 단장이란 걸 제외하고도 키르가 날 얼마나 아끼는지 아니까 막대할 수 없겠지. 그래서인지 몇 년을 보아 왔어도 하녀들은 늘 상전을 대하듯 내게 조심스럽게 굴었다. 그런 걸 보면 공국과는 참 달랐다. 거기서 난 모두의 막내딸처럼 컸는데.

"바쁜데 제가 오래 잡아 죄송해요. 감사합니다. 볼일 보셔도 돼요."

"그럼."

내 허락이 있고 나서야 하녀는 고개를 꾸벅 숙인 후 볼일을 보러 움직였다. 나는 이래저래 마음이 불편해져 서재로 향했다. 책을 보면 집중하느라 시간이 빨리 가지 않을까 해서였다.

하지만 심란함이 크면 집중하는 것도 힘든가 보다. 정신을 차려 보니 나는 책장을 얼마 넘기지도 못한 채 멍하니 있었다. 오늘만 지나면 이 엄청난 사건이 해결될 것 같은데, 그 오늘이 지날 기미가 보이지 않았다.

몇 번이고 책을 폈다가 덮었다. 가만히 있을수록 초조함이 몰려왔다. 괜찮다고 생각해도 진정되지 않았다. 다리는 경박하게 덜덜 떨렸고, 입에서는 의식하지 않아도 절로 한숨이 나왔다.

한숨을 쉬면 쉴수록 마음이 더 무거워졌다. 기다림이란 게 이렇게 끔찍한 일인지 처음 느꼈다.

몇 번을 고민하며 망설이던 나는 결국 몸을 일으켰다. 키르가 원하지는 않겠지만 이대로 저택에서 기다리기엔 내 심장이 버티지 못할 것 같았다.

일에 참견하겠다는 소리가 아니다. 그냥 멀리서 보기만 해야지. 그런 충동으로 난 저택을 나섰다. 어쩐지 마차를 준비해 달라고 하기 꺼려져 그냥 걸어갔다. 하지만 걸어가면서도 마음이 진정되지 않았다.

사실 지금 내가 현자의 서재에 간다고 해도 어떤 상황을 보기 힘들 거라 생각했다. 점심시간이 훌쩍 지났고, 조사단원들은 일찍부터 움직였을 테니 벌써 상황 정리가 됐을지도 모른다. 내가 힌트를 준 덕분에 현자의 서재 전체를 수사하는 게 아니라 데이브 님의 연구실만 뒤지면 되니까.

그래도 뭐라도 알고 싶은 마음으로 움직였는데 막상 현자의 서재가 가까워질수록 내 발걸음은 무거워졌다. 출발할 때만 해도 멀리서나마 어떤 정보라도 얻겠지 싶은 긍정적인 생각을 하고 있었다.

하지만 막상 닥쳐오니 부정적인 생각만 들었다. 상황에 이리저리 쉽게 흔들리고 헤맨다. 인간은 이토록 나약한 존재임을 새삼 깨달았다.

다시 저택으로 돌아갈까, 하는 생각이 강해질 때였다. 갑자기 뒤에서 말발굽 소리가 들렸다. 뭐가 그리 급한지 빠른 속도로 가까워지는 소리에 나는 괜한 사고 당하지 않게 길가 쪽으로 바짝 붙었다.

내 옆으로 말이 빠르게 스쳐지나갔다.

길 한복판에서 저렇게 위험하게 말을 몰다니 저러다가 사고라도 나는 거 아니야? 그렇게 내가 생각할 때, 잘 달리던 말이 비명을 질렀다.

갑자기 고삐가 당겨진 듯 말이 애처롭게 울며 앞발을 들었다. 한동안 흥분해 날뛰던 말은 위에 탄 사람이 다독이는 행동에 곧 잠잠해졌다. 저게 무슨 난리람. 갑자기 길 한복판을 달리는 것도 민폐인데 갑자기 멈춰서 말이 저 난리를 치게 만들어? 도대체 뭐 하는 사람인가 싶었다.

그때, 돌아선 말 위에 올라탄 사람과 눈이 마주쳤다. 나도 아는 사람이었다. 물론, 여기서 이렇게 만날 거라고 전혀 짐작도 하지 못했지만. 당혹스러워 내가 헛바람을 삼켰다. 상대도 날 알아본 듯 내 쪽으로 천천히 말을 몰아 다가왔다.

"역시, 영애가 맞았군."

말을 멈춘 사람은 제일런 황자였다. 아니, 이 사람 요즘 왜 시도 때도 없이 튀어 나와? 의외의 상황에 굳은 나와 달리 황자는 늘 그렇듯 그는 반가운 사람을 만난 표정이었다.

"황자님을 뵙습니다."

나는 인사를 하면서도 제일런 황자가 왜 이곳에 있는 건지 알 수 없어 혼란스러웠다.

"영애도 현자의 서재로 가는 중인가?"

제일런 황자는 급한지 처음부터 직구를 날렸다. 그 질문으로 나는 제일런 황자가 저렇게 다급한 이유와 목적지를 알 수 있었다. 이 사람도 조사단을 보러 움직인 거다.

"황자님도 그곳에 가세요?"

"궁금하니까 가 봐야지. 조사단이 그곳으로 출발했단 소리를 너무 뒤늦게 들었어. 그런데 영애는 왜 이제야 움직이지?"

순순히 답해 줘도 될까? 공교롭게 자꾸 만나니 황자에 대한 의심이 생길 수밖에 없었다. 무엇보다도 나에 대한 보고서가 있다는 점이 신경 쓰였다. 그걸 데이브 님만 봤다는 보장이 없었으니까.

하지만 다른 사람이라면 모를까 황자씩이나 되는 분이 날 잡겠다고 몸소 기다리는 상황은 말이 안됐다. 내가 그 정도로 거물은 절대 아니니까.

"제가 갈 곳이 아니라고 생각해서 망설였어요."

"그런 생각이면 안 가는 게 낫지 않나?"

그걸 질문이라고 하나?

"그냥 기다리기엔 초조하고 힘드니까요."

설명을 덧붙이자 그제야 제일런 황자는 고개를 끄덕였다. 상대의 지위가 황자라 내가 과하게 의식해서 그럴까? 어쩐지 이 사람은 딱히 내게 뭘 한 게 없어도 만날 때마다 피곤했다.

그때 제일런 황자가 의외의 제안을 했다.

"어차피 가는 길이니까 태워 줄까?"

마차도 아니고 말을? 그것도 황자가 모는 말을 얻어 타라고? 황송해서 어디 엉덩이 붙이고 있을 수 있겠는가.

"아니요. 다급하셨던 거 같은데 먼저 가세요."

내 거절이 예의상 하는 말로 들렸을까? 황자는 고개를 갸웃하며 다시 물었다.

"그래서 묻는 거야. 나도 소식을 늦게 들어서 지금 가도 늦었을 거야. 상황이 벌써 마무리 되었을 지도 모르는데 느긋하게 가도 괜찮겠어? 영애도 상황이 궁금해서 가던 중 아니야?"

제일런 황자의 말이 구구절절 맞는 말이지만 선뜻 답이 나오지 않았다. 현장 정리가 완전히 된 후엔 어떤 이야기도 주워듣기 힘들 거다. '지금도 늦었다'는 말이 무겁게 다가 왔다.

"그럼……. 근처까지만 데려다주실래요?"

황자는 내 요청이 있자 망설임 없이 말에서 뛰어내렸다. 그리고 그는 할 말이 있는 것처럼 내 눈치를 봤다. 이제 와서 안 된다는 건가?

"실례가 되지 않는다면……. 내가 영애를 들어서 말에 태워도 될까?"

눈앞의 말은 황족 소유의 말이라서 그런지 길거리 짐마차보다 튼실했다. 말의 높이는 어마어마했고 승마 경험이 없는 내가 홀로 올라탈 수 있는 높이가 아니었다. 황자는 아무래도 전에 날 들어 올렸다가 뺨맞은 걸 기억해서 저리 망설이나 보다.

어쩔 수 없는 상황이고 이번엔 눈치껏 허락도 구하니 나는 고개를 끄덕여 허락했다.

"그럼, 실례하지."

다행이란 표정을 지은 제일런 황자가 내 허리를 붙잡아 달랑 들어 올려 말에 앉혔다. 내겐 익숙한 자세지만 이걸 황자한테 또 당할 줄이야. 한심함과 부끄러움이 뒤섞인 복잡한 감정이 들었다.

하지만 그런 생각도 곧 사라졌다. 처음 앉은 말 위는 꽤 무서웠으니까. 훌쩍 높아진 높이에 아찔했다. 낯선 존재가 탄 것이 싫은지 말이 슬금슬금 움직여서 더 무서웠다.

내가 아무래도 내려야겠다고 말하기 직전, 제일런 황자는 손쉽게 내 뒤에 올라탔다. 뒤에서 팔을 뻗어 고삐를 잡았을 땐 헉 소리가 튀어나올 뻔한 걸 참았다. 정말 생각지도 못한 자세였다.

낯선 남자가 뒤에 바짝 붙어 앉는 상황에 말에 대한 두려움보다 부담감이 커졌다. 키르에게 안겼을 때완 다른 의미로 불편한 느낌이다. 뒷목을 타고 오싹한 소름이 돋았다. 이렇게 밀착하게 될 줄 몰랐는데. 뒤늦게 나는 말을 얻어 타겠다고 말한 걸 후회했다.

"출발해도 될까?"

뒤에서 들린 황자의 목소리에 몸이 움찔 떨렸다. 의식하고 싶지 않은데 의식이 된다. 그래도 애써 침착한 목소리를 냈다.

"네. 참, 너무 빨리 달리지는 말아 주세요. 저 말은 처음 타요."

허세 부릴 일은 아니라고 생각해 숨기지 않고 털어놓았다. 말 위에 앉아 있는 것만으로 정말 무서웠다. 단순히 낯선 사람이 뒤에 있어서 두근대는 것이 아니었다.

"말을 처음 타?"

황자의 놀란 목소리가 뒤에서 들려왔다. 그야 그렇겠지. 승마는 귀족의 대중적인 놀이 중 하나였다. 그리고 귀족 중의 귀족인 키르와 어울리는 내가 말을 타 보지 않았다는 사실이 황자에겐 놀라운 일인가 보다.

하지만 여기에는 다 사연이 있다.

어린 시절, 키르가 자신의 말을 자랑했을 때 내가 기절한 일이 기억에 남았는지 그 뒤로 내게 승마를 비롯해 말에 관련된 활동은 권하지 않았다. 키르가 다 나를 배려해서 한 행동인데.

"네. 말을 처음 탈 수도 있죠."

이런 걸로 놀라는 게 더 이상한 거지. 그러고 보면 키르는 예전부터 내가 싫어하는 일이나 기절할 것 같은 일을 악착같이 피했다. 그게 이상하거나 어색하다고 느껴 본 적 없었는데.

황자의 이런 질문을 듣고 나니, 내가 아주 어린 시절부터 키르에게 보호와 사랑을 받고 있었음이 새삼스럽게 느껴졌다.

으악! 사랑받고 있었다니! 내가 떠올린 단어가 낯간지럽다. 그럴 때가 아닌데 묘하게 감정이 콩닥거렸다.

"……그러네. 처음 탈 수도 있는 거네. 알았어, 조심히 몰지."

내 말이 뾰족하게 느껴졌는지 제일런 황자의 목소리에 힘이 빠졌다. 그리고 제일런 황자가 말을 천천히 몰기 시작했다.

처음 말을 탄 느낌을 설명하자면 굉장히 불편했다. 붙잡을 곳도 찾지 못하겠고, 이리저리 엉덩이가 튀어오르는 것도 신경 쓰이고, 중심을 잡지 못해 휘청거려 내 등과 제일런 황자의 가슴이 닿는 것도 어색했다.

얼어 탄다고 결정할 땐 별 생각이 없는데 뒤에서 껴안듯 붙어 있는 자세도 격하게 의식됐다. 그러고 보면 이거 허리에 손을 대는 것보다 더 애매한 자세 아닌가? 이 모습을 키르가 보면 화낼 텐데.

고작 대화했다고 질투했던 키르의 행동이 떠올랐다. 아니, 단순히 화내는 수준이 아닐 것 같다. 현자의 서재에서 적당히 떨어진 곳에 내려야 할 이유가 하나 더 늘었다.

약속대로 황자는 느릿하게 말을 몰았다. 그래도 확실히 내가 걷는 것보다는 빨랐다.

어느덧 현자의 서재 끄트머리가 보였다. 그와 동시에 그곳의 상황이 눈에 들어오기 시작했다.

많은 수의 경비병이 사람이 드나들기 힘들 정도로 현자의 서재를 촘촘히 둘러싸고 있는 모습에 숨이 턱턱 막혔다. 아직도 조사 진행 중인 건가? 조사가 끝났다고 보기엔 분위기가 삼엄했다. 심장이 내 것이 아닌 것처럼 뛰었다.

"이쯤에서 내려 줄까?"

아까 내가 근처에서 내려 달란 소리를 기억했는지 황자가 물었다. 하지만 내 입술은 이상하게도 굳어 버린 것처럼 움직이지 않았다. 다시 불안이 불쑥 치솟아 올라 날 절망 속으로 끄집어 내리는 것 같았다.

내가 내려 달라고 답하기 직전에 현자의 서재 입구에서 한 무더기의 사람이 쏟아졌다. 제일 앞에 있는 하프테리 님이 눈에 들어왔다. 잔뜩 굳은 표정이었지만 하프테리 님의 얼굴을 보는 순간 안도감이 내 전신을 쓸고 지나갔다.

다행히 하프테리 님이 강제 연행되는 분위기가 아니었다. 오히려 이 상황을 지휘하는 것처럼 보여 눈물을 쏟을 뻔했다. 내가 감정에 젖어 있는 사이에도 제일런 황자는 말을 천천히 몰았다.

그러다 보니 우리가 탄 말은 경비병들이 지키는 선 가까이 도착했다. 황자를 알아본 경비병들이 제지는커녕 긴장해서 경례를 했다.

키르와 함께할 때와 비슷한 반응을 경비병들이 보이니 내 뒤에 앉은 허당미 넘치는 남자가 황자가 맞긴 하구나, 하는 새삼스러움이 들었다.

⋯⋯그런데 키르는 어디 있지?

내가 의문을 느낄 때 하프테리 님과 눈이 딱 마주쳤다.

"아렌? 네가 왜 여기 있⋯⋯. 이 상황에 속이셨습니까?"

날 발견한 하프테리 님이 경악하다가 곧 뒤를 돌아보며 화를 터트렸다. 무얼 속였다는 소린지는 모르겠는데.

그러다 하프테리 님을 따라 시선을 돌린 난 눈앞의 상황이 믿기지 않았다. 어제 몰래 침입했을 때 목소리를 들었으니 데이브 님이 이 사건과 연관이 있을 거란 건 짐작을 했다.

하지만 방금 하프테리 님이 소리친 상대는 다른 사람이었다. 내가 하프테리 님 다음으로 정말 믿었던 분. 그리고 이분만은 아니길 제발 빌었던 분. 내게 할머니가 있다면 이런 분일 거라고 의지했던 케이티 님이였다. 도저히 믿기지 않았다.

어떻게 그럴 수 있지? 내게 그렇게 인자하던, 세상에서 제일 다정한 사람이라 여겼는데. 왜? 데이브 님보다 더 충격적이었다. 내게 케이티 님의 존재는 데이브 님보다 훨씬 컸으니까.

애당초 난 데이브 님이 범인일지 몰라서 무서웠던 게 아니었다. 이렇게 케이티 님까지 연관되어 있을까 봐 두려웠던 거였다. 속이 울렁거렸다. 몸에 기운이 쭉 빠졌다.

등 뒤로 황자의 몸이 닿는 걸 느꼈지만 그걸 의식할 정신이 없었다. 아니, 오히려 지금 나를 감싸고 있는 황자가 아니었다면 쓰러졌을지도 모른다. 그 정도로 몸의 기운이 쭉 빠졌다.

눈앞이 자꾸 흐려져서 눈에 힘을 줬다. 덜덜 떨리는 몸을 숨기려 치맛자락을 움켜쥐었다. 참담함에 숨이 막혔다.

"어찌 이러실 수 있으십니까!"

하프테리 님이 사납게 외쳤다.

"이 또한 기회니까."

하프테리 님의 외침에 기사들에게 붙들려 있던 케이티 님은 내가 생전 처음 보는 표독스러운 표정으로 웃고 계셨다.

지금의 케이티 님은 내가 알던 사람 같지 않았다. 더 무서운 건 뒤에 끌려오는 사람 중에 포포 아저씨도 있었단 점이었다. 울컥 속에서 무언가 쏟아져 나올 것만 같았다.

나와 눈이 마주친 포포 아저씨는 시선을 피했다. 그 태도의 의미는 명백했다. 자신이 공범임을 인정하는 과정에서 나오는 죄책감.

날 마녀의 뒷골목으로 심부름을 보낸 것도 계획했던 거구나. 이들은 처음부터 날 이용한 거였어. 충격이 너무 크면 눈물도 나오지 않은가 보다. 막 치솟던 서글픔과 혼란이 점차 메마르며 차분해졌다.

"비록 이렇게 끝나 버렸지만 한 명이라도 더 처리할 수 있어서 다행이야."

케이티 님의 온화하던 눈동자가 무서울 정도로 빛났다. 길게 찢어지는 미소는 흉악했고 눈동자엔 악독함이 담겨 있었다.

"제발 그만하십시오!"

하프테리 님이 간절함을 담아 외쳤지만 케이티 님은 냉정한 목소리로 반문했다.

"내가 왜 그래야 하지? 저들은 우릴 봐주지 않았는데?"

정말 왜 그래야 하는지 모른다는 듯한 케이티 님의 감정이 전달되었다. 해묵은 그 감정은 내가 듣기에도 처절하고 지독했다. 하프테리 님이 아랫입술을 짓씹었다. 감정을 이렇게까지 숨기지 못하는 하프테리 님은 처음이었다.

두 사람의 대화가 너무 단편적이라 무슨 상황인지 모르겠다. 그러나 정체 모를 불안감이 나를 좀먹고 있었다. 어쩐지 저 대화 속에 불길한 신호가 들어 있는 것만 같았다.

"도대체 어떻게 된 거지?"

나와 마찬가지로 상황 파악이 안 된 제일런 황자가 질문했다. 뒤늦게 황자를 알아본 하프테리 님이 고개를 숙였다.

"마녀의 저주를 이용한 연쇄 살인범 용의자로 여기……. 케이티 로렌스를 잡았습니다. 증거로 저주의 매개체를 찾았으니 법정에서 죄를 밝힐 수 있을 겁니다."

하프테리 님은 최대한 침착하게 말하려고 노력하셨다. 하지만 망설임과 흔들림이 뒤섞인 음성을 숨기지 못했다. 이렇게 하프테리 님 입으로 직접 들으니 더는 부정할 수 없었다. 하프테리 님은 '용의자'라고 돌려 말했지만 케이티 님이 진범이 분명했다.

"이자가 범인이라고?"

"운이 좋네. 너도 죽였어야 하는데. 제국 황실의 핏줄 따위는 이 세상에서 전부 사라지는 게 오히려 세상에 도움이 될 걸."

케이티 님은 무서운 눈으로 황자를 노려봤다. 살의가 느껴지는 목소리에 내가 다 떨렸다. 그리고 제일런 황자에게 안기다시피 앉아 있는 날 보더니 케이티 님은 입가를 끌어올려 웃었다. 심장이 철렁 내려앉을 정도로 기괴한 미소였다.

간신히 가라앉은 마음이 다시 파동을 쳤다. 마음이 아프면서 두려워 이를 악물었다. 그래도 내게 죄책감을 가졌던 포포 아저씨와 달리 케이티 님에게선 그런 기색을 조금도 볼 수 없었다.

날 이용했다는 죄책감은 애초에 없는 것 같았다. 오히려 지금도 기회를 잡았다고 보는 것 같았다. 왜? 어떤 걸? 굳어 버린 머리를 억지로 굴렸다. 혼란스러워 조금 전 놓친 대화를 곱씹었다.

그러고 보니 하프테리 님은 날 보자마자 놀라셨다. 그리고…….

"아렌? 네가 왜 여기 있……. 이 상황에 속이셨습니까?"

케이티 님에게 다그치듯 외쳤다. 케이티 님이 어떤 것을 속이고 있단 소리였다.

"이 또한 기회니까."

케이티 님은 하프테리 님의 말을 부정하지 않았다. 그뿐만 아니라 오히려 '기회'라고 말씀하셨고.

"비록 이렇게 끝나 버렸지만, 한 명이라도 더 처리할 수 있어서 다행이야."

한 명이라도 더 '처리할 수 있다'는 말에서 그녀가 세 번째 범죄를 계획 중이라는 점을 알 수 있었다.

"운이 좋네. 너도 죽였어야 하는데. 제국 황실의 핏줄 따위는 이 세상에서 전부 사라지는 게 오히려 세상에 도움이 될 걸."

저 말에서는 케이티 님의 황족에 대한 짙은 증오가 느껴졌다.

동기가 확실하다면 다음 범죄 대상이 누구일지 예측하기 쉽다. 이 상황에서 그녀의 다음 목표는 '황실의 피가 조금이라도 흐르는 존재'. 그리고 아까 내게 보낸 케이티 님의 의미심장한 눈빛과 미소.

"······어디 있어요?"

가까스로 질문을 토해 낼 수 있었다. 딱히 이름을 말하지 않았음에도 내가 누구를 찾는지 알아챈 하프테리 님의 표정이 흐려졌다.

"아렌······. 그게······."

하프테리 님은 차마 말하지 못하겠다는 듯 머뭇거리는 태도였다. 그러고 보니 아까 날 봤을 때 하프테리 님이 보인 경악이 머리에서 다시 떠올랐다. 극도로 예민해지며 초조함이 몰려왔다. 아닐 거라 믿고 싶었다. 얼른 괜찮다는 말을 들어야 했다. 난 비명처럼 외쳤다.

"키르, 어디 있냐고요!"

아까부터 키르가 보이지 않았다.

"아렌, 라인폰트 대공자가 어디 있는지 알고 싶은 모양이구나?"

케이티 님은 평소와 다를 바 없이 온화하게 웃으며 나긋하게 나를 불렀다. 그런 그녀의 가식적인 태도가 무서웠다.

키르의 위치를 물으면서도 난 사실 내심 기대하고 있었다. 제발 그가 여기 오지 않았다고 답하기를. 하지만 케이티 님의 태도와 하프테리 님의 표정으로 그건 내 헛된 희망임을 알아챘다.

"설마······. 라인폰트 대공자가 저자의 함정에 빠졌다는 소린가?"

이런 이야기는 상상도 못했는지 뒤에서 들리는 제일런 황자의 목소리에 은은한 노기가 담겨 있었다.

내가 걱정하고 있던 상황을 제일런 황자의 입을 통해 듣고 말았다. 그게 정말 진실임을 인정받고 싶지 않아 더 질문하지도 못했다. 그저 몸만 덜덜 떨고 있는 내 앞에서 하프테리 님이 먼저 케이티 님을 다그쳤다.

"빨리 대공자가 어디 있는지 말씀해 주시죠!"

하프테리 님도 모른단 말이야? 상황을 제대로 몰라 답답해진 난 케이티 님을 노려봤다. 하지만 그녀는 느슨한 미소를 입가에 단 채 급할 게 조금도 없다는 듯한 태도를 보였다. 나와 하프테리 님에게 한 번씩 시선을 주던 그녀는 마지막엔 내 뒤의 황자를 응시하며 또렷하게 말했다.

"왜 그렇게 화를 내는지 모르겠구나. 라인폰트 대공자가 그게 함정임을 모르고 갔다고 생각하지는 않겠지? 그는 다 알고 간 거란다."

함정임을 알면서 왜! 내가 아는 키르는 그렇게 멍청한 사람이 아니다. 그래서 케이티 님의 저 말이 믿기지 않았다.

"쓸데없는 소리로 시간 끌지 말고 본론만 말하세요. 그를 어디로 보낸 거죠?"

하프테리 님의 날카로운 외침에 케이티 님은 기괴한 웃음을 터트렸다. 실성한 사람처럼 찢어지는 웃음소리는 주변의 공기를 얼어붙게 만들었다. 그러던 케이티 님이 돌연 웃음을 뚝 멈췄다. 그리고 나를 바라보며 물었다.

"알고 싶니, 아렌?"

두려웠다. 뱀의 혀가 날름거리며 내 피부를 훑고 지나가기라도 한 것처럼 온몸에 소름이 돋았다. 무서워서 죽겠지만 떨고 있을 시간은 없었다. 케이티 님이 의도적으로 날 자극하는 행동을 한다는 걸 눈치챘기 때문이다. 그녀에게는 따로 노리는 게 있다. 분명했다.

하지만 이젠 케이티 님이 왜 이런 행동을 하는지 따위는 중요하지 않았다. 키르가 무사한 것을 확인하는 것이 최우선 목표였다.

"어디 있어요?"

눈물을 쏟지 않으려 더욱 눈에 힘을 주고 쏘아붙였다. 정말 키르가 함정에 빠진 거라면 인정에 휘둘릴 시간이 없었다. 혹시라도 케이티 님이 계속 시간을 끈다면 이렇게 좋게 물어보지 않고 강제로 알아낼 거다. 뒤에 있는 사람의 권력을 동원해서라도.

난 독하게 마음을 먹고 의지를 담아 케이티 님을 노려보았다.

"라인폰트 대공자는 아일랜드 동산으로 향했지. 아렌이 기다릴 거라고 하니 허겁지겁 달려가더구나."

케이티 님이 히죽 웃음을 흘렸다. 이 사람은 끝까지……. 그동안 내게 보여 준 애정이 전부 거짓이었던 것처럼 그녀에게선 배신에 대한 죄책감이 조금도 없었다. 오히려 내가 어떤 행동을 할지 기다리는 것처럼 보였다. 그보다 중요한 건 키르였다. 아일랜드 동산이면 수도에 있는 작은 언덕을 가꿔 테마 공원처럼 만들어 놓은 곳으로 여기서 멀지 않았다.

"당장 아일랜드 동산으로 보낼 사람을 모으세요. 그리고 당신은 성으로 가서 라인폰트 대공 전하에게 이 사실을 전달하고요."

하프테리 님이 냉정하게 주변의 병사에게 명령했다. 지목 당한 병사가 지체 않고 성으로 향했고 다른 병사들이 아일랜드 동산으로 향하려 모이는 게 보였다.

하지만 나는 내심 하프테리 님의 마지막 말이 걸렸다. 대공이 성에 있다면 그만큼 키르의 호위가 줄었을지도 모르니까. 그래도 혹시 몰라 희망을 가지고 물었다.

"아버지는요?"

하프테리 님은 고개를 젓는 것으로 답을 대신하셨다. 애초에 이곳에 오지 않았다는 그 신호는 키르가 위험한 게 맞다는 걸 더 확인시켜 주는 행동이기도 했다. 심장이 떨어져 나갈 것 같았다.

날 이용해 키르를 끌어들였다는 게 속상했다. 그리고 진실을 확인하지 않고 멍청하게 속아 넘어간 키르에게 화가 났다.

똑똑한 척은 혼자 다했으면서. 맨날 내 걱정만 하더니, 정작 자기 앞가림은 하나도 못하고! 내가 그곳에 가 봤자 할 수 있는 일이 없을 테니 가지 않는 게 낫다는 걸 알고 있었다. 하지만 멀쩡한 키르를 확인하고 혼내기 위해서라도 난 가야 했다.

"저 좀 내려 주세요."

워낙 가까이 붙어 앉은 탓에 작게 말해도 제일런 황자에게 충분히 들렸을 거다. 하지만 그는 움직이지 않았다. 오히려 작은 목소리로 내게 되물었다.

"왜지?"

"키, 대공자한테 가려고요."

나는 실랑이할 시간이 아까워 재빠르게 답했다. 구조대가 제대로 꾸려지기 전에 내려서 준비해야 그들을 따라갈 수 있을 테니까.

기다리다 못한 내가 억지로 몸을 틀어 말에서 뛰어내리는 순간, 제일런 황자가 먼저 말했다.

"그럼 더 내릴 필요 없지. 내가 지금 출발할 생각이거든. 함께 가겠나?"

하긴, 이대로 말을 타고 이동하면 여기 있는 사람들 중에 제일 먼저 도착할 수 있겠지. 무슨 이유로 황자가 간다고 하는지 알 수 없었지만 내가 바라던 일이기에 난 고개를 끄덕였다.

"바로 출발해도 되지?"

아직 이곳 상황이 정리도 되지 않은 상태에서 움직여도 되냐고 묻는 것 같았다. 하지만 여기 일보다는 키르가 더 걱정이다. 관심 없는 척하며 날 살피는 케이티 님의 시선이 느껴졌지만 움직일 수밖에 없었다.

"네."

"이곳 일은 확실히 정리하게. 특히, 그자를 잘 다루는 게 좋을 거야. 내가 엄벌을 처할 테니까."

제일런 황자의 목소리가 싸늘했다. 내 뒤에 있어 얼굴이 보이지는 않았다.

하지만 이번만은 제일런 황자도 위압감 있는 황족의 모습을 내보였을 것 같았다. 제일런 황자의 시선을 받은 하프테리 님이 표정을 굳혔다.

그가 경고한 인물은 케이티 님일 게 뻔했다. 아무리 범죄자라도 오랫동안 스승으로 모셔온 상대라 가뜩이나 심사가 복잡할 텐데, 제일런 황자가 벼르는 말을 하니 마음이 편할 턱이 없었다.

하지만 제일런 황자의 마음도 이해는 간다. 형제를 두 명이나 죽인 인물이 바로 앞에 있다. 거기다가 현재는 먼 친척까지 함정에 몰아넣었다. 나도 키르 걱정에 조마조마해서 심장이 터질 것 같았다.

케이티 님은 끝까지 히죽 기괴한 미소를 지우지 않았다.

"……알겠습니다."

하프테리 님의 대답을 듣고 제일런 황자는 지체 없이 말을 몰았다. 말이 달리기 시작하자 드디어 출발했다는 안도감과 걱정이 동시에 들었다. 혹시 모르고 있는 건 아니겠지?

"괜찮으시겠어요?"

아직 속력을 높이지 않은 터라 난 제일런 황자에게 말을 걸 수 있었다.

"무슨 소리지?"

"키르가 함정에 빠졌다고 했잖아요. 이렇게 우리끼리 떠나면 위험할지 몰라요."

아까부터 고민했던 일이다. 다른 이도 아니고 대공의 아들을 함정에 빠뜨리면서 작은 덫을 놓지는 않았을 거다. 아마 호위하는 인물이 있거나 구조가 있을 경우를 상정하면서 계획을 짰겠지. 그럼 함정이 단순한 수준이 아닐 거다.

그런 상황에서 이렇게 감정적으로 움직이는 행동은 매우 경솔한 결정일지도 모른다. 제일런 황자의 결정이 빨랐기 때문에 더 걱정됐다. 자신이 위험에 빠질지도 모른다는 생각은 안 한 것 같았으니까.

"나라고 그 생각을 안 해 봤겠어? 하지만 늦으면 늦을수록 대공자가 위험해질 확률이 높아지잖아."

이것도 맞는 말이다. 괜히 머뭇거리다가 구할 수 있는 기회를 아예 놓치게 될지도 모른다는 점을 무시할 수 없다.

"알아요. 하지만……."

같이 위험해지면 어떡하지? 라는 걱정을 지우지 못하면서도 나는 그를 단호하게 말릴 수 없었다. 다급해지니 이성적인 생각을 할 수가 없었다. 이제는 뭐가 옳은 결정인지 모르겠다. 이럴 땐 뭐가 현명한 결정인지 차라리 누가 알려 줬으면 좋겠다.

"괜찮아. 거기 도착한다고 바로 대공자를 발견할 수 있다는 보장도 없고. 아까 명령한 거 들었잖아. 만약에 좋지 않은 상황이라면 우린 시간만 끌면 돼. 곧 사람들이 올 테니까."

제일런 황자의 말에 망설임이 없었다. 너무 긍정적인 쪽으로만 생각하는 것 같지만 그래도 내 마음 한구석을 무겁게 짓누르던 걱정이 살짝 덜어졌다. 그러자 생각의 여유가 생겼다.

여태까지의 나는 낭떠러지에 밀려가는 것처럼 너무 조급하게 생각하고 있었다. 하지만 급할 때일수록 흥분은 금물이다. 진짜 키르의 위험을 보게 될지도 모르는데, 그때 앞뒤 없이 달려들어선 안 된다. 일부러 깊게 심호흡하며 마음을 달랬다.

"이제 대화는 그만하고 긴장해. 속도 올릴 거야."

제일런 황자는 미리 경고했다. 내가 괜히 말을 더 꺼내다가 혀라도 깨물까 싶었나 보다.

"네. 그러세요."

내가 답하자 제일런 황자는 본격적으로 말의 속도를 높였다. 현자의 서재로 향할 때보다 훨씬 빨랐다. 그만큼 그의 마음도 급한 것 같았다. 이를 악물고 버티다 보니 아일랜드 동산의 입구에 도착했다. 그래도 함정에 대비하겠다는 생각은 있었는지 제일런 황자는 속도를 늦췄다.

"여기가……."

난 차마 말을 잇지 못했다. 제일런 황자도 비슷한 생각인지 조용했다. 동산 안쪽은 아무 일도 없는 것처럼 참 평온해 보였다. 그래서 더 불길했다. 케이티 님이 아예 장소를 속인 걸까? 그게 아니면 아무것도 느끼지 못할 정도로 엄청난 함정일 수도 있다.

"같이 들어갈 건가?"

제일런 황자의 음성에 부정적인 기색이 가득했다. 의외였다. 여기까지 쉽게 데려오길래 별로 신경 쓰지 않는 줄 알았는데 내 걱정이 되는 건가?

그래도 밖에서 기다리는 시간이 더 끔찍할 것 같았다. 이 조용한 곳에서 홀로 기다릴 자신이 없었다. 차라리 칼부림하는 소리를 듣는 게 더 나을 것 같다는 마음이 들 정도였다.

"같이 갈래요."

내 대답에 제일런 황자는 의외로 선선히 허락하며 말을 천천히 몰았다. 그가 주위를 살핀다는 걸 알아서 나도 주변에 집중했다. 너무 조용해서 수상하단 걸 빼면 이상한 점을 찾기 힘들었다. 기껏 다스린 마음이 다시 초조해졌다.

점점 정상과 가까워짐에도 다른 사람의 흔적은 보이지 않았다. 속은 걸까 싶어서 아랫입술만 짓이기고 있을 때였다. 저쪽에서 소리가 들렸다. 마치 수색하는 것 같은 발소리였다.

"혹시 위험하다 싶으면 혼자라도 도망 가. 알겠지?"

제일런 황자가 작은 목소리로 경고했다. 나도 혹시 몰라 소리를 내는 대신 고개를 끄덕였다. 부스럭대는 소리는 점점 가까워져 갔다. 상대가 적인지 아군인지 모르니 긴장감이 고조됐다.

그러다 갑자기 말이 무언가에 공격받기라도 한 것처럼 거칠게 울음을 터트리며 앞발을 들고 몸부림쳤다. 접근하는 사람 때문에 긴장하고 있었다지만 갑작스러운 말의 폭주는 나도 제일런 황자도 예상 못 한 일이었다.

아차, 하는 순간 무게 중심이 쏠리며 우리는 뒤엉킨 채 말 위에서 떨어졌다. 나는 온몸으로 퍼질 고통을 대비하며 눈을 질끈 감았다. 그 순간, 황자가 온몸으로 날 감쌌다. 쿵, 하고 바닥에 떨어지는 감각과 동시에 급경사를 맞이한 것처럼 우린 사정없이 굴렀다.

우리가 경사를 올라온 것은 맞았다. 하지만 적어도 이렇게 공이 된 것처럼 굴러 떨어질 정도의 급경사는 아니었던 것 같은데.

한번 구르기 시작한 몸은 멈출 줄 몰랐다. 마치 우리가 있던 곳이 가파른 절벽인 것처럼 구르는 속도가 더욱 빨라졌다. 세상이 빙글빙글 돌아 어질어질했다. 온몸을 두드리고 지나가는 통증에 비명을 지르지 않기 위해 이를 악물었다.

어서 멈추길 바라는 마음으로 인내하던 우리의 몸은 퍽, 하고 어딘가에 부딪히는 소리와 함께 멈췄다.

"윽!"

"우윽!"

나와 제일런 황자는 동시에 입에서 터지는 비명을 억눌렀다. 아프고 어지러워 제정신이 아니긴 하지만 그렇다고 큰 소리를 내도 될 정도로 여유로운 상황이 아니란 걸 그 와중에도 인식하고 있었기 때문이다.

구르기가 완전히 멈추자 그제야 제일런 황자는 나를 감싼 팔을 풀어 줬다. 사실 풀어 줬다기보다 고통에 정신을 잃어 팔이 저절로 풀린 거였지만. 마지막 억눌린 비명을 끝으로 제일런 황자는 앓는 소리조차 내지 않았다. 그래도 심장 뛰는 소리가 느껴지는 걸 보아 죽지 않은 건 확실했다. 우선 그의 몸 위에 올라타듯 있던 상태라 난 옆으로 비켰다.

"으으……."

그 작은 움직임에 참으려 했지만 입에서 절로 앓는 소리가 새어나왔다. 온몸이 아팠다. 사정없이 바닥에 쓸린 피부는 화상을 입은 것처럼 화끈거렸고, 여기저기 부딪혀 어디 뼈가 부러진 건 아닐까 걱정될 정도로 아팠다.

제일런 황자가 보호해 주겠다고 노력한 것 같지만 같이 뒤엉켜 구르다 보니 완벽하게 보호가 되지 않았다. 그래도 이렇게 구르고도 상태가 이 정도인 건 제일런 황자 덕분이 맞았으니 고마웠다.

좀 진정이 되자마자 나는 우선 주위부터 살폈다. 함정이 있을지 모르는 장소에서 갑자기 벌어진 일이라 경계해야 했다. 그때야 어딘가 이상하다는 걸 알 수 있었다. 처음엔 어지러워서 눈이 제대로 보이지 않는 건가 싶었다. 그래서 잠시 눈을 감았다 떴지만 상황은 달라지지 않았다.

주변은 어두침침했다. 분명히 우리가 있던 곳은 동산이었다. 하루 종일 굴러 떨어진 게 아니니 이렇게까지 어둡다는 건 말이 안 됐다.

게다가 지금 있는 장소도 이상했다. 나무나 잔디가 있던 외부의 전경이 아니었다. 안쪽으로 길이 뚫려 있긴 하지만 사방은 벽이었다. 어딜 봐도 동굴처럼 보였다. 도대체 우리가 언제 어떻게 이곳으로 이동했는지 알 수 없었다.

이 혼란스러운 와중에 시야가 확보되는 건, 전에 클레어가 보여 줬던 것과 비슷한 빛의 구슬이 군데군데 벽에 박혀 있기 때문이다. 몇 번을 깜빡여도 주위는 변하지 않았다. 도대체 이게 무슨 일이지?

"으윽……."

정신이 드는지 옆에서 제일런 황자가 앓는 소리를 냈다. 정말 동굴인 건지 그 소리가 울렸다. 불길함에 더듬더듬 움직여 황자의 상태를 살폈다.

"괜찮으세요?"

조심해서 나쁠 것 없는 상황이라 나는 최대한 소리를 죽였다. 간신히 제정신으로 돌아오는 와중에도 황자는 내가 목소리를 왜 낮추는지 짐작한 모양이었다. 바로 앓는 소리를 죽이며 고통을 참기 위해 호흡을 고르는 게 느껴졌다. 참 의외의 구석에서 종종 날카로운 모습을 보였다.

제일런 황자는 느리게 호흡하며 천천히 몸을 움직여 상태를 체크했다. 그러더니 팔다리를 움직여 보고 고개를 움직인 후 상체를 일으켰다.

다행히 어디 부러진 것 같지는 않았다. 하지만 수시로 고통이 찾아오는지 제일런 황자의 표정은 사정없이 구겨지고, 얼굴 위로 식은땀이 송골송골 매달렸다.

내가 이렇게 무사한 건 몸이 저렇게 될 때까지 나를 감싸 준 황자 덕분이라 고마움과 미안함에 난 손수건을 찾아 황자의 이마를 닦았다.

"……고마워."

"아니에요. 절 지켜 주시다가 더 다치신 것 같은데요. 저야말로 지켜주셔서 감사해요."

"그 정도 매너는 있어서."

제일런 황자가 심각함이 어색한지 먼저 농담조로 이야기를 꺼냈다. 그래도 농담할 정신이 있는 걸 보니 신체에 큰 문제가 생기진 않은 듯했다. 안도감에 나도 작게 웃음이 나왔다.

"그것보다 이게 무슨 일이지?"

그제야 제일런 황자도 지금 있는 장소가 동굴인 걸 자각한 듯한 질문했다. 하지만 나 또한 답을 몰랐다.

"모르겠어요. 여기 동굴 같죠?"

같은 생각이라는 듯 제일런 황자가 고개를 끄덕였다. 그럼, 내가 어둠속에서 눈이 침침해서 하는 착각이 아니란 소리다.

"잠깐 기절한 사이에 누가 우리를 옮긴 건가?"

"그건 아니에요. 전 기절하지 않았고, 황자님도 기절한 시간이 길지 않은걸요."

내 설명에 제일런 황자에겐 더욱 혼란스러움이 번지는 듯했다.

"도대체 동산에서 어떻게 동굴로 이동한 거지?"

"그러니까 그걸 저도 모르겠어요."

진짜 상식으로 이해가 안 되는 상황에 복잡하기만 했다. 하지만 보나마나 이건 함정일 게 뻔하다. 즉, 우린 최악의 상황을 맞이한 거다.

그래도 둘이라서 다행이란 생각과 동시에 이런 곳에 키르가 혼자 있을지도 모른다는 걱정도 들었다.

"계속 여기 있다고 답이 나오지 않을 것 같은데 움직일까?"

제일런 황자가 더 미적거릴 시간이 없다는 것처럼 몸을 일으켰다. 구조하러 온 사람이 발견하기엔 제자리에서 기다리는 게 나을 지도 모른다. 하지만 반대로 함정을 만든 사람도 우리가 이곳에 있을 거란 걸 쉽게 알아챌 거라는 문제가 있다.

"걸으실 수 있겠어요?"

"가만히 있다가 적이라도 오면 큰일이니까."

"천천히 움직여요. 혹시 안에도 함정이 있을지 모르니까요."

이런저런 생각을 해 봤지만 역시 낯선 곳에서 아무 것도 모른 채 적을 맞이하는 게 더 위험할 것 같아 주변을 파악해 두기로 했다. 혹시라도 적이 찾아 왔을 때 도망치거나 숨을 곳을 알아두는 게 도움이 될 테니까.

제일런 황자와 나는 느릿하게 움직였다. 사실 몸 상태도 빨리 움직일 수준이 아니었다. 움직이면 움직일수록 우리는 이곳이 동굴임을 확신했다.

"도대체 어떻게 이곳으로 이동한 건지 모르겠네."

제일런 황자의 중얼거림에 나도 의문이 커졌다.

전에 클레어는 '이동 마법'이란 마법 자체가 존재하지 않는 것처럼 말했다. 그러니 멀리 이동한 건 아닐 거다. 하지만 근처라기에 우린 너무 뜬금없는 장소에 있었다. 무슨 방법으로 이런 곳으로 우릴 데려왔는지 알 수 없었다. 그저 급경사를 굴렀을 뿐인데……. 설마?

"혹시 여기 동산 지하일까요?"

"그게……. 가능할까?"

되묻는 제일런 황자의 목소리엔 불신이 담겨 있었다. 하지만 난 말하고 보니 더 확신이 섰다.

함정의 기본 중 하나가 바닥에 구덩이를 파는 것이지 않은가. 그걸 조금 더 크게 해서 아예 땅굴을 판 거다. 사람 손으로 일일이 이렇게 만들려면 끝이 없겠지.

하지만 마법도 있고 이번 일 자체는 어쩐지 꽤 오래 전부터 준비한 것 같아 보였다. 케이티 님에게서도 해묵은 감정들이 엿보였으니까.

"처음부터 굉장히 오랜 시간 동안 준비했을 거예요."

내 짧은 설명에 반박하려던 제일런 황자는 발치에 무언가 걸리자 입을 딱 다물었다. 나도 더 설명하는 걸 멈췄다. 미끄럼틀에 버금갈 정도의 급경사가 우리 앞에 있었다.

손을 뻗어 보니 마치 벽처럼 느껴질 정도로 험한 경사였다. 위쪽이 뚫린 걸 눈으로 확인할 수는 없었다. 하지만 우리가 여기를 타고 굴러 떨어진 걸 짐작할 수 있었다.

"영애의 말이 맞는 것 같네."

"입구는 마법으로 조절한 걸까요?"

"그럴 것 같아. 수도 지하에 이런 곳이 있을 줄은 꿈에도 몰랐네……."

"당연한 거죠. 누가 이런 대범한 짓을 할 거라고 생각해요?"

"조금 더 둘러볼까?"

제일런 황자의 목소리에 한숨이 담겨 있었다. 저 위쪽이 우리가 굴러 떨어진 장소라고 해도 실제로 막힌 건지, 막힌 것처럼 보이도록 만든 건지 확인할 방법이 없었다. 우리가 이 경사를 오르기란 무리였으니까. 어쩐지 격렬하게 구르더라니…….

"안쪽을 살펴봐요. 저쪽으로 길이 있는 것 같더라고요."

괜히 보고 있으면 기어올라 보고 싶다는 미련만 생길 테니 아까 봐둔 방향을 일렀다. 제일런 황자도 같은 생각인지 그쪽을 향했다. 그렇게 적당히 걷던 우리는 길 입구에서 걸음을 멈췄다.

"……어쩌지?"

"그러게요."

막막했다. 맨 처음 보이는 입구 말고도 뒤쪽으로 여러 개의 길이 더 있었다. 꼭 미로처럼 길을 여러 개로 만들고 일부러 꼬아놓은 것처럼 보였다.

"난 첫 번째가 나을 것 같은데……."

"좋아요."

난 순순히 제일런 황자의 말에 동의했다. 그가 약간 의아하게 보는 것 같지만 딱히 이 길에 어떤 규칙이나 신호가 있는 것 같지는 않았다. 그럼 어디를 택해도 운이란 소리다. 고민을 오래할 필요 없다는 의미이기도 했다.

우린 다시 걸었다. 원래 낯선 장소를 걸을 땐 그 길이 참으로 길게 느껴진다. 생전 처음 걷는 장소인데다가 어둡기까지 하니 감각이 이상해졌다.

내 심장의 두근거림이 들릴 정도로 적막한 공간을 걷다 보니 어느 순간 넓어진 공간에 도착했다. 또 여러 길이 보이는 걸 보니 어딜 택해도 이곳으로 오는 거였나 보다.

크게 숨을 몰아쉬는데 코끝에 이상한 냄새가 걸렸다. 누린내나 비린내? 아니, 썩은 냄새 같기도 했다. 지하의 음습한 냄새완 다른 역한 냄새가 콧속을 괴롭혔다.

"이게 무슨 냄새……."

"쉿."

다급하게 제일런 황자가 경고했다. 하지만 행동이 늦었다. 어둠 속에서 번뜩이는 샛노란 빛 세 쌍이 순식간에 생겨났다. 그리고 들리는 짐승의 으르렁거림.

우리는 숨을 들이켜며 몸을 긴장시켰다. 타박이는 작은 발자국 소리가 점차 가까워졌다. 발소리의 주인이 어느덧 시야에 들어 올 정도로 가까워지자 우리는 그 불빛의 정체를 확인할 수 있었다.

침을 질질 흘리며 날카로운 이를 드러낸 늑대 세 마리가 앞에 서 있었다. 노골적으로 적의를 드러내는 야생동물을 앞에 두게 되니 다리가 후들거렸다. 으르렁거림이 귓가에서 들리는 것처럼 무서웠다. 조금이라도 움직이면 달려들 것 같아서 눈을 깜빡이는 것조차 하지 못했다.

늑대의 으르렁거림이 더욱 거칠어졌다. 제일런 황자 또한 나와 같은 상황인 듯 뻣뻣하게 굳어 있었다. 그 모습에서 나는 그 또한 나와 같이 안일한 생각을 하고 있었음을 깨달았다.

설마 야생동물을 마주하게 될 상황은 예측하지 못했다. 설령 함정에 빠졌어도 결국은 사람이 판 함정이다. 그렇다면 대화로 시간이라도 끌 수 있지 않을까, 하고 안일하게 생각했다.

우리에겐 무기 하나 없었고, 도망갈 기색을 보이면 늑대가 당장 달려들 것 같았다. 아마 오랫동안 이렇게 대치할 수는 없겠지.

그 순간 가장 앞에 있던 늑대가 움직였다. 순식간에 거리를 좁혀오는 늑대를 보며 제일런 황자가 내 앞을 가로막았다. 늑대는 거대한 몸을 날려 우리를 덮쳐왔다. 끝이다.

그렇게 생각할 때, 옆에서 그림자 하나가 재빠르게 튀어나와 늑대를 공격했다. 갑작스러운 공격에 대처하지 못하는 건 늑대도 마찬가지였는지 피하지 못하고 검에 옆구리를 내주었다.

컹, 소리를 내며 바닥에 떨어진 늑대가 바로 반격을 하지 않고 비틀거리며 새로 등장한 적을 경계를 했다.

나를 등지고 서 늑대를 주시하는 남자의 뒷모습을 보는 순간 왈칵 치솟는 눈물을 참았다. 내가 저 뒷모습을 어떻게 알아보지 못할까. 말짱한 그의 모습을 보니 안도감이 몰려와 주저앉고 싶었다. 그의 뒷모습을 바라보며 나는 먹먹하게 내 속을 잠식해 가던 이름을 불렀다.

"키르……."

사실 난 키르의 뒷모습을 본 적이 거의 없다. 그가 내게 등을 돌리는 경우는 드무니까. 키르는 언제나 나와 마주보거나 나란히 섰다. 내가 자신과 동등한 존재라는 걸 알려 주기라도 하는 것처럼.

나는 늘 그렇게 키르에게 존중 받고 있었다. 왜 사람은 이런 상황을 겪어야만 비로소 그 고마움을 절실하게 느끼는 걸까.

키르가 나더러 나서지 말라고 계속 언급하는 상황이 처음엔 억울했다. 내가 그렇게 못 미더워서 그러는 거냐고 울컥하는 마음도 없지 않아 있었다. 하지만 지금 확실히 알겠다.

그가 한 걱정이 내가 못미더워서 마냥 지켜 줘야 할 존재라고 여겨서가 아니라, 그만큼 좋아서 그런 것이란 걸. 너무 좋아서, 너무 소중해서 아끼고 싶어서라는 걸.

나도 키르가 위험하단 걸 자각한 순간 이렇게 위험에 빠질 걸 알면서도 움직일 수밖에 없었으니까.

지금 이렇게 감동에 허우적거릴 상황이 아닌데 그동안 키르가 내가 해준 그 모든 배려가 사무치게 다가왔다. 그리고 키르의 등이 든든하다는 것도 새삼스러웠다. 긴장감은 감도는데 이상하게 마음이 든든했다.

하지만 지금은 마냥 안도할 상황은 아니었다. 아깐 너무 반가워 나도 모르게 키르의 이름을 읊조렸지만 올라오는 감정을 억누르며 말을 꾹 삼켰다. 아직 늑대 두 마리가 건재했고 기습을 당해 다친 한 마리도 상처가 얕은 편인지 다시 달려들 듯 몸을 일으켰다.

적을 앞에 두고 있는 키르의 집중력을 흐트러지게 해선 안 된다. 제일런 황자도 같은 생각인지 숨을 죽이고 있었다. 공격당한 동료의 피 냄새가 나서 그럴까? 늑대의 크르렁거리는 울음소리가 더욱 음산해졌다. 눈빛또한 더 잔인하게 변한 것 같았다.

키르와 늑대는 서로를 조용히 견제하며 약점을 살피고 있는 듯했다. 늑대들은 언제든 달려들 것처럼 몸을 낮추며 더욱 으르렁거렸다. 키르 또한 언제든 반응할 수 있도록 신경을 집중하는 게 보였다.

먼저 움직인 건 늑대였다. 아까 선제공격을 날렸던 늑대가 아닌 다른 늑대 한 마리가 먼저 키르를 향해 달려들었다. 늑대가 움직이는 순간 같이 움직일 줄 알았던 키르는 미동이 없었다. 그 모습에 내 심장이 덜컥 내려앉았다.

키르에게 무슨 일이 있는 건가? 설마 다쳤나?

그러고 보니 키르가 먼저 이 함정에 빠졌다면 이미 늑대를 상대해 왔을 수도 있다. 왜 혼자인 건지 모르겠지만 그 홀로 이곳에 떨어졌다면 고군분투했을 거다. 그럼 체력적으로 지쳤겠지.

갑자기 온몸의 피가 식었다. 키르가 걱정되어 당장 달려 나가고 싶었지만 발이 바닥에 달라붙은 것처럼 움직일 수 없었다. 막 늑대가 키르를 덮칠 것 같은 그 순간, 멈춰 버린 것 같던 키르의 팔이 움직였다. 늑대의 눈동자만큼 번뜩이는 빛이 순식간에 잔상을 남기며 지나갔다.

상황파악을 못해 멍한 내 코에 짙은 혈향이 스쳤다. 키르가 휘두른 검이 그를 물기 위해 벌린 늑대의 입을 그대로 갈랐다. 늑대는 비명도 지르지 못한 채 바닥으로 떨어졌다.

그 잔인한 광경에 나는 비명을 지르지 않기 위해 입을 틀어막았다. 속이 울렁거렸지만 그런 티를 낼 수 없을 정도로 다급한 상황이었다.

뒤이어 나머지 한 마리가 키르에게 달려들었다. 동료들의 실패를 눈여겨 본 듯 이번 늑대는 공중으로 뛰어오르지 않았다. 최대한 몸을 낮추고 달려들던 늑대가 키르가 검을 휘두르는 순간 뒤로 훌쩍 물러나며 검을 피했다. 마치 그 틈을 노렸던 것처럼 다시 달려들려 했다.

하지만 키르 또한 늑대의 행동을 읽은 듯했다. 키르는 앞으로 더 튀어 나가며 연달아 검을 휘둘렀다. 그리고 늑대는 그 검을 미처 피하지 못했다. 늑대의 비명이 동굴 안에 울렸다. 앞발이 베인 늑대가 비틀거리더니 쓰러졌다.

완전히 발 하나가 사라진 늑대에게서 생기가 빠르게 사라졌다. 맨 처음 키르의 기습에 당한 늑대는 으르렁거리는 소리를 내더니 결국 돌아서 도망쳤다.

늑대의 발걸음 소리가 더는 들리지 않게 되자 그제야 키르는 다급하게 다가왔다. 철그렁 소리를 내며 검이 바닥으로 떨어졌다. 얼굴 가득 초조함을 숨기지 못한 채 내게 다가온 키르는 대뜸 떨리는 손으로 내 얼굴을 감쌌다. 내 볼에 닿은 키르의 손끝이 너무 차가웠다.

마주치는 그의 눈동자에서 안도감, 걱정, 두려움을 비롯한 모든 감정이 휘몰아쳤다. 차마 말을 잇지 못하겠는지 키르는 입술만 뻐끔거렸다. 왈칵 눈물을 흘릴 것 같은 눈에 먹먹해진다.

사실 나 또한 같은 감정이었다. 하고 싶은 말이 너무 많아서 어떤 말도 할 수가 없었다. 분명 어젯밤에도 본 사이인데 굉장히 오랫동안 못 봤던 사람처럼 그리움이란 감정이 흘러넘쳤다.

그의 고생을 보여주듯 늘 단정하게 정돈된 외모가 흐트러져 있었다. 고작 몇 시간 사이에 얼굴이 상한 것 같아서 안쓰러웠다. 키르가 이렇게까지 약한 모습을 보일 줄은 몰랐다. 우선 당황한 키르를 진정시키려 내 뺨을 감싼 그의 손을 마주 감싸려 했지만 키르의 행동이 더 빨랐다.

내 얼굴에서 떼어낸 손으로 내 팔부터 손까지 쓸어내던 그는 슬쩍 내 몸을 돌려 앞뒤를 다 확인했다. 마치 사지가 멀쩡한지 확인하는 것처럼.

굴러 떨어지며 여기저기 피부가 긁히거나 다치긴 했어도 내 모든 신체는 멀쩡히 붙어 있었다. 내가 크게 다친 곳이 없음을 확인하고 나서야 키르는 나를 와락 끌어안았다.

"다행이야. 다행……."

키르의 목소리에 울먹임이 담겨 있었다. 강하게 끌어안는 팔에 나는 얌전히 내 몸을 내맡겼다. 그래도 나를 안고 있자 키르의 동요가 천천히 줄어들었다. 그 숨길 수 없는 짙은 안도감에 아까 잔소리할 거라 다짐했던 일을 이룰 수 없었다.

"무슨 일 생겼을까 봐 걱정했어."

키르의 목소리가 절절했다. 어떻게 멍청하게 속아 넘어갔냐고 구박하기엔 키르의 마음고생이 그대로 전해졌다. 아무래도 키르는 진심으로 내게 큰일이 생겼을까 봐 허겁지겁 헤맨 것 같았다. 이성적인 판단이 안 될 정도로 나를 걱정한 거겠지. 이런 사람을 어떻게 구박한단 말인가.

그리고 이젠 나도 그저 다행이란 마음뿐이다. 키르가 멀쩡하단 사실에 만족했으니 더는 아무 생각도 하고 싶지 않았다.

키르의 등을 껴안고 가슴에 고개를 묻었다. 마치 침실에 있는 것처럼 달콤하고 아득함이 퍼졌다. 온기를 좇아 더욱 파고들 듯 움직이는 나를 키르는 더욱 꽉 품에 안았다. 불안하게 뛰던 키르의 심장 소리가 점차 안정적으로 변했다.

26. 그 영애가 성장한 이유

"크흠!"

제일런 황자의 들으라는 듯 낸 헛기침 소리에 우리의 애정 행각은 끝이 났다. 정신이 든 내가 키르를 밀어냈다. 하지만 그는 팔에 힘을 풀지 않고 눈치를 준 제일런 황자를 향해 말했다.

"뭡니까?"

되묻는 키르의 말투가 참으로 불손해 내 입이 딱 벌어졌다. 아무리 그래도 그렇지, 황자에게 하는 말투가 아니잖아!

"나도 두 사람의 애절한 재회를 방해하고 싶진 않다만 그다지 여유로운 상황은 아니지 않나? 상황 정리부터 하지?"

원래 성격인 건지, 상대가 대공자라서 그런 건지 저번부터 제일런 황자는 묘하게 건방지게 구는 키르에게 관대했다. 키르는 불만스럽게 제일런 황자를 노려보다가 내게서 몸을 떼어냈다. 그리고 뒤늦게 바닥에 떨어진 검을 주워들고 흔들어 핏물을 털어냈다.

그제야 우리가 늑대 시체를 옆에 두고 별짓을 다 했다는 걸 새삼 깨달았다. 검을 검집에 갈무리한 키르가 내 어깨를 잡아당겼다.

"우선 이동합시다."

키르가 이끄는 데로 나와 제일런 황자는 따랐다. 생각보다 동굴은 더 컸고 안은 구불구불 알아보기 힘들 정도로 꼬여 있었다. 하지만 이 안을 꽤 헤맸는지 키르의 발걸음에는 거침이 없었다.

지나오는 길에는 늑대의 시체가 여럿 있었다. 점차 코끝을 찌르는 악취가 강해졌다. 그 지독한 악취 때문에 숨쉬기도 살짝 불편했다.

나는 아직도 모든 상황에 어안이 벙벙했다.

"도대체 무슨 일이지? 여긴 어디고, 갑자기 늑대들은 뭐야?"

"조용히 하시죠. 아직 위험합니다."

나와 비슷한 생각을 떠올렸는지 제일런 황자가 질문했지만 키르는 단호하게 말을 잘랐다. 그렇게 침묵한 채 이동하던 우리는 아주 작은 굴 같은 곳에 도착했다.

"여기가 그래도 안전한 장소야."

"여기가?"

제일런 황자의 말처럼 '여기가?'란 소리가 절로 나올 만했다. 동굴은 겨우 사람 서넛 앉을 크기의 장소였다. 그래도 정면을 빼곤 사방이 막혀 한 곳만 경계하면 되니 안전해 보이긴 했다.

"지금 놀러 나오신 줄 아십니까?"

내게 향했던 다정한 목소리가 짜증이 스민 목소리로 돌변했다. 그 말에 제일런 황자는 입을 다물고 눈치를 봤다. 그만큼 여기가 위험하단 소리겠지.

키르는 우선 나부터 안쪽에 앉혔다. 그리고 떫은 표정으로 내 옆에 앉으라는 듯 제일런 황자를 향해 고갯짓했다. 입구 쪽에 자리한 키르는 불만스레 제일런 황자를 위아래로 훑어봤다.

"무기도 하나 안 갖고 다니십니까? 이 위험한 곳에 지키지 못할 이를 데리고 움직이기까지 하시다니요."

"있으면 뭐 해. 다루지도 못하는걸."

제일런 황자는 자신이 검을 다루지 못한다는 사실에 당당한 것 같았다. 그러고 보니 이 사람 무기도 없었네. 이런 사람이랑 함께 움직였다니 내 안일함이 놀랍다.

"자랑이십니다."

"이거 왜 이래? 내 나름 생존 방식인데."

그 말에 키르도 더 말하지는 않았다. 키르 역시 제일런 황자의 처지를 알고 있는 거겠지. 저렇게 가볍게 말해도 황자는 처지가 처지다 보니 뭔가를 배우거나 열정을 드러낼 수 없었으니까.

하지만 그래도 키르의 눈빛에 불만은 계속 남아 있었다. 이렇게 황자를 무시해도 되나? 거기다가 제일런 황자는 키르를 걱정해서 위험할 걸 알면서도 나선 건데. 비록 도움은커녕 짐만 되었어도 그는 진심으로 키르를 도울 생각으로 나섰다.

"키르……."

그래서 나는 그만하란 의미로 키르를 불렀다. 하지만 그건 잘못된 선택이었다. 날 돌아본 키르의 눈빛이 변했다. 아까의 감정을 적나라하게 드러냈던 모습이 거짓이었던 것처럼 방긋 웃는 얼굴에 가식이 가득했다.

"그러고 보니 아렌, 아깐 내가 너무 놀라고 당혹스러워 몰랐는데."

갑자기 키르가 날 부르는 목소리의 온도가 내려간 느낌이다. 어쩐지 싸늘함이 몰려와 나는 가만히 내 팔을 쓸었다.

"으, 응?"

"내가 널 미친놈처럼 여길 찾아 헤맨 걸 알아 달라고 말하지 않을게. 내가 널 걱정해서 자발적으로 그런 거니까."

그렇구나. 키르가 내 걱정을 심하게 한데다가 날 찾아다니느라 고생했구나.

분명 미안하고 고마움을 느껴야 하는데, 어째서인지 나를 감싸는 감정은 불안함이었다. 분명 입술은 나긋한 미소를 짓고 있는데 눈이 하나도 웃지 않았다. 아까 내게 간절히 매달리던 키르의 모습은 환상인가. 극변한 키르의 태도에 스산한 오싹함이 번졌다.

"어째서 황자랑 같이 있어? 난 두 사람이 이런 곳에 왜 '함께' 있는지가 참으로 궁금하네?"

질문을 하면서 키르는 유독 '함께'라는 발언에 힘을 줬다. 내 대답을 기다리는 키르의 눈동자가 새파랗게 불타오르는 것 같았다. 아무래도 불똥이 내게로 튄 모양이다.

지금이 질투할 때냐고. 그리고 제일런 황자랑은 아무 사이 아니거든? 키르가 무엇에 화내는지 알면서도 난 이 일의 잘잘못을 따지자면 내 잘못은 없다고 생각했다. 내가 제일런 황자랑 같이 있는 이유는 키르를 빨리 찾으려다 보니 그렇게 된 거니까.

나까지 함정에 걸린 상황이라 이런 말 하긴 웃기지만 만약 키르가 먼저 이런 빤히 보이는 함정에 걸리지 않았으면 나도 황자와 함께 움직이지 않았을 거다.

물론 키르가 나 때문에 마음 고생한 건 이해한다. 하지만 지금 우리끼리 투닥거릴 상황은 아니지 않은가. 그래서 난 냉정하게 진실을 알려 줬다.

"우린 너 찾으러 왔어."

"날 찾으러?"

"응. 널 찾으러."

"그게 무슨……. 소리야?"

상황의 이상함을 느낀 듯 키르의 목소리가 차분해졌다.

"그……."

앞으로 나서려는 제일런 황자를 툭 건드렸다. 아무 말도 하지 말라는 뜻을 담은 내 행동에 제일런 황자는 서운한 표정을 했다.

그리고 키르는 고작 이 행동에 우리가 아주 친근한 장난을 치는 걸 본 것처럼 눈을 서슬 퍼렇게 빛냈다. 키르의 곱지 않은 눈빛에 한숨이 나왔다.

"네가 함정에 빠졌단 소리를 듣고 달려온 거라고. 내가 먼저 함정에 빠진 게 아니라. 너야말로 무슨 소리를 들었기에 위험한 줄 알면서 냉정한 판단을 못했어? 더군다나 호위 하나 없이 혼자잖아!"

말하다 보니 다시 울컥한다. 나한텐 늘 그렇게 조심하라고 하더니 본인은 이런 실수를 하고. 기껏 자기 구하러 왔더니 나를 바람피우다 들킨 사람 취급하고. 물론 나를 위하다 이런 상황에 처했다는 걸 알고야 있지만 역시 욱하는 건 욱하는 거다.

억울해서 쏘아 보았더니 키르는 할 말을 찾지 못했다.

"……그러니까, 이 안에 내가 먼저 갇힌 거라고?"

한참을 침묵하던 키르가 꺼낸 말이었다. 내가 고개를 끄덕이자 키르는 깊은 한숨을 몰아쉬었다. 제멋대로 흘러내리는 머리카락을 신경질적으로 쓸어올리며 키르가 설명했다.

"일찍부터 현자의 서재를 찾아갔어. 당연히 현자의 서재 측에선 수색을 막으려 들었지. 그래도 황명으로 어떻게 밀고 들어가서 저주의 매개체는 찾았고, 그 보관함에서 이번 일에 참여한 사람들의 이름이 적힌 서류도 발견했어."

그래서 내가 현자의 서재에 갔을 때 잡힌 이들이 많았구나.

웃긴 일이다. 비밀스러운 일을 할 때, 증거를 남기지 않는 게 안전하다는 걸 알면서 같은 비밀을 공유하고 있다는 단합을 나타내기 위해서 어리석게 연판장 같은 걸 만들다니.

나중에 그게 큰 약점이 될 거란 걸 알면서. 결국, 그들은 함께하면서도 서로가 서로를 믿지 못했던 것이다. 저 연판장도 언젠가 상대를 옭아매는 무기로 쓰기 위해 남긴 거겠지.

그렇게 똑똑하다고 자부하면서도 어리석은 선택을 하는 존재들. 아까 줄줄이 끌려오던 사람들의 면면이 떠올랐다. 내가 너무도 믿었던 사람들이다. 지금도 난 그들이 왜 이런 사건을 벌였는지 모르겠다.

내 우울함을 알아챈 듯 키르가 내게 손을 내밀었다. 난 그 손을 잡았고 익숙하게 잡아당기는 힘에 키르의 품에 기댔다. 작게 등을 토닥이는 손길에 울렁거리던 마음이 진정됐다.

머리 위에서 키르의 조심스러운 목소리가 들렸다.

"재빠르게 움직여서 거의 다 잡았는데 사건의 주동자인 대현자를 찾지 못했어."

주동자인 대현자라면 '그분'이다. 난 고개를 벌떡 들었다.

"데이브 님을 못 잡았다고?"

키르의 표정이 쓰디쓴 걸 문 것처럼 변했다. 물론 그가 나와 관련된 사람들이라서 말을 더 조심하는 걸 안다. 하지만 계속 외면할 수는 없는 일이다. 이미 케이티 님까지 범죄에 가담했다는 걸 다 알았으니까.

나는 괜찮으니 어서 계속 말하라는 듯 키르의 옷을 꽉 쥐었다. 다시 한숨을 쉰 키르가 말을 이었다.

"응. 그래서 케이티 로렌스 그 사람을 잡아 물었더니 널 데리고 있다고 하잖아."

"그걸 믿었어?"

정말 키르를 탓하는 건 아니었다. 하지만 데이브 님을 의심하고 있는 내가 케이티 님이 부른다고 넙죽 따라갈 리 없을 걸 한번 의심해 봤으면, 아니, 애당초 내가 저택에 있는 게 맞는지 확인부터 했으면 이런 상황은 오지 않았을 거란 생각이 들었기 때문에 나온 말이었다.

"그러게. 내가 어리석었어."

키르의 이마가 조심스럽게 내 이마에 내려앉았다.

"네가 위험하다니까 아무 생각도 안 들더라……."

키르의 작은 중얼거림을 이해했다. 알면서도 속을 수밖에 없다는 걸 나도 느꼈으니까. 어리석은 결정이란 걸 알면서도 걱정돼서 견딜 수 없었던 거겠지. 그래도 이렇게 무사한 게 어디야.

손을 뻗어 키르의 양 뺨을 감쌌다. 날 찾느라 마음고생을 많이 했는지 얼굴이 상한 것 같았다. 안도감에 계속 뺨을 쓰다듬자 전체적으로 키르를 감싸고 있던 날카로움이 누그러들었다.

내 손길에 경계를 푼 고양이처럼 늘어지니 사랑스러움을 느끼지 않을 수 없었다. 키르의 눈이 축 처지며 '나 엄청 고생 했어'라고 투정부리는 것 같았다. 키르가 너무 안타까워 코끝이 찡해진다.

이렇게 예쁜 사람인데. 팔락이는 속눈썹도 예쁜 걸 보니 샅샅이 뜯어봐도 안 예쁜 구석이 없을 것 같았다. 키르의 얼굴을 더 끌어당기자 그는 순순히 내 손길에 딸려 왔다. 막 우리의 호흡이 가까워질 때였다.

"크흠! 흠! 흠! 나 여기 있는 거 알지?"

아까와 같이 보란 듯이 헛기침을 해 존재를 드러내는 제일런 황자에게 난 속으로 혀를 찼다. 애교를 부리듯 느슨하게 풀렸던 키르의 눈빛이 서늘하게 변해 옆으로 돌아갔다. 나도 제일런 황자를 돌아봤다. 눈치 없게. 그냥 못 본 척 시선만 좀 돌리고 있지. 금방 끝낼 거였는데.

키르와 나의 눈빛을 쌍으로 받은 제일런 황자가 억울한 표정을 했다. 사람을 앞에 두고 애정 행각을 벌이려는 너희가 더 나쁜 거 아니냐고 외치는 듯한 그의 눈을 무시해 줬다.

"그런데 넌 어쩌다 혼자 있게 된 거야? 저택에 있던 사람들이 다 널 도우려고 움직인 거 아니야?"

그랬다. 지금 키르가 홀로 이곳에 있는 게 제일 이해가 안 갔다. 분명히 대공저가 썰렁할 정도로 전투가 가능한 인물이 싹 빠져나갔다. 그 많은 기사와 병사들이 다 어디를 갔냔 말이다.

아까 현자의 서재를 지키던 경비들 중 익숙한 얼굴의 사람은 한 명도 없었다. 그 때문에 당연히 키르가 기사들이랑 움직인 줄 알았는데, 혼자라니. 설마 호위 기사들이 전부⋯⋯.

내가 최악의 경우를 상상한 걸 알아챘는지 키르의 손이 내 어깨를 다독였다.

"나를 따른 기사단은 한 조였고 나머지는 아버지를 따라 움직였어. 현자의 서재 사람만 나서진 않았을 테니까. 처음부터 귀족 중에 조력자가 있는 것 같아서 아버진 그들을 조사하기로 했어."

아무리 흔적을 잡기 힘든 마녀의 저주란 방법을 택했어도 조력자도 없이 일을 벌일 정도는 아니었다.

"만약의 상황에 편을 들어 줄 누군가와 손을 잡았겠네. 최소 고위 귀족, 아니면 나머지 황족 중 누군가겠지."

말을 하며 절로 제일런 황자를 향해 시선이 돌아갔다. 우리 대화에 귀 기울이고 있던 제일런 황자는 황족 소리에 놀라 경악하며 빠르게 손을 휘저었다.

"난 아니야! 위험에 빠질 걸 알면서 내가 움직였겠어?"

키르는 대답 대신 나를 더욱 품으로 당겨 안았다. 이어서 키르의 반대쪽 손이 검을 쥐자 제일런 황자가 펄쩍 뛰었다.

"정말 아니라니까! 내가 범인이라면 난 절대 안전한 곳에만 있었을 거야!"

굉장히 현실적인 이야기인데, 어째 제일런 황자가 말하니 없어 보였다. 긍지라곤 조금도 보이지 않는 모습에 절로 긴장이 풀린다.

"왜 안 믿냐고! 난 내 삶이 평온하기만 하면 돼! 내가 지금 이러고 다니는 것도 빨리 평화를 찾고 싶어서라고!"

끝까지 자신의 결백을 주장하는 제일런 황자는 진실로 본인의 평안만을 바라고 있었다. 그만큼 평소 삶이 평온하지 않았다는 소리겠지. 역시 황족의 삶도 부러움을 살 만큼 풍요롭기만 한 건 아니구나.

"누가 범인이라고 했습니까?"

키르가 퉁명스럽게 쏘아냈다. 어라? 난 예상보다 손쉽게 제일런 황자의 결백을 믿는 키르가 놀라웠다. 진심으로 공범이 아니라고 믿는 걸까? 아니면 그런 척을 하는 걸까?

"날 믿는 거야?"

그런 키르의 대답이 믿기지 않는 듯 제일런 황자가 되물었다. 나조차 의심스러웠으니 그의 반응은 당연했다.

"믿지 않을 건 또 뭡니까?"

키르의 불퉁한 목소리에도 제일런 황자의 표정이 이상해졌다. 생전 처음 자신을 믿어 주는 사람을 만난 것 같은 얼굴이다. 감동 같기도 하고, 서러움 같기도 하고, 기쁨 같기도 한 복합적인 감정이었다.

마치 키르에게 반한 것 같은 표정이잖아! 이러다가 갑자기 둘이서 브로맨스를 찍겠네.

난 손으로 키르의 고개를 내 쪽으로 향하도록 돌리며 질문했다.

"그래서 널 호위하던 기사들은 어디 있어? 설마 현자의 서재에 남으라고 하고 혼자 달려온 거야?"

"아니. 널 구해야 할지 모르는데 어떻게 혼자 움직여. 만약을 대비해 당연히 같이 움직였지."

당연한 말인데 안심이 됐다.

"그런데 왜 지금 혼자냐고."

"모르겠어. 적당히 떨어져 수색하다가 아래로 추락했어. 뒤따라 추락한 사람은 아무도 없었고."

이어지는 키르의 설명에 놀랐다. 이건…….

"우리와 똑같군."

제일런 황자의 중얼거림에 난 고개를 끄덕였다.

말하지 않았지만 의아했던 점이 하나 있었다. 바로 우리가 굴러 떨어진 다음 말이 같이 추락하지 않았다는 거다.

무언가에 놀라서 말이 날뛰었으니 이리저리 움직이다 말도 같이 떨어지는 게 맞았다. 물론 아주 운이 좋아서 말이 함정을 피해 갔을 수도 있다. 하지만 그런 우연은 쉽게 일어나지 않는다. 특히, 이런 함정을 파 놓은 상황엔.

"설마 정해진 목표만 빠지도록 한 건가?"

"그런 것 같네. 왜 우리 셋이지?"

내 중얼거림에 제일런 황자가 동의하며 의문을 드러냈다. 난 그의 말을 부정하며 고개를 저었다.

"아니요. 셋이 아니에요. 둘이죠."

키르의 시선이 내게 닿았다. 이 말을 하면 그가 상처 받을 것 같지만 난 확신했다.

"키르와 황자님 두 사람을 노린 거죠. 애초에 '황실'에 불만이 있어서 저지른 범죄니까요."

황위 쟁탈전이 아니라면 이 일의 발단은 연쇄 황족 살인 사건이다. 그리고 케이티 님은 황족에 대한 증오를 드러냈다. 아마 난 황자와 붙어 있었기 때문에 얽힌 거겠지. 내 말에 두 사람의 얼굴이 딱딱하게 굳었다.

"이런, 아렌 그걸 알아차릴 수 있으면서 왜 여기와 있느냐?"

그리고 곧 우리의 대화에 익숙한 목소리가 끼어들었다. 놀라 고개를 돌린 곳엔 데이브 님이 평소와 같은 얼굴로 서 계셨다.

팔을 뻗으면 닿을 거린 아니다. 하지만 건강한 신체를 가진 키르가 빠르게 달려들면 충분히 잡을 수 있는 거리였다. 그렇게 가까운 곳에 지금 데이브 님이 서 계신 걸 믿을 수가 없었다.

"눈치가 빠른 아이라 널 아꼈는데, 이런 곳에서 보게 되다니……."

산책 나온 길에 만난 사람처럼 날 대하는 데이브 님의 태도는 편안했다. 하지만 늘어지는 말투에서 난 불안감을 느꼈다. 다급하게 몸을 일으킨 키르가 날 뒤로 밀어 놓고 검을 뽑아 들었다.

키르가 기습을 대비하는 태도에도 데이브 님의 시선은 내게서 떨어지지 않았다.

"이렇게 끝내야 하는 게 유감이구나."

심장이 바닥으로 떨어지는 기분이었다. 데이브 님의 형형한 눈동자가 결심을 알려 주었다. 그는 지금 이들과 같이 나를 제거하기로 마음먹은 걸 숨기지 않았다.

충격이었다. 나를 죽이기로 결정을 한 그의 태도에는 망설임이 조금도 없었다. 그동안 봐 온 세월이 있는데 어떻게 그럴 수 있지? 충격은 이미 어제 다 받은 줄 알았다.

어느 정도 마음의 대비를 했다고 생각했는데, 그래서 실제로 맞닥뜨렸을 때도 버틸 수 있을 줄 알았는데. 막상 저런 말을 데이브 님에게 들으니 숨이 막혔다.

"헛소리하지 마시지. 당신이 제멋대로 하도록 누가 가만히 보고만 있을 것 같나?"

데이브 님이 한 말을 이해한 키르의 말투가 날카롭게 변했다. 그동안 키르가 데이브 님에게 이렇게 무례한 말투를 사용한 적은 없었다. 내 사조이기 전에 대현자인 데이브 님에게 그는 늘 정중한 태도를 보여 왔다.

그랬던 키르의 완전히 달라진 말투는 데이브 님을 더는 대현자가 아니라 범죄자로서 보고 있다는 걸 알려 줬다. 데이브 님의 무심한 시선이 키르를 향해 움직였다.

"할 수 있는 한 노력해 보거라."

마치 네가 아무리 발버둥 쳐도 결과는 바뀌지 않을 거란 말투였다. 난 여기서 이상한 점을 느꼈다.

"이렇게 앞에 나타나셨으면서 잡히지 않으실 거라 생각한 건가?"

키르는 데이브 님을 제압할 수 있을 거란 자신감을 숨기지 않았다. 그런 키르의 자신감을 데이브 님은 무심히 받아쳤다.

"너희야말로 이곳에서 벗어날 수 있을 거라 생각하지는 않았겠지?"

그냥 지하 동굴이 아닌 건가? 어쩌면 평범한 방법으로 나갈 수 없는 그런 동굴일 지도 모르겠다. 가령 입구가 아까 우리가 굴러 떨어진 곳뿐이라면……. 자력으로 이곳을 나갈 방법은 없다.

그렇다면 누가 구해 주러 오길 기다리거나, 이곳에 대해 정확히 아는 데이브 님을 붙잡아 다그치는 방법뿐이다. 키르 또한 같은 판단을 했을 테니, 데이브 님을 잡을 기회를 엿보고 있을 거다.

그런 생각을 읽은 것처럼 데이브 님이 덧붙였다.

"그리고 혹여, 날 잡는다고 탈출 방법을 알 수 있을까?"

문제는 저거다. 데이브 님을 제압해서 물어도 그가 탈출 방법을 알려 주지 않으면 그만이다. 그럼 최악의 상황으로 우리는 이 안에 감금되는 거다. 그 와중에 늑대의 습격은 간간이 있을 텐데 그걸 언제까지 버텨 낼 수 있을까?

그래도 다행인 점은 키르뿐만 아니라 제일런 황자까지 함께 있다는 거다. 황족이 함께 하는 이상 위에선 끝까지 우리를 찾을 테니까. 포기하지 않으면 된다는 희망이 있었다.

"입을 열게 하는 방법은 여럿 있지."

키르가 으르렁거렸다. 필요하면 고문도 불사하겠다는 경고였지만.

"아까도 말했지만 할 수 있는 한 노력해 보거라."

데이브 님은 아무렇지 않게 받아쳤다. 지금까지 대화의 내용으로 보아 그가 우리를 없애기로 결정한 건 확실했다. 하지만 왜일까? 키르와 데이브 님의 대화를 느끼면서 난 계속 위화감을 느꼈다.

"도대체 왜 이런 짓을 하세요?"

난 참지 못하고 물었다. 왜냐하면 데이브 님에게선 케이티 님에게서 엿보였던 강한 적의는 느낄 수 없었다. 살아 온 세월이 긴 만큼 더 쌓인 노련함으로 감춘 거라고 하기엔 어딘가 석연치 않았다.

데이브 님의 눈동자가 내게로 움직였다. 정말 평소와 너무나 똑같은 시선이라서 온몸이 떨렸다.

"왜 살인을 하고 이런 함정을 파는 무모한 짓을 저지르신 거예요?"

데이브 님은 묵묵히 나를 응시했다. 그러더니 키르와 제일런 황자를 한 번씩 보더니 다시 내게 시선을 고정했다.

"사람이 극단적인 결정을 할 이유는 하나 밖에 없지 않느냐."

속이 뒤집히는 느낌이다. 내게 가르침을 내릴 때와 똑같은 말투에 이젠 점점 무서워졌다.

내가 전담으로 데이브 님에게 무언갈 배울 기회가 있었던 건 아니지만, 종종 케이티 님과 함께 하는 자리에서 이런 식으로 대화를 했었다. 내가 질문을 하면 거기에 관련된 힌트를 데이브 님이 주고 난 생각한 후 답했다.

옆에서 보면 뻔한 일도 막상 자기 일이 되면 빠르게 알아채지 못한다. 그리고 이렇게 계기가 주어지면 이상하게도 명확한 결론이 났다. 그때와 마찬가지로 나는 데이브 님이 던진 짧은 힌트에 이유를 알아채 버렸다.

이젠 내가 답할 차례라고 말하는 듯한 데이브 님의 시선에 나는 입을 열었다.

"……복수인가요?"

"그렇단다."

제대로 답을 맞췄구나, 하는 데이브 님의 칭찬하는 듯한 반응에도 나는 아무 말도 할 수 없었다. 여태껏 그가 내게 했던 모든 행동이 다 가식이었단 거다. 지금처럼.

"도대체 무슨 복수를 하겠다는 거지?"

뒤에서 가만히 있던 제일런 황자가 나섰다. 더는 참을 수 없다는 목소리였다. 그는 이해할 수 없다는 반응이었고, 사실 그건 키르와 나 또한 마찬가지였다. 우리는 데이브 님이 무엇에 복수하는지 알 수 없었다.

물론 남의 속사정을 누가 알겠냐마는, 무려 두 사람을 죽이고도 모자라 또 살인을 계획할 정도로 큰 사건은 없었다.

그 정도의 분노를 일으킬 기이한 사건이라면 이미 황태자가 죽었을 때, 데이브 님이 제일 처음 용의자로 몰렸어야 했다. 설마, 하프테리 님이 일부러 숨긴 건가?

"아주 오랜 이야기지. 가해자는 평화롭게 살면서 자식을 낳고, 그 자식은 아무것도 모른 채 자라나 성인이 될 정도로 오래전에 있었던 일. 가해자가 평화롭게 손자까지 보게 할 수는 없는 일이지."

데이브 님의 시선은 '너희에게 유감은 없지만, 죽어 줘야겠다.'라고 덧붙이고 있었다.

지금 상황으로 보아 방금 데이브 님이 말한 '가해자의 자식'이란 제일런 황자와 같은 세대일 거다. 그럼, 자연스럽게 가해자는 제일런 황자의 윗 세대이고. 그런 사람은 하나뿐이다. 현 황제.

그러니까 처음부터 원한 목표는 현 황제란 소리인가? 그가 아주 오래전에 저지른 일에 대한 복수라고? 얼마나 해묵은 감정이란 말인가.

"……폐하에 대한 복수란 소린가?"

제일런 황자도 나와 같은 결론에 도달한 모양이다.

그 질문에 데이브 님에게 처음으로 희미한 미소가 걸렸다. 상황에 어울리지 않는 그 미소에 불길함이 감돌아 오싹했다. 데이브 님의 형형한 눈동자가 매섭게 번뜩였다.

"이젠 선황이라 부르는 게 맞겠지."

쿵, 하고 무언가 떨어지는 소리가 들린 것 같았다. 내가 시간을 착각한 거라고, 데이브 님이 말했던 '가해자'는 전 황제이며, 현 황제는 아무것도 모른다고 믿고 싶었다. 그래야 '선황'이라는 단어의 뜻이 또 다른 살인을 의미하는 것이 아닐 테니까. 하지만 그게 아님을 예감했다.

"지금 폐하가 돌아가셨던 소리냐!"

키르가 데이브 님을 향해 달려 나갈 기세의 제일런 황자를 재빨리 막았다.

"경솔하게 움직이지 마십시오."

부모 자식간이 아주 극악한 사이 빼고는 눈앞에서 아버지를 죽였다고 말하는 상대를 두고 평정을 유지하는 건 쉽지 않은 일이었다.

"놔!"

키르의 손을 제일런 황자가 뿌리치려 했지만 팔이 계속 잡혀 있어 더 달려 나갈 수 없었다. 제일런 황자의 흉흉한 눈빛에 키르가 답했다.

"침착하십시오."

"지금 내가⋯⋯."

"침착하시라 했습니다!"

이번엔 키르가 강하게 외쳤다.

"적의 도발에 그렇게 쉽게 넘어가십니까?"

키르의 냉정한 모습에 제일런 황자가 씩씩거리면서도 물러섰다. 키르의 행동이 맞다는 걸 제일런 황자도 인정한다는 뜻이겠지. 키르가 제일런 황자를 내 옆으로 밀며 앞으로 나섰다.

"정말 폐하가 돌아가셨나?"

차분하게 되묻는 것 같지만 키르의 가라앉은 목소리에 무거운 감정이 들어 있었다. 목숨의 무게가 다르다고 생각해선 안 되지만 황제가 죽는 건 일의 심각성이 달라진다. 이번 황권이 유지되는 이상 황실에서는 끝까지 범인을 추격할 거다.

그리고 데이브 님은 평생 쫓기는 삶을 택했다. 더는 뒤돌아보지 않겠다는 선택이었고, 그건 우리에게도 좋지 않았다.

"그놈을 위해 애써 준비한 장소인데, 일이 너무 빨리 돌아가 아깝게 사용하지 못하게 됐지."

데이브 님이 주위를 둘러보며 말했다.

내용은 저렇지만 그다지 안타까워하는 말투는 아니었다. 어째서 수도 한복판에 이런 함정이 있는지 이제 알겠다. 황제가 멀리 나갈 일은 절대 없으니까 지하에 이런 함정을 만들 수밖에 없었던 거다.

"당신……."

그는 정말 오랜 시간 준비해 온 거다. 도대체 무슨 일이 있었기에……. 사람의 감정은 시간이 지나면 대부분 흐릿해진다. 처음엔 분노에 미칠 것 같다가도 오랜 시간이 지나면 그 감정은 옅어지기 마련이었다. 무엇이 그를 여기까지 미치게 만든 걸까.

"그래도 이걸 만들어 둔 덕분에 거의 다 처리할 수 있게 되었구나."

데이브 님은 제일런 황자를 똑바로 주시했다. 그리고 키르도. 먼 방계인 키르를 포함해 마지막 핏줄까지 죽이겠다는 의미였다.

"본인이 저지른 일이 얼마나 큰일인지 자각은 하는 건가? 이 일을 덮을 수 있을 거라고 생각하는 거냐!"

"덮을 생각 없다."

키르의 외침에 데이브 님은 담담히 답했다. 역시, 데이브 님은 끝을 생각하고 있었다. 그래서 처음부터 끝까지 그토록 초연했던 거다. 그 행동에 키르가 짜증을 냈다.

"남은 사람들에게 줄 피해는 생각지도 않았잖아!"

데이브 님이야 자신의 선택이니 그만이지만 사실 문제는 그와 얽혔으면서 아무것도 모르는 사람들이다. 이 사건으로 인해 현자의 서재 자체가 사라질지도 모른다. 게다가 나는 데이브 님과 가까운 사이라 더욱 시달리게 될지도 모른다. 물론 그것도 이곳을 벗어나야 가능한 일이지만.

"어차피 그럴 정신도 없을 거다."

데이브 님의 무심한 시선이 제일런 황자를 향했다.

"지금 살아 있는 직계 황족은 거기 있는 놈뿐일 테니까. 그리고 그마저도 이젠 사라지겠지."

난 내가 들은 말을 믿고 싶지 않았다. 제일런 황자를 죽이겠단 소리보다 직계 황족이 황자뿐이란 소리를 감당하기 힘들었다.

"……도대체 무슨 짓을 하신 거죠?"

이미 데이브 님이 말한 것에 대한 모든 상황이 머릿속에서 그려졌다. 하지만 그렇지 않길 바라는 마음에서 나온 질문이었다.

"그놈에게 차근차근 가족을 잃는 고통을 알려 주고 싶었지만, 그렇게 할 시간이 없어 서둘러 처리한 게 안타까울 뿐이다. 그리고 예정대로 남은 핏줄을 모두 처리한 거지."

데이브 님은 확인 사살을 했다. 잔인한 현실을 부정하고 싶었다. 제일런 황자는 황제의 네 번째 자식이었다. 황태자와 2황자가 이미 죽었지만 그 다음으로 황녀가 한 명 있었다.

그런 상황에서 제일런 황자가 살아 있는 유일한 직계 황족이란 건, 그 황녀도 죽었단 소리다. 아무리 복수심에 불타도 어떻게 저런 말을 아무렇지 않게 할 수 있지?

사람들을 죽였다는 걸 알리는 데이브 님의 목소리가 이질적으로 들렸다. 귓속에서 윙윙거리는 이명이 들렸다. 이상하게 숨이 턱턱 막혀와 호흡이 불안정하게 흔들렸다. 당연하게도 내 충격보다 제일런 황자의 충격이 더 컸다.

"……누님마저 돌아가셨다고?"

제일런 황자는 넋을 놓은 것처럼 보였다. 하긴 어쩔 수 없었다. 데이브 님 말이 사실이라면 하루아침에 가족을 전부 잃었다는 소리니까. 너무 어마어마해 위로의 말을 할 수도 없을 만큼 참담한 상황이다.

"도대체 왜! 왜 그들을 죽인 거지? 폐하께 불만이 있다면 그 사람한테만 복수하면 되잖아!"

제일런 황자의 찢어질 것 같은 목소리가 동굴 안에 울렸다. 아무리 어머니가 달라 서로 견제를 하는 상대라고 해도 가족이었다. 물론, 이 세상에는 가족이라 해도 가족이라 치부하고 싶지 않을 정도의 사이도 있겠지만 그 정도는 아니었는지 제일런 황자는 진심으로 분노했다.

그는 죽일 듯 데이브 님을 쏘아보며 몸을 부들부들 떨었다. 달려들지 않기 위해 애쓰는 것 같았다. 그 외침에 데이브 님의 고개가 옆으로 기울여졌다. 그리고 전혀 자신은 잘못하지 않았다는 듯이,

"그놈이 저지른 일을 그대로 돌려준 것뿐이다."

그게 뭐가 이상한 거지? 라는 시선을 데이브 님이 보냈다. 충격적인 사실에 우린 어떤 행동도 할 수 없었다. 지금 데이브 님은 '당한 그대로 돌려 줬다'고 말했다. 그렇다는 건 황제가 데이브 님의 가족을 전부 몰살했다는 소리 아닌가. 여기서 누구도 '그럴 리 없다'라고 반박하지 못했다.

황제가 무차별적으로 살인을 하는 성정은 아니었다. 그렇다고 그가 아무에게 피해를 주지 않은 선량한 사람이라고 할 수도 없었다.

황제란 누가 쉽게 제지할 수 없는 대단한 권력을 쥔 자리였다. 그가 그 힘을 멋대로 휘두른 적이 한 번도 없을까? 게다가 우리가 태어나기 전의 오래된 일이라면 황제도 어린 편이었을 거다. 그때 그가 실수하지 않았다고 단언할 수 없었다.

"폐하가…… 당신의 가족을 전부 죽였단 소리인가?"

제일런 황자의 목소리가 위태롭게 흔들렸다. 데이브 님은 눈 하나 깜짝하지 않고 대꾸했다.

"정확히 내 가족은 아니지만. 그래도 그 놈이 졸렬한 감정으로 누군가의 가족을 다 죽인 일은 없어지지 않지."

사실 황족의 명에 의해 누가 죽는 일이 아예 없는 건 아니었다. 이 세상은 신분 제도란 게 있고, 그만큼 권력이 확연하게 나뉘어져 있었다. 귀족이 마음에 들지 않는 평민에게 적당한 사유로 사형이란 큰 처벌을 내릴 수도 있었다. 그만큼 평민의 권리가 보호되지 않는 세상이었다.

귀족의 명령에도 그런 일이 그리 쉽게 이루어지는데, 하물며 황족의

명령이다. 황제의 말 한마디에 누군가에게 엄청난 피해를 줄 수 있겠지. 그러나 이런 사실을 알 텐데도 제일런 황자는 유독 충격을 받은 것 같았다. 설마, 자신의 가족은 결백할 거라 믿은 건가?

"그렇다고 누님과 형님들을 죽이면 자신이 증오하는 인물과 똑같은 사람이 되는 것 아닌가! 그들과 똑같은 살인자일 뿐이라고!"

제일런 황자의 비통한 외침에 난 멈칫했다. 분명 그가 분노를 드러내는 상황이 맞는데, 어쩐지 어떤 점이 걸렸다. 데이브 님이 전하는 상황이 가벼운 게 아니니 충격 받는 게 맞긴 한데, 제일런 황자의 행동에서 위화감이 느껴졌다.

"어차피 누군가의 목숨을 해한다면 한 명이나 두 명이나 세 명이나 똑같지."

하지만 내 그런 감정은 이어지는 데이브 님의 말에 사라져 버렸다. 복수로 살인을 했다는 사실보다 저런 사고를 가지고 있었다는 게 더 충격적이었다.

"그게 어떻게 같다고 말할 수 있지? 복수는 핑계고 실은 그쪽이 잔악무도한 살인자인 건 아닌가? 황실에 쌓인 불만을 터트린 걸 어쭙잖은 변명으로 합리화하는 건 아니냔 말이다!"

"그럴지도 모르지."

제일런 황자의 비난에 데이브 님은 자조하며 동의했다.

"폐하가 도대체 누굴 죽였다는 거지? 아무리 오래전 일이라고 해도 내가 모르는 건 말이 안 된다."

데이브 님의 말이 떨어지기 무섭게 제일런 황자가 반박했다. 그의 말에 데이브 님의 시선이 빗나가 허공을 응시했다. 그리고 마치 아련한 기억을 더듬는 것처럼 느리게 입을 열었다.

"아주 평화로운 가정에서 한 아이가 축복 속에 태어났다."

"아이라니?"

마치 대화의 추임새를 넣는 것처럼 제일런 황자가 소리를 냈다. 역시 제일런 황자의 태도는 이상하다. 한번 의식하니 더욱 잘 느껴졌다. 하지만 데이브 님은 그런 기이함을 느끼지 못한 것처럼 계속 말을 이었다.

"그 가정은 평화로웠지. 아이의 부모는 모난 데 없는 성격이었고, 넉넉한 재력을 소유한 가문이었기에 금전적 어려움도 없었다. 아이는 주변 사람들의 사랑을 받으며 어여쁘게 자랐지. 그들은 동화 속에 나올 법한 이상적인 가정이었다. 아무 일 없이 그대로 자랐다면 평범하고 행복하게 자랐을 거야."

이 상황에 데이브 님이 뜬금없는 사람의 이야기를 꺼낸 건 아닐 거다. 즉, 지금 하는 이야기 속 주인공이 황제에게 당한 피해자란 소리겠지. 그런데 저기서 '아이'라 불린 사람이 누군지 짐작하지 못하겠다.

"아이의 불행은 아버지가 뒤늦게 자신의 재능을 발견했다는 점에 있었다. 아니, 그 사실을 알려야 하지 말아야 할 사람에게 알려서 문제였지."

"재능은 또 뭐고, 알려야 하지 말아야 할 사람은 누구지?"

데이브 님이 알려 주는 내용이 너무 단편적이라 무슨 내용인지 확실히 모르겠다. 어쩐지 말이 길어지는 것 같은데…….

……길어져? 어떤 생각이 스치고 지나가 나도 모르게 제일런 황자를 향해 고개를 돌릴 뻔한 걸 가까스로 참고 눈동자만 굴려 그를 살폈다. 그리고 데이브 님에게 집중하고 있는 그를 보고 확신했다.

아까부터 제일런 황자가 보여 준 위화감이 무언지 알아챘다. 이상하게 질문을 자꾸 하더라니.

그는 처음 이곳에 달려올 때 계획한 대로 시간 끌기를 하는 중인 거다. 분노한 척하면서 데이브 님이 말을 하도록 만들고 우릴 공격하지 않도록 막는 거겠지. 이대로 누군가 찾으러 올 때까지 시간을 벌려고.

우리 중에서 무력 사용이 가능한 사람은 키르 뿐이니까 데이브 님이 공격을 시작하면 우리가 불리한 건 확실했다.

제일런 황자가 의외의 구석에서 예리한 점이 있는 건 알았지만 이렇게 눈치 빠를 줄이야. 어쩐지 형제를 썩 좋아하지 않던 것 같던 사람이 크게 분노하더라니. 생존본능 하나는 대단하다.

"하르트 황가에서 가장 두려워하는 재능이 과연 뭘까?"

데이브 님의 시선이 질문하는 것처럼 내게로 옮겨 왔다. 갑자기 받게 된 시선에 긴장감이 몰려 왔다. 막 제일런 황자의 계획을 알아챈 터라 더 그랬다. 여기서 내가 일을 망칠 수는 없다.

지금 위에선 우리를 찾기 위해 노력 중일 거다. 시간을 끌수록 우리에게 유리했다. 그리고 데이브 님이 원하는 걸 줘야 대화가 길어진다.

나는 한껏 머리를 굴렸다. '두려워하는'이라는 표현에서 알 수 있다시피 대놓고 배척할 일은 아닐 거다. 그걸 드러내는 것 자체가 황가의 약점을 알리는 것과 마찬가지니까. 그러면 지금은 보기 힘든 재능일 거다. 그러면서 두려워할 정도로 대단한 힘이라면.

"……정령사인가요?"

제일런 황자의 고개가 나를 향해 움직였다. 그는 그게 무슨 소린지 모르겠단 표정이었다. 아니, 황자란 존재가 자국의 역사도 몰라서 그렇게 날 쳐다보면 안 되지.

사실 이 시대에 정령사는 거의 없어진 직업이다. 정령석을 이용해 정령의 힘을 빌려 쓰는 정령술사들은 있지만, 어느 순간부터 정령과 직접 계약해 힘을 사용하는 정령사는 사라졌다. 데이브 님이 나를 보고 희미하게 웃었다.

"역시 아렌이구나."

칭찬 받을 상황이 아닌 것 같은데. 그래도 답은 맞다는 소리다.

"그게 무슨 소리지?"

제일런 황자는 아직도 혼란스러워 보였다. 선대의 일을 그 후손이 모르다니. 속으로 툴툴거리며 설명을 덧붙였다.

"물의 정령왕과 계약했던 그레이슨 하르트 님 때문이죠. 그 당시 유래 없는 가뭄에 폭동까지 일어났었고, 그걸 잠재우기 위해 정령과 계약한 일을 신격화시켰죠. 그게 도리어 황가의 발목을 잡은 겁니다. 그 뒤로 황가에서 정령과 계약한 사람이 나오지 않았으니까요."

교육률이 높지 않은 세상에서 신격화는 위험한 거다. 맹목적으로 휩쓸리기 쉬우니까. 물론 그레이슨 하르트 님 때는 자기 입맛에 맞게 사용했을 거다.

하지만 황가에서 더는 정령사가 나오지 않는다면? 그 상황에 다른 곳에 정령사가 등장한다면? 이미 정령사가 신의 힘을 받은 존재라 믿는 제국민이 많은 상황에 다른 정령사의 존재는 황가에 필요치 않은 맹목적인 집단이 생길 수도 있었다.

"역대 황제들은 점차 정령사가 나오길 꺼렸겠군."

"그래, 정령사가 될 자질이 있다는 이유만으로 은밀히 제거되는 사람이 생겼지."

데이브 님의 덧붙임에 제일런 황자의 낯빛이 흐려졌다. 음모라고 우길 수 없는 말임을 알기 때문이다. 황제들은 황권 강화에 늘 힘쓴다. 그 권력을 유지하고 싶은 게 사람의 본능이니까. 그리고 권력자의 입장에선 위험 요소는 미리 제거하는 게 더 편했다.

그동안 은밀히 이루어져 왔던 황가의 암살 이야기에 다시 속이 울렁거렸다. 나 역시 세상이 마냥 깨끗하다고 믿는 어린아이는 아니지만, 그래도 황실이 뒤에서 사람을 죽여 왔단 소리를 듣고 아무렇지 않을 정도로 세상을 막막하게 본 것도 아니었다.

내 일그러진 표정을 확인한 데이브 님이 말을 이었다.

"아이의 아버지는 친우라 생각했던 이에게 자신의 재능을 알렸고, 그걸 들은 이가 당시 황태자였던 그놈에게 정보를 건넸지. 그리고 황실은 앞으로 자신이 갖게 될 권력에 위협이 되는 존재를 처리하기로 했지.

황명으로 일족이 아예 말살됐다. 살려 달라 울고 비는 그 모든 이들을, 남녀노소 할 것 없이 전부! 황명이란 이름으로 죽였지!"

그 참혹함을 떠올린 듯 데이브 님이 감정을 숨기지 못하고 외쳤다. 은은하게 흘러나오는 노기에서 그 끔찍한 광경이 머릿속에 그려졌다. 그리고 나는 그 사건이 무슨 사건인지 알아냈다. 내가 알기로 근 몇십 년 내에 황명으로 일족이 말살된 일은 하나뿐이다.

"유스타프 학살 사건⋯⋯."

내가 어릴 때 하프테리 님이 잠깐 언급했던 사건이다. 그 당시 어린 내게 너무 끔찍한 일이라고 더 설명하지 않았다. 그리고 커서는 하프테리 님이 왠지 그 주제는 회피했었기에 사건을 크게 인식하지 못했었다.

어쩐지 그때 하프테리 님이 이상했었는데, 그와 관련된 일을 알고 계셨던 걸까? 내가 말한 사건이 맞다는 듯 데이브 님이 고개를 끄덕였다.

"재능 있는 사람뿐만 아니라 가능성 있는 핏줄 자체를 없애는 게 속 편하다고 여긴 거지. 누명을 씌워 유스타프 가문뿐만 아니라 같은 피가 흐르는 이들을 몰살했다. 고작 위험할 지도 모른다는 이유 때문에."

내 상식으로 이루어져선 안 되는 끔찍한 일에 아무 것도 할 수 없었다. 복수를 정당화할 생각은 없다. 하지만 내가 저런 일을 당했다면 과연 아무렇지 않게 지낼 수 있을까?

이 생각에 나는 데이브 님을 더는 비난할 수 없었다.

"당신은⋯⋯. 그 '아이'와 무슨 사이인 거지? 아이의 아버지인가?"

제일런 황자가 본인이 저지른 일이 아님에도 죄책감 가득한 표정을 지었다. 사죄할 수 있다면 본인이 대신 사죄하고 싶다는 진심어린 표정이었지만, 데이브 님은 냉혹했다.

"내 가족이 죽은 것이 아니라고 했는데, 멍청하군."

제일런 황자가 순간 아차 하는 얼굴을 했다.

"그럼, 본인의 일도 아니면서 어째서 자신의 손에 피를 묻힌 거지?"

말문이 막혀 버린 제일런 황자를 대신해 계속 침묵하고 있던 키르가 나섰다.

"그 아이는 운이 좋았지. 부모가 필사적으로 숨겼거든. 하지만 두려움에 빠진 아이가 홀로 살아남아 할 수 있는 건 없었지. 숨겨진 곳에서도 벗어나지 못했어."

우리는 몰랐던 참혹한 일이 낱낱이 밝혀지는데 뭐라고 말할 수 있을까. 데이브 님은 그 상황을 회상하는 듯 무서울 정도로 눈을 빛냈다.

"아이의 또 다른 행운이 찾아온 건 그때였지. 시체가 가득한 저택에서 꼬박 이틀을 보낸 아이는 우연히 지나가던 젊은 학자의 손에 구출되었어."

어린 나이에 시체가 가득한 저택에서 머물다니, 공포 영화도 이것 보단 무섭고 끔찍하지 않을 거다. 그러다 '아이'와 '젊은 학자'란 말이 거슬렸다.

"헉!"

데이브 님의 말에서 '아이'가 누구인지 짐작이 된 난 너무 놀라 소리를 내고 말았다. 그리고 그런 날 보며 데이브 님이 짐작이 맞다는 듯 희미한 미소를 지었다. 주변에 그런 참혹한 과거를 가진 사람이 있을 줄은 꿈에도 몰랐다. 그것도 내가 깊게 의지하던 사람일 줄은.

"케, 케이티 님 이야기인가요?"

내 목소리가 사시나무 떨듯 떨렸다. 데이브 님은 느릿하게 고개를 끄덕였다. 진정하고 싶은데 저절로 이빨이 부딪히는 소리가 났다.

"케이티? 설마, 케이티 로렌스? 아까 그 자?"

낯설지 않은 이름을 기억해 낸 제일런 황자가 목소리를 높였다. 난 맞다는 눈빛을 보냈다. 이제야 아까 적대적이던 케이티 님의 행동이 이해가 갔다. 그리고 데이브 님에게서 느껴지던 의아함도. 실제 사건의 당사자가 아닌 데이브 님은 케이티 님에 비해 덜 감정적일 수밖에 없었다.

"아무리 제자의 일이라고 해도 살인을 하다니······."

사건이 밝혀질수록 희게 질린 표정으로 서 있던 제일런 황자가 데이브 님을 보고 중얼거렸다. 제일런 황자 편을 들려는 게 아니지만 나 역시 의아하긴 했다. 만약 하프테리 님이 누군가를 죽도록 미워한다고 했을 때 내가 그를 도와 살인을 할 수 있을까?

"그 어린 아이를 직접 키웠다. 단순한 제자일까? 내 아이나 다름없지."

아버지로서 복수를 돕는 다는 소리에 숨이 턱 막혔다.

"케이티 님이 참혹한 일을 당한 건 알겠어요. 그렇다고 그걸 똑같이 복수해야만 했나요?"

이번에도 내 목소린 덜덜 떨렸다. 어떻게 봐도 황제의 행동이 옳다고 볼 수 없다. 그렇다고 케이티 님의 복수도 옳다고 볼 수는 없었다.

"넌 그 상황을 겪지 않았으니까 그리 말할 수 있는 거란다. 시체 냄새가 풍기는 곳에서 어린아이가 아무것도 먹지 못하고 이틀을 버틴다는 게 어떤 일인지 상상이 가능할 것 같아?"

데이브 님의 눈이 무섭게 번뜩였다. 난 그 말에 답하지 못했다. 데이브 님은 마치 내가 그럴 줄 알았던 것처럼 이죽거렸다.

"가족이 눈앞에서 죽는 걸 봤다. 차라리 지옥이 나을 거다. 내가 아는 케이티는 하루도 편히 잔 날이 없었지. 밤마다 차라리 같이 죽여 달라 울부짖었다. 그 어린 것이 살려 달라는 게 아니라 죽여 달라고 울부짖었단 말이다!"

격하게 쏟아 내는 데이브님의 말에서 그도 오랜 시간 고통에 시달려 왔음을 알 수 있었다.

원래 정신적으로 피폐한 사람 옆에 있으면 같이 피폐해지기 마련이다. 우울한 감정은 전염이 빠르고, 어딘가에 짙은 흔적을 남기니까. 괜찮다 여겼어도 서서히 좀먹어온 마이너스 감정들이 쌓이고 쌓인 거다. 어떻게 보면 데이브 님도 그 사건의 피해자라고 할 수 있었다.

"몇십 년이 흘러서 감정이 옅어져? 그건 아무것도 모르는 자의 속

편한 소리일 뿐이다. 케이티는 아직도 끔찍한 악몽에 시달리며 잠을 자지 못하지."

한탄 가득한 목소리가 동굴 안에 울렸다. 참담함이 진심으로 느껴지는 그 울림이 참으로 묵직하게 마음을 두드렸다.

당사자가 아닌 내가 비난할 권리가 있을까? 내가 왜 복수했냐 말하는 것도 저들에겐 위선으로 느껴질 뿐이다. 복수가 옳은 건 절대 아니지만, 내가 이들의 행동을 탓할 수는 없었다.

"대신 사과를 하면 받아 줄 의향은 있는 건가?"

제일런 황자는 이미 죽어 버린 선대를 대신해 자신이라도 나서서 사과하겠다는 의사를 드러냈다.

"그깟 말 몇 마디? 그런 걸로 지나갈 수 있는 수준이 아니다."

용서도 적당한 일이어야 할 수 있다는 말이었다. 이미 돌이킬 순 없다는 소리였고, 끝까지 여기 있는 사람들을 죽이겠단 의미였다. 제일런 황자가 눈매를 좁혔다.

"처음부터 사과를 받고 싶은 생각은 없었던 거군."

끝을 바란 거였어, 라고 속삭이는 듯한 제일런 황자의 눈빛에 데이브 님의 회한 가득한 웃음을 터트렸다.

"원인을 알기 위해 몇십 년을 소비하고, 복수를 위해 또 몇십 년을 소비했다. 이미 감정은 불타올랐다가 재가 되어 찌꺼기 밖에 남지 않았는데 무얼 하겠느냐."

분노 속에 담긴 허탈함이 전해졌다. 복수만 바라보고 살아왔기에 그걸 거의 이룬 지금 오히려 허망함을 느끼고 있는 거였다. 목적을 잃었으니 삶의 의미도 잃었겠지. 애초에 목숨을 버릴 각오로 복수를 했다고 해도 복수란 그런 거였다. 이루었어도 손에 남는 게 없는, 허망한 것.

"모든 걸 끝내 버리는 수밖에."

데이브 님의 말에 도리어 안타까움이 찾아왔다. 자신이 저지른 일에 휘말려 그는 이젠 그만두고 싶어도 그만둘 수 없는 상황이 된 거다. 수습이 불가능하니 끝까지 갈 수밖에 없어진 거였다.

"그렇게 허망함을 느끼면서 왜 계속하는 거지?"

제일런 황자가 다급하게 질문을 했다. 데이브 님에게서 언뜻 후회와 죄책감이 느껴졌기 때문에 그걸 자극하려는 것 같았다.

"복수는 또 복수를 낳지. 난 어찌되어도 상관없지만 그래도 그 여파는 줄여야지."

"내가 복수할 생각이 없다고 해도 그래도 계속 할 건가?"

깔끔하게 복수할 대상을 남기지 않겠다는 말을 알아들은 제일런 황자가 말을 쏟아냈다.

나 역시 그의 조급함이 이해가 됐다. 이런 일이 벌어진 이유를 전부 들었으니 더는 시간을 벌기 힘들어질 거라 판단한 거다. 그렇지 않아도 나도 느끼고 있었다. 데이브 님의 기색이 달라졌다는 것을.

"믿기지 않는다면 계약서를 적든, 맹세든, 뭐든 하겠어!"

"그만하지."

"무슨 소리……."

"설마 네놈이 시간 끌려고 수작 부리는 것도 모르고 내가 주절거렸다고 생각하나?"

데이브 님이 어떻게든 대화를 이으려는 제일런 황자의 말을 끊었다. 진짜로 작전을 전부 알고 있었을 줄이야. 난 아랫입술을 질끈 깨물었다. 사실 짐작은 하고 있었다. 아니길 빌었을 뿐.

만화도 아니고 나쁜 사람이 왜 주절주절 사연을 설명하겠는가. 그리고 대현자라는 직위를 얻은 사람이 그 정도로 생각이 없는 사람도 아니다.

그럼 애초에 이야기를 길게 한 것 자체가 저쪽에서도 의도한 함정이란 소리였다. 우리 쪽 작전이라고 생각했던 게 도리어 저쪽에서 바라는 것이었다니.

"눈치챘던 건가?"

제일런 황자가 모든 것이 연기였음을 시인하듯 표정을 굳혔다. 데이브 님도 당연히 그럴 줄 알았단 것처럼 평온했다.

"나도 시간을 끌 필요가 있었으니까."

데이브 님의 말에 불길해진다. 설마, 위에서 다른 함정을 판 걸까? 그래서 사실 우릴 찾는 사람은 없는 걸까? 이런 불안감을 제일런 황자도 똑같이 느낀 것 같았다.

"어째서지?"

태연을 가장하려고 하지만 제일런 황자의 목소리가 날카로웠다.

"보면 모르나? 이 노쇠한 몸으로 내가 젊은이들을 어찌 상대하겠는가. 상대가 가능한 사람이 올 때까지 시간을 벌어야지."

제대로 당했다. 이 상황에 당당하게 등장했으니 데이브 님에게 어떤 능력이 있을 거라고 믿고 말았다. 그래서 우린 섣불리 달려들지 못했던 건데, 실제로 데이브 님은 그걸 알고 시간을 끈 거다.

그리고 저 말은 무력 사용이 가능한 또 다른 조력자가 있단 소리였다. 도대체 누가? 몇 명이나? 난 재빠르게 주위를 둘러봤다.

"이런 곳에서 만나서 정말 아쉽네, 아렌."

익숙한 목소리를 따라 고개를 돌린 난 굳어 버렸다. 포포 아저씨까지 걸린 마당에 현자의 서재 인물 중 누가 튀어나와도 이상하지 않았다.

그리고 역시나 그 자리에 서 있던 사람은 나와 꽤 친분이 있었던 도서관의 사서인 메리였다. 내가 굳어 버린 이유는 그녀가 아는 사람이라서가 아니었다. 메리의 뒤에 있는 수많은 늑대들 때문이다. 언제 달려들어도 이상하지 않을 야생 늑대 떼.

"아렌, 그냥 공부나 하지 그랬니."

메리의 친절한 목소리가 사형 선고처럼 들렸다.

"급하게 황제를 죽여 버리는 바람에 애써 만든 곳을 허망하게 날려 버릴 줄 알았는데, 생각보다 제대로 걸렸네요?"

만찬을 앞둔 사람처럼 메리는 키르와 제일런 황자를 번갈아 보며 흡족하게 웃었다. 그건 내가 그녀에게서 한 번도 보지 못한 사악한 미소였다.

"위쪽 처리는 제대로 하고 온 건가?"

데이브 님이 메리를 향해 물었다.

"황제와 황녀는 확실히 처리했고 라인폰트 대공은 바스탄 공작이 맡기로 했어요. 제가 완벽히 처리를 하고 싶었지만 이쪽이 더 중요하잖아요."

메리가 제일런 황자 쪽을 턱짓했다. 직계 황족이 더 우선이란 거다. 그러다가 무심코 지나갈 뻔한 말에 내 심장이 덜컥 내려앉았다. 라인폰트 대공이 공격받는다는 소린, 그를 지키는 아버지도 위험하단 소리였다.

"조력자가 바스탄 공작이었나?"

제일런 황자가 바스탄 공작이란 이름에 반응했다.

"욕심 많은 사람이라 참 좋은 동맹 상대더군. 서로 원하는 걸 얻어 갈 수 있으니까."

메리는 순순히 인정했다. 타국을 짓밟으며 욕심을 부릴 때부터 알았어야 했는데, 바스탄 공작은 현재에 만족하지 못하고 황제 자리를 넘보는 모양이다. 그 자리를 탐내는 자와 그 자리에 있는 사람을 죽이고 싶은 자의 동맹은 서로가 만족하는 완벽한 결합이었다.

"위쪽도 곧 정리가 될 거야."

메리의 친절한 설명이 더욱 불안감을 가중시켰다. 아버지가 강하단 건 믿는다. 하지만 바스탄 공작은 영웅이라 일컬어지는 실력자였다. 그 사람을 아버지가 상대할 수 있을까?

차라리 아버지가 약삭빠른 자라 위험하다 싶으면 몸을 숨기는 기회 주의자였으면 이렇게 걱정하지 않았을 것이다. 하지만 아버지가 끝까지 대공을 지킬 걸 알아서 진정할 수 없었다.

"쉽게 당하지 않을 겁니다. 이미 짐작하고 있던 일이니까요."

키르의 냉정한 목소리에 정신이 번쩍 들었다. 그래, 대공이 그렇게 어리석지는 않을 거다. 이미 조력자가 있을 거라고 의심하고 있었으니 무언가 대비를 했겠지. 그렇다면 아버진 괜찮으실 거다. 키르의 말에 메리는 대비를 해도 상관없다는 듯 고개를 까딱거렸다.

"상관없어. 대공이 살아남으면 안타깝지만 그래도 원래의 황실은 무너뜨린 거니까. 제일 이상적인 상황은 대공과 공작이 오래 치고받고 싸우는 거겠네. 그래서 제국이 혼란스러워진다면 상상만 해도 너무 황홀한걸."

메리가 양 손을 부여잡고 정말 황홀한 듯 중얼거렸다. 내가 알던 친절한 메리는 없었다. 어딘가 정신이 이상해진 여자만 눈앞에 있었다.

"저들이야 복수라고 쳐도 당신은 왜 그러지?"

제일런 황자가 메리의 상태가 기가 막힌 듯 물었다. 메리는 뭘 그런 걸 묻냐는 표정으로 대꾸했다.

"나도 복수지."

뒤에서 번뜩이는 늑대의 위협과 다르게 메리의 음성은 상큼했다. 그래서 언뜻 들으면 그녀는 진지하지 않은 것처럼 느껴졌다.

"어떤 복수?"

제일런 황자의 되묻는 목소리에 힘이 없었다. 계속 끄집어져 나오는 아버지의 죄에 그는 지친 듯 했다.

"내 어머니가 누구일까?"

눈을 휘며 묻는 말에 답은 바로 나왔다. 이 상황에 굳이 '어머니'를 언급한다는 것은 그 어머니가 이 복수극에 연관된 사람이라는 뜻이다. 그리고 그 '어머니' 중 가능성 높은 이는 한 사람이다.

"케이티 님이 어머니라고요?"

"그래. 그것도 복수를 위해 아주 어린 시절 딸을 버린 매정한 어머니지."

그제야 빙긋 웃는 메리의 얼굴에서 케이티 님이 엿보였다. 분명히 닮았는데, 왜 그동안 한 번도 의심해 보지 않았을까 싶을 정도였다.

"그렇게 매정한 어머니의 복수를 돕나?"

보통은 버림받은 자식은 어머니를 원망하기 마련이었다. 제일런 황자가 그걸 노리고 물은 것 같았다.

"어머니는 죄가 없잖아. 날 버리게 만든 당신들 잘못이지."

메리의 말도 틀린 건 아니라 어떻게 설득할 방법이 없었다. 이 위기를 벗어날 길이 막막했다.

"그리고 내가 마녀거든. 날 키워주신 스승님은 대단한 마녀셨지. 그것도 하르트 황가에 원한이 많은 마녀."

정령사들도 그렇게 없앴는데, 마녀라고 지켜 줬을까? 황가에 원한이 많은 마녀가 있다는 건 이상한 게 아니었다. 여기서 중요한 점은 메리가 스스로 마녀라고 인정했단 거다. 그건 자신이 저주를 걸도록 도와 준 이라 자백하는 것과 마찬가지였다.

"저주의 매개체를……."

"맞아. 내가 만들어 줬지."

내가 질문을 끝내기도 전에 메리가 인정했다. 몸에 기운이 빠지며 어질어질했다. 긴장을 풀 상황이 아니지만 탈력감에 서 있는 게 너무 힘들었다.

"언제까지 수다 떨거지?"

"알았어요. 이제 장난은 그만하자. 그만 끝내야지."

데이브 님이 지적하자 메리는 공격할 자세를 취했다. 제일런 황자가 나를 제일 안쪽으로 밀어 넣고 내 앞을 가로막았다. 그걸 흘긋 확인한 키르가 검을 고쳐 잡았다.

"그냥 순순히 죽는 게 편할 텐데."

그렇게 말한 메리의 손짓에 늑대가 달려들었다. 다행인 점은 입구가 좁았다는 점이었다. 그래서 늑대 떼라고 해도 한 번에 공격할 수 있는 늑대의 수는 최대 3마리였다.

키르의 검은 날카로웠다. 그가 한번 검을 휘두를 때마다 늑대는 상처를 입고 물러섰다. 늑대의 으르렁거림과 비명 소리, 피 냄새가 주변에 진동을 했다. 아까 우릴 구해 줄 때 느꼈지만 늑대는 키르의 상대가 되지 않았다. 그는 흥분하지 않고 차근차근 잘 막고 있었다.

다만, 피 냄새를 맡은 늑대는 더욱 흉포해졌다. 게다가 한 마리를 해치면 또 다른 한 마리가 달려들어서 문제였다. 키르 혼자 상대하기엔 늑대의 수가 너무 많았다.

"살아나갈 수 있을 거란 희망은 버려. 들어오면서 입구를 완전히 막았어. 이 함정은 스승님이 돌아가시기 전에 만들어 준 거라 어지간한 마법사들은 찾지도 못할 거야. 버틴다고 해결될 거란 게 아니란 소리지."

저 멀리서 메리의 음성이 들려왔다. 난 내 손바닥으로 입을 틀어막았다. 메리의 말 때문이 아니다.

늑대가 키르를 향해 뛰어오를 때마다 움찔하며 튀어나오려는 비명을 억눌러야 했다. 키르가 지금은 잘 막고 있지만 집중력이 깨지는 순간 큰일이 날 거다. 그리고 내 비명에 키르의 집중력이 흐트러질지 모른다. 그러니 참아야 했다.

키르가 다칠까 봐 두려웠다. 이대로라면 키르가 제일 먼저 다칠 거고, 제일 먼저……. 뒷말은 차마 떠올리고 싶지 않았다.

무력함이 온몸을 짓눌러 눈에서 눈물이 줄줄 샜다. 홀로 고생하는 키르를 도울 수 없다는 것이 미안했다. 내가 할 수 있는 건 울음소리가 흘러나가지 않도록, 키르에게 방해가 되지 않도록 숨죽이는 것뿐이었다.

그리고 그건 제일런 황자도 마찬가지였다. 그 역시 자신의 무력감을 통감하는 듯 움켜쥔 주먹이 사정없이 떨렸다.

얼마나 이 시간이 이어졌는지 모르겠다. 끔찍한 상황에 시간을 제대로 따지겠는가. 키르는 꽤 오랜 시간 동안 달려드는 늑대를 향해 쉼 없이 검을 휘둘렀다.

그리고 끝없이 이어질 것 같은 늑대의 공격은 의외의 상황에 소강상태를 맞이했다.

입구가 좁다 보니 키르에게 당한 시체가 쌓여 늑대가 달려들 공간이 부족해진 것이다. 그러자 키르가 방어하기 쉬워졌고, 늑대의 시체가 벽처럼 쌓여 더욱 방어가 수월해졌다.

그걸 뒤늦게 알아챈 메리가 늑대의 공격을 멈췄다. 더는 달려드는 늑대가 없자 키르가 격한 숨을 토해 내며 비틀거렸다. 주저앉을 것 같은 모습에 난 그를 부축하려 재빠르게 달려 나갔다.

"괜찮아?"

"뒤로 가 있어."

하지만 늑대의 피를 잔뜩 뒤집어 쓴 키르가 나를 밀어냈다. 많이 지친 듯 그 손짓에 힘이 없었다. 그가 나를 왜 밀어내는지 알면서도 그냥 따를 수 없었다.

"알았어. 어디 다친 데는 없는 거지?"

"없어. 언제 다시 달려들지 모르니까, 어서 안에 가 있어."

키르의 가쁜 호흡이 섞인 목소리에 참았던 울음이 또 터질 뻔했다. 고생은 키르가 다 했다. 이 상황에서 키르에게 눈물을 보이는 건 어리광일 뿐이다.

그래서 나는 눈물을 참았다. 이미 눈물을 흘려 흔적이 남았겠지만 그래도 키르 앞에서 우는 것과는 달랐다. 억지로 눈물을 참다 보니 절로 호흡이 가빴다.

"대공자도 잠깐 쉬어."

뒤에서 그렇게 말한 제일런 황자가 키르의 검을 빼앗아 들었다. 키르가 제일런 황자를 향해 미덥지 않은 시선을 보냈다.

"경계만 할 거야. 저쪽도 늑대 시체를 다 치워야지 공격할 테니까. 그 정돈 할 수 있어. 쉴 수 있을 때 쉬어. 저걸 다 치우면 저들이 여유를 주지 않을 테니까."

이 상황에 늑대의 시체를 조금만 치우고 그 틈으로 공격하면 뻔히 남은 늑대의 시체가 방어에 도움이 된다. 그걸 아니까 저쪽도 늑대의 시체를 최대한 많이 치우고 공격하려 들 거다. 그때까지는 잠깐의 여유가 있었다. 그동안 경계만 하는 건 제일런 황자도 충분히 할 수 있겠지.

키르도 납득했는지 주저앉아 벽에 등을 기댔다. 예상대로 늑대의 시체로 된 벽이 들썩들썩 흔들렸다. 메리가 늑대를 이용해 시체를 조금씩 끌어내는 것 같았다.

키르가 조금이라도 더 쉬려고 눈을 감고 호흡을 골랐다. 난 손수건을 꺼내 피로 젖은 얼굴을 닦았다. 드러난 피부에 상처는 없었다. 이번엔 키르의 손을 닦았다. 손수건으로 감당 안 될 만큼 끈적였다.

아까부터 진동하는 피 냄새에 코가 막혀 버린 것처럼 피비린내가 무감각하게 느껴졌다. 하지만 손이 축축하게 젖어드는 건 또 느낌이 달랐다.

끔찍함에 올라오는 욕지기를 참았다. 이렇게 나약한 생각을 할 때가 아닌데. 어떻게든 벗어날 방도를 찾아야 하는데. 뇌가 굳어 버린 듯 아무 생각도 나지 않았다. 아니, 벗어날 구멍이 조금도 보이지 않았다.

과연 사람들이 우릴 구하러 올까? 아까 언뜻 들었을 때 찾기 힘들 거라고 했는데, 과연 제때 우리를 찾을 수는 있을까?

이게 마지막일지도 모른다.

불안감을 잠재우고 싶어 키르의 손을 부여잡았다. 그걸 알아챈 듯 키르가 마주 잡은 손에 힘을 줬다. 고개를 들자 어느새 키르가 날 보고 있었다. 피로에 지친 얼굴이지만 눈빛만은 단단했다.

"걱정하지 마. 지켜 줄게."

나직한 목소리가 상황에 어울리지 않게 부드러웠다. 정말 아무 일도 없을 것처럼, 괜찮을 것처럼 불안감이 사그라든다.

"지켜주지 않아도 돼. 다치지 마."

널 믿는다고 말하며 웃어 보이고 싶은데, 퉁명스러운 말이 나오고 얼굴 근육이 내 마음대로 움직이지 않았다. 대신 참았던 눈물이 툭하고 뺨을 타고 흘러 버렸다. 키르의 손이 눈물을 훔쳤다. 날 안심시키듯 키르의 얼굴에 다정한 미소가 걸렸다.

"무슨 일이 있어도 넌 무사히 나가도록 노력할게."

그 말이 너무 위태롭게 들려서, 숨이 막혔다. 역시, 키르는 상황을 제대로 파악하고 있었다. 저들의 말대로라면 위쪽 상황도 복잡할 거고 그럼 구출이 늦어질 거다. 그러다가…… 타이밍을 놓칠 수도 있는 거고.

키르는 냉정하게 최악까지 가정한 듯했다. 그래서 약속한 거다. 내게 들려주기보다 자신이 할 수 있는 최대한 노력하겠다고 스스로 다짐하는 거다. 집중하려고, 마지막까지 힘을 내려고.

"왜……. 그렇게까지 해?"

어떻게 그럴 수 있지? 진짜 죽을 수 있는 상황이잖아. 최악의 경우, 혼자 도망 다니면 키르는 살 수 있을지도 모른다. 그런데 왜 도망갈 생각을 하지 않고 날 지키겠다고 말할 수 있는 건지 모르겠다.

"좋아하니까. 내가 널 엄청 좋아하니까."

올곧게 응시해 오는 보랏빛 눈동자를 보며 난 입술만 달싹였다. 무슨 말이라도 해야겠다고 생각하지만 머리가 텅 비어 버려 아무 말도 나오지 않았다.

고마우면서도 미안해서 숨이 막혔다. 죄책감에 짓눌려 터져 버릴 것만 같았다. 이대로는 주변에 진동하는 피비린내처럼 결과가 참혹할 거라 예상됐다.

그때, 입구를 막고 있던 시체의 벽이 우르르 무너졌다. 그 틈으로 밖의 동태가 훤히 보였다. 늑대가 동료의 시체를 입으로 물어 끌어당기고 있었다. 데이브 님과 메리는 아까 서 있던 그 자리에 있었다.

정말 도망갈 생각이 없는 건지, 끝까지 마무리하는 것을 보기 위해서 그런 건지는 알 수 없었다.

"느긋하게 쉴 시간도 안 주네."

키르가 쓰게 웃었다. 내 불안감을 풀어 주려 일부러 가볍게 이야기 하는 걸 느꼈다. 하지만 난 웃을 수 없었다. 이건 그에 대한 안타까움일까? 미안함일까? 잠깐 흔들리던 눈동자로 나를 바라보던 키르가 불쑥 고개를 내밀었다.

"힘내라고 응원해 줘."

위급한 상황과 어울리지 않게 코앞에서 멈춘 키르의 표정은 담담했다. 하지만 왜일까? 난 키르가 마지막을 예감해서 더 담담한 것 같았다. 불안해서 미칠 것 같은데, 그걸 드러내지 않도록 참아야 했다.

나는 기다리는 키르를 향해 한껏 고개를 내밀었다. 입술이 가볍게 붙었다가 떨어졌다. 그것만으로 최고의 응원을 받은 것처럼 키르의 입가에 작은 미소가 매달렸다.

키르가 몸을 일으켰다. 아직 늑대가 다시 달려들 만한 공간이 확보된 건 아니지만 그래도 밖에서 우리가 보이는 이상 쉬고 있을 수 없었다. 빈틈을 보이면 언제든 다시 달려들 테니까.

"검 주시고 뒤로 물러나시죠."

키르가 경계하고 있던 제일런 황자에게 다가가 검을 돌려받았다.

"부탁할게."

황자는 미안한 표정으로 뒤로 물러섰다. 키르의 등을 보며 난 다시 입을 틀어막았다.

"괜찮을 거야. 조금만 더 버티면 우릴 찾으러 올 거야."

내 곁으로 다가온 제일런 황자가 잔뜩 잠긴 목소리로 속삭이는 말은 위로가 되지 못했다.

사실 그도 위로할 목적으로 말한 것 같지는 않았다. 상황이 너무 위급해서 불안해서 스스로에게 하는 말 같았다. 최악을 예상하고 있기 때문에 오히려 희망적인 말로 나쁜 가정을 지우려고 노력하는 거겠지.

한번 무너진 시체의 벽은 더 이상 효용성 있는 방어막이 되지 못했다. 앞을 가려 주던 늑대 시체가 빠르게 제거되며 점차 늑대가 공격하기 쉽게 키르가 드러났다. 조금이라도 본격적인 공격 시간을 늦추려 키르가 시체를 끌어내는 늑대를 검으로 찔러 방해를 해도 소용없었다.

키르는 혼자였고 시체를 제거하는 늑대는 여럿이었다. 한쪽을 막는 사이 반대편에서 시체를 끌어냈다. 확실히 지휘자가 있어서 그런지 늑대들은 영리하게 행동했다.

자체 방어막 노릇을 해 주던 시체가 점차 사라지는 그 와중에 늑대들이 틈틈이 공격할 기회를 엿보고 있어 키르는 긴장을 풀 수 없어 보였다.

"역시 악독한 피가 흘러서 그런가? 어린데 꽤 하네. 하지만 그냥 포기하는 게 낫지 않아?"

다시 공격할 공간이 훤히 드러나자 메리는 공격 명령을 하기 전, 말도 안 되는 이야기를 꺼냈다.

"그렇게 나쁜 상황이라고 보지는 않는데? 그쪽이야말로 늑대는 무한정으로 데려올 수 없을 테니까."

키르가 날카롭게 되받아쳤다. 맞다, 그렇지! 눈에 보기엔 아직 꽤 남았지만 살아 있는 짐승을 이용한 공격의 단점은 수가 한정적이라는 점에 있었다. 키르는 자기가 먼저 지치느냐, 늑대를 먼저 다 죽이느냐의 싸움일 거라 여긴 것 같았다.

그 이야기를 들은 메리가 히죽 웃어 보였다.

"똑바로 봐. 늑대 수가 줄긴 했어? 날 죽이지 않는 한 늑대는 계속 끌고 올 수 있어. 그리고 내 마력보다는 네 체력이 먼저 바닥나겠지. 내기할 자신도 있어."

허세라고 하기엔 메리는 자신감 넘쳤다. 막 샘솟던 희망이 사라지는 소리였다.

그러고 보니 시체의 벽이 쌓일 정도로 늑대를 죽였는데, 지금 이쪽을 노려보는 늑대의 수는 아까에 비해 조금도 줄어든 것 같지 않았다. 누가 찾기 어려운 장소라면 준비된 늑대의 수도 한정적일 텐데, 어떻게 데려오는지 모르겠다.

"굳이 말을 섞을 필요가 있나."

데이브 님이 시간 끄는 것이 싫다는 듯 메리를 향해 툭 던졌다. 빨리 처리하라는 그 신호를 메리는 알아들었다.

"알았어요. 그럼 다시 힘내 봐."

메리는 순순히 인정하고 키르를 향해 약 올리듯 파이팅 포즈를 취해 보였다. 그 신호로 바로 늑대가 달려들며 키르의 사투가 다시 시작되었다. 이미 키르는 체력 소비가 컸다. 잠깐의 휴식으로 부족한지 아까와 다르게 움직임이 무거웠다.

언제까지 키르가 버틸 수 있을지 알 수 없었다.

동료가 죽어 가는 걸 보면 본능적으로 두려움을 느껴야 할 텐데, 늑대들은 망설임 없이 달려들었다. 심지어 동료의 시체를 지지대 삼아 뛰기도 했다. 철천지원수처럼 늑대는 매섭게 키르를 향해 적의를 드러냈다.

그러다 위기가 찾아왔다. 체력이 떨어진 키르가 먼저 공격한 늑대를 막는 사이 옆에서 또 한 마리가 달려들었다. 반응 속도가 느려진 키르는 공격을 제대로 피하지 못해 늑대의 앞발이 그의 팔을 스쳤다. 옷이 찢어지고 그곳에서 순식간에 붉은 피가 빠르게 번졌다.

"큭!"

신음을 억누르는 키르의 뒷모습이 위태로웠다. 심장이 내려앉는 것만 같았다. 키르의 어깨가 크게 들썩였다. 빈틈을 발견한 늑대가 다시 달려들었고 키르가 몸을 휘청이며 가까스로 막았다.

확실히 아까보다 더 위험했다. 이 위기를 벗어나려면 마냥 기다리기만 해선 안 됐다. 어떤 방법을 찾아야 했다.

그리고 난 본능적으로 그 방법을 알고 있었다. 두려워서 다만 인정하고 싶지 않았을 뿐이다.

나도 사람인지라 가끔 실수를 하지만, 아둔하고 멍청하지 않았다. 내 '재능'을 인정하면 이 상황을 벗어날 수 있을지도 모른다.

얼마 전부터 내가 주머니 안에 챙기고 다니던 물건을 손에 꽉 쥐었다. 마녀의 뒷골목 주인이 그렇게 대놓고 신호를 줬는데 모를 수가 없다.

전부 알았지만 그냥 이기적이라 외면하고 싶었던 거다. 내 '삶'이 너무나 간절하고 소중한 사람이니까. 그것 때문에 다른 위험성은 전부 배제하고 살아가니까.

이미, 아주 어린 시절부터 전조는 있었다. 키르가 데려가 줬던 보물 창고에서 겪었던 기이한 현상에서부터. 그날 키르가 내게 자랑한 물건이 정령석이란 건 뒤늦게 들었다. 내가 정말 7살짜리라면 몰라도 그런 특이한 일을 겪고 정말 아무것도 눈치채지 않을 리 없지 않은가.

그런 괴상한 일을 겪었음에도 어른들이 내게 아무것도 묻지 않은 것도 이상했다. 대공은 몰라도 아버지라면 무슨 일인지 알아내려 노력했어야 했다. 하지만 아버지는 내게 아무것도 묻지 않았다. 그냥 조용히 없었던 일로 만들었다. 누구도 언급하지 않도록 했다.

그리고 조금 전 데이브 님과의 대화에서 답이 나왔다. 알려지면 좋지 않을 능력이라 그냥 묻어 버리신 거다. 바로 정령의 힘. 난 이 힘을 인정하고 싶지 않았다.

내게 불의 기억은 너무 끔찍했다. 그런 고통을 겪으며 얻어야할 정도로 내게 힘이 필요한 상황도 아니었다.

난 특별할 필요가 없다. 평범한 공무원으로 족하다고 생각했다. 난 내 삶이 너무나 소중했다. 가늘고 길게 살고 말겠다는 집착이 있었다. 전생에 너무 짧게 살았으니까. 언제 또 죽을지 모르는 거니까.

어릴 땐 그래도 '다시 환생하겠지, 삶에 집착할 필요가 있어?' 그렇게 생각해서 넘기려 했다. 하지만, 실제로 그렇게 할 수 없었다. 나도 남들처럼 제대로 된 삶을 살아 보고 싶었다. 어린애의 삶 말고, 성인이 되어 삶의 모든 것을 다 겪고 늙어 가는 것까지 전부 해 보고 싶었다.

전생에 내가 죽었던 나이에 가까워질수록 그 생각은 더 강해졌다. 이번에도 또 일찍 죽으면 어떡하지? 내 운명이 단명하는 운명이면 어떡하지? 그런 불안감이 수시로 찾아왔다.

그래서 이기적일 수밖에 없었다. 혹시 모를 내게 위험할 상황은 피하려고 했다. 쥐새끼처럼 야비해 보이더라도 그렇게 살아남고 싶었다. 물론 그것도 내 성격 때문에 제대로 지키진 못했지만, 어쨌든 삶에 대한 내 집착은 남들은 모르는 간절함이다.

주머니 안에서 쥐었던 물건을 꺼냈다. 마지막으로 마녀의 뒷골목을 방문했을 때 주인에게 받은 물건이었다. 봉인되었다던, 열면 감당하기 힘든 고통에 직면할 거라던 물건. 내 예상이 맞다면 이건 정령석일 거다.

그런 내 생각을 읽은 것처럼 맑은 울림이 들렸다. 이 물건을 건네받을 때와 같은 청명한 울림이 어서 열라고 재촉했다.

손이 덜덜 떨렸다. 이걸 열면 어릴 때 대공가의 보물 창고에서 겪었던 것처럼 끔찍함을 맛볼 거다. 하지만 그 힘으로 이 상황을 벗어날 수 있다면 해야만 했다.

멈췄던 눈물이 줄줄 새어나왔다. 휘청거리는 키르의 뒷모습을 눈에 담았다. 나를 지키기 위해 노력하는 사람을 위해서라도, 나도 용기를 내야 했다.

"무슨 일이 있어도 소리 내지 마세요."

제일런 황자에게 혹시 몰라 경고했다. 괜히 소리쳐 키르를 방해해선 안 됐다. 그의 영문 모르겠다는 시선에 설명해 줄 시간이 없었다.

나는 바로 주머니를 열고 쏟았다. 손바닥 위에 영롱한 붉은 광채를 내뿜는 보석 하나가 굴러 떨어졌다.

그리고 그걸 확인하기 무섭게 삽시간에 보석에 불이 붙었다. 폭발하듯 불이 타올랐다.

심장이 먼저 반응했다. 아플 정도로 둥둥 크게 울렸다. 어서 도망가라고 신호했다. 하지만 그럴 수 없었다. 붉은 불길은 기다렸던 것처럼 게걸스럽게 내 팔을 타고 올라왔다.

불은 무섭고 빠르게 나를 집어 삼켰다. 손을 타고 엄청난 고통이 번졌다. 머릿속이 바늘로 쑤시는 것처럼 아파 생각이 이어지지 않았다. 나는 본능적으로 벗어나려 발버둥 쳤다. 하지만 불이 타고 오는 길을 따라 몸에 뜨거움이 빠르게 번졌다. 온몸의 피부가 녹아내릴 것 같았다.

불길이 이제 얼굴을 덮었다. 눈앞이 흐려지고 목을 졸린 것 같았다. 차라리 심장이 멎어 버리면 좋겠다고 여겨질 정도로 아팠다. 그새 목구멍이 눌어붙었는지 비명소리도 나오지 않았다. 불은 날 머리부터 발끝까지 집어 삼켰다.

불길로 완전히 뒤덮이자 서서히 고통이 잦아들었다. 원래 화상은 너무 심하면 오히려 감각이 없어진다. 느끼지 못할 정도로 타 버린 거다. 끝이구나. 이제 포기해도 되겠구나. 아른거리는 눈을 감으려는 순간 키르가 날 돌아봤다.

날 볼 시간이 어딨어. 늑대 조심해야지. 끝까지 힘내서 살아남아야지. 잔소리할 힘이 없었다. 소리가 들리지 않아 잘 모르겠지만, 키르가 날 부르는 것 같았다. 나도 지켜 주고 싶었는데.

'그럼, 지켜 줘.'

누가 그렇게 속삭이는 것 같았다.

멍청하긴. 난 끝인걸.

'누가 그래? 끝이라고. 난 처음부터 널 해칠 생각이 없었단 말이야. 괜히 무서워하기나 하고.'

작은 목소리가 억울하다는 듯 투덜거렸다.

'꾸물거릴 시간 없어, 이제 그만 일어나!'

마법처럼 갑자기 흐릿해지던 시야가 돌아왔다. 깊은 잠에서 깨어난 사람처럼 모든 감각이 돌아오기 시작했다. 온몸의 감각이 깨어났음에도 아까 느꼈던 통증이 조금도 느껴지지 않았다. 모든 게 꿈이었다는 것처럼, 오히려 온몸에 활력이 넘쳤다.

경악하는 이들의 시선을 받으며 느리게 상황 파악이 됐다.

불은 내게 악몽이었다. 떨쳐내고 싶은 괴로움이었다. 하지만 그 모든 것을 견뎌 냈을 때, 불은 나를 향해 미소 지었다. 그 무엇보다 포근하고 든든하게.

몸에 퍼지는 '그것'은 처음 느껴보는 신기한 감각이었다. 여태까지 껍질 속에 갇힌 채로 살아 왔던 것처럼 나를 답답하게 옭매던 어떤 것이 사라졌다. 온몸 가득 청명한 기운이 흐르는 느낌. 저릿하며 야릇한 쾌락에 가까운, 신세계란 표현이 떠오를 정도로 황홀한 감각이었다.

그 새로운 감각에 적응하기도 전에 나를 향해 달려오려던 키르와 눈이 딱 마주쳤다. 고작 '놀람'이라는 단어만으로는 표현할 수 없는 날것 그대로의 표정이 먼저 눈에 들어왔다. 걱정이 뒤섞인 경악.

그리고 그 뒤를 덮치려는 늑대가 보였다. 키르는 나를 보느라 무방비 상태로 늑대에게 등을 내주고 있었다.

"뒤!"

내 외침에 키르가 정신을 차리며 반사적으로 몸을 비틀어 돌았다. 하지만 이미 늑대는 키르에게 근접해 있었다. 날카로운 늑대의 이빨이 흉흉했다. 이대로면 키르가 휘두르는 검보다 늑대의 이빨이 더 먼저 목덜미에 닿을 것 같았다.

두려움에 덜컥이며 심장이 아프게 죄었다. 뭘 해야겠단 생각을 구체적으로 한 건 아니었다. 불을 이겨 냈다고 해서 내가 뭘 얻었는지, 어떻게 힘을 쓸 수 있는지도 제대로 알지 못하는데 무얼 알겠는가.

"키르!"

그저 정신이 잃기 전에 간절히 바랐던 것처럼 지켜야 한다고, 절실하게 생각했을 뿐이다. 그리고 그 결과는 대단했다.

갑자기 허공에서 불꽃이 튀었다. 그 불꽃은 자아를 가진 존재처럼 늑대를 매섭게 집어 삼켰다. 불길이 얼마나 셌는지 늑대가 순식간에 숯덩이가 되었다. 매캐한 연기가 자욱하게 번졌고 콜록거리는 기침이 나올 정도로 공기가 탁해졌다.

쿵, 하고 바닥으로 늑대가 떨어지는 소리가 들리고 나서야 나는 정신을 차렸다. 달려들던 늑대가 단숨에 죽었다. 느낌으로 보아 내가 한 것 같은데 내가 뭘 어떻게 한지 모르니 얼떨떨했다.

짐승이 본능적으로 두려워하는 불이어서 그럴까? 아니면 명령권자인 메리도 충격에 빠져서 그럴까? 늑대의 공격이 잠시 멈췄다.

"뭐야. 아렌, 정령사였어?"

단번에 내 능력을 알아챈 메리의 신경질적인 음성이 울려 퍼졌다. 자욱한 연기 너머로 데이브 님의 착잡한 시선이 보였다. 케이티 님의 부모님이 정령사의 자질 때문에 그런 봉변을 당했으니 내가 정령사의 힘을 가졌다는 상황에 내심이 복잡한 것 같았다.

키르 또한 할 말이 많은 눈으로 날 잠시 바라보다가 다시 자세를 바로 잡고 늑대들을 경계했다. 아까와 같은 실수하지 않으려는 것 같았다.

"영애, 정령사였어?"

제일런 황자의 중얼거림이 들렸다. 아무래도 그런 능력이 있으면서 왜 여태껏 가만히 있었냐고 묻는 것 같은 눈이었다.

하지만 난 답해 줄 말이 없었다. 처음부터 능력이 있었던 것도 아니고. 게다가 능력이 생겼다지만 아직 나는 그 힘을 제대로 다룰 줄 몰랐다. 방금도 얼떨결에 발현된 능력이라 정확한 방법을 알지 못했다. 아직 내 의지로 사용하지 못하는 반쪽짜리 힘이었다.

"하, 이거 일이 재밌어지네?"

메리의 비꼬는 음성이 연기 너머에서 울렸다.

"아렌, 우릴 속인 거야?"

"이걸 속였다고 할 순 없죠. 그동안 절 속인 건 여러분이잖아요."

난 지지 않고 맞받아쳤다. 한껏 입을 비튼 메리가 한발 앞으로 나섰다.

"직접 나서지 않으려 했는데 나설 수밖에 없네."

메리가 직접 손을 쓸 것 같은 태도에 난 잔뜩 긴장했다. 여태까지 우리가 살아 있을 수 있던 이유는 메리가 간접적으로 나선 덕분이었다. 그런데 메리가 직접 나선다니. 마법은 내게 생소한 학문이다.

일반적으로 검사가 마법을 파훼할 수는 없다. 즉, 앞을 막고 있는 키르가 위험했다. 메리가 어떤 힘을 쓸지 짐작하기 힘들었다. 게다가 내가 다시 정령의 힘을 사용할 수 있을지도 불안했다.

그때 갑자기 늑대 세 마리가 정면으로 달려들었다. 메리가 마법을 쓸거라고 예상하고 있던 터라 화들짝 놀랐다. 어떡하지? 아까 불은 어떻게 쓴 거야? 답답해서 내 스스로를 다그치듯 한 생각이었다.

'강하게 염원해.'

뜻밖에도 저 생각에 답하듯 작은 속삭임이 들려왔다. 아까부터 들린 목소리가 환청이 아니었는지 조금 더 또렷한 목소리였다. 난 홀리듯 그 말을 따랐다.

"저 늑대들을 막고 싶어!"

그것만을 간절히 바랐다. 그에 화답하듯 순간 불의 장벽이 생겨 키르의 앞을 막았다. 달려들던 늑대는 멈추지 못했고 불의 벽으로 달려드는 꼴이 되었다.

달려들던 속도가 있어 불의 장벽을 뚫고 늑대 세 마리의 얼굴이 나타났다. 하지만 엄청난 화력을 자랑하는 불의 벽을 완전히 넘지는 못했다. 늑대들은 벽 중간에 걸친 채 노린내를 피우며 통구이가 되었다.

다시 엄청난 연기가 퍼지며 탄 냄새가 확 번졌다. 연기 때문에 앞쪽이 뿌옇게 변하며 시야가 좁아졌다.

이번엔 내 의지로 힘을 썼다는 게 기뻤지만, 그러면서도 마음 한쪽이 무거워졌다. 딱 두 번 썼을 뿐인데 난 이 힘의 단점을 극명하게 알아차렸다.

환기가 제대로 되지 않는 이곳에선 계속 힘을 쓰기 힘들었다. 이렇게 밀폐된 곳에서는 늑대를 상대할수록 우리에게 불리했다. 우선 키르를 뒤로 물려야겠다.

"콜록, 키르. 이리로 와."

내 목소리를 들었을 텐데 키르는 움직이지 않았다. 직접 끌고 와야 할 것 같은데, 아직 불 가까이 다기가 망설여졌다. 그렇다고 메리가 마법을 쓸지도 모르는데 계속 키르가 저 앞에 서 있도록 할 수는 없었다.

그래서 나는 용기를 내 키르에게 천천히 다가갔다. 불과 가까워져 긴장했지만 놀랍게도 열기가 조금도 느껴지지 않았다. 그에 안심한 난 키르에게 다가가 팔을 잡아 당겼다.

키르가 화들짝 놀라며 날 바라봤다. 어째서 여기까지 왔냐는 시선이었다. 작게 땀방울까지 맺힌 키르의 얼굴은 불의 열기로 붉게 달아올라 있었다. 그에 비해 난 하나도 뜨겁지 않았다.

내 능력이라서 난 보호 받는 건가? 하는 의문이 잠시 들었지만 이런 생각할 시간도 없다. 불길에 피해는 없어도 연기로 눈을 제대로 뜨기 힘들 정도였다. 숨 쉬는 것도 불편했다. 이 상황에 멀쩡한 얼굴로 서 있는 키르가 놀라웠다.

"콜록, 이리 와."

힘껏 잡아당기자 순순히 키르가 딸려왔다. 할 말이 많은 표정인 키르의 팔을 꾹 쥐었다. 불길이 서서히 가라앉았다. 그러나 드러난 상황에 안심할 틈이 없단 걸 깨달았다. 뿌연 연기 너머로 메리가 서 있었던 곳 근처에 빛의 구가 떠올라 있었다.

그게 주위를 밝히기 위한 것이 아님을 난 본능적으로 알아챘다.

아니나 다를까, 그 빛의 구가 무섭도록 빠르게 우리를 향해 다가왔다. 그래도 나 역시 한번 써 봤다고 대충 힘의 원리를 알아챘다.

"막아!"

내 염원에 따라 불꽃이 피어나 빛의 구와 부딪쳤다. 그와 동시에 둘은 펑! 하는 엄청난 소리를 내며 허공에서 폭발했다.

쿵 하고 지진이 일어난 것처럼 흔들렸다. 흔들리는 내 몸을 키르가 재빨리 감쌌다. 위에서 후두둑 돌이 떨어졌다. 이곳이 무너질지도 모른다는 두려움이 생길 정도였다.

그걸 메리 역시 알았을 텐데 그녀는 여전히 연속해서 빛의 구를 날렸다. 또 터트리면 안 될 것 같다는 생각과 그렇다고 저걸 그냥 맞으면 안 된다는 생각이 공존했다. 어쨌든 저걸 그냥 맞을 수는 없었다.

"전부 막아!"

이번에도 악을 쓰며 염원했다. 연달아 날아오던 세 개의 빛의 구가 펑펑펑 연속해서 폭발했고 그 여파가 쏟아졌다. 이번엔 아까보다 더 심한 진동이 울렸고 천장의 흙이 무섭도록 떨어졌다.

"꺅!"

진짜, 이곳이 무너질지 모른다는 불안감이 생겼다. 적을 없애는 것이 아니라 이대로 가다간 천장이 무너져 서로 공멸할 것 같았다.

"위험해. 무너지겠어."

키르도 마찬가지인지 나를 힘주어 껴안았다. 그 와중에 내 머리 위를 덮으며 위에서 쏟아지는 것들로부터 나를 보호하려 했다.

"겁준다고 괜히 시간을 끌었어. 그냥 죽여 버릴 것을!"

메리의 지긋지긋하다는 듯한 음성이 울렸다. 키르의 겨드랑이 틈으로 또 다시 떠오르는 빛의 구가 보였다.

저게 달려들고 허공에서 또 폭발하면 이곳이 멀쩡할 수 있을까? 단단했던 천장이 위태롭게 보였다. 빨리 결정을 내려야 하는 걸 알지만 이 순간조차 난 마음의 준비가 안 됐다.

"그걸로 공격하면 무너질지도 몰라요. 같이 죽겠다는 소리인가요?"

"상관없어!"

메리는 소리쳤다. 아무래도 그녀 역시 데이브 님처럼 죽어도 상관없다고 생각하며 이 일을 저질렀나 보다. 모든 걸 내던진 사람과의 싸움은 그래서 무서운 거다. 제발 공격하지 않길 빌었지만 메리는 끝장을 보겠다며 움직였다.

"죽어 버려!"

늦었다. 날카로운 외침 후 태양이 내게 쏟아지는 것처럼 빛의 구가 한꺼번에 달려들었다. 연기를 뚫고 빠르게 다가오는 빛은 경이롭게 보였다. 저것이 공격 용도가 아니었다면 넋을 놓고 구경했을 정도로 아름다웠다.

이걸 막으면 진짜로 동굴이 무너질지 모른다는 두려움이 생겼다. 그렇다고 그냥 마법을 맞을 수는 없었다.

키르가 내 머리를 꼭 감쌌다. 귀가 가슴에 닿아 키르의 불안한 두근거림이 고스란히 느껴졌다. 여기까지 와서 나는 또 망설이고 있다. 그리고 그 망설임이 이런 위기를 불러왔다. 하지만 이제 결단을 내려야 했다.

나를 안은 키르의 몸을 느꼈다. 나를 지키려고 온몸으로 감싼 거다. 나도 키르를 지켜주고 싶었다. 소중한 사람을 지키기 위해서라면 무엇이든 해야 하지 않겠는가. 키르의 등을 꽉 끌어안으며 나는 차마 입으로 외칠 수 없는 말을 마음속으로 소리쳤다.

막아. 그리고⋯⋯. 다시는 공격하지 못하게 만들어!

그렇게 나는 기어이 메리를 향해 직접 공격을 하고 말았다. 내 목숨이 위협받는 순간에도 난 사람을 해칠 준비가 되지 않았다. 힘쓰는 법에 적응하지 못한 지금 사람에게 쓰기엔 불의 힘은 지나치게 파괴적이었다.

혹시라도 직접 공격했다가 메리 역시 숯덩이가 된 늑대와 똑같은 꼴이 될까 봐 차마 공격 명령을 내리지 못하고 소심하게 막기만 했을 뿐이다. 그리고 내가 머뭇거린 탓에 이런 위기가 찾아 온 거다. 힘을 자각했을 때 바로 메리를 공격했다면, 이런 위기는 찾아오지 않았겠지.

살기 위해서라지만 내가 저지른 끔찍한 명령이 무서웠다. 그래서 나는 내 명령을 입에 담을 수 없었다. 첫 번째로 불의 힘을 사용했을 때 굳이 소리 내 명령하지 않았었다. 내 예상이 맞다면 말로 하지 않아도 힘은 발현될 거다.

눈을 떠 확인할 필요도 없었다. 메리의 마법과 내 불의 힘이 부딪히며 세상이 무너진다는 느낌이 들 정도로 쾅쾅쾅 소리가 울렸다. 공기가 휘몰아쳐 몸도 같이 흔들렸다. 그때, 퍽 하고 키르의 위로 무언가 커다란 것이 떨어진 느낌이 들었다.

"윽!"

키르의 신음이 들리고 몸을 통해 충격이 전달되었다. 걱정되지만 입을 열 상황이 아니었다. 그래서 나는 그저 키르와 함께 주저앉아 폭발이 진정되길 기다렸다.

시간이 지나 소리가 잦아들었음에도 폭발의 여파로 흙더미가 무섭게 천장에서 쏟아졌다. 비가 내리는 것처럼 끊임없이 쏟아지던 흙이 더는 흘러내리지 않게 되자 키르가 조심히 몸을 움직였다. 몸 위를 덮었던 흙이 부스스 흩날렸다.

"괜찮아?"

나를 걱정하는 키르의 목소리에도 내 정신은 다른 곳에 쏠려 있었다. 키르가 다친 걸 살펴야 하지만 정신이 팔려 그러지 못했다. 내 신경은 온통 메리 쪽으로 쏠려 있었다.

공격에 성공해서 그녀가 죽었을까? 아니면 눈치 채고 막아서 살았을까? 살았다면 또 공격이 있을 거고, 죽었다면 난 살인자가 되는 거다.

폭발의 소리가 너무 커서 비명소리 같은 건 듣지 못했다. 내가 내린 명령의 결과가 두려웠다. 계속 피할 수만은 없어 용기를 내 고개를 들었지만 흩날리는 먼지와 연기로 자욱해 저쪽의 동태를 확실하게 파악할 수 없었다. 나는 숨죽이고 연기 너머에 집중했다.

폭발이 우리 쪽보다 저쪽과 가까운 곳에서 일어났는지 돌무더기는 저쪽에 훨씬 많이 떨어져 있었다. 천장의 반이 무너져 내린 것 같았다. 진짜 한 번만 더 힘이 부딪치면 동굴 자체가 무너질 지도 몰랐다.

저렇게 돌 더미가 쏟아졌는데 아무 일 없을 것 같지 않았다. 가빠지는 호흡을 애써 삼켰다.

난 내가 한 번도 착하다고 생각해 본 적 없었다. 억울한 전생에 대한 집착 때문에 이기적으로 따질 것 다 따지면서 살았지 손해 보며 살아오지 않았다. 그리고 저들은 나를 이용한 사람들이다. 거짓으로 나를 농락한 사람들. 내 믿음을 짓밟은 사람들.

하지만 상대가 나쁜 사람이고 내가 이기적인 성격이라고 해도, 사람을 죽이는 것에 아무렇지 않을 리 없었다. 도리어 이곳과는 다른 전생의 기억 때문에 더 끔찍한 일이었다.

여기선 정당방위로 괜찮은 행동이지만 내겐 사람으로선 해선 안 되는 죄라는 인식이 있었다. 나를 지키기 위해서라고 해도 살인은 지나친 일이라 느껴졌다. 죄책감에 짓눌려 괜찮다고 난 잘못이 없다고 생각할 수가 없었다.

연기 너머에서 부스럭거리는 작은 소음이 들렸다. 하지만 사람의 목소리는 들리지 않아 내 몸이 덜덜 떨렸다. 정말, 내가 사람을 죽인 걸까? 그것도 나와 알던 사람을?

"콜록, 콜록! 다 끝난 거야?"

워낙 긴장하고 있던 탓에 뒤에서 들린 제일런 황자의 목소리에도 경기하듯 몸을 떨었다. 내 격한 반응에 괜찮다고 키르가 등을 쓸었지만 진정되지 않았다. 오히려 떨림이 더 심해졌다.

"괜찮아. 넌 잘못이 없어."

작은 속삭임을 듣고 나서야 나는 멈췄던 호흡을 토해 냈다. 키르는 내가 무엇을 두려워하고 있는지 바로 알아챘다. 손으로는 괜찮다고 계속 나를 다독이며 키르가 제일런 황자의 질문에 답했다.

"모르겠습니다."

"조용한 것 같은데?"

제일런 황자는 저쪽이 조용해서 일이 정리된 것처럼 보였나 보다. 그러면서 나와 키르를 향해 번갈아가며 시선을 보냈다. 마치 언제까지 그러고 있을 거냐고 묻는 것처럼.

그런 눈빛을 받고 계속 안겨 있을 순 없어 키르를 슬쩍 밀어냈다. 그 행동으로 우리 몸을 덮었던 먼지가 부스스 떨어져 내렸다. 조금만 움직여도 먼지가 날렸다.

나는 조심스럽게 먼지를 털며 키르를 봤다. 몸을 움직이던 키르의 턱에 힘이 들어가고 미간이 찡그려졌다. 팔의 움직임이 부자연스럽고 무언가를 참는 표정. 그 표정을 본 나는 다른 일에 정신이 팔려 잊고 있었던 일이 떠올랐다. 아까 폭발 직후 무거운 무언가가 떨어진 느낌 말이다.

키르 어깨에 돌덩이가 떨어졌구나! 심장이 덜컥 내려앉았다. 죄책감에 눌려 그걸 알아채지 못했다니.

"너 다쳤지? 어디야?"

키르를 살피려 손을 뻗었더니 그는 왼쪽 어깨를 다급하게 피했다. 내 손이 닿으면 큰일 날 것처럼 말이다.

"괜찮아."

그러면서 하는 말이 고작 저거라니.

"정말 괜찮았으면 내 손을 피하지 않았을 거잖아."

내 고집스러운 시선에 키르가 괜찮은 척하려 했다. 하지만 내 눈엔 이상한 점이 보였다. 아무리 표정 관리를 해도 서 있는 자세가 어색했다.

아까 늑대에게 당한 오른쪽 팔에 이어 왼쪽 어깨까지 문제가 생긴 게 틀림없다. 내가 소리치지 않으려 이를 악물자 키르가 말했다.

"움직일 수 있어."

지금 움직일 수 있냐 없냐를 따질 때냐고 악을 쓸 뻔했다. 하지만 키르가 심각한 표정으로 고개를 돌리는 모습에 말을 삼켰다. 혹시 내가 모르는 인기척을 느껴서 저러는 걸지도 모르니까. 잠시 집중하고 있던 키르가 연기 너머를 턱짓했다.

"가서 확인해 봐야 할 것 같아."

"괜찮을까?"

키르의 의견에 제일런 황자가 우려를 표했다. 저 몸 상태로 어딜 간다는 말인가, 나 또한 반대하고 싶었다. 하지만 키르의 표정은 진지했다.

"계속 여기서 버티기 힘들지 않습니까. 상황 파악을 해야죠. 움직이려면 저쪽도 혼란스러운 때에 움직여야 합니다."

만약 저들이 말짱하다면 적지 한가운데에 뛰어드는 꼴이었다. 하지만 키르의 말처럼 계속 머물기도 힘들었다. 막다른 곳에서 막는 것도 한계가 있었으니까. 그렇다면 늑대들이 정신없는 지금 움직이는 게 맞았다.

"나도 같이 움직일 거야."

그래서 나는 키르를 막는 대신 나 또한 같이 움직일 거란 걸 알렸다. 홀로 보내지 않겠다는 의지를 드러내 키르의 옷자락을 잡았다. 손을 잡고 싶지만 팔이 어떻게 다쳤는지 알 수 없어서 함부로 건들지 못했다.

내게 힘이 생긴 이상 위험할지 모르는 곳에 키르 혼자 보낼 수 없었다. 키르는 할 말이 있었는지 입을 열었다가 다물며 제일런 황자를 돌아봤다. 아무래도 그더러 말리라는 것 같았다.

하지만 제일런 황자는 내 세모꼴의 눈과 마주치자 찔끔해 시선을 피했다. 내가 '날 말릴 거면 네가 키르와 함께 가라'는 신호를 보냈기 때문이다. 자기 몸을 끔찍이 여기는 제일런 황자가 나설 리가 없었다.

키르가 제일런 황자를 쓸모없는 것 보듯 쳐다보더니 바로 표정을 바꿔 부드럽게 나를 달랬다.

"여기서 기다리는 게 나을 것 같아. 끔찍한 걸 보게 될 거야."

"아니야. 그래도 널 혼자 보낼 수 없어. 나 도움 되는 거 알잖아."

아마 지금 여기서 제일 강한 건 나겠지. 능력이 없어서 안 된다는 말을 할 수 없으니 키르가 쓴 미소를 지었다.

"여기서 지켜 주면 되잖아."

"연기와 흙먼지 때문에 제대로 보이지 않는데 어떻게?"

날 떼놓고 갈 거면 너도 가지 마, 하는 시선을 보냈더니 키르가 한숨을 흘렸다. 자기 몸이 더 아프면서 어떻게 날 떼어 놓고 갈 생각을 하는지 화가 났다.

"알았어. 그럼 조심히 따라와. 발소리 죽이고."

키르의 허락에 알겠다고 무작정 고개를 끄덕였다. 괜히 뭐라고 말했다가 동행하겠단 말을 취소할까 봐 긴장됐다. 키르의 시선이 제일런 황자를 향했다.

"어쩌시겠습니까?"

이제부터 우린 움직일 건데 같이 갈거냐, 말거냐의 의미였다. 제일런 황자는 답하지 못하고 머뭇거렸다. 키르가 그럴 줄 알았던 것처럼 대신 결론을 내렸다.

"그냥 여기 계십시오."

"……그래도 돼?"

자신을 죽이는 것이 완전히 습관이 된 걸까? 아니면 나처럼 생존이 최우선 목표라서 그럴까? 제일런 황자는 패기가 없었다. 저런 사람을 데리고 적지에 들어가는 게 더 위험하기도 했다.

"그게 도와주는 겁니다."

그렇게 말하고 키르가 검을 들고 내게 출발하자는 신호를 보냈다. 우린 천천히 앞으로 걸어 나갔다. 몇 발자국 걸었다고 매캐하고 탁한 공기가 더 짙어졌다.

"발 밑 조심해."

날 바짝 끌어당기며 키르가 작은 목소리로 경고했다. 확실히 돌덩이가 쏟아져 발 디딜 곳이 마땅치 않았다.

군데군데 돌덩이에 깔린 늑대가 보였다. 폭발에 휘말려 찢겨진 살 조각이 어지럽게 흩어져 있었다. 구역질이 나올 만큼 처참했다. 그래도 흙먼지랑 섞여 흘러내린 피가 웅덩이를 만든 모습이 보이지 않는 게 다행이었다.

그럼에도 끔찍한 모습들은 이어졌다. 걸으면 걸을수록 연기와 먼지 때문에 시야가 제대로 확보되지 않은 게 고마울 정도였다.

소리를 낼 수 없어 이를 악물었다. 텁텁한 공기라 걸을수록 땀이 나는데 자꾸 서늘한 곳에 있는 것처럼 소름이 돋았다. 중간에 꿈틀거리는 늑대를 보면 키르가 칼로 찔러 늑대의 숨통을 끊었다. 아직까지 멀쩡한 늑대는 한 마리도 없었다. 그게 더 무섭다.

시체 밭을 걷고 있다는 생각에 심장이 점차 부담스러울 정도로 크게 뛰었다. 조금 더 걷다가 무언가를 발견한 듯 키르가 멈추고 눈을 가늘게 떴다. 제대로 보려고 집중하는 것 같던 키르가 몸을 돌렸다.

"돌아가자."

의아할 정도로 서두르는 모습이었다.

"왜? 더 확인해야 하는 거 아니야?"

"확인했어. 돌아가자."

작지만 다급한 목소리에 불안해졌다. 위험하다면 키르가 이렇게 무방비하게 몸을 돌리지 않았겠지. 불길함이 사라지질 않았다.

"확인할래."

내가 저 너머에 뭐가 있는지 짐작했음을 알아챈 키르의 표정이 흐려졌다.

"보지 않는 게 나을 거야."

나를 다독이는 말투에 눈물이 차올랐다. 두려움으로 온몸이 떨려 키르의 말대로 하고 싶었다. 하지만 난 이렇게 돌아가선 안 됐다. 내가 저지른 '죄'를 확인해야 한다. 외면이야말로 더 큰 죄였다.

"확인할게."

덜덜 떨면서도 단호하게 말해서 그럴까? 키르는 더 말리지 않았다. 나는 천천히 앞으로 나섰다. 발에 무거운 추를 단 듯 무거웠다.

그리고 발견하게 된 상황에 경악하고 말았다. 비명을 지르지 않은 게 다행일 정도였다. 손으로 다급하게 입을 틀어막았다. 쓴물이 올라 와 치미는 구역질을 겨우 참았다.

너무 처참했다. 데이브 님은 무너진 천장에서 떨어진 돌에 완전히 깔린 듯 손만 보였다. 저 상태는 들춰보지 않아도 결과는 뻔했다. 즉사. 그렇게 처절하게 복수에 매달린 것치곤 한심하고 허무한 결말이었다.

그래도 데이브 님은 차라리 나았다. 그 옆에 있던 메리도 당연히 폭발의 여파를 피하지 못해 돌 더미에 깔려 있었다.

다만, 살짝 비껴갔는지 오히려 더욱 최악의 상황을 맞이하고 있었다. 그녀는 허리부터 하체가 완전히 돌더미에 깔려 있었다. 아직 살아 있었지만 죽음이 머지않았는지 입으로 피를 꾸역꾸역 게워내면서 말이다.

키르는 이 끔찍한 모습을 내가 안 보길 바랐던 거다. 내가 불에게 지시한 것보다 돌덩이에 깔린 게 더 빨랐는지 메리는 숯덩이가 되지 않았다. 그래서 저렇게 더 고통스러운 상황인 거다. 차라리 한순간에 숯덩이가 되는 게 낫다고 여길 정도로 메리는 고통을 겪고 있었다.

빛의 구로 공격은 매섭게 하더니, 막상 몸을 지키는 건 다른 일이었을까. 마법사라면 다 엄청난 능력이 있는 줄 알았다. 그래서 이 정도의 위기쯤은 피할 줄 알았는데. 하지만 정작 그녀는 빠르게 닥친 재난을 피하지 못해 저런 처참한 모습을 하고 있었다.

"그러게 무너질지 모른다고 했잖아요."

나도 모르게 원망하는 목소리가 나왔다. 메리가 마지막 공격을 하지 않았다면 이들은 이런 꼴이 되지 않았을 텐데.

"쿨럭, 어차피……. 끄륵, 살지 못한다는 거……. 그륵, 알았잖아……. 쿨럭!"

중간중간 피를 토하는 소리가 소름 끼쳤다. 그 와중에 다 끝났다는 듯 후련한 메리의 미소에 눈물이 났다. 독하게 굴었어도 온전한 메리의 뜻으로 저지른 일이 아니었던 걸까?

내 감정이 너무 혼란스러워서 어떤 말을 할 수가 없었다. 배신감에 사무치면서도 이들을 믿었던 감정이 남아 연민이 함께 찾아왔다. 마지막 순간까지 모질게 굴어야 할까? 차라리 편해질 수 있도록 도와야 하나?

"크극……. 다 끝이야. 내가 이렇게 되었다고 너희가 살 수, 쿨럭! 있을 것 같아……?"

하지만 이런 망설임과 고민은 헛된 것이었음을 메리가 알려 주었다. 메리는 죽음의 순간에도 자신의 저지른 일을 후회하지 않았다. 그럼 나도 미안해하지 않을 거다. 날 미워하는 사람을 위해 눈물을 흘리지 않을 거다. 난 독하게 마음먹었다.

"우린 살아서 이곳을 벗어날 거예요."

"크크크……."

내 말이 가소롭다는 듯 메리가 웃음을 흘렸다. 피가 자꾸 올라와서 그런가, 메리의 웃음소리가 기괴했다. 생기가 빠르게 빠져나가는 얼굴로 메리는 나를 똑바로 응시했다.

"늑대, 아직, 그륵……."

아직 살아남은 늑대가 있음을 말하고 싶은 것 같았다. 흠칫했지만 내 어깨를 단단히 짚는 키르의 손길에 안도했다.

붕괴로 꽤 많은 수의 늑대가 죽었다. 그리고 메리가 이렇게 된 이상 늑대의 숫자가 다시 늘지는 않을 것이다. 상처 입은 늑대 몇 마리만 남은 거라면 나 혼자서도 충분히 막을 수 있었다.

"충분히 막을 수 있어요. 우린 살아남을 겁니다."

그래도 살아남지 못할 거라는 우리를 비웃는 메리의 시선에 난 힘주어 반박했다. 메리는 더는 말할 기운이 없는지 입꼬리를 올린 채 날 바라보기만 했다. 난 고집스레 눈을 피하지 않았다.

메리의 입술이 느리게 움직였다.

도. 망. 못. 가.

한 글자 한 글자 겨우 하고 싶은 말을 만들어 낸 메리의 눈동자에서 빠르게 생명의 빛이 꺼졌다.

몇십 년을 고대해서 준비해 온 복수치고는 참으로 허망한 결말이었다. 메리의 모든 움직임이 멈췄을 때에야 난 눈물을 흘릴 수 있었다. 하나로 정의하기 힘든, 숨 막히고 복잡한 감정이었다.

"아렌, 미안하지만 움직여야 해."

내가 감정을 정리할 때까지 기다려 주고 싶었는지 키르는 정말 미안한 목소리로 작게 속삭였다. 난 소리 없이 흐르는 눈물을 닦으며 일어섰다.

메리의 말처럼 늑대는 아직 살아 있고, 언제 그들이 정신 차리고 다시 공격할지 모른다. 명령자가 있을 때처럼 체계적으로 공격하지 않더라도 본능적으로 사람을 공격할 거다.

그리고 이렇게 사방이 탁 트인 곳에서 집중 공격 당하면 아무리 내가 불의 힘을 쓴다고 해도 위험했다. 그렇다면 한 곳이라도 막힌 곳으로 움직여야 했다.

다시 제일런 황자 쪽으로 걸음을 얼마 옮기지 않았을 때였다. 주변에서 작은 소음들이 들리기 시작했다. 타박타박 움직이는 네 발 달린 짐승의 작은 발걸음 소리였다. 키르가 재빨리 날 앞으로 밀며 검을 세웠다.

"빨리 뛰어!"

키르가 소리 죽여 외쳤지만 몇 발자국 움직이기도 전에 우리는 멈춰야 했다. 나아가는 방향에서도 늑대의 목 울림이 울렸다. 연기 너머로 노란 빛 눈동자가 보였다. 몇몇 정신 차린 늑대들이 흉흉한 이빨을 드러내며 우리를 포위하고 있었다.

"늦었어."

그렇게 상황을 알리며 키르와 등을 맞대고 섰다. 그러면서 최대한 재빨리 늑대를 셌다. 모두 열 마리. 한두 마리 놓쳤을지도 모르니 많아야 열서너 마리 정도일 것이다.

언제 이렇게 다가왔지? 감정적으로 흔들려 상황이 이렇게 되도록 알아차리지 못했었다. 자책할 시간도 없이 나 역시 키르의 등에 바짝 등을 붙었다. 내가 불안감을 느끼자마자 작은 속삭임이 들렸다.

'충분히 막을 수 있어.'

아까부터 들리던 불의 속삭임이었다. 그 목소리를 듣자마자 긴장이 스르륵 풀렸다. 이렇게 든든할 수가. 그동안 불을 무서워했던 게 미안할 정도로 믿음직스러웠다. 나는 불의 속삭임을 긴장한 키르에게도 전해줬다.

"괜찮아. 막을 수 있어."

키르가 반응을 보이기도 전에 늑대가 달려들었다. 아직 폭발의 충격을 벗어나지 못해 처음처럼 날렵한 움직임은 아니었다. 하지만 늑대들도 우릴 제거하지 않으면 자신들이 안전하지 못한단 걸 본능적으로 알아차린 것 같았다. 거의 모든 늑대가 한꺼번에 필사적으로 달려들었다.

"막아 줘!"

몇 번의 대화로 나는 불에게도 의지가 있음을 알아챘다. 그래서 이번엔 부탁하듯 요구했다. 내 편이 된 불은 이번에도 내 바람에 화답했다.

우릴 감싸며 둥글게 불꽃의 벽이 생겼다. 강한 화력에 늑대는 불의 벽을 넘지 못했다. 그 어떤 소리도 내지 못한 채 순식간에 늑대가 타버리며 숯덩이가 되었다.

하지만 진짜 위기는 늑대가 아니었다. 열 마리 정도가 동시에 타 버렸기 때문에 엄청난 연기가 퍼졌다. 앞이 보이지 않고 숨을 쉬기 힘들 정도로 대단한 흔적이었다.

"큭!"

나는 반사적으로 키르를 붙잡고 주저앉았다. 그리고 내 입과 키르의 입가를 소매로 막았다.

"연기 들이마시지 않도록 해. 쿨럭, 쿨럭……."

잠깐의 경고를 위해 입을 열었더니 매캐한 공기가 넘어와 절로 쿨럭임이 나왔다. 얼마나 독한지 눈물이 쏟아졌다.

키르의 상태도 마찬가지였다. 스스로 입을 가렸지만 호흡이 힘들어 보였다. 난 격하게 기침을 터트리며 메리의 도망가지 못할 거란 말이 무엇을 의미하는지 알아채 버리고 말았다.

원래 불이 났을 때, 전생의 나처럼 타 죽는 사람보다 질식사가 훨씬 많았다. 불이 커지며 산소를 잡아먹는 게 더 빨랐다. 전생의 난 창문이 있는 방에 갇혔기 때문에 질식사는 면했었다. 하지만 무섭게 번진 불을 잡지 못해 산 채로 타 버렸다.

지금 상황은 그때와 정반대였다. 불의 힘이 내 힘이기 때문에 타 죽을 위험은 없지만 여긴 밀폐된 것과 마찬가지인 공간이었다. 첫 공격의 연기가 제대로 빠지지 않는 점만 봐도 충분히 알 수 있었다.

안 그래도 여기 와서 계속 숨이 막힌 듯한 느낌을 받았었다. 난 그게 내가 너무 충격을 받아서 그런 건줄 알았다. 하지만 실제로는 공기가 잘 통하지 않는 장소라면?

메리의 경고는 늑대의 공격이 위험하단 소리가 아니었다. 오히려 살기 위해서 늑대를 막는 내 능력이 더 위험하다는 뜻이었다.

그녀는 이렇게 될 줄 알았던 거다. 내가 내 발로 죽음을 향해 걸어갈 거란 걸. 질식해 죽는다면 나 혼자 죽는 게 아니란 걸. 결국, 내가 자신 대신에 복수를 이루어 주리란 걸. 참담함과 무기력함이 찾아왔다.

그때, 키르의 몸이 먼저 바닥으로 쓰러졌다.

"키르, 정신을 잃으면, 콜록……."

숨 쉬는 게 힘들어 말을 잇지 못했다. 키르는 모든 힘이 빠진 듯 입을 가렸던 손마저 바닥으로 떨궜다. 조금이라도 도움이 되길 바라서 나는 우선 내 손으로 키르의 입을 가렸다. 거리가 가깝다 보니 키르와 눈이 마주쳤다. 언제나 또렷한 눈으로 반짝이며 나를 보던 키르의 눈이 흐렸다.

심장이 쿵쿵 울렸다. 점차 내 몸에서도 힘이 빠졌다. 아직 미약한 정신이 남은 키르의 손이 내 팔목을 움켜쥐었다. 큰 힘이 느껴지지 않았지만 키르의 의지만은 전해졌다. 너라도 안전한 곳으로 피하라는 그 마음이.

또 이런다. 어떻게 자신의 몸보다 날 먼저 돌볼 수 있는지 모르겠다. 사실 내겐 하나의 선택지가 남았다. 불의 힘으로 천장을 뚫으려는 시도를 해 보는 것.

하지만 얼마나 지하로 내려 왔는지 모르니 불의 힘으로 뚫을 수 있다는 보장이 없었다. 게다가 괜히 폭발에 천장이 무너져 더 위험할 수 있다는 점 때문에 시도할 생각을 못했던 일이다. 위험성이 더 높았으니까.

하지만 이렇게 죽으나 저렇게 죽으나 마찬가지라면 시도라도 해야 하지 않을까? 나도 한계가 왔다. 숨 쉬는 게 힘드니 정신이 몽롱해졌다.

진짜 마지막일지 모른다는 생각에 나는 입을 가린 손을 떼어내고 키르의 손을 찾았다. 어느새 감긴 키르의 눈을 본 내가 그의 손을 더욱 꽉 잡으며 불에게 부탁을 하려 할 때였다.

퍼퍼펑!

세상이 무너지는 것 같은 소리가 들리며 엄청난 진동이 느껴졌다. 그나마 남아 있던 정신이 더 쏙 빠질 것 같은 소리와 여파가 밀려 왔다. 아까 내 힘과 메리의 힘이 부딪힌 건 비교도 안 될 것 같은 엄청난 상황이었다. 마치 고층 건물 하나가 통째로 무너진 것 같았다.

내 불의 힘이 그렇게나 대단했나. 그런데 나 아직 불한테 아무 부탁도 하지 않은 것 같은데…….

멍하니 넋을 놓은 사이 바람의 소용돌이가 주변을 휩쓸고 지나갔다. 그리고 폐 속으로 파고드는 신선한 공기.

후욱!

연기가 빠져 나가고 제대로 된 공기가 느껴지자 나는 본능적으로 크게 숨을 들이켰다. 살기 위해 거칠게 호흡을 토해 내며 키르의 머리를 잡았다. 상황 파악보다 키르가 중요했다.

헉헉 거칠게 숨을 쉬며 키르의 호흡을 확인했다. 아직 호흡은 살아 있었다. 하지만 숨 쉬는 것만으론 안도가 되지 않았다.

"키…….."

키르를 흔들었다. 불러서 깨우고 싶은데 숨 쉬는 게 급하니 목소리가 나오지 않았다. 키르가 이대로 영영 눈을 뜨지 않을 것 같아 두려워졌다. 다급함과 두려움이 섞인 흐느낌을 흘리며 키르를 흔들 때였다.

"키르, 제발 눈 떠……."

키르의 미간이 꿈틀 좁혀졌다. 내 손이 조심스럽게 뺨을 감싸자 키르의 속눈썹이 파르르 흔들렸다. 느리게 올라가는 눈꺼풀 아래로 서서히 눈동자가 드러났다. 나를 온전히 담아내는 키르와 눈을 마주치고 나서야, 난 제대로 된 숨을 쉴 수 있었다. 키르도 한동안 격한 숨을 토해냈다.

그게 좀 잦아들자 난 안도감에 키르의 옆에 쓰러지듯 누웠다. 움직일 기운이 없는지 그대로 늘어져 있으면서도 키르는 내게서 시선을 떼지 않았다.

"……우리 살았어?"

목을 다친 사람처럼 갈라진 목소리가 들렸다. 키르의 질문에 난 눈물, 콧물에 먼지까지 뒤덮어 쓴 얼굴로 미소만 지었다. 거기서 긍정의 의미를 읽은 듯 키르의 입가에도 가벼운 미소가 달렸다.

그런가 보다, 우리 살아났나 보다.

나는 키르와 손을 마주잡고 눈을 마주친 채 비실비실 웃었다. 피비린내가 물씬 풍기는 공기가 달콤하게 폐로 파고들었다. 공기가 이렇게 좋은 거라니. 힘이 빠진 나는 누워서 산소가 주는 달콤함만 느꼈다.

그렇게 얼마간 누워 있자 이성이 점차 돌아왔다. 내 힘으로 천장을 뚫었다기엔 무언가 이상했다. 어떻게 된 건지 파악해야겠단 생각을 할 때였다. 불쑥 낯익은 얼굴이 등장해 날 내려다봤다.

"언니, 괜찮아요?"

"쿨럭, 클레어?"

"언니 다쳤어요? 아파요?"

"어떻게 여기 있어요?"

나는 호들갑스러운 클레어의 태도에 순간 얼떨떨했다. 그것 보다 지금 상황에 클레어의 등장은 너무 어울리지 않았다. 설마, 얘도 한패였나? 작정하고 내게 정보를 주면서 속인 걸까? 당한 게 하도 많다 보니 불신의 감정이 먼저 떠올랐다.

"저택에 갔는데 언니가 없어서 기다리다가 찾으러 왔어요. 오늘 밤에 대가를 받으러 간다고 했잖아요."

그런가? 오늘 밤이라고 약속을 했나? 그 당시 너무 충격에 빠져 약속이 기억나지 않았다. 허탈하면서 어이가 없었다.

멀지 않은 곳에 있는 천장이 뻥 뚫려 있었다. 어느새 밤이 되었는지 밤하늘의 별이 보였다. 어떤 마법을 썼는지 모르겠지만 천장이 아래로 떨어진 게 아니라 화산 폭발하듯 위로 퍼졌는지 무너진 잔재는 없었다.

"지하에 있는 게 조금 이상해서 도망간 줄 알고 찾으러 왔죠. 언니한테 꼬리 달아 놨잖아요. 이렇게 위급한 상황인 줄은 몰랐어요. 의심해서 미안해요……."

말을 하면서 클레어가 제법 미안한 티를 냈다. 눈치를 보는 걸 보니 정말로 내가 약속을 지키지 않고 도망간 줄 알고 허겁지겁 쫓아온 모양이었다. 그러다가 이 상황을 보고나서야 도망간 게 아니란 걸 깨달은 거겠지.

내 입에서 부서지는 듯한 웃음이 흘러나왔다.

클레어의 집착이 도리어 이렇게 도움이 될 줄이야. 고맙기까지 했다. 내가 웃음을 흘리자 불쾌감을 느낀 게 아니란 걸 깨달은 듯 클레어의 얼굴에 안도감이 퍼졌다. 난 감사의 인사를 했다.

"고마워요. 도움을 받았어요."

"제가 뭘 도왔어요?"

클레어의 눈이 주변을 돌아봤다. 본인이 쓴 마법으로 상황이 정리된 게 아니란 걸 아는 거였다. 하지만 진짜 위험에서 클레어가 구해 준 게 맞았다. 마지막에 나도 정신을 잃기 직전이었으니까.

"네. 큰 도움을 줬어요. 안는 거 열 번 허락해 줄게요."

고마워서 선뜻 그런 말이 나왔다. 클레어가 아니었다면 이렇게 깔끔하게 천장에 구멍이 쉽게 뚫리지 않았겠지.

"저, 정말요? 저 거절 안 할게요!"

그러자 클레어는 이게 웬 횡재냐? 하는 표정으로 헤벌쭉 웃음을 터트렸다. 그 미소를 보자 나는 우리가 정말 살았음을, 위기에서 벗어났음을 실감했다. 진짜 살았다.

"여기서 벗어나고 싶은데 도와줄래요?"

언제까지 누워 있을 수 없어 클레어에게 도움을 청했다.

"네. 도와드릴게요."

클레어는 늘 그렇듯 기꺼이 허락했다. 덕분에 이 지긋지긋한 지하 동굴 안에서 벗어날 수 있겠다.

"제가 한 번에 옮길 순 없어요. 언니 먼저 가요."

키르는 잠깐이지만 정신을 잃었었다. 나보다 상태가 더 나쁠지 모를 키르를 먼저 보내고 싶었다.

그 말을 하려는 순간 키르가 날 잡은 손에 힘을 줬다.

"먼저 가."

눈을 마주치자 보내오는 시선이 너무 단호했다. 잠깐 생각하다가 순순히 답했다.

"알았어."

어차피 한번 올라갔다 내려오는 거니 시간 차이가 얼마 나지도 않는다. 게다가 이 안에 더 위험은 없다. 그렇다면 차라리 빨리 나가는 게 도와주는 거겠지. 내가 먼저 가는 게 결정되자 클레어가 내 허리를 끌어안았다. 어쩐지 이 자세가 익숙해질 것 같은 불안감이 들었다.

"올라가요."

클레어의 짧은 경고 후, 우리는 천장이 뚫린 곳을 향해 뛰어올랐다. 몸이 쑥 떠오르는 느낌 이후 밖의 상쾌한 공기가 느껴졌다. 멀미가 사라질 만큼 맑고 깨끗한 공기였다.

다시 몸이 하강하며 땅에 발을 딛자마자 우리가 맞닥뜨린 건 번쩍이는 칼날이었다. 수많은 병사와 기사들이 검을 들고 있었다.

"누구냐!"

이게 무슨 상황이야?

흉흉한 기세를 내뿜는 기사들 때문에 얼떨떨해져 클레어를 돌아봤다. 그녀 또한 이 상황이 이해가 안 가는지 멀뚱멀뚱 서 있었다.

"대공자와 황자 전하를 납치한 자들인가?"

나는 한 기사의 질문을 듣고 나서야 이게 무슨 상황인지 알아챘다. 여긴 내가 굴러떨어지기 직전의 장소 근처였다. 아마도 황실에서는 기사와 병사들을 풀어서 키르와 제일런 황자를 찾고 있었을 거다.

그때 갑자기 큰 소리가 났고, 허겁지겁 달려왔더니 영문 모를 구덩이가 순식간에 생긴 거다. 기사단은 그 구덩이를 살피며 어떻게 할지 회의를 하던 중이었을 것이고 그 상황에 나와 클레어가 튀어 올라왔으니, 반사적으로 검을 들이댈 수밖에 없겠다.

"정체를 밝혀라! 너희가 땅을 무너뜨린 거냐? 무슨 이유로 지하에 동굴을 팠지? 대공자와 황자 전하는 어디 있느냐!"

땅을 무너뜨린 건 클레어가 맞았다. 하지만 어쩐지 그걸 인정하면 우리가 키르와 제일런 황자의 납치범으로 몰릴 것 같아서 기사의 외침에 반응하지 못했다.

그때였다.

"아레에엔!"

우렁찬 아버지의 목소리가 밤하늘을 울렸다. 귀여운 내 이름이 호로로 느껴질 정도로 묵직하고 처절한 음성이었다. 날 발견하신 아버지가 저 멀리서부터 빛의 속도로 달려왔다. 그 필사적인 몸짓에 난 화답했다.

"아버지!"

폭발적인 속도로 달려오시던 아버진 묘기처럼 한순간에 멈춰 섰다. 아버지의 무뚝뚝한 얼굴이 걱정으로 흐리게 흐트러져 있었다. 정말 나를 위해 주는 사람. 배신감에 사무쳤던 터라 아버지의 솔직한 반응이 고맙고 감동이었다.

"괜찮은 거냐? 어디 다치진 않았어?"

"아버지!"

클레어에게 기대 있던 난 설명 대신 아버지를 향해 폴짝 뛰어올라 안겼다. 그럴 줄 알았던 것처럼 아버지가 허리를 살짝 숙여 줬다. 아버지의 목을 끌어안고 허리에 다리를 감아 매달렸다. 그러자 든든한 팔이 엉덩이를 받쳐 힘들지 않도록 도와주었다.

꽤 오랜만에 안긴 품이 든든해서 마음이 놓였다. 특히, 아버지도 어디 한 군데 다친 곳이 없단 점에 안도감이 퍼졌다. 무사하셔서 다행이다.

이렇게 내가 제일 든든하게 생각하는 존재에게 안기고 나니 진짜 끝났다는 마음이 들었다.

많은 사람들 앞에서 어린 아이처럼 안겨 있는 자세는 조금 민망했지만 그래도 이 든든함을 놓치고 싶지 않았다. 이대로 눈을 감고 쉬고 싶었다.

그때, 아버지 뒤에 서 계신 대공이 보였다. 아버지만큼은 아니지만 대공도 키르를 걱정했나 보다. 표정이 조급했다. 대공이 질문하기 전에 내가 먼저 말했다.

"키르도 무사해요."

대공의 가슴이 크게 들썩였다가 가라앉았다. 한숨을 쉬고 싶은 걸 참느라 그런 것 같았다.

"클레어, 키르 좀 데려와 줄래요?"

"네. 금방 다녀올게요."

나와 아버지를 참 부럽다는 듯이 보고 있던 클레어는 선뜻 대답하고 다시 아래로 뛰어내렸다.

"무슨 일이 있었던 거냐? 왜 거기에 들어가 있었어?"

아버지의 질문하는 목소리에 작은 흐느낌이 들어 있었다. 내 걱정에 괴로워하셨구나. 죄송함에 아버지의 목을 꽉 끌어안았다. 그리고 작은 목소리로 아래에서 있었던 일을 천천히 설명했다.

데이브 님과 메리가 연쇄 살인의 범인인 것. 그들이 그런 이유가 황족에 대한 복수라는 것. 그런 것들을 속삭였다. 내가 정령의 힘을 자각한 사실은 살짝 뺐다. 그 이야기를 하기엔 여기엔 사람이 너무 많았다.

"대공자다!"

"신관을 불러 와! 어서!"

"여기요!"

기사들의 외침에 아버지에게 안겨 고개를 돌릴 필요도 없이 상황을 전달 받았다. 신관이 도착했다는 소리에 나는 조금 남아 있던 긴장을 완전히 풀었다. 그러자 피로가 몰려왔다. 아버지에게 안겨 늘어졌다.

"누굴 또 데려 온……. 제일런 황자님이시다!"

막 늘어지던 몸에 힘이 바짝 돌아왔다. 놀란 내가 고개를 돌렸다. 축 처진 제일런 황자의 몸을 기사들이 다급하게 받고 있었다. 신관이 서둘러 달려가 제일런 황자의 상태를 확인하는 걸 보면서 난 찔끔했다.

키르를 챙기느라 정신없어서 제일런 황자는 깜빡했다. 가장 중요한 그가 멀쩡한지를 확인할 생각을 못하다니, 엄청난 짓을 저지를 뻔했다. 다행히 키르가 클레어한테 부탁해서 챙겼나 보다.

"살아 계십니다. 서둘러 옮겨야 합니다!"

신관이 제일런 황자가 살아 있음을 소리쳐 알렸고 난 다시 허물어지듯 몸에서 힘을 뺐다. 중요한 이야기는 아버지에게 다 했다. 저쪽도 상황 파악보다 키르와 제일런 황자의 치료가 더 먼저라고 여기는 것 같았다. 경계보다 보살핌이 먼저란 소리다.

데이브 님이 남겨 둔 위험은 전부 해결된 거구나. 위험이 없단 판단이 되니 이제 나도 쉬고 싶었다. 사실 위에서 무슨 일이 있었으며 어쩌다 황족이 죄다 죽었고, 공범은 어떻게 처리했는지 등등 설명을 듣고 싶었다.

하지만 어차피 다 해결된 거라면 나중에 듣자, 라는 생각이 들었다. 피곤해서 생각하는 것도 귀찮았다. 그래서 나는 그대로 아버지의 어깨에 머리를 얹고 늘어졌다. 내 몸에서 힘이 빠진 걸 느낀 아버지가 작게 등을 토닥였다.

"피곤하면 자렴."

자도 된다는 말에 바로 눈꺼풀이 무거워졌다. 눈이 가물가물 감겼다. 하지만 바로 잠들 수는 없었다. 너무 피곤해서 쉬고 싶은데, 자꾸 찜찜함이 남았다. 손끝에 작은 가시가 박힌 것처럼 무시하고 넘어가기엔 거슬렸다.

이제 위험은 없는데 왜 이럴까? 혹시 위험이 남아 있나? 그런 불안감에 억지로 눈을 뜨려 할 때였다.

'이젠…… 위험하지 않을 거야.'

불의 목소리가 들렸다.

난 내가 왜 그런 느낌을 받았는지 알아챘다. 계속 호기롭게 내게 속 삭이던 목소리가 지금은 기운이 쭉 빠져 있었다. 사람의 형상이었으면 울음을 터트렸을 것 같을 정도로 불은 음울해하고 있었다.

왜 그래?

주변에 아직 사람들이 있어서 소리 내진 못하고 속으로 물었다. 머뭇거리며 불은 대답하지 않았다. 난 감기는 눈을 억지로 뜨고 기다렸다. 지금 이야기를 듣지 않으면 어쩐지 일이 복잡해질 것 같았다. 그게 아니더라도 꺼림칙함이 남아서 편히 쉬기 힘들기도 했다.

내가 끝까지 버틸 것을 알아챈 불이 다시 속삭였다.

'나 때문에 위험해졌잖아. 미안해. 일이 그렇게 될 줄 몰랐어.'

지금 불에게 형체가 있다면 풀죽은 모습이 아닐까? 그만큼 목소리는 진심으로 미안해하고, 자책하고 있었다. 어린애처럼 밝고 솔직하며 천진하다. 불에 대한 내 감상은 처음부터 그랬다. 그래서 저절로 어린애가 침울해 하고 있는 모습이 연상되었다.

괜찮아. 네 잘못이 아니야.

'내 잘못인 걸. 불은 번지지 않도록 바로 껐지만 연기는 생각도 못했어.'

아니라니까. 나도 알아채지 못했던 일인 걸.

'나 원망 안 해?'

내가 산뜻하게 부정하자 불이 조심스럽게 물었다. 내게 미움 받기 싫어서 애원하는 것처럼 목소리가 작게 떨렸다.

나도 밀폐된 공간에서 불을 쓸 땐 그런 일이 일어날 걸 알면서 다급해서 떠올리지 못했어. 네 잘못이 아니야.

그래서 나 역시 그만 자책하란 의미에서 단호하게 굴었다. 그러자 불이 혼란스러워 하는 것 같았다.

'정말 나 안 미워?'

미워하지 않아. 오히려 고마워.

사실 불을 탓한다면 못된 거다. 불은 충분히 도움이 되었다. 불로 시간을 끌었던 덕분에 우리는 살아남을 수 있었으니까.

그래서 솔직하게 말했더니 불이 조용했다. 뭐지? 대화가 끝난 건가? 그렇게 의문을 가질 때쯤 불의 목소리가 들렸다.

'*다신 실수 안 할게. 나도 널 꼭 지켜줄게.*'

확 살아난 목소리였다. 어린애 다짐 같은 열렬함에 피식 웃음이 나왔다. 생각보다 불과 난 밀접한 관계인가 보다. 불의 목소리가 살아나자마자 찝찝하던 느낌이 사라졌다.

그 꺼림칙한 느낌이 사라지자 급격히 피곤이 몰려왔다. 물속에 빠뜨린 돌멩이처럼 순식간에 내 정신이 수면의 바다 속으로 가라앉았다.

그래. 꼭 지켜 줘. 나 너무 피곤해. 그러니까 자고 일어나서 대화하자.

그래도 그냥 잠드는 건 아닌 것 같아 가까스로 생각을 쥐어짜냈다.

'*응. 푹 자. 자고 일어나면……. 달라져 있을……. 힘들지도 모르지만 걱정하……. 다 잘될 거…….*'

기절하듯 잠이 들어 불의 마지막 말이 제대로 들리지 않았다. 전파 방해된 라디오처럼 목소리가 끊겨 들렸다. 그런데 힘들지도 모른다니?

무슨 일이냐고 물어야 하지만 누가 강제로 재우는 것처럼 난 까무룩 잠이 들었다.

* * *

그리고 내가 눈을 뜬 것은 무려 일주일이 지난 후였다. 일주일이나 기절 상태였던 것치고는 몸은 멀쩡했다.

"아렌, 괜찮아?"

눈을 떴을 때, 내 옆에 있었던 사람은 키르였다. 잠결에 처음 든 생각은 '얘가 왜 여기 있지?'였다.

"아렌, 정신이 들어?"

키르는 내가 눈을 뜨기만 기다렸는지 조급하게 날 불렀다. 강하게 부여잡아 오는 손은 이대로 다시 눈을 감으면 안 된다는 듯한 간절함까지 느껴졌다. 키르의 얼굴이 초췌했다. 그 어느 순간에도 반짝반짝 화사함을 잃지 않던 키르의 얼굴이 핼쑥했다.

나는 기억을 더듬었다. 마지막 순간 기절하듯 잠들기 전으로. 그 사건이 있었지. 그러고 보니 키르는 마지막에 제 힘으로 서지도 못해 실려 갔다. 움직일 수 있을 정도로 치료 받은 걸까?

"키르? 너 이제 괜찮아?"

내 질문에 키르의 눈시울이 붉게 변했다. 마치 눈물을 흘릴 것처럼. 내가 무슨 엄청난 질문을 했나 다시 생각해 볼 정도로 키르의 표정이 흔들렸다. 그러다가 격해진 감정을 참기 힘든지 키르는 긴 한숨을 토해내고 내 손등에 자기 이마를 댔다.

"난 괜찮아."

괜찮은 게 아닌데? 대답하는 목소리에 먹먹한 울먹임이 담겨 있었다. 아무데서나 울고 다닐 만큼 헐렁한 성격은 아닌 사람이 이러니 잠이 확 달아났다.

"왜 그래 무슨 일 있어?"

"너 괜찮아?"

나더러 괜찮냐고 묻는 키르의 상태가 더 나빠 보였다. 덜컥 겁이 났다. 몸을 튕기듯 일으켜 앉았다. 키르가 놀라 환자 대하듯 날 받치려했지만, 몸이 워낙 가뿐한 터라 난 도움이 필요하지 않았다. 잡힌 손을 빼내고 키르의 양 뺨을 감싸 당겨 요리조리 살폈다.

"왜 그래? 후유증 남았어? 계속 아파?"

혹시 어디 아파서 그런 건 아닌가 걱정됐다. 난 불의 영향을 받지 않았지만 키르는 달랐다. 불이 딱히 키르를 공격할 의도가 없다고 해도 불의 열기에 키르가 피해를 입었을 수도 있었다. 그만큼 불은 강한 힘이었다.

내가 살필수록 키르의 보랏빛 눈동자가 물기를 촉촉하게 머금었다.

왜 그래, 더 겁나게.

"난 괜찮아. 너 일주일이나 앓았어."

키르의 울 것 같은 얼굴에 놀라서 무슨 말인지 처음엔 알아듣지 못했다.

"뭐?"

"네가……. 다신 눈 못 뜨는 줄 알았어."

키르가 울먹이는 것을 보여 주기 싫다는 듯 그의 얼굴을 잡은 내 손을 떼어 내며 고개를 숙였다. 하지만 격정적으로 올라오는 감정을 숨기기 힘든지 토해내듯 내뱉는 숨이 격했다.

난 얼떨떨했다. 그러고 보니 내가 잠든 동안 앓았다는 자각은 있었다. 워낙 아팠기 때문에 드문드문 정신이 들었다. 그때마다 느껴지는 통증은 강렬했다.

몸이 불덩이같이 달아오르고, 존재하는 모든 관절이 욱신거렸다. 살이 타고 뼈가 부서지는 것 같은 통증. 전생의 죽음이 떠오를 정도로 고통의 연속이었다.

하지만 이 엄청난 고통 속을 헤매면서도 신기할 정도로 서러움을 느끼지 않았다. 처절함 속에서 난 혼자가 아니었으니까. 불이 옆에서 끊임없이 괜찮을 거라고 말을 걸었다. 널 해치는 게 아니라고, 조금만 견디면 된다고. 끊임없이 속삭이며 내게 힘을 줬다.

그리고 불이 말을 걸 때면 마치 키르의 품에 안기기라도 한 것 같은 안온함이 찾아왔다. 또 다른 절대적인 내 편이 있다는 점에 버틸 수 있었다. 그렇게 하루 이틀 앓은 줄 알았더니, 무려 일주일이었어?

나야말로 기가 막혔다. 웃긴 건 그렇게 앓았는데 신기할 정도로 내 몸에 통증은 남아 있지 않았다는 점이었다. 몸 상태는 당장 전력질주가 가능할 정도로 가뿐했다.

"난 괜찮아. 잠들었을 땐 조금 아팠는데, 지금은 하나도 안 아파."

키르가 안도하길 바라며 나는 조심스럽게 그의 머리카락을 쓸었다.

그때, 이상한 점을 자각했다.

늘 보아 오던 내 손이 오늘따라 다르게 보였다. 내 손인데, 내 손이 아니다? 처음엔 오랜만에 정신을 차린 거라 눈이 침침한 줄 알았다. 하지만 눈을 몇 번이나 깜빡여 봐도 그대로였다. 작고 오동통한 귀여워서 조몰락거리고 싶은 내 손이 어디 가고 이렇게 길쭉하고 예쁜 손이 달려 있어?

"이거 뭐야?"

내 손바닥을 보며 놀란 내가 외쳤다. 화들짝 움직이니 양 옆으로 치렁치렁 흘러내린 머리카락도 눈에 들어 왔다. 이건 또 뭐야? 머리카락이 왜 이렇게 자랐어? 아파서 시달린 게 아니라 뼈와 살이 불타는 야한 꿈을 꾸기라도 한 거야?

"너……. 아픈 동안 조금 달라졌어."

얼떨떨해 내 머리카락을 쥐어뜯고 있자 조금 진정된 듯 키르가 설명했다. 자각하지 못했을 땐 몰랐지만 알고 나니 달라진 점이 확연히 와 닿았다.

앳되던 목소리가 조금 성숙한 목소리가 되었고, 앉아 있는 높이도 달랐다. 거울을 확인하지 못해 확실하진 않지만 느낌상 못해도 몸이 5년 치는 성장했을 것 같았다. 고작 일주일 사이에 말이다.

"이건……. 조금이 아닌데."

사람이 이렇게 갑자기 자란다는 게 말이 되나? 이거 위험한 거 아니야? 그런 두려움이 덜컥 들 만큼 엄청난 성장이었다. 혹시 몸에 이상이 생긴 건가?

'아니야. 지금이 정상이야.'

잠잠하던 불이 불쑥 튀어나와 걱정 말라는 듯 알려 줬다.

응? 이게 정상이라고? 물론 내가 비정상적으로 작다는 건 알고 있었다.

그렇다고 해도 며칠 사이 이 변화는 뭐야?

'그동안 네 힘이 발현되지 못해서 스스로를 보호하기 위해 억눌렀던 건데, 거기에 신체가 영향을 받아서 그래.'

결국, 그동안은 내가 힘을 인정하지 않아서 자라지 못했단 소리였다. 그리고 이젠 불을 인정했으니까 성장한 거고.

어쩐지 온몸의 뼈가 바스러지는 것처럼 아프더라니. 갑자기 신체를 늘리느라 그랬나 보다. 이거 이러다가 수수깡 뼈 된 거 아니야? 급격한 성장에 연약한 몸이 되었을까 봐 걱정이었다.

그래도 이렇게 갑자기 커?

'내가 깨어나서 힘과 신체의 균형이 틀어지기 시작했어. 불균형은 빨리 잡는 게 좋아. 조금 고통스러웠겠지만……'

불의 목소리가 마지막엔 살짝 줄어들었다. 그러니까, 원래는 천천히 성장할 수 있었지만 그럼 그만큼 불균형이 오래 가니까 급격한 변화를 택했구나.

그나저나 걱정이다. 내 이런 엄청난 성장을 주변에 뭐라고 설명해야 할지 모르겠다. 아버지와 키르는 당연히 내 편이니까 이해할 거다. 대공저 사람들 몇몇도 이해해 주겠지. 하지만 다른 사람은? 잘못하면 갑작스럽게 성장한 괴물로 보일지도 모른다.

내가 겁먹은 걸 알아챈 것처럼 키르가 내 양손을 잡아 왔다. 놀라 퍼뜩 고개를 들었다. 마주친 키르의 눈빛은 흔들림 없었다. 내 손을 꽉 쥐는 손은 단단했다.

"괜찮아, 아렌."

아까 울음을 터트리려던 소년 같은 키르는 없었다. 올곧게 나만 응시해서, 꼭 세상의 중심이 내가 된 것 같은 황홀한 느낌을 주는 눈빛이었다. 그러면서 키르는 괜찮다고 말했다.

"네가 어떤 모습이더라도 넌 너잖아."

내 걱정을 지워주는 말은 아니었다. 하지만 갑자기 내가 키르의 마음을 받아들일 수밖에 없다고 자각했을 때가 떠올랐다. 테라스에서 키르와 벨리타가 나눈 대화가.

내 외모 때문에 비난하는 소리 앞에서도 키르는 당당했다. 취향이 이상하다고 변태 아니냐고 의심하는 소리에서도 그는 나를 인정해 줬다. 어느 때나 나를 인정하는 사람이 눈앞에 있다. 이런 사람을 앞에 두고 타인의 시선을 신경 쓰는 짓을 할 필요가 있을까?

괜찮다고 하는 그의 목소리가 믿음직스러워 마음이 가벼워졌다. 사실 키르의 말은 그냥 위로일 뿐이다. 근본적인 해결책을 내놓은 것도 아니었다. 하지만 그냥 모든 걱정이 사라졌다. 난, 나를 좋아하는 사람만 날 믿어 주면 된다. 어차피 걱정한다고 뭐 바뀌는 것도 아니지 않은가.

"큰일이네."

내 너스레에 키르의 눈이 커졌다. 달라진 내 태도에 영문을 모르는 듯한 그에게 난 앙큼하게 말했다.

"작은 난 귀여웠는데, 이젠 커서 미인이 됐을 것 아니야. 인기가 하늘로 치솟으면 어떡하지?"

장난스럽게 이야기하자 키르가 얼굴을 풀며 픽 웃었다. 분명히 웃자고, 그냥 단순히 분위기 풀리라고 한 소리였다. 하지만 키르가 아무 말 없이 그게 뭐냐는 눈짓만 보였다. 여기서 침묵이라니!

난 눈을 동그랗게 뜨고 물었다.

"표정이 왜 그래? 나 안 예뻐? 난 크면 당연히 미인이 될 거라 믿었지!"

내 외침에 키르의 얼굴에 어이없다는 웃음이 떠올랐다. 키르의 작게 키득거리는 얼굴이 완전히 풀렸다. 뭐야? 왜 대답이 없어. 진짜인가? 웃는 키르와 달리 난 진지하게 심각해졌다. 분명히 처음엔 장난으로 한 말이었다. 하지만 키르가 예쁘단 말을 해 주지 않으니 갑자기 불안해졌다.

뻔뻔하게 말하긴 했지만 거울을 보지 못해서 내가 진짜 미인인지 아닌지 알 수 없었다. 그 상황에 침묵은 얼마나 무섭단 말인가!

내가 진심으로 경악하는 얼굴에 키르의 입가에 못 말린다는 미소가 걸렸다.

"아렌, 넌 예전에도 예뻤어."

키르의 진지한 목소리에 얼굴이 확 달아올랐다. 내가 예쁘다고 외치는 것과 남이 예쁘다고 말해주는 건 느낌이 달랐다. 부끄러워 죽겠는데 그게 끝이 아니라는 듯 키르가 덧붙였다.

"그리고 지금도 당연히 예쁘고."

맞다. 키르는 이런 낯간지러운 소리를 뻔뻔한 얼굴로 할 수 있는 인물이었지. 누가 꿀을 목구멍 속에 억지로 퍼 넣으면 이런 느낌 아닐까? 내 장까지 달달달 떨리며 너무 달아서 녹아내릴 것 같았다.

"내가 좀, 흠, 예쁘지."

괜히 이런 말을 했다. 어차피 키르를 당해내지 못할 게 뻔한데. 갑자기 얼굴이 뜨끈해져 손바닥으로 내 눈을 가렸다. 그러다가 조금 진정된 거 같아 키르를 힐끔 봤다. 하지만 곧 후다닥 눈을 내렸다. 키르는 눈으로 사랑스러워 죽겠다며 속삭이고 있었다.

정말 갑자기 왜 이런 분위기가 된 거야?

"왜, 왜 그렇게 봐."

"네 말이 맞아서. 큰일이다. 너무 예뻐서 남들이 쫓아다니면 어떡하지?"

그렇게 속삭이며 키르의 얼굴이 슬쩍 가까워졌다. 그가 무엇을 원하는지 신호를 읽었다. 아니, 이런 건 왜 이렇게 적나라하게 읽히냐고. 큼큼하고 마음의 준비를 하려던 나는 어떤 사실을 떠올렸다. 놀라서 속으로 강하게 외쳤다.

불아! 잠깐 자리를 비워! 저 멀리 가!

'응? 어디를 가라고?'

빨리! 빨리! 잠깐 어디 갔다 와!

불이 정말 자리를 비울 수 있는 건지 아닌지 모르겠지만 서서히 다가오는 키르의 얼굴을 보고 난 최대한 다급하게 외쳤다. 이대로라면 영혼의 쌍둥이가 은밀한 행위를 바로 옆에서 엿보고 있는 느낌이 들 것 같았다.

어느새 키르의 숨결이 느껴질 만큼 얼굴이 가까워졌다. 조심스럽지만 가쁜 호흡과 파르르 떨리는 속눈썹이 애처롭게 흔들렸다.

그렇게 키스해 주지 않으면 죽을 것 같다는 절절한 감정을 흘리는 키르를 거부할 수는 없었다. 하지만 옆에서 어린 아이가 말똥말똥하게 눈을 뜨고 보는 느낌이라 미칠 것 같았다. 곤란하다고! 이러다 정말 키스하는 걸 불에게 보여 주겠다. 난 질겁해서 속으로 외쳤다.

불아 어서! 빨리 어디든 갔다 와!

'……알았어.'

영문을 모르겠는지 불의 음성이 뚱했다. 그래도 내 요구를 들어준다고 해서 다행이었다.

불의 답이 끝나는 순간, 키르의 입술이 내 입술에 조심스럽게 닿았다. 불이 자리를 비웠는지 안 비웠는지는 확인할 정신이 없었다. 아니, 정확히는 신경쓸 겨를이 없었다. 살짝 가볍게 스치듯 닿은 입술을 떼어 내고 키르는 이마를 부딪쳐 왔다. 그 상태로 이어지는 작은 호흡.

"아프지 마."

키르의 숨결에서 아릿함이 번졌다. 내가 쓰러졌을 때의 놀람이 아직도 남아 있나 보다. 키르의 들끓는 감정이 너무나 커서 내 숨이 넘어갈 것 같았다.

잠시 이마를 대고 숨을 쉬던 키르가 다시금 입술을 부딪쳐 왔다. 내 입술이 사정없이 뭉개지던 처음보단 깊고 느릿한 움직임이었다.

그리고 그 다음엔 허겁지겁 파고들었다. 내 존재를 확인하는 것처럼, 그걸로 모자라 잡아먹어야 안도할 것 같다는 것처럼. 격한 움직임과 다르게 간절하고 애절한 입맞춤이었다.

키르의 애달던 감정이 전염되는 것 같아, 눈을 감고 받아들였다. 그렇게 키르는 자신의 불안함을 전부 털어 낼 때까지, 짙고 깊은 키스를 오래도록 했다.

"아버진?"

키르가 좀 진정된 듯하자 그를 밀어내며 질문을 했다. 그러고 보니 내가 눈을 떴을 때 아버지는 보이지 않고 키르만 있었던 게 의아했다. 키르 못지않게 내 곁을 떠나지 않을 분이라 생각했는데.

"허트만 단장은 황궁에 갔어."

"황궁에?"

내 얼굴에서 서운함이 묻어나왔는지 키르가 대신 변명을 해 주었다.

"서운해 하지 마. 밤마다 네 곁을 지키셨어. 이번 사건 정리한다고 아버지가 계속 황궁에 들락날락하시거든. 혹시 위험이 있을지 몰라서 허트만 단장이 아버지와 계속 동행 중이야."

"아직 정리가 된 게 아니야?"

물론 일주일이 아주 긴 시간은 아니었다. 그래도 사건의 주범이 죽어서 빨리 정리가 될 줄 알았는데.

"정확히 범인 색출은 완료되었어."

케이티 님과 현자의 서재 사람들 때문인지 말을 하는 키르의 표정은 조심스러웠다. 남은 사람들이 어떤 처벌을 받는지 물어 볼 수가 없었다. 메리의 마지막 모습이 너무 충격적이었기에 굳이 알고 싶지 않기도 했다. 그렇게 큰 죄를 지은 그들의 끝이 좋을 리는 절대 없으니까.

"상황은 마무리되었다고 볼 수 있는데, 새로운 황제 즉위식을 열어야 해서 정신이 없는 거야. 그런 일을 진행할 사람이 아버지밖에 남지 않았거든."

그러고 보니 황제뿐만 아니라 황족이 전부 죽었다고 했지? 그럼 다음 황제는 누가 되는 거지? 서, 설마?

"다음 황제가 내가 아는 사람은 아니지?"

묻는 내 음성에서 아니길 바라는 감정이 너무 절실히 느껴졌나 보다. 키르가 픽 웃음을 터트렸다.

"미안하게도 맞아. 제일런 황자가 계승 1순위지."

"……제국 망하는 거 아니야?"

지하 동굴 안에서 제일런 황자가 했던 꼴을 보아하니 그가 황제가 된다면 제국이 제대로 굴러갈 것 같지 않은데.

"인재를 잘 배치하면 되겠지."

"그렇게 희망적으로 생각하면 안 될 것 같은데."

내가 찜찜함이 남아 웅얼거리자, 키르는 딱히 반박의 말을 하지 않았다. 그리고 막 생각난 것처럼 내게 물었다.

"아렌, 거울 안 보고 싶어?"

그러고 보니! 달라진 나를 확인 안 했다!

"보고 싶어!"

난 벌떡 일어났다. 침대 아래로 내려가 걸으려는 순간 기묘한 위화감에 발이 엉켰다. 키르가 넘어지려는 나를 잡아챘다.

"조심해야지!"

넘어질 뻔한 나보다 키르가 더 놀란 표정을 했다.

"고마워."

"혹시 아직 몸 상태가 좋지 않은 거야?"

키르가 진지하게 물어 난 부끄러웠다. 몸 상태는 분명 가뿐했다. 단지, 갑자기 변한 내 신체에 적응하지 못하고 헛발질 한 거였다. 거리감이 달랐다.

"괜찮아. 나 진짜로 아프지 않아."

그렇게 말했음에도 마음이 놓이지 않는지 키르는 날 부축해 거울 앞에 데려다 주었다. 그리고 눈앞의 거울을 확인한 순간 난 숨을 급하게 들이 켰다. 낯설지 않은 구도였다. 예전에 키르에게 구두를 선물 받았을 때 분명히 비슷한 자세로 키르와 이렇게 거울을 봤었다.

그랬기에 달라진 내 모습이 더 확연하게 와닿았다. 그 높은 굽을 신었을 때와 비슷한 키 차이가 되었다. 게다가 통통하던 볼 살이 쏙 빠져 조금 더 갸름해진 얼굴은 전체적으로 변해 있었다. 키와 어울리는 성숙한 외모. 억지로 키만 늘린 것이 아닌, 전체적으로 달라진 모습이 어엿한 내 나이대의 외모로 보여 울컥 눈물이 치솟았다.

"왜? 너무 미인이라서 감동이야?"

키르가 울지 말라는 듯 장난스러운 목소리로 물었다. 그는 내가 외모에 얼마나 큰 콤플렉스가 있는지 알고 있었다. 그리고 그것 때문에 내가 그와 함께 하는 것에 얼마나 신경 쓰고 있는지도 알아챘을 거다. 그러니 내가 이 순간에 얼마나 감격하고 있는지 전부 알겠지.

"어. 너무 미인이다. 키르 진짜 걱정해야겠네."

참아서 눈물이 흐르진 않았어도 울먹이는 목소리가 나왔다.

"늘 걱정이야. 그러니까 아렌, 한눈팔면 안 돼."

키르가 속삭이며 뺨에 입을 맞췄다. 전처럼 크게 허리를 숙이지 않고 고개만 움직여 하는 입맞춤. 키르의 옆에 있는 여인이 그와 너무 잘 어울려서 안도감이 들었다.

27. 그 영애가 소꿉친구를 피하는 이유

　기절했다 깨어난 후 난 굉장히 평화로운 나날을 보냈다. 기절한 동안 저택 사람들에게 미리 설명을 해 놓았는지 내가 침실을 벗어나 사람들을 만났을 때 누구도 놀람을 드러내지 않았다.

　아니, 정확히는 '달라졌다더니 이 정도였어?' 하는 시선을 보냈지만 내 성장에 대해 따로 묻거나 하진 않았다. 다들 평소와 같이 대해 주니 난 부담 없이 지냈다.

　그런 나와 다르게 내가 앓았던 사실이 아버지와 키르에겐 엄청난 충격이었나 보다. 두 사람은 내가 바람 불면 날아갈까 걱정되는 사람처럼 싸고돌았다. 참고로 아버지와 대공, 키르에겐 불에 대해서 전부 설명했다.

　즉, 능력까지 생겼다고 알렸는데도 그들은 날 유리 세공품처럼 취급했다. 누가 공격하면 그 사람을 통구이로 만들 정도로 강한 힘을 가졌는데, 외출한다고 하면 화들짝 놀라는 아버지 때문에 난 대공저에만 머물러야 했다.

아버지가 안심할 수 있을 때까지 그 의견을 따라주고 싶기도 했고, 현자의 서재가 그렇게 된 마당에 내가 갈 수 있는 곳이 없어 그냥 집에만 있기로 했다.

참고로 하프테리 님은 무혐의 처리가 되었고 자택에서 휴식 중이라고 들어서 안도했다. 난 한가한 생활을 하며 이따금 불과 수다를 떨며 지냈다. 그러던 중 집사님이 찾아와 손님의 방문을 알렸다.

"누구라고요?"

나도 모르게 놀라 되물었다. 집사님은 담담하게 다시 알려줬다.

"클레어 세르비아 양과 벨리타 크리시아 양이 방문하셨습니다."

물론 클레어와 한 약속이 있으니 그녀의 방문 목적은 확실하게 안다. 하지만 벨리타와 함께 정상적인 방법으로 방문한 게 의외였다. 늘 불쑥 테라스를 통해서 등장했으니까. 그러지 말라고 벨리타가 말렸나?

"만나 볼게요."

나는 기다리는 집사님께 답하고 몸을 일으켰다. 클레어가 의도한 것은 아니었다고 해도 그녀에겐 큰 도움을 받았다. 몸 상태가 괜찮아졌을 때 진작 그녀를 만나서 제대로 고마움을 표현했어야 했는데. 저택에서 보살 핌을 받느라 미안하게도 클레어가 먼저 찾아오도록 만들어 버렸다.

그보다 걱정이네. 난 내 성장이 기뻤다. 괴물 취급하는 이상한 시선을 받을까 살짝 걱정되기도 하면서 반대로 세상에 소문내고 싶을 정도로 성장한 내가 마음에 들었다.

하지만 클레어에겐 아닐 거다. 그녀가 바란 건 작은 나였다. 살짝 변태 같아서 질리는 느낌도 있지만 그래도 덕분에 도움을 받았으니 보답을 해 주고 싶었다.

그날 약속한 대로 한 열 번쯤은 안겨 줄 생각이었는데. 기껏 마음먹은 게 소용없게 되어 버렸다. 클레어가 큰 나는 싫다면 어쩔 수 없는 거니까.

나는 이상하게 가벼운 발걸음으로 응접실로 향했다.

"어서 와요."

응접실 안으로 들어서자 보이는 두 사람에게 인사했다. 나를 발견한 두 사람의 반응은 극명하게 갈렸다. 그것도 조금 의외의 반응으로.

"진짜 내가 아는 사람 맞아?"

놀람을 금치 못하는 벨리타와.

"언니! 한동안 아프셨다고 들었어요. 이제 괜찮으세요?"

평소와 똑같이 꼬리라도 흔들 것 같은 모습의 클레어였다. 벨리타의 놀람은 예상했다. 하지만 난 클레어의 변치 않은 태도에 얼떨떨했다. 날 보고 실망해서 기운 없어 해야 하지 않나?

그런데 예전과 같은, 아니 더욱 짙은 호감을 드러내는 반짝이는 눈빛이라 부담스러웠다.

"네. 이제 괜찮아요. 제가 조금 달라졌죠?"

"조금이 아닌데…… 왜 이렇게 달라졌어요?"

순간 웃음이 터져 나올 뻔했다. 벨리타는 내가 키르에게 했던 말과 똑같은 말을 했다. 사실 조금이라고 하기엔 무서울 정도로 크긴 했다.

"그동안 크지 못한 거 앓으면서 한꺼번에 컸나 봐요."

"그러니까 그게 말이 되는 상황이냐고요."

"말이 안 되면 어떡하겠어요. 이렇게 결과가 나온 걸요."

거기다가 내가 성장해서 이젠 제 나이대로 보이니 함부로 대하기 힘든지 벨리타의 말투가 조심스럽게 변했다.

"언니 이제 아픈 곳 없으면 약속한 거 받아도 될까요?"

클레어가 이렇게 급한 일 없다는 듯 조급하게 물었다. 벌써 클레어의 눈은 흥분으로 초점이 흐렸다. 그러니까 벨리타의 태도도 이렇게 변했는데 클레어의 상태는 왜 저러냐고. 나를 움켜쥘 것처럼 허공에서 손가락까지 움찔거려 두려워졌다.

분명히 내 입으로 약속했고 고마워서 들어줄 생각이 있었지만 역시 저 상태는 무섭다.

"지금요?"

"약속했잖아요!"

내가 거절의 말이라도 한 것처럼 클레어가 버럭 외쳤다. 배신자를 보는 듯한 눈빛이었다.

"누가 안 된대요? 그냥 지금이냐고 물었죠!"

"네! 지금이요!"

클레어의 눈동자가 더욱 무시무시하게 불타서 꼭 시한폭탄을 앞에 둔 기분이라 나도 모르게 다급하게 허락했다.

"어. 그래요."

"언니!"

벼락 같이 외친 클레어가 몸을 날리듯 다가와 나를 안았다. 이젠 예전처럼 클레어의 품에 폭 안기는 느낌은 아니었다. 그래서 더 껄끄러웠다.

하지만 그런 나와 달리 클레어는 아랑곳 않고 기쁨을 만끽하는 중인지 뺨까지 맞대 왔다. 통통하지 않은 내 뺨이 쭉 밀려올라갈 정도로 밀접한 접촉이었다.

클레어는 작고 귀여운 외모에 환장하는 거 아니었나? 이게 도대체 무슨 상황이래? 어린애 모습도 아닌데 나한테 왜 집착하는 거야! 뺨을 맞대고 서 있는 이 자세가 정상이냐고!

안긴 거야 어쩔 수 없다고 쳐도 부담스러울 정도로 문대고 있는 뺨이라도 떼고 싶었다. 나는 본능적으로 허리를 뒤로 뺐다. 하지만 클레어는 끈질기게 따라 붙었다.

내 허리가 반쯤 휘었어도 클레어의 뺨은 내 볼에 붙어 있었다. 난 더욱 발버둥 쳤다. 하지만 파리 끈끈이에 걸린 파리처럼 클레어에게서 벗어날 수 없었다.

그때 벨리타와 눈이 마주쳤다. 난 다급하게 '얘 왜 이래? 얼른 말려!'라는 열렬한 시선을 던졌다. 벨리타가 곤혹스럽고 이상한 표정으로 클레어를 봤다. 이 상황이 그녀도 의아한 듯 보였다.

벨리타도 모를 정도면 돌발 행동이란 건데, 도대체 왜 이러는 거야? 작고 귀여운 사람 좋아한다면서!

더는 못 버틸 것 같아 나는 클레어를 밀어냈다.

"이제 그만 해요."

무슨 힘이 그렇게 좋은지 꿈쩍도 안 했다.

"조금만 더요."

클레어는 떨어질 생각이 없어 보였다. 오히려 맞닿은 뺨을 비비며 더욱 나를 꼭 안았다. 귓가에서 클레어의 거친 숨결이 느껴졌다.

그녀는 내게서 어떤 향기를 느끼고 그걸 코로 훔치려는 것처럼 숨을 격하게 들이쉬었다가 내쉬길 반복했다. 마치 변태의 하악하악거리는 숨소리처럼 말이다.

으악! 제발 그만하라고! 이건 안는 수준이 아니잖아! 키르도 이런 행동은 안 해!

'위험한 상황이야?'

내 질겁하는 마음이 불에게도 전해졌나 보다. 불이 의아한 목소리로 속삭였다. 물론 내 본능은 격하게 위험한 상황이라고 경고하지만, 사실 기분이 찜찜할 뿐이지 신체적 피해는 없었다.

여기서 불이 나서면 괜히 일이 커진다. 클레어가 다쳐도 문제고 그녀가 불의 공격을 막아서 싸움이 커지면 그건 그거대로 엄청난 일이다.

게다가 이 포옹은 처음부터 내가 클레어에게 약속한 부분이었다. 내가 불쾌하다고 클레어를 공격할 순 없다. 차라리 기절하고 싶단 마음으로 불을 달랬다.

아니야, 괜찮아. 조금 격해서 그렇지 공격당하는 거 아니야.

'넌 굉장히 좋아하는 것처럼 보여. 그런데 넌 싫은가 봐?'

불이 느끼기에도 클레어가 날 격하게 좋아하는 게 보이나 보다. 누가 날 격하게 좋아한다는 데 왜 이렇게 오싹할까. 이런 내 마음에 반응해 불이 멋대로 공격할까 봐 나는 불에게 애써 침착하게 경고했다.

그냥 부담스러워서 그래. 그러니까 절대 함부로 공격하면 안 돼.

'알았어! 도움이 필요하면 말해!'

불이 다시 잠잠해졌다. 큰일이 없을 거라 안도감은 느껴지는데, 이 상황은 도저히 못 견디겠다.

"클레어, 그만해."

내가 질색하며 클레어에게 소리치기 직전이 되어서야 벨리타가 내게 도움의 손길을 주었다.

"싫어. 더 이러고 있을 거야."

당연하게도 클레어에게서 나온 답은 거부였다. 하지만 벨리타는 클레어를 다루는데 선수였다.

"그러다가 다신 안기지 않겠단 소리라도 할 표정인데. 아직 아홉 번 남았다면서. 그 기회를 날릴 생각이야?"

말이 끝나기 무섭게 클레어가 뒤로 물러났다.

"저 손 뗐어요!"

그걸로 모자라 양 손바닥을 나를 향해 들어 보인 채 손을 뗐다고 확인시켜 줬다. 나는 후다닥 뒤로 물러서서 클레어와 거리를 벌렸다.

클레어가 간절한 얼굴로 나를 응시했다. 약속은 꼭 지켜야 해요! 라는 표정이었다. 아무래도 내가 남은 아홉 번을 허락하지 않겠다고 할까 봐 걱정인 모양이었다.

"우선……. 앉아요."

차마 다신 건들지 마요! 라고 외치지 못했다. 나와 키르의 생명 값이 그렇게 싼 것은 아니었으니까.

하지만 이걸 아홉 번이나 더 겪어야 하다니……. 그냥 모른 척할까?

클레어는 내 갈등을 알아챘는지 선생님 말씀 잘 듣는 유치원생처럼 굴었다. 얼른 소파에 가서 앉아 반짝반짝한 눈빛으로 응시했다. 다만, 그게 순진한 아이의 눈빛이라기보다 흡사 배부른 짐승처럼 만족스러운 얼굴이었다는 게 문제였지만.

저런 사람을 상대하면 어쩐지 내가 이상한 사람이 되는 느낌이다. 허무함이 찾아오며 급격히 피로해졌다.

"벨리타도 앉아요."

그렇게 권하고 나도 자리에 앉았다.

"클레어는 작고 귀여운 사람을 좋아하는 거 아니었어요?"

난 클레어가 앞에 있음에도 벨리타에게 대놓고 물어봤다. 벨리타가 클레어를 흘긋 보고 답했다.

"저도 이런 경우는 처음이라 잘 모르겠어요."

"잘 모르다니요?"

클레어가 이러는게 동기들에게 소문날 정도라면서 왜 잘 몰라?

"보통 클레어가 감정을 드러낸 상대들은 금방 도망가거든요. 성인이 된 모습을 본 적이 없죠."

하긴, 클레어의 반응을 보고 그냥 있는 게 이상한 거지. 아무리 아이라도 저 정도 광기어린 집착엔 이상함을 느낄 거다. 아이는 당연히 부모에게 말할 테고, 그 부모가 클레어가 자신의 아이에게 하는 꼴을 본다면? 제대로 된 부모라면 무슨 수를 써서라도 아이를 빼돌릴 거다.

하지만 아무리 그래도 상대가 죄다 도망가게 만들었다니. 어이가 없어서 클레어를 바라봤지만 그녀는 자신과 상관없다는 듯한 태도로 앉아 있었다. 그저 반짝이는 눈동자로 내게 호의의 기운만 내보였다. 알면 알수록 어려운 사람이다.

클레어는 어린 시절 키르와 동류다. 정의해선 안 되는 존재. 그냥, 난 클레어의 집착에서 벗어날 수 없나 보다. 그래도 설마 평생 이러진 않겠지? 긍정적으로 생각하고 싶어도 불길한 느낌에 갑자기 머리가 아팠다.

"그럼, 벨리타는 무슨 일로 절 찾아왔어요?"

더 생각했다간 내 머리가 먼저 터질 것 같아 난 주의를 벨리타에게 돌렸다. 내 직설적인 질문에 벨리타가 살짝 눈을 크게 떴다. 금방 표정을 수습했지만 놀란 것 같았다. 왜 놀라지? 그녀가 이유 없이 날 찾아왔다고 생각하는 게 더 이상한 거 아닌가?

"사실 부탁을 받고 왔어요."

의문을 떠올리는 사이 벨리타가 순순히 목적이 있음을 밝혔다.

"누구의 부탁인가요?"

대답 대신 벨리타는 품을 뒤져 무언가를 꺼냈다. 고급스러운 편지 봉투였다. 그걸 건네는 벨리타의 손길이 정중했다. 내가 받아들고 의문어린 시선만 보냈더니 지금 읽어 보라고 눈짓을 했다.

거 참, 누구길래 이러지? 싶어서 봉투를 열어 내용물을 확인했다. 뜻밖이라고 해야 하나, 당연하다고 해야 하나.

"직접 건네받았나요?"

난 서신을 보낸 사람이 누구인지 아냐고 돌려 물었다.

"네. 직접 부탁하셨어요."

다시 서신을 천천히 다시 접으며 생각을 정리했다. 벨리타는 가만히 나를 관찰하듯 바라봤다. 봉투 안에 서신을 다 넣은 나는 조용히 입을 열었다.

"알겠어요. 내일 방문한다고 전해 주세요."

내가 받은 건 한 장의 초대장이었다. 바로, 제일런 황자가 보낸 초대였다.

* * *

"……영애?"

날 발견한 제일런 황자가 황망한 시선을 숨기지 못하고 불렀다. 달라진 내 외모를 눈으로 보고도 믿을 수 없는지 불쾌할 정도로 노골적으로 나를 살폈다. 그래, 이게 정상적인 반응이지.

"네. 오랜만에 뵙습니다. 초대해 주셔서 감사합니다."

난 정중하게 허리를 숙여 인사했다. 워낙 하찮은 모습을 보았기 때문에 별로 예의를 차리고 싶지 않은 인물이지만 지금은 내 멋대로 굴 수가 없었다. 제일런 황자의 뒤에는 주렁주렁 기사와 시종들이 매달리듯 달려 있었다.

이렇게 보니 확실히 상황이 많이 변했음을 실감했다. 전에 연쇄 살인을 조사할 때보다 경비가 더 삼엄한 것 같았다. 내 존재가 믿기지 않는다는 듯 실성한 사람처럼 계속 헛웃음을 흘리던 제일런 황자가 손짓했다.

"우선 이쪽으로 앉지."

보는 사람이 많아서 그런지, 아니면 차기 황제가 될 준비를 해서 그런지 제법 근엄한 모습이었다. 난 제일런 황자가 권하는 자리에 얌전히 앉았다. 시종이 다가와 간단한 쿠키를 내려놓고 차를 따라 주었다. 마실 것이 준비되자 제일런 황자가 주변을 향해 명령했다.

"손님과 단 둘이 할 말이 있으니 다들 물러나도록."

시종과 호위기사 누구도 토 달거나 반문하지 않고 모두들 밖으로 나갔다. 웃기는 상황이네. 제일런 황자는 문이 닫히는 소리가 들리고 나서야 크게 한숨을 쉬며 무너지듯 자세를 흐트러뜨렸다.

"이건 보호가 아니라 감시야. 안 따라다니는 곳이 없어 피곤하네……."

역시, 사람은 하루아침에 안 변한다. 칭얼거리는 모습이 내가 아는 제일런 황자였다. 그런 황자를 의식하지 않은 채 나는 차를 한 모금 마셨다. 그래도 차기 황제의 손님이라고 고급차를 내 왔는지 향기롭다.

이런 어색한 티타임은 어릴 때 질리게 해 봤다. 난 여유롭게 지금을 즐겼다. 풀어진 자세로 한참을 뒤척이던 제일런 황자가 휴식을 다 취했는지 몸을 벌떡 일으켰다.

"도대체 무슨 일이 있었던 거야? 어떻게 이렇게 달라지지?"

자세한 설명을 할 필요는 없다고 생각하지만 제일런 황자는 내가 정령의 힘을 자각한 걸 아는 사람이었다.

"힘을 뒤늦게 자각해서 그런가 봐요. 일주일 앓고 났더니 이렇게 변했어요."

"아⋯⋯. 그 힘 탓이군."

정령의 힘은 널리 알려진 힘이 아니었다. 제일런 황자가 잠시 인상을 찌푸리고 생각에 빠졌다. 사연을 아니 구구절절 변명하지 않아도 돼서 편하긴 했다. 내가 막 쿠키를 하나 집어 먹을 때였다.

"그 뒤로 또 힘 써 봤어? 힘쓰는데 이상은 없어?"

갑자기 제일런 황자가 의미심장한 질문을 했다.

"그날 이후로 한 번도 발현한 적 없어서 모르겠어요. 혹시 힘을 쓰면 이상이 있는 건가요?"

원래 강한 힘은 도리어 화가 된다고 하지 않는가. 난 불의 힘을 재능이란 이유로 너무 순순히 얻은 것 같단 생각을 하고 있었다. 그런 찰나에 황자의 질문을 들으니 찝찝했다. 황제가 정령의 힘을 경계한 만큼 일반적으로 알려지지 않은 다른 어떤 정보가 황가엔 있을지도 몰랐다.

"혹시 힘을 써서 그런 거 아니야?"

"네?"

잠시 다른 생각하느라 제일런 황자의 말을 듣지 못했다. 그러자 황자는 심각한 표정으로 말했다.

"감당할 수 없는 힘을 써서 갑자기 신체에 이상이 온 거 아니냐고."

"설마, 정령의 힘을 사용하는 대가로 생명력을 소진한다고 보는 건가요?"

제일런 황자가 잔뜩 굳은 얼굴로 고개를 끄덕였다. 그러네. 이렇게 큰 힘을 주는데 대가를 받아갈 수도 있겠네. 불이 워낙 호의적이라 그쪽으론 생각해 보지 않았다.

'대가 안 받아가!'

듣고 있던 불이 발끈해서 외쳤다.

정말?

'그래! 세상에서 제일 순수한 힘이 정령의 힘이라고! 정령이 대가를 바란다니! 네가 갑자기 이런 성을 통째로 불태우겠다고 하지 않는 이상 네가 입을 피해는 없어!'

와, 정령은 아낌없이 퍼 주나 보다. 그런데 성 하나를 불태울 정도면 어느 정도의 화력인 거야? 내가 대단한 거야? 불이 대단한 거야? 기가 막혀 어떤 말도 하지 못했다.

"그 힘, 조심해야 하는 거 아니야?"

제일런 황자 딴엔 걱정되어 하는 말일 거다. 그는 불에게 의지가 있으며 나와 대화가 가능하다는 걸 알지 못하니 오해할 수밖에 없었다.

'아니야! 난 안 조심해도 돼! 쟤 뭐라는 거야!'

불이 어린애처럼 발끈해 내 머릿속에서 쿵쾅거렸다. 화가 났다는 걸 알아봐 달라고 티를 냈다.

악의를 갖고 하는 말이 아니야. 잘 몰라서 그래. 그러니까 착한 네가 참아.

난 화내지 말라고 불을 달랜 후 제일런 황자에게 설명했다.

"그건 아니에요. 불을 쓸 때 힘이 빠져나간다는 느낌은 없어요. 그냥 그동안 힘이 억눌렸던 만큼 신체의 성장도 억눌렸던 것 같아요."

"……영애가 그렇다면 그런 거겠지."

제일런 황자는 미심쩍음이 남지만 내 말을 믿겠다는 태도였다. 나 역시 굳이 불에 대해 설명하고 싶지 않아 더 말하지 않았다. 내가 입을 다물자 우리 사이에 어색한 침묵이 감돌았다.

"영애는 내가 왜 불렀는지 궁금하지 않아?"

"무슨 일로 부르셨어요?"

내 태도에 성의가 없었나 보다. 제일런 황자가 기가 막힌다는 표정으로 팔짱을 끼고 날 노려봤다.

사실, 난 제일런 황자가 내 비밀을 알지 않았다면 이 자리에 참석하지 않았을 거다. 그리고 예감이지만 어쩐지 날 부른 이유가 썩 유익한 내용은 아닐 것 같았다.

제일런 황자의 눈빛을 받고도 내가 눈 하나 까딱하지 않자 그는 깊은 한숨을 쉬었다. 그리고 충격적인 제안을 했다.

"영애, 나와 결혼할래?"

순간 헛소리가 들린 것 같았다.

"뭐라고 하셨어요?"

귓구멍을 후비고 싶은 걸 참고 물었다. 못 들어서가 아니라, 내가 들은 내용이 아니길 바라서 한 질문이었다.

"영애에게 청혼했어. 나와 결혼할 생각 없어?"

키르한테도 못 받은 청혼을 황자한테 받을 건 뭐야? 그런 생각에 내 마음은 더 뚱했다. 피로한 얼굴로 다시금 제안하는 제일런 황자에게서 장난스러운 기운은 엿보이지 않았다. 그의 청혼은 진지해 보였다. 하지만 날 보는 황자의 눈은 사랑에 빠진 남자의 눈빛이 아니었다.

절절하게 내가 좋아 죽겠다는 남자의 눈을 매일 보다 보니 알고 싶지 않아도 알게 된다. 이게 사랑스러운 이를 바라보는 표정인지, 아닌지. 그럼, 내게 무례한 행동을 했다는 건데.

"혹시…… 또 제게 뺨 맞고 싶으세요?"

오랜만에 신들린 내 손바닥 맛을 보고 싶어서 이런 헛소리를 하는 건 아닐까 의심이 되어 물었다. 그러자 제일런 황자가 헛웃음을 터트렸다.

"영애, 은근히 사람 때리는 거 좋아하나 봐? 그것도 뺨을?"

"황자님이야말로 은근히 맞고 싶으신가 봐요? 그것도 뺨을?"

말이 되는 소리를 해야지 말로 받아 주지, 하는 표정을 보였더니 제일런 황자가 씁쓸한 미소를 지었다.

"맞는 건 사양할게."

"그럼, 저도 청혼 받은 거 사양할게요."

황자의 가벼운 거절에 나 역시 가벼운 거절로 답했다.

"참 간단한 대답이네."

"어려울 필요 있는 대답인가요?"

제일런 황자가 복잡한 시선을 던졌다.

"나, 곧 황제가 돼."

"들었어요."

"들었는데 태도가 그래?"

도대체 하고 싶은 말이 뭐라서 이러는지 모르겠다. 말장난을 계속하고 싶지 않았다. 난 어디 설명해 보라는 눈길을 던지는 예의를 발휘했다. 물론, 내 기준의 예의였기에 제일런 황자가 깊은 한숨을 내쉬었다.

"난 황제감이 아니야."

나도 모르게 숨을 멈췄다. 제일런 황자의 눈빛은 진솔했다. 나를 떠보려는 것이 아닌, 그가 느끼는 그대로를 말하는 거였다.

"……스스로를 잘 알아서 다행이네요."

"……영애 성격이 좀 변한 것 같아."

아차, 너무 절절히 생각하고 있었던 일이라 나도 모르게 인정하는 말을 하고 말았다. 그래도 대놓고 말을 한 건 잘못이라 미안한 표정을 지었다. 날 탓할 생각은 없는지 제일런 황자가 자조어린 얼굴을 했다.

"내가 황제의 자식들 중 유일한 사생아란 건 아나?"

난 작게 고개를 끄덕여 안다고 시인했다.

"나 같은 존재는 주는 것만 받아야지 욕심을 내선 안 돼. 무언갈 갖겠단 생각을 해서도 안 되지. 내가 의욕과 가능성을 보이는 순간 물어뜯는 정도가 아니라 갈가리 찢어 버릴 사람들이었지."

물론 나 역시 제일런 황자가 순탄치 않은 생활을 해 왔을 건 안다.

황자면서 계속 저잣거리를 돌아다닌 점, 목숨이 위급한 순간에도 소극적인 점 등만 봐도 알 수 있었다. 난 계속 고개만 끄덕여 그의 말을 듣고 있음을 알렸다.

"그래서 난 제왕학은 하나도 배우지 못했어. 어떤 특출한 재능이 있다고 하면 제거당할까 봐 그 무엇에도 관심도 갖지 않았지. 그런 내가 황제가 되어서 무엇해. 제대로 제국을 다스릴 수 있겠어? 뭐 특별히 잘하는 것이라도 있으면 몰라. 내게 있는 건 선대 황제의 핏줄이란 허울뿐이야."

과분한 자리에 부담감을 느끼는 건가? 그래도 제일런 황자가 스스로를 알 정도는 되어서 다행이었다. 정말 멍청한 자는 권력에 취해서 나라를 말아 먹을 테니까 말이다.

하지만 안타깝게도 다른 사람에게 황제 자리를 넘기란 소리를 할 수도 없었다. 데이브 님이 말했던 것처럼 제일런 황자의 형제는 다 죽었다. 그리고 그들은 자식을 낳지 않아 조카도 없었다. 즉, 제일런 황자가 선황제의 피를 이은 유일한 자였다.

"귀족들은 내게 자격이 없다는 걸 다 알지. 어리석은 황제를 귀족들이 따르겠어?"

대공이 나서서 제일런 황자를 황제로 추대하기 위해 노력중이다. 대공이 나서면 그를 따르는 귀족들도 나설 것이고. 그렇게 도와주는 사람이 있는데?

"라인폰트 대공이 있잖아요."

내가 그의 이름을 꺼낼 줄 알았다는 것처럼 제일런 황자의 입가엔 비웃음 비슷한 게 걸렸다.

"할 줄 아는 게 아무것도 없는 황자와 이미 공국을 훌륭하게 다스리고 있는 그들이 따르는 방계 황족. 누가 더 매력적으로 보일까?"

제일런 황자의 투덜거림이라고 생각해 살짝 멍했던 정신이 번쩍 들었다.

"지금 대공이 다음 황제가 될 수도 있단 소리인가요?"

"다른 귀족들이 요구하고 있지."

제일런 황자의 싸늘한 말투에 이상하게 갑갑해졌다.

애초부터 대공이나 키르가 황제가 될 가능성이 있다는 걸 알고 있었다. 그들 역시 방계긴 하지만 황족이니까.

하지만 어째서 이런 기분인지 모르겠다. 막상 그가 황제가 될지도 모른다는 소리를 들으니 좋은 쪽이라기보다 부정적인 마음이 컸다. 그리고 내게 이런 말을 꺼내는 제일런 황자를 이해할 수 없었다.

"황제가 되고 싶으신 건가요? 아닌 건가요?"

처음 황자가 스스로의 능력이 부족하다고 말했을 땐, 도망가고 싶은 것처럼 느껴졌다. 그리고 나는 그를 도와줄 수 없으니 모른 척했을 뿐이다.

하지만 지금은? 황자는 대공이 다음 황제로 거론되는 게 불편한 것처럼 말했다. 황제는 되기 싫지만 그렇다고 대공이 황제가 되는 것도 싫다는 건가? 내가 갖긴 부담스럽고 남 주기 싫단 거야?

"황제가 되고 싶다는 간절한 생각은 없어. 차라리 대공이 황제가 되는 게 제국에 더 나을 거라고 생각해."

이런 상황에서 제일런 황자가 제국을 먼저 생각하는 사람이란 점에 기분이 묘했다.

"그런데 표정이 왜 그러세요? 뭐가 문제인가요?"

"공국으로 만족한다고 대공이 황제 자리를 거절하더군."

"그, 그러셨어요?"

할 말이 정말 없어지는 말이었다.

"본인이 싫다는데 어쩌겠어. 억지로 시킬 수도 없는 노릇이잖아?"

제일런 황자의 목소리가 허무했다.

거참 복잡했다. 그러니까 대공을 따르는 귀족들에겐 고작 핏줄이 조금 더 진하다는 이유로 능력도 없는 어쭙잖은 존재가 마땅히 대공이 가져야 할 자리를 차지하려는 것처럼 보이는 거다.

결국, 제일런 황자는 중간에서 또 눈칫밥 먹는 상황이겠네. 제일런 황자의 마음도 이해가 갔다. 하지만 그렇다고 대공에게 억지로 황제 위를 떠넘길 수 있는 건 아니니 기분이 참 묘했다.

"그래서 영애에게 청혼한 거야."

아, 이제 이해가 된다.

"제 능력의 이름값을 이용할 생각이었군요."

아직도 이 나라에선 정령의 힘은 신의 현신이란 미신이 남아 있다. 황후가 정령의 힘을 쓴다고 하면 귀족들은 몰라도 평민들에겐 절대적인 지지를 받게 된다.

"미안하지만 맞아. 정령의 힘을 가진 황후를 둔 황제. 그런 허울이라도 필요했어."

제일런 황자는 순순히 날 이용하려 했음을 인정했다. 제일런 황자는 나와 키르의 사이를 알았다. 그럼에도 이런 이야기를 꺼냈다는 건, 다른 걸 노린다는 걸까? 아니면 키르와 척을 져도 상관이 없다는 걸까?

"이런 이야기 키르가 들으면 화낼 것 같은데요."

"알아. 그래도 어쩔 수 없지."

진짜 키르와 적이 되겠단 소리인가?

제일런 황자가 왜 벨리타를 통해 내게 연락했는지 알 수 있었다. 키르를 통해 날 먼저 초대하려 했지만 이미 거절당했겠지. 그가 이런 상황을 모를 리 없으니 연락을 차단했을 거다. 벨리타는 권력을 따르는 사람이라 차기 황제의 부탁을 거절하지 못해 초대장을 전달한 거고.

사람들이 뭘 이렇게 복잡하게 사는지 모르겠다. 제국의 수도면 더 큰 세상이라 더욱 큰 배움을 얻고 좋을 줄 알았는데, 그냥 복잡하기만 해서 살기 힘들 뿐이다. 갑자기 다 정리하고 공국으로 돌아가고 싶어졌다. 공국에선 평화로운 나날이었으니까.

"조금 불쾌하네요."

이런 무례한 제안을 할 줄은 몰랐다, 라는 눈치를 제일런 황자에게 주었다.

"영애에게도 나쁘지 않은 제안 아닐 거라고 생각해. 어쨌든 황후자리잖아. 영애가 원하는 것은 뭐든 할 수 있도록 약속하지."

정말로 간절하게 내 도움이 필요한가 보다. 내가 뭘 부탁할 줄 알고 그렇게 덥석 엄청난 권한을 약속하니. 하지만 내가 아무리 속물적인 성격이라고 해도 그런 것 때문에 얼렁뚱땅 결혼할 생각은 없었다.

"거절할게요. 몇 번을 권하셔도 제 생각은 달라지지 않을 겁니다."

다시 설득할 것처럼 입을 여는 제일런 황자를 보고 재빨리 뒷말을 덧붙였다. 그러자 제일런 황자는 입을 다물었다. 나를 응시하는 눈빛이 심오했다. 뭐야, 설마 내가 계산적이라서 저런 제안을 덥석 받아들일 거라고 믿은 건가?

"그럼, 다른 제안을 하지."

또 무슨 엉뚱한 제안을 하려고? 라는 의미로 절로 내 눈썹이 불만스럽게 올라갔다.

"영애, 황제가 될래?"

"미쳤어요?"

하다하다 떠넘길 사람이 없으니 내게 떠넘기기냐? 나도 모르게 펄쩍 뛰며 외쳤다. 하지만 제일런 황자는 자신이 꺼낸 즉흥적인 제안이 만족스럽다는 듯 킬킬 웃었다.

"생각난 대로 내뱉은 건데 꽤 획기적인 생각 같아. 영애도 현자의 서재에서 공부했을 정도면 꽤 똑똑할 거고. 정령사라 평민들의 지지는 확실하고. 라인폰트 대공자가 영애를 든든하게 받쳐 주겠지. 생각보다 꽤 제대로 굴러갈 것 같지 않아?"

스스로 떠올린 생각에 진심으로 감탄하며 즐거워하고 있는 걸 보면 처음부터 계획했던 일은 아닌 것 같았다. 하지만 들으면 들을수록 내 생각은 하나뿐이다. 저 인간이 부담감에 미쳤나 보다.

"말도 안 되는 소리 하지 마세요."

멀리서 보면 대단할 것 같지만 황제라는 자리가 만만한 자리가 아니다. 실상은 힘들기만 하겠지. 그런 일을 왜 내가 나서서 한단 말인가. 줘도 안 할 거다. 내가 정색하고 말하자 제일런 황자가 키득 대던 걸 멈췄다.

"미안해. 그냥 복잡해서 그랬어."

그러고 제 머리를 감싸며 자조적인 한숨을 흘렸다. 세상 모든 근심을 혼자 끌어안은 사람처럼 제일런 황자는 굉장히 피로해 보였다. 나서고 싶지 않은데 한마디 하게 만든다.

"황제 자리는 황자님이 갖되, 인재나 잘 배치해요."

제일런 황자가 시선을 마주쳐 왔다. 무슨 소리냐고 묻는 것 같았다.

"부족하다는 걸 안다는 건, 그걸 채울 수 있다는 소리기도 해요. 막 생긴 국가도 아니고 이미 체계가 잡힌 상태잖아요. 황제의 능력이 부족하다고 당장 문제가 생기지 않을 겁니다. 도와줄 만한 사람을 재상으로 내세워 처음엔 도움을 받고, 그동안 공부해서 자리 잡으세요. 믿을 만한 사람이 재상이 되면 귀족들의 반박도 조금은 줄어들 겁니다. 세상에 날로 먹을 수 있는 게 뭐가 있겠어요?"

사실 여기에도 좀 복잡한 사연이 있는 게 하필 선대 황제가 죽을 때, 꽤 고위층인 귀족이 함께 있다 같이 죽임을 당했다. 그 중 재상도 있었고, 그래서 지금 대공이 더 정신없이 일하는 중이었다. 업무 처리할 최종 결정권자가 없어서 말이다.

"하지만 믿을 만한 사람이 없는 걸……."

제일런 황자가 작게 중얼거렸다. 국가적인 업무를 처리할 능력이 있을 것, 귀족에게 휘둘리지 않을 믿을 만한 사람일 것. 저 두 가지가 충족되는 인물이 필수적으로 필요한 상황이었다.

그런 사람을 한 명도 모르다니. 속 터진다, 진짜. 이 남자 뭐 하고 살았는지 모르겠다. 과연 나중에 잘될 지도 모르겠고.

나는 황자를 향해 손짓했다. 그러자 내 손짓에 제일런 황자가 고개를 숙여 왔다. 난 그의 귀에 대고 어느 인물의 이름을 속삭였다.

"……어때요?"

"그 사람을?"

내 추천이 의외인지 제일런 황자가 눈을 동그랗게 뜨고 바라봤다.

"어차피 지금 위치도 애매하고, 본인도 일하는 것에 의욕이 있으니 잘 거래하면 될 겁니다."

내가 추천한 사람은 제일런 황자에게 필요한 조건으론 딱 맞을 것 같았다.

"하지만 그 사람을 선택하는 건……."

"네. 파격적인 인사가 되겠죠. 하지만 그래서 더 좋을지 몰라요. 그 사람은 자신의 것을 얻기 위해 싸울 준비가 되었고, 그건 귀족들의 시선을 그쪽으로 분산시켜 주죠. 황자님에겐 좋을 겁니다."

내 말이 꽤 설득력 있게 들렸는지 제일런 황자의 눈동자에 희망이 깃들었다. 나도 즉흥적으로 떠올린 거지만 여러모로 두 사람 모두에게 좋은 일 같았다. 제일런 황자의 표정에 한결 가벼운 감정이 떠올랐다.

"역시, 대단해. 영애는 알면 알수록 놀라운 것 같아."

"절 대단하게 생각하셨어요?"

제일런 황자의 반응이 웃겨 되물었더니 그는 웃어 보일 뿐이었다. '내가 대단해 보인다면 네가 너무 무능력해서 그래'라는 말을 차마 할 수 없어 나도 허허 웃어 보일 수밖에 없었다.

"아무래도 영애랑 결혼하는 게 맞는 것 같아. 진짜 황후가 될 생각 없어?"

제일런 황자가 고민이 사라져서 그런지 이번엔 농담을 했다. 아까완 다른 장난스러운 어조였다.

내가 반응을 하기 전 문이 벌컥 열렸다. 황자의 명으로 갖는 밀회를 허락도 없이 방해한 인물이라니 누구지. 놀라 고개를 돌렸던 나는 거기 서 있는 인물을 보고 더 놀랐다.

"지금 무슨 헛소리를 하십니까?"

방금 제일런 황자가 한 농담을 들은 듯, 무시무시한 얼굴을 한 키르가 서 있었다.

"자, 자네가 왜 여기 있나?"

말을 할 거면 제대로 당당하게 하던가. 저렇게 말하면 뭔가 찔리는 게 있다고 티내는 거나 마찬가지잖아. 아니나 다를까, 덜컥 놀라며 죄지은 얼굴을 하는 제일런 황자를 본 키르는 방금 대화에 확신을 가진 듯 표정 이 더욱 굳었다.

"방금 무슨 말씀을 하신 겁니까?"

그걸 본 제일런 황자가 더욱 움츠렸다. 분위기의 흐름이란 게 있다. 분 명히 난 아무 것도 잘못한 게 없는데. 제일런 황자가 저러니 괜히 나까지 공범이 된 느낌이다.

그래도 이성은 남았는지 키르가 성큼 들어서며 문을 닫았다.

쾅!

아닌가 보다. 문이 닫히는 소리가 불경하다고 표현하기 부족할 정도로 컸다. 저러면 안 되는데. 키르가 이쪽으로 다가왔다. 그는 분명히 소리 없이 걷고 있었다. 하지만 어두운 밤 복도에 울리는 무거운 발걸음 소리 처럼 효과음이 들려오는 것 같았다.

"제가 오해하지 않도록 설명을 듣고 싶습니다만."

거리를 좁히며 키르가 건네는 말에 제일런 황자의 얼굴이 사색이 되었 다. 그는 살겠다고 내 쪽으로 몸을 움직여 왔다. 그리고 그게 키르의 기 분을 더 불쾌하게 만든 게 틀림없었다. 다가오는 속도가 빨라져 그는 순 식간에 우리 앞에 섰다.

와 씨, 공포영화 보는 기분이야. 키르가 내게 화를 내지 않았음에도 내 심장이 미친 듯이 뛸 정도로 무서운 모습이었다. 옆에 있는 내가 이런데, 그 기운을 정면으로 받는 당사자는 어떻겠는가.

"음, 그러니까, 영애가 굉장히 대단한 재원이라고. 계속 황궁에 머물렀으면 해서……."

"계속 황궁에 머물렀으면 해서?"

무엄하게도 키르가 제일런 황자의 말을 끊었다. 역시나 이번에도 말투에서부터 제일런 황자의 변명이 마음에 들지 않는 기색이 고스란히 드러났다. 제일런 황자가 눈알을 굴려 내게 도움을 청했지만 난 슬쩍 엉덩이를 움직여 그와 거리를 더욱 벌렸을 뿐이다.

배신자를 보는 듯한 황자의 눈빛에 난 어깨만 으쓱였다. 딱히 내가 제일런 황자에게 지킬 의리 따위는 없으니까. 키르가 끝까지 추궁할 것 같자, 제일런 황자가 눈 딱 감고 변명을 했다.

"그냥 농한 거네만."

"무슨 농을 그따위로 저급하게 하십니까?"

세상 제일 혐오스러운 말을 들었다는 것처럼 키르에겐 질색하는 기색이 드러났다. 순식간에 제일런 황자의 청혼이 저급한 농담이 되어 버렸다. 물론, 열과 성의를 다한 아름다운 청혼은 아니었다지만 그래도 저리 취급할 줄은 몰랐다.

그래서인지 제일런 황자의 얼굴에도 억울한 기운이 감돌았다. 이러다가 키르가 제일런 황자의 멱살을 잡고 흔들겠네. 별로 도와주고 싶지 않지만 내가 나서야 할 순간이다.

"키르, 어떻게 왔어?"

키르의 눈동자가 날 향해 움직였다. 언제 그렇게 매섭게 노려보았냐는 듯 스르르 허물어지는 얼굴에 가슴이 간질간질했다. 하지만 안도해선 안 된다. 키르의 저 미소는 만들어 낸 미소였다.

그래, '만들어 낸' 감정이 누그러져 진심으로 나온 웃음이 아니었다. 그저 화내지 않기 위해 애를 쓰고 있을 뿐이다. 키르의 감정은 그 어느 때보다 날카롭게 서 있었다.

"네가 입궁했다는 소리를 들어서 찾아왔지. 어디서 엉뚱한 소리 듣고 있을까 봐."

키르의 다정한 목소리에 궁지에 몰린 쥐처럼 움찔거리던 제일런 황자가 펄쩍 뛰며 우릴 번갈아 봤다. 못 볼 꼴을 봤다는 그 적나라한 시선을 난 무시했다.

"시답지 않은 소리야 들었지만 내가 무시했어."

어차피 키르는 제일런 황자가 무슨 말을 했는지 들었을 텐데, 굳이 그런 이야기를 한 적 없다고 거짓말해 신뢰 관계를 깨고 싶지 않았다. 키르의 눈이 순간 커졌다. 내가 키르한테 거짓말 한 적이 없는데 왜 놀라는지 의아했다.

설마 너무 무례하게 굴었나? 내가 뜨끔해서 키르를 올려다봤다. 하지만 곧 키르의 눈이 가늘게 접혔다. 그리고 입가에 번지는 호선이 자연스럽게 변했다. 거짓이 아닌 진심 가득한 만족스러운 미소였다.

"잘했어. 헛소리는 원래 무시해주는 게 정답이지."

키르가 아주 다정하게 어린아이 칭찬하듯 말했다. 기분은 좋았다. 하지만 당사자를 옆에 두고 이런 대화를 하니 희극을 연기하는 기분이다. 제일런 황자도 상황을 인식한 듯 황당하다는 시선을 던졌다.

"두 사람, 나 옆에 있는 건 알지?"

어떻게 둘이 똑같이 자신을 대놓고 무시하냐는 듯 불만 어린 눈빛이었다. 하지만 키르는 아랑곳하지 않고 내게 손을 내밀었다. 그 위에 손을 올리자 살짝 잡아당겨 일어나야만 했다. 내가 서자 손을 이끌어 기어이 제 팔에 올려 에스코트 자세까지 만들었다.

지금 나가자는 소리구나. 대화가 다 끝났는지 묻지도 않고 이러다니.

"용건은 다 끝나셨죠?"

내가 도를 지나치는 무례함을 지적하기 전에 키르가 제일런 황자에게 답이 정해진 질문을 했다. 제일런 황자가 기가 막혀 죽겠는지 헛웃음 터트렸다. 그리고 등을 소파에 기대며 손을 제멋대로 휘둘렀다.

"다 끝났어."

네 마음대로 해라, 라는 신호에 키르는 그래도 꾸벅 고개를 숙여보이고 날 이끌었다. 나도 예의상 제일런 황자에게 고갯짓해 보이고 따라 나섰다.

문을 열고 나가자 제일런 황자의 뒤를 따랐던 시종과 기사들이 부담스럽게 대기하고 있었다. 그들은 키르와 내게 고개를 숙여 보였다. 키르는 아무렇지 않게 나를 끌었고, 시종과 호위기사가 다시 우르르 제일런 황자를 향해 가는 것 같았다. 이러니 제일런 황자가 불안하지.

사실 키르가 등장했다는 사실 자체가 씁쓸했다. 분명히 난 몰래 초청을 받아 황궁에 방문했다. 오전에 만났을 때도 키르에게 내 입궁 소식을 알리지 않았다. 그런데 키르는 황자와 내가 단둘이 만나는 장소를 찾아왔다.

그 방법이 뭐겠는가. 보나마나 뻔했다. 지금 제일런 황자를 모시는 저들 중 한 명이든, 아니면 대부분이든 그들이 지지하는 사람이 대공이란 거겠지. 지금 곁에서 모시는 제일런 황자가 아니라. 그러니 그가 불안해할 수밖에 없는 거다.

난 내가 알아챈 사실을 굳이 입 밖으로 내뱉지 않았다. 키르는 침묵하며 황궁을 거닐었다. 걷다 보니 은근히 사람들이 많이 스쳐지나갔다. 말을 걸진 않았지만 나와 키르를 힐끔거리는 시선이 느껴졌다.

적당히 황자가 있던 곳과 멀어지자 그제야 키르가 입을 열었다.

"왜 입궁한다고 알려 주지 않았어?"

그의 목소리에서 오늘 오전에 만났을 때 충분히 알려줄 수 있지 않았냐는 불만이 담겨 있었다. 최대한 아무렇지 않은 척하고 있었지만 목소리가 뚱한 게 삐친 것 같았다. 오랜만이네. 이런 키르. 토라짐을 드러내는 키르가 반가워 웃음만 나왔다.

"제일런 황자가 비밀로 해 달라고 했으니까."

"그가 몰래 네게 연락했을 때부터 이상함을 느꼈어야지."

"지금 내가 너 몰래 제일런 황자를 만났다고 혼내는 거야?"

계속 키르의 목소리가 뚱한 게 거슬려 되물었더니, 키르가 걸음을 멈추고 나를 응시했다. 하고 싶은 말이 엄청 많은 표정이었다. 난 얼마든 해보라는 뜻으로 키르의 눈을 피하지 않았다.

설마, 지금 자기 몰래 남자 만났다고 이러는 건 아니겠지? 꼭 바람피운 애인 추궁하는 꼴 같아 기분이 별로였다.

"혼내는 게 아니야."

내가 뭘 불쾌하게 여기는지 알아챈 것처럼 키르가 말했다.

"그럼 뭔데?"

얼른 하고 싶은 말하라며 키르를 노려봤다. 그러자 그는 짜증스레 이마를 쓸었다.

"네가 그 사람을 만나는 바람에 쓸데없는 소리를 들었잖아."

쓸데없는 소리? 대공이 황제가 될 지도 모른다는 거? 그거 내가 알면 안 되는 거였어? 물론 내가 알아야 하는 사실은 아니지만 그걸 내가 모르길 바랐다는 사실에 나 또한 서운해졌다.

"대공 전하랑 네가 어떤 '결정'을 하든 난 참견 안 할 거야. 내가 그 사실을 안다고 참견할 것 같아?"

"그게 무슨 소리야? 설마 '그것'까지 설명 들었어?"

어디서 사람이 들을지 모르니 우린 정확한 내용은 에둘러 말했다. 아니, 잠깐. 그것까지 설명을 들었냐고 물은 건 대공이 황제가 될 지도 모른다는 걸 알게 돼서 이런 게 아니야?

키르의 표정이 험악하게 구겨졌다. 우리가 왔던 길을 돌아보며 작게 입술이 꾸물거리는 걸 보아하니 소리 없는 욕을 하는 것 같았다. 느낌으로 보아 내 욕이 아니라 제일런 황자 욕이겠지만.

난 상황파악이 되지 않아 키르만 봤다. 키르가 짜증스럽게 구겼던 이마를 펴며 차분한 목소리를 냈다.

"설마 이용한다는 소리를 대놓고 했어?"

그러면서 세심한 눈길로 내 안색을 살피는 걸로 보아, 내가 상처받았을까 봐 걱정하는 것 같았다.

"별로 화 안 났어. 그냥 성의 없는 말처럼 들렸는걸."

왜일까? 별로 상관없는 일이라고 생각해서 그럴까? 난 이상하리만치 제일런 황자가 날 이용한다는 말에 발끈하지 않았다. 내가 대수롭지 않게 답하자 키르는 안도하는 것 같으면서도 짜증 섞인 한숨을 내뱉었다.

"괜찮아. 난 신경 쓰지 않아."

그렇게 달래고 다시 걸음을 옮기려 했더니, 키르의 표정이 더욱 뚱해졌다. 응? 내가 영문을 모르고 그를 쳐다보자 키르가 작게 중얼거렸다.

"……네가 다른 남자한테 청혼 받았잖아."

"어?"

"나도 못한 청혼을 다른 사람한테 먼저 받은 게 분해."

키르의 말에 멍청하게 입이 벌어졌다. 그러는 와중에 키르는 진심으로 화가 나는지 주먹을 꽉 쥐고 부르르 떠는 게 아닌가.

난 재빨리 주위를 둘러봤다. 다행히 키르의 말을 들은 사람은 없는 것 같았다. 얼굴이 빨개지다 못해 터질 것 같았다. 얜 정말 못하는 말이 없네. 벌써 결혼까지 생각했어?

내가 할 말을 찾지 못하고 키르의 옆구리를 쿡쿡 찔렀더니 그는 나를 가만히 내려봤다. 어쩐지 눈빛이 이상한데? 그렇게 느끼기 무섭게 뺨에 가볍게 입술이 닿았다가 떨어졌다. 난 깜짝 놀라 키르를 노려봤다.

이렇게 밖에서 아무렇지 않게 뺨에 입을 맞추다니. 여기는 황궁 안이다. 곳곳에 눈이 있었다. 누가 볼 수 있는 장소에서 이런 행동을 하는 건 내 정서에 좋지 않았다.

"밖에서 왜 이래?"

조용히 키르의 행동을 탓했다.

"밖이니까 이정도로 참은 건데."

그러면서 키르가 빙긋 웃었다. ……이 녀석 일부러 그랬구나. 제일런 황자가 청혼한 게 열 받아서, 다른 사람은 그런 헛짓거리 하지도 못하게 침 발라 놓는 행동하는 거구나!

괜찮은 척하고 싶지만 얼굴이 더욱 벌겋게 달아올랐다.

"이러지 않기로 했잖아."

"네가 함부로 청혼 따위를 받으니까 그렇지."

"그거 받고 싶어서 받은 거 아니거든? 그리고 거절했거든?"

"알아. 그러니까 이 정도로 봐주는 거잖아."

그렇게 또 밝게 웃은 키르가 다시금 뺨에 입을 맞췄다. 아, 진짜! 내가 그만하라고 경고하기 직전.

"네 이노오오옴!"

쩌렁쩌렁 황궁 전체가 울리는 것 같은 목소리가 울려 퍼졌다. 너무도 익숙한 목소리에 내 심장이 덜컥 내려앉았다. 어디선가 두두두두 하며 멧돼지가 사납게 달려오는 소리가 들리는 것 같았다.

저 멀리서 아버지가 엄청난 속도로 눈에 불을 켜고 달려오고 계셨다. 저절로 내 입술이 벌어졌다. 내가 아버지의 무시무시한 얼굴을 확인할 정도로 가까워졌을 때 다시 엄청난 외침이 들렸다.

"죽여 버리겠다아아아아!"

아버지의 진심으로 키르를 죽여 버리고 말겠다는 열의가 느껴졌다. 내가 나서고 할 겨를조차 없었다. 순식간에 거리를 좁힌 아버지가 한 마리의 나비처럼 날아올라 키르를 향해 벌처럼 맹렬하게 쏘아졌다.

"죽어랏!"

게다가 언제 빼어들었는지 번뜩이는 장검을 위에서 아래로 크게 내리치기까지 했다. 키르가 다급하게 날 감싸며 몸을 돌렸다.

쾅!

망치로 바닥을 내려친 듯한 소리가 퍼지며 지진이라도 일어난 것처럼 바닥이 울렸다. 후두둑 돌 부스러기까지 날리는 소리까지 들렸다. 다행히 키르가 막아 줘서 흙 부스러기를 맞진 않았다. 키르 어깨 너머로 보이는 상황에 내 눈이 튀어나올 듯 커졌다.

……바닥이 파였어?

아버지가 검으로 내려친 바닥이 망치로 내려친 것처럼 움푹 패여 있었다. 저거 맞았으면 사람이 뭉개지겠다. 농담이 아니라 키르가 진심으로 죽을 뻔했잖아. 등골이 서늘해지면서도 난 얼떨떨하기만 했다.

물론 아버지라면 나와 키르가 연애하는 걸 좋아하지 않을 거라 생각하긴 했지만 이 정도일 줄은 몰랐다.

"네 이놈! 당장 내 딸에게서 떨어져라!"

아버지가 버럭 외치며 키르를 향해 손을 뻗었다. 내가 키르에게 안겨 있어 차마 검을 휘두를 수는 없었던 것 같았다.

키르는 아무래도 내게 더 붙어 있어선 안 되겠단 생각을 했는지 뒤로 훌쩍 물러섰다. 하지만 그건 악수였다. 나와 거리가 벌어지자 아버지가 다시 검을 빼들어 매섭게 휘둘렀다. 조금의 망설임이 없는 무자비한 움직임이었다.

"죽어랏!"

진짜로 키르가 죽길 바라는 사람처럼 아버진 또 외치셨다. 이성을 완전히 잃은 것 같았다. 이곳이 황궁 안이고, 키르가 충성을 바치는 주군의 아들이란 것 따윈 생각지도 않는 듯한 모습이었다.

그저 눈앞의 상대를 죽여야만 자신이 살 수 있다는 것처럼 아버지는 온 힘을 다해서 키르를 공격했다.

"허트만 단장, 진정하……."

"닥쳐! 그냥 죽어!"

키르의 변명 따윈 듣지 않겠다는 듯 아버지가 격하게 외쳤다. 늘 과묵하던 아버지가 저런 욕설이라니. 난 더 어안이 벙벙했다. 키르가 잽싸게 몸을 놀리며 피했지만 아버지의 검은 날카로웠다. 금빛 머리카락 몇 가닥이 허공에 휘날리고 결국, 키르의 뺨에 실선을 만들어 버렸다.

헉! 그제야 난 아버지를 말려야 한다는 생각과 동시에 정신이 들었다.

"아버지!"

"허트만!"

나와 대공의 외침이 간발의 차이로 울려 퍼졌다. 아버지의 검이 우뚝 멈췄다. 보이는 광경에 난 비명을 삼켰다. 키르의 어깨에서 손가락 하나 정도를 남겨두고 검이 멈췄다. 조금만 늦었으면 아버진 진짜로 키르의 어깨를 잘랐을지도 몰랐다.

"아버지, 진정하세요."

난 허겁지겁 달려가 아버지의 허리에 매달렸다. 아버진 그저 키르를 노려볼 뿐 아무 말도 하지 않았다. 맞닿은 몸이 시근거리며 흔들렸다. 이건 격하게 움직여서 내쉬는 숨결이 아니다. 분노를 참지 못해 온몸으로 화를 가라앉히는 거다.

"이게 무슨 소란이지?"

뒤늦게 우리 쪽으로 온 대공이 굳은 표정으로 다가와 주위를 한번 둘러보며 물었다.

"오해가 있었습니다."

키르가 나서서 변명했고 아버진 침묵하셨다. 그제야 나도 주변이 눈에 들어왔다. 큰 소리가 났으니 사람이 몰리는 건 당연하지만 꽤 많은 수의 구경꾼이 있었다. 이렇게 많은 사람들 앞에서 이런 엉망진창인 모습을 보이다니. 큰일이다.

구경꾼 중엔 제일런 황자도 있었다. 저것도 변장이라고. 어설프게 머리에 겉옷을 벗어 뒤집어쓰고 숨는 척했는데 꼴불견이었다. 눈을 동그랗게 뜬 그는 호기심 어린, 그러면서 키르에겐 살짝 고소하다는 듯한 눈빛을 보내고 있었다.

그러다 나와 눈이 마주치자 검지를 세워 비밀로 해 달라는 신호를 보냈다. 어차피 그게 아니더라도 제일런 황자에게 신경을 쓸 여유는 없었다.

"황궁에서 함부로 검을 뽑는 건 중죄인 걸 알고 했겠지?"

대공의 정색하는 목소리가 귓가에 울렸다. 당연히 아는 내용을 대공은 굳이 말로 했다. 이 많은 사람들 앞에서 아버지의 죄를 확실히 짚은 거다. 그 말인즉슨, 이 일을 조용히 넘길 생각이 없단 소리와도 같았다.

물론, 무턱대고 키르를 공격한 아버지의 잘못은 안다. 하지만 그래도 그동안 아버지가 대공에게 바친 충성이 있는데, 이렇게 쉽게 내칠 줄은 몰랐다.

난 불안감에 아버지를 잡은 팔에 힘을 줬다. 걱정 말라는 듯 아버지의 손이 내 손등을 덮었다. 그리고 대공을 향해 지지 않고 나섰다.

"제 딸이 희롱을 당해 아비로서 참을 수 없었습니다."

희, 희롱이라니!

"아, 아버지!"

그게 아니라고 당황해 아버지의 손을 부여잡았지만 아버진 당당했다. 오히려 아버지가 다 알아서 할 테니 넌 걱정하지 말라는 것처럼 나를 자신의 등 뒤로 숨기며 가슴을 폈다.

모두의 경악한 시선이 내게 쏠리는 걸 느꼈다. 구경꾼들이 술렁거리며 동요했다. 다들 이 사건의 당사자가 누구인지 알아본 듯했다.

"세상에 희롱이라니."

"어머, 라인폰트 대공자 아니에요?"

역시나 이 엄청난 가십에 사람들이 흥미진진해하는 게 보였다. 아버지의 등 뒤에 매달리지 않았다면 난 적나라한 눈빛을 받았을 거다.

큰일이다. 일이 이상하게 돌아가기 시작했다. 아버지의 언사를 어떻게 막아야 할지 모르겠다. 사안이 사안인 만큼 대공의 서늘한 눈이 키르에게 쏠렸다가 다시 아버지에게 돌아왔다.

"지금, 내 아들이, 자네의 딸을 희롱했다는 건가?"

대공의 목소리가 딱딱했다. 구태여 말을 끊는 어조에서 말조심하라는 의도가 읽혔다. 하지만 대공의 상대는 고지식하기로는 최고인 아버지였다.

"그렇습니다! 제 눈으로 똑똑히 봤습니다."

아버진 하늘을 우러러 한 점 부끄러움 없다는 듯 당당했다. 대공이 키르를 쳐다보자 그는 한 발 앞으로 나서며 해명했다.

"허트만 단장의 오해입니다. 그건……."

"내가 다 봤다! 아렌의 뺨에 입을 맞추지 않았더냐!"

아버지의 쩌렁쩌렁한 목소리가 키르의 말을 끊었다. 그렇게 무도할 수 없다는 듯 아버지의 분개하는 태도에 모두가 입을 딱 벌리는 게 보였다. 그래, 황당하겠지. 고작 그것 가지고 '희롱'이냐면서 놀라고 있겠지.

물론, 상황에 따라서 희롱이 되기도 한다. 하지만 친한 사람끼리 뺨에 입 맞추는 것 정도는 친애의 감정을 표현하는 수단이었다. 그런 행동을 '희롱'이라 표현하는 건 애매했다.

특히, 아버지와 대공의 관계를 알면 더 그랬다. 두 사람은 군신관계였고 그 자식들이 친분이 없을 거라고 보긴 힘들었다. 어릴 때부터 알아 왔을 게 뻔한 사이에 뺨에 입 좀 맞췄다고 희롱이라 부르면 이 세상 사람들 전부 이성을 희롱하고 살아가는 거겠지. 난 부끄러워 고개를 숙였다.

구경꾼들은 아버지의 말이 어이없는지 다들 수군거리기 시작했다. 진짜로 대공자가 희롱한 게 아니어서 실망한 건지, 기사단장이란 사람이 엄청난 딸 바보라서 비웃는 건지 모르겠다.

대공 또한 기가 막힌 얼굴로 말을 잇지 못했다.

"아버지, 그만해요."

"전 이런 무도한 짓을 그냥 넘길 수 없습니다!"

내가 그만하라고 작게 속삭였지만 아버지는 들리지 않는 듯 행동했다. 순간 대공의 눈에 떠오른 감정이 선연했다. '그냥 넘기지 않으면 어쩔 건데.'라는 감정 말이다.

'희롱'이란 말은 귀족들 사이에선 꽤 민감한 단어였다. 명예가 걸려 있었기 때문이다. 가벼이 써선 안 되는 단어였다. 아버지의 이성이 끊기고 대공의 인내심마저 끊기자 불안함이 커졌다.

일이 어마어마해지는 느낌에 내 이성도 사라져 갈 때였다.

"크흠."

들으란 듯 헛기침하며 이 소란 속에 난입한 사람이 있었다. 어느새 흉측하게 머리에 뒤집어썼던 것을 내리고 등장한 제일런 황자였다.

"황자 전하를 뵙습니다."

"황자 전하를 뵙습니다."

그를 알아본 모든 사람이 예를 표했다. 거기엔 대공과 아버지도 포함되어 있었다.

"내 들어보니 서로 조금 오해가 있었던 것 같은데……."

고개를 숙였기에 망정이지. 제일런 황자의 말이 마음에 들지 않는지 아버지의 꽉 쥔 주먹이 부들부들 떨렸다. 그러고 보니 아버지에겐 제일런 황자도 날 넘보는 파렴치한으로 보일 텐데.

전에 재판장에서 키르와의 일을 숨기기 위해 아버지에게 했던 말이 제일런 황자에 대한 오해를 불러일으켰다. 아버지가 지금 다시 난동을 부릴까 봐 난 더 식은땀이 흘렀다.

"서로의 오해는 조용한 곳에 가서 푸는 게 어떻겠는가?"

지금 자신의 목이 간당간당한 걸 모르는 제일런 황자가 담담히 말했다. 그러면서 주변을 쭉 둘러보는 모양새가 '구경꾼이 많으니 더 소란 피우지 말고 딴 데 가서 싸워라'였다. 아버지의 저 무시무시한 눈길이 키르만을 겨냥한 거라고 생각하니 저리 당당할 수 있는 거였다.

"내 황궁 바닥에 흠집을 낸 건 너그러이 용서해 주지."

제일런 황자가 나름 상황을 정리했다. 사실 현재 이 황궁에서 제일 높은 사람은 제일런 황자였다. 그런 사람이 나서서 중재한 거다. 아버지는 분노를 슬슬 잠재웠다.

"사소한 오해는 곧 풀릴 겁니다."

대공이 먼저 한 발 물러섰다. 황제가 될 그의 권위를 세워 주기 위해서라도 대공은 더욱 깍듯이 행동할 필요가 있었다. 대공을 돕던 아버지도 그런 사실을 잘 알았다. 아무리 화가 났어도 감정적으로 모든 걸 망쳐선 안 된다는 이성은 남아 있을 거다.

"워낙 큰일이라 제가 잠시 이성을 잃었습니다. 너그러이 용서해 주셔서 감사합니다."

아버지까지 한 발 물러서자 상황은 빠르게 정리되었다.

"잘 마무리하길 바라네."

제일런 황자가 먼저 자리를 떴고 뒤이어 구경꾼들이 뿔뿔이 흩어졌다. 남은 우리만 어색하게 서 있었다.

"남은 이야기는 저택에서 마저 하지."

그렇게 알린 대공이 마차를 향해 걸어 우린 뒤따라 움직였다. 저택으로 돌아가는 방법도 문제였다. 아버지가 극구 주장한 탓에 나랑 아버지가 함께 마차에 탔고, 키르와 대공이 따로 움직이게 되었다.

난 마차 안에서 어떻게든 운을 떼려고 했지만 아버지의 표정이 워낙에 살벌해 뭐라고 설명할 수 없었다. 나와 키르의 교제를 싫어하실 걸 알았어도 이정도일 줄은 몰랐다. 나오는 건 한숨뿐이었다.

대공저에 도착해 우린 대화를 위해 모였다. 표정을 보아하니 대공과 키르는 오는 동안 이야기를 다한 모양이었다.

아버지만 문제였다. 저런 상태의 아버지에게 어떻게 설명하고 설득해야 할지 난 감을 잡을 수 없었다.

"전 용납할 수 없습니다. 제가 주군에게 충성을 바친 대가가 이런 겁니까?"

아버지가 먼저 선수를 쳐 버렸다. 그대로 대공에게 따지듯 굴었다. 눈빛으로 키르를 노려보는 게 주군의 자식이 아니라 죽여 할 파렴치한 놈으로 보고 있는 게 틀림없다. 진심이신데…….

난 아버지가 갑자기 달려 나가지 않도록 아버지의 손을 꼭 쥐었다. 사실, 난 아버지가 키르와 내 사이를 짐작하고 있을 줄 알았다.

지하 동굴에서 벗어난 후 기절한 내 곁에 키르가 계속 있었다. 게다가 간호하는 걸 내버려 두었고, 내가 외출하는 걸 반대할 땐 합심해서 행동했다. 그래서 우리 사이를 반쯤은 허락한 줄 알았는데 아닌가 보다. 그렇게나 둔하셨던 건가.

어떻게 해야 하지. 물론 내가 먼저 아버지에게 말해야 한다는 건 안다. 하지만 내 입으로 '키르와 연애 중이에요.'라고 말하는 순간 아버지가 뒤로 넘어 가실까 봐 정말 입이 떨어지지 않았다.

내가 걱정스럽게 키르를 바라보자 그는 잠시 내 눈을 들여다봤다. 마치 허락을 구하는 것처럼.

"지금 어딜 보는 겁니까!"

아버지가 시선조차 허락하지 않겠다는 듯 키르를 향해 외쳤다. 그래도 대공 앞이라 이성이 조금은 돌아왔는지 아까처럼 막말을 하시진 않았다. 그렇다고 예의를 차렸다고 볼 수도 없지만.

키르나 대공은 상황이 상황인 만큼 아버지의 행동을 어느 정도 감내하고 있는 것 같았다.

아버지의 분노를 받아 내던 키르가 차분하게 정면 돌파를 시도했다.

"아렌과 좋은 마음으로 만나고 있습니다. 허락해 주시죠."

"그럴 리 없다!"

아버지가 숨 쉴 틈 없이 외치며 온몸으로 부정했다. 내게 묻지도 않았으면서 무조건 아니라고 격렬하게 단정 지었다.

"왜 그럴 리 없다고 여기십니까? 아렌도 성인입니다. 이성을 만날 수 있습니다."

"만날 수 있지만 네 놈은 아니다!"

아버지가 펄쩍 뛰어 오르며 키르를 손으로 가리켰다. 그리고 다시 도를 넘은 언사를 사용하셨다. 대공의 표정이 굳든 말든 신경 쓰지 않는 것 같았다. 아버지가 이렇게 무식하고 저돌적으로 행동할 줄은 몰랐다.

"아버지, 저 그런 거……."

"아렌!"

더는 안 될 것 같아서 내가 나섰지만 아버진 단호하게 내 말을 끊으셨다. 그리고 형형하게 보내오는 시선에 난 말문이 턱 막혔다. 심장이 바닥에 내동댕이쳐진 것처럼 놀랐다.

곧고 강렬한 눈빛은 내게 더는 말하지 말라고 경고하고 있었다. 아버진 이미 나와 키르의 사이를 알고 있었다. 알면서 반대하는 거였다. 아버지의 태도에 위화감을 느낀 듯 키르의 눈이 가늘어졌다. 그리고 조심스럽게 물었다.

"저만 안 된다는 겁니까?"

"그렇다! 네 놈만은 절대 안 된다!"

전쟁터에서 그 누구도 자신의 뒤로 넘기지 않겠다고 선언하는 용맹한 전사처럼 아버지가 빈틈없이 흉흉하게 철벽을 쳤다.

"허트만, 진정하지. 자네 많이 흥분한 것 같네."

아버지가 흥분해 날뛸 것 같자 대공이 진정시키려 했다. 하지만 아버진 뒤가 없는 사람처럼 굴었다.

"이대로는 전하를 모시기 힘듭니다. 제가 단장직을 내려놓겠습니다. 떠나도록 허락해 주십시오."

아버지의 선언에 난 굳어 버렸다. 어쩐지 아무리 대공이 아버지를 신뢰한다고 해도 앞뒤 볼 것 없이 막무가내로 행동하는가 싶었더니. 아버진 아예 공국을 떠나는 것까지 생각하신 거였다.

"허트만."

대공이 경고하듯 불렀다. 느긋하게 있던 대공의 기세가 날카롭게 변했다. 해도 되는 말이 있고 아닌 게 있으니 정도껏 하란 의미였다. 하지만 아버진 진짜 뒤를 보지 않고 있었다.

"이미 큰 소란이 일었습니다. 대공가의 위신을 위해서라도 제가 물러나는 게 맞다고 봅니다."

아버지의 말은 틀린 게 없었다. 주군의 자식을 공격한 건 모시는 이를 배신한 것과 같았다. 그런 모습을 많은 이들이 봤으니 썩 좋지 않은 소문이 돌 거다. 대공으로선 과단성 있게 처리하는 게 좋았다.

"경솔하게 굴지 말게. 입 밖에 꺼낸 말은 주워 담기 힘든 거지."

그래도 대공은 아버지를 끌고 가고 싶었나 보다. 아버지의 무례를 힐난하기보다 한 번 더 생각해 보길 권해 왔다. 기사단장직이 그만두고 싶다면 휙 그만둘 수 있는 쉬운 위치는 아니었다. 아버지도 자신의 잘못을 알긴 하는지 최대한 정중하게 말했다.

"신중하게 생각하고 결정한 겁니다. 더 하면 제가 어찌할지 저도 알 수 없습니다. 이것이 제가 주군에게 마지막으로 보일 수 있는 충심입니다."

"정녕 그렇게 결정했나?"

대공이 마지막 질문인 것처럼 물었다. 하지만 아버진 쉽게 자신의 말을 번복하는 사람이 아니었다.

"그렇습니다."

아버지의 철웅성처럼 버티는 태도에 키르가 나서려고 했다. 하지만 네가 나설 상황이 아니라는 것처럼 대공이 손짓으로 말렸다. 그 모든 상황을 보면서도 아버지는 눈 하나 깜빡하지 않았다. 그저 고집스러운 표정을 대공에게 보였을 뿐이었다.

심유한 시선을 보내던 대공이 입을 열었다.

"그래도 당장 그만두는 건 안 되네. 상황이 어수선한 거 알지 않은가. 제국의 일이 정리되고 공국에 돌아갈 때까진 단장직을 수행하게."

반쯤은 아버지의 은퇴를 허락하는 말투였다. 난 머릿속에서 벼락이 치는 것 같았다. 이렇게 쉽게 아버지를 놓아 준다고? 그 동안 아버지가 대공에게 바쳐온 충성이 있는데?

물론, 아버지가 먼저 그만둔다고 했지만 그걸 순순히 받아들인 대공을 이해할 수 없었다. 상황이 너무 이상하게 돌아가고 있었다. 아버지도 대공의 말을 알아들었을 텐데 아무렇지 않은 태도를 했다.

"유종의 미를 거두게."

대공이 마지막까지 최선을 다하라는 말을 남기고 일어섰다. 아버지가 뒤따라 일어서며 너도 일어서라고 내게 눈치를 줬다. 내가 머뭇거리며 일어나자 키르가 벌떡 일어나며 아버지를 붙잡았다.

"제대로 대화를 나누고 싶습니다."

"전 할 말 없습니다."

아버지가 듣기 싫다는 듯 키르의 말을 끊었다.

"그렇게 외면하실 일이 아닙니다. 아렌과 전 이미 감정을 나누는 사이입니다."

키르 딴엔 내 아버지니까 최대한 좋게 이야기를 하고 싶은 것 같았다. 끊임없이 대화를 시도했다. 하지만 아버진 키르와 이야기할 생각이 조금도 없었다.

"전 분명히 이야기했습니다. 어떤 마음이 남아 있다면 지금 접으십시오. 제 딸과의 교제는 절대 허락하지 않겠습니다."

그렇게 말하고 아버지가 나를 잡아끌었다. 난 키르를 돌아봤다. 그러면서 지금은 차마 어떤 말도 할 수 없어서 미안한 표정만 지었다.

대화가 불가능한 이 막막한 상황에 키르의 표정이 흐렸다. 하지만 내 시선을 받자 그래도 괜찮다고 웃어 주며 조금만 기다리라고, 좋게 해결될 거라고 보내는 눈빛에 가슴이 아팠다.

내가 막 키르에게 손을 뻗으려는 찰나.

"아렌."

아버지가 나직하게 불렀다. 경고처럼 들리는 목소리에 난 아무것도 하지 못하고 손을 거둬야 했다. 아버지에게 끌려간 나는 내 침실에 도착했다.

"아버지……."

문을 닫고 나가려는 아버지를 붙잡았다.

"아렌, 이야기하지 말거라."

내가 무슨 말을 할지 짐작한 사람처럼 아버진 내 이야기를 듣지 않으려 하셨다. 하지만 나도 더는 멍하니 있을 순 없었다.

워낙 단호하셨고 아버지가 받을 상처에 입을 다물었지만 연애는 둘이 하는 거다. 키르가 홀로 감당할 몫이 아니다. 나 또한 아버지를 설득해야 했다. 키르와 헤어질 게 아니라면 아버지가 상처를 덜 받길 바란다는 마음으로 이 이상 미루는 건 내 이기심이다.

"아니요. 아버지, 저랑 이야기하셔야 해요."

"네가 무슨 이야기를 할지 안다."

내가 붙들고 이야기를 하자 아버지의 표정이 허물어졌다. 키르와 대공에게 보였던 단호함이 조금도 없는 그 여린 모습에 마음이 약해질 것만 같았다. 그래서 더 냉정하게 굴었다.

"아시면서 왜 그러세요. 왜 외면하세요?"

"네가 바라는 바를 들어줄 수 없으니까."

아버지의 말이 충격적이었다. 워낙 어린 시절부터 헤어져 살게 된 탓일까? 난 아버지에게 언제나 귀엽고 소중하며 어린 딸이었다. 아버지에게 난 원하는 건 뭐든 해 주고 이루어 주고 싶은 상대였다. 하지만 그런 내게 지금 아버지가 이것만은 안 된다고 강하게 나섰다.

"제가 원하는 건 뭐든 들어주시는 분이셨잖아요. 그런데 왜 키르와의 사이는 허락 못 해요?"

내 질문이 도리어 상처가 된 것처럼 아버지가 나를 응시하셨다. 하지만 나도 아버지가 왜 이렇게 고집을 부리는지 알 수 없어서 답답했다.

"너야말로 착각하는 것 아니냐? 그놈이 어린 시절 했던 일을 생각해 봐라. 얼마나 악랄했느냐."

아버지가 꺼낸 말은 강했다. 차마 나 역시 이 당시의 키르 편은 들어줄 수 없었다. 아랫사람에게 서슴없이 채찍질을 명령했던 키르였다. 어린 시절에 그가 얼마나 무자비하고 개념 없는 꼬맹이인지는 내가 제일 잘 알았다. 그리고 그만큼 지금은 그때와 다르다는 것도 알고 있었다.

"어릴 때의 실수잖아요. 지금은 달라졌어요."

"사람은 변하지 않는다!"

내가 키르의 편을 드는 걸 듣기 싫으신지 아버지가 버럭 외쳤다. 화를 내는 아버지의 태도가 낯설어 난 얼어 버렸다. 아버지의 표정은 꼭 상처받은 사람 같았다. 도대체 왜 이렇게까지…….

"어린 너를 두고 떠났을 때, 네가 겪었던 일을 다 들었다. 내가 없는 동안 제대로 먹지도, 자지도 못하며 놈을 피해 도망 다녔다면서!"

아버지의 목소리가 비수처럼 내 심장에 박혀 왔다. 아마도 아버지가 원정을 나간 동안 내가 대공저에 머물며 처음 키르를 만났을 때 이야기일 거다.

확실히 난 어린 아이가 감당하기 힘든 악착같은 생활을 했었다. 꼬마의 무자비함을 피해 짐승처럼 도망 다녔다. 내가 진짜 어린 꼬마였다면 그 일은 감당하기 힘든 기억으로 남았을 거다. 아버진 상처 받은 사람 같은 표정을 지은 게 아니라, 상처 받은 게 맞았다.

"네가 그렇게 고생을 했는데, 너무 늦게 알아 난 그 이야기를 듣고도 참아야 했다."

아버지의 얼굴은 가슴 아파 죽겠다고 말하는 듯했다. 나도 까맣게 잊었던 일이다. 아버지가 뒤늦게 그 이야기를 들었을 줄은 몰랐고, 그걸 알고도 내색하지 않았을 줄은 더 몰랐다.

나를 보는 아버지의 표정은 왜 그때 말하지 않았냐고 묻고 있었다. 표정에서 진작 알았으면 기사단장직은 때려치우고 이미 떠났을 거란 죄책감이 엿보였다. 아버지가 키르를 볼 때마다 얼마나 괴로웠을까.

"……죄송해요."

내가 할 수 있는 말은 이것뿐이었다. 내 고개가 수그러들자 어린 날 대할 때처럼 아버지의 손바닥이 내 머리위에 닿았다. 그때완 다른 조심스러운 손길이 지나갔다.

"그동안 내 욕심을 채우겠다고 너를 힘들게 했다. 내가 하는 일이 좋아서, 그것만 바라보느라 너를 배려하지 못했다. 어린 시절 못해 준 만큼 네게 좋은 것만 해주고 싶구나."

아버지의 다짐에 가슴이 욱신거렸다. 내가 아버지에게 상처를 줬음을 알아챘다. 차라리 어린 시절 어리광을 부렸으면 나았을 것을. 대공자를 만나기 싫다고 대놓고 이야기했으면 나았을 것을.

내가 말하지 않았기에 아버지는 자신의 손으로 나를 악의 구렁텅이에 끊임없이 밀어 넣었다고 깨달은 거다. 자신이 대공가에서 일하지 않았다면 어린 시절의 내가 험한 일을 겪지 않았을 것이라고 자책하는 거다.

"난 네가 더 좋은 사람을 만났으면 좋겠구나. 널 더 사랑하고, 더 아껴 줄 사람 말이다."

아버지의 목소리가 흐느끼는 것만 같았다. 어린 시절 키르의 무지가 이렇게 되어 돌아왔다. 아버지에게 키르는 여전히 무자비하고 개념 없는 존재였다. 난 키르가 많이 변했다고, 지금은 날 아껴 준다고 말할 수 없었다. 내게 말을 하는 아버지의 표정이 너무 슬프고 아파 보여서. 내가 지금 키르의 편을 들면 아버지를 한 번 더 상처 주는 것 같아서.

"얼른 마무리하고 공국으로 돌아가자. 그리고 일을 그만둔 뒤 어디 조용한 곳으로 떠나 그곳에서 새롭게 시작하자꾸나."

눈물 한 방울 흘리지 않지만 아버지의 눈은 마치 오열하는 것만 같았다.

"아렌, 대공자는 안 된다."

태산같이 든든하던 아버지의 여린 모습을 보고도 난 고집을 피울 수 없었다. 아직 딸에게 다른 남자가 생기길 바라지 않는다는, 어린 딸을 빼앗기기 싫다는 그런 종류의 유치한 감정이라면 몰라도 이건 아버지의 숨겨 왔던 상처였다.

어린 시절 내가 키르에게 괴롭힘당했다는 걸 정확히 아버지가 언제 알게 된지 모른다. 하지만 아버지 성격상 이렇게 터져 나올 정도면 그만큼 오래 속앓이를 하셨을 거다. 지난 일을 트집 잡을 수 없단 사실에 끊임없이 힘겨워했을 거다. 이런 아버지를 난 더 흔들 수 없었다.

내가 대답하지 않았음에도 아버진 내 침실을 벗어났다. 아버지의 굳건한 마음처럼 무겁게 닫히는 문을 보며 난 허물어졌다. 마지막으로 헤어지기 전에 본 키르의 얼굴과 아버지의 얼굴이 번갈아 떠올랐다.

너무나 소중한 두 사람.

……난 아버지의 상처를 외면할 수 없었다.

* * *

아버지는 그 뒤로 키르에게 발끈하는 모습을 보이지 않았다. 철저히 키르와 대공에게 선을 긋고 대하셨다. 아무리 미운 놈이 옆에 있어도 공과 사는 구분해야 했기에 아버지는 묵묵히 본인의 일을 이어갔다.

그러면서도 제국의 일이 끝나고 공국에 돌아가는 즉시 단장직을 내려놓을 준비를 슬슬 했다. 대공은 그런 아버지를 말리지 않았다. 일이 이렇게 돌아갈 줄은 정말 몰랐다. 약속이라도 한 것처럼 그 누구도 이 일에 대해 더 언급하지 않았다.

난 그날 이후로 키르와 단둘이 함께 시간을 보낼 수 없었다. 아버진 철저하게 키르가 내게 접근하지 못하도록 했다.

"가능한 제 시야 안에 계셨으면 좋겠습니다. 대공자."

아버진 낮 시간에 키르가 본인의 눈앞에서 벗어나지 않도록 요구했다. 저 얼토당토 않는 요구를 거절하면 될 텐데 키르는 순순히 받아들였다. 가능한 아버지의 신경을 거스르지 않도록 노력하는 것 같았다. 그래도 소용없어 보였지만.

밤엔 아버지가 내 침실 문 앞을 지키셨다. 아마도 자신 몰래 만날까 봐 그러시는 것 같았다. 방문 앞에서 아버지가 주무시지도 않고 불편하게 계신데, 나라고 마음이 편할까.

"이러지 마세요. 아버지가 이렇게 고생하시는데 제가 편히 자겠어요? 키르 만나지 않을게요. 약속할게요. 방에 가서 주무세요."

아버지가 고생하면 내 마음이 불편하다고 만나지 않겠다고 해도 소용이 없었다. 오히려 기사라면 이런 게 일상이라고 신경 쓰지 말라고 했다. 결국 나는 아버지의 고집을 꺾을 수 없었다. 그렇게 이 상황에 변화가 조금도 없는 불편한 시간이 흘렀다.

그것과 다르게 외부의 일은 빠르게 진행되었다. 대공은 이번 사건을 숨기지 않았다. 꽤 많은 수의 공범이 죽었지만 살아남은 자들의 신원을 밝히며 이런 일이 일어난 원인과 결과까지 다 공표했다.

현자의 서재 출신 범인 중에는 내가 아는 이들도 그렇지 않은 이들도 있었다. 난 그저 착잡한 마음뿐이었다. 뒤늦게 상황을 알게 된 제국민들은 황실의 흉흉함과 현자의 서재에 대해 좋지 않은 말들을 쏟아냈다.

그 와중에 제일런 황자의 즉위식이 치러졌다. 안 좋은 일을 덮기 위해 유래 없이 큰 축제가 펼쳐졌다. 황실 창고를 열어 평민들에게 과감히 베풀며 민심을 다독였다. 사소한 일이지만 효과는 컸다. 그저 음식을 베풀었을 뿐인데 새로 즉위한 제일런 황제를 평민들은 쉽게 받아들였다. 이번 황제는 지금까지의 황제들과는 다를 거라 칭송했다.

제일런 황자는 황제 위를 받은 직후 민심이 가라앉자 전 황태자비님을 차기 재상으로 내세웠다. 그 소식을 들은 귀족들이 혼란에 빠졌고 황궁은 한바탕 뒤집어졌다.

대공과 황태자비님의 관계가 좋다고 알고 있는 귀족들은 말리지도, 그렇다고 선뜻 찬성하지도 못했다. 고위 귀족이 많이 사라진 터라 제일런 황제의 주장에 나서서 반대할 수 있는 사람은 없었다. 귀족들이 서로 눈치만 보는 사이에 황태자비님은 당당하게 재상 자리를 차지했다.

그렇게 난 갑자기 제국의 제2의 권력자가 된 황태자비, 아니지, 사비나 님을 만나고 있었다.

"갑자기 불러서 놀랐지?"

"언제고 부를 거라 예상은 했어요."

내가 공국으로 떠나기 전에 불러서 다행이었다. 현재 대공저 사람들은 공국으로 돌아갈 준비를 하고 있었다.

"예상했어?"

"당연하지요. 제가 추천했다는 소리 들었을 테니까요."

맞죠? 라는 시선을 보냈더니 사비나 님이 픽 웃음을 터트렸다. 그렇다. 사비나 님을 재상 자리에 앉히라고 제일런 황제에게 추천한 게 나였다. 그가 진짜 할지는 몰랐지만.

"어째서 날 추천했어?"

"당연히 능력이 있으니까죠."

내 말에 사비나 님의 눈이 커졌다. 뭐래, 내가 능력도 없는 사람을 그냥 지인이라서 추천한 줄 알았나?

사비나 님은 충분히 능력 있는 사람이었다. 본인의 목적을 위해서 끊임없이 노력하고 계획하며, 역경을 헤쳐 나갈 의지도 있는 사람이었다. 테일런에서 대회를 열어 국가 단위의 행사를 진행한 경험으로 이미 실력은 증명되었다. 뭘 더 트집 잡을까.

그리고 사실 제국에선 위치가 애매해진 사비나 님을 그대로 남겨 놓는 것보다 일을 시키는 게 나았다. 사비나 님 입장에서도 나쁘지 않은 결말이었다.

이 상태로라면 사비나 님은 끈 떨어진 연이다. 처음부터 제국에서 입지가 약했던 그녀의 편을 들어 줄 사람은 거의 없었다. 이제와 세력을 만든다는 것도 말이 안 됐다. 그렇다고 모국으로 돌아가는 것도 힘들었다. 테일런은 남편이 없는 여자에 대한 차별이 있는 국가였다. 차라리 눈치를 받더라도 제국에 남는 게 나을 정도로 말이다.

그리고 제국 입장에서도 그랬다. 자식도 없는 전 황태자비를 어떻게 처우해야 할지는 골머리 아픈 일이었다. 그런 상황에서 그녀에게 차라리 일을 주면 사비나 님은 자신의 자리를 찾고, 제일런 황제에겐 과단성 있으면서도 제 대신 총알받이가 될 조력자가 생겨서 좋을 거다.

단점이라면 사비나 님이 모국인 테일런에 너무 퍼주지 않을까? 정도겠지만 이정도야 제일런 황제가 알아서 잘 조절해야 하는 사항이다.

사비나 님은 간간히 고개를 끄덕이며 내 설명이 끝나길 기다렸다가 감사 인사를 했다.

"고마워. 전부 영애가 도와줘서 기회가 온 거야."

"능력을 증명하셨기에 기회가 간 거예요. 제게 고마워하실 필요 없어요.

그것보다 아드리안 님은요?"

사비나 님의 뒤를 늘 지켜주던 사람이 없어서 의아했다. 내 물음에 그녀는 쓴 웃음을 지었다.

"모국으로 돌아갔어."

"테일런으로요? 이 중요한 때에……."

사비나 님의 앞길은 절대 꽃길이 아니었다. 오히려 제일런 황제의 총알받이 역할을 해야 할 정도로 고난 가득한 일이다. 그런 상황에 자신의 편을 떼어 놓다니? 그리고 아드리안 님이 순순히 떠났다고?

아드리안 님을 떼어놓은 사비나 님도, 그런 결정을 따른 아드리안 님도 이해가 가지 않았다.

"한번 만들어진 소문은 사라지지 않아."

사비나 님도 아드리안 님을 보내고 싶지 않았단 쓸쓸한 미소를 입가에 달았다. 곧 바로 이해가 됐다. 아무리 아니라고 해도 두 사람이 함께하는 이상 끊임없이 추문이 돌 것이다.

사비나 님은 지금부터 신뢰를 쌓아야 하는 입장이었다. 황태자비가 아니라 재상으로서 굳건해져야 할 시기에 계속 추문이 따르는 건 좋지 않았다. 아드리안 님이 사비나 님의 미래를 위해, 사비나 님은 아드리안 님이 자신 때문에 더 나쁜 소문에 시달리지 않길 바라는 마음에, 그런 선택을 했음을 알 수 있었다.

"그러고 보니 얼마 전에 소란이 있었다면서 잘 해결됐어?"

내가 어떤 말도 하지 못하자 사비나 님이 수완 좋게 대화의 주제를 바꿨다. 다만, 말하기 힘든 아버지가 벌인 소동을 언급했다. 황궁 안에 머무는 사람이니 전부 전해 들었으면서 왜 묻는지.

"아니요."

나도 모르게 한숨을 내쉬었다. 진전 없는 그 일만 생각하면 가슴이 턱턱 막혔다.

세상에 연애 한번 하는 게 이렇게 힘들어서야. 나중에 결혼이라도 한다고 했다간 아버지가 기절하실 것 같았다. 그런데 아버진 키르만 아니라면 내 상대가 누구라도 상관이 없는 걸까?

그런 나를 사비나 님이 빤히 응시했다.

"대공자와 무슨 사이야?"

"연인이죠."

신기할 정도로 망설임 없는 답이 나왔다.

"아버지가 반대하는 거고?"

난 골치 아픈 표정으로 고개만 끄덕였다. 어떻게 아버지를 설득해야 할지 정말 난감했다. 키르의 '키' 자만 꺼내도 정색을 하시는 아버지 때문에 어떤 말을 할 수 없었다. 내가 자꾸 말하면 진짜로 아버지가 암살을 시도하실 것 같았다.

거기다 키르의 표정은 갈수록 안 좋아지고. 대공은 잠잠해서 두렵고. 아버지가 이렇게 심하게 반대를 하실 줄은 몰랐다. 생각만 해도 골치가 아프다.

"영애, 제국에서 일해 볼 생각 없어?"

"네?"

"난 영애가 내 곁에서 일을 도와줬으면 좋겠어."

사비나 님의 표정은 진지했다. 이 제안을 받아들이면 공국도 아니고 제국의 공무원이 되는 거다. 내가 바라마지 않는 꿈을 이루는 거다. 굉장히 달콤하게 들리는 유혹이다. 하지만 난 고개를 저었다.

"마음만 고맙게 받을게요."

"왜? 영애 꿈이 공무원이란 건 알고 있어. 좋은 기회잖아."

그것까지 조사했어? 하긴, 내가 워낙 어린 시절부터 공무원 공무원 노래를 불렀지.

"네. 하지만 공국 공무원이 될 생각이었지. 제국 공무원이 될 생각은 없었어요. 더 복잡하고 더 할 일 많을 것 같아서 싫어요."

말을 하면서도 내가 놀라울 정도로 미련이 없었다. 오히려 공국에 돌아가고 싶은 마음이 더 강해졌다. 어린 시절의 추억이 남은 평화로운 그곳으로 돌아가고 싶다.

"왜 싫어? 공국이나 제국이나 크게 다를 일 없을 거야. 그리고 나도 영애에게 도움을 줄 수 있을 것 같은데."

거절한 나보다 거절당한 사비나 님이 오히려 더 미련이 남은 표정을 했다. 사비나 님이 한 말은 아버지에게서 독립할 수 있도록 도와주겠단 소리였다. 그럼 교제 반대에서 벗어나 원하는 것을 할 수 있지 않겠냐는 의도 같았다.

사비나 님이 어떤 오해를 하고 있었다. 난 아버지에게 예속되어서 시달리는 게 아니었다. 지금이라도 내가 강하게 나가면 상황은 다를 것이다. 단지 내가 아버지에게 상처를 주고 싶지 않아서 망설이고 있는 거였다.

"사연이 좀 있어요. 아버지가 강요한다기보다 제가 아버지에게 상처를 주고 싶지 않아서 그래요."

말을 하면서 점차 답은 나온다. 자식 이기는 부모 없다고, 내가 우기면 아버지가 결국엔 허락하실 걸 안다. 하지만 내가 하는 행동이 아버지를 얼마나 상처받게 할지, 서운하게 만들지 알기 때문에 머뭇거렸다.

그런 내 모습을 잠시 관찰하듯 바라보던 사비나 님이 조심스럽게 입을 열었다.

"아버지가 반대한다기에 내가 오해했네. 그리고 영애의 생각은 대충 알겠어. 아버지에게 강하게 말하면 원하는 대로 할 수 있을 거라 믿는 거지?"

"……네."

지금 이렇게 단호하게 구시지만, 내가 정말 간절히 원한다고 했을 때 아버지가 끝까지 반대하지 않을 거란 믿음이 내게 있었다.

"그럼 왜 그렇게 하지 않아? 대공자랑 계속 잘되길 바라지 않아?"

"키르랑은 잘 지내고 싶죠. 전 아버지가 상처 받으실까 봐 걱정이라니까요."

아까 내 말은 뭐로 들은 거냐는 투덜거림이 나올 법한 질문이었다. 그러자 사비나 님은 표정을 더 굳혔다.

"그럼, 아버지가 받을 상처는 걱정이고, 대공자가 받을 상처는 걱정되지 않아? 영애가 대공자에게 굉장히 이기적인 행동을 하고 있다고 생각하지 않아?"

갑자기 이렇게 허를 찌르고 들어올 줄은 몰랐다. 사비나 님은 내가 외면하고 있던 사실을 무자비하게 일깨워 줬다. 내가 머뭇거릴수록 키르가 상처 받을 걸 알면서도 나중으로 미룬 내 이기심을 지적했다. 모두 맞는 말이라 난 반박할 수 없었다.

내가 말문이 막히자 사비나 님이 나긋하게 말했다.

"영애의 마음도 이해는 해. 하지만 때론 모호함이 양쪽 다에게 상처를 줄 수도 있어. 방금 내 제안을 거절할 때처럼 단호함이 필요하다고 보는데, 영애는 어때?"

"그런 것 같네요……."

내 대답에 사비나 님이 빙긋 웃었다. 꼭 어린 아이 칭찬하는 것 같은 모양새였다. 하지만 사비나 님의 말이 맞기에 때문에 전혀 불쾌하지 않았다. 이대로 시간을 끈다고 저절로 이 상황이 나아질 것 같지는 않았다.

누구든 정리를 해야 했다. 나든, 아버지든, 키르든 누군가는 양보를 해야 했다.

* * *

"우리 대화 좀 해요."

그날 저녁, 저택에 도착한 아버지와 키르를 붙잡고 난 요구했다. 아버지의 시선이 물끄러미 와 닿았다. 그 서늘한 시선에 다급하게 덧붙였다.

"우리 같이 할 이야기 있잖아요. 언제까지 피할 수 없잖아요. 대화 좀 해요."

그러면서 난 아버지와 키르의 옷자락을 양 손에 하나씩 쥐고 두 사람이 도망가지 못하도록 붙들었다.

그동안 아버지도 생각이 많으셨는지, 아니면 이번엔 피할 수 없다고 여겼는지는 모른다. 하지만 어쨌든 계속 내가 키르에 대해 이야기하는 것을 듣지 않겠다고 외면하던 아버지가 이번 요청은 피하지 않으셨다.

"그러자."

"키르, 너도 시간 괜찮지?"

입으론 괜찮냐고 물으면서도 눈으론 얼른 동의하라는 눈치를 줬다. 지금은 안 된다고 하면 억지로라도 데려가야 할 타이밍이었다.

최근 키르와 한 공간 안에 있으면서 그를 투명인간 취급하던 아버지가 대화를 허락한 거다. 이 기회를 놓치면 언제 또 이런 기회가 온다는 보장이 없어서 난 마음이 조급했다.

"나도 괜찮아."

"제 방에…… . 아니, 1층 응접실에서 이야기해요."

키르가 동의하자 편하게 내 방에서 이야기하자고 말하려던 나는 사나워지는 아버지의 표정을 보고 재빨리 장소를 변경했다. 탁월한 선택이었는지 아버지의 날카롭던 기세가 가라앉았다.

나는 앉혀 놓은 두 사람을 번갈아 응시했다. 무표정한 얼굴로 앉아 있는 두 사람은 내가 말을 꺼내기 전에 아무 말도 하지 않을 것 같았다. 고집스러운 표정이 어쩜 저렇게 비슷할까. 이 모습을 보면 부자지간이란 말이 나오겠다. 물론, 외모가 확연히 달라 말해도 믿지는 않겠지만.

"차 준비할까요?"

"난 됐다."

"나도 마시고 싶은 생각 없어. 필요하면 준비시킬까?"

"나도 됐어."

그렇게 답하고 막상 자리를 만들고 나니 막막해서 잠시 입을 다물었다. 사비나 님의 지적을 듣고 나도 생각이 많았다. 아버지의 반대에 내가 침묵하면 키르가 어떤 기분을 느꼈을지 생각지도 못했다. 아니, 짐작했으면서도 애써 외면했다.

절대 꺾이지 않을 거라 믿었던 아버지의 약한 모습을 봤다. 흔들리지 않을 거라 생각했던 사람이 흔들려 더 마음이 기울 수밖에 없었다. 하지만 이 상태가 계속 되는 건 좋지 않았다.

"아버지 제가 지금부터 조금 긴 이야기를 할 거예요."

그렇게 말하고 입술을 달싹이는 키르를 고요한 시선으로 응시했다. 그러면서 눈으로 지금은 내가 이야기할 수 있도록 기다려 달라는 신호를 보냈다.

키르는 내가 나서서 상황을 해결해 주길 바라진 않을 거다. 실제로도 키르는 아버지를 설득하는 걸 내게 떠넘기지 않았다. 그렇다고 마냥 속편하게 방관하고 있어서는 안 됐다. 나 또한 당사자니까.

제발 나서지 말라는 내 신호를 읽고 입술을 꾹 다무는 키르를 확인한 나는 아버지를 바라봤다. 마음을 꽁꽁 닫아 버린 사람 특유의 무심한 눈동자를 보니 마음이 묵직해졌다. 하지만 용기를 냈다.

"이번엔 제 이야기를 끊지 않고 들어 주셨으면 해요. 그렇게 해 주시겠어요?"

고요한 시선으로 날 응시하던 아버지가 키르를 한번 돌아보고 동의해 주셨다.

"그러마."

"이미 아시겠지만, 키르랑 전 친구 이상의 사이가 되었어요."

키르의 표정이 살짝 변했다. 내가 고백할 줄은 몰랐다는 당혹감과 드디어 밝혔다는 기쁨이 번갈아 나타났다.

반대로 아버지의 눈동자가 잠시 일렁거리고 턱에 힘이 바짝 들어갔다. 짐작은 했어도 직접 듣는 건 느낌이 다른 듯한 표정이다. 아버지의 팔이 부들부들 떨렸다. 울화가 치밀어 다 뒤집어엎고 싶은데 약속해서 참는 것 같았다. 그런 아버지의 모습에 나는 재빠르게 이야기를 이었다.

"저도 쉽게 결정한 게 아니란 걸 알아주셨으면 해요. 처음엔 저도 키르와의 관계를 부정적으로 생각했어요. 어린 시절 키르의 안 좋은 모습도 다 기억하고, 이성이라기보다 골칫덩이 동생이라 생각하며 뒤치다꺼리한 세월이 있는데 이성으로 보였겠어요? 사실 저 처음에 키르한테 고백받았을 때 싫었어요."

이번엔 두 사람의 희비가 반대로 갈렸다. 아버진 그게 당연한 것 아니냐고 말하는 듯한 표정을 지으면서 은연중에 눈동자에 고소함을 담았다. 반대로 키르는 골칫덩이 동생이 뭐냐고, 정말 자기에게 고백받은 게 싫었냐고 살짝 뚱해지는 것 같았다.

난 나름 심각하게 이야기를 하는 거라 마음이 무거웠다. 하지만 내 한마디에 감정이 엇갈리는 두 사람의 반응이 뻔히 보이니 어쩐지 마음이 한결 편해졌다. 두 사람 모두 날 소중히 대하고 있는 걸 알아서 자신감이 생겼다.

"그런데 왜 사귀게 되었는지 궁금하지 않으세요?"

질문은 아버지한테 했는데 답은 키르가 더 궁금했던 모양이다. 아버진 대놓고 관심 없단 얼굴이었고 키르는 이어질 내 말에 숨죽이고 집중했다.

"저요, 매번 웃어 넘겼지만 작았던 제가 너무 싫었어요."

최대한 담담히 말하고 싶었는데, 그동안 누구에게도 터놓지 못했던 말을 꺼내 놓아서 그럴까? 표정 관리가 되지 않았다. 거울을 보지 않아도 내 표정이 울 듯 일그러진 게 뻔히 느껴졌다.

"그건 네 잘못이 아니다. 넌 충분히 사랑스럽다."

"맞아. 넌 어떤 모습이어도 사랑스러워."

아버지와 키르가 다급하게 날 다독이려는 모습에 난 희미하게 웃었다. 난 내 어린애 같은 외모를 이용해 충분히 예쁨 받았기에 그들의 마음이 거짓이 아니란 걸 알았다.

"저도 제가 사랑스러웠던 거 알아요."

지난 일에 더 걱정하지 않도록 밝은 목소리로 말했더니 두 사람에게서 안도의 기색이 흘러나왔다. 내가 지금은 이렇게 성장한 게 다행이다. 그렇지 않으면 이렇게 담담하게 이야기하기 힘들었을 거다.

"하지만 그 상태 그대로, 어린애 모습으로 나이를 더 먹을까 봐 솔직히 무서웠어요."

난 단순히 동안이고 키가 작았던 게 아니었다. 초등학교 저학년 정도로 보일 외모였다. 그래서 다들 날 어린애 취급했고, 새로 알게 된 사람들은 실제 내 나이를 알게 되면 놀랐다.

그래도 아직은 10대라서 덜 했던 거지 만약 그대로 서른, 마흔 살이 된다면 그건 그거대로 끔찍하지 않았을까? 그래서 키르가 벨리타의 '당신의 감정이 비정상이란 걸 알리고 싶은 거예요'란 말에 도리어 내 외모가 그대로라면 평생 누군가를 좋아해서도 사랑 받아서도 안 되냔 질문으로 그녀의 입을 막았을 때, 감동했다.

"제가 그저 저이기 때문에 좋다는 말을 들었는데 어떻게 아무렇지 않겠어요?"

내 부족함까지 전부 사랑해 줄 사람임을 알았기 때문에 키르의 감정을 받아들일 수밖에 없었다. 웃고 싶지만 흐릿한 표정이 지어졌다. 얼굴 근육이 뻣뻣해 내가 제대로 웃는 건지 모르겠다. 아버지의 주먹에 손이 꾹 쥐어지는 게 보였다.

내가 이 이야기를 굳이 꺼낸 이유는 아버지가 내 감정에 공감을 할 것 같아서다. 유독 커다란 덩치와 험악한 외모를 가진 아버지도 만만치 않은 불편한 시선을 받았을 테니까.

어머니를 만났던 기억이 있는 아버지라면 존재 그 자체만으로 자신의 가치를 인정해 주는 사람을 만났을 때, 얼마나 마음이 충족되는지를 잘 알 거다. 그래서 그 기쁨을 앗아 가는 게 얼마나 잔인한지도.

"그리고요. 이번에 큰일을 겪었잖아요. 지하에 갇혀서 나오지 못할 뻔했죠."

아버지가 걱정할까 봐 처음 설명했을 때 빼고 최대한 지하 동굴 이야기는 언급하지 않았었다. 그래서 그 이야기를 꺼내자 아버지가 긴장했다.

"그 안에서도 키르는 절 지키려고 했어요. 위험해 보이면 저를 뒤로 보내며 앞으로 나섰어요. 감당 안 될 것 같으면 몸으로 감싸 막아 줬어요. 알죠? 그날 키르는 상처투성이였는데, 전 함정에 빠질 때 굴러서 생긴 상처 빼곤 없었어요."

나는 그 안에서 키르의 배려를 절실히 느꼈다. 그는 날 지키기 위해 진심으로 애썼다. 내가 한 말이 거짓이 아니란 건, 이미 아버지가 키르에게 검을 휘두른 날도 증명되었다. 아버지가 검을 내려친 순간, 키르는 제 몸을 돌보기 전에 나부터 감쌌으니까.

"절 이만큼 좋아해 주고, 진심인 사람은 또 만나기 힘들 거예요."

그날 아버지의 공격이 워낙 빨랐기 때문에 키르의 행동이 계산적이었다고 볼 수 없었다. 그는 본능적으로 날 감싼 것이다. 그걸 알기에 아버지도 말론 죽여 버린다 하면서 진짜로 키르를 죽이지 않은 거겠지.

"아버지가 무슨 이유로 키르를 반대하는지 알아요. 하지만 이젠 괜찮아요. 물론 어린 시절의 기억이 남아서 살짝 서러웠던 적도 있지만요. 지금은 그걸 덮는 더 좋은 일들이 많아요. 이렇게 행복할 수 없을 만큼 좋을 때도 있어요."

주절주절 키르가 변했으며 그가 나를 좋아해 줘서 행복하다는 것을 설명했다. 아버지는 애매한 표정을 지었다. 이성적으론 이해를 하는데 감성적으로 받아들이기 힘든 것 같았다. 이쯤 되면 키르를 두둔하기보다 더욱 내 진심을 알릴 필요가 있단 걸 깨달았다.

"그러니까……. 저도 키르를 좋아해요. 키르와 함께하고 싶어요."

그 순간, 아버지의 표정이 허물어졌다. 그 말만은 듣고 싶지 않았다는 그 처연한 표정에 내 마음이 편치 않았다. 그 어떤 말도 하고 싶지 않다는 듯 아버지의 고개가 푹 숙여졌다.

나는 키르를 흘긋 봤다. 기쁨을 나타내고 싶지만 상황이 상황이라 참는 듯한 그를 보고 아버지의 손등 위에 조심스럽게 손을 올렸다. 아버지의 고개가 들리고 나는 형용할 수 없는 감정으로 흔들리는 아버지의 얼굴을 마주하게 됐다. 난 아버지를 향해 조심스럽게 말했다.

"하지만 아버지가 반대하신다면 그만할게요."

놀란 아버지의 표정이 먼저 변했고, 뒤늦게 이해한 키르가 벌떡 몸을 일으켰다.

"아렌!"

난 그에게 아무 말하지 말라고 눈빛으로 경고했다. 조용해 달라고, 지금은 네가 나설 때가 아니니 기다려 달라고. 키르가 분노와 서운함을 느낄 걸 알지만 아버지가 더 중요했다.

"아버지가 허락하는 남자를 만날래요."

"내가 모든 남자를 족족 반대하면 어쩌려고 그러느냐?"

아버지의 목소리가 흔들렸다.

"그래도 따를래요. 전 아버지의 축복을 받은 상대와 함께하고 싶거든요. 우린 하나뿐인 가족이잖아요."

아버지의 표정이 이상해졌다. 숨기지 못하는 기쁨과 먹먹함이 뒤섞였다. 아버지도 다 알 거다. 이게 빈말이 아니란 것을. 아버지가 정말 끝까지 키르와의 관계를 반대하면 내가 정리하려고 노력할 거란 것을.

그리고 키르와 헤어지면 내가 얼마나 힘들어할지도. 난 아버지가 듣기 좋은 말을 해 주면서 협박하고 있는 거였다. 아버지의 마음이 편할지, 내가 편할지 고르라고. 참 못된 딸내미였다.

"내 딸이 많이 영악해졌구나."

어릴 때 내가 너무 조숙해서 걱정하던 아버지다. 그러니 진심으로 영악해졌다고 생각하는 게 아닐 거다. 무뚝뚝하게 말하는 아버지의 목소리에 울음기가 묻어있는 것 같았다.

"아버지 전 어릴 때부터 영악했어요."

난 농담하며 답했다. 아버지가 날 보며 희미하게 웃음을 터트렸다. '맞다, 그게 내 딸이지. 그 어린 딸이 언제 이렇게 컸지?'라고 생각하는 것 같았다.

굳어 있던 눈동자는 어느 순간부터 풀려 있었다. 날 향한 숨길 수 없는 애정이 묻어났다. 여러 감정이 스쳐지나가는 표정을 보면서 난 아버지가 결정했음을 알아챘다. 그래서 담담히 아버지가 할 말을 기다렸다.

아버지가 키르를 향해 고개를 돌렸다. 그리고 정말 하기 싫다는 표정으로 입을 열었다.

"……제 딸을 울리면 정말 죽여 버릴 겁니다."

그게 아버지가 할 수 있는 최선의 허락의 말이란 걸 알아, 난 담담히 미소 지었다.

그 뒤로 난 우리 아버지가 이렇게 잔소리를 할 수 있는 사람인지 처음 알았다. 한번 말을 트고 나서 아버지는 키르에게 '그때 황궁에선 소리만 요란했지, 실제론 봐준 거다. 진짜 죽일 수 있다. 다른 여자한테 한눈파는 것도 안 되고, 도박 조심하고, 술도 조심하고.' 등등 주의할 사항을 줄줄 늘어놓으셨다. 키르는 교제를 허락 받은 상태라 묵묵히 들었다.

"아버지! 그만해요!"

한참 이어지는 잔소리에 버티지 못한 내가 외치고 나서야 잔소리는 멈췄다. 아버진 아직 할 말이 더 남은 듯 했지만 '이게 끝은 아니니까'라는 표정으로 한 발 물러섰다.

아버지와 헤어지고 우린 자연스럽게 방으로 움직였다. 내내 불퉁하더니 침실 앞에 와서도 키르의 마음은 풀릴 줄 몰랐다. 키르의 표정은 그어느 때보다 심각했다. 방금 아버지에게 우리 사이를 허락 받은 사람의 기쁨은 조금도 없었다.

무엇 때문에 화났는지 알기에, 내 잘못인 것도 알아서 나는 키르의 등을 떠밀어 그의 침실로 들어왔다. 그리고 바로 사과부터 했다.

"상의 없이 그런 식으로 말해서 미안해."

키르의 표정은 변화가 없었다. 뚱한 그를 침대에 앉히고 손을 잡고 매만지며 '예쁘다, 예쁘다'를 해 줘도 키르의 눈빛은 냉담했다. 아버지가 허락하지 않으면 헤어지겠다는 말을 했을 때 키르가 싫어할 거라고 예상했다. 하지만 내 예상보다 더 심각하게 삐졌나 보다. 미리 대화를 하고 싶어도 아버지 때문에 둘이 대화할 시간이 없어서 상의할 수가 없었다.

올라오는 화를 삭이기 위해 한참 침묵하던 키르가 입을 열었다.

"아렌, 아까 그거 진심이었어?"

"아니."

눈치껏 즉답을 했지만 거짓인 걸 알았는지 키르의 표정이 더욱 서늘해졌다.

"어떻게 그런 소리를 해?"

"진심이었지만 진심은 아니었어."

아버지를 설득해야 하니까 진심으로 말했지만, 진짜로 헤어질 생각은 아니었다는 건 키르도 알 거라 생각했다. 하지만 때론 머리로는 알면서도 감정이 이기는 법이다.

키르의 눈빛은 당장 날 내동댕이쳐 버릴 것 같은 냉담함을 담고 있었다. 웃기게도 그 표정과 반대로 키르의 손은 날 잡아당겼다. 그 힘에 못 견디고 나는 얼떨결에 키르의 무릎에 앉았다.

이젠 예전처럼 가벼운 무게도 아니라 편히 앉을 수 없었다. 놀라서 일어나려 했더니 키르가 날 감싸 안았다. 밀어 버리고 싶단 표정과 정반대로 날 원한다는 간절한 몸짓에 난 몸에 힘을 풀며 키르의 어깨에 턱을 올렸다.

날 품어 주는 키르의 몸은 언제나처럼 포근하고 따스했다. 오랜만이라 좋다. 나는 몸에 힘을 빼고 키르에게 온전히 기댔다. 아버지한테 허락까지 받았단 생각을 해서 그럴까? 마음이 더 편했다.

"그런 말 듣고 싶지 않아……."

잠시 그렇게 안고 있었더니 키르의 음성이 많이 누그러들었다.

"미안해. 잘못했어. 그래도 덕분에 아버지한테 허락 받았잖아."

서운함을 드러내는 키르의 기분이 풀리길 바라는 마음에 어깨에 뺨을 비볐더니, 화로 잔뜩 굳어 딱딱했던 어깨에 순식간에 힘이 빠졌다. 그 숨김없는 반응에 웃음이 나왔다. 고작 이 정도에 화가 풀리냐며 놀리고 싶을 정도였다. 뽀뽀 한번 해 주면 해 달란 거 다 해 주겠네.

"……앞으로 농담으로라도, 가짜로라도 헤어지는 건 안 돼."

내 극단적인 선택 덕분에 아버지가 허락했다는 걸 키르도 안다. 그래서 키르도 뚱하던 마음을 슬슬 지우고 있는지 평소의 음성으로 돌아왔다.

"왜? 필요한 순간이 올 수도 있잖아."

정말 의문을 가져서 한 말은 아니다. 이제는 농담이나 가짜로 헤어진다고 이야기할 이유가 없는데, 반응이 과한 거 같아서 물었는데.

"그런 거 필요한 순간을 만들지 마."

키르는 더 정색했다.

"우리 키르는 내가 다른 남자만 봐도 걱정돼서 큰일이겠다."

농담처럼 중얼거렸더니 키르가 날 갑자기 떼어냈다. 다급하게 키르의 어깨를 붙잡았다. 마주 보는 키르의 눈빛이 다시 사나워졌다. 그래도 전엔 이런 농담 웃어넘기더니 이젠 농담도 못 하겠다.

키르의 손바닥이 뺨을 감싸 시선을 돌리지 못하게 잡았다.

"난 네가 바라보는 모든 것에 질투할 준비가 되어 있는 남자야."

"……그런 말을 어떻게 그렇게 당당히 해?"

기가 막혀 바라봤더니, 키르는 부끄러움 한 점 없는 표정으로 당당히 마주 봤다.

"널 좋아하는 게 당당하니까. 솔직히 네 말에 화가 났었는데, 장점도 있는 것 같아. 덕분에 허트만 단장에게 허락도 받았잖아. 이젠 눈치 볼 필요 없이 소문내고 다녀도 되겠다. 그렇지?"

점차 키르의 목소리가 사근사근하게 바뀌었다. 상상만으로 좋다는 듯 달큰하게. 그러고 보니 큰일이네. 무서울 것 없으니 키르가 우리 사이를 동네방네 소문내고 다닐지 모르겠다.

부끄러운 줄 모르는 남자를 눈을 흘겼더니 자동으로 키르의 턱이 들리고 눈이 감겼다. 잠잠히 기다리는 자세였다.

"……뭐야?"

키르가 뭘 원하는지 알지만 모른 척 물었더니 눈을 감은 그대로 키르의 입술만 쭉 나왔다. 방정맞게 달싹이는 입술이 의미하는 바는 분명했다. 얼른 입맞춰줘, 라는 귀여운 유혹. 야, 방금 전까지 너 토라졌었거든.

어이없고 얄미워서 내 손바닥으로 키르의 양 뺨을 꾹 눌렀더니 더욱 입술을 쭉 내민다. 그래, 내가 너를 어떻게 이기겠니.

붉은 빛의 도톰한 입술에 쪽 입을 맞추고 뒤로 물러서는 순간, 키르의 손바닥이 뒤통수를 잡아 당겼다. 깜짝 놀라 눈을 뜨자 코앞에서 가늘게 눈을 접는 키르의 눈웃음이 보였다. 키르야말로 진짜 영악했다. 그렇게 예쁘게 웃으면 내가 거절 못하잖아.

난 눈을 감으며 입술을 벌렸다. 달콤한 숨결이 얽혀들었다. 키르와 입맞춤은 꽤 여러 번 했다. 어른스러운 키스도 충분히 해 봤다고 생각했다. 하지만 오늘의 입맞춤은 어쩐지 평소랑 달랐다. 조금 더 농염하며 내밀한 느낌. 아득하면서 무언가를 강탈당할 것 같은 감촉.

호흡을 빼앗기고 심장이 쥐어짜이는 듯한 감각에 나도 모르게 키르의 어깨를 틀어쥐며 고개를 돌려 피했다. 하지만 키르의 입술이 끝까지 달라 붙었다. 키르는 부족하다는 듯, 더 애달프게 나를 갈구했다. 내 숨이 끊어질 것 같은 순간이 되어서야 키르는 입술을 떼어 냈다.

너무 격한 입맞춤에 나는 할딱거리며 어지러운 정신을 붙잡았다. 좀 편하게 숨을 쉬고 싶은데, 키르가 계속 입술에 입을 맞췄다. 그러면서 작게 속삭이는 말이,

"아렌, 진짜 농담 아니야. 나만 좋아해야 해. 알겠지?"

이런 식이라 기도 안 찼다. 난 호흡이 돌아와 정신을 좀 차리자마자 키르에게 엄하게 말했다.

"너만 좋아해. 너만 좋아한다고."

달콤하게 속삭이는 말투도 아닌데, 키르의 입가에 환한 미소가 걸렸다. 세상이 반짝일 것만 같은 그런 화사한 미소가.

"나도 아렌만 좋아해."

어휴, 이 바보 사랑꾼. 내가 그렇게 좋나. 못 말리겠단 감정에 키르의 양 뺨을 감싸 쥐었다. 한쪽 뺨에 입을 맞추고 반대쪽 뺨에 입을 맞추자 키르의 입술이 멍청하게 헤실헤실 풀렸다.

나는 그 얼굴을 보며 요즘 생각하던 이야기를 꺼냈다.

"키르, 이번에 같이 공국으로 돌아가자."

대공저 사람들이 공국으로 돌아갈 준비를 하면서 아버진 나를 데려가고 싶어 하셨지만, 나는 함께 가겠다고 밝힌 적이 없었다. 그러니 당연히 키르도 공국에 갈 생각을 하지 않았다.

"그래도 괜찮겠어?"

"어차피 더 머물기도 힘들잖아."

키르가 '그렇긴 하지'의 의미로 고개를 끄덕였다.

제국에 배움을 목적으로 왔는데, 이번 사건으로 결국 현자의 서재는 폐쇄되다시피 할 거다. 그럼 난 굳이 제국에 머물 필요가 없었다.

"아쉽지 않아?"

"아쉽긴 하지. 그래도 어차피 제국에선 이젠 좋을 게 없으니까."

키르가 살짝 날 안쓰럽게 바라봤다. 말은 이렇게 했어도 필요한 만큼은 배운 것 같아서 그렇게 아쉽지는 않았다. 이번 사건으로 사람 많은 곳이라면 지긋지긋하기도 하고.

"그렇게 걱정하지 마. 사실 진짜 아쉬운 건 유학 끝내고 공국에 돌아가자마자 딱 공무원으로 취업하고 싶었는데 그게 불가능해서니까."

원래 내 계획은 공국에 채용 계획이 있을 때, 내려가 유학 끝내자마자 바로 취업하는 거였는데. 얼렁뚱땅 내려가는 게 결정되어 버리며 한동안 백수 생활을 하게 생겼다. 사실 공부한단 핑계로 그동안 난 일하지 않았다. 하지만 공국에 내려가면 상황이 달라진다. 일자리부터 알아 봐야겠네. 내가 할 수 있는 게 뭐가 있을까?

그렇게 한창 고민할 때였다.

"공국에 돌아가면 일할 생각이었어?"

당연한 거 아닌가? 내 꿈을 뻔히 알면서 왜 묻는지 모르겠다.

"계획 없이 내려가게 돼서 어정쩡해졌지만. 일자리 알아 봐야지."

어쩐지 황당해 보이는 키르에게 답해 주며 나는 내가 할 수 있는 일이 뭐가 있을까 고민해 봤다. 하프테리 님처럼 선생님이 되어 볼까? 애들 상대는 자신 없는데.

"아렌, 네가 잊고 있는 게 있는 것 같은데."

내 진지한 진로 고민을 키르의 음성이 방해했다.

"응?"

"네가 원하면 언제든 공무원이 될 수 있어."

키르의 보랏빛 눈동자를 보며 묘한 불안감이 밀려왔다. 어린 시절 비슷한 이야기를 한 것 같았다.

"설마 네가 자리 만들어서 취직시켜 줄 거란 소리 하는 건 아니겠지? 내가 그러지 말라고 분명히 경고했어."

"비슷하면서도 틀린데."

내 목소리가 날카로워졌지만 반대로 키르는 여유로워졌다. 무슨 의도인지 모르겠다. 이거 불안한데?

"뭔데? 아, 설마 정령사로 나 취직시켜 주려고?"

갑자기 얻은 힘이라 정령의 힘으로 무언갈 할 생각을 못 했었다. 하지만 정령사라면 엄청난 재원이었다. 내가 생각해도 불의 힘은 대단했다. 인재를 원하는 사람이라면 탐낼 만한 힘이었다.

"그것도 괜찮지만, 정령사는 아니고……."

키르가 말을 기이하고 느릿하게 끌었다. 잠깐, 내 힘을 알면서도 정령사로 채용하는 게 아니라고? 저건 꿍꿍이가 있는 태도인데. 내가 불안하게 바라볼수록 키르의 얼굴에는 즐거움이 떠올랐다.

"어서 말해."

참지 못하고 내가 재촉하자 키르가 눈웃음을 치더니 비밀을 알려 준다는 듯 귓가에 입술을 붙였다. 집중하는 순간 키르의 속삭임이 들렸다.

"대공자비도 나름 공무원이야."

나는 몸을 젖히며 귀를 틀어막았다. 은근한 목소리로 속삭였을 뿐이다. 하지만 피부를 핥기라도 한 것처럼 귓가가 간지러워졌다.

"너, 너! 지금!"

청혼한 거야? 내가 놀라 외치기 직전 키르가 말했다.

"참고로 청혼한 거 아니야. 설마 이렇게 멋없이 청혼하겠어? 그냥, 그렇다고. 알아 두라고."

빙긋 웃는 키르의 미소가 의미심장했다. 심장이 덜컥 내려앉았다.

이 녀석! 아버지한테 교제 허락 받은 게 오늘인데 벌써 청혼할 준비하는구나! 키르가 싫은 건 아니다. 오히려 좋았다. 하지만 이제 18살인데 결혼은 너무 이르잖아!

"나 아직 결혼할 생각 없어!"

"누가 뭐래? 그냥 알아 두란 거지."

내 외침에 키르가 능글맞게 웃었다. 저건 마음먹었어! 작정했어! 공국에 가면 백 퍼센트 청혼 받을 거야!

내 예상이 맞다는 듯 키르의 미소는 더욱더 진해졌다. 아무래도 공국에 돌아가면 한동안 키르를 피해 다녀야겠다. 청혼을 받으면 내가 거절할 수 없을 테니까, 바로 결혼식이 준비될 테니까.

내 소꿉친구는 날 너무 좋아해서 탈이다.

-完-

외전 : 그 영애가 못다 한 이야기

야심한 밤.

난 막 씻고 나온 흔적이 그대로 남은 잠옷 차림으로 내 집무실에 잠입하듯 들어왔다. 그리고 누구에게 들킬세라 조심히 쌓인 보고서를 확인했다. 이 늦은 시간에 이렇게 은밀히 남의 집무실 침입하듯 숨어들어 일을 하는 이유는 밀린 일이 그만큼 많아서인 것도 있었다.

하지만 말로 설명하기 힘든 모종의 이유가 더 있었다. 자세히 파고들면 내가 더욱 곤혹스러워지는 그런 이유가.

아직 머리카락에 물기가 남아 서늘한 감이 있는데도 '어떤 일'을 상상하는 것만으로 몸의 열이 올라 뺨이 화끈해졌다. 손부채질을 하고 얼른 보고서로 정신을 돌렸다. 실제로 어영부영 시간을 보내기엔 진짜로 일이 많기도 했으니까.

제일 위에 놓인 서류를 집어 들었다. 익숙한 필기체의 서류라 작성자를 확인했더니, 아니나 다를까 하프테리 님이 작성한 서류였다.

사람이 그러면 안 되는데, 내게 도착한 서류는 다 중요한 일이란 걸 알면서도 하프테리 님이 쓴 보고서에 저절로 먼저 손이 갔다. 그리고 매번 나도 모르게 더 꼼꼼하게 읽게 되었다. 이번에도 신중하게 3장의 보고서를 전부 끝까지 읽었다.

결론은 아카데미 비슷한 고등 교육 기관을 만들고 싶으니 지원금을 늘려 달라는 요구였다.

하지만 이건 나 혼자 결정할 수 있는 사항이 아니다. 공국의 운영 자금 중 꽤 많은 비용이 내게 책정되는 건 사실이었다. 그러나 아카데미 설립은 금액의 단위가 너무 커서 내 선에서 해결할 수 없었다.

게다가 기관 설립은 단기로 돈이 들어가는 게 아니다. 꾸준히 지원을 해 줘야 했기 때문에 아예 예산을 따로 할당 받아야 했다. 아무래도 이건 주간 회의 때 대공에게 보고하고 실무진들과 상의해 봐야겠다.

보고서를 회의에 올릴 쪽으로 빼고 피곤한 눈을 문질렀다. 오늘 '큰 행사'가 있어 여러모로 피곤한 하루였다. 그래서인지 고작 보고서 한 장만 봤는데 벌써부터 눈이 침침했다.

* * *

2년 전, 그 '저주 사건' 이후로 하도 일이 많아 나는 공국으로 떠나기 직전이 되어서야 하프테리 님을 찾아 뵐 수 있었다. 그 일이 있고 처음 만나는 자리였다. 오랜만에 단 둘이 있게 되었지만 워낙 안 좋은 일이 있었던 터라 나나 하프테리 님이나 쉽사리 말을 꺼내지 못했다.

"죄송해요."

"미안하다."

어정쩡하게 눈치를 보던 우린 동시에 사과의 말을 내뱉었다. 똑같이 눈을 동그랗게 뜬 우리가 서로의 당혹감을 확인하는 순간 불편하던 공기는 사르르 풀려 버렸다. 서로에게 쌓인 감정이 원망이 아니란 사실을 확인하니 안도감이 찾아온 거다.

"내가 먼저 말해도 되겠니?"

하프테리 님이 조심스럽게 물었다. 한결 편해지신 표정에 내가 고개를 끄덕이자 하프테리 님이 자애로운 미소를 지으셨다.

"우선 아렌, 몰라보게 달라졌구나."

하프테리 님의 칭찬에 기쁨으로 볼이 발갛게 달아올랐다.

"네. 성장했어요."

"보기 좋구나."

날 보는 것만으로 하프테리 님은 내 외면뿐만 아니라 내면도 함께 성장했음을 눈치채신 듯 했다. 눈동자에 흐뭇함이 들어 있었다. 하지만 역시 예전처럼 환한 미소가 아니라 어쩐지 희미한, 살짝 바람만 불어도 꺼질 촛불처럼 위태로운 미소였다.

"내가 많이 미안하구나. 스승님을 믿고 싶단 마음에 앞을 제대로 보지 못해 네가 안 좋은 일을 겪게 만들었어. 크게 다칠 뻔했지?"

데이브 님이 작정했던 일이 제대로 이루어졌다면 크게 다치는 수준이 아니었겠지만, 그런 걸 트집 잡기엔 하프테리 님의 음성엔 죄책감이 잔뜩 묻어났다. 하프테리 님의 잘못이라 할 수 없는 일인데도 하프테리 님은 내게 진심으로 미안해하고 있었다.

"스승님 잘못이 아니에요. 같은 상황이라면 저도 그랬을 테니까요."

비슷한 상황이었다면 난 끝까지 모른 척하며 아무 행동도 하지 않았을지도 몰랐다. 내 스승님을 믿고 싶으니까. 그런 상황에 주체적으로 조사를 하신 하프테리 님이 대단하신 거다. 다만 궁금한 점이 있었다.

"언제부터 케이티 님이 연관 있다고 눈치채고 계셨어요?"

언제부터 의심하고 계셨는지가 궁금했다. 그 기간이 길어질수록 하프테리 님의 고뇌는 길었을 테니까.

다시 언급된 케이티 님의 이름에 하프테리 님의 표정이 흐려졌다.

"사실, 아주 오래전부터 전조는 느꼈다. 다만, 본격적으로 의심하기 시작한 건 네가 아카데미에 심부름으로 편지를 갖고 왔을 때란다."

하프테리 님은 울컥 올라오는 무언가를 참는 듯한 얼굴로 말씀하셨다.

예전에 딱 한 번 아카데미에 편지 심부름을 간 적이 있었다. 덕분에 클레어랑 벨리타를 만나기도 했고. 그러고 보니 하프테리 님은 그때 내가 전달한 편지를 받고 정색했었다.

"그때 편지에 의심스러운 내용이 써 있었나요?"

"아니. 아무 의미 없는 내용만 적혀 있었단다. 굳이 심부름을 보낼 필요 없는 그런 내용이었지."

그런데 내게 그렇게 냉담하게 구셨단 말이야? 왜? 난 여태껏 편지 내용에 하프테리 님이 화나신 줄 알았는데. 내 놀라는 표정에 하프테리 님이 쓴 웃음을 지으셨다.

"이렇게 널 쉽게 다룰 수 있다는 걸 보여 주신 거지."

말문이 턱 막혔다. 그때의 난 케이티 님을 무한 신뢰하던 상태였다. 그러니 그분이 내게 무언가 부탁을 했다면 의심스러운 일이어도 의문을 갖지 않고 행했을 거다. 그리고 저 심부름은 그걸 확인시켜 준 거니 하프테리 님에게 하는 경고나 다름없었다.

케이티 님은 자신의 목적을 위해 나뿐만 아니라 제자까지 이용하는 참으로 잔인한 사람이었다. 그래도 하프테리 님에게는 조금은 미안함을 가졌을 줄 알았는데. 속이 또 울렁거렸다.

"그런데 오래전부터 케이티 님에게 그런 기미가 있었나요?"

차마 내가 인질이었냐고 직접 묻지 못하고 말을 돌렸다. 하프테리 님이 티 나지 않게 작은 한숨을 쉬셨다.

"스승님이 이상하게 황가에 불만이 있단 건 느끼고 있었지. 그땐 나도 어려서 확신하지 못했던 거고. 다만 이상하게 날 자꾸 정치에 끼어들게 하려는 게 보여서 스승님 곁을 떠나 공국에 머물렀던 거란다. 그때 우연히 널 만나게 되었지."

하프테리 님 같은 대단한 분이 왜 공국에 머물렀나 했더니 케이티 님과 거리를 두느라 그랬던 거구나. 그럼 이상한데. 왜 다시 제국에 돌아오셨지? 설마…….

"저 때문에 제국으로 돌아오신 건가요?"

아무리 생각해도 그게 아니면 다른 이유를 찾기 힘들었다. 나 때문에 하프테리 님이 희생한 게 너무 많은 것 같아 고개를 제대로 들 수가 없었다.

"아렌, 네 잘못이 아니란다. 다 내 탓이지. 나 또한 한 사람의 스승이 되니 욕심이 생기더구나. 그게 잘못된 선택인 걸 모를 정도로."

저렇게 말씀해 주셨지만 결국 날 더 좋은 조건에서 공부할 수 있도록 해 주고 싶었단 소리였다.

날 현자의 서재에 넣어 주는 조건으로 하프테리 님이 아카데미 교수가 되었을 때부터 대충 짐작은 했었는데 이 정도까지 희생하셨을 줄은 몰랐다. 하프테리 님은 뒤에서 내게 한없이 베풀어 주셨다.

"저야말로 죄송해요. 너무 어리고 아무 것도 몰라서 받기만 했어요."

"네가 그럴 필요 없어. 나야말로 괜한 욕심을 부려 네게 안 좋은 기억을 남겼으니 미안하단다."

하프테리 님은 날 다독이는 것으로 모자라 내게 고개 숙여 사과하셨다.

"그러지 마세요."

화들짝 놀라 말렸다. 원래 그런 분인 건 알지만 부담스러웠다. 하프테리 님이 사과를 멈출 기미가 보이지 않아 난 또 말을 돌렸다.

"이제 어쩌시려고요?"

"조용히 지내야지."

하프테리 님은 담담하게 현실을 받아들였다. 하지만 제자 된 입장에서 마음이 편치 않았다.

다행히도 제국 내에서 현자의 서재가 아예 사라지지는 않았다. 현자들 전부가 사건의 가담자가 아니기도 했고, 그들을 처벌할 권한을 가진 제일 런 황제가 복수는 또 다른 복수를 낳는다며 무고한 자들은 벌하지 말라 고 명령했기 때문이었다. 하지만 많은 수가 공범으로 잡혀 들어갔다.

자연스럽게 내부 분위기가 흉흉해져 대다수가 현자의 서재를 떠나 지 금은 거의 껍데기만 남았다고 봐야 했다. 게다가 외부에서 현자의 서재 출신을 보는 눈길도 곱지 않았다.

특히, 하프테리 님의 경우는 처지가 더욱 애매해졌다. 주모자의 제자니 공범일 거라고 처벌을 주장하는 쪽과 그래도 나서서 범인을 색출했다는 점에서 공범이 아니니 처벌을 해선 안 된다는 쪽으로 의견이 갈렸다.

격렬해지는 여론에 하프테리 님은 누가 시킨 것도 아닌데 스스로 칩거 를 선택했다. 그래도 주변에서 가만히 놔두지 않았다. 직접 찾아와 비난 하는 이들도 있었다.

끊이질 않는 소란에 제일런 황제가 나서서 하프테리 님의 무죄를 선언 하고 나서야 귀족들은 이러쿵저러쿵하던 것을 멈췄다.

그리고 이 소란 중에서 나는 철저하게 배제되어 있었다. 나 또한 현자 의 서재와 연관이 있고 하프테리 님의 제자임에도 난 평화로웠다.

그게 키르의 등쌀에 못 이긴 대공가의 능력인지, 아니면 제일런 황제가 나선 것인지, 그것도 아니면 이젠 재상이 된 사비나 님이 손을 쓴 덕분인 지는 모른다.

어쨌든 나에 관한 내용은 정말 쏙 빠져 있어서인지 나는 평온했다. 하 지만 황제가 직접 무죄 선언을 했음에도 하프테리 님에게는 곱지 않은 시선이 늘 따라다녔다. 당연히 아카데미에선 잘리고 따로 일자리를 얻을 수도 없었다.

저택 내에서만 지내게 된 하프테리 님의 모습에 난 죄책감을 느꼈다. 하 프테리 님이 원래 권력을 탐하거나, 명예욕이 강한 성향은 아니어서 주변의 태도에 크게 좌절한 티를 내진 않았다.

그래도 하프테리 님은 그동안 이루어 왔던 모든 걸 잃은 거다. 본인이 버린 것과 버려지는 건 상황이 달랐다. 곧 나는 공국으로 떠나게 된다. 아직 문제가 남은 스승님을 홀로 내버려 두고 악몽 같은 상황에서 나만 벗어나는 것 아닌가.

"걱정하지 마렴. 조용히 지낼 만하단다. 다행히 재산도 꽤 있어서 먹고 살 걱정도 없지."

긍정적인 어조로 말씀하시는데 내가 다 안타까웠다. 시간이 흐르면 하프테리 님을 보는 불쾌한 시각이 사라지고 다시 능력을 펼칠 기회가 올지 모른다. 하지만 그때까지 기다리기엔 하프테리 님의 시간과 능력이 아까웠다.

"스승님, 괜찮으시다면 저와 같이 공국에 가지 않으실래요?"

"공국에?"

내 제안에 하프테리 님이 놀란 듯한 눈치였다. 그리고 희미하게 웃는데 그다지 탐탁지 않은 것 같았다. 거절의 말씀을 하시기 전에 내가 선수를 쳤다.

"이렇게 제국에 머무는 것보단 나을 것 같아서요."

"마음은 고맙지만 난 함께하지 않는 게 좋겠구나."

하지만 하프테리 님은 썩 밝지 않은 표정으로 거절하셨다. 보나마나 나를 위한 거절이었다. 하프테리 님이 무얼 신경 쓰시는지 나도 안다.

제국의 영향을 크게 받지 않는 공국이라고 해도, 하프테리 님이 가지신 '죄인의 제자'라는 꼬리표가 사라지진 않는다. 자신을 곁에 두면 지금은 소란에서 벗어나 있는 내게도 그 흔적이 따라붙을까 봐 걱정하시는 거였다.

"걱정하시는 일은 없을 거예요. 지금도 봐요. 스승님에게 죄스러울 정도로 전 괜찮잖아요."

"네가 죄스러울 필요는 없지. 난 오히려 네가 이 일에서 벗어나 다행이라고 생각한다."

이 와중에 하프테리 님은 또 나를 먼저 걱정해 주셨다. 하지만 그런 모습이 오히려 더 걱정이었다. '스승의 배신'이라는 사건은 마음에 큰 상처를 남길 거였다. 하프테리 님이 지금은 괜찮은 것 같지만 홀로 칩거하게 된다면 아무리 이성적인 존재라고 해도 점차 비탄에 빠질 수 있다. 난 그걸 걱정하고 있었다.

"가까이 계시면 제가 종종 찾아뵐 수 있잖아요. 스승님이 여기에 혼자 계시지 않으셨으면 좋겠어요. 같이 가요. 네?"

내가 응석 부리듯 계속 조르자 어색한 표정을 짓던 하프테리 님이 결국 승낙하셨다.

"그래. 그러마."

"정말요? 함께 가시는 거죠? 약속하시는 거예요!"

내가 매달리긴 했어도 승낙할 줄은 몰랐기 때문에 기뻐 외쳤다.

"그래. 약속하마."

하프테리 님을 홀로 남겨 두지 않아도 된다는 사실에 진한 안도감이 들었다. 나는 하프테리 님에게 꼭 함께 가는 거라고 몇 번을 당부한 후 서둘러 대공저에 돌아와 이 기쁜 소식을 키르에게 전했다.

"키르, 키르! 스승님이 같이 공국에 가기로 하셨어!"

"뭐? 그 인간이 왜?"

좋지? 라고 묻기도 전에 키르의 삐딱한 목소리가 들렸다. 뭐? 그 인간이 왜애?

"말조심해. 그 인간이라니 내 스승님이야."

"그 사람은 뭐 하러 공국에 간다는 거야."

내 경고에 키르의 입이 불퉁하게 튀어나왔다. 아버지에게 우리 사이를 허락을 받고 한동안 키르의 상태는 매우 좋았다. 보란 듯이 아버지 앞에서 애정을 과시해서 훈련장에 끌려가도 좋다고 웃을 정도로 밝았다.

그런 키르가 오랜만에 있는 대로 짜증을 낼 것처럼 불만 가득한 얼굴을 했다. 일부러 티를 내는 행동에 한숨을 삼켰다.

얘가 뭐 때문에 이렇게 행동하는지 아니까 화도 못 내겠다. 질투쟁이. 이러다가 진짜로 내가 다른 남자랑 눈만 마주쳐도 질투하겠다. 그래도 어쩌겠어. 내가 좋아서 이렇게 알아봐 달라고 투정을 부리는 걸.

"키르, 내 스승님이야. 남자가 아니라 아버지 같은 분이란 말이야."

내가 말해 줘도 키르의 눈동자에 미심쩍은 기운이 떨어지지 않았다. 기습적으로 뺨에 쪽하고 입을 맞춰 줬더니 키르의 눈이 가늘어졌다.

반대쪽 뺨을 은근슬쩍 내미는 모습에 모른 척 그쪽에도 쪽 하고 입을 맞춰 주니 그제야 키르의 입이 헤벌쭉 벌어졌다. 어딜 봐도 이걸 노렸다는 쉽고 빤히 보이는 반응이었다.

앙큼한 녀석. 물론 나도 키르가 의도하고 하는 걸 알면서 그 행동에 자꾸 넘어가 줘서 문제다.

"큼, 정말 아니지?"

"어, 아니야."

단언해 주자 그제야 키르가 불만을 싹 지웠다.

"출발 같이 하는 거야?"

"어? 어. 그러시겠다고 하셨어."

너무 갑작스러운 키르의 변화에 놀라 내가 버벅거렸다.

"알았어. 아버지한테도 말해 둘게."

얘가 순순히 굴면 좀 의심스러운데. 다행이라고 생각하면서도 찜찜함이 남았다. 그리고 그런 찜찜함은 공국으로 돌아가는 길에 굳이 하프테리 님을 찾아간 키르의 행동으로 처절하게 현실이 되고 말았다.

"아렌과 진지하게 교제하고 있습니다. 허트만 단장의 허락까지 받은 공인된 사이지요."

어깨를 쭉 편 키르의 콧대는 하늘을 치솟을 듯 올라가 있었다. 내 얼굴이다 달아오를 정도로 뜬금없고 민망한 말이었다. 얘가, 왜 이렇게 갈수록 부끄러운 줄 모르고 낯부끄러운 짓을 하는지 모르겠다. 하프테리 님은 잠시 나와 키르를 번갈아 보더니 온화하게 웃으며 덕담을 건넸다.

"축하합니다. 아렌을 많이 아껴 주세요. 두 사람이 오래오래 행복했으면 좋겠군요."

우쭐한 기색을 숨기지 않는 키르 때문에 내가 다 미치겠다. 키르는 나날이 유치해져만 갔다. 어째서 부끄러움은 늘 내 몫이냐고!

아버지에게 허락 받은 뒤부터 키르는 내가 속으로 '그만 좀 해!'를 외칠 정도로 입이 아주 촐싹거리는 수준으로 변했다. 키르가 워낙 거침없이 우리 사이를 소문내고 다녀서 내가 사람을 만나기 두려워할 정도였다.

그렇게 하프테리 님은 작은 소동과 함께 공국으로 오게 되었다. 계획 없이 내려오게 된 터라 머물 곳이 문제였다.

"저희 집에서 같이 지내시죠."

"괜찮단다. 봐 둔 집도 있고."

우울함의 잔재가 남은 사람을 홀로 두고 싶지 않아 우리 집에서 같이 살자고 요청했지만 하프테리 님이 거절하셨다. 게다가 뒤늦게 이야기를 들은 키르가 길길이 날뛰어서 더 요청하기는 불가능했다.

"뭐? 그 사람이랑 같이 산다고? 안 돼! 그럼 네가 우리 집으로 와!"

갈수록 키르의 유치함이 늘어간다고 생각하는 건 나뿐만이 아닌지 아버지도 쉴 새 없이 고개를 저었다. 생떼를 쓰는 것과 다를 바 없는 키르의 태도 때문에 결국, 하프테리 님은 예전에 머물렀던 그 집을 다시 구해 자리 잡았다. 대신 난 매일같이 하프테리 님을 찾아뵈었다.

하지만 그걸로 충족되지 않는 무언가가 있는 것 같았다.

시간이 지나면 이렇게 될 거란 내 예상이 맞았다. 하프테리 님은 점차 기운을 잃어 갔다. 공국에 정착한지 한 달이 지나자 삶의 마무리를 준비하는 노인처럼 기력이 다한 얼굴로 날 맞이해 주실 정도였다.

그게 눈에 띄게 보여 굉장히 안타까웠다. 아직 능력을 펼칠 나이에 하프테리 님은 모든 열정을 잃은 사람처럼 어딘가 비어 버렸다.

그래서 내가 나섰다.

"스승님, 아이들을 가르쳐 보실래요?"

"갑자기 그게 무슨 소리니?"

"그냥요. 이렇게 무료하게 지내실 게 아니라, 저 어릴 때 가르치셨던 것처럼 소소하게 아이들을 가르쳐 보시는 건 어떠세요?"

"……됐다. 내가 누굴 가르치겠어."

말씀은 그렇게 하셔도 살짝 흔들리셨는지 하프테리 님의 답이 조금 늦었다. 그래서 더욱 열렬하게 말했다.

"그렇게 말씀하시면 안 되죠. 스승님이 아니면 누가 아이들을 가르쳐요. 스승님이 어떤 점을 신경 쓰는지 알아요. 하지만 공국 사람들은 '그일'을 신경 쓰지 않아요. 모르는 사람이 대부분이에요. 스승님에게 배웠다는 사실만으로 차별받지 않아요. 오히려 스승님께 배운 아이가 나중에 능력을 인정받아 공국에서 성공한 사람이 될 수도 있어요."

하프테리 님도 그동안 머물면서 이곳이 제국의 사건과 동떨어졌다는 건 체감했을 거다. 여기 사람들은 그 사건에 대해 몰랐고, 알았다고 해도 관심조차 없는 듯 행동했을 거다. 실제로 아무도 하프테리 님께 편견의 눈길을 보내지 않았다.

"아시잖아요. 여긴 그 일로 스승님을 다른 시선으로 보는 사람이 없다는 거요. 만약 그걸로 피해를 입는다면 저부터 받아야죠. 제가 가장 먼저 배척 받아야 할 걸요. 하지만 아시죠? 여긴 절 너무 좋아하는 사람이 있어서 그런 일 절대 없다는 거요."

내 입으로 하프테리 님에겐 이런 소리 하고 싶지는 않았다. 하지만 신뢰를 얻기 위해서 키르에 대해 언급하며 치기 어리게 말할 수밖에 없었다.

하프테리 님 또한 내 발언에 살짝 놀란 듯 눈을 크게 뜨더니 작게 웃음을 터트리셨다. 공국에 돌아와서 처음 보는 진심어린 웃음이었다.

한참을 잘게 웃으시던 하프테리 님이 혼잣말 하듯 중얼거렸다.

"……그래 볼까?"

"스승님이 하시겠다면 제가 준비해 볼게요. 귀족이나 부유한 아이 말고 동네 아이들을 가르치시는 건 어떠세요? 큰돈은 못 벌겠지만, 제가 대공 전하에게 건의하면 약간의 지원금은 받을 수 있을 거예요."

"동네 아이들?"

동네 아이들을 교육하게 될 거란 건 생각해 보지 않았는지 하프테리 님은 놀람을 드러내셨다.

원래 하프테리 님 실력이면 귀족 자제나 그에 준하는 신분의 아이를 가르치는 게 마땅했다. 하지만 스승님이 귀족가와는 연관되고 싶어 하지 않으실 것 같은데다가 굳이 돈이 필요하시지도 않을 테니 봉사활동의 개념으로 아이들을 가르치시는 게 좋지 않을까, 하고 생각했다.

게다가 잘난 척하는 귀족 아이들보다 천방지축 날뛰는 동네 아이들의 활기참이 하프테리 님의 우울함을 물리치는데 더 도움이 될 거다.

"여기 찾아올 때보니까 근처에 어린 아이들이 몇 있더라고요. 그 애들에게도 좋은 기회일 거예요. 평범한 아이들이니 커서 제국에서 취직할 때 불이익을 당할 거라 신경 쓸 필요도 없지요. 제가 아이들 부모님께 잘 말해 볼게요."

사실 이 시대의 평민들은 굳이 자식들을 교육하지 않았다. 우선 엄청난 수업비 때문도 있고, 부모 세대가 무지해 교육의 필요성을 느끼지 못하기 때문도 있었다. 그래서 무료 교육을 한다고 해도 준비가 필요했다.

처음엔 내 의견에 당혹스러워하시더니 이 또한 좋은 기회라고 생각했는지 하프테리 님의 표정이 밝아지셨다.

"부탁하마."

이때까지만 해도 난 이 일을 정말 작게 생각했다. 단지 하프테리 님이 꾸준히 할 일을 만들어야겠다는 생각뿐이었다. 내게 그러셨던 것처럼 누군가를 돌보며 기운 차리시길 바랐다. 그런 정말 단순한 계획이었다.

"평민 아이들을 교육하고 싶습니다. 그래도 될까요?"

우선 나는 대공을 찾아가 아이들에게 무상 교육을 할 거라고 허락을 받았다. 이 시대엔 교육이 귀족만의 특권이라고 생각하는 귀족이 있기 때문이다.

"많은 수냐?"

"아니요. 몇 명만 할 겁니다. 스승님이 소일거리 삼아 봉사활동을 하실 겁니다."

다른 의도가 없다는 걸 보여 주기 위해 나는 일부러 '봉사 활동'이라는 말을 강조했다. 다행히 대공은 별 의심하지 않았는지 선뜻 허락해 주었다.

"맘대로 하려무나."

"그럼, 도움 좀 주시겠어요? 대공 전하가 지원한다고 하면 공국민들도 참 좋아할 것 같은데요. 조금만, 정말 조금만 도와주셔도 돼요."

배시시 웃으며 요청하니 대공은 '네가 그러면 그렇지'하는 표정으로 응답했다. 내친김에 지원금도 조금 뜯어내는데 성공해 일은 빠르게 진행되었다.

작은 건물을 빌리고 근처에 사는 어린 아이 몇 명을 모집했다. 하프테리 님 홀로 가르치니까 많은 수는 아니고 다섯 명 정도로 제한했다.

그런데 예상외의 일이 일어났다. 학부모들의 반응이 생각보다 엄청난 것이다. 그들은 아이들의 교육보다, 낮 시간 동안 무상으로 아이들을 돌봐 준다는 점에 격렬하게 반응했다.

생각해 보면 당연했다. 이 시대에도 맞벌이는 존재했다. 부모라면 홀로 시간을 보낼 자식을 걱정하는 게 당연했다. 그런 부모들에게 믿고 맡길

곳이 생기는 거다.

그래서 아이들의 교육보다 아이 돌보미 목적인 작은 교육소가 생겨났다. 아이들은 빠르게 적응했다. 하프테리 님을 '선생님, 선생님'하고 부르며 병아리처럼 쫓아다녔다.

"선생님, 이거 선물이에요!"

"날 위해 준비한 거니?"

"네. 너무 예뻐서 선생님 꼭 드리고 싶었어요."

"고맙구나."

한 아이가 준 꽃 한 송이를 받고 밝게 웃는 하프테리 님을 보고 그제야 난 마음을 놓았다.

아이들과 함께하는 시간이 길어지자 하프테리 님은 점차 예전의 모습을 되찾으셨다. 역시 어린 아이의 순수함은 지친 마음을 정화시켜준다. 하프테리 님도 아이들도 만족스러워 보여 생각보다 잘될 것처럼 보였다. 그래서 마음 놓고 자리를 비울 수 있었다.

난 지원금 처리 때문에 대공에게 올릴 보고서를 작성해야만 했다. 실무 경험이 부족한 나는 몇 번의 실패 끝에 보고서 작성을 완성할 수 있었다. 그 때문에 며칠 만에 교육소를 들렀다.

"세상에……. 이게 뭐예요?"

"학생이 좀 늘었지?"

하프테리 님의 어색한 웃음에 난 말을 잇지 못했다.

교육소는 입소문을 타고 폭발적으로 인기를 얻었다. 처음엔 단순히 아이를 맡겨 한시름 놓았던 부모들이 점차 자신의 아이가 글을 읽게 되고 유식해졌다는 사실을 깨달은 거다. 부모들은 너도나도 교육소에 아이를 맡기길 희망했다.

그리고 착한 하프테리 님은 그들의 부탁을 거절하지 못하셨다. 그래서 분명히 다섯 명으로 시작했던 아이들이 며칠 뒤에 가 보니 서른 명으로 늘어 있었다. 작은 교육소에 **빽빽**하게 들어찬 아이들을 보고 난 기가 막혔다.

지금까진 하프테리 님이 어떻게 해 오셨지만, 이렇게 늘다가는 홀로 감당할 수 있는 수준을 넘어선다. 운영에 한계가 올 것이다.

특히 금전적인 면에서 그랬다. 이대로라면 장소도 바꿔야 한다. 게다가 아이들이 도시락 개념으로 먹을 걸 싸 오긴 하지만 가난한 아이도 있어 전부 싸 오는 건 아니었다.

대공에게 지원을 받았지만 이렇게 커질 줄 몰랐기 때문에 그 금액은 정말 적었다. 그 지원금은 장소 빌리는 데 대부분 썼고, 나머지는 무상으로 노동하는 고급 인력인 하프테리 님에게 내가 따로 챙겨주려던 돈이었다. 물론 이 상태를 보아하니 그 나머지도 이미 다 썼을 거다.

이대론 안 된다고 생각한 나는 대공을 찾아가 도움을 요청했다.

"전에 무료 교육을 하겠다는 일이요. 조금 크게 하고 싶습니다."

"자리를 잡고 이미 열었다고 하지 않았나?"

얼마 전에 보고서를 올렸기 때문에 대공의 이런 의문은 당연했다.

"맞습니다. 그런데 예상보다 추가로 지원하는 사람이 너무 많습니다. 이렇게 운영하긴 힘들어요. 공국민 복지라고 생각하고 좀 더 큰 지원을 고려해 주세요."

내 요청을 대공은 진지하게 받아들였다. 빠르게 조사를 마친 대공은 어이없어 했다.

"어쩌 네가 나서는 일은 늘 규모가 커지는 것 같구나."

"그, 그럴 리가요."

나라고 이 일이 이렇게 커질 줄 알았는가. 대공의 지긋한 눈빛을 피했다.

"좋아 추가 지원을 약속하마."

한소리 더 할 줄 알았는데 대공은 쉽게 허락해 주었다.

그렇게 아카데미라고 하기엔 작은 '학교'가 만들어졌다. 제대로 된 학교가 출범을 한다는 소문이 돌자 일은 더 커졌다.

사람 심리가 그렇다. 남들이 다 받는데, 내 자식만 못 받는 건 불쾌함이 생기는 거다. 아이를 가진 부모들의 관심이 더욱 날카롭게 집중되었다. 그래서 나는 처음 계획보다 더 크게 '학교들'을 세워야 했다.

그러면서 부랴부랴 부족한 사람을 구했다. 사실 사람을 구하는 건 어렵지 않았다.

현자의 서재 출신 인재들은 제국에서 배척당해 오갈 곳 없는 상태였다. 안락한 장소를 계획 없이 뛰쳐나간 그들은 세상이 험난한 걸 겪었다. 마냥 자기의 공부를 하기엔 현자의 서재가 좋았단 걸 절실히 깨달은 거다.

하긴, 적당히 지원금도 잘 챙겨 줘, 다른 현자와 정보 교류하기도 쉽지. 그런 천상의 공간에서 지내던 똑똑한 멍청이들이 세상에 내던져졌으니 어떻겠는가.

나름 마음 고생, 금전 고생들을 해서 그런지 그들은 내가 공국에 와서 일할 생각이 없냐고 물었을 때 모두 흔쾌히 허락했다. 오히려 소문을 듣고 먼저 내 쪽으로 연락해 일자리 좀 꼭 달라는 요청이 있을 정도였다.

그렇게 사람을 구한 후 적당한 위치를 선정해 건물을 사들이고 학교로 단장했다.

하루 이틀 안에 해결되는 일도 아니고, 업무가 방대해서 얼떨결에 난 대공저에 출근하며 이 일을 본격적으로 처리하게 되었다. 생각보다 크게 들어가는 돈에 처음엔 대공저 사람들의 눈치를 봤지만 누구도 제지하지 않기에 이왕하기로 한 거, 열심히 하기로 했다.

그렇게 나는 돈을 퍼다 나르며 학교를 지역마다 확장시켰다.

* * *

그 뒤로 2년이 지난 지금, 공국의 주도하에 시작된 일이라 학교는 빠르게 잘 자리 잡았다. 그리고 방금 확인한 보고서가 교육에 욕심이 생긴 하프테리 님이 조금 더 고등 교육 기관을 만들고 싶다고 올린 거였다.

마음 같아선 '스승님 하고 싶은 거 다 하세요! 제가 돈길 깔아 드릴게요!'라고 외치고 싶지만 역시 들어가는 금액이 만만치 않았다.

어떻게 대공을 설득할까 생각을 정리하며 나는 다음 보고서를 집어 들었다. 이번엔 클레어가 올린 보고서였다. 일주일 뒤 도착할 것 같단 보고와 동시에 이번엔 '선물'을 두 개나 준비했다는 자랑이었다.

세상에, 이렇게 기쁜 소식이라니! 난 허겁지겁 대공에게 허락 받을 예산을 짰다. 두 명분의 숙소와 지원에 대한 보고서였다.

* * *

그러니까 내가 막, 하프테리 님의 학교 설립으로 정신없이 시간을 보내던 때였다. 어느 날 나는 예상치 못한 손님을 받아야 했다.

"언니! 어떻게 이럴 수 있어요! 못됐어! 약속도 안 지켜! 흐어엉! 열 번이라면서! 한 번밖에 못 안았는데! 이렇게 몰래 떠나시는 게 어디 있어요!"

난입하듯 등장한 손님은 울음소리를 내며 내게 매달리는 클레어였다. 제국을 떠나오기 전에 키르와 아버지의 신경전과 하프테리 님까지 신경 쓰느라 클레어에 대해선 정말 까맣게 잊고 있었다.

"미, 미안해요. 제가 정신없어서 신경 못 썼어요. 진짜, 진짜 미안해요."

이건 변명도 못할 내 잘못이라 나는 얌전히 사과만 했다. 내가 진심으로 사과하자 클레어가 더 투정을 부릴 수 없는지 이번만 용서해 준다는 표정으로 사과를 받아들였다.

"또 몰래 도망가면 용서하지 않을 거예요."

의도한 건 아닌데 도망친 것이 되어 버린지라 난 애매한 미소를 지었다.

클레어가 얼른 약속을 지키란 것처럼 팔을 벌렸다. 난 한숨을 삼키고 그 팔 안으로 들어갔다. 클레어의 팔이 올가미처럼 내 등을 감싸 왔다. 그리고 이번에도 그녀는 격하게 코를 벌름거리며 거친 숨을 내쉬었다.

"역시 언니가 최고예요. 하악, 이 황홀함! 하악, 신선해! 학, 짜릿해! 하아악, 전율이 흘러!"

갈수록 클레어의 상태가 더 이상해졌다. 그만해! 그런 말 들으면 안겨 주기 싫어! 이 선택을 후회하게 만들지 마! 제발 거친 숨만이라도 쉬지 말았으면 좋겠다는 간절함이 들었다.

"어쩜 이렇게 좋을 수 있죠?"

클레어는 격렬하고 처절했던 시간이 지나고 나서야 나란 사람에 취한 것처럼 늘어져 쉬었다. '아, 행복했다. 난 다 가졌어' 하는 표정인데 난 썩 반갑지 않았다.

"식사 때까지 좀 쉬어요."

본인의 욕구를 충족한 클레어는 다루기 쉬웠다. 알았다고 작게 끄덕이는 그녀를 내버려 두고 난 지친 마음을 이끌고 도망치듯 응접실을 벗어났다. 도대체 클레어가 왜 날 이렇게 좋아하는 건지 이해할 수 없었다. 정말 그것이 알고 싶었다. 그때, 불이 말을 걸었다.

'그 이유, 나는 알 것 같아.'

"응? 그게 무슨 소리야? 날 좋아하는 이유를 알 것 같다고?"

갑자기 들려온 희소식에 내 목소리가 한껏 올라갔다. 사람들이 없을 땐 종종 소리 내어 불과 말해 버릇했더니 생각으로 의사를 전달하는 것보다 말을 꺼내는 게 편했다.

'처음엔 나도 잘 몰랐는데. 지금 보니까 저 인간이 왜 널 그렇게 좋아 하는지 알 것 같아.'

"어떻게? 아니, 이유가 뭐야? 도대체 왜 날 저렇게 좋아해?"

나는 다급하게 물었다. 불이 사람처럼 형상을 갖추고 있었다면 멱살을 잡고 흔들었을 정도였다.

'정확히는 네가 아니라 나를 좋아하는 것 같아.'

"뭐?"

내 입에서 외마디 비명이 펄떡이며 튀어나갔다.

'거기서 더 정확히는 나보다 정령의 힘을 좋아하는 것 같지만.'

"그게 무슨 소리야?"

난 진심으로 혼란스러웠다. 클레어가 정령의 힘을 느낀다는 건가? 마법사뿐만 아니라 정령사 소질까지 있는 거야?

'저 인간이 널 안고 호흡할 때마다 자연의 힘을 빨아들여. 저번엔 우연인 줄 알았는데, 이번에 보니까 아니야. 본능적으로 알고 흡수하는 것 같아.'

불의 설명에 입이 딱 벌어졌다.

나는 정령의 힘을 갖고 태어나 모르고 살다가 무의식적으로 힘을 쓰기 시작했다. 그래서 사실 정령의 힘이 구체적으로 어떤지 잘 느끼지 못했다. 나도 모르는 힘을 클레어가 알아차리고 흡수한다고? 재능이란 재능은 다 가졌구나. 클레어의 끝이 어디일지 정말 놀라웠다.

……잠깐, 정령의 힘을 흡수한다고?

"그럼 넌 괜찮아? 힘을 빼앗기는 건 아니야?"

내 목소리엔 경악이 담겨 있었다. 나도 모르는 사이에 불의 힘을 클레어에게 빼앗기게 만들었다는 것에 놀랐기 때문이다.

'아……. 표현을 그렇게 해서 오해하는구나. 난 괜찮아. 내 힘을 빼앗아 가는 건 아니야.'

"흡수한다며?"

'음, 자연의 힘의 집중도 차이지. 비유하자면 평소에 저 인간이 느끼는 게 그냥 공기라면 네 옆에선 산속에서 호흡하는 것 같은 청량함을 느낄 걸? 보다 높은 자연의 힘을 느낄 수 있으니까 집착하게 되는 거지. 그런데 그 차이는 웬만한 사람은 알기 어려울 텐데, 저 인간 대단하네.'

그러게. 파도 파도 끝이 없이 대단하네. 클레어의 재능은 '재능'이라 표현하기 부족할 정도로 엄청난 것이었다. 그런 그녀가 나를 격하게 좋아하는 이유를 알게 되니 할 말이 없었다. 이거 참, 놀랍다 놀라워. 천재라서 날 좋아하는 거라니, 잠깐!

그리고 보면 클레어가 외모 말고 따로 반응하는 것이 있다는 조짐은 있었다. 그저 귀엽게 생긴 외모에만 반응했다면 내가 성장했을 때 관심이 떨어졌어야 했다. 게다가 더 나아가 클레어가 아카데미를 다니는 건 불가능했어야 했다.

아카데미엔 어리고 미모가 뛰어난 학생들이 매우 많았다. 단순히 외모가 이유라면 그런 재학생들에게 매번 눈이 돌아가서 클레어가 좇아다닐 텐데 그러면 아무리 뛰어난 재능이 있어도 무슨 소용인가.

그런 클레어가 아카데미를 제대로 다닌 편이었다는 건, 몇몇 특정인물에게만 반응했다는 의미일지도 몰랐다.

그리고 그 특정인물들이 나와 같다면? 나처럼 본인들은 자각 못한 정령의 힘을 가졌다면?

갑자기 클레어의 엄청난 효용성을 알게 되었다. 인간 정령사 탐지기다! 클레어의 재능 자체든 엄청나지만 이건 또 다른 능력이었다. 아직 개화하지 못한 정령사들을 선점한다면 그건 엄청난 일이 될 거다. 그래서 난 서둘러 돌아가 클레어를 꼬셨다.

"클레어! 공국에서 나랑 함께 살래요?"

"네! 언니!"

클레어가 고민할 필요도 없다는 듯 답했다. 그래서 더 양심에 찔린 나는 그녀에게 다시 한번 생각해 보라고 권했다.

"아니, 진지하게 고민 좀 해 보고 답해요. 그냥 사는 게 아니잖아요. 클레어의 미래 계획도 있지 않아요?"

"괜찮아요. 저 먹고 살 걱정 안 해요. 가끔 마법 물품 만들어 파는 걸로 먹고 살 만한 걸요. 딱히 어디에 소속 돼서 일하고 싶진 않지만 언니가

해 달라면 일할게요. 공국에 취직할까요?"

천재의 삶은 이렇게 제멋대로인가 하고 새삼 느낄 정도로 참 속 편한 답이었다. 그래도 공국에 저런 재능덩어리 마법사 한 명쯤 있으면 좋겠지?

"진짜 공국 마법사가 될 거예요?"

"언니가 원하면요!"

클레어가 공국에 취직하겠다는 소리에 당연히 대공은 반대하지 않았다. 국력이 높아지는 일이기에 다른 가신들 역시 쌍수를 들고 환호했다.

유일하게 한 사람, 키르가 반대를 외쳤지만 내 뽀뽀 세 번에 홀랑 넘어가 버렸다. 그렇게 클레어는 얼렁뚱땅 공국 소속의 마법사가 되었다. 클레어가 고용 계약서에 서명을 하자마자 난 그녀에게 일을 주었다.

"클레어, 이제부터 세상을 돌아다니며 막 심장이 벌렁거리고 거친 호흡을 내뱉으며 껴안고 싶어지는 사람을 찾아요."

"그, 그래도 돼요?"

내 기괴한 요구에 클레어가 진심으로 좋아하며 물었다. 계속 하지 말라던 행동을 허락하는 것과 마찬가지인 말에 격하게 반응을 하는 것 같았다.

"네. 하지만 마음대로 막 껴안으면 안 돼요. 억지로 밀어붙이지 말고 최대한 정중하게 데려오세요. 그럼 제가 안겨 주거나, 협상해서 그 사람을 안을 수 있도록 해 볼게요."

"언니, 이 직업은 꿀인가요?"

클레어가 황홀한 목소리로 중얼거렸다. 그런 그녀가 혹시 사고 칠까 봐 난 몇 번이나 그런 사람을 발견해도 함부로 달려들고 껴안으면 안 된다고 당부했다. 그렇게 내게 특명을 받아 클레어는 정령사의 자질이 있는 사람들을 찾아 떠나게 되었다.

그녀가 훌쩍 떠났다가 돌아오면 아니나 다를까 파랗게 질린 사람을 한 명씩 데려오곤 했다. 그들에게 정령석을 쥐여 줘 보니 확실히 정령사의 재능이 있는 이들이었다.

"괜찮아요. 클레어가 저렇게 위험해 보여도 말은 잘 들어요. 해치지 않아요. 안심하세요."

나는 그런 그들에게 몇 번이나 클레어가 위험한 사람이 아니다, 믿지 못하겠으면 지켜 주겠다는 약속까지 한 후 그들과 계약하고 힘을 제대로 쓸 수 있도록 후원 중이다. 그런 사람이 벌써 다섯 명이었다.

이대로 몇 년만 더 지나면 정령사 부대가 만들어질 지도 몰랐다. 정령사 한 명 한 명의 힘을 따지면 엄청난 무력 부대가 되겠지.

이번에 클레어가 보낸 보고서의 '선물이 두 개'란 소리는 정령사의 자질이 있는 사람 두 명을 데려온다는 말이었다. 다시 생각해 봐도 심봤다!

참고로 클레어가 데려온 정령사들을 돌보는 일도 얼렁뚱땅 내가 하게 되었다. 난 분명히 평범한 백수였는데, 어째서인지 매일같이 대공성에 출근하며 개미처럼 일을 하고 있었다.

그 덕분에 매일 키르의 얼굴을 보는 게 아니었으면 화가 났을 거다.

그럼 뭐 해! 점차 일이 늘어 일하느라 그 키르 얼굴도 보기 힘들어지는데. 차라리 아무 일도 하지 않고 키르랑 노닥거리고 말지! 멍청하게도 왜 내가 일을 하지?

그렇게 생각하면서도 나는 자연스럽게 내 일처럼 떠넘겨지는 일들을 정신없이 처리해 버렸다. 이래서 오래된 공무원들이 능구렁이라는 거다. 그때를 생각하니 갑자기 화가 났다.

잠시 씩씩거리던 나는 다음 서류로 넘어갔다.

세 번째 서류를 발견한 순간 한숨이 푹 나왔다. 아, 돈 먹는 하마다. 분명히 공국에 돈을 제일 많이 벌어다 주는 이들이지만, 그만큼 큰돈을 가져가는 존재들의 요구가 적혀 있었다.

이번에 그들이 요청한 건 새로 설치할 성벽에 대한 예산이었다. 역시 회의 때 상의하던 예상 금액보다도 훨씬 큰 금액이었다.

증축이 아니라 아예 새로 만드는 거라서 돈이 많이 들 줄은 알았지만 이 정도였을 줄이야. 이런 돈 먹는 드워프 같으니라고!

* * *

막 내가 클레어에게 정령사의 자질이 있는 이를 구해 보라는 특명을 주어 떠나보낸 후 조금 한가해졌을 즈음, 갑자기 또 다른 방문객이 등장했다.

"손님이요?"

한가롭게 자유를 만끽하던 중 등장한 손님의 존재가 탐탁지 않았다. 게다가 처음 듣는 이름이라 돌려보내려고 했더니.

"이걸 전해 드리라고 하셨습니다."

한 장의 서신을 내밀었다.

바로 제국의 재상인 사비나 님이 보낸 서신이었다. 요즘 승승장구하고 있는 그녀였다. 잘 지내냐, 보고 싶다, 재상의 일은 힘겹다를 제외한 내용을 한 문장으로 정리하면 이랬다.

[이 서신을 가지고 방문한 손님을 꼭 만나 주었으면 좋겠어.]

사비나 님의 부탁을 내가 어떻게 무시하겠는가.

결국 손님을 만나게 된 나는 그들을 보는 순간 깜짝 놀랐다. 예전의 나와 비슷한 작은 키. 하지만 나와는 비교가 안 되는 근육질의 튼실한 다리와 팔뚝. 복슬복슬한 턱수염까지.

"드워프?"

내 놀란 목소리에 드워프는 무뚝뚝한 목소리로 답했다.

"그대가 아렌다인 에이드요? 그대에게 부탁하면 들어줄 거라 해서 찾아왔소."

실제로 보기 힘들다는 드워프가 찾아온 것이다.

"부탁이요? 무슨……. 우선 앉으세요."

상황파악이 되지 않아 되묻다가 손님을 세워뒀다는 걸 깨닫고 앉으라고 권했다.

"제게 부탁할 것이 있다고요?"

그리고 자신을 '마이어'라 밝힌 드워프는 자기소개를 했다.

"나는 보석 세공을 전문으로 하는 드워프요."

"보석 세공이라니 매력적인 분야를 전문으로 하시네요."

모든 걸 잘 만드는 드워프들도 각자 전문 분야가 있었다. 병장기도 돈이 되지만, 이렇게 평화로운 시기엔 보석이 더 돈이 됐다. 이 얼마나 매력적인 능력인가. 난 진심으로 마이어를 칭찬했다. 듣기 좋은지 마이어의 목소리가 호기롭게 변했다.

"명작을 뛰어넘는 최고의 작품을 만드는 게 목표요."

"훌륭한 목표시네요."

자기 일에 자부심 있는 건 좋은 일이다.

"드워프들에게 전해지는 명작이 뭔지 아오?"

"글쎄요."

내가 모호한 목소리를 내자 마이어가 나를 흘끗 보고 답을 알려 줬다.

"에리카 황녀의 드레스요."

"아……."

난 마이어의 부탁이 뭔지 알 것 같았다. 하지만 내가 먼저 말을 꺼내기 애매해서 고개만 끄덕였다.

"하지만 아쉽게도 난 에리카 황녀의 드레스에 대한 대단함을 전해만 들었지 한 번도 직접 본 적 없다오. 어디에 있는지 알 수 없었기 때문이지!"

마이어가 분통을 삼키듯 힘주어 말했다. 명작을 손에 넣으면 꽁꽁 숨기는 인간들을 비난하는 건가 싶어 난 조심스럽게 변명했다.

"귀한 보물은 도둑의 목표가 되기도 하니까요."

"그 점은 이해하오."

마이어는 의외로 선선히 이해했다. 사실 물건의 주인이 보관만 한다고 호통 치는 것도 웃기긴 했다.

"큼, 얼마 전에 에리카 황녀의 드레스가 공개되었다고 들었소."

"네. 테일런에서 열린 보석 세공 대회를 홍보하기 위해서였죠."

"그런 대회를 그렇게 급하게 열면 어떡하오!"

깜짝이야. 버럭 외치는 마이어의 목소리에 놀라 난 눈만 깜빡였다.

"충분히 시간을 들였어야 할 것 아니오! 소식을 늦게 들어 내가 부랴부랴 쫓아갔을 땐 대회가 끝난 후였단 말이오!"

마이어가 참을 수 없이 화가 나는지 자신의 무릎을 탁탁탁 내려쳤다. '나도 보고 싶은데! 나도 보고 싶은데!' 빼액, 하고 억지 쓰는 어린애의 행동과 닮았다.

테일런의 대회가 끝나고 물건이 주인의 품으로 돌아온 건 당연했다. 현재 에리카 황녀의 드레스는 다시 대공가의 보물 창고 안에 고이 보관 중이었다.

"소문으로만 듣던 명작을 직접 볼 수 있는 기회였는데!"

못 본 게 많이 아쉬운지 마이어의 수염이 푸들푸들 떨렸다. 이분도 참 어렵게 산다. 그냥 보여 줄 수 있냐고 부탁하면 될 것인데 그 말을 못하고 남 탓을 하다니.

이렇게 쫓아올 정도의 열정은 있으면서 아쉬운 소리는 하기 싫은 건가? 자존심 세우는 게 얄미워서 끝까지 모른 척할까 했지만.

"에리카 황녀의 드레스를 볼 수 있도록 도와 드릴까요?"

내가 먼저 제안한 것에 놀란 마이어가 잠깐 굳었다가 곧 얼굴에 화색이 돌았다.

"저, 정말이오?"

"그럼요. 도와 드려야죠."

내 친절한 미소에 마이어의 얼굴에 감동이 퍼졌다.

"고맙소. 정말 고맙소. 그대는 정말 친절한 인간이군. 내가 본 인간 중 최고로 착하오."

"어머, 칭찬해 주셔서 감사해요. 다 돕고 살아야죠."

"내 이 은혜 꼭 갚겠소."

당연히 그래야죠. 기대감에 반짝이는 마이어를 보며 나 또한 환한 미소를 지었다. 어서 오세요, 훌륭한 일꾼님.

내가 먼저 마이어에게 약속을 하긴 했지만, 에리카 황녀의 드레스를 당장 보여 줄 수 있는 건 아니었다. 보물의 주인인 대공에게 허락 받아야 했다. 그래서 난 마이어와 대공의 만남을 주선했다.

"대공 전하와 약속을 잡았어요. 내일 오찬에 만나서 부탁하시면 됩니다."

이 일에 어려운 점은 없을 거라 생각했다. 마이어는 보물을 보고 싶은 것뿐이고, 대공은 그 덕분에 무언가 얻을 수 있었다. 서로에게 좋은 거래가 될 거다.

난 약속만 잡아 주고 빠져도 될 줄 알았다. 하지만 마이어가 놀라 물었다.

"그대는 안 가는 거요?"

"네. 저는 가지 않아요."

"왜? 난 그대가 함께 가 주었으면 좋겠소."

"네? 저는 가지 않아도……."

"싫소. 그대가 함께 가 주면 좋겠소."

"대충 이야기가 된 겁니다. 그냥 참석만 하셔서 말씀만……."

"그래도 함께 가 주오. 난 믿음직한 인간이 함께 했으면 좋겠소."

이런 고집불통! 마이어 인생에 최고로 친절한 인간이 된 나는 그의 요구로 대공과의 만남에 함께하게 됐다.

이미 내가 대충 대공에게 언질해 놨기 때문에 실제로 대공과 만났을 때 이야기는 빠르게 진행되었다.

"좋습니다. 에리카 황녀의 드레스를 볼 수 있도록 창고를 개방하지요. 필요하시다면 다른 것도 보여드리겠습니다."

대공은 흔쾌히 허락하고 몇몇 가치 있는 보물도 공개하겠다고 마이어에게 알렸다.

"고맙소. 내 이 은혜는 잊지 않겠소. 혹 내 도움이 필요하면 개의치 말고 말하시오."

자존심이 센 존재는 빚 지기를 싫어했다. 뻔히 마이어가 이런 식으로 말할 줄 알았다. 내가 나서서 마이어에게 물었다.

"혹시 건물 짓는 것 좀 도와 주실 수 있을까요?"

마침 한창 학교를 늘리고 있을 때라 뛰어난 장인이 있으면 좋았을 텐데, 라고 생각하고 있었던 터였다.

"건축이 내 전문 분야는 아니지만 무엇이든 튼튼하게 만드는 것은 자신 있소. 내 힘써 보겠소."

마이어어가 흔쾌히 도움을 제공하기로 약속했다. 그것만으로 부족하다 여겼는지 마이어가 통 크게 외쳤다.

"그리고 내가 제작한 물품의 판매권도 주지."

공국으로선 이득인 거래였다. 그리고 여기서 좋다고 해야 할지 나쁘다고 해야 할지 모르는 일이 또 생겼다.

마이어의 이야기를 전해들은 다른 드워프들도 이 거래에 참가를 한 것이다. 마이어처럼 때를 놓치고 발을 동동 구르던 드워프들이 꽤 있었던 모양이었다. 그래서 공국 자체가 빠르게 변화했다.

"저기 저 건물이 약하네."

"성벽이 약해 보수해야겠어."

"도로도 지저분해. 깔끔하게 정비해야지."

드워프들은 이곳저곳 손볼 곳을 알려줬다. 그렇게 얼떨결에 공국 재정비 계획까지 잡혀 버렸다. 드워프가 괜히 장인의 종족이라고 불리는 게 아니었다. 분명히 전문 분야가 아니라고 했는데, 튼튼하고 멋지며 실용적인 건물들이 나왔다. 그들은 대충 하는 것이 없었다.

워낙 대공사였기에 공사는 현재 진행형이었다. 게다가 공사란 게 계획대로 되는 것이 아니다. 수시로 내게 보고서가 올라왔다. 도시 정비, 학교 설립, 거기에 정령사 지원까지. 그야말로 난 일 지옥에 빠진 것이다.

참고로 마이어가 거래 당시 신뢰가 가는 사람이 담당이 되었으면 좋겠다고 요구하며 나를 바라 봐서 이 일도 내가 담당하게 되어 버렸다.

그렇게 나는 아무 관련도 없는데 얼떨결에 공국이 진행하는 일 중 높은 비중을 차지하는 3개의 업무를 진행하게 되었다. 이건 부당했다. 악착같은 내가 무보수 노동을 해 왔다니!

더는 참을 수 없게 된 나는 대공에게 항의했다.

"이럴 수는 없습니다! 사람을 이렇게 무보수로 부려 먹다니요!"

"그렇지 않아도 네게 자리 하나 주려고 했다."

라며 대공이 내미는 고용 계약서를 볼 때만 해도 난 뚱했다. 하지만 거기에 적혀 있는 내 월급 액수를 보는 순간 억! 소리가 튀어나올 만큼 놀라운 금액에 내 불만은 공손하게 사라졌다.

"취직시켜 주셔서 감사합니다. 여기다가 서명하면 되나요?"

계약서를 다 읽은 나는 그 어느 때보다 성심을 다하여 대공에게 간사한 웃음을 지어 보였다. 어이없다는 듯한 눈으로 나를 보는 대공을 보면서도 난 미소를 잃지 않았다. 언제 어디서든 돈을 주는 사장님에겐 온 마음을 다하여 존경의 눈빛 정도는 내보일 수 있으니까.

그렇게 난 어릴 적부터 바라마지 않던 공무원이 되었다. 처음엔 그 사실만으로 기뻤다. 번듯한 직장을 얻고 엄청난 일들을 처리하다보니 어엿한 성인이 된 듯한 기분을 만끽했다.

하지만 그것도 처음뿐이지, 쏟아지는 업무에 나중엔 계속 백수일 걸 하고 후회를 했다. 물론, 직장인의 흔한 '일하기 싫음병'이지 정말로 때려치고 싶어서 발악하는 감정은 아니었다.

큰일을 진행해 보람은 차지만 일에 치이다 보니 하루하루 내가 초췌해지는 느낌을 지울 수 없었다.

그래도 도시 정비 계획에 대한 견적은 대충 저번 달에 마무리했는데, 왜 또 올라온 거지? 나는 어디 성벽인지 확인하기 위해 보고서를 자세히 살폈다.

그리고 성벽이 설치될 지역을 확인하는 순간, 불만이 목구멍 안쪽으로 쏙 말려들어갔다. 이것도 내가 얼마 전에 저지른 일 때문에 생긴 일이었다. 나도 참 일을 줄줄이 낳는 능력이 있는 것 같다.

* * *

모두의 시선이 내게 집중된 게 느껴졌다. 느린 심호흡으로 정신을 집중했다. 그리고 난 유치한 외침을 하며 손가락을 총 모양으로 만들어 사방을 가리켰다.

"얍! 얍! 얍! 얍!"

펑! 펑! 펑! 펑!

야구공만 한 불꽃이 생성되어 내 손가락이 가리켰던 곳에 있던 나무판자를 단번에 부숴 버렸다. 결과는 매우 만족스러웠다. 난 검지 끝을 후, 하고 분 후 구경꾼들에게 우쭐한 시선을 보냈다.

"어때요? 이제 많이 능숙해졌죠?"

뒤늦게 정신을 차린 키르와 아버지가 박수를 쳤다. 대공은 담담한 눈길만 보낼 뿐이었다.

"정확하게 판자만 부서졌네. 잘 했어."

키르의 칭찬에 어깨가 들썩였고.

"이제 힘 조절이 가능해졌구나."

아버지의 칭찬에 입가가 헤벌쭉해졌다.

시간이 흘러 난 정령의 힘을 꽤 능숙하게 다루게 되었다. 사실 능숙하고 뭐고 없었다. 불은 늘 내 생각을 찰떡같이 알아듣고 해결해 주었다. 그래서 그냥 난 부탁만 하면 되었다. 다만, 딱히 쓸 일이 없어서 문제지. 맨날 서류만 보는데 정령의 힘을 쓸 일이 뭐가 있겠는가.

가끔 이렇게 '보여 줄' 때만 쓰게 되어 '능력'이라기보다는 꼭 재롱 잔치 하는 기분이다.

"확실히 정령의 힘은 대단하군."

"네. 마법에 비해 시전 속도가 빠르니까요. 예비 정령사들이 전부 힘을 개화한다면 분명 도움이 될 겁니다."

대공의 긍정적인 말에 난 재빠르게 덧붙였다. 이렇게 내 힘을 시연한 이유는 정령사들의 지원을 보장하기 위해서다.

정령의 힘은 깨닫기만 하면 쉽게 쓸 수 있었다. 하지만 정령석을 쥔다고 무조건 힘을 개방하는 건 아니었다. 내가 마지막에 겪었던 것과 비슷한 시련을 이겨 내야 했다. 엄청 고통스러웠던 순간을 말이다.

그리고 예비 정령사들은 그 시련을 견뎌 내지 못했다. 그걸 탓할 순 없었다. 나도 그때 간절하지 않았다면 한 번에 성공하지 못했을 정도로 끔찍했으니까. 난 오히려 실패했다고 도전자에게 어떤 나쁜 일이 있지 않아서 다행이라는 생각까지 하고 있었다.

하지만 투자자 입장인 대공의 생각은 다를 거다. 게다가 정령의 힘이 가진 가능성만 보고 계속 지원하기엔 돈이 들어갈 다른 곳도 너무 많았다. 그래서 날 믿고 계약한 사람들을 위해 주기적으로 정령의 힘을 시연하며 '정령사가 이렇게 쓸모 있습니다'하고 보여주고 있었다.

대공이 만족스럽게 고개를 끄덕이는 걸 보며 난 안도했다.

그때, 홀트 아저씨가 다급하게 연무장으로 들어섰다. 방금 전까지 온화하던 분위기가 굳게 만드는 경직된 표정이었다.

"급보입니다."

그는 곧장 대공을 찾아가 손에 쥔 서신을 건넸다. 빠르게 내용을 훑은 대공 또한 심각한 얼굴이 되었다.

"세이론이 또 군사 움직임을 보인다는군."

예전부터 공국은 세이론의 도발에 시달렸다. 어린 시절 아버지를 다치게 만들었던 그 세이론 말이다.

"이번엔 또 무슨 이유랍니까?"

"가 봐야 알겠지. 바로 출전을 준비하지. 최대한 빠르게 모이도록."

도발만 한다고 느긋하게 행동할 순 없었다. 대공의 말이 끝나기 무섭게 다들 각자 흩어졌다. 짐을 챙기고 동료들을 부르기 위해서다. 얼떨결에 난 홀로 연무장에 남았다. 어차피 이곳에서 다시 모일 거니 기다리기로 했다.

대공이 제국에 있을 땐 얌전하던 세이론은 대공이 돌아오자 또 일을 벌이기 시작했다. 관심종자도 아니고 왜 저렇게 일부러 신경을 건드리는지 모르겠다.

그렇게 기다리는 동안 기사단원들이 하나둘 연무장에 무장을 하고 모였다. 평소엔 옆집 아저씨들 같던 사람들이 기합을 준 모습을 보니 역시 기사단 소리가 나올 정도로 장엄했다.

출발 직전, 난 대공을 찾았다.

"나중에 돌아와서 이야기하자."

내가 정령사 지원에 대한 이야기를 할 줄 알았는지 대공이 내 이야기를 듣지 않으려 했다. 내가 일의 선후도 모를 어린애인 줄 아나. 투덜거림이 떠오르면서도 그만큼 심각한 일이니 싶어 용건을 말했다.

"저도 데려가 주세요."

이런 요청을 할 줄 몰랐는지 대공은 아무 말도 하지 않았다. 대신 그 옆에 있던 키르와 아버지가 펄쩍 뛰었다.

"무슨 소리야? 안 돼!"

"네가 나서지 않아도 될 일이다."

두 사람의 반대는 예상했기에 난 대공만 응시했다.

"어째서냐?"

대공뿐만 아니라 아버지와 키르도 내 대답을 기다리고 있었다. 답이 어설프면 그 핑계로 날 데려가지 않으려는 거였다. 난 대공의 눈을 피하지 않았다.

"제가 강하니까요. 적을 위협하기 좋은 힘을 갖고 있으니까요."

당당하게 말했지만 오만한 말이라 꽤 부끄러웠다. 사실 기사랑 일대일로 싸우면 내가 질 거다. 난 전투 경험이 없다시피 했으니까.

하지만 다수를 상대할 때 정령의 힘은 더 효과적이다. 내가 직접 공격하지 않더라도 내 힘은 적에게 위협이 되었다. 그리고 전쟁을 하고 싶지 않은 대공에게 내 힘은 훌륭한 패였다.

"좋다. 허락하마."

대공이 허락하자 아버지와 키르는 탐탁지 않아하면서도 내 참여를 막을 수 없었다. 어리고 연약해서 두고 갈 수밖에 없던 예전과 달리 지금의 난 훌륭한 전투 인원이었다.

클레어가 함께하면 더 든든했을 텐데, 하지만 안타깝게 그녀는 정령사의 자질이 있는 이를 찾기 위해 공국을 떠난 상태였다.

국경에 도착해서 보니 아니나 다를까, 세이론의 병사들이 성벽 근처에서 흉흉한 분위기를 만들고 있었다. 대공가의 병력이 도착했단 걸 확인한 그들은 더욱 보란 듯이 행동했다.

완벽하게 무장한 병력 300여 명이 성벽 너머에서 열을 맞춰 움직였다. 사실 내가 보기에도 대단해 보였다. 단체로 움직이는 모습은 꽤 멋지니까.

하지만 그들이 발 구르는 소리와 구호에 불안에 떠는 마을 사람들을 보니 내 마음이 불편했다. 그들은 아슬아슬하게 넘어올 것처럼 굴면서 절대 넘어오지 않고 있었다. 장난하는 것도 아니고.

"제가 위협 좀 해도 될까요?"

"좋은 생각이군."

난 저들이 얄미워서 그냥 물었는데, 대공은 의외로 선뜻 허락해 주었다. 너무 가벼운 허락에 순간 이래도 되나 싶을 정도였다. 하지만 차라리 엄중한 경고가 나을 것 같았다. 무서우면 다신 이런 귀찮은 행동 안 하겠지. 난 성벽 위에서 고개를 빼꼼 내밀고 친절하게 외쳤다.

"저기, 세이론 여러분! 지금부터 공격합니다! 조심하세요!"

세이론의 지휘자는 당연하게도 내 경고를 무시했다.

"숨어서 뭐라는 거야? 게다가 대공이나 기사 단장은 어디 가고 어린애가 나서? 와하하하!"

오히려 보란 듯이 비웃었다. 그리고 그런 지휘자의 말에 세이론의 기사 한 명이 추임새를 넣었다.

"그러게 말입니다. 라인폰트 공국엔 그렇게 기사가 없나 봅니다. 하하하하."

기사의 말에 선동되어 다른 병사들도 같이 비웃음을 터트렸다. 그래서 난 마지막 경고를 했다.

"진짜로 갑니다!"

"그래, 와라! 와 봐라!"

세이론의 지휘자가 도발하듯 외쳤다. 그동안 공국을 얼마나 무시해 왔는지 알 수 있었다. 멍청하고 눈치 없으면 답도 없다는데. 대공이나 기사 단장이 나설 자리에 내가 나섰으면 이상함을 짐작해야지.

"불아 위협적으로 가자. 저 사람들을 놀라게 해 줘."

'알았어!'

내 부탁에 불은 힘차게 답하고 세 덩이의 불을 만들었다.

화륵!

허공에서 전조 없이 피어나는 불덩이는 놀라웠다.

"깜짝이야……."

"저게 뭐지?"

"불덩이 같은데?"

세이론 측에서도 당황한 웅성거림이 들려왔다. 다만, 나도 놀랐다.

"잉?"

내 예상보다 불덩이의 크기가 너무 작았다. 겨우 주먹만 한 크기. 물론 정령의 힘으로 발휘한 거라 저것 자체로 위험하긴 했다. 하지만 위협적으로 보이기엔 부족한 크기였다.

"뭐야 장난하나? 저걸로 뭐 한다고?"

세이론 쪽에서 웅성거림은 커졌지만 경계심은 없었다.

"저게 라인폰트 공국의 역량인가?"

"그것 참 조촐하구나!"

오히려 우습게 보여 조롱을 당했다.

"……괜찮은 걸까?"

"뭐 하는 거지?"

내 힘을 제대로 모르는 우리 측 사람들에게서도 동요가 엿보였다.

"불아……."

늘 내 말을 잘 알아주던 불이 이렇게 중요한 때에 실수를 하다니 난 당황했다.

'기다려 봐.'

하지만 불은 걱정 말라는 듯한 목소리로 답했다.

'지금부터야.'

그리고 변화가 시작되었다. 주먹만 하던 것이 공만 해졌다. 주변에 있는 것을 마구 흡수해 제 몸을 불리는 탐욕의 괴물처럼 불덩이가 점차 크기를 키워 갔다.

"저, 저거 커지지 않았어?"

"맞아! 커졌어!"

그제야 이상함을 느낀 세이론 사람들의 웃음소리가 잦아들었다. 불의 공은 거기서 멈추지 않고 꾸역꾸역 제 몸을 불렸다. 그만큼 날름거리는 불길이 무섭게 보이기 시작했다.

"계속 커지지는 않겠지?"

"위, 위험한 거 아니야?"

동요가 커지는 순간에도 불덩이의 확장은 멈추지 않았다. 크게, 더욱 크게 부풀었다.

"서, 설마 공격용은 아니겠지?"

"저거 터지면 큰일 아니야?"

세이론 병사들의 웅성거림이 커질수록 불덩이도 위협적으로 변했다. 나중엔 양팔을 벌려도 껴안기 힘들 정도로 커져 나도 멍청히 바라봤다. 불의 구는 태양을 축소해서 놓은 것처럼 보였다. 멀리서도 열기가 느껴질 정도였다.

"퇴, 퇴각하라!"

넋 놓고 응시하던 세이론의 지휘자가 뒤늦게 정신을 차리고 외쳤다.

"퇴각!"

"물러서!"

뒤따라 외치는 기사들의 외침에 정신이 든 병사들이 비명을 지르며 뒷걸음질 쳤다. 정신없이 도망가는 그들의 꼬리에 불덩이를 날려 주었다.

펑! 펑! 펑!

가스 폭발이라도 일어나는 것처럼 커다란 불덩이 세 발이 퇴각하는 병사들의 후미에서 터졌다.

"우아악!"

"살려 줘!"

폭발의 여파에 휩쓸려 세이론의 병사들이 나뒹굴고, 커다란 구덩이가 파이는 등 난리가 났다. 세이론의 병사들이 혼비백산하여 도망갔다.

나도 이렇게 크게 터질 줄은 몰랐다. 놀라서 멍하니 그 모습을 보다 돌아보니 같은 편인 기사단원과 병사들의 경악한 눈빛이 느껴졌다. 내가 정령의 힘을 사용하는 걸 처음 봤으니 놀람은 당연했다.

"죄송해요. 힘 조절에 실패했어요. 저도 이렇게 크게 터질 줄은 몰랐어요."

내 변명에도 그들은 내가 저지른 것이 믿기지 않은 듯 나와 불구덩이를 번갈아 보았다. 그러더니 마지막엔 내 뒤에 서 계신 아버지를 보고 고개를 끄덕이는 이상한 행동을 했다.

아니야! 내 힘은 아버지의 외모와 아무 상관이 없다고!

내 억울한 속마음과 상관없이 '역시 허트만 단장님의 딸'이란 시선을 받게 되었다.

내 위협으로 한순간에 상황이 달라졌다. 사실 여태껏 세이론과 공국 사이에 마법적인 공격은 없었다. 두 국가 모두 진정한 전쟁을 원하지 않기도 했고, 마법적인 능력이 둘 다 약했기 때문이기도 했다.

하지만 나란 존재로 인해 공국의 마법적 능력은 차원이 달라졌다. 마법으로는 단번에 대량 학살이 가능했다. 이 격차는 엄청난 거다. 이제는 공국은 세이론의 도발을 마냥 참을 필요가 없어졌단 소리기도 했다.

소모적인 전쟁을 하기 전에 큰 마법과 정령의 힘을 이용해 날려 버리면 우리가 훨씬 유리했다.

아니나 다를까, 갑작스러운 내 공격에 놀란 세이론은 태도를 싹 바꿨다. 그리고 놀랍게도 세이론에서 당당하게 협상단을 보냈다.

"이번 겨울을 대비한 군사 훈련이었습니다. 우린 절대 공국에 침범할 생각이 없었음을 알아주십시오."

그런 말도 안 되는 변명을 하며 휴전을 요청해 왔다. 세이론 대표는 그 와중에 불덩이를 던진 게 나란 걸 어디서 듣긴 했는지 날 째려보았다. 그 뻔뻔한 반응에 난 코웃음이 나왔지만. 여기서 결정권자는 대공이라서 참았다. 논쟁은 조금도 없었다.

"다시는 이런 오해가 생길 일이 없었으면 좋겠군."

전쟁을 바라지 않는 대공은 일을 너그럽게 해결했다.

"현명한 결정을 해 주셔서 감사합니다. 이 좋은 소식을 저희 국왕 전하께 전달하겠습니다."

입으론 감사하다고 하지만 세이론 측 인사는 처음부터 대공이 이런 결정을 할 줄 알았다는 태도였다. 전쟁에 패한 협상단의 모습은 전혀 아니었다.

그때 도발하던 기사단도 그렇더니 세이론 사람들이 대공을 어지간히 우습게 보고 있음을 알 수 있었다. 내가 느끼는 걸 대공이 모를 리 없었다. 도대체 왜 이렇게까지 참는 거지?

"잠깐."

내 의문을 읽은 것처럼 대공은 물러가는 세이론 대표를 붙잡았다.

"더 하실 말씀 있습니까?"

"경고는 마지막일세."

매서운 눈길로 나직하게 보내는 경고에 세이론 대표는 잠깐 표정을 굳혔다. 곧 억지 미소를 지어 내며 머리를 숙였다.

"꼭 전하겠습니다. 그럼, 전 이만."

인사하고 나가는 모습이 당당했다. 그만큼 이런 일이 반복되었다는 소리겠지.

"이렇게 보내도 괜찮겠어요?"

대공이 잠시 나를 응시했다. 그리고 피곤한 목소리로 답했다.

"본격적인 전쟁이 일어나면 피해를 보는 것은 이 지역민들이다."

맞는 말이란 건 알지만 세이론 쪽 사람들의 거만한 행동이 걸렸다. 이런 면을 보면 대공도 참으로 사람이 물렀다. 이러다가 언젠가는 후회할 텐데……. 아무리 봐도 세이론 대표의 눈빛이 곱지 않았다. 그렇게 생각하면서도 난 아무 말 하지 못했다.

그리고 그런 내 걱정은 현실이 되었다. 세 달 뒤, 급보가 도착했다.

"세이론이 국경을 넘었습니다. 위협이 아니라 진짜로 공국민을 공격하고 있습니다. 마법사도 껴 있다고 합니다."

세이론은 본격적으로 공국을 침공했다. 당시에 마법사가 없어 사과하는 척만 했던 거였다. 그 뒤로 복수를 다짐하고 단단히 준비해 본격적인 전쟁에 나선 거겠지.

"마지막 경고를 무시했으니 더는 참을 수 없지. 당장 출전한다."

대공은 분노했다. 그는 힘이 없어서 참은 것도 멍청해서 참은 것도 아니었다. 공국민 중 누구도 다치지 않길 바라서 그런 결정을 해왔다. 하지만 세이론이 선을 넘었으니 아무리 그라 해도 봐줄 수 없는 거였다.

"마법사가 껴 있다고? 우리도 전력으로 상대한다."

대공이 결정하자 전쟁 준비는 빠르게 되었다.

여기서 세이론이 착각한 게 있다. 바로, 공국의 마법적 힘은 내가 끝이 아니라는 것. 내 힘보다 더 대단하고 무서운 능력을 가진 클레어와 3개월 사이에 능력을 깨달은 두 명의 정령사까지 있다는 것. 공국의 숨겨진 마법 전력은 어마어마했다.

"언니, 이번엔 저도 도울게요!"

때마침 클레어가 공국에 있었고 우린 함께 세이론과의 전쟁에 출정했다. 사실 이때까지만 해도 난 안일하게 생각했다. 늘 하던 대로 위협만 생각해서 큰 피해는 없을 거라 여겼다. 하지만 국경지대에 갈수록 보이는 상황에 놀랐다.

갑자기 피난민을 받아 어수선한 도시, 적군을 피해 피난하는 공국민의 행렬, 약탈당해 부서진 도시가 차례로 눈에 담겼다. 진짜 전쟁이 일어난 거였다. 다행히 국경 수비대가 세이론의 병력을 힘써 막았고, 재빠르게 피신을 명령해 공국민의 피해는 최소화 되었다고 보고 받았다.

하지만 내 기분은 참담했다. 살생을 하고 싶지 않다는 이유로 안일하게 대처해서 생긴 피해 같아 죄책감이 들었다. 그때 내가 위협으로 끝내지 않았다면. 적이 두려움을 느낄 정도로 학살했다면. 감히 세이론이 전쟁을 떠올릴 수나 있었을까?

그런 감정의 변화를 겪어 오는 사이 세이론의 병력과 마주하게 되었다. 전의를 불태우는 세이론의 병력은 저번에 비해 열 배는 되어 보였다.

"어떻게 하실 건가요?"

이번에도 참을 거냐고 대공에게 물었다.

"참는 건 끝났다. 더는 덤비지 못하게 만들어야지."

대공은 냉철한 눈으로 두 번은 없단 걸 알렸다. 사실 그게 맞다. 이번에도 대충 공격하고 넘어가면 저들은 또 같은 일을 반복하겠지. 건드렸다간 확실히 보복 당한다는 걸 깨달아야 멈추는 이들도 있었다. 이렇게 보면 인간도 참 짐승과 같았다.

"그러면 제가 본격적으로 공격해도 될까요?"

대공의 시선이 물끄러미 내게 닿았다. 난 이미 마음의 정리를 마쳤기 때문에 눈을 피하지 않았다.

"나서 주겠느냐?"

그렇게 말하는 대공은 내게 조금은 미안한 표정을 짓는 것 같았다. 애초에 기선 제압에 내 힘만큼 좋은 건 없다는 걸 알았기에 먼저 나선 거였다. 아버지와 키르의 말리고 싶어 하는 표정을 보면서도 난 나섰다.

"네. 제가 할게요."

후회하고 싶지 않았다.

"언니, 저도 도울게요."

클레어가 돕겠다고 가세했다.

"괜찮겠어요? 압도적인 힘을 보여 줘야 해요."

클레어가 가볍게 생각하고 있는 것 같아서 물었다.

"언니, 그건 제 전문이죠."

클레어는 오히려 걱정 말라고 자신감을 내비쳤다.

"공격을 허락하마."

대공의 허락이 떨어지자 난 앞으로 나섰다. 양측의 병사가 마주보고 빈 공간을 거침없이 걸었다. 그런 내 옆에는 클레어만 뒤따랐다. 우리 둘이 나서자, 세이론의 병력이 술렁거렸다. 기사나 병사가 아닌 이가 다가오는 것에 의아해하는 것 같았다. 사절인가 싶어 기다리던 세이론 병사 측에서 갑자기 비명이 터져 나왔다.

"마녀다!"

"불꽃 마녀야!"

날 알아본 이가 있는 것 같았다. 그것보다 저런 유치한 별명이라니. 세이론 병사들 사이에 내 소문이 돌긴 했는지 술렁거림이 커졌다. 정렬이 흔들리자 기사들이 소리치며 군세를 가다듬었다.

"조용! 조용! 흔들리지 말아라! 우리에게도 마법사가 있다! 마법사는 준비!"

그러면서 그들이 준비한 마법사를 앞에 내세웠다. 단단히 준비했는지 마법사가 다섯 명이나 되었다. 난 적당히 떨어진 곳에 멈춰 외쳤다.

"라인폰트 대공 전하의 말씀을 전합니다. 물러가라. 마지막 경고다."

"우리를 먼저 공격한 공국이었다. 그땐 우리가 준비되지 않아 물러갔지만, 이번엔 다르다!"

세이론의 지휘자는 대충 예상했던 답을 들려 주었다.

"그때 세이론이 먼저 군사 움직임을 보이지 않았습니까?"

"우린 훈련을 했을 뿐이다! 공국을 공격할 생각은 없었다."

대화가 통할 거라 기대하지 않았기 때문에 클레어에게 몰래 신호해 공격을 준비했다.

"대공 전하의 마지막 말을 전합니다."

세이론의 마법사들도 다급하게 무언갈 준비했다. 원래 마법사는 후방 지원이다. 이렇게 마법사들이 앞에서 싸우는 건 일반적이지 않다. 알면서도 세이론으로선 우리를 막을 수 있다는 걸 보여 주기 위해 마법사를 앞에 내세울 수밖에 없었다. 그래야 병사들의 사기가 떨어지지 않을 테니까. 하지만 저들이 모르는 게 있었다.

"경고를 무시하는 자에게 자비는 없다."

난 주문이 필요 없는 정령사였고, 클레어는 저기 있는 마법사 백 명이 몰려와도 상대가 되지 않는 압도적인 실력자였다.

첫 번째 공격은 나였다. 내 손짓에 순식간에 튀어나온 커다란 불덩이가 날아갔다. 저번처럼 시간을 끌지 않은 빠른 공격이었다. 게다가 병력 한가운데에 불덩이를 던졌다. 놀란 세이론의 병사들은 비명을 지르고 지휘자는 발악하듯 외쳤다.

"막아!"

펑!

세이론의 마법사들도 실력이 없는 건 아닌지, 첫 번째 공격은 허공에서 막혔다. 마치 벽이라도 생긴 듯 불덩이는 세이론 쪽으로 넘어가지 않았다.

"막았다!"

"살았다!"

그 한 번으로 세이론 병사들이 환호했다. 지휘자가 병사들을 향해 소리쳤다.

"거 봐라! 마법도 충분히 막을 수 있다!"

세이론 병력의 기세가 올라가는 게 느껴졌다.

실망할 것 없었다. 어차피 마법사가 있기에 한 번에 공격이 성공할 거라고 생각하지 않았다. 난 바로 두 번째 불덩이를 날렸다.

펑!

두 번째도 막히고.

"와아아아!"

펑!

세 번째도 막혔다.

"와아아아아악!"

내 불덩이가 막힐수록 세이론의 함성은 커졌다. 하지만 공격하는 나와 그걸 막는 마법사는 알았다. 이 상황은 내게 더 유리하단 걸.

모든 마법사가 클레어처럼 천재가 아니다. 평범한 마법사와 정령사의 대결일 때 정령사가 유리했다. 그들은 내가 어떻게 쉬지 않고 공격하는지 혼란스러워했다. 내 공격을 막기 바빠서 반격을 생각지도 못하고 있었다.

세이론의 마법사들이 점차 버거워하는 게 느껴졌다. 그리고 난 계속 불덩이를 날렸다.

펑!

다섯 번까지 내 공격을 막은 후 세이론의 마법사 한 명이 피를 토하며 쓰러졌다.

"마, 마법사!"

먼저 세이론의 지휘관이 당황하고, 병사들이 동요했다. 난 멈추지 않고 불덩이를 날렸다.

펑!

불꽃을 막고 다시 한 명의 마법사가 쓰러지고.

펑! 펑!

연달아 두 명이 쓰러졌다. 마지막 남은 마법사는 단 한 사람.

"괜찮다. 우리에겐 마법사가 남아 있다. 그가 우릴 지켜 줄 것이다!"

지휘자가 소리쳤지만 아까 기세등등하던 것과 다르게 세이론의 병사들에게 무서운 침묵이 번졌다. 마법사가 버틸 거라는 기대감과 버티지 못하면 큰일이라는 두려움이 뒤섞인 침묵이. 허공에 불덩이가 떠올랐다. 이제까지 중 가장 큰 불덩이가.

"제, 제발⋯⋯."

"안 돼!"

희게 질린 세이론의 병사들 위로 불덩이가 떨어졌다. 적진 한복판에 떨어진 불덩이는 엄청난 결과를 만들어 냈다. 순식간에 불에 타 사라진 병력. 특히, 준비를 마친 클레어가 공격에 합세해서 더 엄청났다. 나보다 살짝 뒤늦게 시작된 그녀의 마법 공격은 땅이 터지는 엄청난 결과를 만들어 냈다. 앞에 펼쳐진 상황은 아비규환이었다.

세이론의 병사들은 전의를 상실했다. 고작 나와 클레어 두 사람만의 힘으로 세이론의 병력은 완전히 무너졌다. 그 다음은 공국의 무자비한 진격이었다.

그날, 우린 거침없이 세이론을 역침공했다. 쭉쭉 밀고 들어가 세이론을 전부 차지할 수도 있었지만 적당한 선에서 멈췄다. 지금 공국 자체가 극변하는 시기라 더 정복하는 것 자체가 욕심이라는 판단이 들어서였다.

세이론은 지극히 공손한 자세로 휴전 협정서를 받아들였다. 당시야 의무감에 나섰지만 난 한동안 살인의 여파에 시달렸다. 하지만 날 끊임없이 보듬어 주는 키르와 기뻐하는 공국민을 보며 난 그 우울함을 이겨낼 수 있었다.

* * *

그렇게 두 달 전에 우리는 얼떨결에 영토 확장까지 해 버리고 말았다. 공국은 점차 부국강병을 이뤘다. 가끔 '나는 분명히 학문을 배우기 위해

제국에서 유학을 했는데, 어째서 무력만 쌓인 듯한 느낌이지?'라는 의문
이 들곤 했다.

어쨌든 영토 확장은 다행히도 드워프와 계약한 후 벌어진 일이었다. 그
래서 나는 그들에게 새로운 국경에 튼튼한 성벽을 만들어 달라고 요청했
다. 그리고 지금 올라온 보고서의 지역이 그곳인 걸 보니 이제야 공사가
들어가나 보다.

참 나, 내가 벌인 일의 여파라 귀찮다고 투덜거리지도 못하겠다. 불덩
이 좀 약하게 쏠 걸. 엉뚱한 곳에 국경 만들 정도로 밀고 올라가지 말
걸. 투덜거리면서도 결국 눈물을 머금고 서류를 검토했다.

사실 드워프들은 돈을 빼돌리지 않았다. 그들은 딱 필요한 만큼만 경비
를 요청을 하지만 어디서든 사람이 문제.

중간에서 빼돌리는 돈이 없는지 감시하기 위해서는 현장에서 지휘하는
드워프 중 한 명과 대화를 해야 했다. 그런데 여러모로 내가 시간이 없었
다. 어떻게 하지. 서류를 부여잡으며 고민하고 있을 때였다.

"아렌."

나직한 부름에 심장이 덜컹 내려앉았다. 목소리의 주인공을 알아채 버
린 본능에 긴장감이 돌아 온몸이 뻣뻣하게 굳어 버렸다. 어, 언제 문이
열렸지? 처리해야 할 산더미 같은 서류에 대한 골치 아픈 걱정은 싹 사
라져 버릴 정도였다. 긴장한 나는 차마 고개를 들지 못하고 계속 서류를
보는 척했다.

"아렌, 눈동자가 멈췄어. 못 들은 척하려면 계속 읽어야지."

"어, 키르 왔……. 헉!"

키르의 읽는 척하지 말라는 경고에 난 어색하게 고개를 들었다가 다급
하게 숨을 들이켰다. 팔짱을 끼고 문에 기대 삐딱하게 보는 키르의 표정
은 썩 좋지 않았다. 하지만 그것보다 더 문제는 방금 씻고 그대로 나온
듯한 키르의 요염한 자태였다.

물기에 축 처진 머리가 어수룩해 보이기보다 관능적으로 보였고, 가슴까지 보일 정도로 단추가 풀린 얇은 셔츠 한 장만 걸친 모습은 아찔할 정도였다.

나이를 먹을수록 키르에게서는 소년미가 사라졌다. 그래서 예전과 다른 긴장감이 감돌았다. 나도 모르게 자꾸 엄한 생각을 하게 된다. 나는 괜히 시선만 마주쳐도 부끄러워 첫 연애를 시작했었을 때처럼 벌렁거리는 심장에 눈을 감고 물었다.

"왜 왔어?"

"왜 왔긴? 오늘 결혼한 신부가 첫날밤을 보낼 생각을 하기는커녕, 서류더미에 파묻혀 방에 올 생각도 하지 않으니까 안달난 사람이 데리러 왔지."

아주 나긋한 음성이지만 나를 공격하는 말에 내 어깨가 쭈그러들었다. 그렇다. 저 뇌쇄적이게 생긴 남자와 난 오늘 결혼했다!

"그, 급한 일만 처리하고 가려고 했어!"

찔리는 게 있는 터라 변명의 말을 했더니 키르가 빙긋 웃었다. 눈은 조금도 웃지 않고 입꼬리만 쓱 끌어올리는 굉장히 불길한 미소를 말이다.

"아렌은 그 예쁜 입으로 사람 속 뒤집는 말을 참 잘 해. 그렇지?"

첫날밤이 두려워 이러고 있는 내 모습에 키르가 단단히 화났나 보다. 평소 내가 해 달라면 간이고 쓸개고 빼 줄 것 같은 헬렐레하던 사람이 눈에 불을 켜고 있었다. 지은 죄가 있으니 말도 못 하겠다. 나는 키르의 불꽃 튀는 눈을 슬그머니 피했다.

사실, 이 결혼에도 엄청난 우여곡절이 있었다.

* * *

2년 전, 내 예상대로 공국에 돌아오자마자 키르는 내게 청혼을 하고 싫어서 난리였다. 이젠 걱정할 게 없어서인지 키르의 행동은 노골적이었다. 눈치껏 피하던 나는 도저히 안 되겠어서 대놓고 먼저 알렸다.

"난 20살 전엔 절대 결혼할 생각 없어."

사실 그 당시 18살이던 내 나이는 이 시대의 기준으론 성인이었다. 하지만 난 전생의 기억에 영향을 많이 받았다. 그런 내게 18살은 '아직 성인이 되지 못한 나이'란 생각이 무의식에 깔려 있었다. 게다가 전생엔 점차 늦게 결혼하는 추세 아니었던가.

그래서 나는 키르에게 결혼하려면 최소한 20살은 넘어야 하고, 가능한 미혼일 때 할 수 있는 건 다 해 본 뒤에 결혼하고 싶다고 내 생각을 말했다.

"좋아, 참을게."

그 말을 듣고 키르는 불쾌한 표정을 짓긴 했지만 잠시 생각하더니 선뜻 참아 주겠다고 약속했다. 이 당시 난 키르가 '결혼 전에 해 보고 싶은 거 다 해'라고 내 의사를 존중해 준다고 생각했다.

하지만 햇수로 2년이 지나자마자 키르는 내게 약속했던 결혼을 하자고 아주 당당하게 요구를 했다.

"20살 전에 결혼할 생각이 없다는 건 20살 지나면 하겠다는 소리 아니야?"

라는 억지 논리를 참 그럴싸하게 말하면서 말이다. 사실 나 역시 키르가 좋기도 했고, 일이 금붕어 똥처럼 내게 달라붙어 일적으로 충분히 자리 잡아 만족스러운 상태였다.

거절할 이유가 없는데 이상하게 망설여졌다. 그래서 나는 최후의 방패를 내세웠다.

"아버지한테 허락 받으면."

잠깐 경직된 표정을 숨기지 못했던 키르는 곧 굳세게 답했다.

"알았어. 허락 받을게."

그리고 비장한 얼굴로 곧장 아버지를 찾아간다고 나섰다. 키르가 이렇게 바로 행동할 줄은 몰랐다. 내가 괜한 말을 한 건 아닌가 걱정되었지만 그로부터 일주일 뒤 키르는 아버지에게 결혼 허락을 받아 냈다.

"이제 결혼하자!"

라고 외치던 키르의 기세등등하던 모습이란.

"그래, 하자."

나도 결혼에 동의할 수밖에 없었다. 사실 나는 키르가 어떤 식으로 아버지를 설득했는지는 모른다. 다만, 그 일주일 동안 대공저와 우리 집에서 수시로 억울함과 분노가 뒤섞인 곰의 포효소리가 울렸다는 것밖에 말하지 않겠다.

내가 결혼에 동의하자 해맑게 뛰어나가는 키르를 보고 어쩐지 일이 엄청 커질 것 같아 단서를 붙였다.

"따로 청혼하지 말 것! 결혼식은 소박하게! 그거 안 지키면 결혼 안 할 거야. 난 신경 쓰고 싶지 않단 말이야."

난 딱히 화려한 결혼식에 대한 로망이 없었기 때문에 성대한 결혼식을 바라지 않았다. 하지만 키르는 내 요구에 실망한 표정을 지우지 못했다. 그래도 결혼 자체가 더 중요한지 토를 달지는 않았다. 그래서 방심하고 말았다. 키르가 만만한 녀석이 아님을 잊고 있었다.

세릴 부인의 주도하에 나와 키르의 결혼식이 준비되었다. 날짜가 빠르게 잡히긴 했지만 일정은 조촐했다. 키르의 생일 때처럼 친한 지인들끼리 식사를 하며 축하를 하고, 공국민들에게 먹을 걸 베풀고 결혼했음을 선언하는 걸로 결정되었다.

그러다 보니 딱히 내가 신경 쓸 게 없었다. 그래도 내 결혼식인데 너무 무신경한가 싶어서 키르에게 물었다.

"내가 뭐 준비할 거 없어?"

"우리 사이에 준비할 게 뭐 있어. 혹시 신경 쓸 일 있더라도 내가 처리할게."

빙긋 웃는 키르의 얼굴을 보고 얌전히 수긍했다.

워낙 어릴 때부터 허물없이 지내 온 터라 난 이미 대공가에 녹아들어 있었다. 키르와 내가 침실만 같이 안 쓸 뿐이지 다들 당연히 날 안주인 취급했다. 결혼식이라고 해 봤자 이미 정해진 사실을 공식화하는 것뿐이니 특별할 것도 없긴 하겠다.

"알았어."

도와 줄 일 없다니까. 가벼운 마음으로 다시 일하러 가려는 내 손을 키르가 붙잡았다. 할 말이 있는 사람처럼 양손을 잡아와 난 키르를 올려다봤다. 그의 얼굴엔 헤퍼 보일 정도로 미소가 만연했다. 보는 내가 부끄러울 정도로 좋아죽겠다는 눈빛이었다.

키르는 내 오른뺨 위에 입술을 살짝 내리 눌렀다가 떼며 속삭였다.

"너만 오면 돼. 내가 다 알아서 준비할게."

진심으로 나만 있으면 된다는 감정이 전해졌다. 이제 익숙해질 만도 한데 심장이 떨렸다.

하지만 결혼식에서 난 키르에게 두 번의 뒤통수를 맞게 되었다.

새벽부터 난 하녀들 손에 이끌려 씻김을 당했다. 비몽사몽이던 난 노련한 하녀의 손길에 반항하지 못했다. 마지막으로 마사지를 받고 매끈매끈한 피부가 되어 정신을 차렸을 때 나는 내 앞에 놓인 물건을 보고 입을 떡 벌렸다.

"이, 이게 뭐야?"

"뭐긴요. 오늘 결혼할 신부가 입을 웨딩드레스죠."

하녀가 부러움 가득한 목소리로 설명해 주었지만 난 숨이 턱턱 막혔다.

"제가 웨딩드레스를 입어요?"

"어머, 당연하죠. 신부가 웨딩드레스를 입지 않으면 누가 입어요?"

웃긴 농담을 들었다는 듯 호호호거리는 하녀를 보며 난 속내를 삼켰다.

아니, 난 웨딩드레스 입는다는 소리 못 들었는데.

키르는 한 번도 웨딩드레스에 대한 언급은 하지 않았다. 내가 조촐하게 하자고 해서 생략한 줄 알았다. 그래서 그냥 내가 가진 것 중 제일 예쁜 옷을 입으려 했는데…….

"이건 너무……."

"맞아요. 예쁘죠? 이렇게 아름다운 웨딩드레스는 처음이에요."

"이런 건 손님 잔뜩 초대해서 보여 줘야 하는데."

부러움과 안타까움을 그대로 내보이는 하녀들의 수다에 난 더욱 부담스러워졌다.

"이거 설마……. 제가 생각하는 그것 아니죠?"

"뭐가요?"

내 부정하고 싶은 마음을 하녀는 알아듣지 못했다. 난 더욱 초조해졌다. 아주 작은 알갱이 모양이 엮여서 탄생한 한 벌의 옷. 분명히 처음 보는 디자인은 아니다. 오히려 비슷한 걸 본 적이 있어서 저것의 정체가 더 두려웠다.

"저거 하나하나가 다 보석은 아니죠?"

내 간절한 질문에 하녀들은 눈을 휘둥그레 떴다. 그리고 곧 웃음을 터트렸다.

"당연히 다 진품 보석이죠."

"대공자님의 부탁으로 마이어 님이 에리카 황녀의 드레스를 본 따서 만들었다고 해요."

"클레어 마법사님이 경량화 마법을 걸어 주셨대요. 무거울까 봐 걱정하지 않으셔도 돼요."

햇빛을 받아 보석 드레스가 부담스러울 정도로 반짝반짝 빛났다. 저런 돈지랄 드레스를 또 만드는 사람이 있다니. 조촐한 결혼식이라면서 성을 살 수 있는 금액의 드레스를 선물하는 게 어디 있어?

키르가 이 중대한 날에 얌전히 넘어갈 거라 생각한 내가 어리석었다.

"서둘러야겠어요. 이러다 늦겠어요."

이미 다 준비된 옷을 어쩌겠는가. 난 반항을 포기하고 하녀들의 도움을 받아 단장을 했다.

"어머, 진짜 아름다워요."

"결혼식이 화려했으면 좋았을 텐데요."

"너무 조출해서 아쉬워요."

마무리를 하며 하녀들이 아쉬움을 토로했다. 겉으론 우아한 미소만 지었지만 나도 속으로는 그 의견에 동의하고 말았다. 내가 보기에도 주변에 자랑하고 싶을 정도로 너무 예뻤다. 좋아서 자꾸 올라가려는 입꼬리를 다 잡느라 힘들었다.

똑똑.

노크 소리에 하녀가 쪼르르 달려가 문을 열었다.

"마침 신부님도 준비를 마치셨어요. 들어오세요."

한 손에 부케를 들고 키르가 등장했다. 나와 눈이 마주친 순간 키르는 굳었다. 화려한 내 드레스와 정 반대로 키르가 택한 예복은 아주 무난한 디자인이었다. 물론 그래도 키르는 멋졌다.

"키르?"

눈도 깜빡이지 않고 서 있는 모습이 이상해서 불렀더니, 그제야 키르가 숨을 토해 냈다. 영문을 몰라 눈을 깜빡였더니.

"예상보다 너무 아름다워서."

라는 낯간지러운 소리를 했다. 그리고 준비해 온 부케를 내게 주며 키르가 손을 내밀었다.

"준비 됐어?"

준비라……. 어쩌면 키르를 처음 만났을 때부터 이런 상황은 정해져 있던 게 아닐까 싶을 정도였다.

"준비는 늘 되어 있었어."

나는 자신감 있게 답하며 키르의 손 위에 내 손을 얹었다.

키르는 식당으로 날 에스코트했다. 지인들이 모여서 우리를 기다리고 있었다. 늘 보던 사람들과 자주 함께 하던 식사라 별다를 게 없다고 생각했는데 막상 닥치니 긴장되었다. 문이 열리고 우리가 식당으로 들어서자 기다렸던 것처럼 박수 소리가 울렸다.

반사적으로 안을 훑던 나는 깜짝 놀랐다. 주먹으로 입을 틀어막고 울 것 같은 아버지의 반응은 예상했었기에 놀랍지 않았다. 하지만 너무 의외인 손님들이 있었다.

바로, 제일런 황제와 사비나 님에 아드리안 님까지. 제국 수도와 테일런에 있어야 할 분들이 여기 있었다. 오랜만에 얼굴을 보니 반가우면서도 황당했다.

"어떻게?"

"내가 초대했어."

내 중얼거림을 들은 키르가 작은 목소리로 답을 주었다. 그래, 초대했으니까 왔겠지. 하지만 제국의 황제와 재상이 움직였다면 소문이라도 나야 했다. 이렇게 조용히 움직였다고?

"이렇게 비밀로?"

"클레어가 공간 이동이란 신기한 마법을 만들어 냈더라고."

키르가 대수롭지 않게 말했다. 하지만 그게 그렇게 가벼운 일이 아닌 건 키르도 나도 알았다. 분명히 이곳엔 존재하지 않던 마법이었다. 그러고 보니 전에 클레어가 한번 연구해 본다고 했던 말이 기억난다. 그걸 기어이 성공한 모양이다.

아니나 다를까, 저쪽에서 클레어가 칭찬을 바라는 눈빛을 보내고 있었다. 다만, 오늘은 날이 날이니만큼 나서지 않고 참는 모양이었다. 그래서 눈짓으로만 칭찬해 주니 클레어가 몸을 배배 꼬았다.

알고는 있었지만 클레어의 재능은 갈수록 인간의 영역을 넘어가는 것 같았다.

"오늘따라 아름답다."

"축하해."

"잘 어울린다."

걸어가는 동안 주변에서 해 주는 좋은 말이 연달아 들렸다. 주인공인 우리가 상석에 도착하자 웅성거리던 모든 소리가 사라졌다. 우리를 응시하는 사람들의 얼굴을 하나둘 훑었다.

친분이 깊은 사람들만 모인 작은 결혼식. 대공자의 결혼식이라고 하기엔 참 초라하고 예법에 맞지 않았다. 너무 내 생각을 하느라 키르를 배려해 주지 못한 것 같아 갑자기 미안한 마음이 들었다.

그런 내 생각을 읽은 것처럼 나와 눈이 마주친 키르가 장난스럽게 웃고 손님들을 향해 외쳤다.

"오늘 우리 결혼합니다!"

그 뜬금없는 행동에 와하하하 하는 웃음이 터지고.

"너무 늦었잖아요."

"드디어 소원을 이루셨군요."

"신부가 도망가지 않도록 조심하세요."

"방금 누굽니까?"

키르가 번개같이 외치자 또 웃음이 터졌다.

"잘 살아요."

"축하해요!"

"오래도록 행복하게 사세요."

장난치던 말은 축하의 말로 바뀌었다. 웅장한 결혼식과는 거리가 멀지만 모두 내가 좋아하는 사람들이다. 그리고 그만큼 온전히 이 결혼을 축하해 주는 사람들만 있어서 더 없이 기뻤다.

그렇게 우린 좋은 사람들의 축복 속에 결혼식을 마쳤다.

* * *

그게 바로 몇 시간 전의 일이다.

그리고 지금 난 집무실에서 일하다가 키르에게 딱 걸린 상황이지. 사실, 내가 오늘 결혼했다는 현실감이 없으면서도 이제 정말 부부가 되었다는 긴장감이 뒤섞인 마음이 붕 뜬 상태였다.

조심스럽게 키르의 표정을 확인했다. 그래도 아직 미소 짓고 있었다. 하긴 키르도 첫날밤부터 싸울 생각은 없겠지. 나랑 눈이 마주치자 키르가 문에 기댔던 몸을 바로하고 성큼 걸어왔다. 키르와의 거리가 가까워질수록 난 움찔했다.

"참, 매정한 신부다. 그렇게 신랑을 첫날밤부터 혼자 잠들게 하고 싶을까?"

"아닌데."

나른한 음성이지만 어딘가 매서움을 담은 키르의 물음에 반사적으로 부정을 말했다. 난 고개를 저으며 필사적으로 아님을 표현했다. 심장이 너무 뛰어 딸꾹질이 튀어나올 것 같았다. 내 반응에 키르의 눈이 가느스름해졌다. 어디까지 봐줘야 할까 가늠하는 것 같았다.

"아니긴. 아무리 기다려도 오지 않아서 애가 탔는데."

"아니야. 내일 여행가기 전에 꼭 처리해야 할 일이라서, 그래서 그런 거야."

내 무고함을 알아 달라고 키르에게 결백한 시선을 보냈다. 사실이면서 거짓이 살짝, 아주 살짝 섞여 있었다.

내 주장으로 인해 우리는 신혼여행을 가기로 했다. 그러니 내가 자리를 비워도 괜찮도록 급한 일을 처리해 놓아야 하는 게 맞았다. 하지만 그러면서도 키르와 첫날밤을 보내게 될 거란 사실에 심장이 입 밖으로 튀어

나올 것 같을 정도로 부담스러워 피하는 마음도 있었다.

그렇다. 사실 난 지금 첫날밤이 걱정이다. 첫날밤은 그동안 해 왔던 스킨십과는 차원이 다른 거잖아! 애써 담담한 척하고 있지만 사실은 긴장감에 뒤로 넘어갈 것 같았다.

"그렇지. 설마, 아렌이 첫날밤부터 날 피한 건 아니겠지?"

"아니라니까!"

그래서 내지른 외침이 뻑 갈라진 음성이었다. 내가 키르랑 그렇고 저런 일들을 하다니. 부끄러워 미치겠다. 키르의 시선은 다 알고 있지만 봐주겠다는 것처럼 보였다. 저것 봐, 저 눈빛 봐!

내가 이렇게 긴장할 수밖에 없는 이유가 다 있었다. 아예 모르면 모를까, 사실 전생의 기억이 있어서 어른스러운 밤에 대한 건 나도 다 알고 있어서 더 그랬다.

거기다가 얼마 전부터 특히, 결혼이 결정되고 난 다음부터 키르가 날 대할 때 달라진 점이 느껴졌다. 갈수록 농염해지는 입맞춤에 입맞춤이라고 부르기 힘들어진다던가, 접촉이 야릇해진다던가.

며칠 전에는 피곤하다고 키르가 응석을 부리며 내 손등에 입을 맞췄다. 그래, 분명히 손등에 입을 맞췄는데 마치 손등을 핥기라도 하는 눈빛이라, 그렇게 야하게 느껴질 수 없었다.

키르는 내가 충분히 알아챌 만큼 욕망을 드러냈다. 어릴 때의 '좋아, 아렌이 좋아서 죽겠어' 하는 감정이 아니라 '이젠 네 전부를 원해, 머리부터 발끝까지 씹어 삼키고 싶을 정도로'라고 바뀌어 날 곤혹스럽게 만들었다. 키르와 함께할 때마다 수시로 찾아오는 은밀한 느낌에 몸을 떨어야 했다. 난 그게 부담스러웠다. 마치, 내가 밝히는 애 같아서.

발그레해진 내 뺨을 확인한 키르가 날카로운 기운을 지웠다. 그리고 나긋하게.

"그래서 일은 다 한 거지?"

답이 정해져 있는 질문을 던졌다. 다 했다고 말하면 키르를 따라 가야 할 테고, 아니라고 하면 피한다고 키르가 다시 추궁할 테고. 거기다가 저렇게 씻고 나온 키르를 보아 하니 준비 다 하고 쫓아온 건데.

어, 어, 어……. 내가 답하지 못하고 있자 키르의 고개가 옆으로 기울었다. 남성미가 느껴지는 목선이 드러나 나도 모르게 시선을 떼지 못했다. 섹시해. 침이 꼴깍 넘어갔다.

그래, 어차피 피할 순 없다! 언젠간 한 번은 치러야 하는 첫날밤이다! 키르의 인내심이 끊겨 심보가 더 뒤틀리기 전에 난 고개를 끄덕였다.

"응, 급한 건 다 했어."

그러자 키르가 거리를 바짝 좁혀 왔다. 내가 앉은 의자를 휙 이끌더니 한쪽 팔은 등을 감싸고 다른 쪽 팔은 내 무릎 아래로 넣어 나를 가볍게 들어올렸다.

"우왁! 무슨 짓이야?"

갑작스러운 행동에 놀라 키르의 목을 감싸며 외치자 키르가 미소를 그려냈다. 마주하면 정신을 쏙 빼놓고 구경하게 되는 그런 미소를.

"애가 타서 급하게 행동하는 짓이지."

키르의 목소리가 한결 은밀해져 이번엔 소리 나게 침을 넘길 뻔했다.

"나도 걸어갈 수 있어."

"내 신부의 느린 걸음보단 이게 빠를 것 같아서."

말끝마다 '내 신부'란다. 결혼 안 해 줬으면 큰일 날 뻔했네. 이젠 어린아이 몸도 아닌데, 키르는 참 나를 가뿐하게 들고 걸음을 옮겼다.

정식으로 나와의 사이를 아버지에게 허락 받은 이후 키르의 훈련이 더 험난해졌다고 들었다.

아버지에게 일부러 키르를 괴롭히는 거냐고 물었더니, 아니라고 대답하셨다. 그러면서 전에 위기를 겪었으니 다시 그런 일이 생겼을 때를 대비하기 위해서란 말과 함께 '절대 일부러 대공자를 괴롭히는 게 아니다'

라고 아버진 강경하게 주장하셨다.

아버지가 그렇다는데 내가 키르 괴롭히지 말라고 말하는 것도 이상한 터라 할 말을 속으로 삼켜야 했다.

덕분에 키르의 몸은 날이 갈수록 더 다부져졌다. 얇은 천 아래 키르의 근육이 적나라하게 느껴졌다. 민망함에 얼굴이 터질 것 같아 나는 키르의 어깨에 고개를 기댔다.

그렇게 우리는 이제는 우리의 침실이 된 키르의 방에 도착했다. 방안에 들어서자 장미향이 확 하고 퍼졌다. 일부러 초를 피워 어둑한 분위기를 만든 방에 내 양 뺨이 달아오른다.

다시 봐도 노골적으로 초야를 응원하는 침실의 상태였다. 가뜩이나 부담스러운 이 방에서 키르를 기다리던 나는 긴장하다 못해 극한으로 치솟은 부담감을 못 이기고 집무실로 도망쳤었다.

결혼 첫날이니까 축하해 주는 게 맞는데, 너무 노골적이잖아!

난 민망해서 들어서지 못했던 장미 꽃잎으로 만들어진 꽃길을 키르가 거침없이 헤치고 걸었다. 등 뒤에 푹신한 침대가 닿는 순간, 심장이 격렬하게 뛰었다. 비스듬히 기대 날 내려다보는 키르의 시선에 눈을 맞추기 힘들었다.

얼마 전에도 이런 자세로 누워 시간을 보냈었다. 분명 그때는 익숙하게 누웠던 장소인데 상황이 변했다는 것만으로 미칠 것 같았다. 이러다가 최초로 심장을 입으로 토하는 사람이 내가 되지 않을까?

"아렌."

"으, 응?"

내 목소리가 덜덜 떨렸다. 그러자 키르가 픽 웃음을 터트렸다. 손가락이 뺨을 스치고 지나가 나도 모르게 흠칫 떨었다. 와 씨, 이렇게 격렬하게 반응하고 싶지 않은데, 몸이 저절로 갓 잡은 생선처럼 팔딱거렸다.

"설마 내가 무서워?"

나직한 목소리가 귓바퀴를 긁고 지나갔다. 괜히 아랫배에 힘이 들어가는 야릇한 느낌에 아랫입술을 깨물었다.

"아닌데."

"그렇지? 아렌이 날 무서워할 리 없지?"

키르는 내게 순종적이다 싶을 정도로 잘 대해 준다. 분명히 크게 화낸 적이 없었다. 하지만 왜인지 난 키르가 표정을 굳히면 긴장했다. 설마 이 거 어릴 때의 그 기억 때문에 그런 건 아니겠지?

"왜 그렇게 단언해?"

"난 너한텐 정말 친절하게 대했는걸."

그건 나 빼고 다른 사람에겐 막 대했단 소리야? 아직도 인간이 덜 된 거니? 라는 농담을 할 여유는 없었다.

뺨을 간질이던 손가락이 목덜미를 타고 움직였다. 침을 삼키면 그 움직임을 느낄까 봐 침도 못 삼키고 버텼다.

느릿하지만 더, 더, 더……. 아래로 내려오고 싶다는 듯 느리게 긁어내리던 손가락은 옷자락에 걸려 멈췄다. 내가 가쁘게 숨을 한번 들이켜자 키르의 나른한 한숨 소리가 들렸다.

"아렌."

"……응."

대답하는 순간 키르의 보랏빛 눈동자가 위험할 정도로 번뜩였다. 손가락이 내 옷자락에 걸리는 느낌에 나도 모르게 눈을 찔끔 감았다.

하지만 시간이 지나도 아무 일도 없어 난 슬쩍 눈을 떴다. 당장 옷을 찢어 버릴 것처럼 무서웠는데, 키르의 손가락은 얌전히 물러났다. 그리고 내 손을 찾아 쥐었다. 손가락 하나하나를 아껴 둔 보석을 샅샅이 살피듯 보는 눈동자가 진지했다.

"정말 꿈만 같다."

그리고 손끝에 키르의 입술이 닿았다. 뜨겁고 습기 찬 호흡이 느껴지는 야릇한 감촉에 손가락이 움찔 떨렸다. 그 동요를 느꼈을 텐데 키르는 느릿하게 손가락 하나하나에 입을 맞췄다. 그 느릿한 움직임에 점차 긴장감이 누그러들었다.

"나랑 결혼한 게 그렇게 꿈만 같아?"

"어. 사실 네가 평생 날 안 좋아할 줄 알았어. 널 꼬실 자신이 있었는데, 한편으로 넌 절대 날 안 볼 것 같았어."

"……그게 뭐야."

나 그렇게 못됐었나? 반성하게 되는 말이었다.

"그만큼 네가 둔했잖아. 기껏 마음이 통했다 싶었더니 결혼도 안 된다고 하고."

키르가 불만을 표현하듯 코를 찡그렸다.

"아니, 연애도 제대로 못 했는데 무슨 바로 결혼이야. 그래서 지금 결혼했잖아."

아직도 그 소리 하냐고 난 눈을 흘겼다.

"2년이나 걸렸지."

키르도 지지 않고 맞받아쳤다.

"2년이면 적게 걸린 거거든! 그리고 우리처럼 오래 안 사이는 금방 질릴 수 있어."

"아렌."

키르의 딱딱한 목소리가 내 말을 끊었다. 어느새 부리부리한 눈빛으로 날 쏘아보고 있었다. 2년 동안 키르랑 지내다 보면 어느 부분에서 불쾌감을 느꼈는지 알고 싶지 않아도 알게 된다.

"설마 금방 질린다는 소리에 또 삐진 거야? 진짜로 질린다는 소리가……."

"삐져?"

방금 전까지 은은하게 차오르던 긴장감이 한순간에 식어 버릴 정도로 키르의 목소리가 삐딱해졌다.

그래, 이거야말로 소꿉친구 부부다운 거지.

"지금 그렇단 소리가 아니잖아. 아주 먼 훗날 달라질 수 있다는 거지. 내가 꼬부랑 할머니가 되면 그때도 이렇게 예뻐 보일 것 같아?"

결혼 첫날부터 이런 말하는 건 웃기지만 사람의 감정은 변하기 쉬워 미래는 모르는 거다. 지금이야 이렇게 절절 끓는 것처럼 좋아한다고 해도 과연 늙은 내가 예뻐 보이겠냔 말이다.

그렇다고 키르랑 죽일 듯 싸우고 하는 건 또 상상이 가지 않는다. 노년엔 익숙한 친구 같은 부부 사이가 되지 않을까?

"아렌."

그때, 키르의 얼굴이 가까이 다가왔다. 한순간 잡념을 날려 버리게 만드는 눈길에 나도 모르게 다른 생각을 지웠다. 내가 온전히 저에게 집중하고 있는 걸 확인한 키르가 느릿하게 고백했다.

"전에 비슷한 말 했잖아. 내겐 7살의 너도 예뻤어. 15살의 너도 예뻤고. 18살의 너도 미치도록 예뻤으며 지금의 넌 사랑스러워 죽을 정도로 예뻐."

키르의 낯간지러운 말에 입이 쩍 벌어졌다. 내 나이가 많아질수록 표현이 격해졌다는 게 그만큼 감정의 크기가 커졌다는 말처럼 들려 낯부끄러웠다.

"내가 이렇게 너한테 눈이 돌아가 있는데, 나중이라고 다르게 보이겠어?"

진짜, 지치지도 않는 게 참 키르답다.

"그걸 어떻게 알아?"

"걱정하지 마. 장담하는데 앞으로 내겐 5년 뒤의 너도, 10년 뒤의 너도, 30년 뒤의 너도 전부 예쁠 거야."

미치겠다, 정말. 키르가 내 왼손을 찾아 깍지를 낀 후 결혼반지 위에 입을 맞췄다.

"아까 결혼식장에서 모두에게 선언했잖아. 평생 너만을 아끼고 사랑하 겠다고."

아니, 얜 도대체 눈에 얼마나 강철 같은 콩깍지가 낀 거야? 이 상태로 보아 진짜 평생 안 떨어지겠다. 부끄럽다 부끄러워. 그 와중에 마음 한편 엔 뿌듯하고 설명하기 힘든 감정이 차올랐다. 괜히 얼굴에 열기가 감돌아 오른손으로 얼굴에 부채질을 했다.

"이제 아렌도 말해 줘."

잔망스러운 녀석. 얜 꼭 이렇게 확인 받고 싶어 했다. 나도 표현한다고 하는데, 키르처럼 술술 나오지 않았다. 혀를 입안에서 굴리는 동안 보랏 빛 눈동자가 어서 말하라고 날 압박해 왔다.

"키르도 예뻐. 나도 아주 오래도록 널 좋아할 것 같아."

칭찬만으로는 부족할 것 같아 덧붙여 줬더니 키르의 입가에 환한 미소 가 걸렸다. 세상 모든 걸 녹여 버릴 것 같은 달콤한, 그러면서 당연히 그 런 말을 들을 걸 안다는 자신만만한 웃음이라 얄미울 정도였다. 그래도 미워하기엔 너무 예쁘긴 했다.

큰일이다. 저 얼굴을 보면 기분이 사르르 녹아서. 달콤한 것을 입에 넣 은 것처럼 긴장이 풀렸다. 이런 남자가 내 남편이라니. 앞으로 키르를 피 하는 일이 없는 행복한 나날만 있겠지?

결혼 참 잘 했다고 생각할 때, 키르의 손가락이 느릿하게 어깨를 쓸어 왔다.

"그럼, 이제 하던 거, 마저 해도 되지?"

언제 또 혼자 달아올랐을까? 풀어졌던 긴장감이 다시 확 살아날 정도 로 야릇한 웃음을 짓는 키르 때문에 못 살겠다.

그래도 생각해 보니 나도 성인이고, 우린 이제 소꿉친구가 아니라 부부 사이인데 내가 좀 밝혀도 될 것 같았다. 앞으로 평생 함께 이런 것도 하 고 저런 것도 하며 지낼 텐데 피하기만 할 수 없잖아?

때론 일에 정신없고, 때론 키르의 애정에 취하는 이런 날이 매일 이어지겠지.

찾아오는 행복함에 나도 미소 지었다. 살포시 닿는 입술을 느끼며 난 적극적으로 팔을 들어 키르의 목을 감쌌다. 이제부터 농염하고 은밀한 부부의 시간을 맛봐야겠다.

에이, 붉아. 지금부터는 둘만의 시간이니까 훔쳐보는 거 아니야. 너도 눈 감아. 그리고 내 행복한 결혼 생활을 응원해 줘.